KARL MAY

Die Sklavenkarawane

KARL MAY

Die Sklaven-karawane

VERLAG NEUES LEBEN

Diese Ausgabe erscheint unter Zugrundelegung der 1893 im Union-Verlag, Stuttgart, herausgegebenen Originalfassung Karl Mays

ISBN 3-355-01355-2

Einband: Peter Nagengast (Reihengestaltung)
Jörn Hennig (Bildmotiv)
Lichtsatz Nationales Druckhaus GmbH, Berlin
Lithographie: SWS Repro GmbH, Wiesbaden
Druck und buchbinderische Verarbeitung:
Chemnitzer Verlag und Druck GmbH, Werk Zwickau

ERSTES KAPITEL

Der Vater der vier Augen

„Hai es sala" - rief der fromme Schech el dschemali, der Anführer der Karawane - „auf zum Gebet! El Asr ist da, die Zeit der Kniebeugung, drei Stunden nach Mittag!"

Die Männer kamen herbei, warfen sich auf den sonnendurchglühten Boden nieder, ließen den Sand durch die Hände gleiten und rieben sich denselben an Stelle des fehlenden, zur vorgeschriebenen Waschung nötigen Wassers sanft gegen die Wangen. Dabei sprachen sie laut die Worte der Fathha, der ersten Sure des Korans: „Im Namen des allbarmherzigen Gottes! Lob und Preis dem Weltenherrn, dem Allerbarmer, der da herrschet am Tag des Gerichts. Dir wollen wir dienen und zu dir wollen wir flehen, auf daß du uns führest den rechten Weg, den Weg derer, die sich deiner Gnade freuen, und nicht den Weg derer, über welche du zürnest, und nicht den der Irrenden!"

Dabei knieten die Betenden in der Kibbla, das heißt mit dem Gesicht nach der Gegend von Mekka gerichtet. Sie fuhren unter fortgesetzten Verbeugungen fort, sich mit dem Sand zu waschen, bis der Schech sich erhob und ihnen damit das Zeichen gab, daß die gottesdienstliche Handlung zu Ende sei. Das Gesetz gestattet dem Reisenden, in der wasserarmen Wüste, die bei den täglichen Gebeten stattzuhabende Reinigung mit Hilfe des Sandes bildlich vorzunehmen, und diese Milde verstößt keineswegs gegen die Anschauung des Wüstenbewohners. Er nennt die Wüste Bahr bala moije lakin miljan nukat er raml - das Meer ohne Wasser, aber voller Sandtropfen, und vergleicht also den Sand der endlos scheinenden Einöde mit den Wassern des ebenso unendlich sich darstellenden Meeres.

Freilich war es nicht die große Sahara, auch nicht die mit ihren welligen Sandhügeln einer bewegten See gleichende Hammada, in welcher sich die kleine Karawane befand, aber ein Stück Wüste war es doch, welches rundum vor dem Auge lag, so weit dasselbe nur zu blicken vermochte. Sand, Sand und nichts als Sand! Kein Baum, kein Strauch, nicht einmal ein Grashalm war zu sehen. Dazu strahlte die Sonne wahrhaft glühend vom

Himmel hernieder, und es gab nirgends Schatten als hinter der zerklüfteten, zackigen Felsengruppe, welche sich aus der Sandebene erhob und den Ruinen einer alten Zwingburg glich.

In diesem Schatten hatte die Karawane seit einer Stunde vor Mittag bis jetzt gelagert, um den Kamelen während der heißesten Tagesstunden Ruhe zu gönnen. Nun war die Zeit des Asr vorüber, und man wollte aufbrechen. Der Moslem und ganz besonders der Bewohner der Wüste tritt seine Reisen überhaupt fast stets zur Stunde des Asr an. Nur die Not kann ihn veranlassen, davon eine Ausnahme zu machen, und wenn dann die Wanderung nicht den gehofften günstigen Verlauf nimmt, so schiebt er sicher die Schuld auf den Umstand, daß er nicht zur glückverheißenden Stunde aufgebrochen sei.

Die Karawane war nicht groß. Sie bestand aus nur sechs Personen mit ebenso vielen Reit- und fünf Lastkamelen. Fünf von den Männern waren Homr-Araber, welche als sehr bigotte Muselmänner bekannt sind. Daß dieser Ruf ein wohlverdienter sei, zeigte sich jetzt nach dem Gebet; denn, als die fünf sich erhoben hatten und sich zu ihren Tieren begaben, murmelte der Schech den anderen leise zu: „Allah jenahrl el kelb, el nusrani - Gott verderbe den Hund, den Christen!"

Dabei warf er einen verborgenen, bösen Blick auf den sechsten Mann, welcher hart am Felsen saß und damit beschäftigt war, einen kleinen Vogel auszubalgen.

Dieser Mann hatte nicht die scharfgeschnittenen Gesichtszüge und die Glutaugen der Araber, auch nicht ihre schmächtige Gestalt. Als er sah, daß sie aufbrechen wollten, und sich nun erhob, zeigte sich seine Figur so hoch, stark und breitschultrig wie diejenige eines preußischen Gardekürassiers. Sein Haar war blond, ebenso der dichte Vollbart, der sein Gesicht umschloß. Seine Augen waren von blauer Farbe und seine Gesichtszüge von einer bei den männlichen Semiten ganz ungewöhnlichen Weichheit.

Er war genauso wie seine arabischen Gesellschafter gekleidet; das heißt, er trug einen hellen Burnus mit über den Kopf gezogener Kapuze. Doch als er sein Kamel jetzt bestieg und sich dabei der Burnus vorn öffnete, war zu sehen, daß er hohe Wasserstiefel anhatte, eine gewiß seltene Erscheinung hier in dieser Gegend. Aus seinem Gürtel blickten die Griffe zweier Revolver und eines Messers, und am Sattel hingen zwei Gewehre, ein leichteres zur Tötung von Vögeln und ein schwereres zur Erlegung größerer Tiere, beide aber Hinterlader. Vor den Augen trug er eine Schutzbrille.

„Reiten wir jetzt weiter?" fragte er den Schech el dschemali im Dialekt von Kahira (Kairo).

„Ja, wenn es dem Abu 'l arba ijun gefällig ist", antwortete der Araber.

Seine Worte waren höflich; aber er bemühte sich vergeblich, seinem Gesicht dabei einen freundlichen Ausdruck zu geben. Abu 'l arba ijun bedeutet Vater der vier Augen. Der Araber liebt es, anderen und zumal Fremden, deren Namen er nicht aussprechen und sich nicht gut merken kann, eine Bezeichnung zu geben, welche sich auf irgendeinen ihm auffälligen Umstand oder auf eine in die Augen springende Eigenschaft beziehen, welche der Betreffende besitzt. Hier war es die Brille, welcher der Reisende den sonderbaren Namen verdankte.

Diese Namen beginnen gewöhnlich mit Abu oder Ben und Ibn, mit Imm oder Bent, das heißt mit Vater oder Sohn, Mutter oder Tochter. So gibt es Namen wie Vater des Säbels - ein tapferer Mann, Sohn des Verstandes - ein kluger Jüngling, Mutter des Kuskuss - eine Frau, welche diese Speise gut zuzubereiten versteht, Tochter des Gesprächs - ein klatschhaftes Mädchen. Auch in anderen, nicht orientalischen Ländern hat man eine ähnliche Gewohnheit, so zum Beispiel in den Vereinigten Staaten bezüglich des Wortes Old. Old Firehand, Old Shatterhand, Old Coon sind dort bekannte Namen berühmter Präriejäger.

„Wann werden wir den Bahr el Abiad - westlichen Hauptarm des Nils erreichen?" erkundigte sich der Fremde.

„Morgen, noch vor Einbruch des Abends."

„Und Faschodah?"

„Zu derselben Zeit, denn wenn Allah will, so werden wir gerade an der Stelle, auf welcher diese Stadt liegt, auf den Fluß stoßen."

„Das ist gut! Ich kenne diese Gegend nicht genau. Hoffentlich wißt ihr besser Bescheid als ich und werdet euch nicht verirren!"

„Die Beni-Homr verirren sich nie. Sie kennen das ganze Land zwischen der Dschesirah - Insel, Sennar und dem Land Wadai. Der Vater der vier Augen braucht keine Sorge zu haben."

Er sprach diese Worte in einem sehr selbstbewußten Ton aus, und warf dabei einen heimlichen, höhnischen Blick auf seine Gefährten, welcher, wenn der Fremde ihn gesehen hätte, demselben wohl verdächtig vorgekommen wäre. Dieser Blick sagte mit größter Deutlichkeit, daß der Reisende weder den Nil noch Faschodah erreichen solle.

„Und wo übernachten wir heute?" fragte der Fremde weiter.

„Am Bir Aslan - Brunnen des Löwen, den wir eine Stunde nach dem Moghreb - vierten Tagesgebet beim Untergang der Sonne erreichen werden."

„Dieser Name hat keinen beruhigenden Klang. Wird der Brunnen durch Löwen unsicher gemacht?"

„Jetzt nicht mehr. Aber vor vielen Jahren hatte sich der Herr mit dem dicken Kopf (arabische Bezeichnung des Löwen) samt seiner Frau und seinen Kindern da niedergelassen. Es fielen ihm viele Menschen und Tiere zum Opfer, und alle Krieger und Jäger, welche auszogen, um ihn zu töten, kamen mit zerrissenen Gliedern zurück oder wurden gar von ihm gefressen. Allah verdamme seine Seele und die Seelen aller seiner Vorfahren und Nachkommen! Da kam ein fremder Mann aus Frankhistan, der wickelte ein Gift in ein Stück Fleisch und brachte es in die Nähe des Brunnens. Am anderen Tag lag der Fresser tot am Wasser. Sein Weib war darüber so erschrocken, daß sie mit ihren Kindern davonzog, wohin, das erfuhr man nicht. Doch Allah weiß es. Möge sie mit ihren Söhnen und Töchtern im Elend erstickt sein! Seit jener Zeit hat es nie wieder einen Löwen an diesem Brunnen gegeben, aber den Namen hat er behalten."

Der arabische Bewohner der Wüste spricht in einem so schlechten Ton nur dann von einem Löwen, wenn dieser nicht mehr lebt und ihm also keinen Schaden mehr bereiten kann. Einem lebenden Löwen gegenüber aber hütet er sich, solche beleidigenden Ausdrücke oder gar Verwünschungen zu gebrauchen. Er vermeidet es sogar, das Wort Saba, Löwe, zu gebrauchen, und wenn er sich desselben ja bedient, so spricht er es nur flüsternd aus, damit das Raubtier es nicht hören könne. Er meint, der Löwe höre das Wort stundenweit und komme herbei, sobald es ausgesprochen wird.

Wie die Negervölker des Sudan, so sind auch viele Araber der Ansicht, daß im Löwen die Seele irgendeines verstorbenen Schechs stecke. Darum dulden sie seine Räubereien lange Zeit, bis er zu große Opfer von ihnen fordert. Dann ziehen sie in Masse aus, um ihn zu vernichten, wobei sie den Kampf durch hochtrabende Reden, welche sie ihm halten, einleiten.

Während der kühne europäische Jäger sich nicht scheut, dem Löwen ganz allein gegenüber zu treten, während er das fürchterliche Raubtier sogar am liebsten des Nachts an der Tränke aufsucht, um es mit der sicheren Kugel zu erlegen, hält der Araber das nicht nur für eine außerordentliche Kühnheit, sondern geradezu für Wahnsinn. Hat der Löwe die Herden eines arabischen Duar (Zeltdorf) so gelichtet, daß den Leuten endlich die Geduld vergeht, so machen sich alle wehrfähigen Individuen auf, ihn zu erlegen. Das geschieht natürlich am hellen Tag. Man rüstet sich mit allen möglichen Waffen, sogar mit Steinen, betet die heilige Fathha und rückt dem Löwen vor sein Lager, welches gewöhnlich sich zwischen Felsen befindet, die von dornigem Gestrüpp umgeben sind.

Nun beginnt einer, welcher sich durch besondere Sprachgewandtheit auszeichnet, dem Tier in höflichen Ausdrücken mitzuteilen, daß man wünscht, es möge die Gegend verlassen und die Rinder, Kamele und Schafe eines anderen Dorfes verspeisen. Das ist natürlich ohne Erfolg. Es wird ihm der Beschluß der Dorfältesten nun in dringenderer, ernsterer Weise zu Gehör gebracht - ebenso umsonst. Darauf erklärt der Sprecher, daß man jetzt gezwungen sei, gewaltsame Maßregeln zu ergreifen, und man beginnt, so lange mit Steinen nach dem Dickicht zu werfen, bis der aus seinem Tagesschlummer aufgescheuchte Löwe erscheint, indem er stolz und majestätisch hinter den Felsen und aus dem Gestrüpp hervortritt. In diesem Augenblick schwirren alle Pfeile, sausen alle Wurfspeere und krachen alle Flinten. Dabei ertönt ein Schreien und Heulen, daß der Löwe, wenn er nur ein wenig musikalisches Gehör hätte, augenblicklich davonrennen würde.

Keiner hat sich Zeit genommen, richtig zu zielen. Die meisten Geschosse gehen an dem Tier vorüber; nur einige treffen, indem sie ihn leicht verwunden. Da sprühen seine Augen Feuer - ein Sprung, und er hat einen der Jäger unter sich liegen. Wieder krachen die Schüsse. Der Löwe, der jetzt schwerer verwundet, holt sich noch ein zweites, ein drittes Opfer, bis er von den Geschossen, von denen keines wirklich tödlich traf, ganz durchlöchert tot zusammenbricht.

Nun aber ist es aus mit dem Respekt, mit welchem er vorher angeredet wurde, denn er ist tot und kann keine Beleidigung mehr rächen. Man wirft sich auf ihn; man tritt ihn mit Füßen und schlägt ihn mit Fäusten, man speit ihn an und besudelt sein Andenken, seine Vorfahren und Verwandten mit Schimpfworten, von denen die arabische Sprache einen fast unerschöpflichen Schatz besitzt.

Der Fremde lächelte ein wenig über den Bericht des Schechs. Es war ein Lächeln, welches bekundete, daß er sich gewiß nicht vom „Herrn mit dem dicken Kopf“ und seiner Familie hätte „auffressen“ lassen.

Diese kurze Unterhaltung hatte stattgefunden, während man aufbrach. Dies geschieht nicht so leicht, wie der Europäer denken mag. Hat man Pferde als Reittiere, nun, so steigt man einfach in den Sattel und reitet davon. Bei Kamelen aber ist es anders, besonders bei Lastkamelen. Diese sind keineswegs die geduldigen Tiere, als welche sie in zahlreichen Büchern beschrieben werden. Sie sind vielmehr faul, bösartig und heimtückisch, ganz abgesehen von ihrer natürlichen Häßlichkeit und dem unangenehmen Geruch, den sie verbreiten. Dieser letztere ist so widerlich, daß es Pferde verschmähen, eine Nacht neben Kamelen zuzubringen. Das „Schiff der Wüste" ist ein bissiges Vieh; es schlägt vorn und hinten aus, hat keine Anhänglichkeit und besitzt eine Indolenz, welche nur von seiner Rachsucht noch übertroffen wird. Es gibt Tiere, denen sich kein Europäer nahen darf, ohne in Gefahr zu geraten, gebissen oder unter die Füße getreten zu werden.

Wahr ist's freilich, daß das Kamel sehr genügsam und ausdauernd ist, aber die außerordentlichen Leistungen, von denen man in dieser Beziehung gefabelt hat, beruhen auf Übertreibung. Kein Kamel vermag länger als drei Tage zu dürsten. So lange hält der Wasservorrat seines Magens aus, nicht länger. Wird es nach dieser Zeit nicht getränkt, so legt es sich nieder und ist selbst durch die grausamste Behandlung nicht wieder auf die Beine zu bringen. Es bleibt liegen, um zu verschmachten.

Ebenso ist es eine Lüge, daß der Beduine, wenn ihm das Wasser ausgeht, sein Leben rettet, indem er sein Kamel ersticht, um das im Magen desselben befindliche Wasser zu trinken. Der Magen eines geschlachteten Kamels enthält kein Wasser, sondern eine blutwarme, dicke, mit Futterresten vermischte und schlimmer als ein Düngerhaufen nach allen möglichen Ammoniumsalzen riechende, dem Inhalt unserer Senkgruben ähnliche Jauche. Selbst ein Mensch, welcher vor Durst im Verschmachten liegt, wird keinen Schluck dieses entsetzlichen Zeuges trinken können.

Die schlechten Eigenschaften des Kamels zeigen sich während der Reise besonders nach der Ruhezeit, wenn es wieder beladen werden soll. Da wehrt es sich nach Leibeskräften mit dem Maul und den Beinen; da stöhnt und röchelt, da ächzt und brüllt es aus Leibeskräften. Dazu kommt dann das Zanken, Schreien und Fluchen der Männer, welche an ihm und der Ladung herumzerren. Es gibt das stets eine Szene, daß man davonlaufen möchte.

Von etwas edlerem Charakter sind die Reitkamele, Hedschin

genannt. Es gibt da Tiere, welche sehr teuer bezahlt werden. Man hat für ein graues Bischarihnhedschin zehntausend Mark bezahlen sehen. Der Sattel des Lastkamels ist ein dachförmiges Gestell mit erhöhten Giebeln, welche den vorderen und hinteren Sattelknopf bilden. Er wird Hauiah genannt. Dagegen heißt der Sattel des schlanken, hohen Hedschin Machlufah. Er ist so eingerichtet, daß der Reiter in eine bequeme Vertiefung zu sitzen kommt, so daß er die beiden Beine vor dem vorderen Sattelknopf auf dem Hals des Kamels kreuzt. Wenn der Reiter aufsteigt, muß das Kamel am Boden liegen. Kaum hat er mit der Hand den Sattel berührt, so schnellt das Kamel erst hinten und dann vorn empor, so daß der Mann erst nach vorn und dann wieder nach hinten geworfen wird. Er muß gut Balance halten, um nicht abgeschleudert zu werden.

Ist das Kamel dann einmal im Gang, so hat selbst das Lasttier einen so steten und ausgiebigen Schritt, daß man mit demselben verhältnismäßig große Strecken zurücklegt.

Die Beni-Homr hatten genug zu tun, den Kamelen die Lasten wieder aufzuschnallen. Während das geschah, war der Fremde auf sein Hedschin gestiegen und langsam vorausgeritten. Er kannte zwar die Gegend nicht, wußte aber die Richtung, nach welcher er sich zu wenden hatte.

„Dieser Hund hat sich nicht bewegt, während wir beteten", sagte der Schech. „Er hat weder die Hände gefaltet noch die Lippen bewegt. Möge er im tiefsten Loch der Deschehenna - Hölle braten!"

„Warum hast du ihn nicht längst dahin geschickt!" brummte einer seiner Leute.

„Wenn du das nicht begreifst, so hat Allah dir kein Gehirn gegeben; hast du denn nicht die Waffen dieses Christen gesehen? Hast du nicht bemerkt, daß er mit jeder kleinen Pistole, deren er zwei hat, sechsmal schießen kann, ohne zu laden? Und in seinen Flinten hat er vier Schüsse. Das macht zusammen sechzehn; wir aber sind nur fünf Personen."

„So müssen wir ihn töten während er schläft."

„Nein, ich bin ein Krieger, aber kein Feigling. Ich töte keinen Schlafenden. Aber gegen sechzehn Kugeln können wir nichts machen, und darum habe ich Abu el Mot - Vater des Todes gesagt, daß wir heute den Bir Aslan erreichen werden. Dort mag er tun, was ihm gefällt, und wir werden mit ihm teilen."

„Wenn es etwas gibt, was des Teilens wert ist! Was hat dieser Christ denn bei sich? Häute von Tieren und Vögeln, welche er ausstopfen will, Flaschen voller Schlangen, Molche und Skorpione, mit denen Allah ihn braten möge! Ferner Blumen, Blätter und Gräser, welche er zwischen Papier zerquetscht. Ich glaube, er bekommt zuweilen den Besuch des Schejtan - Teufel, den er mit diesen Dingern füttern will."

„Und ich glaube, daß du wirklich den Verstand verloren hast. Oder hast du noch nie welchen gehabt! Warst du denn taub, als dieser Ungläubige uns erklärte, was er mit diesen Sachen machen will?"

„Ich kann das alles nicht gebrauchen, und also habe ich nicht acht gegeben, als er davon sprach."

„Aber was eine Medresse - Universität ist, das weißt du?"

„Ja, ich habe davon gehört."

„Nun, an so einer Medresse ist er Lehrer. Er unterrichtet von allen Pflanzen und Tieren der Erde und ist zu uns gekommen, um unsere Gewächse und Tiere mit heim zu nehmen und seinen Schülern zu zeigen. Auch will er große Kisten und Körbe voll davon seinem Sultan schenken, welcher besondere Häuser - Museen hat, in denen dergleichen Dinge aufbewahrt werden."

„Was aber kann das uns nützen?"

„Sehr viel! Weit mehr als du denkst. Einem Sultan darf man doch nur kostbare Geschenke machen; also müssen die Tiere und Pflanzen, welche dieser Giaur - Ungläubige bei uns geholt hat, in seinem Land sehr hohen Wert besitzen. Siehst du das nicht ein?"

„Ja, Allah und du, ihr beide erleuchtet mich", spottete der Mann.

„Ich habe darum daran gedacht, sie ihm abzunehmen und dann nach Chartum zu verkaufen. Man könnte dort einen guten Preis erzielen. Und hast du ferner nicht beobachtet, was er noch weiter bei sich hat?"

„Ja, eine ganze Ladung von Stoffen und Zeugen, Glasperlen und anderen Gegenständen, mit denen man bei den Negern viel Elfenbein und viele Sklaven eintauschen könnte."

„Und weiter!"

„Weiter weiß ich nichts."

„Weil deine Augen verdunkelt sind. Sind seine Waffen, seine Ringe, seine Uhr nichts wert?"

„Sehr viel sogar. Und dann hat er ein Ledertäschchen unter seiner Weste. Ich sah, als er es einmal öffnete, große Papiere darin mit fremder Schrift und einem Stempel. Ich habe einmal in Chartum bei einem reichen Kaufmann so ein Papier gesehen, und da erfuhr ich, daß man sehr, sehr viel Geld bekommt, wenn man dieses Papier demjenigen gibt, dessen Name darauf geschrieben steht. Diese Papiere werde ich bei der Teilung beanspruchen, dazu seine Waffen, seine Uhr und alles, was er bei sich trägt, auch die Kamellast mit den Zeugen und Tauschsachen. Wir werden dadurch reich werden. Das andere alles, die Kamele mit der Sammlung der Tiere und Pflanzen aber wird Abu el Mot bekommen."

„Wird er damit einverstanden sein?"

„Ja, er ist bereits darauf eingegangen und hat mir sein Wort gegeben."

„Und wird er gewiß kommen? Heute ist der letzte Tag. Der Giaur hat uns gemietet, ihn auf unseren Kamelen nach Faschodah zu bringen. Kommen wir morgen dort an, so ist es aus mit unserem Plan, denn er wird ohne uns weiterreisen."

„Er wird nicht dort ankommen. Ich bin überzeugt, daß Abu el Mot uns auf dem Fuß folgt. Heute in der Nacht, kurz vor dem Morgengrauen, soll der Überfall geschehen. Zwei Stunden nach Mitternacht soll ich sechshundert Schritte weit gerade westwärts vom Brunnen gehen und den Alten dort finden."

„Davon hast du uns noch nichts gesagt. Wenn ihr euch in dieser Weise besprochen habt, so kommt er sicherlich, und die Beute wird unser. Wir sind Beni Arab, wohnen in der Wüste und leben von ihr. Alles, was auf ihr lebt, ist unser Eigentum, also auch dieser räudige Giaur, der sich nicht einmal mit verneigt, wenn wir zu Allah beten."

Damit hatte er die allgemeine Ansicht der Wüstenbewohner ausgesprochen, welche den Raub für ein so ritterliches Gewerbe halten, daß sie sich dessen sogar öffentlich rühmen.

Während dieses Gesprächs hatten sie ihre Tiere in Bewegung gesetzt, um dem Fremden zu folgen. Als sie ihn erreichten, ahnte er nicht, daß sein Tod eine von ihnen fest beschlossene Sache sei. Er hatte seine Aufmerksamkeit nicht auf sie, sondern auf einen ganz anderen Gegenstand gerichtet. Plötzlich rief er seinem Kamel ein lautes „Khe khe!" zu, das Zeichen zum Anhalten und Niederknien. Es gehorchte; er stieg aus dem Sattel und griff nach seinem Gewehr.

„Allah!" rief der Schech. „Gibt es einen Feind?" Dabei blickte er sich ängstlich nach allen Seiten um.

„Nein", antwortete der Reisende, indem er in die Luft deutete, „es gilt nur einem dieser Vögel."

Die Araber folgten mit ihren Augen seinem Fingerzeig. „Das

ist ein Hedj mit seiner Frau", sagte der Schech. „Gibt es ihn nicht auch in Eurem Land?"

„Ja, aber von einer anderen Art. Er wird bei uns Weihe, Corvus, genannt. Ich will auch einen Hedj haben."

„Du willst ihn schießen?"

„Ja."

„Das ist unmöglich, das bringt kein Mensch fertig, mit dem besten Gewehr nicht!"

„Wollen sehen!" lächelte der Fremde.

Die beiden Weihen waren der Karawane nach Art der Raubvögel gefolgt, immer gerade über derselben schwebend. Sie senkten sich jetzt, als die Reiter hielten, langsam weiter nieder, indem sie hintereinander eine regelmäßige Spirale beschrieben. Der Fremde setzte die Brille zurecht, stellte sich mit dem Rükken gegen die Sonne, um nicht geblendet zu werden, zielte einige Sekunden lang, mit der Mündung des Hinterladers dem Flug der Vögel folgend, und drückte dann ab.

Das voranfliegende Männchen zuckte, legte die Flügel zusammen, spannte sie wieder auf, aber nur für wenige Augenblicke, dann konnte er sich nicht mehr in der Luft halten; er stürzte zur Erde nieder. Der Fremde eilte der Stelle zu, an welcher der Vogel lag, hob ihn auf und betrachtete ihn. Die Araber kamen herbei, nahmen ihm den Hedj aus der Hand und untersuchten denselben.

„Allah akbar - Gott ist groß!" rief der Schech erstaunt, „du hattest eine Kugel geladen?"

„Ja, eine kleine Kugel, keinen Schrot."

„Und ihn doch getroffen!"

„Wie du siehst!" nickte der gute Schütze. „Das Geschoß ist ihm in die Brust gedrungen, mitten in das Leben, was freilich nur Zufall ist; aber auf den Leib hatte ich doch gezielt. Es freut mich, daß der Schuß so gut gelungen ist, denn so ist der Balg ganz unverletzt."

„Einen Hedj zu schießen, mit einer Kugel, aus solcher Höhe! Und ihn auch an dieser Stelle zu treffen! Effendi, du bist ein ausgezeichneter Schütze; bei uns verstehen die Lehrer an den Medressen nicht zu schießen. Wo hast du das gelernt?"

„Auf der Jagd."

„So hast du schon früher solche Vögel gejagt?"

„Vögel, Bären, wilde Pferde, wilde Büffel und viele andere Tiere."

„Gibt es die in deinem Vaterland?"

„Nur die ersteren. Die letzteren schoß ich in einem anderen Weltteil, welcher Amerika heißt."

„Von diesem Land habe ich noch nichts gehört. Sollen wir den Hedj ins Gepäck stecken?"

„Ja. Ich werde ihn heute Abend am Lagerfeuer abbalgen, wenn es überhaupt ein Feuer geben wird."

„Es gibt eins, denn am Bir Aslan wachsen viele und dichte Sträucher."

„So hebt ihn bis dahin auf! Es ist das Männchen, welches wertvoller als das Weibchen ist."

„Ja, es ist das Männchen; auch ich kenne es. Seine Witwe ist davongeflogen und wird um ihn trauern und klagen, bis ein anderer Hedj sie tröstet. Allah sorgt für alle Geschöpfe, selbst für den kleinsten Vogel, am allerbesten aber für die Dijur ed djiane - Vögel des Paradieses - Schwalben, welche er jährlich in sein Paradies aufnimmt, wenn sie von uns gehen."

Dieser Glaube ist in Ägypten viel verbreitet. Der gewöhnliche Mann weiß nicht, daß die Schwalben, welche er eigentlich „Snunut" nennt, ihre wirkliche Heimat in Europa haben und nur während unserer Winterzeit nach Süden gehen. Da sie im Frühling verschwinden, ohne daß er erfährt, wohin, so erklärt er sich, wohl meist auch infolge ihres traulichen, menschenfreundlichen Wesens, diese Erscheinung in der Weise, daß er annimmt, sie fliegen nach dem Paradies, um bei Allah zu nisten und ihm die Gebete der Gläubigen vorzuzwitschern.

Nachdem der unterbrochene Ritt fortgesetzt worden war, sah man nach einiger Zeit einzelne kahle Berge, welche sich im Süden und Norden der eingeschlagenen Richtung erhoben. Dies gab dem Fremden Veranlassung, auch nach rückwärts zu blikken. Sein Auge blieb an einigen winzig kleinen Punkten hängen, welche dort scheinbar unbeweglich in der Luft schwebten. Er zog sein Fernrohr aus der Satteltasche und beobachtete dieselben einige Zeit. Dann schob er das Rohr wieder in die Tasche zurück und fragte: „Ist der Weg, den wir reiten, ein vielbesuchter Handelsweg?"

„Nein", antwortete der Schech. „Wenn wir den Karawanenweg hätten einschlagen wollen, so hätten wir einen Bogen reiten müssen, auf welchem uns zwei Tage verloren gegangen wären."

„Hier ist also keine Karawane zu erwarten?"

„Nein, weil es in der trockenen Jahreszeit auf dem Pfad, den wir ritten, kein Wasser gibt. Das unsrige ist auch bereits zur Neige gegangen. Die Schläuche sind leer."

„Aber am Bir Aslan werden wir sicher welches finden?"
„Ganz gewiß, Effendi."
„Hm! Sonderbar!"
Er machte dabei ein so bedenkliches Gesicht, daß der Schech ihn fragte: „Woran denkst du, Herr? Gibt es etwas, was dir nicht gefällt?"
„Ja."
„Was?"
„Du behauptest, daß wir uns auf keinem Karawanenweg befinden, und doch reiten hinter uns Leute."
„Hinter uns? Unmöglich! Dann müßten wir sie ja sehen!"
„Das ist nicht notwendig."
„Wie kannst du es dann für so gewiß behaupten?"
„Weil ich zwar nicht sie, aber doch ihre Spur sehe."
„Effendi, du scherzest!" meinte der Schech in überlegenem Ton.
„O nein. Es ist im Gegenteil mein vollständiger Ernst."
„Wie ist es einem Menschen möglich, die Spuren von Personen, die Darb und Ethar - Spuren, Fährten von Personen zu sehen, welche hinter ihm reiten!"
„Du denkst nur an die Spuren, welche durch die Füße der Menschen und die Hufe der Tiere dem Sand eingedrückt werden. Aber es gibt auch Spuren, welche sich in der Luft befinden."
„In der Luft? Allah akbar - Gott ist groß; er kann alles, denn ihm ist alles möglich. Aber daß er es uns erlaubt hat, Spuren in der Luft zurückzulassen, davon habe ich noch nichts gehört." Er musterte den Fremden mit einem Blick, als ob er ihn nicht für ganz zurechnungsfähig halte.
„Und doch ist es so. Die Spuren sind da. Man muß nur Augen für sie haben. Denk an den Hedj, welchen ich geschossen habe!"
„Was hat er mit den Darb und Ethar zu tun?"
„Sehr viel, denn er selbst konnte unter Umständen die Ethar von uns sein. Hast du ihn schon bemerkt, bevor ich ihn schoß?"
„Ja. Das Pärchen folgte uns seit dem Morgen. Und als wir am Stein ruhten, schwebte es immer über uns. Der Hedj hält sich, wenn er kein anderes Futter findet, zu den Kamelen, um dann alles, was die Reiter während der Ruhe beim Essen fallen lassen, aufzuzehren. Auch lauert er auf die Vögel, auf die Madenhakker, welche den Karawanen folgen, um den Tieren das Ungeziefer abzulesen."
„Also gibst du zu, daß an der Stelle, über welcher der Hedj schwebt, sich eine Karawane befindet?"

„Ja."
„Nun, da hinter uns fliegt ein zweites Paar, zu welchem sich jetzt unser verwitwetes Weibchen gesellt hat. Siehst du sie?"
Der Schech blickte rückwärts. Seinen scharfen, wohlgeübten Augen konnten die Vögel nicht entgehen. „Ja, ich sehe sie", antwortete er.
„Dort muß eine Karawane sein!"
„Wahrscheinlich."
„Und doch befinden wir uns auf keinem Weg. Das hast du selbst gesagt. Die hinter uns reitenden Leute folgen unseren Spuren."
„Sie werden den Weg nicht kennen und sich also an unsere Fährten halten."
„Eine Karawane hat stets einen Schech el dschemali und auch noch andere Männer bei sich, welche den Weg genau kennen."
„Aber der beste Khabir - Führer kann sich einmal verirren!"
„In der großen Sahara, ja, aber nicht hier in dieser Gegend, südlich von Dar Fur, wo von einer wirklichen Wüste strenggenommen gar nicht die Rede sein kann. Der Schech der Karawane, welcher hinter uns kommt, kennt die Gegend ebenso gut wie du; er muß sie kennen. Wenn er trotzdem vom Karawanenweg abgewichen ist, um uns zu folgen, so hat er es auf uns abgesehen."
„Auf uns abgesehen! Effendi, welch ein Gedanke! Du denkst doch nicht etwa, daß diese Leute zu einer..." Er sprach das Wort nicht aus. Er hatte Mühe, seine Verlegenheit zu verbergen.
„Daß sie zu einer Gum - Raubkarawane gehören, wolltest du wohl sagen?" fuhr der Fremde fort. „Ja, das ist meine Meinung."
„Allah kerihm - Gott ist gnädig! Welch ein Gedanke, Effendi! Hier in dieser Gegend gibt es keine Gum. Die ist nur im Norden von Dar Fur zu suchen."
„Pah! Ich traue diesen Leuten nicht! Warum folgen sie uns?"
„Sie folgen uns, aber verfolgen wollen sie uns nicht. Können sie nicht denselben Zweck haben wie wir?"
„Den Weg abkürzen? Das ist freilich möglich."
„Das ist nicht nur möglich, sondern es wird wirklich sein. Mein Herz ist fern davon, Befürchtungen zu hegen. Ich kenne diese Gegend und weiß, daß man in derselben so sicher ist wie im Schoß des Propheten, den Allah segnen wolle."
Der Fremde warf ihm einen forschenden Blick zu, welcher dem Schech nicht gefallen wollte, denn er fragte: „Warum blickst du mich an?"

„Ich sah dir in die Augen, um in deiner Seele zu lesen."
„Und was findest du darin? Doch die Wahrheit?"
„Nein."
„Allah! Was denn? Etwa eine Lüge?"
„Ja."
Da griff der Schech nach dem Messer, welches in seinem Gürtel steckte, und rief: „Weißt du, daß du soeben eine Beleidigung ausgesprochen hast? So etwas darf ein braver und tapferer Ben Arab nicht dulden!"
Das Gesicht des Fremden hatte plötzlich einen ganz anderen Ausdruck bekommen. Es schien, als ob die Züge schärfer, gespannter geworden seien. Es glitt ein stolzes Lächeln über sein männlich schönes Gesicht, und er sagte in fast wegwerfendem Ton: „Laß das Messer stecken! Du kennst mich nicht. Ich vertrage es nicht, wenn ein anderer mit der Hand am Messer von Beleidigung spricht. Läßt du die Klinge sehen, so erschieße ich euch binnen einer Minute!"
Der Schech nahm die Hand vom Gürtel. Er war ebenso zornig wie verlegen und antwortete: „Soll ich es mir gefallen lassen, daß du mich der Lüge zeihst?"
„Ja, denn ich habe wahr gesprochen. Erst machte mich die uns folgende Karawane besorgt, jetzt aber traue ich auch dir nicht mehr."
„Warum?"
„Weil du die Gum, wenn es eine ist, gegen mich verteidigst und dir Mühe gibst, mich in Sicherheit zu lullen."
„Allah yah fedak - Gott schütze dich, Effendi, denn deine Gedanken gehen irr. Was gehen mich die Leute an, welche hinter uns kommen!"
„Sehr viel, wie es scheint, sonst hättest du es nicht unternommen, das Mißtrauen, welches ich gegen sie hege, durch eine Unwahrheit zu zerstreuen."
„Aber ich sage dir, daß ich mir keiner Lüge bewußt bin!"
„Nicht? Behauptetest du nicht, diese Gegend sei so sicher wie der Schoß des Propheten?"
„Ja, und so ist es auch."
„Das sagst du, weil du weißt, daß ich ein Fremder bin. Du bist der Überzeugung, daß ich die Verhältnisse des Landes nicht kenne. Ja, die Reitpfade desselben sind mir unbekannt, obwohl ich sie mit Hilfe meiner Karten wahrscheinlich ohne deine Hilfe auch finden würde, aber das übrige kenne ich jedenfalls besser als du. In meiner Heimat gibt es Bücher und Bilder über alle

Länder und Völker der Welt. Durch diese lernt man die Völker zuweilen besser kennen als diejenigen, welche zu ihnen gehören. So weiß ich auch ganz genau, daß man hier keineswegs so sicher ist wie im Schoß des Propheten. Hier ist viel, viel Blut geflossen. Hier, wo wir uns befinden, haben Nuehr-, Schilluk- und Denkavölker miteinander gestritten. Hier sind die Dschuhr und Luoh, die Tuitsch, die Bahr, Eliab und Kiëtsch, die Abgalang, die Agehr, Abugo und Dongiol aufeinander getroffen, um sich zu ermorden, zu zerfleischen und auch gar wohl - aufzufressen."

Der Schech war ganz steif vor Erstaunen. „Effendi", rief er von seinem Kamel herüber, „das weißt du; diese Völker kennst du, sie alle!"

„Ja, genauer jedenfalls als du! Und ich weiß auch noch mehr. Ich weiß, daß gerade da, wo wir jetzt reiten, zu nächtlicher Zeit sich die entsetzliche Ghasuah - Sklavenraubzug vorüberschleppt, um dem Pascha zu entgehen, welcher in Faschodah ein Auge auf die Sklavenjäger hat. Da ist mancher arme Schwarze ermattet niedergesunken und durch einen Hieb, eine Kugel für immer stumm gemacht worden. Unten am Mokren el Bohur werden die Ärmsten aus den Schiffen geladen und quer über das Land geschafft, um oberhalb Faschodahs wieder eingeladen und vor Chartum verkauft zu werden. Da hat mancher seinen letzten Seufzer ausgehaucht; mancher hat hier den Todesschrei in die finstere Nacht hinausschallen lassen. Und das nennst du eine Gegend, welche man mit dem Schoß des Propheten vergleichen kann? Ist es möglich, eine größere Lüge auszusprechen?"

Der Schech blickte finster vor sich nieder. Er fühlte sich geschlagen und durfte es doch nicht eingestehen. Darum antwortete er nach einigen Augenblicken: „An die Ghasuah dachte ich nicht, Effendi. Ich dachte nur an dich und daran, daß du hier sicher bist. Du befindest dich in unserem Schutz, und ich möchte den sehen, welcher es wagen wollte, ein Haar auf deinem Haupt zu krümmen!"

„Ereifere dich nicht! Ich sehe klar und weiß genau, was ich zu denken habe. Sprich nicht von Schutz! Ich habe euch gemietet, damit ihr meine Sachen auf euren Kamelen nach Faschodah bringen möchtet; auf euren Schutz aber habe ich nicht gerechnet. Ihr selbst bedürft vielleicht des Schutzes mehr als ich."

„Wir?"

„Ja. Hast du vielleicht die Schillukneger gezählt, welche die Leute deines Stammes hier raubten und als Sklaven nach Dar

Fur brachten? Besteht etwa nicht deshalb ein unersättlicher Haß, ja eine Blutrache zwischen euch und ihnen? Befinden wir uns jetzt nicht auf dem Gebiet der Schilluk, welche, wenn sie euch sähen, sofort über euch herfallen würden? Warum habt ihr den Karawanenweg verlassen und mich durch einsame Gegenden gebracht? Um den Weg abzukürzen, wie du vorhin sagtest? Nein, sondern um nicht auf die Schilluk zu treffen. Vielleicht gibt es auch noch einen anderen Grund."

„Welchen?" fragte der Schech, der sich durchschaut sah, ziemlich kleinlaut.

„Den, mich hier umzubringen."

„Allah, Wallah, Tallah! Welche Gedanken werden in deiner Seele laut!"

„Du selbst bist schuld daran. Denke an die Karawane, welche uns folgt! Es ist vielleicht die Gum, welche mich überfallen soll. Es gelüstet euch nach meiner Habe, welche ihr nicht erhalten könnt, so lange ich lebe. Auf eurem Gebiet könnt ihr mich nicht töten, der Verantwortung wegen, die euch sicherlich nicht erspart bleiben würde. Darum führt ihr mich durch unwegsame Gegenden nach dem einsamen Bir Aslan, wo die Tat geschehen soll, ohne daß ein Zeuge die Mörder verraten kann. Findet man dann meine Leiche, so geschah der Mord auf dem Gebiet der Schilluk und wird diesen zur Last gelegt. Auf diese Weise habt ihr dann zwei Vorteile zugleich erreicht, nämlich meine Habe und die Rache an den Schilluk."

Er hatte das in einem so gleichmütigen, ja sogar freundlichen Ton gesagt, als ob es sich um etwas ganz Alltägliches und Angenehmes handle. Seine Worte machten einen ungeheueren Eindruck auf die Araber. Nach ihren Waffen zu greifen, wagten sie nicht. Was waren ihre langen Feuersteinflinten gegen seine Waffen! In dieser Beziehung war er, der einzelne, ihnen überlegen. Aber sie mußten doch etwas tun, um sich den Anschein zu geben, als ob sie sich durch seine Anklage ganz unschuldig beleidigt fühlten. Darum hielten sie ihre Kamele an und erklärten, daß sie keinen Schritt weiter reiten, sondern die Lasten abladen und heimkehren würden.

Der Fremde lachte auf. „Das werdet ihr nicht tun", meinte er. „Wie wollt ihr ohne Wasser zurückkehren? Ihr müßt unbedingt nach dem Brunnen des Löwen. Übrigens habe ich euch mit Absicht nicht vorher bezahlt. Ihr sollt erst in Faschodah euer Geld erhalten, und wenn ihr mich nicht bis dorthin bringt, so bekommt ihr keinen einzigen Piaster. Was meinen Verdacht betrifft, so habe ich denselben ehrlich ausgesprochen, um euch zu beweisen, daß ich euch nicht fürchte. Ich habe es mit weit schlimmeren Gesellen zu tun gehabt, als ihr seid, und es ist euch gar nichts als der kleine Fehler vorzuwerfen, daß ihr mich nicht kennt. Ist meine Vermutung falsch, so bitte ich euch um Verzeihung. Aus Erkenntlichkeit werde ich in Faschodah ein Rind schlachten lassen und es unter euch allein verteilen. Und zu der Bezahlung, welche wir für eure Dienste festgesetzt haben, werde ich ein Bakschisch fügen, welches ihr zum Schmuck eurer Frauen und Töchter verwenden könnt."

Das war eine nach hiesigen Verhältnissen sehr gute Aussicht, welche er ihnen eröffnete; aber ihr Groll wurde durch dieselbe keineswegs beseitigt, obgleich sie sich den Anschein gaben, als ob sie sein Versprechen mit ihm versöhnt habe. Sie wußten ja genau, daß er den kommenden Morgen nicht erleben werde. Um ihn sicher zu machen, erklärten sie, ihn weiter begleiten zu wollen, wenn er seinen Verdacht fallen lasse und sein Versprechen zu halten beabsichtige. Er war damit einverstanden, bewies aber schon im nächsten Augenblick, daß sein Mißtrauen noch fortbestehe, denn er ritt von jetzt an als letzter in der Reihe, während er sich bisher mit dem Schech stets an der Spitze befunden hatte.

Sie taten, als ob sie das nicht beachteten, aber einige Zeit, nachdem der Zug sich wieder in Bewegung gesetzt hatte, tat der Schech so, als ob er dem jetzt an seiner Seite reitenden Homr die Gegend erkläre; er deutete mit dem erhobenen Arm bald nach vorn, bald nach rechts oder links, sagte aber dabei in verbissenem Ton: „Dieser Hund ist weit klüger, als es den Anschein hatte. Er kennt dieses ganze Land, alle Bewohner desselben und auch alle Ereignisse, welche hier geschehen sind."

„Und hat alles, was wir beabsichtigen, ganz genau erraten", fügte der andere hinzu. „Möge der Schejtan ihn beim Schopf nehmen!"

„Am liebsten möchte ich das tun!"

„Wer verwehrt es dir?"

„Seine Waffen."

„Kann nicht einer von uns zurückbleiben und ihm von hinten eine Kugel ins Herz jagen?"

„Versuche es! Das Beste wäre es. Wir brauchen nicht bis früh zu warten und hätten die Beute nicht mit Abu el Mot zu teilen. Seine Leiche ließen wir liegen, ritten nach dem Brunnen, füllten unsere Schläuche und kehrten während der Nacht zurück. Morgen wären wir schon weit von hier, und kein Mensch wüßte, wessen Kugel den Hund getroffen hat."

„Soll ich ihn erschießen?"

„Ich wollte nicht, daß er von uns getötet werde; nun er uns aber das Gesicht in solcher Weise schamrot gemacht hat, mag er von deiner Kugel sterben."

„Was erhalte ich dafür?"

„Die goldene Kette an seiner Uhr."

„Natürlich außer dem Beuteanteil, welcher überhaupt auf mich kommt?"

„Natürlich."

„So mag es geschehen. Ich drücke das Gewehr so nahe hinter ihm ab, daß ihm die Kugel zur Brust herauskommt."

Er hielt sein Kamel an und stieg ab; dann schnallte er am Sattelgurt herum, als ob derselbe sich gelockert habe. Die anderen ritten an ihm vorüber. Der Fremde aber hielt bei ihm an und sagte in freundlich mahnendem Ton: „Du mußt dir merken, daß man das stets vorm Aufbruch tut. Durch das Absteigen verminderst du unsere Eile. Folge uns also, wenn du fertig bist, schnell nach. Dein Tüfenk - Flinte ist fast unter das Kamel geraten; es könnte leicht zerbrochen werden, und ich will es lieber einstweilen an mich nehmen."

Er langte von seinem hohen Sitz mit dem Metrek (Stock zum Leiten des Kamels) herab, steckte denselben unter den Riemen der am Sattelknopf hängenden Flinte und hob dieselbe zu sich herauf. Dann ritt er lächelnd weiter.

Der Araber machte ein unbeschreiblich enttäuschtes Gesicht. Die Flinte war fort und eine Pistole hatte er nicht. Ein Überfall mit dem Messer vom hohen Kamelsattel aus war aber ganz unmöglich.

„Ob er es ahnt, dieser Sohn und Enkel des Teufels!" knirschte er. „Dieser Versuch ist mißglückt; aber bald wird es Nacht. Dann sieht er es nicht, wenn man auf ihn zielt, und ich kann ihn doch noch erschießen, ehe wir den Brunnen erreichen."

Er folgte, nachdem er wieder aufgestiegen war, den Vorangerittenen. Als er an dem Fremden vorüber kam, reichte ihm dieser die Flinte mit den Worten zurück: „Der Feuerstein ist ja zerbrochen und ausgefallen. Du kannst also heute nicht schießen. Morgen aber werde ich dir einen neuen geben. Ich habe welche im Gepäck."

Zweites Kapitel

Eine Dschelaba

Es war klar, daß der Fremde den Stein herausgeschraubt hatte. Der Schech erkannte nun abermals, daß er durchschaut sei, und brannte nun förmlich darauf, dem Giaur die tödliche Kugel geben zu lassen oder auch selbst zu geben. Dieser aber ritt mit dem gleichmütigsten Gesicht hinterdrein, doch hatte er das Gewehr, welches vorher am Sattelknopf hing, schußbereit in der Hand und beobachtete jede Bewegung seiner Begleiter mit scharfem Auge.

Die Zeit verging, und das Land wurde hügelig. Eine wenn auch unbedeutende Höhenkette zog sich hier von Norden nach Süden und brachte einige Abwechslung in das Landschaftsbild. Als sie durchquert war, kamen die Reiter wieder in die Ebene, wo, wie sie sahen, ein spärliches Gras gestanden hatte, welches aber von der Sonne vollständig versengt war. Mehr und mehr neigte sich diese dem Horizont zu. Als sie ihn erreichte, hielt der Schech sein Tier an und rief im Ton eines Muezzin: „Hai es sala - auf zum Gebet! Die Sonne taucht in das Meer des Sandes, und die Zeit des Moghrab ist gekommen!"

Sie stiegen alle ab und beteten in der bereits beschriebenen Weise. Fünfmal täglich hat der Moslem seine Andacht zu verrichten und sich dabei zu waschen, mag er sich nun zu Hause oder sonstwo befinden. Diese Gebete sind: el Fagr - früh beim Aufgang der Sonne, el Deghri - um die Mittagszeit, el Asr - drei Stunden später, die Aufbruchszeit aller strenggläubigen Reisenden, el Moghrab - beim Sonnenuntergang und endlich el Aschia - eine Stunde später.

Es versteht sich, daß diese Zeiten nicht stets und überall streng eingehalten werden, und je weiter die abendländische Kultur im Osten vorschreitet, desto schwerer wird es dem Muselmann, diesen Vorschriften Folge zu leisten.

Als die Fathha gesprochen worden war, stiegen alle wieder auf, und der Ritt wurde fortgesetzt. Der Fremde war im Sattel geblieben. Es war ihm nicht zuzumuten, an ihrem Gebet teilzunehmen oder auch nur nach europäischer Sitte durch Entblößen des Hauptes ein Zeichen der Ehrfurcht zu geben. Er hätte sich damit entehrt, da der Mohammedaner es für eine Schande hält, den Kopf unbedeckt sehen zu lassen. Nur allein der Mezaijin (Barbier) hat das Vorrecht, den Anblick frommer, kahl geschorener Schädel, auf denen nur die mittelste Locke stehen bleiben darf, zu genießen. Diese Locke ist für den Muselmann sehr notwendig, weil ihn, wenn er auf dem Pfad strauchelt, welcher nach dem Tod ins Paradies führt und der nur so breit ist wie die Schärfe eines Barbiermessers, der Engel Gabriel bei diesem Haarschopf faßt, um ihn festzuhalten und nicht in die Hölle hinabstürzen zu lassen.

Wenn die Sonne in südlichen Gegenden hinter dem Horizont verschwunden ist, so tritt die Nacht sehr schnell herein. Eine Dämmerung wie bei uns ist dort unbekannt. Darum trieb Abu 'l arba ijun, der Vater der vier Augen, die Araber jetzt zu größerer Eile an. Noch waren sie nicht weit gekommen, so sahen sie einen kleinen Reiterzug von Norden her sich im spitzen Winkel auf ihre Richtung zu bewegen. Es war eine Dschelaba, eine Handelskarawane, und zwar eine der anspruchslosesten, ja ärmlichsten Art.

Die acht Männer, aus denen sie bestand, saßen nicht etwa auf stolzen Rossen, auf hohen, langbeinigen Hedschins oder wenigstens auf gewöhnlichen, ordinären Lastkamelen, o nein, sondern sie hingen in den verschiedensten und keineswegs eleganten Stellungen auf jener Art von Tieren, deren Abbild früher unfleißigen Schuljungen als abschreckende Auszeichnung auf Holz gemalt um den Hals gehängt wurde - auf Eseln.

Der Zug glich also keiner jener großen, aus mehreren hundert Kamelen bestehenden Handelskarawanen, welche die Mittelmeerstaaten mit den großen Oasen der Sahara verbinden; es war vielmehr eine echt sudanesische Dschelaba, deren Anblick meist geeignet ist, Mitleid zu erwecken. Diese Handelszüge entstehen folgendermaßen: Der Sudanese ist kein Freund der Arbeit und Anstrengung. Hat er sich als Matrose, als Diener oder in irgendeiner anderen leichten und vorübergehenden Stellung einige Mariatheresientaler verdient, so wird er Handelsherr, welcher schöne Beruf ihm am meisten zusagt. Dazu ist vor allem anderen der Ankauf eines Esels notwendig, welcher nur einen Teil des Kapitals verschlingt. Dann müssen zwei Gurab, lederne Säcke, angeschafft werden, welche die Handelsartikel aufzunehmen haben und auf der Reise zu beiden Seiten des Esels am Sattel hängen. Und drittens werden die im Land gangbarsten Waren, durch welche der Handelsherr Millionär werden will, eingekauft. Diese bestehen in Khol, der bekannten Augenschwärze, in kleinen Stücken Rindstalg, mit denen sich die Stutzer des Sudans die Adonisgestalt einschmieren, um ein glänzendes Aussehen zu erhalten, in ebenso kleinen Salzwürfeln, die in Gegenden, wo es kein Salz gibt, eine sehr gesuchte und gut bezahlte Ware bilden, in einigen Stecknadeln, dem höchsten Schatz der Negerinnen, in wohlriechenden Sächelchen, bei deren Duft wir uns aber die Nase zuhalten würden, in anderen ähnlichen Kleinigkeiten und vor allen Dingen in einigen Ellen Baumwollzeug, da dies im Süden als Münze gilt. Je weniger man zu bezahlen hat, desto kleiner ist das Stücken, welches von dieser Münze abgeschnitten wird.

Zum Schutz dieses Kauf- und Spezereiladens ebenso wie zum Schutz seines hoffnungsvollen Besitzers wird nun irgendeine fürchterliche Waffe angekauft, ein Schleppsäbel ohne Scheide, eine alte, entsetzlich weite Luntenpistole, welche in der Rumpelkammer des Trödlers von Mäusen bewohnt wurde, die vergnügt zum Zündloch herausschauten, oder gar ein flintenähnliches Mordinstrument, welches neben unzähligen anderen guten Eigenschaften auch diejenige hat, nicht los zu gehen, selbst wenn man sie ganz mit Pulver füllt und in einen glühenden Ofen steckt. Notabene nimmt an diesem Erfolg das Pulver ebenso großen Anteil wie die Mordmaschine selbst. Diese Waffen werden von ihrem Besitzer natürlich für unbeschreiblich wertvoll gehalten, aber nie im Ernst gebraucht. Er ist ein Anhänger der Abschreckungstheorie und wünscht, daß der etwaige Feind beim Anblick dieser lebensgefährlichen Gegenstände die Flucht ergreife; geschieht dies nicht, nun, so reißt er einfach selbst aus, was in neunundneunzig unter hundert Fällen mit aller Energie geschieht.

Nun ist die Ausrüstung beendet und der Dschelabi, der Händler fertig. Er könnte beginnen; aber sich allein in die weite, schlimme Welt zu wagen, das fällt ihm gar nicht ein. Er sucht nach gleichgestimmten Herzen und gleichgesinnten Seelen, die er auch unschwer findet. Bald sind sechs, acht, zehn solcher zukünftigen Kommerzienräte beisammen. Jeder hat einen Esel, aber was für einen! Viel haben die Tiere nicht kosten sollen, und darum sind sie alle mehr oder weniger lädiert und ramponiert. Dem einen fehlt ein Ohr, dem anderen der Schwanz, den dritten haben die Ratten angefressen, und der vierte wurde blind geboren. Diese äußerlichen Mängel werden aber durch innerliche, durch Seelen- und Charaktereigenschaften reichlich aufgewogen, welche den Besitzer zur Verzweiflung bringen können. Trotzdem ist er stolz auf sein Reittier und belegt es mit den schmeichelhaftesten Namen und Stockhieben.

Um die Reise antreten zu können, werden die berühmtesten Fuqara (Plural von Fair - Fakir, heilige Derwische) aufgesucht und um wundertätige Amulette angegangen. Die Welt ist schlecht, und es hausen böse Geister überall in Menge; da muß man an Brust und Armen mit Amuletten behangen sein, um allen Gefahren ruhig entgegensehen und im geeigneten Augenblick mutig den Rücken kehren zu können.

Nun werden die beiden Gurab dem Esel aufgeladen. Der Dschelabi nimmt einen tüchtigen Knüppel in die Hand, um mit demselben dem Langohr zuweilen einen beherzigenswerten Wink geben zu können, und steigt auch mit auf. Das Schwert wird mittels eines Kamelstricks umgeschnallt oder die Pistolenhaubitze beigesteckt, und dann setzt sich der imposante Zug in Bewegung, von sämtlichen Freunden und Anverwandten bis vor den Ort hinaus begleitet.

Tränen fließen, Herzen zerrinnen. „Be ism lillahi - in Allahs Namen!“ erklingen die schluchzenden Segenswünsche. Der Zug kommt zehn- und hundertmal ins Stocken, denn hier bockt ein Esel und wirft Ladung und Reiter ab; ein anderer wälzt sich im tiefen Kot, um sich von der Last zu befreien, und ein dritter stemmt sich mit allen Vieren ein, schreit wie am Spieß und ist weder durch Liebkosungen noch durch Schläge von der Stelle zu bringen, bis sich zehn Anverwandte vorn anspannen, um ihn am Maul zu ziehen, und zehn Freunde hinten am Schwanz schiebend und schwitzend nachhelfen. So gelangt die Dschelaba endlich glücklich ins Freie und bockt, stolpert, rennt, schreit, heult und flucht ihrem Glück entgegen.

Sie trennt sich von Zeit zu Zeit, um sich an gewissen Orten wieder zusammenzufinden. Glänzende Geschäfte werden gemacht, großartige Abenteuer erlebt; manche gehen auch zu Grunde, während andere ihr kleines Anlagekapital durch Schlauheit und Ausdauer schnell vervielfältigen und wirklich zu reichen Männern werden.

Mancher Dschelabi wagt sich in den tiefsten Sudan hinein und kommt erst nach Jahren als ein gemachter Mann zurück. Mancher andere ist früher vielleicht ein angesehener Beamter gewesen und hat zum Esel greifen müssen, um im Sumpfland am Fieber oder anderswo am Hunger zu Grunde zu gehen. Niemand erfährt, wo seine Gebeine und diejenigen seines Esels bleichen. Vielleicht hat er den letzteren vorher noch aufgezehrt.

Eine solche Dschelaba war es, welche der Karawane jetzt begegnete. Sie kam den Arabern höchst ungelegen, und der Schech murmelte einen Fluch zwischen den Lippen. Dem Fremden aber waren diese Leute sehr willkommen. Er ritt auf sie zu, rief ihnen einen freundlichen Gruß entgegen und fragte: „Wohin geht euer Weg? Die Sonne ist gesunken. Wollt ihr nicht bald Lager machen?"

Die Leute waren nur sehr notdürftig gekleidet. Die meisten trugen nichts als nur die Lendenschürze; aber alle waren guten Muts. Sie schienen gute Geschäfte gemacht zu haben. Sie gehörten nicht einer und derselben Rasse an. Es gab mehrere Schwarze unter ihnen. Voran ritt einer kleiner, dünner und, so viel man bei dem scheidenden Tageslicht sehen konnte, blatternarbiger Bursche, dessen Schnurrbart aus nur einigen Haaren bestand. Er hatte Hosen an, war sonst unbekleidet und trug ein riesiges Schießgewehr am Riemen auf dem Rücken. Eine Kopfbedeckung schien für ihn überflüssig zu sein; sein Haar hing ihm dick und voll vom Haupt bis auf den Rücken herab, fast ganz in der Weise, wie die in Deutschland als Blechwarenhändler und Drahtbinder umherziehenden Slowaken das ihrige zu tragen pflegen. Er war es, der die Antwort übernahm: „Wir kommen vom Dar Takala herab und wollen nach Faschodah."

„Aber nicht heute?"

„Nein, sondern erst morgen. Heute bleiben wir am Bir Aslan."

„Das wollen wir auch. So können wir uns also Gesellschaft leisten."

„Herr, wie könnten wir armen Dschelabi es wagen, den Hauch deines Atems zu trinken? Wir machen uns ein Lager fern von euch. Erlaube uns nur ein wenig Wasser für uns und unsere Tiere!"

„Alle Menschen sind vor Allah gleich. Ihr sollt bei uns schlafen. Ich wünsche es."

Das sagte er in bestimmtem Ton. Dennoch fragte der Dschelabi: „Du scherzest, Herr, nicht wahr?"

„Nein. Es ist mein Ernst. Ihr seid mir willkommen."

„Und deinen Leuten auch?"

„Warum diesen nicht?"

„Ihr seid Beni Arab. Darf ich erfahren, von welchem Stamm?"

„Von dem der Homr."

„Allah kerihm - Gott ist gnädig, aber die Homr sind es nicht. Erlaube, daß wir fern von euch bleiben."

„Warum?"

„Weil wir euch nicht trauen dürfen."

Er hielt den Fremden auch für einen Homr, ja für den Anführer derselben. Um so mutiger war es von ihm, daß er so aufrichtig sprach. Der Europäer antwortete: „Hältst du uns für Diebe?"

„Die Homr sind Feinde der Schilluk, in deren Gebiet wir uns hier befinden", meinte der Dschelabi ausweichend. „Wie leicht kann es zu einem Kampf kommen, und da ziehen wir es vor, fern zu bleiben."

„Dein Herz scheint keinen großen Mut zu besitzen. Wie ist dein Name?"

Der Kleine richtete sich im Sattel höher auf und antwortete: „Ob ich furchtsam bin, das geht dich gar nichts an. Wenn du meinen Namen wissen willst, so steige ab und hole dir ihn!" Er sprang von seinem Esel, warf das Gewehr weg und zog das Messer. Die Homr waren weiter geritten. Die Dschelaba hielt noch am Platz. Hinter dem bisherigen Sprecher befand sich ein ebenso kleiner Bursche, welcher befürchten mochte, daß die Szene sich zum Schlimmen wenden könne. Er wollte dem vorbeugen, indem er sagte: „Verzeih, Herr, dieser Mann hat stets einen großen Mund und ist doch nur ein kleiner Mensch, der nichts versteht. Er wird von uns Ibn el dschidri - Sohn der Blattern oder wohl auch Abu el hadascht - Vater der elf Haare genannt."

„Warum dieser letztere Name?" erkundigte sich der Fremde.

„Weil sein Schnurrbart nur aus elf Haaren besteht, rechts sechs und links fünf. Und doch ist er außerordentlich stolz auf ihn, so daß er ihn gerade so sorgfältig pflegt wie eine Nuehr-Negerin ihr Durrhafeld."

Er bemühte sich, dem drohenden Konflikt eine heitere Bahn zu brechen, kam aber bei seinem Kollegen schlecht an, denn dieser rief ihm zornig zu: „Schweig, du Vater des Unverstands! Mein Schnurrbart ist hundertmal mehr wert als dein ganzer Kopf. Du selbst hast den großen Mund. Du rühmst dich deines Stammbaums, aber niemand glaubt an ihn!"

Das war eine Beleidigung, welche den anderen nun auch in Harnisch brachte. Er antwortete: „Was weißt du von meinem Stammbaum! Wie lautet mein Name, und wie klingt der deine?"

Und sich zu dem Fremden wendend, fuhr er fort: „Herr, erlaube mir, dir zu sagen, wer ich bin! Ich heiße nämlich Hadschi Ali ben Hadschi Ishak al Faresi Ibn Hadschi Otaiba Abu 'l

Ascher ben Hadschi Marwan Omar el Gandesi Hafid Jacub Abd' Allah el Sandschaki."

Je länger der Name eines Arabers, desto mehr ehrt ihn derselbe. Von berühmten Vätern abzustammen, geht ihm aber alles. Darum reiht er ihre Namen bis ins dritte und vierte Glied aufwärts aneinander und bringt so eine Riesenschlange fertig, über welche der Europäer heimlich lächelt.

Dieser Hadschi Ali blickte den Fremden erwartungsvoll an, was er zu dem berühmten Namen sagen werde.

„Also Hadschi Ali heißt du?" fragte der Vater der vier Augen. „Dein Vater war Hadschi Ishak al Faresi?"

„Ja. Hast du von ihm gehört?"

„Nein. Dein Großvater hieß also Hadschi Otaiba Abu 'l Ascher?"

„So ist es. Ist dieser dir bekannt?"

„Auch nicht. Und dein Urgroßvater war Hadschi Marwan Omar el Gandesi?"

„So ist es. Von ihm hast du doch jedenfalls vernommen?"

„Leider nicht! Und endlich war dieser letztere der Urenkel und Nachkomme von Jacub Abd' Allah el Sandschaki, also des Fahnenträgers?"

„Ja, er trug den Sandschak - die Fahne des Propheten in den Kampf."

„Diesen Namen habe ich allerdings gelesen. Jacub Abd' Allah soll ein mutiger Streiter gewesen sein."

„Ein Held war er, von dem noch heute die Lieder erzählen!" stimmte Ali stolz bei.

„Aber dein Ahne ist er nicht!" fiel der erste Dschelabi ein. „Du hast ihn dir unrechtmäßigerweise angeeignet!"

„Bringe mir nicht immer diesen Vorwurf! Ich muß doch besser als du wissen, von wem ich stamme!"

„Und mit eben solchem Unrecht nennst du dich Hadschi Ali. Wer da sagt, daß er ein Hadschi sei, der muß doch Mekka zur Zeit der Pilgerfahrt besucht haben. Du aber warst nie dort!"

„Etwa du?"

„Nein. Ich rühme mich dessen nicht, denn ich mache keine Lügen."

„Du könntest dich auch gar nicht rühmen, denn du bist ein Christ, und Christen ist der Zutritt in Mekka bei Todesstrafe verboten!"

„Wie? Du bist ein Christ?" fragte der Fremde den ersten Dschelabi.

„Ja, Herr", antwortete dieser. „Ich mache kein Hehl daraus, denn es ist eine Sünde, seinen Glauben zu verleugnen. Ich bin allerdings Christ und werde es bleiben bis an mein Ende."

Bis jetzt hatte der Vater der vier Augen dem Konflikt der beiden mit stillem Behagen zugehört. Sie schienen sich in den Haaren zu liegen und doch die besten Freunde zu sein. Jetzt aber wurde er plötzlich ernst, und es lag eine tiefe Betonung auf seinen Worten, als er sagte: „Daran tust du ganz recht. Kein Christ soll seinen Glauben aus irgendeinem Grund verleugnen. Das wäre eine Sünde wider den heiligen Geist, von welcher das Ktiab el mukkadas - das heilige Buch, die Bibel sagt, daß sie nicht vergeben werden könne."

„Sünde wider den heiligen Geist?" fragte der Dschelabi erstaunt. „Davon hast du gehört?"

„Jawohl."

„Und die heilige Schrift kennst du also auch?"

„Ein wenig."

„Und als Moslem rätst du mir, fest an meinem Glauben zu halten!"

„Ich bin kein Moslem, sondern auch ein Christ."

„Auch ein Christ! Wohl ein koptischer?"

„Nein."

„Aber was sonst für einer? Ich hätte es nicht für möglich gehalten, daß ein Beni Homr ein Christ sein könne."

„Ich bin kein Homr, auch kein Araber, überhaupt kein Orientale, sondern ein Europäer."

„Mein Gott, ist's möglich! Ich auch, ich auch!"

„Aus welchem Land?"

„Aus Ungarn. Ich bin Magyar. Und..."

„Davon später. Meine Begleiter sind mir weit voran und ich habe alle Veranlassung, ihnen nicht zu trauen. Ich muß ihnen schnell nach. Nun du gehört hast, daß ich auch ein Europäer bin, wirst du wohl bereit sein, bei mir zu lagern?"

„Von ganzem Herzen gern! Welch eine Freude, welch eine Wonne für mich, dich hier getroffen zu haben! Nun können wir von der Heimat sprechen. Laßt uns schnell reiten, damit wir die Homr einholen und den Brunnen schnell erreichen!"

Es ging vorwärts, so schnell die Esel laufen konnten, und sie liefen sehr gut. Diese Tiere sind in südlichen Gegenden ganz andere Geschöpfe als bei uns. Ein ägyptischer Esel trägt den stärksten Mann und galoppiert mit ihm so lange Zeit, als ob er gar keine Last zu tragen habe. Nach einer Viertelstunde waren die

Araber erreicht. Sie sagten zu den Dschelabi kein Wort, nicht einmal eine Silbe der Begrüßung. Da diese acht Männer jetzt zugegen waren, war es unmöglich, den Fremden niederzuschießen, wie man vorher gewillt gewesen war.

Still ging es weiter. Der kleine Ungar machte keinen Versuch, sich mit dem Vater der vier Augen zu unterhalten. Es wäre das nicht gut gegangen, da der eine auf dem hohen Hedschin und der andere auf dem kleinen Esel saß.

Die Sterne des Äquators waren aufgegangen, und ihr intensives Licht leuchtete fast so hell wie der Mond, welcher jetzt nicht zu sehen war, da er in der Phase der Verdunkelung stand.

Nach einiger Zeit sah man eine Bodenerhebung liegen, welche schroff aus der Erde stieg. Der Sternenschimmer verlieh ihr ein gespenstiges Aussehen.

„Dort ist der Bir Aslan", sagte der Ungar. „In fünf Minuten werden wir dort sein."

„Schweig, Dschelabi!" fuhr der Schech ihn an. „Wann du dort sein willst, das kommt allein auf uns an. Noch haben wir dich nicht eingeladen, uns zu begleiten!"

„Dessen bedarf es gar nicht. Wir gehen ohne Einladung hin."

„Wenn wir es euch erlauben!"

„Ihr habt gar nichts zu erlauben. Der Brunnen ist für alle da und übrigens befindet ihr euch in Feindes Land."

„Allah iharkilik - Gott verbrenne dich!" murmelte der Homr, sagte aber nichts weiter.

Der Dschelabi schien von Haus aus kein furchtsames Kerlchen zu sein, und seit er wußte, daß der erst für einen mohammedanischen Schech gehaltene Fremde ein europäischer Christ sei, fühlte er sich noch weniger geneigt, sich von den Arabern bevormunden zu lassen.

Drittes Kapitel

An der Quelle des Löwen

Die Karawane langte bei dem Felsen an, an dessen Fuß sich der Bir befand. Dieser war kein laufendes Wasser; er bestand in einem kleinen, von dichtem Mimosengebüsch umgebenen Weiher, welchen eine nicht sichtbare Wasserader speiste. Man stieg ab. Während einige die von ihren Lasten befreiten Tiere tränkten, sammelten die anderen dürres Geäst, um ein Feuer zu machen. Als es brannte, setzten sich die Homr so um dasselbe, daß für die Dschelabi kein Platz blieb. Der Ungar verlor kein Wort darüber. Er trug Holz nach der anderen Seite des Wassers, brannte dort ein Feuer an und rief dem Vater der vier Augen zu: „Nun magst du dich entscheiden, bei wem du sitzen willst, bei ihnen oder bei uns."

„Bei euch", antwortete er. „Nehmt dort die Satteltasche, welche meinen Proviant enthält! Ihr seid meine Gäste. Wir können alles aufessen, da wir morgen nach Faschodah kommen."

„Da irrt er sich", flüsterte der Schech den Seinen zu. „Er verachtet uns und zieht diese Erdferkel vor. Wir wollen so tun, als ob wir es nicht beachten. Aber bei Anbruch des Tages wird er in der Dschehenna heulen. Mag er jetzt noch einmal, zum letzten Mal im Leben, essen!"

Er suchte auch seine Vorräte vor, dürres Fleisch und trockenen Durrhakuchen, wozu das Wasser des Bir mit den Händen geschöpft wurde.

Indessen rekognoszierte der Fremde die Umgebung des Brunnens. Der kleine Berg stand vollständig isoliert in der Ebene. Er war mit Gras bewachsen, eine Folge der Verdunstung des Brunnenwassers. Auf seiner nördlichen und westlichen Seite gab es kein Strauchwerk; aber am östlichen und südlichen Fuß, wo der Brunnen lag, kletterten die Mimosen ein Stück am ausgewitterten Felsen empor und liefen auch eine ganze Strecke in die Ebene hinein. Menschliche Wesen waren nicht zu sehen; die Gegend schien vollständig sicher zu sein, auch in Beziehung auf wilde Tiere, falls nicht der Geist des hier vergifteten Herrn mit dem dicken Kopf hier in nächtlicher Stunde sein Wesen trieb.

Als er nach der Quelle zurückkehrte, hatten die Kamele und Esel sich satt getrunken und fraßen von den jungen Zweigen der Mimosen. Er ließ sich sein ganzes Gepäck in die Nähe des zweiten Feuers tragen und dort am Felsen niederlegen, so daß er es im Auge haben konnte.

Der Ungar hatte die Tasche geöffnet und den Inhalt derselben vor sich ausgebreitet. Derselbe bestand aus Durrhabrot, Datteln und mehreren Perlhühnern, welche der Vater der vier Augen gestern früh jenseits der Sandstrecke geschossen hatte.

Es gibt im Sudan ganze Stämme, welche keinen Vogel essen. Die Dschelabi gehörten nicht zu den Verschmähern eines guten Geflügels. Sie rupften die Hühner, nahmen sie aus und zerlegten das Fleisch in kleine viereckige Stücke, welche, an zugespitzte Äste gespießt, über dem Feuer gebraten wurden. In dieser Form und Weise zubereitet, wird das Fleisch Kebab genannt.

Während dies geschah, zog der Ungar die ihm am Herzen liegenden Erkundigungen ein. Beim Ritt hatte er nur notgedrungen geschwiegen, nun aber fragte er, als der Fremde sich neben ihm am Feuer niedergelassen hatte, immer noch in arabischer Sprache, wie bisher: „Darf ich nun erfahren, Herr, aus welchem Land du bist? Bitte!"

„Sage mir vorher erst, aus welcher Gegend Ungarns zu stammst!"

„Ich bin ein Magyar aus Nagy-Mihaly bei Ungvar."

„Von dort? Dann aber bist du wohl kein Magyar, sondern ein Slowake. Du hast dich dessen jedoch gar nicht zu schämen."

„Ich schäme mich auch nicht; aber da ich in Ungarn geboren bin, bin ich doch auch Magyar. Du kennst meine Heimatgegend? Warst du dort?"

„Ja."

„Sprichst du ungarisch? Ich bin auch des Slowenischen mächtig."

„Mir ist beides fremd, also können wir uns leider nicht in deiner Muttersprache unterhalten. Aber wie bist du nach Afrika, nach Ägypten und gar nach dem Sudan gekommen?"

„Durch meinen Herrn."

„Wer war das?"

„Matthias Wagner, auch ein Ungar aus dem Eisenstädter Komitat."

„Den kenne ich, wenn auch nicht persönlich. Er hat sehr viel erlebt. Er ging nach Ägypten, Arabien und Abessinien, war Begleiter des Herzogs von Gotha, bereiste später den ganzen Ostsudan und ist vor ungefähr einem Jahr gestorben, ich glaube in Chartum. Nicht?"

„Ja, Herr, so ist es. Du kennst alle seine Erlebnisse. Ich war zuletzt mit ihm nach Kordofan, um Straußenfedern zu handeln. Nach unserer Rückkehr mußten wir uns trennen. Er starb, und über mich brach ein Unfall nach dem anderen herein, so daß ich endlich gezwungen war, das Leben eines armen Dschelabi zu führen."

„Hast du da Glück gehabt?"

„Was nennst du Glück? Ich begann vor sechs Monaten mit fünf Mariatheresientalern, und was ich jetzt besitze, ist vielleicht dreißig wert. Großwesir wird man nicht dabei."

„Dazu hat Allah dir ja auch den Verstand gar nicht gegeben", fiel der zweite Dschelabi jetzt ein.

„Schweig, Abu Dihk - Vater des Gelächters!" fuhr der Ungar ihn an. „Mich hat Allah für so einen hohen Posten eigentlich ausgerüstet. Du aber könntest nicht einmal Hamal - Lastträger werden, trotz deines falschen Stammbaums."

„Er ist echt und nicht gefälscht. In mir fließt das Blut vom Fahnenträger des Propheten. Höre meinen Namen an! Soll ich ihn dir nennen?"

„Um Allahs willen, nein! Du trompetest ihn so unaufhörlich aus, daß ihn bereits im ganzen Sudan jeder Vogel pfeifen kann."

„Das darf ich wohl, da er ein hoch berühmter ist. Höre ihn an, und höre auch, was meine Ahnen taten! Wie aber heißt du? Ich habe es vergessen."

„Uszkar."

„Wie lautet das auf Arabisch?"

„Kelb - Hund."

„Welch ein Name! Wie kann ein Mensch sich nach einem so verachteten Tier nennen! Wie hieß dein Vater?"

„Auch Uszkar oder Kelb."

„Dein Großvater?"

„Ebenso."

„Und deine anderen Ahnen?"

„Auch nicht anders."

„Allah, welch ein Stammbaum ist das! Kelb ben Kelb Ibn Kelb Hafid Kelb, Kelb und nichts als Kelb! Es ist ein Wunder, daß du nicht bellst, sondern sprichst. Mein Name aber lautet Hadschi Ali ben Hadschi Ishak el Faresi Ibn Otaiba Abu..."

„Still, still, still!" rief der Ungar, indem er mit beiden Armen den ewig langen Namen abwehrte. „Ich mag ihn nicht mehr hören. Wenn ich ihn einatme, wird er sich als Bandwurm in meine Eingeweide legen und mich von innen heraus aufzehren. Was kann dein Name gegen meine Erfahrungen und Kenntnis bedeuten! Ihn hast du ohne alles Verdienst von deinen Vorfahren; sie aber habe ich mir selbst angeeignet. Wisse, daß ich sogar die Sprache aller Weisheit, das Latein verstehe! Ich habe es von meinem Herrn gelernt."

„Und wisse", schrie der andere, welcher sich ernstlich zu ereifern begann, „daß ich alle Länder und Völker der Erde, alle Städte und Dörfer des Weltalls kenne und beim Namen nenne."

„Das ist Geographie, deine Leidenschaft. Wo aber willst du sie studiert haben?"

„Bei meinem Oheim, welcher erst in Stambul wohnte und dann in das Land der Nemtsch - Deutschen nach Lipsik - Leipzig ging, wo er an einer Straßenecke viele Jahre lang mit Asal 'l abiad - Weißem Honig handelte. Dort wurde er wohlhabend und kehrte heim, mich zu belehren. Als ich ausstudiert hatte, ging ich nach Ägypten als Asker - Soldat und bin so nach und nach bis in den Sudan gekommen."

„O du Vater des Gelächters", lachte der Slowake, „willst du dir darauf etwas einbilden, daß dein Oheim Honig verkaufte? Hat er in Leipzig auch Latein studiert?"

„Alles, alles, was es geben kann! Und ich hab's dann von ihm. Allah allein kennt die Millionen Länder und Dörfer, welche sich in meinem Kopf befinden. Du aber weißt gar nichts. Du bist der Sohn der Blattern und der Vater der elf Haare. Du hast meinen Namen gehört. Wie kannst du mich den Vater des Gelächters nennen?"

Sie waren beide zornig geworden und griffen sich bei ihren gegenseitigen körperlichen Schwächen an. Die Spitznamen, welche man ihnen gegeben hatte, waren sehr bezeichnend. Das Gesicht des Slowaken war geradezu abschreckend pockennarbig, und es mußte fast als ein Wunder erscheinen, daß die zerstörende Krankheit ihm die wenigen Haarkeime übrig gelassen hatte. Freilich zählte sein Schnurrbart mehr als elf Haare, aber über dreißig waren es gewiß nicht. Und diese zerstreut und unregelmäßig über die Oberlippe verteilten Männlichkeitsbeweise hatte er so lieb, daß seine Hände während jedes freien Augenblicks bemüht waren, sie zu sammeln und ihnen die Form eines echt ungarischen Schnurrwichses zu geben.

Was den Vater des Gelächters betraf, so litt er an einer Krankheit, welche sein Gesicht in fast regelmäßigen Pausen, besonders aber bei Seelenerregungen und wenn er sprach, zur schrecklichen Fratze verunstaltete, nämlich am Gesichtskrampf. Diese Verzerrungen brachten nie einen ernsten, sondern stets nur einen solchen Ausdruck des Gesichts hervor, daß man meinte, Ali wolle sich über irgend etwas totlachen. Es ist ganz gewiß höchst verwerflich, sich über körperliche Gebrechen eines anderen lustig zu machen, aber die Gesichter des Mannes, welcher Millionen Länder und Dörfer in seinem Kopf hatte, wirkten so unwiderstehlich, daß der ärgste Melancholikus, der rücksichtsvollste Mensch geradezu gezwungen war, mit zu lachen. Übrigens genierte ihn das keineswegs; er schien sich im Gegenteil ganz glücklich zu fühlen, stets lustige Gesichter um sich zu sehen.

„Und wenn du alle Völker und Inseln der Erde im Kopf hast, so kennst du doch gewiß nicht ein einziges Wort Latein!" behauptete der Slowake. „Herr, verstehst vielleicht auch du lateinisch?"

„Ja, ein wenig", nickte der Vater der vier Augen lächelnd.

„Wo hast du es denn gelernt?"

„Auch in Leipzig."

„Aber doch nicht an der Ecke bei dem Honigkasten?"

„Nein, sondern von meinen Professoren."

„Professoren? Hast du etwa studiert?"

„Ja."

„Was?"

„Medizin."

„So bist du Doktor?"

„Allerdings. Auch war ich drei Jahre lang Lehrer an einer deutschen Medresse."

Da sprang der Kleine auf und rief: „So bist du ein Deutscher?"

„Ja. Wenn du deutsch verstehst, können wir uns dieser Sprache bedienen."

„Natürlich verstehe ich es, und zwar ganz ausgezeichnet! Allah! Ein Ra-is et tibb - ein Doktor der Medizin! Und ich habe dich du genannt! Wo habe ich da meine Augen gehabt! Das soll sofort gut gemacht werden; ich werde höflich sein. Darf ich deutsch reden?"

„Das versteht sich!" antwortete der Gelehrte, sehr neugierig darauf, wie der Ungar, welcher des Magyarischen, des Slowakischen und sogar des Lateinischen mächtig sein wollte und wirklich gar nicht übel arabisch sprach, sich im Deutschen ausdrükken werde. „Versuchen Sie es, und sagen Sie mir da einmal gleich, was Ihr Vater gewesen ist!"

Der Gefragte antwortete mit strahlendem Gesicht, nun in deutscher Sprache: „Vatterr meiniges hatt Musika gewest. Macht dilideldum, dilideldei."

„Auf welchem Instrument?" fragte der Arzt, der sich nur schwer des Lachens erwehren konnte.

„Hatt blaste Klarniett: Vivivivia vivivivа!"

Er hielt die beiden Hände vor den Mund und ahmte die Klänge der Klarinette täuschend nach.

„Da haben Sie wohl auch ein Instrument zu blasen gelernt?"

„Nein. Mund meiniger hatt nicht paßte dazu."

„Und wie ist Ihr eigentlicher Name?"

„Hab ich heißte Uszkar Istvan."

„Also zu deutsch Stephan Pudel, wenn ich mich nicht irre, da ich zufälligerweise das Wort Pudel kenne. Ein ominöser Name hier in einem mohammedanischen Land, wo das Wort Hund als größte Beschimpfung gilt. Sie hätten dieses Uszkar Ihren Gefährten nicht übersetzen sollen."

„Serr richtig! Aber wie heißten Sie, Pane Doktorrr?"

„Ich heiße Emil Schwarz und bin hier, um die Fauna und Flora des Landes zu studieren und in möglichst vielen Präparaten mit nach Hause zu nehmen."

„Fauna und Florra! O, das seinte gut Latein! Auch ich verstehnte Latein. Latein meiniges ich hatt lernte bei Pane Wagner. Fauna heißte Pflanz, und Flora heißte Vieh."

„Oder umgekehrt", lachte Schwarz.

„Umgekehrte auch richtig, beides richtig! Ich bin viel geweste in Sudan. Ich hatt sehnte das ganze Florra und Fauna. Wenn Sie brauchte eine Dienerrr, ich sehr gern wernte Dienerrr Ihriges."

„Wirklich?"

„Ja, Pane Doktorrr. Ich nicht willnte mehr handeln im Sudan, und ich nicht mehr magte sein ein Dschelabi. Sie mich könnte brauchte sehr gut. Ich Sie wollte unterrrstützte mit Latein meiniges und machte kleb an die Etiketten an Präparaten Ihrige."

„Dieses Anerbieten ist mir nicht unwillkommen, und ich werde..."

Er hielt inne. In der Ferne war ein Ton erklungen, welcher sofort die Aufmerksamkeit aller in Anspruch nahm.

„Was war das?" fragte Schwarz, sich in arabischer Sprache an die Dschelabi wendend. „Doch unmöglich Donner! Jetzt im Sed - heiße Jahreszeit gibt es doch wohl keine Gewitter."

„Nein, Donner war es nicht", antwortete der Slowake, auch in arabischer Sprache, welche er nicht so schlimm radebrechte wie die deutsche.

„Was war es sonst?"

„Es war Aslan, der Herr der Herden."

„Der Löwe? Also gibt es hier doch welche!"

„Es scheint so, und der Herr mit dem dicken Kopf wird hierher kommen, denn er hat unsere Feuer gesehen."

„So zeitig? Ich habe geglaubt, daß er erst um oder gar nach Mitternacht sein Lager verlasse."

„Wenn er Hunger hat, geht er früher aus."

Diese Fragen und Antworten waren mit lauter, vernehmlicher Stimme gegeben worden. Da kam der Schech vom anderen Feuer herbei geeilt und sagte mit leiser Stimme und in ängstlichem Ton: „Um Allahs willen, sprecht nicht so laut, sonst hört er es und kommt herbei. Dann sind wir alle verloren. Horcht!"

Es erscholl derselbe Laut wieder. Er klang dem Rollen eines schweren Wagens, welcher über eine hölzerne Brücke fährt, sehr ähnlich. Die Kamele zitterten und die Esel drängten sich zusammen.

„Das also, das ist der Löwe!" sagte Schwarz, mehr zu sich als zu den anderen. „Endlich, endlich höre ich seine Stimme in der Freiheit."

„O, das ist seine volle und richtige Stimme noch nicht", meinte der Slowake. „Er versucht sie erst. Er hat Hunger und ist mißmutig; er knurrt einstweilen."

„Hast du ihn auch schon gehört?"

Er bediente sich, dem arabischen Sprachgebrauch angemessen, wieder des Du.

„Gehört und auch gesehen, und zwar sehr oft."

„Ohne von ihm angefallen zu werden?"

„Er hat mir nie etwas getan. Es gibt viel feige und wenig wirklich stolze und kühne Löwen. Die feigen kommen heimlich geschlichen und führen den Raub so leise aus, daß man erst am Morgen den Tod oder das Fehlen seines Opfers bemerkt. Ein kühner Löwe aber tritt gleich laut aus seinem Lager. Er sagt es aufrichtig, daß er Hunger hat und jetzt auf Raub ausgehen will. Er nähert sich dem Ort, dem er seinen Besuch zugedacht hat, nur langsam und brüllt dabei von Zeit zu Zeit, damit man sich genau berechnen könne, wann er erscheinen wird. Einen Löwen, der das tut, hält keine Gefahr ab, den Überfall auszuführen."

„Wir haben es höchstwahrscheinlich mit so einem zu tun!“

„Ja. Wenn er wieder brüllt, werden wir hören, ob er zu uns oder nach einem anderen Ort will.“

Zum dritten Mal erklang die Stimme des Raubtiers, halb knurrend und halb heulend. Man hörte deutlich, daß sie aus größerer Nähe kam. Die Homr-Araber waren jetzt alle an das zweite Feuer gekommen. Sie fürchteten sich.

„Er kommt zu uns, er kommt wirklich“, flüsterte der Schech mit vor Angst heiserer Stimme.

„Du hast dich also geirrt“, antwortete Schwarz, „als du behauptetest, es sei kein Löwe hier an dieser Quelle zu erwarten.“

„Konnte ich wissen, daß sich einer eingefunden hat? Er haust wohl erst seit wenigen Tagen hier. Wären wir nicht in der Dunkelheit gekommen, so hätten wir wohl die Spuren seiner Tatzen gesehen. Der Bir ist seine Tränke, denn es gibt von hier bis zum Fluß kein anderes Wasser.“

„So kampiert er auf der offenen Ebene?“

„O nein, Herr. Dreiviertel Stunden von hier gibt es ein Felsgewirr, welches er sich zur Wohnung ausersehen hat, denn seine Stimme erklang genau aus jener Gegend. Ich habe schon viele Löwen beobachtet und weiß, in welcher Weise sie sich nahen. Dieser kommt sehr langsam herbei, denn das Feuer macht ihn bedenklich; aber in einer halben Stunde wird er in der Nähe sein und unser Lager umkreisen.“

„Um den Raub auch wirklich auszuführen?“

„Ganz gewiß, Effendi. Er hat es uns laut gesagt und wird sein Wort halten. Beladen wir also schnell unsere Tiere, um diesen bösen Ort augenblicklich zu verlassen!“

„Fliehen sollen wir?“

„Ja, und zwar so schnell wie möglich.“

„Vierzehn Männer? Vor dieser Katze?“

„Effendi, es ist keine Katze!“

„Es ist eine, wenn auch eine sehr große. Wer fliehen will, der mag es tun. Aber die Kamele bleiben hier, denn ich habe sie gemietet.“

„Er wird mir eins zerreißen!“

„So bezahle ich es dir!“

„Er kann auch gar mich selbst zerreißen!“

„In diesem Fall kommst du noch heute in Allahs Paradies, also freue dich darauf.“

„Ich gehe. Ich will noch leben!“

„So mache dich von dannen; aber indem du dich von den Feuern entfernst, die auch der Löwe scheut, begibst du dich in eine noch viel größere Gefahr. In der Dunkelheit draußen vermagst du das Tier nicht zu erkennen, und es fällt über dich her, ohne daß du es geahnt hast."

„Allah, Allah! Also sollen wir hier bleiben und ruhig warten, wen von uns er sich holen werde?"

„Nein, denn ich werde ihn töten."

„Du? Niemand wird dir beistehen."

„Das fordere ich gar nicht."

„Also du allein willst dich ihm entgegenstellen? Effendi, bist du toll?"

„Nein. Ich habe Tiere erlegt, welche ebenso gefährlich wie der Löwe sind. Mit ihm habe ich zwar noch nie gesprochen, aber er wird mit sich reden lassen. Dabei werde ich dafür sorgen, daß er euch nichts tun kann."

Jetzt erhob der Löwe seine Stimme wieder. Es war kein Grollen oder Knurren mehr, sondern ein wenn auch nur kurzer, aber doch fürchterlicher Ton, welcher auf die Hörer ganz den Eindruck machte, als ob er ihnen die Kopfhaut emporziehen wolle.

„Er ist wieder näher!" jammerte der Schech. „Er hat schon die Hälfte seines Weges zurückgelegt. In einer Viertelstunde ist er da. Meine Kamele, meine schönen Kamele!"

„Du selbst Kamel! Treffen wir schnell die nötigen Anstalten! Wir müssen ihn zwingen, sich nach der Stelle zu wenden, an welcher ich ihn erwarten werde. Durch das Wasser kommt er nicht, also muß er entweder von rechts oder von links zu uns, weil wir uns mit den Tieren zwischen der Quelle und dem Felsen befinden. Macht hier das Feuer breiter und facht es höher an, so wird er es vermeiden, hier herein zu brechen. Bindet die Tiere fest an die Zweige, damit sie nicht fliehen können. Und dann könnt ihr euch meinetwegen hinter das Gepäck verstekken."

„Und du, was wirst du tun, Herr?" fragte der Slowake.

„Ich gehe auf die andere Seite, lösche dort das Feuer aus, so daß er nicht abgeschreckt wird, und warte, bis er kommt."

„Du wirklich ganz allein?"

„Ich bedarf wahrscheinlich der Unterstützung anderer nicht."

Er gab diese Befehle und Antworten mit der Ruhe und Kaltblütigkeit eines Unteroffiziers, welcher auf dem Kasernenhof seine Leute instruiert.

Die Araber und auch die Dschelabi hatten sich sehr beeilt, das Feuer zu vergrößern und die Tiere anzubinden. Nun drängten sie sich alle mit Ausnahme des Ungarn und Alis zwischen den Gepäckstücken und der Felswand zusammen. Die beiden Genannten aber waren bei Schwarz geblieben; sie halfen ihm das andere Feuer auszulöschen. Eben, als sie damit fertig waren, ließ sich der Löwe wieder hören, aber dieses Mal in ganz anderer Weise als bisher.

Ja, das war ein wirkliches Gebrüll, erst dumpf rollend wie ein unter den Füßen hingehendes Erdbeben, dann anschwellend bis zum mächtigen, in der stillen Nacht wohl meilenweit hörbaren Brustton, welcher in einen durch Mark und Bein schneidenden, wahrhaft satanischen Kehllaut überging, um in einem langgezogenen und nach und nach ersterbenden Donner, unter welchem die Erde zu erzittern schien, wie in weiter Ferne zu verhallen.

Das war der wirkliche Macht- und Kampfruf des Königs der Tiere gewesen, und Schwarz erkannte nun, warum die Araber ihm so oft den Namen Abu Rad, Vater des Donners, geben.

„Er ist höchstens nur noch tausend Schritte entfernt“, hörte man den Schech sagen. „Allah il Allah we Muhammed rassuhl Allah! Betet leise die heilige Fathha und dann laut die Sure der Zerreißung, welche die vierundachtzigste des Korans ist! Das Verderben wird nur noch fünf oder sechs Minuten lang das Lager umschleichen und dann über uns hereinbrechen.“

Die Kamele zitterten und stöhnten vor Angst. Sie lagen eng nebeneinander auf der Erde, die Hälse lang und fest an den Boden geschmiegt. Die Esel schlugen um sich und versuchten, sich los zu reißen.

Schwarz hatte seinen größeren Hinterlader zur Hand genommen, der Ungar seine Riesenbüchse und Ali einen langen, starken, eisenbeschlagenen Spieß, welcher seine einzige Waffe bildete.

„Zieht euch jetzt zurück!“ flüsterte der erstere den beiden anderen zu.

„Herr, du allein vermagst es nicht“, antwortete der Slowake.

„Sorge dich nicht um mich! Zu deiner Beruhigung will ich dir sagen, daß ich auf den Jagdgefilden Nordamerikas noch größere Gefahren glücklich überstanden habe.“

„Das mag sein; aber ich habe dich lieb gewonnen und werde dich nicht verlassen.“

„Du wirst mir mit deinem Feuerprügel nur Schaden machen!“

„O nein, Herr. Es ist mein Katil elfil - Elefantenmörder, dessen Kugel dem Löwen durch den ganzen Körper gehen wird. Sag, was du willst, ich bleibe bei dir!“

Sein Ton war ein so entschlossener, daß Schwarz einsah, der treue, mutige, kleine Kerl lasse sich gewiß nicht abweisen. Der Augenblick der Entscheidung nahte, es durfte keine Sekunde durch zwecklose Reden vergeudet werden. Darum sagte der Doktor: „Nun gut, so halte dich an meine Seite, aber schieß ja nicht eher, als bis ich selbst zwei Kugeln abgegeben habe."

Er untersuchte sein Gewehr noch einmal, trat um vielleicht zehn Schritte vor und legte sich da lang auf den Boden nieder, den linken Ellenbogen auf die Erde gestemmt, um im Vorderarm einen festen Stützpunkt für den Lauf zu haben.

Als der Slowake sich in gleiche Stellung neben ihm niedergelassen hatte, hörten sie hinter sich ein leises Geräusch. Sie sahen sich um und erblickten Ali, den Vater des Gelächters, welcher hart hinter ihnen auf einem Knie ruhte, in beiden Händen die Lanze, mit der Spitze nach vorn gerichtet, das andere Ende fest in den Boden gestoßen, so daß sie selbst durch einen starken Anprall nicht aus ihrer, die an der Erde Liegenden beschützenden Lage gebracht werden konnte.

„Was willst denn du?" fragte Schwarz fast zornig.

„Wenn ihr ihn nicht sofort tötet, wird er durch die Luft nach euch springen!" antwortete der Gefragte. „Dann schnellt euch von hier fort, und ich fange ihn mit der Lanze auf, daß er sich spießt."

Schwarz wollte antworten, wurde jedoch durch ein abermaliges Brüllen des Raubtiers daran verhindert. Es klang jetzt fast noch schrecklicher als vorher, und ganz nahe. Der Löwe war gewiß nicht mehr hundert Schritte von ihnen entfernt.

Da mußte selbst den Kühnsten ein Grauen überlaufen, doch die Nähe der Entscheidung macht das Auge und den Arm des Mutigen sicher und läßt sein Herz noch ruhiger als vorher schlagen.

„Zitterst du?" fragte der Ungar.

„Nein", antwortete Schwarz.

„Ich auch nicht. Er kann kommen!"

Die drei hatten hinter sich das Lager. Dort brach der Löwe höchstwahrscheinlich nicht ein, da das Feuer ihn zurückschreckte. Zu ihrer Linken lag der Weiher und zur Rechten stieg der Fels empor. Zwischen diesen beiden lag ein vielleicht fünfzehn Fuß breiter Raum, in dessen Mitte sie sich befanden. Bewährte sich ihre Voraussetzung, daß das Raubtier von dieser Seite kommen werde, so konnte es ihnen nicht entgehen; es mußte an ihnen vorüber oder über sie hinweg.

Schwarz hatte seine Schutzbrille abgenommen und hielt das vor ihm liegende Terrain scharf im Auge. Da - sie schraken wirklich zusammen - ertönte das Brüllen jenseits des Wassers, hart am Rand desselben, nicht zwanzig Schritte von ihnen entfernt.

„Jetzt aufgepaßt!“ flüsterte der Slowake.

Die Gefahr verdoppelte die Schärfe ihrer Augen. Das Gehör war ihnen nichts mehr nütze, denn infolge des letzten Gebrülls fing der Schech jetzt an, mit lauter Stimme die vorhin von ihm bezeichnete Sure zu beten: „Im Namen des allbarmherzigen Gottes. Wenn der Himmel zerreißt, pflichtgezwungen und seinem Herrn gehorchend, wenn die Erde sich ausdehnt und herauswirft, was in ihr ist, dann, o Mensch, wirst du dich bemühen, zu deinem Herrn zu gelangen...“

Während er in jammerndem Ton fortfuhr, hätte Schwarz ihn am liebsten niederschlagen mögen. Seine laute Stimme machte die leisen Schritte des Löwen unhörbar und konnte infolgedessen sehr leicht die Ursache des Verderbens der drei mutigen Männer sein.

Nun mußten die Augen doppelt angestrengt werden. Aber nicht sie waren es, welche den mächtigen Feind zuerst bemerkten, sondern der Geruch überzeugte die peinlich Wartenden, daß der Augenblick der Entscheidung gekommen sei. Jene scharfe, penetrante Ausdünstung, welche den Raubtieren eigen ist und in jeder Menagerie beobachtet werden kann, erfüllte plötzlich die Luft, und da... da trat er um das dichte Gestrüpp, nicht schleichend nach Tiger- oder Pantherart, sondern stolz aufgerichtet, langsamen und sicheren Schritts wie ein Herrscher, der sich in seinem Reich weiß und es verschmäht, das, was er durch offenen Befehl erlangen kann und muß, durch niedrige Heimlichkeit zu erreichen.

Seine weit geöffneten Augen durchforschten den Rand des dichten Buschwerks nach einem Durchweg zur gesuchten Beute. Da fiel sein Blick auf die drei bewegungslosen Gestalten. Er zuckte und warf sich schnell auf die Erde nieder, um den Feinden nicht die leicht verletzliche Brust zu bieten. Dann musterte er sie mit einem großen, mächtigen Blick.

Schwarz empfand ein Gefühl, als ob man ihm mit einem Eiszapfen über das Rückgrat streiche, doch gelang es seiner Willenskraft, dasselbe zu überwinden. Er hatte die Berichte berühmter Löwenjäger gelesen, und er kannte daher das Benehmen des Tieres in einer Situation wie der gegenwärtigen.

Tut der Löwe den Sprung nicht sofort, nachdem er den Feind erblickt hat, so legt er sich nieder, die hinteren Pranken eingezogen und die vorderen nach vorn gestreckt. Er schließt die Augen fast ganz und betrachtet den Feind durch einen dünnen Spalt der Lider. Hat er seinen Entschluß gefaßt, so hebt er den Hinterkörper ein wenig empor, um dadurch die Schnellkraft seiner Schenkelmuskeln zu erhöhen, seine Augen öffnen sich langsam, und in dem Moment, wo die Lider ganz emporgezogen sind, und die sich wie ein Feuerrad bewegende Pupille voll zu sehen ist, tut er den verderblichen Sprung.

Der Schütze muß auf eins der geöffneten Augen zielen und kurz vor dem Moment des Sprungs abdrücken. Der Löwe tut, durch das Auge in das Gehirn getroffen, seinen letzten Sprung und erhält dabei den zweiten Schuß, noch während er in der Luft schwebt, in das Herz. In demselben Augenblick muß sich der Jäger weit zur Seite werfen, um nicht von den Tatzen des verendenden Tiers noch ergriffen und verwundet zu werden.

Ganz entgegengesetzt dieser Theorie hielt dieses Tier die Augen geöffnet und sandte einen so langen, langen Blick herüber, als könne es sich ganz und gar nicht erklären, was für Geschöpfe es vor sich habe.

Das wollte Schwarz benutzen. Er richtete den Lauf seines Gewehrs nach dem Kopf des Löwen, um demselben einen Schuß in das Licht (Auge) zu geben. Aber da schloß das Tier die Augen und knurrte grimmig, als ob es die Absicht des Schützen ganz genau kenne.

Es dauerte eine lange Zeit, bevor es die Lider wieder öffnete, aber nur ganz wenig. Dennoch glühte es zwischen denselben in einem Schein hervor, welcher demjenigen einer hellgrünen Papierlaterne glich.

Die Sterne leuchteten so hell hernieder, daß man den Löwen ganz deutlich sah. Er lag hart am Boden, den Kopf auf die beiden Vorderpranken gesenkt und den langen Schwanz gerade ausgestreckt. Schwarz sah ein, daß er mit dem Schuß nun noch warten müsse, bis das Raubtier die Augen weiter öffnete und den Hinterleib erhob, um sich zum Sprung anzuschicken. Dieser Meinung schien der Vater der elf Haare aber nicht zu sein, denn er raunte ihm zu: „Jetzt ist die richtige Zeit. Schieß nun!"

„Nein; noch warten!" antwortete Schwarz.

„So schieße ich, denn dann ist es zu spät."

„Um Gottes willen noch nicht, weil..."

Er konnte nicht weiter reden; seine Warnung kam zu spät,

denn zugleich mit seinen Worten hatte der Slowake den Lauf seines Elefantenmörders auf den Kopf des Löwen gerichtet. Das alte Mordgewehr war nicht gut gehalten worden. Wer weiß, wenn der jetzige Besitzer den letzten Schuß aus demselben abgegeben hatte. Darum bewegten sich die Teile des Schlosses nur schwer. Der Sohn der Blattern mußte alle Kraft seines Zeigefingers anwenden, um abzudrücken, und dadurch kam der Lauf aus der Lage. Der Schuß krachte, und der Kolben der hochbejahrten Donnerbüchse schlug dem Kleinen mit solcher Gewalt gegen den Kopf, daß der Getroffene das Gewehr fallen ließ und in seiner slowakischen Muttersprache ausrief: „Jakowa bezotschiwortj! Idi do tscherta - welche Unverschämtheit! Geh zum Henker!"

Mit der einen Hand den Kopf haltend, stieß er mit der anderen den Elefantentöter weit von sich fort. Der Schlag schmerzte ihn so, daß er nur an die „Unverschämtheit" des Gewehrs, nicht aber an den Löwen dachte.

Dieser war, als der Schuß krachte, aufgesprungen. Seine Augen weit öffnend, stieß er ein markerschütterndes Brüllen aus und setzte zum Sprung an. Schwarz hatte glücklicherweise seine Geistesgegenwart nicht verloren. Er drückte auf das linke Auge des Löwen ab und rief zu gleicher Zeit dem Ungarn zu: „Wirf dich zur Seite! Schnell, schnell!"

Der Genannte folgte diesem Gebot, indem er sich augenblicklich bis an die Wand des Felsens schnellte. Ob die Kugel in das Auge gedrungen sei, konnte Schwarz nicht sehen, denn kaum hatte sein Schuß gekracht, so befand der Löwe sich schon mitten im Sprung in der Luft. Schwarz zielte kaltblütig nach der Gegend des Herzens, drückte ab und warf sich sofort mit solcher Gewalt nach links, daß er mit dem halben Körper zwischen die dichten Büsche hineinflog.

Die ungeheuer und schier unglaubliche Sprungkraft des Löwen trug ihn von der Stelle, an welcher er gelegen hatte, genau bis dahin, wo die beiden Schützen sich soeben noch befunden hatten. Wären sie noch da gewesen, so hätte er sicherlich beide erfaßt. Jetzt kniete nur noch Abu Dihk, der Vater des Gelächters, dort. So klein die Gestalt dieses wackeren Händlers, so groß war seine Unerschrockenheit. Es war ihm gar nicht eingefallen, die letzte Warnung des Deutschen auf sich zu beziehen und sich auch in Sicherheit zu bringen. Auch er hatte keinen Blick von dem Löwen gewendet, er sah ihn springen; er sah ferner, daß das Tier zwei Schritte vorwärts, da wo die Schützen gelegen hatten, die Erde berühren werde. Schnell avancierte er, stemmte seinen Spieß von neuem ein, richtete die Spitze desselben auf den Leib des Löwen und ließ in dem Augenblick, als sie sich einbohrte, die Lanze los und wälzte sich behend nach links, wo Schwarz lag oder vielmehr gelegen hatte, denn dieser war sofort wieder aufgesprungen und hatte das lange Messer gezogen, welches in seinem Gürtel steckte, um sein Leben Auge in Auge mit dem Raubtier zu verteidigen, falls dasselbe nicht zu Tode getroffen sei.

Diese Vorsicht erwies sich glücklicherweise als überflüssig. Man hörte das scharfe Geräusch der zerbrechenden Lanze; der Löwe schlug auf den Boden nieder, erhob sich sofort wieder - ein sichtbares Zittern ging durch seine mächtigen Glieder - man sah ihn wanken - er wendete sich nach links, wo Schwarz und Abu Dihk sich befanden, holte zum abermaligen Sprung aus, kam aber nicht von der Stelle. Ein kurzes, klagendes und schnell ersterbendes Gebrüll ausstoßend, brach er zusammen, legte sich zur Seite und dann auf den Rücken, zog die zuckenden Pranken an den Leib, streckte sie wieder aus und blieb dann bewegungslos liegen.

Das war natürlich alles viel, viel schneller geschehen, als es erzählt werden kann, doch in solchen Fällen werden die Augenblicke zu Sekunden und die Sekunden zu Minuten, und der Geist des Menschen arbeitet so rapid schnell, daß zehn Entschlüsse sich in der Zeit folgen, welche sonst ein einziger Gedanke erfordert.

Die drei mutigen Männer hatten keine Zeit, sich zu überzeugen, ob der Löwe tot sei. Obgleich ihre Aufmerksamkeit zunächst auf ihn gerichtet gewesen war, hatten sie doch ein zweites Brüllen, welches gleich nach dem Krachen der Gewehre von fern erschollen war, nicht überhören können. Der Slowake war aufgesprungen, Abu Dihk ebenfalls. Sie lauschten, sie vernahmen die Stimme eines zweiten Löwen. Diese erklang aber nicht in einzelnen Abständen wie diejenige des ersten, sondern sie ertönte ununterbrochen fort, nicht so mächtig, nicht mit so donnerndem Schall, sondern in dumpf keuchender Wut; es war ein bissiges, nach Blut lechzendes Stöhnen, aus welchem von Zeit zu Zeit ein knirschender Gaumenlaut hervorbrach wie eine verderblich züngelnde Flamme aus verborgener Glut. Man hörte dieser Stimme deutlich an, daß das Tier sich in raschen Sätzen näherte.

Da dort, wo die drei standen, das Feuer ausgelöscht worden

war, so befanden sie sich im dunklen Schatten des Felsens und konnten von den Arabern und Dschelabis nicht gesehen werden, und die letzteren wußten also nicht, welchen Verlauf der Angriff des Löwen genommen hatte.

„Allah il Allah!“ hörte man die Stimme des Schechs. „Assad Bei, der Herdenwürger, hat alle drei ermordet und liegt nun bei ihren Leichen, um sie aufzufressen. Er hatte seine Frau bei sich, welche die Schüsse hörte und nun herbei gestürzt kommt, um ihm zu helfen. Sie wird sich auf uns werfen und uns zerreißen. Eure Leiber sind verloren, aber rettet eure Seelen, indem ihr mit mir die Sure Jesin betet und dann auch die Sure der Gläubigen, welche die dreiundzwanzigste des Korans ist!“

„Schweig!“ rief Schwarz ihm zu. „Wir leben, und der Löwe ist tot. Durch dein Geschrei machst du seine Sultana auf dich aufmerksam, und sie wird dich fassen!“

„Allah kerihm - Gott ist gnädig!“ antwortete der Feigling. „Ich bin still! Aber schießt sie tot, die Sultana; schießt auch sie tot, damit sie mit ihrem Mann dahin fahre, wo die Hölle am schrecklichsten ist!“

Obgleich Schwarz dem Schech geantwortet hatte, war er bemüht, jeden Augenblick auszunutzen. Er zog zwei Patronen hervor, um seinen Hinterlader wieder schußfertig zu machen.

„Es ist wirklich die Löwin, welche kommt“, sagte der Slowake. „Ich muß auch wieder laden. Wo habe ich nur...“

Er suchte in seinen Hosentaschen nach der Munition.

„Unsinn!“ entgegnete der Deutsche. „Ehe du fertig bist, ist die Löwin da. Bringt euch in Sicherheit! Abu Dihk ist auch wehrlos, da sein Spieß zerbrochen ist. Macht euch fort!“

„Aber meine Kugel wiegt ein ganzes Viertelpfund, während die deinige...“

„Fort, fort!“ unterbrach ihn Schwarz. „Sonst bist zu verloren!“

Er war mit dem Laden fertig und kniete wieder an derselben Stelle nieder, an welcher er sich vorher befunden hatte. Er sah sich nicht nach den beiden um und bemerkte also nicht, daß sich nur der Vater des Gelächters zurückzog. Uszkar Istvan, zu deutsche Stephan Pudel, aber blieb. Er drängte sich zwei Schritte weit in das Gestrüpp hinein und lud sein Gewehr, was freilich nicht in einigen Augenblicken gemacht werden konnte. Die Munition hatte er endlich im Gürtel gefunden, wohin sie vorhin, als er sich zum Kampf rüstete, von ihm gesteckt worden war.

Die Stimme der Löwin ertönte jetzt ganz nahe. Das ergrimmte Tier blieb auf der Fährte des Löwen, wendete sich also erst nach der Seite, auf welcher das Feuer brannte und kam erst dann nach der anderen herüber. Dadurch gewann der Slowake Zeit, mit seiner Donnerbüchse fertig zu werden.

Man hörte jeden Satz, den die Löwin machte, nicht etwa aus dem Geräusch, welches ihre Pranken auf der Erde hervorbrachten, sondern aus den einzelnen Akzenten ihre Stimme. Sie bog um das Gestrüpp; jetzt erschien sie an der Ecke desselben. Gewiß wäre sie in ihrer blinden Wut weiter- und an Schwarz vorüber gesprungen, wenn dieser nicht, um sie auf sich aufmerksam zu machen, sich hoch aufgerichtet hätte. Sie sah ihn, flog, da sie nicht sofort anzuhalten vermochte, zur Seite gegen die Felsen und duckte sich dort nieder, um den Sprung abzumessen.

Er kniete augenblicklich wieder nieder und richtete den Lauf auf sie. Am Felsen war es dunkler; ihre Gestalt war selbst in Umrissen nur schwer zu erkennen. Die Löwin war vom Zorn aufgeregt, also mußte Schwarz annehmen, daß ihr Sprung nicht in der vorhin beim Löwen beschriebenen Weise, sondern viel schneller, hastiger erfolgen werde. Es war nicht anzunehmen, daß sie die Augen langsam öffnen werde.

Diese Voraussetzung war sehr richtig, denn kaum hatte sie sich nieder geduckt, so glühten ihre Augen wie grüngelb schillernde Kugeln auf. Es war ein einziger Moment; im nächsten sprang sie gewiß. Schwarz mußte abdrücken, ohne mit der nötigen Genauigkeit visieren zu können. Sein Schuß blitzte auf - zu gleicher Zeit flog die Löwin unter wütendem Gebrüll durch die Luft auf ihn zu. Sein zweiter Schuß krachte; dann ließ er das Gewehr fallen und warf sich - nicht wie vorhin zur Seite, sondern ganz richtig berechnend, vorwärts, so daß er mit eng an den Leib gezogenen Armen und Beinen sich zweimal überkugelte und wohl fünf Ellen von seinem Platz entfernt zu liegen kam. Dort sprang er augenblicklich wieder auf, riß das Messer heraus und wendete sich nach dem Tier um.

Hätte nicht er die Arme und Beine an sich gezogen, sondern in mehr erhobener Stellung seinen Platz verlassen, so wäre er von der Löwin erfaßt worden. So aber befand er sich jetzt unbeschädigt hinter ihr. Sie mußte das wissen; sie mußte sich jetzt nach ihm umwenden - so dachte er; aber sie tat es nicht. Ihr Auge war auf den vor ihr liegenden Löwen gefallen, ein kurzer Sprung, sie stand vor ihm, stieß ihn mit der Schnauze an, einmal, zweimal, drei-, viermal; dann hob sie den Kopf und stieß ein Geheul aus, ein langgezogenes, wahrhaft haarsträubendes, welches... durch einen Schuß unterbrochen wurde: Der Vater der elf Haare war behend aus dem Gestrüpp getreten und hatte, die Mündung seines Elefantenmörders ganz nahe an ihrem Kopf haltend, ihr die ein ganzes Viertelpfund wiegende Kugel gegeben.

Wie von einem kräftigen Stoß getroffen, flog die Löwin zur Seite, fiel zur Erde, raffte sich wieder auf und wendete den Kopf gegen den neuen Feind. Dieser hatte sein schweres Gewehr schnell umgekehrt und arbeitete, es beim Lauf haltend, nun mit dem eisenbeschlagenen Kolben auf den Schädel des Tieres los, indem er dabei schrie: „Allah rhinalek, Allah iharkilik, ia afrid el afrid! Ehsch khalak, ia kelb, ia kelbe, ia omm el kilab - Gott verfluche dich, Gott verbrenne dich, du Teufel aller Teufel! Wie befindest du dich, du Hund, du Hündin, du Mutter der Hunde?“

Er schien zu glauben, eine Hyäne und nicht eine Löwin vor sich zu haben. Seine Verwegenheit wäre ihm wohl schlecht bekommen, wenn ihm die Kugel nicht vorgearbeitet hätte. Das Tier war auf den Tod getroffen; es hatte keine Kraft mehr zur Gegenwehr und brach unter seinen Schlägen zusammen.

„Da liegt sie!“ rief er triumphierend aus. „Hier zu meinen Füßen liegt sie. Ich habe sie erschlagen wie eine Katze. Sie hat nicht den Mut gehabt, mir ihre Zähne und Krallen zu zeigen. Komm her und schau sie an!“

Er beugte sich zu ihr nieder, um sie anzufassen, doch Schwarz zog ihn zurück und sagte: „Sei vorsichtig! So ein Tier hat ein zähes Leben, und noch wissen wir nicht, ob sie wirklich tot ist. Wir wollen sicher gehen.“

Er lud sein Gewehr und gab dem Löwen und der Löwin noch je eine Kugel vor die Stirn. Die letztere zuckte noch einmal zusammen; sie war also doch noch nicht ganz tot gewesen.

Die beiden hatten laut gesprochen, waren also von den anderen gehört worden. Jetzt fragte Abu Dihk, indem er sich langsam näherte: „Habt ihr gesiegt? Darf man kommen?“

„Ja“, antwortete der Slowake, „wir haben gesiegt. Ihr könnt kommen, unsere Heldentat zu preisen, denn der Würger der Herden ist hinübergegangen ins Land des Todes und seine Frau mit ihm. Sie sind durchbohrt worden von den Kugeln und niedergeschlagen vom Kolben meines glorreichen Katil elfil, dem niemand widerstehen kann.“

Abu Dihk kam herbei und ergriff erst den Löwen, dann die Löwin bei den Pranken, um sie hin und her zu zerren und sich von ihrem Tod zu überzeugen.

„Sieh, wie sie es sich gefallen lassen!" sagte der kleine Stephan stolz, indem er sich seine elf Barthaare strich. „Nachdem wir mit diesen Löwen durch unsere Kugeln gesprochen haben, kannst du mit ihnen wie mit jungen Katzen spielen."

„Hadschi Ali hat auch mit gesprochen", erinnerte ihn Schwarz. „Der Tapfere hat bei uns gekniet und den Löwen mit dem Spieß empfangen. Wir werden bald erfahren, wer von uns dreien ihm und ihr den Tod gebracht hat, demjenigen, der ein Tier erlegt, gehört das Fell. Jetzt holt einen Brand herbei, damit wir das Feuer wieder anbrennen."

Obgleich die Araber und Dschelabi jedes Wort hörten, getrauten sie sich doch noch nicht herbei. Als die beiden Kleinen zu ihnen kamen, um Brände zu holen, krochen die Zaghaften hinter den Gepäckstücken hervor, und der Schech fragte: „Ihr lebt? Ihr seid nicht vom Herrn mit dem dicken Kopf verschlungen worden und auch nicht von seiner Frau?"

„Das fragst du noch!" antwortete Stephan. „Ich lasse mich weder von einem Herrn noch von einer Frau verschlingen. Merke dir das! Und selbst wenn der leibhaftige Schejtan käme, um mich zu fressen, so fragt es sich sehr, wer im Magen verschwände, er in dem meinigen oder ich in dem seinigen. Kommt und seht euch das glorreiche Werk an, welches wir vollbracht haben, ohne daß der Herdenwürger und seine Goze el assad - Gattin des Löwen es gewagt haben, uns ein Haar zu krümmen!"

Sie folgten dieser Aufforderung, aber nicht allzu eilig. Als sie sich so weit genähert hatten, daß sie die Körper der erlegten Raubtiere liegen sahen, blieben sie stehen. Erst als das Feuer wieder brannte und sie sahen, daß die Tiere von den drei glücklichen Jägern hin und her gewendet wurden, gingen sie ganz heran.

Nun endlich, da sie vollständig überzeugt sein mußten, daß nicht die geringste Gefahr mehr vorhanden sei, wich ihre Furcht. Sie bildeten einen Kreis um die beiden Tiere und der Schech erhob, die anderen zum Schweigen auffordernd, seine Arme.

„Allah il Allah we Muhammed rassuhl Allah!" sagte er in pathetischem Ton. „Er hat Himmel und Erde geschaffen, die Pflanzen und die Tiere und zuletzt den Menschen. Und als alles geschaffen war, schuf er noch den Moslem, damit er Herr über alles Erschaffene sei. Ihm sind selbst die gewaltigsten Tiere untertan, und wenn sie ihm nicht gehorchen, so tötet er sie mit starker Hand. Dieser Mörder der Pferde, Kamele, Rinder und Schafe, welcher hier vor uns liegt, hatte Hunger. Anstatt sich mit dem Fleisch eines unreinen Halluff - Wildschweins oder Wawi - Schakals zu begnügen, hatte er die Verwegenheit, uns, die Lieblinge des Propheten, welcher das Paradies regiert, fressen zu wollen. Er hatte sein Weib mitgebracht, welches nicht einmal seine rechtmäßige Frau ist, denn als er sie nahm, hat kein Kadi sich unterschrieben. Sie lechzten nach unserem Blut. Sie freuten sich auf unser Fleisch und auf den Wohlgeschmack unserer Knochen. Sie wollten uns verzehren ohne Chall und Zet - Essig und Öl, ohne Zibd und Bahahr - Butter und Gewürz, ganz so, wie der Racham - Aasgeier eine gefallene Dibb - Hyäne verschlingt. Aber Allah war in unserer Nähe. Wir beteten die heilige Fathha und die Sure Jesin, deren Worte den Gläubigen in der Gefahr beschützen. Da kam der Mut der Helden und die Kraft des Sieges über uns. Wir griffen zu den Waffen und sandten den menschenfressenden Teufel und seine Teufelin in die Hölle, wo sie nun am ewigen Feuer braten und kein Mensch sie essen mag. Wir triumphieren, und unsere Kindeskinder nebst deren Enkeln und Urenkeln werden uns preisen. In allen Städten und Dörfern wird man von uns erzählen, und die Musikadschi werden dazu die Pauken schlagen und auf allen Saiten spielen. Wir aber wollen jetzt unseren Sieg genießen und den Erschlagenen die Felle abziehen. Vorher jedoch müssen wir ihnen zeigen, wie sehr wir sie verachten, und daß sie Schmutz und Würmer sind gegen uns, die starken Helden, welche niemals Furcht gekannt haben!"

Er trat erst zum Löwen und dann zur Löwin, um beide anzuspucken. Kaum hatte er dieses Zeichen gegeben, so folgten die Homr und Dschelabi seinem Beispiel. Die Tiere wurden mit Fäusten geschlagen, mit Füßen getreten und mit allen möglichen Schimpfworten, welche Verachtung bezeichnen, bedacht.

Dies dauerte wohl eine Viertelstunde lang, wobei die Leute sich wie verrückt gebärdeten. Dann zog der Schech sein Messer und sagte: „Jetzt haben sie gefühlt und auch gehört, wie verächtlich sie uns sind. Nun wollen wir ihnen die Kleider nehmen, um uns mit denselben zu schmücken. Dem Sieger gehört das Fell des Besiegten. Wenn wir dann heimkehren zu den Zelten der Homr werden die Männer uns beneiden und die Frauen uns mit Lobgesängen empfangen."

Die anderen Araber zogen auch ihre Messer.

„Halt!" gebot Schwarz. „Wir werden diesen Tieren die Felle allerdings nicht lassen; aber wer soll sie bekommen?"

„Die Sieger!" antwortete der Schech.

„Und wer ist das?“
„Wir alle sind es.“
„Ah, so! So sollen die Felle in vierzehn Stücke zerschnitten werden?“
„Nein, denn was wären sie dann wert? Aber du weißt, daß ich der Schech bin!“
„Das weiß ich, doch was hat dieser Umstand mit den Fellen zu tun?“
„Der Schech hat sie zu bekommen.“
„Das ist bei euch Sitte?“
„Ja.“
„Und vorhin sagtest du, daß das Fell des Besiegten dem Sieger gehöre?“
„Ja. Wenn aber mehrere Sieger vorhanden sind, so bekommt es der vornehmste. Der bin ich, und die Felle dürfen ja nicht zerschnitten werden.“
„Sonderbar! Du bist also auch ein Sieger?“
„Natürlich! Oder war ich etwa nicht auch zugegen?“
„Und sogar der vornehmste der Sieger bist du?“
„Ja, denn ich bin der Schech.“
„Da irrst du außerordentlich, du weißt doch, was ich bin?“
„Ja, ein Effendi.“ Er sagte dies in ziemlich wegwerfendem Ton.
„Der Effendi gibt es sehr verschiedene“, erklärte Schwarz. „Es stehen Hunderte von Effendis unter mir, deren niedrigster weit mehr ist und weit mehr weiß, als du weißt und bist. Der vornehmste der Sieger bin also ich! Und übrigens hast du nicht das geringste Recht, dich Sieger zu nennen. Von deinem Mut und deinen Taten wird niemand singen und erzählen. Du schimpftest diese Tiere, aber was ist dein Mut gewesen, verglichen mit dem ihrigen! Als du ihre Stimme hörtest, wolltest du fliehen.“
„Das war Scherz. Ich bin doch geblieben.“
„Ja, als ich dir sagte, daß die Flucht gefährlich werden könne, und weil du hörtest, daß ich mit dem Löwen kämpfen wolle. Als dann der Herr mit dem dicken Kopf kam, hast du dich mit den Deinigen verkrochen, und selbst dann, als die Tiere tot waren, hast du dich erst dann in ihre Nähe gewagt, als das Feuer wieder brannte und du dich überzeugt hattest, daß die Gefahr vorüber sei.“
„Effendi, willst du mich beleidigen?“
„Nein; ich will dich nur vor Überhebung warnen und vor unrechtlichen Eingriffen in das Eigentum anderer. Es sind nur drei,

denen diese Löwen gehören, die drei, welche gekämpft haben, nämlich ich, Hadschi Ali und Ibn el dschidri. Kein anderer hat etwas mit den Trophäen zu schaffen."

„Das dürfen wir anderen nicht zugeben. Magst du ein Effendi aller Effendis sein, du bist doch nur ein Giaur, der kein Recht unter uns besitzt. Wir sind Moslemim und nehmen die Felle. Und weigerst du dich, so..." Er hielt inne.

„So... nun, was wird dann?"

„So werden wir dich zwingen!" antwortete der Schech in drohendem Ton, indem er eine Bewegung mit der Hand machte, in welcher er das Messer noch hielt.

Da trat Schwarz nahe an ihn heran, legte ihm die Hand auf die Schulter und sagte: „Ihr habt euch vor dem Löwen versteckt, und wir haben ihn besiegt. Meinst du wirklich, daß wir uns vor euch fürchten, die Angst vor dem hatten, den wir erlegten? Wenn ihr nicht augenblicklich die Messer einsteckt, so schieße ich euch sofort nieder!" Er zog einen Revolver hervor, und in demselben Moment verschwanden alle Messer. „Und noch etwas will ich dir sagen", fuhr er fort. „du hältst deine Religion für die richtige und ich die meinige. Jeder hat das Recht und sogar die Pflicht, dies zu tun; darum versuche ich es nicht, deine Meinung zu bekämpfen, am allerwenigsten aber werde ich dich ob derselben schmähen. Dasselbe kann und muß ich auch von dir verlangen. Nennst du mich noch einmal einen Giaur, so beantworte ich diese Beleidigung damit, daß ich dir meine Kamelpeitsche übers Gesicht ziehe und du die Narbe dann zeitlebens zu deiner Schande zu tragen hast! Verlasse dich darauf; ich halte mein Wort!"

Einem Beduinen Schläge anzubieten, ist die denkbar größte Beleidigung. Der Schech fuhr zurück, seine Leute murrten.

„Effendi", rief er, „weißt du, was du sagst?"

„Ja, ich weiß es, und was ich sage, das tue ich auch. Du nanntest mich Giaur, und ich drohte dir dafür mit der Peitsche. Wir sind also quitt. Sorge nun dafür, daß die Rechnung nicht wieder von neuem beginnt, und wage es nicht, diese Löwen, an denen du keinen Anteil hast, wieder anzurühren! Wir werden sie hinüber zu unseren Feuern schaffen; ihr mögt hier bei dem eurigen bleiben, wie es vorher gewesen ist, ehe euch die Angst von demselben verscheuchte."

Mußte schon die hohe, breite Figur des Deutschen den schmächtigen Arabern imponieren, so gab sein Auftreten ihnen überdies zu erkennen, daß er ihnen nicht nur körperlich überlegen sei. Keiner von ihnen wagte, noch ein Wort zu sagen. Sie zogen sich zurück, bis der Platz am Feuer frei war; dann setzten sie sich an dasselbe nieder. Was sie dort leise sprachen, hörten die anderen nicht; aber die Blicke, welche sie nach dem zweiten Lagerplatz warfen, ließen vermuten, daß sie über kein freundliches Thema verhandelten.

Die acht Dschelabi, welche sich zu Schwarz hielten, mußten alle ihre Kräfte anstrengen, die beiden Löwen die kurze Strecke hinüber zu schleifen. Dort wurden den Tieren die Häute abgezogen. Während dieser Arbeit und dann, als die Wunden genau untersucht wurden, stellte es sich heraus, welche tödlich gewesen war.

Die erste Kugel des Deutschen war dem Löwen durch das Auge ins Gehirn gedrungen; die zweite hatte ihren Lauf nahe am Herzen vorüber genommen. Diese letztere hätte den späteren Tod des Tieres zur Folge gehabt, während die erste schnell und absolut tödlich gewesen sein mußte. Das Fell gehörte also Schwarz.

Nun kam aber der Umstand, daß der Löwe sich die Lanze so tief in den Leib gestoßen hatte, daß die Spitze derselben am Rückgrat steckte. Der Schaft war einige Zoll unter der Haut abgebrochen. Auch diese Wunde hätte, wenn auch vielleicht erst nach Viertelstunden, den Tod herbeiführen müssen. Schwarz hatte das Vorrecht auf die Trophäe, weil seine Kugeln eher als die Lanze in den Leib des Löwen gedrungen waren, aber der brave Vater des Gelächters war gewiß auch einer Belohnung wert.

Was die Löwin betrifft, so war ihr die erste Kugel in das Gebiß gegangen, durch die Zunge und seitwärts oberhalb des ersten Halswirbels durch das Hinterhauptbein gedrungen. Diese Wunde war tödlich, wenn auch nicht sofort. Die zweite Kugel hatte die Lunge durchbohrt und sich an einem der letzten Brustwirbel platt geschlagen. Nach diesen beiden Schüssen hätte das Tier nicht mehr fünf Minuten zu leben vermocht.

Die viertelpfündige Kugel des Vaters der elf Haare war durch das Gehirn gegangen und hatte die fünf Minuten bis auf eine abgekürzt. Auch dieses Fell gehörte eigentlich dem Deutschen.

Hadschi Ali und Stephan Pudel gaben das zu, aber mit sichtbarem Bedauern. Sie hätten gar zu gern auch Teil an den Fellen genommen. Darum sagte Schwarz: „Jedes der Tiere hat drei Wunden, zwei von mir und eine von euch. Nehmen wir also an, daß zwei Drittel von jedem Fell mir gehören, so würde das eine schlimme Teilung ergeben. Ich will also meine Ansprüche mäßigen und mir die Hälfte nehmen: Der Löwe ist für mich und die Löwin für euch. So bekommt jeder von euch ein halbes Fell, also mehr, als er eigentlich zu fordern hat, und die Teilung ist bequem, wenn ihr die Haut quer oder lang in zwei Teile schneidet. Seid ihr zufrieden?"

„Sehr gern", antwortete der Slowake. „Ich nehme den Kopf und Hadschi Ali erhält den Schwanz."

„Den mag ich nicht", erklärte dieser. „Warum willst du den Kopf?"

„Weil ich in den Kopf geschossen habe."

„Allah! Habe ich den Löwen etwa in den Schwanz gestochen? Wir schneiden das Fell lang durch, so bekommt jeder einen halben Kopf und einen halben Schwanz."

Das wollte Stephan nicht zugeben. Sie stritten sich hin und her, bis Schwarz fragte: „Was wollt ihr denn mit den Fellen machen?"

„Ich kleide mich in meine Hälfte", erklärte der Vater des Gelächters.

„Ich in die meinige auch", antwortete der Sohn der Blattern.

„So dürft ihr nicht nach der Länge teilen, weil die Hälften dann unbequem zu tragen wären. Schneidet quer und dann mag das Los entscheiden, wer die vordere und wer die hintere Löwin erhält."

Dieser Vorschlag wurde angenommen, und das Fell sofort zerschnitten. Das Los zeigte sich dem Slowaken günstig; er erhielt die Kopfhälfte.

„Das ist gut", lachte er fröhlich. „Ich habe, was ich wollte. Du bist nun nicht mehr bloß der Vater des Gelächters, sondern wir werden dich von nun an auch Abu ed daneb - Vater des Schwanzes nennen!"

Hadschi Ali wollte ein bitterböses Gesicht machen, was die Folge hatte, daß er wie toll zu lachen schien. Er breitete seine hintere Hälfte aus und zog das Messer, um die Fleischteile abzuschaben und die Innenseite mit Asche einzureiben. Dabei antwortete er: „Und dich können wir Abu el buz - Vater des Maules heißen, denn du hast das Maul erhalten, obgleich das deinige bereits so groß ist, daß du es gar nicht zu schließen vermagst und es nur immer offen hast, um andere zu beleidigen. Hättest du so viele Völker, Länder und Dörfer im Kopf wie ich, so besäßest du mehr Bildung und könntest Abu'l latif - Vater der Höflichkeit genannt werden, was du aber niemals erreichen wirst."

„Du weißt, daß ich weder deine Völker noch deine Dörfer haben mag, weil ich gern einen hellen Kopf besitze."

„Ist's in dem meinigen etwa finster?"

„Ja, weil es in deinen Ländern und Dörfern keine Straßenlaternen gibt. Meine Wissenschaft dagegen ist das reinste Licht. Schon mein Latein allein könnte dich zum gelehrten Mann machen, ohne die anderen Wissenschaften, mit denen Allah mich erleuchtet hat. Aber zu einem solchen Glanz bringst du es im ganzen Leben nicht."

„Ich kenne alle Dörfer der Welt, aber nicht ein einziges, welches Latein heißt."

„O Allah! Latein soll ein Dorf sein! Weißt du denn nicht, daß das eine Sprache ist, welche jenseits des Meeres..."

„Verstehen Sie denn wirklich so gut Latein?" fiel Schwarz, um den ausbrechenden Zwist zurückzuhalten, in deutscher Sprache ein.

„Sehr ausgezeichnet!" antwortete der Slowake schnell in derselben Sprache. „Ich habe es gelernte von Herrrr Wagner. Und Sie haben es gehörte von mirr. Ich habe gesagte doch Fauna und Flora!"

„Aber verkehrt!"

„Das ist geschehnte aus einerr kleinen Versehenheit. Ich hab' verstehnte sogarrr die ganze Zoologie und Botanik."

„Nun, was ist Zoologie?"

„Zoologie ist alles, was seinte in Herbarium."

„Und Botanik?"

„Botanik seinte alles vom Geschöpf menschliches und Affen, tierlichen, bis herrrab zurrr Raupe, insektliche."

„Abermals umgekehrt! Zoologie ist Tier- und Botanik ist Pflanzenkunde."

„Ist abermals nur aus einerrr kleinen Verwechstelung von Wissenschaft meiniger. Jedermann hat gewüßten, daß Latein ungarisches ist das vortreffenstliche von derrr ganze Welt. Ich habe studiumtierte der Horrraz und der Virgill."

„Was zum Beispiel?"

„Kaiserrr Max österreichischer an der Martinswand von Virgill."

„Dieses Gedicht ist, glaube ich, nicht von dem Römer Virgil, sondern von Anastasius Grün."

„So habe ich aberrrmals mich nur versehnte aus Wissenschaft meiniger, gründlicher. Ich hab lernen die Astronomie und Mathematigkeit und viel noch mehr."

„Wie? Auch die Astronomie? Was versteht man darunter?"

„Das Einmaleins und Quadrat viereckiges.“

„Und unter Mathematik?“

„Die milchige Straße am Himmel und der Kommet, um den Mond laufte.“

„Wieder verwechselt. Die Mathematik handelt unter anderem auch vom Viereck und die Astronomie von der Milchstraße.“

„So hab’ ich nur vertauschte Milch himmlische, mit Einmaleins, auswendiges.“

„Sie scheinen immer zu vertauschen und zu verwechseln?“

„Das kann verzeihen wernte. Professor, zerstreuender, hat auch genommte Besen anstatt Regenschirm. Warum soll Gedächtnis meiniges sich mehr angestrengte als Aufmerksamte seinige? Kenntnisse, die ich habe, sind so viel und groß, daß Verwechselung, zufällige, einmal vorkommen kann.“

„Ja, diese Kenntnisse sind umso erstaunlicher, als ich annehmen möchte, daß Sie keine höhere Schule besucht haben.“

„Nein. Ich war nie der in Schule Gewesente. Ich hütete Schafe und Schweine, Vaterig, und hatte nicht Zeit gefinte, in Schule zu gehente. Aber ich hatte geschenkte bekommen eine Tafel, schiefrige, und einen Stift, schieferigen, und zuweilen kam der Sohn, nachbariger, um mir zu zeigen, wie wird gelesen und geschreibt. Dann hab’ ich geborgt von allen Leuten Kalender, unbrauchbare, und habe studiumtierte fleißig weiter. Später bin ich wanderte aus liebe Heimat meiniger und habe besucht Leihbibliothek überall, wohin ich kommte. Auch habe ich suchte Bekanntschaftlichkeit von Männern gescheite, um nach und nach zu bekommen Kenntnisse diejenigente, welche verleihen Bildung und alle Gelehrsamtekeitigen. Ich habe lernte sogar Mythologie und Pharmalogie!“

„Sie wollen sagen Pharmakologie. Was verstehen Sie darunter?“

„Pharmalogie ist Kenntnis von Jupiter und Proserpina, von Olymp und Donnergott.“

„Und Mythologie?“

„Mythologie ist Bewußtsein, gelehrtes, von Salben und Pflaster, von Silber, schwefelsaurem, und Rheumatismusketten, Geldbergerige, auch von Schweizerpillen, Richard Brandtige, und Brechweintestein.“

„Das ist wieder eine Verwechslung. Die Mythologie oder Götterlehre ist es, welche uns über den Olymp und dessen Bewohner unterrichtet, und die Pharmakologie lehrt uns in streng wissenschaftlicher Weise die Arzneimittel kennen.“

„So habe ich nur vertauschte Jupiter mit Geist, salmiakigem, was ihm nicht gereichten wird zu Schaden großartigem."

„Darüber können Sie sich allerdings beruhigen. Zeus lebt schon längst nicht mehr. Aber wollen Sie sich Ihr halbes Löwenfell nicht auch so präparieren, wie der Vater des Gelächters es mit dem seinigen tut? Es ist das notwendig, wenn es nicht verderben soll."

„Ja, ich werde Fell auch schabte ab von Fleisch und reibte ein mit Asche. Fell Ihriges ist auch schon in Arbeit."

Diese letzten Worte bezogen sich auf die Dschelabi, welche aus Dankbarkeit dafür, daß Schwarz sie von dem Löwen errettet hatte, die Haut desselben in der angegebenen Weise bearbeiteten, um sie für die eigentliche, spätere Präparation vorzubereiten.

Viertes Kapitel

Die Gum

Während dieser Arbeit sprachen die Männer von der Gefahr, in welcher sie sich befunden hatten, und vom Mut der drei Helden, welche den Raubtieren so kühn entgegengetreten waren. Da gab es viel über die Person und die Eigenheiten des Herrn mit dem dicken Kopf zu hören. Der Bewohner jener Länder umgibt kein Tier mit einem solchen Nimbus wie den Löwen.

„Glaubt doch nicht solche Dinge!" sagte der Ungar. „Der Löwe ist ein Tier wie jedes andere. Wenn er Hunger hat, so frißt er; dürstet ihn, so säuft er, und ist er satt, so schläft er. In ihm wohnt nicht die Seele eines verstorbenen Menschen. Er hat zwar sehr scharfe Sinne, aber was in stundenweiter Entfernung von ihm gesprochen wird, das kann er nicht hören. Und wenn er die Worte auch wirklich hörte, so könnte er sie doch nicht verstehen. Ich kenne das; ich muß das besser wissen als ihr, ich, der ich sogar Latein sprechen kann!"

Sie ließen sich aber nicht irre machen und fuhren fort, sich allerlei haarsträubende Geschichten zu erzählen, in denen natürlich der Löwe die Hauptrolle spielte. Schwarz hörte eifrig zu. Diese Geschichten waren, obgleich die Erzähler selbst an sie glaubten, nur Märchen, aber der Volkscharakter sprach sich in denselben aus. Dies hielt ihn jedoch nicht ab, seine Aufmerksamkeit zu gleicher Zeit auch auf die Homr-Araber zu richten, welche sich auch sehr eifrig, doch mit leiser Stimme unterhielten.

Er wußte, daß jeder Beduine ein geborener Räuber ist, ferner daß er durch sein kräftiges Auftreten gegen den Schech sich die Feindschaft dieser Leute zugezogen hatte, und konnte endlich den Gedanken an die Hedj nicht los werden, welche er hinter sich hatte fliegen sehen. Selbst der Schech hatte zugeben müssen, daß diese Vögel ein sicheres Zeichen von Anwesenheit einer Karawane seien. Wo befand sich nun dieselbe? Sie hätte schon längst hier an der Quelle eingetroffen sein müssen. Warum kam sie nicht heran, sondern hielt fern von derselben Rast? Etwa weil die zu ihr gehörigen Leute die Quelle des Löwen nicht kannten? Dies war nicht anzunehmen. Und selbst wenn es der Fall gewesen wäre, so hätten die Kamele sich geweigert, sich niederzulegen. Diese Tiere riechen das Wasser oder vielmehr die Feuchtigkeit, welche eine Quelle in der Luft verbreitet, aus stundenweiter Entfernung. Sie sind dann nicht anzuhalten und eilen im Galopp, welche Gangart ihnen sonst streng verboten ist, auf den Brunnen zu. Es war anzunehmen, daß die Männer, aus denen die Karawane bestand, ihre Tiere mit Anwendung von Gewalt zurückgehalten hatten. Und warum? Doch nur, weil sie nichts Gutes beabsichtigten. Der Schluß, daß diese Karawane eine Gum sei, lag sehr nahe.

Man unterscheidet nämlich mehrere Arten von Karawanen. Das Wort lautet eigentlich Karwahn oder Kerwahn und bedeutet einen Wanderzug im allgemeinen. Eine Pilgerkarawane im besonderen, also ein Zug von Leuten, welche entweder in Mekka, Medina oder Jerusalem anbeten wollen, heißt Hadsch. Eine Handelskarawane wird Kaffila, in gewissen Gegenden auch Dschelaba genannt, daher Dschelab, der Händler. Eine Karawane aber, deren Teilnehmer auf Raub ausgehen, heißt Gum. Raubzüge sind nichts Seltenes, und es kommt auch vor, daß eine Kaffila oder auch gar eine Hadsch sich gelegentlich in eine Gum verwandelt, um nach vollendetem Raub sich wieder in einen friedlichen Handels- oder Pilgerzug zu verwandeln.

Eine ganz besondere Art der Gum ist die Ghasuah, Plural Ghasauaht, welche den besonderen Zweck des Menschenraubs hat. Sie kommt nicht in der eigentlichen Wüste vor, sondern in den südlichen Grenzländern derselben, deren Bevölkerung aus Negern besteht, welche man raubt, um sie als Sklaven zu verkaufen. Werden diese Raubzüge zu Wasser unternommen, so heißen sie Bahara, das ist Flußreisen. Diese letzteren kommen besonders am oberen Nil vor, dessen beide Hauptarme sich in so viele Nebenarme verzweigen, daß besonders während des Charif, der jährlichen Regenzeit, und einige Zeit nach demselben die Gegend nur mittels Schiff bereist werden kann.

Also Schwarz hielt die Karawane, welche er in der Nähe vermuten mußte, für eine Gum. Es war also alle Veranlassung zur Vorsicht und Wachsamkeit vorhanden, zumal er allen Grund hatte, anzunehmen, daß die Homr-Araber sich mit den Räubern im Einverständnis befanden. Es war zunächst nichts zu tun, als die Araber zu beobachten und die Dschelabi von der auch ihnen drohenden Gefahr zu benachrichtigen. Er tat dies, indem er während einer Pause, welche in der Unterhaltung der Leute eingetreten war, den Vater der elf Haare fragte: „Ihr seid durch das Land der Baggara gekommen. Waren diese Leute friedlich gesinnt?"

„Ja", antwortete der Slowake. „Es gibt keinen Stamm, welcher uns Dschelabi feindlich behandelt. Man braucht uns ja überall, da wir allein es sind, welche den Leuten bringen, was sie brauchen. Darum sind wir überall willkommen und werden von jedem als Freunde behandelt."

„Und doch habe ich gehört, daß auch Dschelabi angefallen und ausgeraubt worden sind."

„Das sind sehr seltene Ausnahmen und geschieht nur von solchen Stämmen, mit denen man nicht verkehrt. Wir sind auch stets so vorsichtig, uns überall genau zu erkundigen, ob vielleicht eine Gum sich unterwegs befindet oder gar gesehen worden ist."

„Nun, habt ihr vielleicht in letzter Zeit so etwas erfahren?"

„Nein. Die Baggara sind augenblicklich alle daheim, und mit den Schilluk, in deren Land wir uns jetzt befinden, leben wir in Freundschaft."

„Kommt ihr auch zu den Homr-Arabern?"

„Nein. Ihre Dörfer liegen uns zu weit entfernt."

„So würdet ihr euch unter Umständen vor ihnen wohl nicht ganz sicher fühlen?"

„Wir würden ihnen, wenn es sich tun ließe, aus dem Weg gehen. Heute, da wir ihnen und dir begegneten, war dies nicht gut möglich. Sie sind allerdings nicht freundlich mit uns gewesen, aber wir haben nichts von ihnen zu befürchten."

„Denkst du?"

„Ja. Wir stehen doch wohl unter deinem Schutz?"

„Gewiß. Aber wird dieser Schutz im gegebenen Fall sich bewähren?"

„Jedenfalls, da sie dich begleiten und also deine Freunde sind. Der Araber ist stets der Freund der Freunde seines Freundes."

„Hast du denn nicht gesehen und gehört, daß sie sich nicht sehr freundlich zu mir benahmen?"

„Ich habe das bemerkt, aber das tut ja nichts. Sie haben dir ihr Wort gegeben, dich sicher nach Faschodah zu bringen, und müssen es halten."

„Und dennoch traue ich ihnen nicht. Sie haben mir das Versprechen gegeben, mich und meine Sachen auf ihren Kamelen zu transportieren. Ich dagegen versprach ihnen, sie in Faschodah dafür zu bezahlen. Das ist alles."

„Wie? So ist nicht ausdrücklich ausgemacht worden, daß sie

dich unter Umständen sogar mit ihrem Leben zu beschützen haben?"

„Nein."

„Du hast nicht die Formel Dalikah ia Schech - Ich bin der Beschützer, Herr mit ihnen gewechselt?"

„Nein. Ich wollte es, aber sie behaupteten, daß dies bei ihnen nicht gebräuchlich und übrigens auch gar nicht nötig sei."

„Dann darfst du ihnen allerdings nicht trauen, und auch wir sind nicht sicher. Die Formel hätte sie gezwungen, nicht nur ehrlich gegen dich zu sein, sondern dich auch nötigenfalls gegen alle Feinde zu verteidigen. So aber haben sie keine Verpflichtung gegen dich, und nach ihren Regeln und Begriffen können sie dich ausrauben und töten, ohne die geringste Schuld auf sich zu laden. Daß sie dir die Formel verweigert haben, ist fast ein sicheres Zeichen, daß sie Böses beabsichtigen. Daß sie es noch nicht ausgeführt haben, darf dich nicht sicher machen, sondern muß dich vielmehr für heute zur doppelten Vorsicht auffordern. Heute ist der letzte Abend. Morgen würdest du Faschodah erreichen, wo sie dir nichts mehr anhaben können. Vielleicht ist meine Befürchtung ohne Grund; aber ich rate dir, anzunehmen, daß dir heute eine große Gefahr drohe, dir und also auch uns. Ich werde nicht schlafen und sofort meinen Elefantenmörder wieder laden, was ich unterließ, da ich nicht wußte, daß unsere Sicherheit bedroht ist."

Er griff auch wirklich nach dem gewaltigen Katil Elfil und nach dem Pulverhorn. Der Vater des Gelächters zeigte, daß er ganz der Ansicht seines Kollegen sei, denn er sagte: „Meine Habri - Lanze ist leider am Bauch des Löwen zerbrochen, aber ich werde mich mit Armen und Händen wehren. Diese Väter und Söhne des Raubes sollen weder mein Leben, noch meinen Esel, noch meine Waren bekommen. Ich erwürge sie einzeln, einen nach dem anderen. Ich kenne die Homr. Sie haben die Worte des Koran auf den Lippen. Sie versäumen weder das Abrik - die Waschung noch die vorgeschriebenen Salawaht - Gebete, aber sie sind Diebe, und der Verrat ist bei ihnen Gebrauch. Wenn man von einer Gum hört, so hat sie ganz gewiß aus lauter Arab el Homr bestanden. Allah verschließe ihnen den Himmel mit hundert Riegeln!"

„So ist es jedenfalls auch eine Gum der Homr, welche sich hier in der Nähe befindet", bemerkte Schwarz.

„Was? Wie?" fragte der Slowake. „Eine Gum ist uns nahe?"

„Gewiß weiß ich es nicht, aber ich vermute es."

Er teilte ihnen die Beobachtung mit, welche er gemacht hatte, und die Vermutung, die er infolgedessen hegte. Seine Worte brachten eine Aufregung hervor, die er nur durch den Hinweis auf die in der Nähe sitzenden Araber dämpfen konnte. Diese durften nicht ahnen, in welchem Verdacht man sie hatte. Darum beherrschten sich die Dschelabi und zeigten beim Fortlauf des natürlich leise geführten Gesprächs eine möglichst ruhige Haltung.

„Wenn das so ist, Herr, so bin ich freilich ganz deiner Meinung, daß die Leute, denen die Vögel folgten, zu einer Gum gehören", sagte der Ungar. „Wir müssen uns auf einen Überfall gefaßt machen. Wäre es nicht am besten, deine Homr sofort niederzuschießen?"

„Nein. Noch haben wir keinen Beweis. Und selbst wenn wir denselben hätten, würde ich dagegen sein. Ich kann mich zur Tötung eines Menschen nur dann entschließen, wenn dies unumgänglich nötig ist."

„So wollen wir uns augenblicklich aufmachen und diesen gefährlichen Ort verlassen."

„Auch dazu kann ich nicht raten. Hier wissen wir genau, was unser wartet. Diese Felsen gewähren uns gute Deckung, ebenso die Büsche. Reiten wir aber fort, so ist es sicher, daß die Gum uns folgt und draußen auf freier Ebene überfällt. Wir wissen nicht, wie stark sie ist. Wir sind neun Mann. Selbst wenn sie nicht zahlreicher wären und wir den Angriff siegreich abschlügen, würden wir den Sieg mit Toten oder wenigstens Verwundeten bezahlen. Auf alle Fälle steht zu erwarten, daß die Homr mit der Gum gemeinsame Sache machen, was die Angelegenheit verschlimmert. Hier haben wir sie vor uns und können sie im Auge behalten. Ich rate also, hier zu bleiben."

„Aber wir wissen ja nicht, wenn uns die Kerle überfallen werden, und können doch nicht immer mit angelegtem Gewehr hier sitzen!"

„Das ist auch nicht nötig, wenn wir unsere Vorbereitungen treffen. Zunächst müssen wir das Feuer ausgehen lassen. Es blendet uns. Wer an einem Feuer sitzt, kann nur schwer sehen, was jenseits desselben in der Dunkelheit vorgeht. Wenn es hier finster ist, können auch die Homr nicht erkennen, was wir tun. Lassen wir sie glauben, daß wir uns jetzt zur Ruhe legen. Ist dann die Flamme erloschen, so verlassen wir die Feuerstätte und plazieren uns an die Felswand. Dann stecken wir hinter den Kamelen und Gepäckstücken und sind außerdem vom Gebüsch gedeckt. Inzwischen werde ich zu erfahren suchen, wo sich die Gum befindet."

„Wie willst du das erfahren?"

„Indem ich nach ihr suche. Sie ist, wie wir, von Westen gekommen und wird also in dieser Richtung zu finden sein."

„Aber du begibst dich dabei in eine sehr große Gefahr!"

„In gar keine!"

„O doch, Herr. Man wird dich sehen und ermorden."

„Man wird mich nicht sehen. Ich gehe nicht aufrecht, sondern schleiche mich am Boden hin."

„Man wird dich dennoch bemerken, da die helle Farbe deines Haik - Burnus dich verraten muß."

„Ich lege ihn vorher ab. Die Farbe der Bantaluhn und Kutrahn - Hose und Jacke, welche ich darunter trage, ist dunkler, gleich derjenigen des Erdbodens, von dem ich dann nicht leicht zu unterscheiden bin."

„Man wird dich dennoch erkennen. Die Sterne scheinen hell, und welcher Mensch kann wie eine Schlange auf der Erde hin kriechen?"

„Viele können es, und auch ich habe es lernen müssen. Als ich drüben in Jeni dünjy - Amerika war, befand ich mich lange Zeit bei berühmten Jägern, mit denen ich allzeit auf der Hut vor wilden Indianern sein mußte. Von einem von ihnen, welcher Old Shatterhand hieß, in arabischer Sprache Abu Jadd ed darb, habe ich gelernt, mich so an einen anderen anzuschleichen, daß er es gar nicht bemerkt. Diesen Leuten habe ich es auch zu verdanken, daß wir heute den Löwen und seine Frau besiegten. Ich war bei ihnen, um Pflanzen und allerlei kleines Getier zu sammeln, und wurde von ihnen im Kampf mit wilden Menschen unterrichtet. Ich bin überzeugt, daß ich die Homr finden und sogar auch belauschen werde, ohne von ihnen gesehen und gehört zu werden."

„Aber ihre Kamele werden deine Nähe riechen und dich verraten. Willst du dich wirklich in diese Gefahr begeben?"

„Ja."

„So will ich dir ein Mittel geben, welches die Kamele abhalten wird, unruhig zu werden. Sie riechen es gern. Ich habe es unter den Spezereien, mit denen ich handle. Du mußt, sobald du in ihre Nähe kommst, einige Tropfen davon auf deine Kleidung fließen lassen. Es ist Milh ennuschahdir - Salmiak, welche mit Gir und Moje - Kalk und Wasser zubereitet wird."

Er ging zu seinem Esel, neben welchem das ihm gehörige Gepäck lag, und brachte ein kleines Fläschchen, das den Salmiakgeist enthielt. Schwarz steckte es zu sich.

Die Dschelabi hatten sich vor dem Löwen verkrochen. Ihn fürchteten sie, weil sie so abergläubische Vorstellungen von ihm hegten. Die Gum aber hatte sie nur vorübergehend erschreckt. Zwar hatten sie fliehen wollen; aber nun sie einsahen, daß es geraten sei, zu bleiben, waren sie zur Gegenwehr entschlossen. Sie hatten es mit Menschen, aber nicht mit einem gewaltigen Raubtier zu tun, in welchem ihrer Meinung nach der Geist eines Verstorbenen steckte.

Sie legten sich nieder und breiteten ihre Decken über sich aus, um die Meinung zu erwecken, daß sie nun schlafen würden. In kurzer Zeit ging das Feuer aus, und diese Abteilung des Lagers war nun in nächtliches Dunkel gehüllt, während die Homr auf der anderen Seite ihr Feuer sorgfältig weiter unterhielten, so daß man sehen konnte, was sie taten.

Jetzt schlüpfte Schwarz aus seinem Haik und entfernte sich leise, von den Homr ungesehen. Seine beiden Gewehre, welche ihm nur hinderlich sein konnten, ließ er zurück.

Die Homr befanden sich auf der Südseite. Er schlich sich auf der nördlichen, wo, wie bereits erwähnt, kein Buschwerk stand, um den Felsen. Dort blieb er zunächst stehen, um zu lauschen.

Der Vater der vier Augen konnte, so sehr er seine Augen und Ohren anstrengte, ein menschliches Wesen weder sehen noch hören. Darum ging er langsam weiter, sich gerade westlich haltend.

Der Boden war fein sandig; die Schritte des Deutschen verursachten kein Geräusch. Langsam und vorsichtig vorwärts schreitend, ging er weiter und weiter, doch ohne etwas zu bemerken. Schon waren vielleicht zehn Minuten vergangen, und er nahm an, daß er eine falsche Richtung eingeschlagen habe, obgleich er genau auf der Fährte ging, welche er mit seinen Begleitern gemacht hatte und auf der die Gum zu suchen war.

Da drang ein leises Klirren an sein Ohr, wie wenn zwei Waffen sich berührt hätten. Der Ton kam ganz genau aus der Richtung, welche er eingeschlagen hatte. Er verdoppelte seine Vorsicht und verlangsamte seine Schritte. - Schon nach kurzer Zeit tauchte es in unbestimmten Konturen wie graue Schatten vor ihm auf. Sie saßen auf der Erde und bewegten sich nicht. Zu gleicher Zeit wehte ihm die bekannte Ausdünstung von Kamelen entgegen. Er hatte die Gum vor sich, die zu derselben gehörigen Männer waren in die landesüblichen grauen Haiks gehüllt. Nun legte er sich nieder und kroch auf Händen und Füßen weiter.

Da die Leute ihre Aufmerksamkeit jedenfalls auf die Gegend gerichtet hatten, aus welcher er kam, so schlug er einen Bogen nach rechts, um sich von Norden her anzuschleichen. Seine Gestalt war trotz des hellen Sternenschimmers nicht vom Boden zu unterscheiden. Da seine hellere Gesichtsfarbe vielleicht zur Verräterin werden konnte, so zog er sein dunkelrotes Taschentuch hervor und band es sich vor den unteren Teil des Gesichts, so daß er nur die Augen frei behielt. Den Fes, den er unter der Kapuze getragen hatte, zog er über die Stirn herein.

Als er näher kam, sah er die Kamele liegen, nicht eng beisammen, sondern einzeln. Nun konnte er die Personen zählen. Es waren ihrer zwölf. Sie saßen in einem kleinen Kreis, vor welchem zwei Kamele lagen.

Dieser Umstand war ihm sehr willkommen, da derselbe es ihm vielleicht ermöglichte, sich so weit hinaufzuschleichen, daß er hören konnte, was gesprochen wurde.

Er schob sich sehr, sehr langsam vorwärts, fast Zoll um Zoll. Die Luft war leise bewegt; sie kam ihm entgegen. Das war die Ursache, daß die Tiere ihn noch nicht bemerkten. Nun war es an der Zeit, das Mittel des Dschelabi zu versuchen. Er öffnete das Fläschchen und besprengte sich mit dem Salmiakgeist.

Es ist bekannt, daß die Ausdünstung des Kamels eine ammoniumartige ist und daß aus dem Mist und Urin dieses Tieres Salmiak gewonnen wird. Darum hielt Schwarz es für nicht ganz unmöglich, daß die Kamele eine Art von Vorliebe für den Geruch dieses Produktes besitzen. Er fand auch wirklich sofort Veranlassung, sich zu überzeugen, daß dies wirklich der Fall sei. Denn kaum hatte er das Fläschchen wieder eingesteckt, so wendeten beide Kamele die Köpfe nach ihm und öffneten die weit geschnittenen Nüstern, doch ohne ein Zeichen von Unruhe zu geben. Sie schienen den Geruch mit Behagen einzuziehen.

Dadurch beruhigt, kroch er näher. Schon war er so weit, daß die hohen Rücken der Tiere es den Arabern nicht mehr ermöglichten, ihn zu sehen. Er schob sich an das eine Kamel heran, schmiegte sich eng an dasselbe und begann, es mit der Hand zu kraulen. Wobei es einen leisen, behaglich grunzenden Laut hören ließ.

Die Gruppe der Männer war nicht mehr als drei Schritte von dem Tier entfernt. Sie sprachen zwar nicht laut, aber doch so vernehmlich, daß er die meisten ihrer Worte verstehen und das übrige sich hinzudenken konnte.

Unter ihnen fiel ihm eine besonders lange und außerordentlich hagere Gestalt auf, welche die anderen weit überragte. Der aufrecht sitzende Oberkörper dieses Mannes war fast vier Fuß hoch. Die Länge dieses Menschen mußte, wenn er stand, weit über drei Ellen betragen, eine große Seltenheit bei den Arabern. Er saß etwas zur Seite, als ob er dadurch einen Vorrang zum Ausdruck bringen wolle. Seine Stimme klang hohl und im Grabeston, als er jetzt sagte: „Nein, wir brauchen uns nicht erst zu überzeugen. Wir haben die Spur gesehen. Es sind lauter Esel gewesen, acht an der Zahl. Und wer reitt auf Eseln? Nur Dschelabi können es sein. Diese Krämer sind gewöhnlich feige. Wir haben sie nicht zu fürchten. Wollten wir einen von uns hinsenden um nachzusehen, ob sie sich mit am Brunnen befinden, so könnte er durch irgendeinen Zufall bemerkt werden, und wir wären verraten. Diese Dschelabi sind sicher dort, was uns nur lieb sein kann, da wir zur übrigen Beute auch noch ihre Waren und Tiere bekommen."

„Sollen wir die Krämer auch töten?" fragte einer.

„Ja."

„Das könnte mir beinahe leid tun. Diese Leute sind nützliche Menschen und Anhänger des Propheten, während der Fremde ein Giaur ist, dessen Seele der Teufel fressen möge!"

„Hat die Sonne dir das Gehirn versengt, daß du von Mitleid redest? Sollen wir die Unvorsichtigkeit begehen, acht Zeugen leben zu lassen? Der Fremde steht im Schutz seines Unsul - Konsul, welcher, wenn er seinen Tod erführe, so lange nach Rache schreien würde, bis man uns ergriffen und getötet hätte."

„Aber wir würden den Dschelabi doch nicht sagen wer wir sind!"

„Auch hier reicht dein Verstand nicht aus. Wie nun, wenn sich einer unter ihnen befindet, der einen von uns kennt?"

„Diesen einen könnten wir stumm machen."

„So müssen wir sie eben alle umbringen, denn mich würden sie selbst in dem Fall erkennen, daß sie mich noch nie gesehen haben. Allah ist, als er meiner Seele den Körper gab, verschwenderischer als sonst gewesen, wofür ich ihm nicht dankbar bin, denn es ist meist sehr verdrießlich, eine Gestalt zu besitzen, welche jedem auffallen muß. Man weiß, daß ich ein Sklavenjäger bin. Das ist schon genug, seit die Franken, über welche die Verdammnis kommen möge, in Chartum es durchgesetzt haben, daß der Sklavenhandel verboten wurde. Nun sitzt selbst hier in Faschodah ein Mudir - Distriktvorsteher, welcher kein Sklavenschiff passieren läßt, so daß wir stets ausladen und den langen und beschwerlichen Landweg einschlagen müssen. Dieser Mudir hat sein Auge ganz besonders auf mich gerichtet. Falle ich ihm in die Hände und es befindet sich nur ein einziger Sklave bei mir, so bin ich verloren. Soll er nun auch noch erfahren, daß ich, wenn Allah mir die Gelegenheit sendet, meine Leute in eine Gum verwandle, so ist das Ende meines Lebens nahe, was der Prophet verhindern möge, denn ich habe Lust, den Preis von noch Tausenden von Negern mit euch zu teilen. Diese acht Dschelabi würden, sobald sie mich sähen, augenblicklich wissen, daß ich Abu el Mot bin, und es morgen dem Mudir verraten. Dieser wieder weiß, in welchem Gebiet ich nach Schwarzen jage, ebenso weiß er ungefähr, wenn ich mit meinen Sklaventransporten durch sein Gebiet muß, und so würde er mir mit doppelter Sorgsamkeit auflauern. Ist es schon jetzt schwer, ihm zu entgehen, so würde es nachher unmöglich sein. Nein, die Dschelabi müssen sterben! Wenn du Mitleid mit ihnen hast, so kannst du heimkehren und Durrah - Negerhirse essen. Ich brauche keinen Mann, dessen Herz von Wolle ist anstatt von Eisen."

Dabei zog er sein Messer und spielte in so bedeutungsvoller Weise mit demselben, daß der andere einsah, er werde nicht weit kommen, wenn es ihm einfallen sollte, dieser Aufforderung Folge zu leisten. Darum antwortete er in begütigendem Ton: „Hast du mich jemals weinen sehen, wenn mein Messer oder meine Kugel einen Menschen getroffen hatte? Warum soll ich jetzt auf einmal ein Weib geworden sein, da mir einmal ein milder Gedanke kommt? Ich werde der erste von euch sein, welcher sein Messer in das Herz eines dieser Dschelabi senkt."

„Das hoffe ich auch, damit du die Zweifel zerstreust, zu denen du mir soeben Veranlassung gegeben hast! Ein Sklavenjäger muß morden können, ohne mit der Wimper zu zucken. Kann er das nicht, so taugt er nicht für dieses Geschäft. Morgen früh werden die Geier auf den Gerippen von neun Menschen sitzen und sich so dick angefressen haben, daß sie nicht davonfliegen können. Wir aber werden unsere Beute nach Kaka bringen und uns derselben erfreuen."

„Nach Kaka? So müssen wir nach Nordosten gegen den Nil, also zurück. Warum nicht nach Faschodah?"

„Das liegt zwar näher und ist auch ein besserer Handelsplatz; auch kann ich mich getrost dort sehen lassen, wenn ich keine Sklaven bei mir habe; aber ich würde dort keinen Käufer für die Sache finden, welche wir diesem Giaur abnehmen werden. In Kaka aber habe ich meinen Agenten, welcher die Sammlung gern nach Chartum bringen wird, um sie für mich zu verwerten."

„Wird man dort nicht Verdacht fassen?"

„Nein, denn der Agent wird so klug sein, den Leuten ein Märchen zu erzählen, welches sie glauben müssen. Dort gibt es Personen, welche den Wert einer solchen Sammlung kennen und einen guten Preis zahlen werden. Wir können sie auf anderem Weg unmöglich an den Mann bringen. Und daß sie viel wert ist, kann man daraus schließen, daß der Christ seine Heimat verlassen hat und sich so großen und vielen Gefahren aussetzt, um diese Pflanzen und Tiere zu holen. Wir werden bald einen zweiten, ähnlichen Fang machen. Der letzte Bote, der mir aus der Seribah Omm et Timsah - befestigte Niederlassung der Sklavenjäger: Mutter des Krokodils - gesandt wurde, teilte mir mit, daß dort zwei Weiße, ein junger und ein alter, eingetroffen sind, welche Gewächse suchen, um sie zwischen Papierblätter zu legen, und Käfer, Schlangen und allerlei Gewürm fangen, welches sie in Flaschen stecken. Beide haben schwarze Diener bei sich, viele Waffen und Tauschartikel und große, schwere Ballen Zeug, welches, wie ihr wißt, dort die Stelle des Geldes vertritt. Diese Europäer drängen sich mit großer Frechheit in unser Sklavengebiet. Wir dürfen das nicht dulden und werden sie also, sobald wir hinkommen, in die Hölle senden, ihre Sachen aber behalten. Diese Menschen glauben an Isa Ben Marryam - Jesus, Marias Sohn -, welcher gelehrt hat, daß es keine Sklaven geben dürfe, da auch die Schwarzen Allahs Kinder seien. Wenn wir sie nicht töten, wird diese Lehre überhand nehmen und unseren Handel zunichte machen. Ich dulde keinen Christen im Bereich meines Jagdgebiets, am allerwenigsten aber christliche Priester, welche die Schwarzen gegen uns aufwiegeln, indem sie denselben die alberne Lehre von der Liebe bringen. Darum werden diese beiden Weißen sterben wie der Giaur, der jetzt dort am Brunnen lagert."

„Meinst du nicht, daß er sich verteidigen wird?"

„Nein, denn wir werden ihm keine Zeit dazu lassen. Unser Überfall wird so plötzlich geschehen, daß er gar keine Zeit finden wird, sich seiner Waffen zu bedienen. Wenn der Schech uns nachher aufsucht, wie verabredet worden ist, so werden wir von ihm erfahren, wo der Giaur liegt und wo die Dschelabi schlafen. Wir schleichen uns heran und werden sie wohl gar im Schlaf töten, so daß sie zur Hölle fahren, ohne vorher zu erwachen. Vielleicht sind die Gewehre noch gar nicht wieder geladen, welche sie vorhin abgeschossen haben, um die Löwen abzuschrecken."

„Allah 'l Allah! In welcher Gefahr haben wir da auch uns befunden! Wie leicht konnte der Verderber der Herden auch zu uns kommen!"

„Nein. Er hat seine Wohnung im Osten des Brunnens und ist wieder dorthin zurück. Schliche er sich in unserer Nähe herum, so würden die Kamele ihn durch ihre Angst verraten. Vorher waren sie unruhig, aber seit die Schüsse gefallen sind, haben sie keine Furcht mehr gezeigt. Der Vater des dicken Kopfes ist also fort. Laßt uns nun nicht mehr sprechen, sondern lieber aufpassen. Der Schech könnte eher kommen, als wir ihn erwarten, und wir müssen dafür sorgen, daß er uns nicht verfehlt."

Aus diesen Worten war zu schließen, daß die Unterhaltung nun zu Ende sei. Darum hielt Schwarz es für geraten, sich zurückzuziehen. Er kroch so leise und vorsichtig davon, wie er gekommen war. In der Entfernung, in welcher er nicht mehr gesehen werden konnte, erhob er sich aus der kriechenden Stellung, da er nun getrost wieder aufrecht gehen konnte. Erst als er den Felsen erreichte, mußte er wieder vorsichtig verfahren, da die Homr nicht wissen durften, daß er fort gewesen war.

Es gelang ihm, seinen Platz von ihnen unbemerkt zu erreichen. Die Dschelabi hatten Sorge um ihn gehabt, da seine Abwesenheit eine ziemlich lange gewesen war. Er erzählte ihnen, was er gehört hatte, und fragte sie, ob ihnen dieser Abu el Mot vielleicht bekannt sei. Sie alle kannten diesen Mann, ohne ihn aber jemals gesehen zu haben. Sie hatten gehört, daß er der eifrigste und unbarmherzigste Sklavenjäger sei, doch wo er sein Jagdgebiet habe, wußten sie nicht.

„Er scheint seine Raubzüge von einer Seribah, welche Omm et Timsah heißt, aus zu unternehmen", sagte der Deutsche. „Ist euch diese nicht bekannt?"

„Nein", antwortete der Vater der elf Haare. „Ich kenne alle Seriben bis jenseits des Dinka-Landes, aber von einer dieses Namens habe ich noch nie gehört. Doch muß uns das einstweilen gleichgültig sein. Wir müssen an unsere Verteidigung denken. Wir müssen überlegen, wie wir uns am besten verteidigen können."

„Da gibt es nicht viel zu überlegen. Die Hauptsache ist, daß der Feind uns nun nicht mehr überraschen kann. Wir wissen, wo er sich befindet."

„Aber nicht, wann er kommen wird."

„O doch. Der Schech will die Gum aufsuchen. Er hat also mit Abu el Mot den Überfall schon längst geplant. Es ist da drüben hell, und wir können also leicht sehen, wenn er sich entfernt. Er wird den Räubern sagen, wo und wie wir lagern, und dann werden sie kommen."

„Wir schießen sie nieder?"

„Nein. Es sind zwölf Personen und wir nur neun; aber da wir nun sie überraschen und nicht sie uns, so sind wir ihnen überlegen. Wir bleiben natürlich nicht hier liegen, sondern erwarten sie am Beginn der Büsche, zwischen welchen wir uns verstecken können. Sind sie an uns heran, so springen wir auf. Jeder nimmt seinen Mann und schlägt ihn nieder. Ein tüchtiger Hieb auf den Kopf genügt dazu; aber die Kerle müssen so getroffen sein, daß sie gleich zusammenbrechen. Mit den übrigen drei werden wir dann schnell fertig. Fliehen sie, so lassen wir sie laufen; wehren sie sich, nun, so können wir ihr Leben freilich nicht schonen. Die ersteren werden hoffentlich nicht tot sein. Wir nehmen sie gefangen und liefern sie in Faschodah an den Mudir ab."

„Und was geschieht mit den Homr?"

„Das wird sich ganz nach ihrem Verhalten richten. Ich vermute, daß sie sich nicht direkt an dem Angriff beteiligen werden; sie dürften das vielmehr der Gum überlassen, welche übrigens, wie ich aus dem Dialekt der Leute vermute, auch aus Homr besteht. Meine bisherigen Begleiter werden beabsichtigen, so lange dort an ihrem Feuer zu bleiben, bis wir getötet worden sind. Sie kommen also beim Kampf zunächst nicht in Betracht. Die Hauptsache ist, daß jeder von uns seinen Mann richtig trifft."

„Daran soll es bei mir nicht fehlen. Ich kehre meinen Elefantenmörder um und bearbeite den Kerl so, wie ich vorhin die Frau des Löwen erschlagen habe."

„Und ich", sagte Hadschi Ali, „habe hier den halben Schaft meines zerbrochenen Spießes. Das gibt eine Keule, mit welcher ich zuschlagen kann. Allah sei demselben gnädig, der sie auf den Kopf bekommt!"

In ähnlicher Weise äußerten sich auch die anderen. Sie waren damit einverstanden, daß die Feinde nicht getötet werden sollten. Sie dachten an die Genugtuung, die ihnen würde, wenn sie morgen mit ihren Gefangenen in Faschodah einziehen. Wer von ihnen keine zum Zuschlagen passende Waffe besaß, der suchte sich unter den Gepäckstücken einen geeigneten Gegenstand aus.

Die Homr waren überzeugt, daß der Deutsche und die Dschelabi schliefen. Diese hatten nur leise gesprochen, und wäre ja ein Wort etwas lauter gewesen, so hätte es doch nicht leicht gehört werden können, da die Kamele und Esel sich noch immer nicht ganz beruhigt hatten. Besonders die letzteren standen keinen Augenblick ruhig, weil die Kadaver der beiden Raubtiere sich in ihrer Nähe befanden. Die Kamele schnaubten ängstlich, mußten aber ruhig liegen, da ihnen die Füße gefesselt waren.

In Erwartung des Kommenden verging allen die Zeit sehr langsam. Endlich erhob sich drüben der Schech.

„Jetzt geht er!“ flüsterte Ali.

„Nein“, antwortete der Ungar ebenso leise. „Er kommt erst hierher, um nachzusehen, ob wir wirklich schlafen. Er wird so tun, als ob er sich um die Kamele bekümmern wolle. Regen wir uns nicht!“

Der Schech kam wirklich langsam herbei. Er trat zu den Kamelen, als ob er nach ihnen habe sehen wollen, und blieb da eine kleine Weile stehen. Er lauschte nach den Dschelabi herüber. Als keiner derselben sich bewegte, sagte er, zu ihnen gewendet: „Die Dschimahl - Kamele fürchten sich noch immer. Wollen wir nicht die Leichen des Löwen und seiner Sultana fortschaffen?“

Er fragte das natürlich nur, um zu erfahren, ob die Dschelabi fest schliefen. Als er keine Antwort bekam, trat er leise näher und bückte sich zu ihnen nieder. Um ganz sicher zu sein, berührte er den Arm des Deutschen. Als auch darauf nichts erfolgte, war er seiner Sache sicher und schlich weiter, um den Felsen wie vorhin Schwarz.

Dieser richtete sich nach einiger Zeit auf und kroch ihm nach. Er sah ihn in westlicher Richtung davon schreiten und dann im Dunkel der Nacht verschwinden. Zu den Dschelabi zurückgekehrt, forderte er diese auf: „Jetzt ist es Zeit. Kommt mit fort, aber leise, damit die Homr es nicht hören!“

Er führte sie bis dahin, wo das Dickicht zu Ende war und sich in einzelne Büsche auflöste. Es war vorauszusehen, daß die Angreifenden da vorüber kommen würden. Jeder steckte sich hinter einen Busch.

Sie warteten wohl eine halbe Stunde und noch länger. Dann hörten sie leise Schritte, und zugleich erkannten sie die Gestalten, welche, eine hinter der anderen, langsam herbeikamen. Als sie sich so weit genähert hatten, daß man die einzelnen Personen unterscheiden konnte, sah Schwarz den Schech als Führer an der Spitze. Die lange, schmale Gestalt Abu el Mots schwankte, sich herüber- und hinüberwiegend, am Ende des kleinen Zuges. Sie blieben an der Felswand stehen. Wäre es hier so hell gewesen wie draußen außer dem Bereich des Schattens, den der Felsen warf, so hätten sie die unmittelbar neben ihnen hinter den Büschen kauernden Dschelabi sehen müssen, denn die Sträucher waren nicht dicht und breit genug, einen Mann vollständig zu verbergen.

Schwarz befand sich dem verlassenen Lagerplatz am nächsten. Die Feinde waren nicht bis zu ihm herangekommen. Der Ungar, der am entgegengesetzten Ende kauerte, hatte sie gerade vor sich. Er hörte, daß der Schech sagte: „So! Bis hierher habe ich euch geführt. Gleich um die Ecke rechts liegen sie im tiefen Schlaf; sie werden sterben ohne zu erwachen. Ich gehe jetzt zu meinen Männern, um ihnen zu sagen, daß der Augenblick gekommen ist." Er entfernte sich, indem er einige Schritte zurückging, und verschwand an der Westseite des Felsens, an dessen Ostseite die Lagerstelle sich befand.

„Nun vorwärts!" gebot die Grabesstimme Abu el Mots. „Allah mögen euren Messern sicheren Stoß verleihen!"

Schwarz wollte natürlich warten, bis sie ihn erreicht hatten; aber der kleine Slowake fühlte sich von solcher Kampfeslust ergriffen, daß er den vorteilhaftesten Augenblick nicht erwartete.

„Rauwidschu - schnell, drauf!" rief er aus, indem er aufsprang. Sein Gewehr umkehrend, holte er aus und führte nach dem Nächststehenden einen so gewaltigen Kolbenhieb, daß der Getroffene sofort zusammenbrach und aber auch er selbst nieder stürzte.

Die anderen brachen auch hervor. Schwarz, als der Entfernteste, hatte wohl acht oder neun Schritte zurückzulegen, um an die Feinde zu kommen. Er hatte es auf Abu el Mot abgesehen gehabt, welche Absicht aber nun nicht auszuführen war.

Die Männer der Gum waren so erschrocken, daß sie sich für den ersten Augenblick nicht von der Stelle bewegten. Sie wären verloren gewesen, wenn der überhitzige Ungar nur noch drei oder vier Minuten gewartet hätte. So aber fanden sie Zeit, sich einigermaßen zu fassen, doch nicht hinreichend genug, ihre Waffen zu gebrauchen. Einige von ihnen empfingen die ihnen zugedachten Hiebe; anderen gelang es, dieselben von sich abzuwehren.

Schwarz hatte die angegebene Entfernung springend zurückgelegt. Er schlug einen Araber mit dem Gewehrkolben nieder und im nächsten Augenblick einen zweiten. Zornige Flüche erschallten.

„Wer sind diese Teufel?" schrie Abu el Mot. „Drauf auf sie!"

„Rettet euch!" schrie ein anderer. „Wir sind vom Schech verraten!"

Er drängte zurück. Eben wollte Schwarz den dritten niederschlagen, um dann an den Anführer zu kommen. Zur gleichen Zeit holte der Vater des Gelächters gegen einen anderen aus, welcher an Schwarz vorüber floh. Er drang hinter diesem drein, glaubte, ihn mit dem Hieb noch zu erreichen, erhielt aber dabei von einem weiteren Flüchtling einen Stoß und... schlug dem Deutschen mit seinem halben Lanzenschaft so gegen das Ohr und die Schläfe, daß Schwarz zur Seite taumelte und fast ohne Besinnung niederfiel.

„Allah!“ schrie der erschrockene Kleine. „Habe ich dich ermordet, Effendi?“

„Beinahe!“ antwortete der Gefragte, indem er sich langsam und nur schwer erhob. „Laßt sie fliehen! Wir dürfen wegen den Homr nicht von hier fort!“

Es funkelte ihm vor Augen, doch sah er die Leute der Gum fliehen. Er legte an und sandte ihnen zwei Kugeln nach. Dann konnte er nicht widerstehen. Es brauste ihm wie eine Brandung um die Ohren. Er lehnte sich an den Felsen und schloß die Augen.

Kein Dschelabi folgte den Fliehenden. Aber der Ungar rief, als er die Schüsse des Deutschen hörte: „So ist's recht! Gebt ihnen eure Kugeln! Die meinige sollen sie auch haben.“

Er erhob seinen schweren Katil elfil und zielte auf einen Flüchtling. Sein Schuß krachte, und der Mann stürzte nieder.

Die Dschelabi standen bei Schwarz laut klagend über ihn.

„Was ist geschehen?“ fragte der Slowake.

„Ich habe den Effendi erschlagen!“ jammerte der Vater des Gelächters, indem er aus Verzweiflung das lustigste Gesicht der Welt machte.

„Bist du toll?“

„Nein, ich wurde gestoßen.“

„Dummkopf! Du hast vor lauter Völkern und Dörfern, welche unter deinem Schädel stecken, nicht gesehen, wohin du schlugst! Effendi, Effendi, bist du tot?“

„Nein“, antwortete Schwarz, indem er die ihn überkommene Ohnmacht mit Anstrengung von sich abschüttelte und sein Gewehr, welches ihm entfallen war, aufhob.

„Allah sei Dank! Dieser Vater der hinteren Löwenhälfte ist mit Blindheit geschlagen gewesen, und wir müssen...“

„Still!“ gebot ihm der Deutsche. „Wir haben mehr zu tun. Ich sehe vier Teilnehmer der Gum hier liegen. Das ist weniger als ich dachte. Bindet sie! Wahrscheinlich sind sie nur betäubt.“

Er trat zur Felsenecke, von welcher aus er das Feuer sehen konnte. An demselben standen die Homr, welche nicht wußten, was sie denken sollten. Er nahm an, daß sie dort bleiben würden, bis sie von irgendeiner Seite Aufklärung erhielten. Darum fuhr er fort: „Bleibt hier! Vielleicht kann ich ein Kamel oder mehrere erbeuten."

Er rannte fort, in der Richtung, in welcher die Araber geflohen waren. Er wußte, wo sie gelagert hatten. Auch ihre Kamele waren gefesselt gewesen, und da diese Tiere nicht schnell zum Aufstehen zu bringen sind, so mußten die Flüchtigen dort jedenfalls länger verweilen, als ihnen lieb war, da sie doch anzunehmen hatten, daß man sie verfolgen werde.

Sein zweites Gewehr hatte er über dem Rücken hängen; das erste lud er im Laufen. Dabei kam er an der Stelle vorüber, wo der von der Kugel des Slowaken Getroffene lag. Dieser regte sich nicht.

Hatte er vorhin, als er vorsichtig sein mußte, über eine Viertelstunde gebraucht, um an die Gum zu kommen, so ging es jetzt schneller. In weniger als zwei Minuten war er der Stelle nahe. Er sah die Gruppe der Männer, welche sich um die Kamele bemühten. Da blieb er stehen und schoß ein-, zweimal auf sie. Jeder von ihnen hatte vor allen Dingen sein eigenes Tier von den Fesseln befreit. Das sollte gerade auch mit den fünf übrigen Kamelen geschehen, als die beiden Schüsse krachten, von denen einer der Araber verwundet wurde.

„Fort!" schrie Abu el Mot, der sich unter den Entkommenen befand. „Laßt die Bestien liegen, denn die Schejatin sind hinter uns her!"

Und als Schwarz nun auch die beiden Schüsse seines anderen Gewehrs abgab, war kein Halten mehr. Die um fünf Menschen und Tiere verringerte Gum floh davon, in die Nacht hinein.

Schwarz näherte sich vorsichtig den Tieren, da leicht ein Feind hinter denselben sich versteckt haben konnte. Er überzeugte sich jedoch bald, daß dies nicht der Fall war. Die fünf Sättel lagen daneben, ebenso mehrere Kirban und Dattelsäcke.

Da nicht anzunehmen war, daß die Gum zurückkehren werde, so ließ der Deutsche die Tiere samt diesen Gegenständen liegen und eilte dem Felsen wieder zu. Die Folgen des Hiebs, den er kurz zuvor erhalten hatte, waren überwunden und sein Kopf wieder leicht und frei wie vorher.

Die Dschelabi standen bei den vier Gefesselten, welche sich noch nicht regten.

„Sind noch Stricke, Riemen oder Schnüre vorhanden?“ fragte Schwarz.

„Genug, Herr“, antwortete der Slowake. „Ein Dschelabi hat deren stets in seinen Taschen.“

„So binden wir jetzt auch die Homr.“

„Wenn sie es sich gefallen lassen!“

„Versuchen wir es.“

Er ging wieder an die Ecke. Die Homr standen noch immer wartend am Feuer. Sie hatten die Schüsse und das Geschrei gehört und sagten sich, daß der Überfall nicht in der gewünschten und auch erwarteten Weise verlaufen sei; aber wie die Angelegenheit stand, das vermochten sie sich nicht zu sagen, da sie nicht hatten sehen können, was geschehen war. Nur das war ihnen gewiß, daß der Deutsche und die Dschelabi nicht geschlafen, sondern sich verteidigt hatten. Wer aber war da Sieger geblieben? Die Klugheit riet ihnen, sich entfernt zu halten und das Kommende abzuwarten.

Sie konnten nicht bis zur zweiten Lagerstätte, wo das Feuer nicht mehr brannte, sehen, doch war all ihre Aufmerksamkeit nach dieser Gegend gerichtet. Da sahen sie den verhaßten Deutschen von dort herkommen. Er hatte seine Gewehre zurückgelassen. Seine Absicht war, sich zunächst des Schechs zu bemächtigen.

„Habt ihr das Schießen gehört?“ fragte er in hastiger Weise.

„Ja“, antwortete der Schech. „Wer ist es gewesen, und was hat es gegeben?“

„Weiß ich es? Ich erwachte von dem Lärm und sah, daß die Dschelabi nicht mehr da waren. Ich suchte nach ihnen und hörte Schüsse im Osten von hier. Ihr seid wach gewesen und müßt also besser als ich wissen, was sich ereignet hat.“

„Nichts wissen wir, gar nichts, Effendi! Wir glaubten, die Schüsse kämen aus euren Gewehren und es sei abermals ein Löwe erschienen.“

„Dann müßte er die Dschelabi mit Haut und Haar verschlungen haben, da sie vom Lagerplatz verschwunden sind. Nein, es muß etwas anderes gegeben haben. Willst du nicht einmal mit mir nachsehen?“

„Ja, sogleich, ich komme mit.“

Es war gegen alle seine Wünsche, den Deutschen noch am Leben zu sehen. Wo waren die Dschelabi, und wo waren die Männer der Gum? Er brannte vor Begierde, es zu erfahren; darum ging er so bereitwillig auf den Vorschlag des Gelehrten ein.

Die beiden entfernten sich nach der erstgenannten Felsenecke hin. Als sie um dieselbe bogen, erblickte der Schech die Dschelabi, und es entfuhr ihm die unvorsichtige Frage: „Da sind sie ja! Wo aber ist die Gum?"

„Die Gum?" antwortete Schwarz. „Du gibst also zu, von ihr zu wissen! Für so aufrichtig habe ich dich nicht gehalten."

„Die Gum... Effendi... die Gum ist... ist... ist... ich habe..." stotterte er.

„Schon gut! Bindet ihn!"

Indem er diesen Befehl gab, faßte er ihn mit beiden Händen am Hals und drückte ihm die Kehle so zusammen, daß der Homr keinen Laut ausstoßen konnte. Es wurden demselben sofort Riemen um die Hände und Füße gebunden, worauf man ihn auf die Erde legte.

Jetzt rief Schwarz den erwartungsvoll am Feuer stehenden Homr zu: „Suef al Abalik soll schnell hierher zum Schech kommen!"

Er kannte die Namen sämtlicher Homr und war überzeugt, daß der Genannte dem Ruf folgen werde. Damit derselbe nicht durch den Schech gewarnt werden könne, kniete der kleine Slowake bei dem letzteren nieder, setzte ihm die Spitze seines Messers auf die Brust und drohte: „Gib einen Laut von dir, so ersteche ich dich!"

Der Bedrohte wagte kaum zu atmen, und zwar nicht infolge dieser Drohung allein, sondern weit mehr noch vor Schreck über die Behandlung, welche ihm so unerwartet widerfahren war.

Suef kam. Mit ihm wurde kein überflüssiges Wort gewechselt, sondern Schwarz nahm ihn gleich, als er um die Ecke bog, bei der Gurgel. Er wurde zu Boden geworfen und gebunden. Ebenso erging es einem dritten, den Schwarz noch herbeirief.

Nun befanden sich nur noch drei Homr am Feuer, deren schnelle Überwältigung nicht schwierig war. Zwei Dschelabi blieben bei den Gefangenen. Mit den übrigen sechs ging Schwarz nach dem Feuer, wo je zwei von ihnen, ohne ein Wort zu sagen, einen Homr ergriffen. Dieselben waren so überrascht, daß sie fast gar nicht an Gegenwehr dachten. Einige zornige Fragen ihrerseits und einige kräftige Hiebe, welche sie vor die Köpfe erhielten, dann schlangen sich die Fesseln auch um ihre Arme und Beine.

Man ließ sie am Feuer liegen und schaffte dann die übrigen Homr nebst den vier Gumleuten herbei. Diese letzteren lebten, doch taten sie, als ob sie noch betäubt seien; aber man sah, daß sie zuweilen die Augen ein wenig öffneten, um die Männer zu betrachten, denen sie in die Hände gefallen waren.

Nun schickte Schwarz drei Dschelabi ab, um den Verwundeten oder vielleicht auch Toten zu holen, welcher von der Kugel des Slowaken getroffen wurde. Als sie ihn daher brachten, zeigte es sich, daß er schwer verwundet war. Die Kugel hatte ihm den rechten Oberschenkelknochen zerschmettert, und Schwarz machte sich daran, das Bein so gut, wie die Umstände es erlaubten, zu verbinden.

Das alles geschah, ohne daß mehr als das Allernotwendigste gesprochen wurde. Die Gefangenen zumal zogen es vor, gar kein Wort hören zu lassen, wohl zumeist aus dem Grund, weil der Schech sich schweigend verhielt.

Indem Schwarz das Lager in der Obhut der übrigen hinterließ, begab er sich nun mit vier Krämern nach dem Lagerplatz der Gum, um die Kamele und die bei denselben liegenden Gegenstände herbei zu holen. Als dies geschehen war, wurde einer der Dschelabi als Wache aufgestellt. Dies geschah, weil anzunehmen war, daß Abu el Mot sich wohl nicht allzu weit entfernt haben werde; er konnte wohl gar auf den Gedanken kommen, bezüglich seiner überwältigten Gefährten einen Befreiungsversuch zu unternehmen.

Als so alles Nötige geschehen war, setzten sich die Sieger um die Besiegten, und nun glaubte der Schech die Zeit sei gekommen, endlich ein Wort der Aufklärung zu verlangen.

„Allah ist unerforschlich, ihn darf kein Mensch fragen", sagte er. „Von euch aber möchte ich erfahren, weshalb ihr mich und meine Leute überfallen und gebunden habt!"

„Das weißt du ebenso genau wie wir", antwortete Schwarz.

„Nichts weiß ich, gar nichts!"

„Es geschieht euch viel weniger, als uns geschehen sollte. Wir sollten überfallen und getötet werden; ihr aber seid nur überfallen und gefesselt worden."

„Wer hat euch töten wollen?"

„Die Gum, von welcher du selbst gesprochen hast."

„Ich weiß nichts von ihr!"

„Lüge nicht! Mein Tod war längst beschlossen. Warum kamst du an unser Lager und hast meinen Arm ergriffen, um dich zu überzeugen, ob ich schliefe? Wozu hast du dann die Gum aufgesucht und die Männer derselben hierher geführt?"

„Allah akbar - Gott ist groß!" war alles, was der Schech darauf antwortete. Er wußte nun, daß man ihn überführen könne. Dennoch versuchte er, sich aufs Leugnen zu verlegen, indem er in fingiertem Zorn ausrief: „Wer hat mich verleumdet? Wir sind deine Beschützer gewesen und müssen Dank erwarten. Anstatt dessen schlägst du uns in Banden und redest uns Übles nach. Wir sind freie Beni Arab. Wer hat euch Gewalt über uns gegeben? Und wer hat dich zum Richter über uns gesetzt? Ich fordere, daß du uns unverweilt die Freiheit wiedergibst!"

„Das kann ich nicht, eben weil nicht ich dein Richter bin. Dein Schicksal steht nicht in unseren Händen, sondern in der Hand des Mudir von Faschodah, dem wir dich morgen oder vielmehr heute übergeben werden."

„Allah kerihm - Gott ist gnädig!" rief der Schech erschrocken. „Der Mudir ist aber unser Feind."

„Er wird alle Veranlassung dazu haben, da er der Feind jedes Ungerechten ist. Seiner Hand wirst du nicht entgehen, selbst wenn du eure heilige Fathha und eure Sure Jesin betest. Macht ja keinen Versuch, euch zu entschuldigen oder gar zu rechtfertigen; er würde euch nichts nützen! Es werden weder Drohungen noch Bitten mich abhalten, euch dem Mudir zu überantworten. Er wird unsere Anklage und eure Verteidigung hören und dann sein Urteil sprechen."

„Bedenkt, daß ihr der Rache des ganzen Stammes Homr verfallt!"

„Ich verachte den Stamm, dessen Schech sich feige verkriecht, wenn der Löwe brüllt, während arme Dschelabi den Mut haben, den Herrn des Donners zu töten."

„So fürchte wenigstens Abu el Mot, den Gewaltigen!"

„Wie soll ich ihn fürchten, der vor mir davongelaufen ist! Er hat vor lauter Angst sogar vergessen, seine Kamele mitzunehmen. Gib dir keine Mühe!"

Der Schech gab sich noch weitere Mühe, Schwarz zu bewegen, die Gefangenen frei zu geben, doch vergeblich. Er wendete sich endlich mit einem grimmigen Fluch ab. Keiner der anderen hatte ein Wort gesprochen. Sie sahen die feste Entschlossenheit des Deutschen und fügten sich mit verhaltener Wut in ihre Lage. Jedenfalls hegten sie die Hoffnung, daß Abu el Mot kommen werde, sie zu befreien.

Diese Erwartung schien berechtigt zu sein, denn die ausgestellte Wache kam nach einiger Zeit herbei, um zu melden, daß sie eine Hyäne gesehen habe, welche aber vielleicht ein Mensch gewesen sei. Schwarz machte sich sogleich auf, dem Mann mit dem Vater der elf Haare zu folgen. Er führte sie an die betreffende Stelle, an welcher aber nichts mehr zu sehen war.

Schwarz entschloß sich, mit dem Ungarn den Felsen in weitem Kreis zu umgehen. Indem sie das taten, erblickten sie, als sie eine Strecke gegangen waren, wirklich eine tierartige Gestalt, welche sich zwischen ihnen und dem Felsen befand. Sie hatte ihre Aufmerksamkeit wahrscheinlich ganz auf den letzteren gerichtet und sah die beiden nicht, welche hinter ihr standen.

„Soll ich diese neugierige Dibb erschießen?" fragte Stephan, indem er das Gewehr erhob.

„Nein, denn es scheint auch mir, daß es ein Mensch ist, der auf Händen und Füßen geht, um einen etwaigen Wächter zu täuschen. Kriechen wir auf die Gestalt zu! Sie bewegt sich langsam nach der Ruine hin. Vielleicht blickt sie sich nicht um, bis wir nahe genug sind, sie zu ergreifen. Wäre es eine Hyäne, so würde sie uns schon gewittert haben."

Sie legten sich auf die Erde, und da sie sich schneller als die geheimnisvolle Gestalt bewegten, so kamen sie ihr rasch näher. Es war ein Mensch, jedenfalls zu der Gum gehörig, welcher den lichten Haik abgelegt hatte. Er ahnte keine Gefahr hinter sich und achtete nur auf den Felsen, den er zu gewinnen trachtete.

Die beiden kamen ihm bis auf zehn oder zwölf Schritte nahe. Da erhob sich der Ungar, sprang auf ihn zu und warf sich mit solcher Gewalt auf ihn, daß er über ihn hinweg stürzte und im Festhalten einen regelrechten Purzelbaum schlug. Der Mann riß sich los, sprang auf, um zu entfliehen, lief aber dem Deutschen in die Hände, der ihn packte und ihm die Ellenbogen rückwärts auf den Rücken zog.

„Eine Schnur zum Binden!" rief Schwarz dem Kleinen zu.

„Ich habe keine mehr", antwortete derselbe, indem er aufstand.

„So zieh mir das Mendil - Taschentuch aus der Tasche!"

Dies geschah. Der Mann versuchte zwar, sich zu wehren, aber das hatte bei der Riesenstärke des Deutschen keinen Erfolg. Er wurde an den Armen gebunden; die Beine ließ man ihm frei, da er nach dem Lager zu gehen hatte.

„Wer sendet dich?" fragte ihn Schwarz. Als er keine Antwort erhielt, setzte er ihm den Revolver an das Ohr und drohte: „Rede, oder ich schieße!"

„Abu el Mot", stieß nun der Mann widerwillig hervor.

„Du solltest unser Lager auskundschaften?"

„Ja."

„Wo befindet sich der Rest der Gum? Sage die Wahrheit, sonst ist es doch um dich geschehen! Ich werde mich überzeugen."

„Südwärts von hier."

„Wie weit?"

„Zehn Flintenschüsse."

„Gut, vorwärts!"

Man kann sich die Wut der Homr denken, als sie den neuen Gefangenen erblickten. Ihre Hoffnung auf Rettung mußte bis auf ein Minimum verschwinden. Der Mann wurde gleichfalls an den Füßen gebunden und zu den anderen gelegt.

Schwarz gab einen Schuß ab, den Abu el Mot gewiß hören mußte. Derselbe sollte denken, daß die Kugel seinem Späher gegolten habe. Dann brach er mit Hadschi Ali und dem Ungarn, welche er für die Mutigsten hielt, auf, um nach der Gum zu suchen. Der Vater des Gelächters lieh sich dazu das Gewehr eines seiner Genossen.

Als sie, stracks nach Süden gehend, die angegebene Entfernung zurückgelegt und noch nichts gesehen hatten, schlugen sie einen rechten Winkel, und bald zeigte es sich, daß sie das Richtige getroffen hatten, denn während sie ohne Burnus gingen und also nur schwer gesehen werden konnten, sahen sie bald die Haiks der Araber schimmern.

Sie näherten sich denselben so viel wie möglich und schossen dann ihre Gewehre ab, weniger um sie zu treffen, als vielmehr, um sie in die Flucht zu jagen, was ihnen auch vollständig gelang.

„So! Die kommen nun nicht wieder!" lachte der Slowake.

„Und senden auch keinen Späher mehr aus", stimmte Hadschi Ali bei, „denn wir würden denselben gewiß auch fangen. Allah ist uns gnädig gewesen, und wir haben über einen gefährlichen Feind gesiegt."

„Du aber nicht, denn du hättest fast unseren besten Freund erschlagen", antwortete der Ungar. „Auf dich werden keine Heldenlieder gedichtet."

„Etwa auf dich, du Vater des größten Löwenmauls? Kennst du von all meinen Völkern und Dörfern nur ein einziges beim Namen?"

„Ich mag diese Namen gar nicht wissen, da sie die Augen so sehr trüben, daß man diesen Effendi für einen Räuber hält. Du hast noch niemals einen so großen Beweis deiner Klugheit gegeben wie vorhin, da du ihn fast erschlugst."

„Haltet Frieden!" gebot der vor ihnen her schreitende Deutsche. „Auch du, Ibn el Dschidri, hast eine große Dummheit begangen."

„Ich?" fragte der Slowake verwundert.

„Ja. Ihr habt nichts voreinander voraus."

„Welche Dummheit sollte das gewesen sein?"

„Ich wollte Abu el Mot ergreifen; aber dadurch, daß du nicht auf meinen Befehl wartetest, sondern zu zeitig losbrachst, hast du es unmöglich gemacht. Du hättest die Leute noch einige Schritte weitergehen lassen sollen."

„Mein Mut war zu groß, Effendi. Er ließ sich nicht mehr zügeln!"

„Nur derjenige Mut ist lobenswert, welcher sich mit Klugheit und Überlegung paart. Der Fehler Hadschi Alis hat nur mich getroffen, der deinige aber wird weit mehr Menschen schädigen. Viele Reisende und Hunderte von Sklaven werden deine Übereilung zu büßen haben. Hätte ich diesen Abu el Mot in meine Hände gebracht, so stand mit Gewißheit zu erwarten, daß der Mudir von Faschodah ihn für immer unschädlich machen werde."

„Das ist freilich wahr, Effendi", gestand der Kleine. „Meine Seele ist von Wehmut erfüllt und mein Herz von Reue über meine Ungeduld. Doch hoffe ich, daß du sie mir verzeihen werdest!"

„Das werde ich. Dafür erwarte ich aber, daß du nicht anderen dann Vorwürfe machst, wenn du selbst welche verdienst."

„O, diese Vorwürfe haben nicht viel zu bedeuten. Hadschi Ali ist mein bester Freund. Wir lieben uns innig; aber diese Liebe ist gerade dann am größten, wenn wir uns zanken und einander ärgern. Nicht wahr, du guter Vater des Gelächters?"

„Ja", bestätigte Ali im vollsten Ernst, wobei er jedoch eine höchst lächerliche Grimasse zog. „Allah hat unsere Herzen verbunden, so daß sie wie ein einziges schlagen. Aber unsere Kenntnisse sind zu verschiedener Natur. Es gelingt uns nie, sie zu vereinigen. Bitten wir den Propheten, daß er es bald verbessere!"

Als die drei beim Lagerplatz erschienen, mußte den Gefangenen der letzte Rest ihrer Hoffnung auf Befreiung schwinden. Sie hatten die Schüsse gehört, und da sie den Deutschen mit seinen Begleitern so ruhig und unverletzt zurückkehren sahen, mußten sie dieselben für die Sieger in dem stattgefundenen Gefecht halten.

Schwarz stellte noch eine zweite Wache auf, obgleich er überzeugt war, daß Abu el Mot seinen Versuch nicht wiederholen werde. Die beiden Wachen hatten kein Opfer zu bringen, da nach der großen Aufregung, welche der Angriff erst der Löwen und dann der Gum hervorgerufen hatte, vom Schlaf gar keine Rede sein konnte. Übrigens war der Morgen nicht mehr fern, und man nahm sich vor, ihn unter Gesprächen und Erzählungen zu erwarten.

Da die Gefangenen nicht zu hören brauchten, was von ihnen gesprochen wurde, so schaffte man sie zur Seite, wo sie lautlos lagen wie bisher. Nur der Verwundete ließ zuweilen ein schmerzliches Stöhnen hören, und dann sorgte Schwarz stets dafür, daß ihm das Bein mit Wasser gekühlt wurde.

Bei einer solchen Gelegenheit konnte der Vater der vorderen Löwenhälfte es nicht unterlassen, dem Gelehrten einen neuen Beweis von der Größe seiner Kenntnisse zu geben, indem er in deutscher Sprache erzählte, und zwar auf die Verletzung des Gefangenen anspielend: „So ein Bruch, beiniger, seinte gar nicht schlimm. Er wernte geheilt in Zeit, sehr kurze. Auch ich hab' schon einmal heilte einen solchente."

„So? Wer war der Patient?" fragte Schwarz.

„Das seinte freilich kein Geschöpf, menschliches, sondern nur ein Kranker, voglicher, gewesente. Herrr Wagner hatt geschießte ein Abu miah - einen Riesenstorch, hatt gelahmte Flügel, und Schroot gingte auch in Bein, linkiges, so daß Bein war vorzwei. Hab' ich genommte Storch, verwundeten, gebundelnte fest mit Schnur, damit er sich nicht können bewegente, und ihm dann machte Schiene an Bein, mitleidiges. Dann hatt Storch immer stehente auf Bein andres, bis seinte geheilt Bein, trauriges. Herrrr Wagner hatte mich lobente dafür sehr und mich genannt einen Dramaturg, großartigen."

„Wohl Chirurg?"

„Nein, Dramaturg."

„Dann befinde ich mich im Irrtum. Was ist ein Dramaturg?"

„Das Wort ist aus Sprach, lateiniger, in der ich seinte Meister, unbestreitlichbarer, und heißt soviel wie ein Arzt, studiumtierter, welcher kann wieder machte zusammen alle Brüche, knochige."

„So! Und was ist ein Chirurg?"

„Unter Chirurg verstehente man Leute, künstlerige, welche hatten gespielt und gesungte Preziosa dir, dir folgen wir oder auch Leise leise, frommte Weise, schwingte auf zum Sterntekreise. Wird geblaste Musik dazu und gegeigte Violin."

„Und das tun wirklich die Chirurgen?"

„Ja. Ich selbst hatt es gesehen im Theater, Olmützigеs, auf Wanderschaft, meiniger. Es seinte gewesen die Opern Preziosa, das Mädchen zigeuneriges, und Freischütz oder Samiel, teuflischer."

„Dann habe ich abermals eine Verwechslung zu konstatieren. Chirurg ist der Arzt dann, wenn er äußere Schäden, also auch Beinbrüche, durch äußere Mittel heilt. Ein Dramaturg aber ist ein Gelehrter, dessen Arbeiten sich zwar auf das Theater beziehen, der aber niemals selbst auftritt, wenigstens nicht in seiner Eigenschaft als Dramaturg; er ist Schauspiellehrer. Sie verwechseln die Bühne mit dem Krankenbett."

„Das seinte doch kein Umtausch, irriger! Warum soll Bett, krankes, nicht auch vorkommte einmal auf Bühne, theatriger? Warum soll stets ich es sein geweste, welcher hatt gemacht Verwechstelung? Ich hab tragte in Kopf sehr viel Bildung, kenntnisserige!"

„Ja, wie der Vater des Gelächters seine Länder, Völker, Städte und Dörfer!"

„O nein! Dummheiten, seinige, sind nicht zu vergleichte mit Kenntnis meiniger. Ich habe auf Reisen, vielfältigen, sogar kennen lernte Nautik und Anthropologie."

„So? Wirklich? Was verstehen Sie denn da unter Anthropologie?"

„Das seinte die Lehre von Meerwasser, salziges, und Schifffahrt, gesegelte und gedampfte."

„Schön! Und was ist Nautik?"

„Nautik sein gewesente stets die Kenntnis von Mensch, zahmer und wilder, von Eskimo, thrangetrunkener, von Neger, menschengefressener."

„Das ist schon wieder ein Versehen. Anthropologie ist Menschenkunde, und Nautik heißt Schiffahrtskunde."

„So hab' ich mich beschuldigente nur einer Umgetauschterung, kleiner und verzeihlicher. Dat hat konnte leicht geschehente, weil Anthropologie also fährt auf Nautik, in Kajüte oder Zwischendeck, schiffiges. Sind gefahrte Sie schon auch auf Nilschiff, hiesigem?"

„Ja, sowohl auf Dahabien als auch auf Sandals."

„Aber wohl noch nicht auf Noqer, hier gebräuchlichter?"

„Nein."

„So werdente Sie sehen, Noqer in Faschodah, sobald wir seinte morgen dort ankommen."

„Sind Sie dort bekannt?"

„Sehrrer, außerordentlichente sehrrer! Ich bin gewesente dort schon oft."

„Haben Sie den Mudir gesehen, dem ich mich vorstellen muß und dem wir die Gefangenen übergeben wollen?"

„Ich hab' begegente ihm auf Straße, öffentlicher. Sein Name seinte Ali Effendi, wird aber sehr oft auch Abu hamsah miah - Vater der Fünfhundert genennte."

„Das habe ich gehört. Der frühere Mudir Ali Effendi el Kurdi wurde abgesetzt, weil er sich Unterschlagungen zuschulden kommen ließ. Der neue Mudir, welcher auch Ali Effendi heißt, soll sehr streng sein, besonders in Beziehung des Sklavenhandels. Sein Urteil soll, sobald er einen Schuldigen erwischt, fast stets auf fünfhundert Hiebe lauten, weshalb er gern der Vater der Fünfhundert genannt wird."

„Ja. Wenn morgen wir übergebten ihm die Gum und die Homr, so erhaltente gewiß jeder von ihnen die Fünfhundert, gepfeffertige und gesalztigente."

„Kann denn ein Mensch so viele Streiche auf die Fußsohlen aushalten?"

„Das kann ich nicht gewüßte, weil ich noch nicht hatt bekommte fünfhundert. Aber wenn sie werden gegebt auf Rücken, entblößigten, so muß sicher sterben Verbrecher, kriminellter. Aber horch! Was seinte das? Hat es nicht raschelte in Busch?"

Schwarz hatte es auch gehört. Er forderte die Dschelabi, welche auch laut miteinander sprachen, auf, zu horchen. Bei der nun eingetretenen Stille vernahm man ein ziemlich starkes Schnaufen und Schnobern, wie wenn ein Tier sich auf der Fährte nicht zurechtfinden kann.

„Allah beschütze uns!" schrie der Schech. „Das ist wieder ein Löwe! Er wird uns fressen, da wir nicht fliehen können, weil wir gebunden sind."

„Schweig!" rief ihm der Vater der elf Haare zu, „Es ist höchstens ein junger Löwe. Ein alter wäre längst schon zwischen uns. Dieses junge Tier aber hat eine ungeübte Nase und wird, sobald es uns erblickt, es gar nicht wagen, zu uns zu kommen."

„Ein Junges?" fragte Schwarz. „Das möchte ich fangen!"

„Wenn du es haben willst, so wollen wir versuchen, es in unsere Hände zu bekommen. Aber wir müssen dennoch vorsichtig sein, denn wir wissen nicht, wie alt es ist. Vielleicht ist es nur eine Hyäne, welche den Geruch des frischen Löwenfleischs wittert."

„Ich werde nachsehen."

Er nahm sein Gewehr und verließ das Feuer. Noch aber hatte er den Lichtkreis desselben nicht überschritten, so kam das Tier um die Ecke des Gebüschs. Es hatte ungefähr die Größe eines tüchtigen Pudelhunds, war also schon imstande, sich nachdrücklich zu wehren. Es floh nicht etwa, als es den Deutschen erblickte, sondern es legte sich glatt auf die Erde nieder und fauchte ihn wütend an, ohne aber zu wagen, auf ihn einzuspringen.

„Das ist das Tier!" rief Schwarz. „Decken her, schnell mehrere Decken her!"

Hadschi Ali und der Slowake, die beiden einzigen, welche sich nicht fürchteten, folgten diesem Ruf möglichst schnell. Das Tier war schon zu groß zur feigen Flucht, wagte aber doch den Angriff nicht. Also blieb es liegen, indem es die glühenden Augen auf Schwarz gerichtet hielt. Diesem wäre es leicht gewesen, es durch eine Kugel zu töten, aber er wollte es lebendig haben. Er langte hinter sich, um die beiden Decken in Empfang zu nehmen, welche die Genannten brachten. Sie bestanden aus starkem, kamelhaarenem Stoff, welcher, doppelt genommen, den Krallen und Zähnen des Tiers für kurze Zeit widerstehen konnte. Schwarz legte, die Augen unausgesetzt auf den Löwen gerichtet, die Decken aneinander, spannte sie aus und warf sie auf den jungen Herrn mit dem dicken Kopf.

Dieser hatte keine Bewegung der Abwehr gemacht. Die plötzliche Verhüllung schien ihn zu erschrecken, denn er zögerte, sich zu befreien. Dadurch gewann Schwarz Zeit, sich auf ihn zu werfen und ihn mit dem Gewicht seines Körpers niederzuhalten.

Leicht wurde ihm das freilich nicht. Der Löwe entwickelte eine Muskelstärke, welche seiner Jugend kaum zugetraut werden konnte. Es gelang ihm wiederholt, sich halb aufzurichten, doch Schwarz drückte ihn wieder nieder, eifrig bemüht, dem Kopf und den Tatzen auszuweichen.

„Stricke her, Stricke!" rief er den beiden Genossen zu.

Man hatte vieler Schnüre und Riemen bedurft, die Gefangenen zu fesseln; glücklicherweise aber ist jede Karawane stets reichlich mit Stricken und dergleichen versehen. Das Verlangte wurde rasch herbeigebracht, und es gelang den vereinten und natürlich sehr vorsichtigen Bemühungen der drei Männer, das sich aus allen Kräften sträubende Tier vollständig einzuwickeln und so fest mit den Stricken zu umwinden, daß es sich nicht mehr regen konnte.

„Hamdulillah - Preis sei Gott!" rief Hadschi Ali. „Wir haben den Würger der Herden nebst seiner Frau erschossen und nun auch seinen Sohn besiegt. Da liegt er in schmachvoller Ohnmacht; er kann nur knurren, aber nicht sich retten. Aaib aaleihu - Schande über ihn!"

„Allah sei Dank!" seufzte der Schech erleichtert auf. „Wir sind gerettet. Er ist gebunden und kann uns nun nicht fressen!"

„Dir wäre besser, er hätte dich verschlungen", antwortete ihm der Ungar, „denn morgen überantworten wir dich dem Mudir, der dir fünfhundert geben lassen wird. Dann wirst du einsehen, daß die Zähne des Löwen gnädiger sind als die Peitsche der Gerechtigkeit."

„Ich bin ein freier Ibn el arab! Wer darf mich schlagen?" widersprach der Homr.

„Wie nennst du dich? Frei? Siehst und fühlst du denn nicht, daß du gefangen bist? Wer könnte uns hindern, dir so viele Schläge zu geben, wie uns beliebt? Du hättest es verdient; aber wir sind zu stolz, es zu tun. Doch morgen wird die Peitsche sich mit deiner Haut unterreden, bis du wünschen wirst, von dem Löwen zerrissen worden zu sein."

Das gefangene Tier wurde am Feuer niedergelegt, wo es am besten bewacht werden konnte. Es lag wie tot und gab keinen Laut von sich.

„Der Löwe seinte Ihr Eigentum", sagte der Slowake zu Schwarz. „Zwar hatten wir geholfte, aber Sie seinte es, der ihn vorrrrher gefangte hatt. Was werden Sie mit ihm machte?"

„Ich will meine Sammlungen von Faschodah aus nach Chartum senden, wo ich einen Freund habe, welcher sie nach der Heimat expediert. Ihm werde ich auch den Löwen schicken. Vielleicht gelingt es, ihn lebendig nach Deutschland zu bringen."

„Dort wird er wohl kommte in eine Menagerie, botanische?"

„Nein, sondern in eine Menagerie, zoologische", lachte Schwarz.

„So seinte Zoologie wohl in Menagerie und Botanik nur in Löwenhaus, tiergartentliches?"

„Auch das Löwenhaus dient zoologischen Zwecken, mein lieber Stephan. Da Ihr Name Stephan Pudel ein zoologischer ist, sollten Sie sich einer solchen Verwechslung doch nicht schuldig machen!"

„Gibt es nicht auch Pudel, botanische?"

„Ja, aber die werden nur von Ihnen geschossen, wie es scheint. Sie haben sogar schon astronomische Pudel geschossen, wie ich mich entsinne. Sehen Sie gegen Himmel! Ihre Straße, milchige, beginnt zu erbleichen und die Sterne des Schlangenträgers verschwinden am Horizont. Da wir im Monat März stehen, ist dies ein Zeichen, daß der Morgen sich naht. Wir können bald das Feuer ausgehen lassen und uns zum Aufbruch rüsten."

„Das hab' ich auch gewüßte, denn ich hatt' alle Sternte kennte gelernt. Wie aber wernte wirrrr die Gefangte transportierte?"

„Sehr einfach. Wir binden sie auf die Kamele, deren wir genug haben, da wir fünf erbeuteten."

„Aber von gefangte Gum sind sechs Männer. Da fehlt ein Kamel, reitendes!"

„So mag der Schech laufen. Er hat es reichlich verdient, daß er sich anstrengen muß."

Nach einiger Zeit trat die in jenen Gegenden sehr kurze Dämmerung ein; dann wurde es Tag.

Fünftes Kapitel

Beim Vater der Fünfhundert

Während die Dschelabi den Zug rüsteten, brach Schwarz dem Löwen und der Löwin die Zähne aus, um dieselben als Trophäen mitzunehmen. Dann wurde aufgebrochen.

Die Araber waren wütend darüber, daß es ihnen, da sie gefesselt waren, nicht möglich gewesen war, el Fagr, das Morgengebet, in der vorgeschriebenen Weise abzuhalten. Sie waren gewöhnt, ihre religiösen Obliegenheiten streng zu erfüllen, wegen Raub und Mord aber machten sie sich kein Gewissen. Sie saßen gebunden auf den Kamelen, nur der Schech mußte gehen, was ihn mit ohnmächtiger Wut erfüllte. Dem Verwundeten bereitete der Transport große Schmerzen. Er wimmerte und stöhnte fast ununterbrochen, doch war es unmöglich, ihn in einer weniger schmerzhaften Weise fortzubringen.

Die Gegend war durchweg eben. Je mehr man sich dem Fluß näherte, desto feuchter wurde die Luft und desto dichter hatte sich infolgedessen die Erde mit Gras überzogen. Man näherte sich den Ansiedlungen der Schillukneger, denen man gern ausgewichen wäre, einesteils weil sie als Diebe und Räuber verschrien sind, und anderenteils wegen der Gefangenen, da sie mit den Homr in Blutrache leben. Es stand zu befürchten, daß sie sich derselben mit Gewalt bemächtigen würden, um sie umzubringen. Leider war eine Begegnung mit ihnen nicht ganz zu umgehen, da sie das linke Ufer des Bahr el Abiad von dessen Nebenfluß Keilak bis hinab nach Makhadat el Kelb bewohnen, und zwar in so dicht aneinander liegenden Dörfern, daß die Reihe derselben fast gar keine Unterbrechung erleidet.

Glücklicherweise kannten die Dschelabi die Gegend genau, und der Vater der elf Haare versicherte, daß er die Karawane, wenn man ihm folge, zwar nicht unangefochten, aber doch unbeschädigt nach Faschodah bringen werde.

Seiner Weisung zufolge wurde ein Umweg gemacht, um einige dicht bevölkerte Dörfer zu vermeiden. Zur Mittagszeit gönnte man den Tieren und Menschen einige Ruhe. Die ersteren mußten später sehr angestrengt werden, da man, um den

Schilluk keine Zeit zu Feindseligkeiten zu lassen, ihr Gebiet in schnellster Gangart zu durchqueren hatte. Erst nach dem Asr wurde wieder aufgebrochen.

Schon nach nicht ganz einer Stunde sah man hinter Durrhafeldern, welche jetzt während der heißen Jahreszeit unbebaut lagen, die Tokuls - Strohhütten eines Dorfes liegen.

„Wir sind glücklich bis hierher gekommen und noch keinem Schilluk begegnet", sagte der Ungar in stolzem Ton. „Bin ich nicht ein vortrefflicher Führer gewesen? Das Dorf, welches hier vor uns liegt, ist das einzige, durch welches wir müssen; dann sind wir bald in Faschodah. Geben wir den Tieren die Peitschen. Sie müssen so schnell wie möglich laufen, damit uns niemand anhalten kann. Wer sich uns in den Weg stellt, wird niedergeritten."

Die Kamele und Esel gingen einzeln hintereinander. Der Slowake ritt voran. Er ließ seinen Esel im Schritt gehen; aber als er dem Dorf nahe kam und die ersten Bewohner desselben erblickte, schlug er so auf sein Tierchen ein, daß dasselbe im Galopp davonflog. Die anderen folgten. Der Schech war mit einem Strick lang an den Sattel desjenigen Kamels gebunden, welches Schwarz ritt. Er mußte nicht laufen, sondern förmlich rennen, um nicht umgerissen und fortgeschleift zu werden, eine entsetzliche Schande für ihn, den Schech eines Stammes, dessen Angehörige es für eine Schmach halten, sich außerhalb ihrer Dörfer anders als nur im Sattel zu zeigen.

Die Tokuls lagen ziemlich weit auseinander. Sie waren meist von runder Bauart und aus Holz und Stroh errichtet; Nilschlamm bildete das Bindemittel. Die Dächer bestanden aus Schilf und Stroh und waren mit den Skeletten von Giraffen und Bukelochsen verziert.

Von einer Gasse oder gar Straße war keine Rede. Zwischen den Hütten lagen die Durrhafelder, jetzt dürr und hart; sie bildeten den Weg, den der kleine Führer einschlug, indem er im Galopp von einer Hütte immer um die andere bog. Er schien oft hier gewesen zu sein und die Tokuls so genau zu kennen, als ob er hier geboren sei.

Die ersten Schilluks, an denen man vorbeikam, sahen mit Staunen die Karawane so schnell an sich vorüber fliegen. Es waren schlanke, dunkelschwarze Leute mit schmalen, gar nicht negerartigen Lippen. Sie trugen keine Spur von Kleidung. Die einzige Toilette, die an ihnen zu bemerken war, erstreckte sich auf die sonderbare Anordnung ihres Haares.

Die Schilluk beschneiden nämlich ihr Haar nie. Sie lassen es lang wachsen und flechten es rund um den Kopf so geschickt ineinander, daß es die Gestalt eines Kranzes oder einer Hutkrempe erhält. Andere flechten es von hinten aufwärts bis nach vorn an die Stirn zu einem aufrecht stehenden Kamm, welcher mit der Raupe eines bayerischen Reiterhelms große Ähnlichkeit hat. Viele machen sich aus weißen Federn rings um den Kopf eine Zierde wie einen Heiligenschein.

Einer saß tabakrauchend vor seiner Hütte. Aber was war das für eine Pfeife, deren er sich bediente! Der Kopf derselben war so groß wie ein Kürbis und das kurze Rohr so dick wie das Handgelenk eines Mannes. Da es keine Spitze hatte, so mußte der Schwarze den Mund so weit aufsperren, daß ihm die Augen aus den Höhlen traten. Aber dies erhöht nach Ansicht der Schilluk den Genuß außerordentlich. Der Tabak wird bei ihnen gedorrt, zu Mehl zerrieben, in einen Teig geknetet und in Brotform aufbewahrt, um dann, mit beliebigen Pflanzenblättern vermischt, aus solchen Riesenpfeifen geraucht zu werden.

Diese Leute hatten die Karawane mit schweigendem Staunen wahrgenommen; aber dann, als sie vorüber war, erhoben sie ein weit schallendes Geschrei. Schwarz verstand die Schilluksprache nicht, er wußte also nicht, was sie schrien; da aber das Wort Homr mit besonderem Nachdruck gebrüllt wurde, so konnte er sich denken, daß man die Araber als Feinde erkannt hatte.

Aus den naheliegenden Tokuls kamen Männer, Frauen und Kinder gerannt. Das Geschrei wurde auch von ihnen angestimmt und drang schneller weiter als die Kamele und Esel laufen konnten. Die Folge war, daß der Alarm vor ihnen hereilte. Im Nu befand sich das ganze Dorf in Aufregung, und wohin die fliegende Karawane kam, sah sie drohende Schwarze vor sich, welche aber vor den dahin rasenden Tieren zur Seite springen mußten.

Glücklicherweise sind Pfeil und Bogen den Schilluk unbekannt; sie führen nur Lanze und Keule; einige haben wenige alte Feuerwaffen. Daher kam, daß sie ihre Waffen zwar drohend schwangen, aber nicht in Anwendung brachten.

Bald lag das Dorf hinter den Reitern, und der Slowake hielt seinen Esel an.

„Das ist geglückt!" rief er aus. „Sie haben uns nicht anhalten können, und da vorn seht ihr Faschodah."

Schwarz sah in kurzer Entfernung vor sich den Ort liegen, welcher aus armseligen Hütten bestand, über denen sich die von

Mauern umgebenen Regierungsgebäude erhoben. Der Schech war vollständig außer Atem. Er schnappte nach Luft und sein Gesicht war dunkelrot angeschwollen. Dennoch mußte er mit weiter, wenn auch nun langsameren Schrittes.

Zufälligerweise befand sich zwischen der Stadt und dem Dorf niemand unterwegs, so daß man wenigstens für jetzt keine Belästigung zu erwarten hatte.

„Wo wirst du mit den anderen Dschelabi wohnen?“ fragte Schwarz den Ungarn.

„Jeder von uns hat einen Bekannten im Ort, der ihn gern aufnehmen wird“, antwortete der Gefragte. „Aber bei wem wirst du absteigen?“

„Natürlich beim Mudir.“

„Kennt er dich?“

„Nein.“

„So hast du ein Teskireh - einen Paß bei dir?“

„Sogar einen Hattischerif - eine strenge Empfehlung des Vizekönigs und noch andere Empfehlungen.“

„So wirst du freundlich aufgenommen werden und dich um nichts zu sorgen haben. Soll ich dich gleich zum Palast des Mudir führen?“

„Ja, denn ich werde die Audienz nicht nur für mich, sondern auch für euch erbitten. Wir wollen ihm die Gefangenen sofort übergeben, und da wird er eure Aussage hören wollen.“

„Allah segne ihre Rücken und Fußsohlen! Die fünfhundert sind ihnen gewiß.“

Faschodah ist keine Stadt zu nennen, sondern ein elender, wenn auch sehr alter Ort. Es steht an der Stelle der früheren Schillukresidenz Denab, welches als Danupsis, Hauptstadt des nubischen Äthiopien, bereits von Plinius erwähnt wird. Der Ort nimmt sich wegen der Regierungsgebäude von außen nicht übel aus, doch verschwindet dieser Eindruck beim Betreten sofort.

Das Haus des Mudir und die Kaserne sind von Mauern umgeben und aus Ziegeln gebaut. Auf den Mauern stehen einige Kanonen, und des Nachts patrouillieren die Wachtposten, eine gegen die stets rebellischen Schilluk gerichtete, gar nicht überflüssige Maßregel.

Um diese Gebäude stehen mehrere Häuser und zahlreiche Tokuls, welche meist von Soldaten, die mit ihren Familien in der Kaserne keinen Platz haben, bewohnt werden. Faschodah hat nämlich eine ungefähr tausend Köpfe zählende Besatzung. Dieselbe besteht aus einer Anzahl von Arnauten, dann aber aus lauter Gehadiah, Negerfußtruppen, die ein höchst liederliches Leben führen, aber dennoch leichter zu disziplinieren sind als die Dongolaner, Berberiner, Scheiqieh und Ägypter, aus welchen die sonstige sudanesische Soldateska besteht.

Außer den angegebenen Gebäuden sieht man nur liederlich gebaute Hütten, halb verfallene Baracken, Erdlöcher, übelriechende Lachen und ganze Berge von Unrat, welche die Luft verpesten. Rechnet man dazu, daß der eine Flußarm außerhalb der Regenzeit versumpft und daß der Uferdamm aus Pflöcken besteht, zwischen denen man Erde, Gras und Mist angehäuft hat, so läßt es sich sehr leicht erklären, warum das Klima des Ortes ein höchst ungesundes ist, und warum die nach hier verbannten Verbrecher zwar nicht zum Tode verurteilt, aber demselben doch geweiht sind. Faschodah ist nämlich Verbannungsort.

Außerhalb desselben gibt es einige wenige Gartenanlagen, in denen man Rettiche, Zwiebeln, Knoblauch, Melonen, Gurken, Kürbisse und das hier gebräuchliche Grünzeug baut.

Einen Basar gibt es freilich da, aber was für einen! Zwei oder drei Griechen oder Ägypter treiben einen kleinen Handel. Sonst sind die Bewohner auf die umherziehenden Dschelabi angewiesen.

Es wohnen auch Schillukneger im Ort. Als diese die Karawane zu Gesicht bekamen, erhoben sie ein eben solches Geschrei wie die ihnen stammesverwandten Dorfbewohner. Sie wagten unter den Kanonen der Festung und den Augen des Mudir zwar keine Feindseligkeiten, aber sie liefen drohend und schimpfend hinter dem Zug her. Ihr Gebrüll machte, daß sich ihnen andere und wieder andere anschlossen, so daß die Begleitung der Reiter, als diese am Tor der Befestigung anlangten, aus mehreren Hundert lärmenden Menschen bestand.

Eine unter dem Tor stehende Wache fragte nach dem Begehr der Ankömmlinge. Schwarz antwortete, daß er sich im Besitz eines Hattischerif befinde und den Mudir sprechen wolle. Der Posten schloß das Tor, um sich zu entfernen und Meldung zu machen.

Es dauerte eine ganze Weile, bis er mit einem Onbaschi, einem Korporal, zurückkehrte, welcher dieselbe Frage aussprach und dann davonging, um einen Buluk Emini, einen Quartiermeister, zu holen, der ganz dasselbe wissen wollte und nach empfangener Antwort einen Tschausch, einen Sergeanten, suchte, welcher die Frage wiederholte und dann nach einem Basch Tschausch, einem Feldwebel, eilte, der sich nach ganz demselben Gegenstand erkundigte, worauf er auch hinter dem Tor verschwand, um die wichtige Angelegenheit einem Mulasim, einem Leutnant, mitzuteilen. Dieser eilte zu seinem Jüsbaschi, Hauptmann, welcher, nachdem er Schwarz gefragt hatte, was er wolle, einen Kol Agassi, einen Adjutant, schickte. Dieser endlich ließ die Wartenden in den Hof.

Darüber war fast eine Stunde vergangen, während welcher die schreiende Menge sich verdreifacht und das Gebrüll sich verzehnfacht hatte.

Nun stiegen die Reiter ab. Waren sie aber der Meinung gewesen, daß sie nun zum Mudir geführt würden, so hatten sie sich geirrt. Der Adjutant holte vielmehr einen Ala Emini, einen Major, dieser einen Bimbaschi, Bataillonschef, der wieder einen Kamaikam, Oberstleutnant, und dieser dann einen Mir Alai herbei, welch letzterer endlich die richtige Person zu sein schien, denn er forderte dem Deutschen seine Papier ab und entfernte sich mit denselben. Nach ungefähr zehn Minuten kehrte er zurück. Diesmal war er bemüht, die größte Höflichkeit zu zeigen. Er lud Schwarz mit einer tiefen Verbeugung ein, ihm zu folgen und führte ihn nach dem Haus des Mudir.

Der Mudir kam seinem Gast an der Tür entgegen, kreuzte die Hände über die Brust, und begrüßte ihn mit einem ausführlichen „Salem aleik", welches Schwarz mit „W' aleik issalam" erwiderte. Für den letzteren war der Gruß des Mudir eine Ehrenerweisung, da der strenge Moslem einem Christen gegenüber nur das erste Wort des Grußes, Salam, gebraucht.

Der Mudir führte ihn, was eine noch viel größere Auszeichnung war, selbst nach dem Salamlik, dem Empfangszimmer, wo er ihn bat, auf einem Diwan gegenüber von ihm Platz zu nehmen. Gesprochen wurde noch nicht, sondern der Beamte klatschte in die Hände, worauf einige junge Neger erschienen. Der erste trug ein Senieh, ein sechs Zoll hohes Tischchen mit polierter Kupferplatte, welches er zwischen die beiden Herren stellte. Der zweite gab die Fenagin, kleine, einförmige Tassen, herum, schüttete gestoßenen Kaffee hinein und groß kochendes Wasser darauf. Als die Herren den Kaffee getrunken hatten, brachte der dritte Pfeifen, welche bereits gestopft waren, und der vierte reichte glühende Kohlen dar, die Pfeifen anzustecken. Dann zogen sich die Schwarzen schweigend zurück.

Der Mudir rauchte aus einem gewöhnlichen Tschibuk; Schwarz aber hatte einen sehr kostbaren erhalten. Das Rohr desselben war von echtem Rosenholz mit Golddraht umwunden und mit Perlen und Brillanten ausgelegt. Die Spitze bestand aus einem großen, herrlichen Stück rauchigen Bernsteins, welchen die Orientalen dem durchsichtigen vorziehen.

Je höher der Gast geehrt wird, desto kostbarer die Pfeife, welche man ihm präsentiert. Von diesem Standpunkt aus betrachtet, konnte der Deutsche mit der ihm gezollten Hochachtung zufrieden sein.

Nun erst, da die Pfeifen brannten, war der Augenblick des Sprechens gekommen. Der Mudir nahm die Legitimationen des Deutschen, welche neben ihm auf dem Diwan lagen, gab sie ihm zurück und sagte: „Du stehst unter dem Schutz des Khedive, dessen Willen uns erleuchtet. Ich habe deinen Namen gelesen und weiß nun, daß du derjenige bist, den ich erwartet habe."

„Du wußtest, daß ich kommen würde?" fragte Schwarz.

„Ja. Mumtas Pascha, der Gouverneur, mein Vorgesetzter, welchen Allah segnen wolle, hat es mir geschrieben. Er hat dich in Chartum kennengelernt und liebgewonnen. Du bist mir von ihm sehr empfohlen worden, und ich harre deiner Wünsche, um sie dir zu erfüllen, soviel es mir möglich ist. Auch wartet bereits ein Bote auf dich, der dir einen Brief zu überbringen hat."

„Von wem?"

„Von deinem Bruder, welcher im Land der Niam-niam verweilt und dich dort erwartet."

„So ist er schon dort?" rief Schwarz schnell und erfreut aus. „Er ist von Sansibar nach Westen vorgedrungen, während ich von Kairo aus nach dem Süden ging. Bei den Niam-niam wollten wir uns treffen. Er versprach mir, als wir uns trennten, mir sofort, wenn er sich am Ziel befinde, Nachricht nach Faschodah zu senden. Und ich kam heute meist aus dem Grund hierher, nachzufragen, ob ein Bote von ihm gekommen sei."

„Er ist da und hat einen langen, langen Brief für dich. Er ist ein sehr junger, aber auch sehr kluger Mensch. Allah hat ihn mit einem schärferen Verstand ausgestattet, als Tausende von Männern in hohem Alter besitzen. Er wohnt seit mehreren Tagen bei mir, um dich zu erwarten. Du kommst nicht direkt von Chartum?"

„Nein. Ich ging von dort aus nach Kordofan und Darfur, um die Menschen, Tiere und Pflanzen dieser Lande kennenzulernen. Ich habe eine Sammlung angelegt, welche mehrere Kamellasten beträgt, und will sie von hier nach Chartum senden."

„Übergib sie mir; ich werde sie sicher dorthin bringen lassen. Aber du und dein Bruder, ihr müßt sehr kühne Leute sein. Hast du nicht gewußt, daß dein Leben in Kordofan, und ganz besonders in Darfur, in steter Gefahr schwebte?"

„Ich wußte es; aber die Liebe zur Wissenschaft war größer als die Furcht."

„So hat Allah seine Hand über dich gehalten. Ihr Christen seid furchtlose, aber unbegreifliche Leute. Ein Moslem dankt Allah für sein Dasein und bringt es nicht wegen einiger Gewächse oder Käfer in Gefahr. Du scheinst bösen Leuten gar nicht begegnet zu sein?"

„O doch; aber ich weiß, wie man solche Menschen zu behandeln hat. Der letzten und wohl größten Gefahr entging ich gestern Abend, als ich ermordet werden sollte."

„Gestern Abend?" fuhr der Mudir auf. „Von wem? Wer hat es gewagt, dir nur ein Haar krümmen zu wollen? Zu dieser Zeit hast du dich doch schon im Bereich meiner Macht befunden!"

„Es war am Brunnen des Löwen."

„Dieser Ort gehört zu meiner Mudirieh. Wer ist's, über den du dich zu beklagen hast? Nenne ihn mir, und ich werde ihn finden, wohin er sich auch verkrochen hat!"

„Es sind die Arab el Homr, welche ich gemietet hatte, mich nach hier zu begleiten."

„Die Homr stehen nicht unter mir. Ich kann sie nur dann bestrafen, wenn sie sich innerhalb meiner Grenzen befinden."

„Sie sind hier, unten im Hof, gefesselt. Ich habe sie als Gefangene mitgebracht, um sie dir zu übergeben."

„Wie? Du hast sie mit? Sind sie mit dir gegangen, nachdem sie dich ermorden wollten? Wie ist das zu glauben? Sie mußten doch wissen, was hier ihrer harrt?"

„Ich habe sie gezwungen."

„So erzähle, erzähle!"

Er war ganz in Feuer geraten. Er war Beherrscher einer Gegend, wo es eine kräftigen Armes und einer ungewöhnlichen Energie bedurfte, den Ehrlichen gegen den Unehrlichen in Schutz zu nehmen. Beides besaß er in hohem Grad.

Schwarz erzählte das gestrige Erlebnis, auch den Kampf mit den Löwen. Der Mudir hörte ihm mit gespannter Aufmerksamkeit zu und sprang, als der Bericht zu Ende war, von seinem Sitz auf. Die Pfeife, die ihm längst ausgegangen war, von sich werfend, rief er aus: „Zwei Löwen hast du getötet und ihr Junges gefangen genommen! Du bist ein Held, ein wirklicher Held! Und doch haben diese Hunde es gewagt, sich an dir vergreifen zu wollen! Sie werden zu mir und Allah um Gnade schreien, aber weder er noch ich werden sich ihrer erbarmen. Und diesen Abu el Mot hast du genannt? Kennst du ihn?"

„Nein, doch habe ich gehört, daß er ein berüchtigter Sklavenjäger ist."

„Das ist er, der schlimmste von allen. Wehe ihm, wenn er in meine Hände fällt! Warum hat dieser Vater des Gelächters dich verhindert, ihn zu ergreifen! Nun muß ich für lange Zeit darauf verzichten, ihn zu erwischen; denn er wird nach der fernen Seribah Omm et Timsah gehen, und erst nach vielen Monaten zurückkehren!"

„Weißt du, wo diese Seribah liegt?"

„Ja, denn sie ist durch ihre Schandtaten berühmt geworden. Sie liegt weit von hier im Süden, im Land der Niam-niam."

„Was?" horchte Schwarz erschrocken auf. „Wo mein Bruder sich befindet?"

„Ob er sich gerade in diesem Teil des Landes, welches groß ist, befindet, weiß ich nicht. Sie liegt im Gebiet des Makrakastamms."

„Dieser Stamm ist mir unbekannt."

„Der Bote, den dein Bruder gesandt hat, gehört zu demselben."

„Dann befindet sich mein Bruder dort. Es wird sich auf ihn doch nicht etwa die Drohung beziehen, welche ich aus dem Mund des Abu el Mot hörte? Er hat erfahren, daß sich zwei Europäer dort befinden, welche auch Pflanzen und Tiere sammeln, und will sie ermorden!"

„Hat dein Bruder einen Begleiter mit?"

„Nein. Soviel ich weiß, ist er allein."

„So kann er nicht gemeint sein. Du darfst also ruhig sein. Wir sprechen später darüber, und der Bote wird dir sichere Nachricht geben. Jetzt aber wollen wir Gericht halten über die Homr. Ich werde erst die Dschelabi und dann sie vernehmen."

Er klatschte in die Hände, und als darauf ein schwarzer Diener erschien, gab er ihm einige Befehle. Schon nach kurzer Zeit erschienen mehrere Offiziere, welche als Beisitzer des Gerichts still zu beiden Seiten des Mudirs Platz nahmen. Dann wurden die Dschelabi hereingeführt. Sie mußten kurz erzählen, was geschehen war und traten dann zur Seite. Ihre Aussage stimmte natürlich mit derjenigen des Deutschen genau überein.

Die Homr waren unter militärischer Bedeckung im Hof zurückgeblieben. Nachdem man ihnen dort die Fußfesseln abgenommen hatte, brachte man sie jetzt herbei. Sogar der Verwundete wurde hereingetragen und bei ihnen niedergelegt. Hinter ihnen stellten sich mehrere Kawassen auf, welche mit Kurbatschen versehen waren.

Die Homr hatten unterlassen, den Mudir zu grüßen, und zwar nicht etwa aus Befangenheit. Der freie Araber dünkt sich vornehmer und besser als der angesessene; noch stolzer blickt er auf den Ägypter herab, den er den Sklaven des Pascha nennt. Der Schech nahm jedenfalls an, daß er im gleichen Rang mit dem Mudir stehe. Vielleicht hielt er es für angemessen, demselben durch Trotz zu imponieren. Er wartete gar nicht ab, bis er angeredet wurde, sondern er rief dem Beamten in zornigem Ton zu: „Wir sind hinterlistigerweise überfallen und gebunden worden; da wir in der Minderzahl waren, haben wir es uns gefallen lassen müssen. Nun aber befinden wir uns an einem Ort, wo wir Gerechtigkeit erwarten können. Wir sind freie Arab el Homr, und niemand hat uns etwas zu befehlen. Warum nimmt man uns die Stricke nicht von den Händen? Ich werde dem Khedive melden lassen, wie die Beni arab von seinen Dienern behandelt werden!"

Er erzielte einen ganz anderen Erfolg, als er erwartet hatte. Die Brauen des Mudir zogen sich zusammen. Er antwortete in jenem ruhigen, aber schneidenden Ton, welcher gefährlicher ist als zorniges Wüten: „Hund, was sagst du? Frei nennst du dich? Mich willst du beim Pascha anzeigen? Wenn du es nicht weißt, daß du ein schmutziger Wurm gegen mich bist, so will ich es dir beweisen. Ihr seid hier eingetreten, ohne eure Köpfe auch nur einen einzigen Zoll vor mir zu beugen. Es gibt keinen Offizier oder Effendi, welcher mir den Gruß versagt, und ihr stinkenden Hyänen, die ihr als Verbrecher zu mir gebracht werdet, wagt es, dies zu tun? Ich werde euch zeigen, wie tief ihr euch zu verbeugen habt. Werft sie nieder und gebt jedem zwanzig Hiebe; der Schech aber soll als Lohn seiner Frechheit vierzig bekommen!"

Einer der Kawassen holte sofort eine hölzerne Vorrichtung herein, welche einer Bank glich, die nur an der einen Seite zwei Beine, an der anderen aber keine hat. Sie wurde auf den Boden gelegt, und zwar so, daß die beiden Beine emporstanden. Dann ergriffen die Kawassen einen der Homr, zogen ihn nieder, legten ihn mit dem Rücken auf die Bank und schnallten ihn da fest. Seine nach aufwärts gerichteten Beine wurden fest an die Beine der Bank gebunden, so daß seine Fußsohlen nach oben blickten. Die pantoffelähnlichen Schuhe hatte man ihm natürlich ausgezogen. Dann ergriff ein Kawaß einen fingerstarken Stock und gab ihm auf jede Fußsohle zehn kräftige Hiebe.

Der Homr hatte sich wehren wollen, doch ganz vergeblich. Er biß die Zähne zusammen, um nicht zu schreien; aber als nach den ersten Schlägen die Fußsohlen aufsprangen, erhob er ein fürchterliches Lamento. Als er losgeschnallt war, konnte er nicht auf den Füßen stehen; er blieb wimmernd am Boden sitzen.

Ganz ebenso erging es seinen Kameraden. Der Schech erhielt die doppelte Anzahl Hiebe; nur der Verwundete blieb verschont, denn der Mudir sagte: „Er hat vor mir auf der Erde gelegen, zwar nicht aus Höflichkeit, sondern infolge seiner Verletzung. Ich will ihn aber mit meiner Gnade erleuchten und annehmen, er habe sich aus Demut vor mir niedergeworfen. Diese Hundesöhne sollen sich nicht ungestraft gegen mich erheben und mir gar drohen, mich beim Pascha zu verklagen! Jetzt mag der Schech mir sagen, ob er den fremden Effendi kennt, welcher hier an meiner Seite sitzt!"

Auch dieser, der Schech, konnte seinen Schmerz nicht still überwinden. Er stöhnte noch lauter als die anderen. Als er jetzt zögerte, die verlangte Antwort zu geben, drohte der Mudir: „Wenn du nicht sprechen willst, werde ich dir den Mund öffnen. Für eine jede Antwort, welche mir einer von euch verweigert, lasse ich ihm zwanzig Hiebe geben. Nun sag, ob du den Effendi kennst!"

„Ja, ich kenne ihn", stieß der Schech hervor, wohl wissend, daß der Mudir seine Drohung wahr machen werde.

„Du gibst zu, daß ihr ihn überfallen und töten wolltet?"

„Nein. Wer das behauptet, der ist ein Lügner."

„Ich selbst behaupte es, und also hast du mich einen Lügner genannt, wofür ich deine Strafe schärfen werde. Kennst du einen Sklavenjäger, welcher Abu el Mot heißt?"

„Nein."

„Du hast gestern in der Nacht mit ihm gesprochen."

„Das ist nicht wahr!"

„Dieser Effendi hat, als du am Feuer saßest, sich an die Gum geschlichen und das Gespräch dieser Leute belauscht. Dann sah er dich zu Abu el Mot gehen und später brachtest du die Gum geführt. Das haben auch diese ehrlichen Dschelabi gesehen. Willst du noch leugnen?"

„Ich war es nicht, sie haben mich verkannt."

„Du bist ein sehr verstockter Sünder. Weißt du nicht, daß man mich Abu hamsah miah, den Vater der Fünfhundert, nennt? Da du leugnest, was eine große Beleidigung für mich ist, weil du mich damit für einen leichtgläubigen Menschen erklärst, welchen Allah den Verstand versagt hat, so werde ich für dich ein Abu sitta miah, ein Vater der Sechshundert sein. Schafft ihn hinaus in den Hof und gebt ihm die sechshundert auf den Rücken!"

„Das wage nicht!" schrie der Schech auf. „Sechshundert kann kein Mensch aushalten. Du würdest mich töten. Denke an die Blutrache! Die Krieger meines Stammes würden die Schmach mit deinem Leben sühnen!"

„So mögen sie vorher erfahren, daß ich auch Abu sabah miah, der Vater der Siebenhundert sein kann. Gebt ihm also siebenhundert, und für jedes Wort, welches er noch spricht, soll er einhundert mehr bekommen!"

Das war in einem so bestimmten Ton gesprochen, daß der Schech den Mund nicht wieder zu öffnen wagte. Er wurde von den Kawassen fortgeschafft, und bald hörte man sein Geschrei erschallen.

„Hört ihr ihn?" rief der Mudir den Homr zu. „Wenn er es überlebt, so mag er zum Pascha gehen und mich verklagen! Ich werde dafür sorgen, daß im Bereich meiner Macht ein jeder ungefährdet seinen Weg verfolgen kann. Menschen, wie ihr seid, achte ich den Raubtieren gleich, welche ausgerottet werden müssen. Wer mich belügt oder mir gar droht, dem wird die Peitsche zeigen, daß ich sogar ein Abu Alfah, ein Vater der Tausend sein kann. Also sage du mir, ob ihr diesen Effendi habt töten wollen?" Er zeigte auf denjenigen Homr, welcher ihm am nächsten kauerte.

„Ja", gestand der eingeschüchterte Mann.

„Und du?" fragte er einen zweiten.

„Ja", antwortete auch dieser.

Ebenso gestanden die anderen ihr Verbrechen ein. Sie erkannten, daß sie durchs Leugnen ihre Lage nur verschlimmern würden. Sie wären am liebsten über den Mudir hergefallen; sie konnten trotz aller Mühe den Grimm, welcher sie beherrschte, nicht ganz verbergen.

„Da ihr es gesteht, möchte ich euch ein gnädiger Richter sein", sagte der Mudir. „Aber ihr legt dieses Geständnis nicht aus Reue, sondern vor Angst ab, und auf euren Gesichtern sehe ich den Haß und die Rache wohnen. Ihr sollt nicht mehr und nicht weniger bekommen, als der Name besagt, den man mir gegeben hat. Fünfhundert werden genügen, euch zu belehren, daß es gegen das Gesetz des Propheten und die Satzung seiner heiligen

Nachfolger ist, einen Mann zu ermorden, welcher sich vertrauensvoll in euren Schutz gegeben hatte. Nur dieser Verwundete soll für heute verschont werden. Er mag im Sidschnah, Gefängnis liegen, bis sein Bein geheilt ist; dann soll, wenn er es erlebt, das gleiche Urteil an ihm vollstreckt werden. Das Gericht ist beendet. Ich habe nach Recht und Gerechtigkeit gesprochen. Allah ist mit allen Gläubigen, welche seine Gesetze befolgen; die Missetäter aber wird er mit seinem Zorn vernichten!"

Er erhob sich von seinem Sitz, zum Zeichen, daß die Gerichtsverhandlung zu Ende sei, und die Offiziere taten dasselbe. Sie entfernten sich, indem sie mit tiefen Verbeugungen Abschied nahmen, und dann erlaubte der Mudir den Dschelabi, die Homr in den Hof zu schaffen und dort Zeugen der Exekution zu sein. Als dann Schwarz sich wieder allein mit ihm befand, fragte der Beamte: „Dir ist Gerechtigkeit geworden. Wäre das in deinem Land ebenso schnell geschehen?"

„Das Urteil wäre allerdings später gefällt worden, da man den Fall eingehender untersucht hätte."

„Was sollte das nützen? Man hätte sich doch jedenfalls überzeugt, daß die Homr schuldig sind?"

„Allerdings."

„Nun, soweit bin ich viel schneller gekommen. Welche Strafe hätte sie nach euren Gesetzen getroffen?"

„Eine vieljährige Gefangenschaft."

„Auch da bin ich kürzer. Die Schuldigen erhalten ihre Hiebe und können dann gehen."

„Für Raubmörder ist diese Strafe außerordentlich mild, nämlich wenn sie die Schläge aushalten."

Über das Gesicht des Mudir ging ein vielsagendes Lächeln, als er antwortete: „Ob mein Urteil zu hart oder zu milde ist, das ist Allahs Sache. Er hat dem Verbrecher Glieder gegeben, welche es entweder aushalten oder nicht. Auch bei euch kommt es auf die Gesundheit und Stärke an, ob der Verbrecher die lange Gefangenschaft überwindet oder nicht. Mach dir keine Sorge um die Homr! Ihr Leben ist im Buch verzeichnet; ich kann es ihnen weder nehmen noch erhalten. Erlaube mir, dich zu dem Boten deines Bruders und dann in die Gemächer zu führen, welche für dich bestimmt worden sind."

Das war dem Deutschen lieb, denn der Aufenthalt in den Selamlik war jetzt kein angenehmer, da man dort das Brüllen der gepeitschten Araber allzu deutlich vernahm.

Nachdem sie mehrere Zimmer durchschritten hatten, welche

nichts als die Wandpolster und einen Teppich enthielten, kamen sie in einen kleinen Hinterhof, in welchem ein Kiosk stand, an dessen hölzernen Wänden sich blühende und duftende Schlinggewächse empor rankten.

„In diesem Lusthaus sollst du wohnen", sagte der Mudir. „Und da ist der Knabe, welcher dir den Brief zu überbringen hat. Er soll dich zu deinem Bruder führen und wird dich auch schon hier bedienen. Er kann dein Dolmetscher sein, denn er spricht die Sprache der Niam-niam und ist auch es Arabischen mächtig."

Neben der Tür des Gartenhauses war eine Schilfdecke ausgebreitet, von welcher sich die Gestalt des Knaben erhob, um sich gleich wieder vor den beiden demütig zur Erde zu werfen. Der junge Neger war gewiß nicht über sechzehn Jahre alt und fast unbekleidet. Die Farbe seiner Haut war ein erdiges Rotbraun, wohl ein Ergebnis des Bodens, welchen sein Volk bewohnt.

Es ist nämlich eigentümlich, daß, wie man bemerkt hat, die Färbung jener Negerstämme von der Farbe des von ihnen bewohnten Bodens abhängig ist. Die Bewohner der schwarzerdigen Tiefebenen, die Schilluk, Nuehr und Denka, zeichnen sich durch ein tiefes Schwarz der Hautfarbe aus, während die Bongo, Niam-niam und Monbuttu, welche ein rotes, eisenhaltiges Land bewohnen, eine rötliche Färbung besitzen.

Der Mudir befahl dem Neger, aufzustehen. Als er das getan hatte, sah man, daß er von gedrungener, untersetzter und kräftiger Gestalt war. Die Muskeln seiner Beine waren kräftiger entwickelt, als man es sonst bei Negern zu beobachten pflegt. Seine Gesichtszüge näherten sich dem kaukasischen Typ. Der Mund war zwar aufgeworfen, aber klein, die Nase gerade und schmal. Die Augen waren groß und mandelförmig geschnitten; sie standen sehr weit voneinander ab und gaben dem vollen, runden Gesicht einen schwer zu beschreibenden Ausdruck kriegerischer Entschlossenheit und Vertrauen erweckender Offenheit.

Die Waffen des Knaben lagen neben ihm. Sie bestanden aus einem Bogen nebst einem mit Pfeilen gefüllten Köcher, einen Messer mit sichelartiger Klinge und einem Trumbasch oder Wurfeisen, welches als Waffe sehr gefürchtet ist. Dieses Eisen gleicht dem australischen Bumerang, ist mehrschenklig gebogen und mit scharfen Zähnen und Spitzen versehen. Die Cateja, welche in der Aeneide genannt und als eine Wurfkeule von zerschmetternder Wirkung beschrieben wird, ist jedenfalls auch eine ähnliche Waffe gewesen. Außerdem trug der Knabe eine

Art Schutzwaffe an sich, und zwar an den Armen. Diese steckten nämlich von der Hand an bis zum Ellenbogen in einer Menge von Metallringen, die eng aneinander lagen und eine schützende Manschette bildeten. Eine solche Armbekleidung wird Danga-Bor genannt und ist besonders bei den Bongonegern gebräuchlich.

Ganz eigenartig, und gar nicht unschön, war das Haar des Knaben geordnet. Dasselbe war zwar wollig, aber ziemlich lang. In lauter dünne Zöpfchen und diese wieder untereinander verflochten, bildete es auf dem Kopf eine runde Krone, in welcher ein bunt schillernder Federbusch steckte. Rund um die Stirn, ganz an die Grenze des Haarwuchses befestigt, trug er einen eigenartigen Schmuck, welcher aus den Reißzähnen von Hunden bestand, die an eine Schnur gereiht waren.

Der offene, freundlich ehrerbietige Blick, mit welchem er den Deutschen musterte, machte auf diesen einen sehr guten Eindruck.

„Wie heißt du?“ fragte ihn Schwarz.

„Ich bin der Sohn des Bjiä, des Königs der Niam-niam“, antwortete der Neger in arabischer Sprache, in welcher er gefragt worden war. „Die Sandeh heißen mich Nubah; der weiße Mann aber, welcher mich hierher sendet, hat mich Ben Wafa, Sohn der Treue genannt.“

„Das ist ein schöner Name, welcher dir Vertrauen erweckt. Wie heißt dieser weiße Mann?“

„Er nennt sich Schwa-za.“

„Du willst Schwarz sagen?“

„Ja“, nickte der Knabe, „aber ich kann diesen Namen nicht so aussprechen; darum sage ich Schwa-za.“

„Ich heiße ebenso, denn ich bin sein Bruder.“

„So bist du der Effendi, zu dem er mich sendet?“

„Ja.“

„Das freut mich sehr, denn du gefällst mir. Dein Auge ist gerade so mild und freundlich wie das seinige, nicht so grausam wie dasjenige der Araber, welche zu uns kommen, um Reqiq, Sklaven zu machen. Darum werde ich dich gerade so lieb haben wie ihn und dir ebenso treu dienen.“

Es war ihm anzusehen, daß dieser Herzenserguß ein aufrichtiger war, denn sein intelligentes Gesicht glänzte vor Freude.

„Nicht wahr, du sollst mich zu ihm bringen?“ fragte Schwarz.

„Ja, Effendi.“

„Aber das ist schwer. Unser Weg führt durch Gegenden, welche den Sandeh und also auch dir feindlich gesinnt sind."

Da ergriff der Knabe schnell des Deutschen Hand, küßte sie und rief: „Effendi, du schimpfst uns nicht Niam-niam, Allesfresser oder Menschenfresser, sondern nennst uns bei unserem richtigen Namen! Ich bin ein Königsprinz und brauche keinem Menschen zu dienen. Für dich aber werde ich alles tun, was du verlangst. Nur deinem Bruder zuliebe bin ich sein Bote geworden, denn ein anderer wäre nicht klug genug gewesen, bis hierher zu gelangen; die Denka und Nuehr hätten ihn getötet oder zum Sklaven gemacht."

„Hattest du das denn nicht auch für dich zu befürchten?"

„Nein, denn mich fängt keiner. Ich bin ein Krieger und habe unsere Männer schon oft in den Kampf geführt."

Er sagte das mit einem ruhigen Stolz, welcher fern von Überhebung war. Der kleine, jugendliche Held mußte allerdings ein ganz tüchtiges Kerlchen sein, da er eine so weite Reise ganz allein durch feindliches Land unternommen und auch glücklich beendigt hatte.

„Wäre es nicht besser gewesen, wenn du noch einige Krieger mitgenommen hättest?" fragte Schwarz.

„Nein, denn mehrere werden leichter bemerkt, als nur einer."

„Bist du gelaufen?"

„Nein. Ich habe mir eine kleine Flukah, ein kleines Boot mit einem Segel gebaut. Mit derselben bin ich den Bahr er Rohl und dann den Bahr ed Dschebel herabgefahren. Es gab überall Wasser zum Trinken. Hatte ich Hunger, so fing ich mir Fische, und kam ein feindliches Schiff, so versteckte ich meine Flukah in das Gebüsch des Ufers oder hinter das hohe Schilf."

„Aber kanntest du denn den Weg?"

„Ja, denn ich bin bereits zweimal in Chartum gewesen und habe dort die Sprache der Araber gelernt."

„Bist du nicht einmal bei einer Seribah ausgestiegen?"

„Wie könnte ich das, Effendi! Das darf man nicht wagen. In den Seriben wohnen doch nur Sklavenjäger. Ich kenne sie alle, aber ich bin stets des Nachts und sehr schnell an ihnen vorüber gefahren."

„Kennst du auch eine, welche Omm et Timsah genannt wird?"

„Ja. Sie ist die gefährlichste für uns, da sie an der Grenze unseres Landes liegt und dem grausamsten Mann gehört, den es geben kann."

„Wie heißt dieser Mann?"

„Abu el Mot."
„Ah, du kennst seine Seribah! Hast du jemals auch ihn selbst gesehen?"
„Ja. Er hat das Angesicht und die Gestalt eines Gestorbenen und der Tod folgt jedem seiner Schritte. Seine Seribah ist ein Schreckensplatz. Die Leichen der zu Tode gepeitschten Sklaven, die frei umher liegen, der Sammelplatz aller Arten Raubvögel und aasfressender Raubtiere sind ihre Merkmale."
„Und wo war mein Bruder, als du ihn verließest?"
„Bei meinem Vater."
„Er befindet sich also in der Nähe der Seribah des Sklavenjägers?"
„Ja, Effendi. Die Entfernung beträgt nur drei Tagereisen."
„Und ist mein Bruder der einzige Fremde, welcher jetzt bei euch weilt?"
„Nein. Es ist noch ein anderer Weißer bei ihm."
„Ah! dann sind es diese beiden, von denen Abu el Mot gesprochen hat. Was ist und wie heißt dieser andere?"
„Er ist ein Baija et tijur, ein Vogelhändler. Er hat die Beine des Storchs, und seine Nase ist so lang und beweglich wie der Schnabel des Storchs. Darum wird der Abu laklak, Vater des Storchs genannt. Seinen eigentlichen Namen kann ich nicht aussprechen."
„Wir müssen schleunigst abreisen, denn ihm und meinem Bruder droht die größte Gefahr. Abu el Mot will sie töten."
„Hat er das gesagt?" fragte der Mudir.
„Ja", antwortete der Deutsche. „Ich habe es selbst gehört."
„Ich weiß allerdings, daß er keinen fremden Weißen im Bereich seines Jagdgebiets duldet, und so glaube ich, daß er seine Drohung wahr machen wird, sobald er auf seiner Seribah eingetroffen ist. Die Gefahr, in welcher sich dein Bruder befindet, ist sehr groß, denn der König der Sandeh vermag ihn nicht gegen die Hinterlist und die überlegenen Waffen der Sklavenjäger zu schützen."
„O, die Sandeh sind tapfer!" warf der Neger in stolzem Ton ein.
„Ich will das nicht bestreiten", antwortete der Mudir im Ton gnädiger Überlegenheit, „aber wie viele von euch sind dennoch von den Sklavenjägern getötet oder geraubt worden! All euer Mut vermag nichts gegen die wilde Gier dieser Menschen, und was wollt ihr mit euren Pfeilen gegen die Schießgewehre solcher Räuber anfangen?"

„Aus wieviel Menschen besteht gewöhnlich ein solcher Raubzug?“ fragte Schwarz.

„Oft aus mehreren Hundert“, belehrte ihn der Mudir. „Es kommt vor, daß sich die Besatzungen von zwei und noch mehr Seriben vereinigen. Dann sind so viele Jäger zusammen, daß selbst das bevölkertste Negerdorf nicht an Widerstand denken darf. Die Seribah Omm et Timsah ist die größte, von welcher ich weiß, und Abu el Mot hat also Leute genug, seine Absicht auszuführen.“

„Dann darf ich mich hier keine Stunde länger als nötig verweilen. Ich muß suchen, ihm zuvor zu kommen, um den Bruder rechtzeitig zu warnen.“

„Das ist mir nicht lieb, denn ich hätte dich gern lange Zeit bei mir gehabt. Mein Herz findet Wohlgefallen an dir; außerdem bist du mir sehr warm empfohlen, und so will ich dich nicht unbeschützt der dich erwartenden Gefahr entgegen gehen lassen. Mein Sinnen geht darauf, Abu el Mot in meine Hände zu bringen; dies kann durch deine Hilfe geschehen, darum werde ich dir fünfzig Soldaten mitgeben, welche ich mit allem, was sie brauchen, sorgfältig ausrüste. Bist du damit einverstanden?“

Der Deutsche gab natürlich eine bejahende Antwort; der Vorschlag mußte ihm ja hochwillkommen sein. Der Neger hatte indes die Pfeile aus seinem Köcher genommen; auf dem Grund des letzteren steckte der Brief, welchen er Schwarz überreichte. Dann führte der Mudir seinen Gast ins Innere des Häuschens, welches aus zwei kleinen, aber sehr hübsch ausgestatteten Gemächern bestand.

„Hier wohnen nur solche Gäste, welche mir willkommen sind“, sagte er, „der Niam-niam wird dich bedienen. Er wartet draußen deiner Befehle, und ich werde meinen Leuten die Weisung erteilen, dieselben augenblicklich und so eifrig zu erfüllen, als ob sie aus meinem eigenen Mund kämen. Die Dschelabi, welche mit dir gekommen sind, werden auch meine Gäste sein, denn sie waren deine Begleiter.“

„Und was geschieht mit den Homr-Arabern?“

Der Mudir machte eine strenge, abwehrende Handbewegung und sagte: „Was mit ihnen geschehen soll, das ist bereits geschehen, und du wirst nicht weiter danach fragen. Ich will Ordnung haben in dem mir anvertrauten Land; wer dieselbe bricht, den richte ich schnell und streng, Allah mag ihren Seelen gnädig sein; bei mir aber gibt es keine Gnade, sondern nur Gerechtigkeit.“

Er ging. Schwarz ließ sich auf sein Polster nieder, um den Brief seines Bruders zu lesen. Dieser schrieb ihm, daß er von Sansibar glücklich nach dem Viktoria-Nyanza, und von dort nach dem Alber-Nyanza vorgedrungen, und von da nach den Quellen des Gazellenflusses gelangt sei und nun den Bruder bei den Makrakanegern, die zu den Niam-niam gehören, erwarte.

In Sansibar hatte er einen deutschen Naturforscher, einen ausgezeichneten Ornithologen, getroffen, von welchem er gebeten worden war, ihn mitzunehmen. Dieser Mann war ein Bayer von Geburt und trotz verschiedener Eigenheiten ein ganz tüchtiger Reisegesellschafter und mutiger Begleiter. Beide hatten es unterwegs zu einer bedeutenden wissenschaftlichen Ausbeute gebracht und hielten nun Rast, um ihre Sammlungen zu ordnen und Schwarz bei sich zu erwarten. Den Sohn der Treue hatten sie ihm als zuverlässigen Führer entgegen geschickt.

Eben war der Deutsche mit der Durchsicht des Briefes fertig, als der Slowake bei ihm eintrat.

„Bitte Verzeihung, daß ich Sie könnte gestörten!" sagte er. „Ich hatt gewillt bringen einen Wunsch, unsrigen."

„So ist dieser Wunsch nicht allein der Ihrige, sondern auch derjenige eines anderen?"

„Ja, Vater des Gelächters hatt Bitte, meinige auch als Bitte, seinige."

„Nun, was wünschen Sie denn?"

„Mudir hatt sprechte selbst mit uns und uns sagte, daß wir alle seinte Gäste, seinige, und wohnte in Haus, hiesiges. Hatt uns auch sagte, daß Sie willte abreisen in Zeit sehr baldiger, mit Soldaten, vieligen. Ich und Hadschi Ali, Freund meiniger, wollen nicht gebleibte zurück, sondern gehen mit Ihnen zu den Niamniam, um zu machente dort Geschäft, vorteilhaftes. Wollen kaufte hier Sachen und verkaufte dort wieder mit Profit, großartigen. Darum ich kommte schnell hierher, um willte fragen, ob Sie wernte haben die Güte, zu nehmen mit mich und Hadschi Ali, freundschaftlichen."

„Warum nicht? Ihr Vorschlag ist mir recht angenehm. Sie und der Vater des Gelächters sind brauchbare Leute, und je mehr ich solche Männer mitnehmen kann, desto besser ist es für mich."

„Also Sie gebten Erlaubnis, Ihrige?"

„Ja, ganz gern."

„Das seinte sehr schön. Das machte mir Freude, unendliche. Ich hatt gelernte Sprache, negerliche, und werd seinte Ihnen nützlich mit Kenntnissen, meinigen. Wir werden machte Forschungen, wissenschaftenkeitliche, und uns erwerbte Namen, unsrige, sehr berühmte. Ich willte gleich lauf zu Hadschi Ali, wartenden, um ihm zu sagente, daß wir könnte treffen Vorbereitung zur Abreise, schneller, weil Sie haben erfüllte Wunsch, unsrigen!“

Er eilte erfreut fort, um dem Vater des Gelächters die betreffende Mitteilung zu machen.

Sechstes Kapitel

Schwarze Pläne

Dort, wo der Bahr el Ghazal, der Gazellenfluß, in das Gebiet der Bongoneger tritt, sind an seinem rechten Ufer nur einzelne Dalebpalmen zu sehen, deren dunkelgrüne Blattwedel sich im leisen Luftzug träumerisch bewegten. Am linken Ufer stieg ein dichter Mimosenwald bis an das Wasser herab. Die da an den Ästen und Zweigen hängenden dürren Gräser zeigten an, wie hoch zur Regenzeit das Wasser zu steigen pflegte.

Auf dem Wasser lagen große Inseln, welche aus Anhäufungen frischer und abgestorbener Grasrhizome bestanden, und dazwischen gab es lange und breite Streifen von Omm Sufah, wildem Zuckerrohr, welche den jetzt schmalen Strom noch mehr einengten.

Im hohen Rohr, und von demselben fast ganz verborgen, lag ein Noqer, eine jener Segelbarken, wie sie am oberen Nil gebräuchlich sind. Der in der Mitte des Fahrzeugs angebrachte Hauptmast war niedergelegt, ebenso der kleinere am Vorderteil des Schiffes. Wer von der Anwesenheit dieses Noqer nichts wußte, konnte leicht in kurzer Entfernung von demselben vorüber fahren, ohne ihn zu bemerken.

Es war klar, daß die so vorsichtig versteckte Barke außer Gebrauch lag, und dennoch gab es Personen, welche sich emsig auf derselben beschäftigten.

Fünf oder sechs Sklavinnen knieten nebeneinander, um Durrha auf der Murhaqa zu reiben. Diese Murhaqa ist ein Reibstein, welcher den in Pfahlbauten gefundenen Mahlsteinen fast genau gleicht. Die angefeuchtete Durrah wird in die Vertiefung desselben geschüttet und mit dem Ibn es Murhaqa, dem Sohn der Murhaqa, einem kleineren Stein, mühsam zerquetscht und zu Mehl zerrieben. Diese primitive Weise des Mahlens, bei welchem den Sklavinnen der Schweiß von den Gesichtern in den teigigen Brei tropft, ist sehr anstrengend und zeitraubend. Hat so ein armes Wesen sich von früh bis abends abgemüht, so ist das Ergebnis kaum der tägliche Bedarf von zehn bis fünfzehn Mann.

Dieser durch das nasse Mahlen erzeugte dicke Brei ist die

Grundlage des sudanesischen Speisezettels. Auf der Doka, einer runden Eisen- oder Steinplatte gebacken, gibt er die Kisrah, rotbraune, saubere Fladen, das gewöhnliche Brot des Landes, mit Wasser gekocht aber die Luqmah, eine Art Pudding, welcher keinem Europäer einen Ruf des Entzückens entlocken kann. Die Kisrah wird als Proviant auf monatelangen Reisen mitgenommen. Läßt man sie mit Wasser gären, so bekommt man die Merissah, ein säuerliches, überall gebrauchtes Getränk.

Unter dem Verdeck des Hinterteils waren zwei Schwarze beschäftigt, Stricke aus Palmenblattfasern zu drehen. Dabei sprachen sie leise miteinander. Die Blicke, welche sie dabei auf die Sklavinnen warfen, bewiesen, daß sie von diesen ja nicht gehört sein wollten.

Diese Schwarzen trugen die Guluf, drei wulstige Narben auf jeder Wange, ein sicheres Zeichen, daß sie geraubt worden waren. Ist nämlich eine Sklavenjagd glücklich ausgefallen, so empfangen die jüngeren männlichen Gefangenen diese sechs Schnitte als ewiges und unverwischbares Zeichen der Knechtschaft. Man reibt die Wunden mit Pfeffer, Salz und Asche ein, um den Heilungsprozeß zu verzögern, und die Narben möglichst aufschwellen zu lassen.

Bekleidet waren die beiden nur mit dem Lendenschurz. Das Haar hatten sie mit Anwendung eines vertrocknenden Klebstoffs steif und zylindrisch empor frisiert, so daß es das Aussehen eines zerknüllten Chapeau-claque ohne Krempe besaß. Sie unterhielten sich im Dialekt der Belandaneger, in welchem alle Worte, welche etwas Geistiges, Übersinnliches bezeichnen, dem Arabischen entnommen sind, wie es überhaupt bei allen sudanesischen Sprachen mehr oder weniger der Fall ist. Dabei wendeten sie die erste Person der Einzahl des Zeitworts nicht an, sondern setzten an Stelle des „Ich" ihren Namen.

„Lobo ist traurig, sehr traurig!" flüsterte der eine. „Und Lobo darf doch nicht sehen lassen, daß er traurig ist."

„Tolo ist auch traurig, mehr traurig noch als du", antwortete der andere ebenso leise. „Als Lobo und Tolo geraubt wurden, hat Abu el Mot Lobos ganze Familie getötet, aber Tolos Vater und Mutter entkamen; sie leben noch, und armer Tolo kann nicht zu ihnen. Darum ist er doppelt traurig."

Er sprach in der dritten Person, meinte aber sich selbst, da er Tolo hieß.

„Warum soll Lobo nur halb traurig sein?" fragte der erstere. „Wurden seine Eltern und Geschwister ermordet, so ist er unglücklicher als du. Und...", er sprach so leise, daß sein Leidensgefährte es kaum verstehen konnte, „was hat ein Belanda zu tun, wenn der weiße Mann ihm die Seinen tötet?"

Tolo blickte besorgt nach den Sklavinnen, ob diese vielleicht horchten, und antwortete dann, indem er die Augen rollte: „Rache nehmen! Er muß Abu el Mot töten."

„Ja, er muß, aber er darf nicht davon sprechen!"

„Seinem Freund Tolo aber kann er es sagen; dieser wird ihn nicht verraten, sondern ihm helfen mit dem Messer oder mit dem Pfeil, welcher in den Saft der Dinqil getaucht und vergiftet ist."

„Aber dann wird man uns zu Tode peitschen."

„Nein; wir fliehen."

„Weißt du nicht, wie schwer das ist? Die Weißen werden uns mit Hunden verfolgen, welche uns sicher finden."

„So macht Tolo sich selbst tot. Peitschen läßt er sich nicht, und leben mag er auch nicht, wenn er nicht bei Vater und Mutter sein kann. Der Weiße denkt nicht, daß der schwarze Mann ein Herz hat; aber er hat ein besseres als der Araber; er liebt Vater und Mutter sehr, und will bei ihnen sein oder sterben. Weißt du, ob wir leben werden, wenn wir hier bleiben? Wir sind Eigentum des Weißen, und er kann uns beim kleinsten Zorn töten. Und wenn er eine Ghasuah, einen Zug, um Sklaven zu rauben, unternimmt, so müssen wir mit, und für ihn gegen unsere Brüder kämpfen. Auch da können wir getötet werden. Tolo will aber seine schwarzen Brüder nicht fangen und zu Sklaven machen!"

„Meinst du denn, daß es eine Ghasuah geben wird?"

„Ja. Warum reiben die Weiber dort nun schon seit vielen Tagen Durrah? Merkst du nicht, daß Kisrah gebacken werden soll? Viel Vorrat von Kisrah aber macht der Araber nur dann, wenn er sie als Vorrat bei einer Ghasuah braucht."

Lobo schlug die Hände zusammen, machte ein erstauntes Gesicht und sagte: „Wie klug du bist! Daran hat Lobo nicht gedacht. Er glaubte, der Zug würde erst dann unternommen, wenn Abu el Mot aus dem Land der Homr zurückgekehrt ist."

„Abd el Mot - Diener des Todes kann auch ziehen, wenn er will. Er ist der zweite Häuptling der Seribah und Abu el Mot der erste. Ist der erste nicht da, so befiehlt der zweite. Warum haben die Leute ihre Gewehre putzen und ihre Messer schleifen müssen, gestern und vorgestern schon. Niemand weiß vorher, was geschehen soll, aber wir werden bald etwas erfahren."

„Weißt du, wohin es gehen soll?"

„Wie kann Tolo es wissen! Nicht einmal die weißen Soldaten, die sich in der Seribah befinden, erfahren es vorher. Abd el Mot allein weiß es, und..."

Er hielt inne, bückte sich auf seine Arbeit nieder und drehte an den Seilfasern mit einer Hast, als ob er sich bei dieser Beschäftigung nicht Zeit zu einem einzigen Wort gegeben habe. Sein Genosse folgte seinem Beispiel. Beide hatten gesehen, daß ein Mann in einem Kahn an den Noqer gelegt, und das Deck desselben bestiegen hatte.

Dieser Mann war ein Weißer. Ein dichter, dunkler Bart umrahmte sein Gesicht, welches vom Sonnenbrand das Aussehen gegerbten Leders hatte; seine Züge waren hart, seine Augen blickten finster. Er trug einen eng anliegenden weißen Burnus, um welchen ein Shawl gewunden war, aus dem die Griffe eines Messers und zweier Pistolen blickten. Die nackten Füße steckten in grünen Pantoffeln, und der Schädel war in ein grünes Turbantuch gehüllt, ein Zeichen, daß dieser Mann seine Abkunft vom Propheten Mohammed herleitete. In der Hand hielt er die lange, dicke Nilpeitsche.

„Abd el Mot!" flüsterte Lobo seinem Gefährten zu.

„Still, schweig!" antwortete dieser ängstlich.

Der Weiße war also der zweite Kommandant der Seribah. Er nannte sich Diener des Todes, während der erste Befehlshaber Vater des Todes hieß. Er blieb für einen Augenblick bei den Sklavinnen stehen. Diese arbeiteten mit doppeltem Eifer als vorher; doch schien ihr Fleiß seinen Beifall nicht zu finden, denn er schrie sie mit harter Stimme an: „Allah zerschmettere euch! Wollt ihr ihm die Zeit abstehlen, ihr Faulenzerinnen! Heute soll gebacken werden, denn morgen brechen wir auf, und noch ist das Mehl nicht fertig!"

Er schlug mit der Peitsche ohne Wahl auf sie ein, daß die Getroffenen vor Schmerz heulten, aber ohne zu wagen, ihre Arbeit dabei auch nur für einen Augenblick einzustellen. Dann kam er zu den beiden Belandanegern. Er sah ihnen eine Weile zu, hob dann ein Seil auf, um die Arbeit zu prüfen, warf es wieder hin, und versetzte jedem einige Hiebe, von denen die Haut an den getroffenen Stellen sofort aufsprang. Die Schwarzen bissen die Zähne zusammen, daß es laut knirschte, gaben aber keinen Laut von sich, und arbeiteten ohne Unterbrechung weiter.

„Es tat wohl nicht weh genug?" lachte er grausam. „Das nächste Mal werdet ihr schon heulen müssen, ihr Tagediebe. Werft euch nieder, wenn ich mit euch rede!"

Dieser Befehl war von einigen weiteren Hieben begleitet. Die Neger sanken zu Boden, was sie vorher nicht gewagt hatten, um nicht mit der Arbeit inne zu halten. Er betrachtete sie mit gefühllosem Blick, versetzte jedem einen Fußtritt und fuhr fort: „Ihr seid Belandas. Ist euch euer Land bekannt?“

„Ja, Herr“, antwortete Tolo ohne aufzublicken.

„Kennt ihr die Helle - das Dorf Ombula?“

„Tolo ist oft dort gewesen.“

„Was hattest du dort zu tun?“

„Die Schwester der Mutter wohnt mit ihrem Mann und ihren Kindern dort.“

„So hast du also Verwandte in Ombula! Wie viele Familien gibt es da?“

„Sehr viele, Herr, viel mehr als in anderen Dörfern“, antwortete der Neger, dem es wie den meisten seinesgleichen unmöglich war, weiter als höchstens zwanzig zu zählen.

„Ist der Ort gut befestigt?“ fuhr der Araber fort.

„Es ist ein doppelter Stachelzaun rundum“, antwortete der Gefragte.

„Ist die Umgebung offen, oder gibt es Wald?“

„Der Subakh steht in Büschen, aus denen Lubahn ragen.“

„Besitzen die Einwohner viele Rinder?“

„Nein, Herr, sie sind arm.“

Die Rinder sind dem Sklavenjäger nämlich noch lieber als die Gefangenen. Diese Tiere haben für den Neger einen so hohen Wert, daß er bei einem Überfall vor allen Dingen sie zu retten sucht und dabei wohl seine Kinder opfert. Der Belanda hatte eine verneinende Antwort gegeben, um den Araber vom Überfall des befreundeten Dorfes abzubringen. Abd el Mot durchschaute ihn. Er zog ihm die Peitsche zwei-, dreimal über den Rücken und donnerte ihn an: „Hund, lüge nicht, sonst peitsche ich dich tot! Sag die Wahrheit, oder ich schlage dir das Fleisch in Striemen von den Knochen. Gibt es viele Rinder dort?“

„Ja“, gestand jetzt Tolo aus Angst.

„Und haben die Leute gute Waffen?“

„Pfeile, Spieße und Messer.“

„Keiner hat eine Flinte?“

„Keiner, Herr.“

Abd el Mot examinierte weiter und drohte: „Wenn ich ein einziges Gewehr finde, oder auch nur sehe, peitsche ich dir die schwarze Seele aus dem dunklen Leib. Kennst du alle Weg dort?“

„Ja."
„Und Lobo auch?"
„Auch er."
„Wenn wir des Morgens von hier weg marschieren, wann kommen wir hin?"
„Am Abend des dritten Tages, Herr."
„Gut, ich habe beschlossen, Ombula zu überfallen, um Abu el Mot Sklaven und Rinder geben zu können, wenn er kommt, damit er sieht, daß wir tätig gewesen sind. Ihr beide sollt unsere Führer sein, und ich kann euch nur raten, daß ihr eure Sache gut macht. Bin ich mit euch zufrieden, so verkaufe ich euch an einen guten Herrn, der euch nicht prügelt, selbst wenn ihr faul seid. Im Gegenfall aber grabe ich euch in einen Bau der Arda - der Termiten ein, damit sie euch bei lebendigem Leib fressen. Merkt euch das, ihr beiden schwarzhäutigen Schlingel, und nun frage ich: wollt ihr mir treu und gehorsam sein?"
„Ja, Herr!"
„Das versprecht ihr jetzt; aber ich traue keinem schwarzen Hund. Ihr bleibt bis zum Aufbruch hier auf dem Schiff und werdet es nicht verlassen. Ich stelle euch einen Wächter her, welcher den Befehl hat, euch zu erschießen, sobald ihr euch dem Rand des Schiffs nähert. Und während des Marsches gebe ich euch Gewichte an die Füße, damit ihr die Lust zur Flucht verliert. Jetzt arbeitet weiter und schwatzt nicht dabei, sonst lasse ich euch den Mund zunähen, daß ihr verschmachten müßt. Ihr wißt, daß das keine leere Drohung ist. Ich habe das schon oft getan."
Er gab jedem noch einen Hieb, dann ging er und stieg in sein Boot. Sie sahen es im hohen Schilf verschwinden, besorgten aber, daß er sie von dort aus beobachten werde. Darum arbeiteten sie schweigend weiter, bis sie ihn am Ufer erscheinen und einen schmalen, durch den Mimosenwald führenden Weg einschlagen sahen.
Erst jetzt wagte es Tolo, seinem Gefährten leise zuzuflüstern: „Du siehst, daß Tolo recht hatte, der Zug beginnt schon morgen."
Lobo griff mit der Hand nach seinem schmerzenden Rücken, knirschte mit den Zähnen, rollte die Augen, als ob er sie heraus drehen wolle, und antwortete: „In unser Land nach Ombula. Allah, Allah! Unsere Freunde sollen Sklaven werden!"
„Und wir müssen die Weißen führen! Werden wir es tun?"
Lobo zögerte mit der Antwort. Er schien überhaupt geistig weniger begabt zu sein als sein Unglücksgenosse.

„Warum sagst du nichts?“ fragte dieser. „Sollen wir die Araber führen und unsere schwarzen Brüder mit töten und gefangen nehmen?“

„Nein“, antwortete Lobo in bestimmtem Ton. Er war nun zu einem Entschluß gekommen. „Wir fliehen. Dann aber können wir Abu el Mot nicht töten, was wir doch tun wollten. Er ist noch nicht wieder da.“

„So töten wir Abd el Mot an seiner Stelle. Das ist fast ebensogut. Wenn wir ihm das Leben nehmen, so muß der Zug morgen unterbleiben, und wir retten die Leute von Ombula.“

„Werden sie es uns auch danken? Und wie töten wir ihn? Am Tag ist es ganz unmöglich, und des Nachts schläft er mitten unter den Wächtern. Man wird uns ergreifen. Ist es da nicht besser, wenn wir uns nicht in eine so große Gefahr begeben?“

Tolo erkannte gar wohl die Wahrheit dieser Worte. Er dachte nach. Jetzt erschallte von jenseits des Waldes ein schrecklicher Lärm herüber. Menschliche Stimmen sangen, jauchzten und brüllten. Dazu ertönten die ganz unbeschreiblichen Klänge der im Sudan gebräuchlichen Instrumente.

Das schien den nachdenkenden Neger schnell zu einem Resultat zu bringen. Er sagte: „Hörst du den Jubel? Jetzt hat Abd el Mot gesagt, daß die Ghasuah morgen beginnen soll. Nun entfalten sie die Fahne und fragen den Zauberer.“

„Er wird dem Zug güngstig sein, und sie gehorchen ihm, denn er ist ein frommer Fakir. Auch wir sollten ihm eigentlich gehorchen, obwohl wir nicht zu Allah beten wie unsere Peiniger.“

„Nein. Tolo gehorcht nicht dem Fakir, sondern einem ganz anderen.“

„Wem? Wer ist das?“

„Dem großen Schech, der über den Sternen wohnt und niemals stirbt, der alles sieht und jede Tat belohnt oder bestraft.“

„Du hast Lobo davon erzählt, aber Lobo kann ihn nicht sehen.“

„Er ist überall, wie die Luft, die man auch nicht erblickt.“

„Vielleicht hat dich der Fremde belogen, der dir von ihm erzählte!“

„Nein. Dieser fremde Weiße war ein Khassis - ein Missionar, ein guter Mann, der keine Lügen sagte. Er erzählte von dem großen allmächtigen Schech, welcher den Himmel und die Erde gemacht hat, und auch die Menschen. Er befahl ihnen, gut und fromm zu sein, aber sie gehorchten ihm nicht. Da sandte er seinen Sohn vom Himmel herab, der ihnen Gnade brachte und dafür von ihnen getötet wurde. Er lehrte, daß die Menschen einander lieben und sich nur Gutes erweisen sollen. Diese Lehre brachte der Khassis zu uns. Wir gewannen ihn lieb und glaubten seinen Worten. Da aber kamen die Sklavenjäger und töteten ihn. Tolo weiß noch alle seine Worte und wird nach denselben handeln. Die Liebe gebietet ihm, seine Eltern aufzusuchen und die Helle Ombula zu retten. Das wird er tun, selbst wenn es sein Leben kosten sollte. Der Sohn des Schechs im Himmel ist auch ohne Murren gestorben. Und wer da stirbt, indem er Gutes tut, und die Gesetze des großen Schechs erfüllt, der ist nicht tot, sondern er steigt auf zum Himmel, zum Sohn des Schechs, um bei demselben zu leben und niemals zu sterben."

Der Neger hatte das mit wahrer Inbrunst gesprochen, im Ton vollster Überzeugung. Der andere schüttelte den Kopf und sagte: „Lobo versteht das nicht; aber du hast ihm noch niemals eine Lüge gesagt, und so will er es glauben, und ganz dasselbe tun, was du tust. Hätte er den Khassis gesehen und gehört, so würde er wohl ganz so überzeugt sein, wie du es bist. Also wir fliehen und retten Ombula!"

„Ja, und Abd el Mot töten wir zur Strafe für seine Taten, und daß er morgen die Ghasuah nicht beginnen kann."

„Aber ist es nicht der Wille des großen Schechs, von welchem du sprichst, daß man den Menschen nur Gutes erweisen soll? Und du willst den Araber ermorden!"

„Das ist nichts Böses" entgegnete der Neger in einem Ton, der allerdings zu besagen schien, daß er noch nicht ganz bibelfest sei.

„Lobo glaubt es. Aber selbst wenn es uns gelingt, ihm das Leben zu nehmen, wie kommen wir fort? Einen Kahn können wir nicht bekommen, so müssen wir also gehen, und dann werden die Hunde uns schnell eingeholt haben!"

„Du darfst nicht so zaghaft sein", entgegnete der andere, „denn der große Schech im Himmel wird uns beschützen. Man wird hier erst am Morgen den Tod Abd el Mots und unsere Flucht bemerken. Dann sind wird schon so weit entfernt, daß uns niemand einholen kann. Wir nehmen uns hier so viel Kisrah wie möglich, damit wir unterwegs nicht zu hungern brauchen."

„Hat dein großer Schech das Stehlen nicht auch verboten?"

„Ja. Also werden wir es nicht tun. Aber wir finden überall Wurzeln, Früchte und Wasser, um den Hunger und auch den Durst stillen zu können."

Lobo schien doch ein Bedenken zu haben. Er blickte nach-

denkend vor sich nieder und sagte dann: „Aber wie können wir vom Schiff fort, wenn Abd el Mot uns einen Wächter sendet?"
„Wir warten, bis er schläft."
„Er wird nicht schlafen, sondern den Befehl erhalten haben, kein Auge von uns zu lassen."
„Nun, so töten wir auch ihn."
„Das ist doch nichts Gutes, sondern etwas Böses!"
„Der Wächter ist auch böse, denn er wird ein Weißer, ein Araber sein. Ihm geschieht es ganz recht, wenn er sterben muß; er gehört wohl gar zu den Leuten, welche uns gefangen genommen haben."
„Du hast mir einmal erzählt, daß es der Wille des Schechs im Himmel sei, auch den Feinden Gutes zu tun; du aber willst ihnen nur Böses zufügen."
„Daran sind sie selbst schuld", sagte Tolo und half sich über das Bedenken mit Kopfschütteln hinweg. „Schweig jetzt und arbeite, der Wächter kommt."
Der Kahn nahte wieder: In demselben saß ein anderer Weißer, welcher an Bord gestiegen kam. Er schien sehr zornig darüber zu sein, daß er auf das Schiff kommandiert worden und nun von der Festlichkeit ausgeschlossen war, welche einer jeden Ghasuah vorher zu gehen pflegt. Er warf den Sklaven drohende Worte zu und setzte sich in ihre Nähe, die Peitsche in der Hand. Sie arbeiteten mit angestrengtem Fleiß weiter. Miteinander zu sprechen, durften sie nicht wagen; desto fleißiger aber dachten sie an ihr Vorhaben. Tolo war fest entschlossen, Abd el Mot und den Wächter zu ermorden. Das, was er von den Lehren des Missionars behalten hatte, kam nicht in Konflikt mit seinen heidnischen Anschauungen. Er wußte beides ganz gut in Einklang zu bringen. Lobo war weniger spitzfindig als er. Wie die meisten langsam denkenden und schwer begreifenden Menschen, konnte er nicht leicht eine neue Ansicht fassen, welche seiner bisherigen entgegengesetzt war. Hatte er den Gedanken aber einmal gefaßt, so hielt er ihn fest und bewegte ihn fleißig im Herzen, soviel dies seinem Verständnis möglich war. Es wollte ihm nicht recht begreiflich erscheinen, daß man zwei Menschen ermorden und dabei doch den Willen des guten Schechs im Himmel befolgen könne.

Der am linken Ufer des Flusses liegende Mimosenwald war sehr lang, aber nur schmal. Vom Wasser führten einige schmale Wege quer durch ihn hindurch. Folgte man einem dieser Pfade, so hatte man schon nach fünf Minuten den Wald im Rücken und eine weite, freie Strecke vor sich liegen.

Im Süden nennt man jeden Weg, welcher neben einem Fluß hinläuft, Darb tachtani, den unteren Weg. Ein Pfad aber, welcher von der Seite her, also senkrecht auf den Lauf des Wassers führt, eine Mischrah. Gewöhnlich steigt die Mischrah vom hohen Ufer herab. Die Wohnungen der Menschen müssen wegen der jährlichen Nilüberschwemmungen hoch liegen, und so kommt es, daß an einer Mischrah gewöhnlich sich Niederlassungen befinden. Besonders gern legt man die Seriben an solchen Stellen an, an denen ein Pfad hinab zum tiefen Ufer führt. Dies war auch hier mit der Seribah Omm et Timsah der Fall.

Hatte man, vom Fluß aufwärts steigend, den Wald hinter sich, so stand man vor einer hohen stachligen Umzäunung, hinter welcher die Tokuls dieser Sklavenjägerniederlassung lagen. Dieser Zaun war stark genug, um gegen Menschen und wilde Tiere Schutz zu bieten. Jede Seribah ist mit einer solchen Dornenmauer umgeben, welche zwar europäischen Waffen nicht widerstehen könnte, gegen Pfeile und Lanzen aber vollständige Sicherheit gewährt. Die Ein- und Ausgänge haben keine Türen nach unserem Begriff, sondern einige stachelige Büsche genügen zum Verschluß. Diese Stellen werden übrigens des Nachts mit Wachtposten besetzt, für welche gewöhnlich hohe Warten auf Pfählen errichtet sind, ganz ähnlich den russischen Kosakenwarten.

Die Seribah Omm et Timsah hatte einen bedeutenden Umfang. Sie enthielt über 200 Tokuls, deren Unterbau aus aufgeworfener Erde bestand, während die Wände und Dächer aus Schilf hergestellt waren. Sie alle hatten eine runde Gestalt, und jede einzelne war für sich mit einer besonderen Dornenhecke umgeben. Dies alles bildete eine Art Dorf, welches innerhalb der kreisförmigen Hauptumzäunung lag.

Auch die Hütten hatten keine verschließbaren Türen. Diebstahl kommt unter den Bewohnern einer Seribah nicht vor; diese haben sich nur von den irrigen Eigentumsbegriffen der Eingeborenen zu hüten.

Die Wege, welche zwischen den Tokuls hinführten, waren ziemlich reinlich gehalten; desto schlimmer aber sah es vor der äußeren Umzäunung aus. Da gab es Abfälle und Unrat in Menge; sogar die verwesenden Leichen natürlich gestorbener oder zu Tode gepeitschter Sklaven lagen hier, einen Geruch verbreitend, den die Nase eines Europäers nicht hätte ertragen können. Dies war ein Sammelplatz aller Arten von Raubvögeln. Auch die Hunde der Sklavenjäger befanden sich da, und des Nachts stellten sich wohl Hyänen und andere wilde Tiere ein.

Unweit der Seribah befand sich die Murrah, der umfriedete nächtliche Pferch des Viehbestands, dessen Angehörige am Tag über im Freien weiden. Der Dünger dieser Tiere wird sorgfältig gesammelt und in der Sonne getrocknet, um abends in die Murrah geschafft und angebrannt zu werden. Der dichte Rauch, welcher sich dann entwickelt, gewährt den Tieren und Menschen Schutz gegen die schreckliche Plage der Baudah, der Stechfliegen des Sudans. Die Menschen graben sich bis an den Kopf in die ellenhoch liegende Düngerasche ein, wodurch, ganz abgesehen vom Geruch, die schwarze Haut der Neger sich mit einem abscheulichen grauen Überzug umhüllt, welcher das Auge des Europäers beleidigt, nach der Meinung der Eingeborenen aber so schön wie gesund ist.

In der Mitte der Seribah standen zwei Tokuls, welche sich durch besondere Größe auszeichneten. Sie waren die Wohnungen der beiden Anführer, Abu el Mots und Abd el Mots.

Da eine Hütte nicht bloß für eine einzelne Person bestimmt ist, so war bei der großen Zahl der Tokuls anzunehmen, daß die Gesellschaft gewiß aus wenigstens 500 Personen bestand. Rinder und Schafe weideten in Menge umher. Auch Pferde und Kamele gab es, doch nur bei gegenwärtiger Jahreszeit. Während und kurz nach der Regenzeit pflegen sie zu Grunde zu gehen.

Der eigentliche Besitzer einer Seribah ist nur höchst selten auf derselben anwesend. Diese Herren bleiben daheim, in Chartum, oder wo sie sonst ihren festen Wohnsitz haben. Es fällt ihnen gar nicht ein, sich persönlich an der Sklavenjagd zu beteiligen; sie senden vielmehr ihre Stellvertreter, welche Wokala genannt werden und sehr ausgedehnte Vollmachten besitzen.

Unter diesen Wokala stehen die Reisihn, Kapitäne und Nautia, Matrosen. Diese Leute werden gebraucht, weil die Jagden meist kurz nach der Regenzeit zu Wasser unternommen werden. Auch Sajadin und Asaker werden engagiert. Die ersteren sind Jäger und verpflichtet, die anderen mit frischem Fleisch zu verproviantieren. Die letzteren sind Soldaten, welche sich aus allerlei weißem und farbigem Gesindel rekrutieren, gewissenlose Menschen, welche mit den göttlichen und weltlichen Gesetzen vollständig zerfallen sind und sich sonst nirgends sehen lassen dürfen, ohne daß ein strafender Arm sich nach ihnen ausstreckt.

Die Wokala erhalten eine beträchtliche Besoldung und oft auch noch einen besonderen Anteil am Gewinn. Die übrige Mannschaft erhält einen Lohn bis zu zehn Mariatheresientalern pro Monat und die Kost. Alles andere muß der Mann vom Sold bezahlen und bekommt es zu den höchsten Preisen angerechnet. Daher bleibt ihm gewöhnlich nichts oder wenig übrig. Ist der Fang gut, so kommt es vor, daß die Leute ihren Sold in Sklaven ausbezahlt erhalten. Der Schwarze ist dann dem Soldaten mit Leib und Leben angehörig, und dieser kann mit ihm machen, was ihm beliebt, ihn schlagen, verstümmeln oder gar töten.

Je zwanzig oder fünfundzwanzig Soldaten stehen unter einem Unteroffizier, Buluk genannt. Die Rechnungen hat ein Buluk Emini unter sich, welcher lesen, schreiben und rechnen können muß und also gewöhnlich ein niederer Geistlicher, ein Fakir ist; er vertritt zugleich die Stelle des Zauberers, bestimmt die glücklichen und unglücklichen Tage und heilt alle möglichen Schäden des Leibes und der Seele mit Amuletten, welche er verfertigt und gegen guten Preis verkauft. Die Feindschaft eines solchen Mannes kann dem einzelnen sehr gefährlich werden.

Wird eine Ghasuah unternommen, so zwingt man den Schech des Gebiets, in welchem die Seribah liegt, seine Neger als Träger und Spione zu stellen. Dafür wird er nach dem Raubzug mit Kühen entschädigt, was ihm natürlich lieber ist, als wenn er mit Sklaven bezahlt wird. Der Tag des Aufbruchs wird vom Fakir bestimmt, welcher von jedem einzelnen Tag des Jahres zu sagen weiß, ob er ein glücklicher oder unglücklicher ist.

Sobald der Kommandant die Ghasuah verkündet hat, wird die Barakha - die Heilige Fahne aufgesteckt. Sie besteht aus einem großen, viereckigen, roten Zeug, auf welchem das mohammedanische Glaubensbekenntnis oder die erste Sure des Korans gestickt ist.

Sobald diese Fahne weht, weiß jedermann, daß ein Raubzug beschlossen worden ist, und die an demselben Beteiligten geben sich der tollsten Freude hin.

Abd el Mot hatte seine Absicht erst den beiden Belandanegern mitgeteilt, nachdem er selbstverständlich erst von dem Fakir erfahren hatte, daß der morgige Tag ein glücklicher sei. Dann zur Seribah zurückgekehrt, hatte er die Fahne aufstecken lassen. Der Jubel der ersten, welche dieses willkommene Zeichen erblickten, rief alle anderen Bewohner der Tokuls aus den Hütten hervor. Die Musikinstrumente wurden geholt, man scharte sich zusammen und schleppte alle vorhandene Merissah herbei, um die glückliche Stimmung durch einen berauschenden Trunk zu erhöhen.

Der Fakir erschien, hielt eine anfeuernde Rede und bot Amulette aus, welche im bevorstehenden Kampf vor Verwundung und Tod schützen sollten. Dann begann die Musik zu spielen, aber was für eine!

Da war zu sehen und zu hören die Rababah, eine sehr primitive Gitarre mit drei Saiten, die röhrenförmige Bulonk von ausgehöhltem Kamaholz, die Norarah, eine Kriegspauke, aus einem hohlen Baumstumpf konstruiert, die Darabukkah, eine kleinere Handpauke, ferner surrende Flöten, hölzerne Riesenhörner, deren schreckliche Töne dem Rindergebrüll gleichen, steinerne Klappern, geschüttelte Flaschenkürbisse, in denen Steine rasselten, Antilopenhörner, deren Töne dem Jammern eines frierenden Hundes gleichen, kleine und große Pfeifen, mit denen man alle möglichen Tierstimmen, besonders die Stimmen der Vögel nachmachte. Wer kein Instrument hatte, brüllte und heulte nach Belieben. Viele improvisierten ganz sonderbare Geräusche. Der eine schlug mit einem Stock auf dürres Reisig, der andere kniff einem Hund in den Schwanz, daß das Tier ganz zum Erbarmen musizierte; der dritte schwang an einer Schnur eine Blechplatte im Kreis, um das Pfeifen des Sturmes nachzuahmen. Kurz, es war ein entsetzliches Konzert, welches nur auf kurze Zeit unterbrochen wurde, als der Fakir die Helden aufforderte, das Sklavenjägerlied zu singen. Die Kerle stellten sich in zwei Reihen einander gegenüber auf und sangen:

„U marran basahli!
U marran alei dschebal,
U marran antah el woara,
El es soda kubar.
U marran besahli!
U marran ketir hami,
U marran fi woar kan ro dami;
U marran katach barrut,
Jentelik e eqiq schi dali!“

Das heißt zu deutsch: „Und trinken ist meine Lust! Und dann hinaus in die Berge, und hinaus in den Wald, wo der Löwe haust. Und trinken ist meine Lust! Und kommt die Verwegenheit über mich, da fließt wohl Blut in der Wildnis; und dann wird Pulver verpufft und ich bringe Sklaven mit nach Hause!“

Doch, welche Stimmen waren das, die dieses Lied sangen! Der eine brüllte wie ein Löwe und der andere wie ein Ochsenfrosch. Ein dritter schrillte im höchsten Fistelton und ein vierter schleppte, wie eine Baßgeige brummend, hinterdrein. Eine Melodie gab es nicht, jeder sang so hoch oder tief, wie es seinem Kehlkopf angemessen war. Nur die einzelnen Worte klangen zusammen, da der Fakir mit hoch erhobenen Armen skandierte. Dies tat er in einer Weise, daß er an einem anderen Ort sofort als völlig unheilbar ins Irrenhaus gebraucht worden wäre.

Als das Lied zu Ende war, wurde wieder getrunken und Musik gemacht. Dann ward ein Tanz arrangiert, den drehenden Derwischen nachgeäfft. So ging es unter steter Abwechslung von Musik, Gesang und Tanz bis in die späte Nacht, da es keinen Tropfen Merissah mehr gab.

Der Lärm schallte über den Wald hinweg bis zum Fluß und dem Schiff. Dort saßen die beiden Balandaneger und vor ihnen der Wächter, die Peitsche stetig in der Hand. Die Sklavinnen waren nach der Seribah geholt worden, um zu backen.

Zuweilen erhob sich der Aufseher, um einige Minuten hin und her zu gehen. Dabei brummte er grimmig in den Bart darüber, daß er weder mitsingen noch mittrinken durfte.

Kurz nach Mitternacht kam Abd el Mot noch einmal an Bord, um sich zu überzeugen, ob der Posten seine Schuldigkeit tut. Dann, als er sich entfernt hatte, wurde es drüben in der Seribah still. Die berauschten Sklavenjäger suchten und fanden den Schlaf. Als der Wächter wieder einmal seinen Spaziergang unternahm, flüsterte Lobo seinem Kameraden zu: „Dieser Weiße ist zornig; er hat die Peitsche stets in der Hand, schlägt uns aber nicht. Lobo möchte ihn darum nicht gern töten."

„Dann können wir nicht entkommen!"

„Wollen wir ihm nicht die Kehle zuhalten, daß er nicht schreien kann? Dabei binden wir ihn und stecken ihm den Mund zu."

„Das hat auch Tolo lieber, als ihn zu töten; aber ein einziger Schrei kann uns verderben."

„Lobos Fäuste sind stark. Er wird den Mann so fassen, daß derselbe gar nicht rufen kann."

„Und während du ihn festhältst, wird Tolo ihn binden. So können wir es machen. Stricke sind genug da."

„Wann beginnen wir?"

„Nach einer Weile; dann werden alle Weißen eingeschlafen sein."

„Aber der Kahn ist nicht da. Er wird des Abends in die Seribah geschafft."

„So schwimmen wir."

„Hat Tolo vergessen, daß sich viele Krokodile im Wasser

befinden? Darum wird die Seribah ja Omm et Timsah genannt."

„Tolo läßt sich lieber von den Krokodilen fressen, als daß er die Weißen nach Ombula führt."

„Lobo auch. Der gute Schech im Himmel wird uns beschirmen, da wir soeben dem Wächter das Leben geschenkt haben."

„So glaubst du jetzt an diesen großen Schech?"

„Lobo hat während des ganzen Abends über denselben nachgedacht. Wenn der Khassis kein Lügner war, so ist es wahr, was er gesagt hat, denn er ist klüger gewesen, als wir es sind. Und für den schwarzen Mann ist es sehr gut, einen solchen Schech im Himmel zu haben, denn alle weißen Schechs auf der Erde sind seine Feinde. Lobo glaubt also an ihn und wird ihn jetzt bitten, die Flucht, welche wir vorhaben, gelingen zu lassen."

Der Neger faltete die Hände und blickte zum Himmel auf. Seine Lippen bewegten sich, aber die Bitte war nur für Gott hörbar.

Der Wächter hatte sich wieder niedergesetzt. Dann dauerte es längere Zeit, bis er abermals aufstand, um hin und her zu gehen. Da fragte Lobo: „Warten wir noch länger?"

„Nein. Tolo hält schon die Stricke in der Hand. Wenn er uns wieder nahe ist und sich umdreht, so springen wir auf und du ergreifst ihn von hinten."

So geschah es. Der Wächter kam auf sie zu und machte wieder kehrt. Im Nu standen die Neger hinter ihm, und Lobo legte ihm die beiden Hände um den Hals, den er fest zusammendrückte. Der Mann stand, wohl nicht nur infolge dieses Drucks, sondern mehr noch aus Schreck, völlig bewegungslos; er gab keinen Laut von sich. Er wehrte sich auch nicht, als Tolo ihm die Stricke fest um Arme, Beine und Leib wickelte. Er blieb sogar stumm, als Lobo ihm die Hände vom Hals nahm und ihm seinen Fes vom Kopf zog, denselben zerriß und aus den Stücken einen Knebel machte, der ihm in den Mund geschoben wurde.

Der Mann war vollständig überwältigt und wurde in den Raum hinab geschafft. Lobo nahm ihm das Messer und Tolo die Peitsche ab; dann kehrten sie auf das Deck zurück.

Sie ließen sich so leise wie möglich, um ja nicht etwa durch ein Geräusch die Krokodile herbei zu locken, in das Wasser und strebten dem Ufer zu, was gar nicht leicht war, da sie sich durch die dichte Omm Sufah zu arbeiten hatten. Doch gelangten sie wohlbehalten an Land. Das Naßwerden schadete ihrer mehr als einfachen Kleidung nicht das mindeste.

„Der gnädige Schech im Himmel hat uns vor den Krokodilen beschützt; er wird uns auch weiter helfen", sagte Lobo, indem er das Wasser von sich abschüttelte. „Denkst du nicht, daß es besser wäre, wenn wir Abd el Mot leben ließen und unsere Wanderung sogleich anträten?"

„Nein. Er muß sterben!"

„Seit du heute von dem himmlischen Schech und seinem Sohn gesprochen hast, kommt es Lobo nicht gut vor, den Araber zu töten."

„Wenn wir ihm das Leben lassen, ereilt er uns unterwegs. Töten wir ihn aber, so wird, wenn man ihn findet, alle der Schreck so ergreifen, daß sie versäumen, uns zu verfolgen."

„Lobo tut alles, was du willst. Wie aber kommen wir in die Seribah? Die Wächter machen Lärm."

„Hast du denn nicht das Messer, mit dessen Hilfe wir uns ein Loch machen können?"

„Aber die Hunde werden uns verraten!"

„Nein; sie riechen, daß wir in die Seribah gehören, und ich kenne sie fast alle nach ihrem Namen. Komm!"

Sie schlichen sich vorwärts bis zum oberen Rand des Waldes. Dort galt es, vorsichtiger zu sein, denn die Nacht war so sternenhell, daß man einen Menschen auf zwanzig Schritte erkennen konnte. Sie legten sich auf die Erde und krochen derjenigen Stelle der Umzäunung zu, von welcher aus sie die kürzeste Strecke nach dem Tokul Abd el Mots hatten.

Glücklicher- und auch sonderbarerweise erreichten sie diese Stelle, ohne von einem Hund bemerkt worden zu sein. Dort begann Lobo, mit dem Messer ein Loch in den dichten, stachligen Zaun zu schneiden. Das war nicht leicht und ging außerordentlich langsam. Obgleich er der Stärkere war, mußte Tolo ihn einigemal ablösen, bis die Öffnung so groß wurde, daß ein schlanker Mensch durchschlüpfen konnte.

Im Inneren der Seribah angelangt, mußten sie nun doppelt vorsichtig sein. Sie blieben eine kleine Weile lauschend liegen; sie vernahmen kein verdächtiges Geräusch. Ein Rind schnaubte draußen im Pferch, und aus der Ferne tönte das tiefe Ommu-ommu einer Hyäne herüber. In der Seribah aber herrschte absolute Stille.

„Wir können es wagen", sagte Tolo. „Gib mir das Messer!"

„Warum dir?"

„Weil ich den Stoß führen will."

„Nicht du, sondern Lobo wird es tun, denn er ist der Stärkere von uns beiden."

„Aber es ist dir ja nicht lieb, daß er getötet werden soll!"

„Aber du hast gesagt, daß er dennoch sterben muß, und da ist es gleich, von wessen Hand es geschieht. Sollte der Schech im Himmel darüber zürnen, so wird er Lobo eher verzeihen als dir, denn Lobo glaubt erst seit heute an ihn, du aber schon seit längerer Zeit. Bleib also hier und warte, bis ich wiederkomme!"

„Du willst allein gehen?"

„Ja."

„Das duldet Tolo nicht. Er wird dich bis zum Tokul begleiten, um bereit zu sein, wenn dir etwas Böses widerfährt."

„So komm, denn du hast recht."

Sie kannten den Weg genau. Die meisten Schläfer befanden sich in ihren Hütten; mehrere lagen vor denselben, doch so fest im Merissahrausch, daß sie nicht aufwachten. Selbst ein Nüchterner hätte die beiden nicht gehört.

Als sie an den Tokul Abd el Mots kamen, lagen wohl acht bis zehn Soldaten um denselben. Der Unteranführer traute den Negersoldaten nicht und pflegte seine Hütte des Nachts mit weißen Söldnern zu umgeben. Aber auch diese lagen in tiefem Schlaf.

„Bleib hier liegen!" flüsterte Lobo. „Es ist nicht schwer, zwischen ihnen hindurch zu kommen. Der Araber befindet sich ganz allein in der Hütte. Auch er wird getrunken haben. Ein Stoß, und dann ist Lobo wieder bei dir."

Die Zuversicht, mit welcher er dies sagte, klang etwas hastig. Die Tat wurde ihm wohl schwerer, als er es merken lassen wollte. Das Messer in der Hand, kroch er schlangengleich zwischen zwei Schläfern hindurch. Schon hatte er den Eingang erreicht und streckte die Hand aus, um das leichte Schilfgeflecht, welches des Nachts die Tür bildete, beiseite zu schieben; da ließ sich hinter demselben ein lautes Knurren hören. Er zog die Hand zurück; aber der unerwartete Feind brach, anstatt sich zu beruhigen, in ein wütendes Gebell aus und kam, das Geflecht umreißend, aus der Hütte gestürzt. Es war einer jener großen Schillukhunde, welche die Sklavenjäger gern kaufen, um sie gegen die Neger abzurichten. Er warf sich auf Lobo. Dieser war, obgleich dem Alter nach noch kaum ein Mann, doch ein sehr kräftiger Mensch. Er wich dem Hund mit einer behenden Bewegung aus, faßte ihn mit der Linken beim Genick, riß ihn empor und stieß ihm mit der Rechten mit außerordentlicher Schnelligkeit das Messer einigemal in die Brust. Der Hund brach unter lautem Geheul zusammen.

Von allen Seiten, allüberall antworteten die anderen Hunde;

die Menschen erwachten, und die vor dem Tokul liegenden weißen Schläfer waren aufgesprungen. Sie wollten sich auf Lobo werfen, dem es nun unmöglich war, sein blutiges Vorhaben auszuführen. Wohl zwanzig Arme streckten sich nach ihm aus; er war umringt und schlug und stieß um sich, um sich Luft zu machen. Dies wäre ihm wohl kaum gelungen, wenn ihm nicht Tolo geholfen hätte. Dieser sprang herbei und schlug mit seiner Nilpeitsche in der Weise auf die Bedränger seines Gefährten ein, daß sie, die so etwas nicht erwartet hatten, Raum gaben. Dies benutzend, flogen die beiden Neger in weiten Sätzen davon, um das Loch und durch dasselbe das Freie zu gewinnen.

Einer der Schläfer, welche Lobo hatten ergreifen wollen, war ein Unteroffizier, ein Mann, welcher zu befehlen gewohnt war und mehr Umsicht besaß als die anderen. Er sagte sich, daß die zwei Missetäter wohl ihrer Strafe entgehen würden, wenn niemand sie erkannt habe. Darum schrie er mit lauter Stimme in den Lärm hinein: „Wer waren die beiden? Hat jemand ihre Gesichter gesehen?"

„Lobo und Tolo, die zwei Belanda waren es", antwortete eine Stimme.

„So sind sie vom Noqer entflohen und haben sich, ehe der Eingang geschlossen wurde, in die Seribah geschlichen, um Abd el Mot zu ermorden. Sie sind noch in der Umzäunung. Eilt an die Tore und besetzt dieselben, damit die Mörder nicht hinaus können! Aber ruft alle Hunde herein, welche uns die Flüchtigen aufspüren werden!"

Infolge dieses Befehls rannte alles nach den Eingängen. Abd el Mot war natürlich erwacht. Er kam aus dem Zelt, um sich nach dem Grund der großen Aufregung zu erkundigen. Der Unteroffizier erstattete ihm Bericht, und der Diener des Todes erteilte der Anordnung desselben seine Zustimmung.

So kam es, daß die ganze Bevölkerung der Seribah sich an den Eingängen versammelte und die beiden Neger das Loch ungehindert erreichen konnten. Lobo wollte durch dasselbe schnell hinaus ins Freie kriechen; aber der schlaue Tolo hielt ihn zurück und sagte: „Halt, warte! Hörst du nicht, daß man den Hunden ruft und pfeift? Gehen wir jetzt hinaus, so treffen wir auf diese Tiere, welche uns zwar vielleicht nichts tun, aber uns sicher verraten werden. Wir müssen warten, bis sie alle herein sind."

Lobo sah die Wahrheit dieser Worte ein und blieb stehen. Die beiden hörten mehrere Hunde am Loch vorüber und nach dem nächsten Tor rennen. Dort erklang der Befehl Abd el Mots:

„Bindet sie an Leinen, damit sie uns führen können! Und bringt sie an meine Hütte, auf die Spur der Neger!"

„Jetzt ist es Zeit!" flüsterte Tolo. „Schnell hinaus und fort!"

„Die Hunde werden das Loch finden", antwortete Lobo, „und die Verfolger auf unsere Fährte bringen. Könnten wir reiten, so würden unsere Füße den Boden nicht berühren und die Hunde verlören unsere Spur."

„Reiten ist unmöglich."

„Warum nicht? Draußen in der Murrah stehen Pferde und auch Kamele."

„Aber die Wächter sind bei ihnen, diese Leute haben den Lärm vernommen und werden sehr aufmerksam sein."

„Überfallen wir sie!"

„Nein. Es sind ihrer zu viele für uns, und wir haben nur ein Messer. Und selbst wenn es uns gelänge, sie zu überwältigen, würde dabei so viel Zeit vergehen, daß die Hunde bei uns wären, ehe wir die Pferde hätten. Wir müssen laufen."

Sie krochen hinaus und rannten davon, an der Murrah vorüber und in der Richtung, in welcher ihre Heimat lag, in die Nacht hinein.

Als sie glaubten, daß das Loch schnell entdeckt werden würde, hatten sie sich geirrt. Es waren über zwanzig Hunde vorhanden, welche nach dem Tokul Abd el Mots geführt wurden. Dort gab es eine Menge von Spuren, und jetzt wurden dazu so viel neue gemacht, daß es für die Tiere ganz unmöglich gewesen wäre, die richtige zu entdecken. Aber die Hunde verstanden überhaupt gar nicht, um was es sich handelte. Man richtete ihre Nasen zwar auf die Erde, aber man konnte ihnen nicht begreiflich machen, welche Aufgabe man ihnen stelle. Sie suchten im Kreis umher und wollten in den verschiedensten Richtungen davon.

„So geht es nicht", sagte Abd el Mot. „Sie wissen nicht, wen sie suchen sollen. Wir müssen es ihnen zeigen."

„Das können wir nicht", sagte ein alter Tschausch - ein Feldwebel, welcher Befehlshaber über Hundert war. „Etwas zu zeigen, was man selbst weder sieht noch weiß, ist unmöglich."

„Dein Bart ist weiß, aber deine Gedanken sind dunkel", antwortete der Kommandant. „Die Neger sind vom Schiff entflohen; dort ist der richtige Ort, den Hunden zu zeigen, was wir wollen. Ich werde selbst gehen und nehme nur den meinigen mit; er ist der beste von allen. Schafft das Boot ans Wasser, doch nicht auf dem Pfad, den die Neger wahrscheinlich gekommen sind! Ihr würdet sonst mit euren Füßen die Fährte verderben. Ich werde euch führen."

Er nahm seinen Hund an der Leine und schritt dem Haupteingang zu, wo das Boot lag. Sechs Männer nahmen es auf ihre Schultern und folgten ihm. Er wählte einen schmalen Pfad, welcher oberhalb desjenigen, welcher direkt nach dem Schiff führt, durch den Wald ans Wasser ging. Als sie das Ufer erreicht hatten, wurde das Boot ins Wasser gesetzt und Abd el Mot stieg mit dem Hund und zwei Männern, welche rudern sollten, ein. Die anderen konnten zurückgehen.

Beim Noqer angekommen, stieg der Kommandant an Bord und ließ sich den Hund heraufheben; die Ruderer durften das Schiff nicht betreten, um die Fährte nicht zu verwischen.

Der gut dressierte Hund blieb bei seinem Herrn stehen, der das Verdeck überschaute, was ihm der helle Sternenschimmer erlaubte. Es war kein Mensch zu sehen. Abd el Mot rief den Namen des Wächters, empfing aber keine Antwort. Er rief die beiden Neger, doch mit demselben Mißerfolg. Der Hund bewegte die Ohren, richtete den Kopf zu seinem Herrn empor und stieß die Luft leise pfeifend durch die Nase.

„Du weißt etwas? Du hast etwas gehört? Führe mich!" forderte Abd el Mot das Tier auf, indem er die Leine lockerte.

Das Tier zog ihn an derselben unter das Verdeck bis hin zu der Stelle, wo der Wächter lag. Der Araber beugte sich zu demselben nieder, um ihn zu betasten, zog ihm den Knebel aus dem Mund, ohne ihm aber die Stricke zu lösen, und fragte mit vor Zorn bebender Stimme: „Wer hat dich überwältigt und hierher gebracht?"

„Die Neger. Amahn, amahn - Gnade, Gnade!"

„Wo sind dieselben?"

„Jedenfalls entflohen. Ich kann nicht dafür. Sie überfielen mich von hinten und ohne daß ich es ahnen konnte. Du wirst es mir verzeihen!"

Er kannte die Strenge seines Vorgesetzten; seine Stimme zitterte vor Angst. Abd el Mot antwortete nicht und fragte auch nicht weiter. Er nahm den gefesselten Mann auf die Schulter und trug ihn hinauf auf Deck.

„Um Allahs und des Propheten willen, verzeihe mir!" schrie der Wächter, welcher aus dem Verhalten des Kommandanten schloß, was dieser beabsichtigte.

„Allah und der Prophet mögen dir gnädig sein; ich habe nichts dagegen", antwortete dieser, „aber mich darfst du nicht um Verzeihung bitten. Wer meinen Befehlen nicht gehorcht und seinen Dienst vernachlässigt, den kann ich nicht brauchen. Hast du die Sklaven über Bord gelassen, so sollst du zur Strafe denselben Weg nehmen!"

Der Mann wand sich vergebens in den Armen des Arabers, um sich los zu machen, und flehte mit vor Todesangst kreischender Stimme: „Sei gnädig, Herr, denn auch du wirst einst von Gott Gnade verlangen!"

„Schweig, Hund, und fahre zur Hölle!"

Er warf ihn über Bord und blieb dann mit vorgebeugtem Körper stehen, um zu sehen, wie der Mann im Wasser verschwand. Nach wenigen Augenblicken tauchte derselbe für kurze Zeit wieder auf und brüllte, indem er das in den Mund gedrungene Wasser von sich sprudelte: „Allah jilanak kullu abadli - Gott verdamme dich in alle Ewigkeit!"

„Ma' allalahme ia kelb - gehab dich wohl, du Hund!" lachte der Araber ihm höhnisch nach.

Er sah zwei Furchen, welche sich blitzschnell der Stelle näherten, an welcher der Unglückliche wieder am Versinken war; sie wurden von zwei Krokodilen gezogen, die durch das Geräusch, welches der fallende Körper im Wasser hervorgebracht hatte, aufmerksam geworden waren. Sie schnappten zu gleicher Zeit nach ihm - ein entsetzlicher Schrei, und die gierigen Ungeheuer verschwanden mit seinem zerrissenen Körper in der Tiefe.

Das noch größere Ungeheuer droben auf Deck aber murmelte befriedigt: „Wer meinen Befehl nicht befolgt, muß sterben. Nun jetzt zu der Spur!"

Er führte den Hund nach der Stelle, an welcher die Neger gearbeitet hatten, und drückte ihm da den Kopf nieder, indem er ihm gebot: „Dauwir, fattisch - such, such!"

Der Hund fuhr mit der Nase am Boden hin, sog, sich erhebend, die Luft ein und stieß ein kurzes, scharfes Bellen aus.

„Du hast es? So komm!"

Er ging mit ihm nach dem Schiffsrand, hob ihn in den Kahn, stieg selbst nach und gebot den beiden Wartenden, nun nach dem Hauptweg, den sie vorhin vermieden hatten, zu rudern.

Die zwei Untergebenen waren Zeugen des Todes ihres Kameraden gewesen, doch fühlten sie nicht das geringste Mitleid mit demselben. Derartige Bestrafungen eines Soldaten waren für sie ganz gewöhnliche Ereignisse.

Als sie am Ufer ausgestiegen waren, nahm Abd el Mot den Hund fest an die Leine und ließ ihn suchen. Das Tier stieß schon nach einigen Augenblicken jenen Laut aus, welcher sagen soll, daß es sich auf der Fährte befände, und drängte mit allen Kräften vorwärts.

„Jetzt haben wir den Anfang“, sagte der Araber. „Der Hund ist vortrefflich und wird die Spur nicht verlieren. Das Ende wird der Tod der beiden Burschen sein.“

Der Hund zog so stark an der Leine, daß sein Herr alle Kraft aufwenden mußte, sie sich nicht aus der Hand reißen zu lassen. Fast im Trab ging es das steile Ufer hinauf, durch den schmalen Wald und dann genau nach der Stelle, in welcher sich das Loch in der Umzäunung befand. Erst wollte der Hund hindurchkriechen; aber er besann sich, wendete sich wieder zurück und stieg dann, laut bellend und sich kaum halten lassend, an der Leine empor, um nach der freien Ebene, wohin die Neger geflohen waren, durchzubrechen.

In der Seribah hatte man indessen alle Feuer wieder angeschürt, und der Schein derselben fiel auf das Loch, so daß dasselbe deutlich zu erkennen war.

„Hier haben sie sich hindurch gearbeitet“, sagte Abd el Mot. „Und hier sind sie auch wieder heraus. Während wir suchten, haben sie Vorsprung gewonnen; aber es soll ihnen nichts helfen. Wir werden sie schneller ereilen, als sie es vermuten können.“

Er schritt nach dem Haupteingang, wobei er Mühe hatte, den Widerstand des Hundes, welcher den Flüchtigen nach wollte, zu bemeistern. Dort standen sämtliche Bewohner der Seribah. Er teilte ihnen das Resultat seiner Nachforschung mit und gebot dann den Unteroffizieren, vorzutreten, um seine Befehle zu empfangen. „Herr“, sagte der bereits erwähnte Feldwebel, „dein Wille muß der unsrige sein, und wir dürfen es nicht wagen, dir etwas vorzuschreiben; aber ich meine, daß sofort so viele Männer, als Pferde da sind, mit dem Hund aufbrechen müssen, um die Neger schnell einzuholen. Beeilen wir uns weniger, so entkommen sie vielleicht nach Ombula und benachrichtigen die Leute dort von unserem beabsichtigten Überfall.“

„Deinem Alter will ich es verzeihen, daß du mir Vorschläge machst“, antwortete Abd el Mot in scharfem Ton, „ein andermal aber wartest du, bis ich dich frage! Das mit den Reitern habe ich schon beschlossen, ehe du daran denken konntest. Aber meinst du vielleicht, daß ich ihnen befehlen werde, nach hier zurückzukehren, wenn sie die Neger ergriffen haben? Dann müßten sie von neuem mit uns aufbrechen, und den Pferden, welche uns kostbar sind, dürfen wir eine solche Anstrengung nicht auferlegen. Die Ghasuah ist beschlossen; ob sie gleich jetzt beginnt oder erst am Morgen, das kann euch gleichgültig sein. Ich will beim Fang der Neger selbst zugegen sein. Ebenso notwendig aber ist meine Anwesenheit beim Aufbruch des Zuges von hier. Also rüstet euch! In einer Stunde muß jeder zum Abmarsch fertig sein. Du aber wirst zur Strafe dafür, daß du mir Gesetze vorschreiben wolltest, nicht an dem Zug teilnehmen, sondern als Befehlshaber der fünfzig Mann, die ich zum Schutz der Seribah auslosen werde, hier zurückbleiben."

Für einen Sklavenjäger, und gar einen Feldwebel derselben, konnte es gar keine größere Strafe geben. Natürlich muß, wenn eine Ghasuah unternommen wird, eine Abteilung zum Schutz der Seribah zurückbleiben. Diese Leute erhalten zwar ihre Löhnung, doch ist ihnen die Gelegenheit entzogen, sich beim Überfall des betreffenden Negerdorfs privatim zu bereichern. Aus diesem Grund will keiner zurückbleiben, und es ist also der Brauch, das Los entscheiden zu lassen, und zwar nicht nur in Beziehung auf die gewöhnlichen Soldaten, sondern auch hinsichtlich der Chargierten. Hier nun sollte der Feldwebel verzichten, ohne durch das Los dazu bestimmt worden zu sein. Das hielt er für eine Ungerechtigkeit, die er sich nicht gefallen zu lassen brauchte, zumal es gar nicht seine Absicht gewesen war, Abd el Mot einen Befehl zu erteilen. Er hatte sich infolge seines höheren Alters, seiner großen Erfahrung und seines Ranges nicht für unberechtigt gehalten, eine Meinung auszusprechen, welche nicht einmal mit derjenigen seines Vorgesetzten in Widerspruch gestanden hatte. Darum sagte er, doch in ganz ruhigem Ton: „Herr, ich sage dir, und Allah ist mein Zeuge, daß ich dich nicht beleidigen wollte. Ich bin mir keiner Schuld bewußt und habe diese Strafe nicht verdient. Du kannst meine Wangen nicht dadurch mit Schamröte überziehen, daß du mich vor den Hundert, die mir untergeordnet sind, erniedrigst!"

„Schweig!" donnerte ihn Abd el Mot an. „Sind dir etwa die Gesetze, nach denen in jeder Seribah gehandelt wird, nicht bekannt? Ich kann dich töten, sobald du mir widersprichst!"

„Das wirst du nicht tun, denn du weißt recht gut, daß ich der Erfahrenste und Kühnste deiner Leute bin. Durch meinen Tod würdest du dich um den brauchbarsten Mann der Seribah bringen, was ein Schaden für euch alle wäre. Und was Abu el Mot, der Herr und erste Kommandant, dazu sagen würde, das weißt du nicht."

Er hatte das zwar in bescheidenem Ton, doch mit gewissem

Selbstbewußtsein gesprochen. Abd el Mot gab innerlich die Wahrheit des Gesagten zu, doch hielt er es nicht für ratsam, solche Worte zu dulden. Darum antwortete er: „Zu töten brauche ich dich zwar nicht; aber ich kann dich bestrafen, ohne daß du uns deine Dienste entziehen darfst. Du bist von diesem Augenblick an nicht mehr Tschausch, sondern gewöhnlicher Soldat und bleibst als Gefangener auf der Seribah zurück. Nun kann das Los darüber entscheiden, welcher Unteroffizier hier während unserer Abwesenheit das Kommando erhält."

Das Urteil brachte den alten Feldwebel um die bisher bewahrte Ruhe.

„Was?" schrie er zornig. „Ich soll gemeiner Asaker werden und sogar gefangen sein? Das wird Allah wohl verhüten! Noch gibt es hier Leute, welche es mit mir halten und mich nicht verlassen werden!"

Er sah sich stolz und auffordernd im Kreis um. Ein leises Murmeln, welches sich vernehmen ließ, schien seinen Worten recht zu geben. Da zog Abd el Mot seine beiden Pistolen hervor, spannte die Hähne und drohte: „Die Kugel dem, der mir zu widerstreben wagt! Bedenkt, wenn ein Tschausch fällt, so rükken andere nach ihm auf. Wollt ihr euch dieses Avancement entgehen lassen? Soll ich diejenigen, welche ihm helfen wollen, auch in Ketten legen? Nehmt ihm den Säbel und die Pistole ab, und bindet ihn!"

„Mich entwaffnen und binden?" schrie der Tschausch. „Lieber will ich sterben. Schieß also zu, wenn du..."

Er hielt inne. Er hatte den Säbel aus der Scheide gezogen und ihn drohend gezückt; aber es schien ihm plötzlich ein anderer Gedanke gekommen zu sein. Er senkte die Klinge, strich sich mit der linken Hand langsam über das bärtige Gesicht, vielleicht um den momentanen Ausdruck desselben nicht sehen zu lassen, und fuhr in ergebenem Ton fort: „Verzeihe, Herr! Du hast recht, denn du bist der Vorgesetzte, und ich habe zu gehorchen. Mache mich immerhin zum gewöhnlichen Soldaten! Ich werde mich doch bald so auszeichnen, daß ich wieder aufwärts rücke. Allah ist groß und weiß am besten, was geschehen soll."

Diese letzten Worte enthielten eine versteckte Drohung, was aber Abd el Mot nicht bemerkte. Er nahm dem Tschausch selbst die Waffen ab und sagte: „Danke es deinem Alter und meiner Gnade, daß ich mit deiner Ergebung einverstanden bin! Du hast den Säbel gegen mich gezogen und bist also des Todes schuldig. Dennoch will ich dir verzeihen. Ich schenke dir das Leben; im übrigen bleibt es bei dem Urteil, welches ich ausgesprochen habe. Führt ihn in das Gefängnis, und bindet ihn dort an, damit er nicht entfliehen kann!"

Dieser Befehl war an zwei Unteroffiziere gerichtet, welche sofort gehorchten. Sie nahmen den Tschausch zwischen sich, um ihn abzuführen, und er ging ohne Widerstreben mit ihnen. Die Hoffnung auf Avancement hatte ihre Wirkung auf die Leute nicht verfehlt.

Nun begaben sich alle nach dem Tokul des Befehlshabers, wo unter Anrufung des Propheten und aller heiligen Kalifen die Lose gezogen wurden. Die fünfzig Mann und der Unteroffizier, welche von denselben getroffen wurden, ergaben sich schweigend, aber innerlich zornig in ihr Schicksal; die übrigen rüsteten sich zum Aufbruch, nachdem der Fakir erklärt hatte: „Ein jeder gläubige Moslem tritt jede Reise zur Zeit des heiligen Asr an. Nachdem es aber Allah gefallen hat, uns zu erlauben, schon am Morgen aufzubrechen, ist es keine Sünde gegen ihn, schon nach einer Stunde auszuziehen, da die Mitternacht vorüber und es dann auch schon Morgen ist. Sein Name sei gelobt!"

Es waren an dem beabsichtigten Zug weit über vierhundert Personen beteiligt, welche in zwei Abteilungen zerfallen sollten. Die erste bestand aus denjenigen Leuten, welche mit den vorhandenen Pferden beritten gemacht werden konnten. Ihr sollte die Aufgabe zufallen, voran zu eilen und die beiden Neger zu fangen, um dann auf die zweite Abteilung zu warten, welche teils auf Reitochsen, denen das Klima nichts anhaben kann, teils zu Fuß nachfolgen sollte. Den ersten Trupp befehligte Abd el Mot selbst. Das Kommando des zweiten sollte derjenige Offizier führen, welcher in die Stelle des abgesetzten Feldwebels aufgerückt war.

Nach einer Stunde hielten die beiden Abteilungen vor der Seribah, vor ihnen der Fahnenträger mit der heiligen Barakha in der Hand. So unmenschlich der Zweck einer Ghasuah ist, so wird doch niemals eine solche unternommen, ohne daß man vorher um den Schutz und Segen Gottes bittet, ganz ähnlich wie man früher in den Kirchen mancher Küstenorte mit lauten Gebeten um einen gesegneten Strand bat. Der Fakir, der das Amt des Geistlichen und zugleich des Rechnungsführers verwaltete, stellte sich neben dem Fahnenträger vor der Front auf, erhob beide Arme und rief mit lauter Stimme: „Hauehn alleina ia rabb, salam aaleina bebarakkak - hilf uns, o Herr, begnadige uns mit deinem Segen!"

Diese Worte wurden von dem ganzen Corps unisono wiederholt. Der Fakir fuhr fort: „Hafitsina ia mobarek ia daaim - segne uns, o Gesegneter, o Unsterblicher!"

Auch dies wurde von allen Anwesenden einstimmig nachgesprochen. Der erste Ausruf war an Gott und der zweite an den Propheten Mohammed gerichtet. Dann folgten die vor dem Gebet jeder Sure vorgeschriebenen Wort: „Be issm lillahi er rahmaan er rahiim - im Namen des allbarmherzigen Gottes!"

Hierauf wurde die erste Sure des Korans, die heilige Fathha gebetet, worauf die hundertsechsunddreißigste Sure folgte, welche von Mohammed den Namen „Herz des Korans" erhielt und seitdem von jedem Moslem so genannt wird. Man betet sie im Angesicht jeder Gefahr, und man liest sie den Sterbenden, wenn sie in den letzten Zügen liegen, vor. Sie ist ziemlich lang; ihr Schluß lautet: „Der Ungläubige bestreitet die Auferstehung; er stellt Bilder an Gottes Stelle und vergißt, daß er einen Schöpfer hat. Er spricht: Wer soll den Gebeinen wieder Leben geben, wenn sie dünner Staub geworden sind? Wir aber antworten: Der wird sie wieder beleben, der sie auch zum erstenmal in das Dasein gerufen. Sollte der, welcher Himmel und Erde geschaffen, nicht die Kraft besitzen, Tote wieder lebendig zu machen? Sicherlich, denn es ist ja der allweise Schöpfer. Sein Befehl ist, so er etwas will, daß er spricht: Es werde! Und es ist. Darum Lob und Preis ihm, in dessen Hand die Herrschaft aller Dinge ist. Zu ihm kehret ihr einst zurück!"

Es dauerte sehr lange, ehe diese Sure vorgesprochen und nachgebetet worden war. Als die letzten Worte verklungen waren, hatte sich der Osten gelichtet und die ersten Strahlen der Sonne zuckten empor. Nun durfte man nicht eher fort, als bis el Fager, das für die Zeit des Sonnenaufgangs vorgeschriebene Morgengebet, gesprochen worden war. Dann erhoben sich die Knienden, um abzuziehen.

Zuerst bestieg Abd el Mot mit den Seinigen die Pferde. Er ritt voran mit seinem Hund, welcher mit langer Leine an den Sattelriemen gebunden war und die Spur mit Eifer wieder aufgenommen hatte. Die Reiter flogen wie im Sturmwind gegen Süden.

Die zweite Abteilung folgte langsam, voran der Fahnenträger mit der jetzt in ein Tuch gewickelten Barakha. Sie nahmen mit Gewehrsalven Abschied, welche von der zurückbleibenden Besatzung erwidert wurden. Diese Salven sind stets scharf, wie man auch Trupps, denen man unterwegs begegnet, nur mit scharfen Schüssen begrüßt, eine Munitionsverschwendung, von welcher man nicht lassen mag, weil die Sitte es erfordert.

Die Besatzung blieb vor der Einfriedung, bis die Fortziehenden nicht mehr zu sehen waren. Sie befand sich in einer keineswegs freundlichen Stimmung. Es entging ihr der zu erhoffende Raub, und sie hatte dafür nicht einmal das Bewußtsein, der Mühen des Marsches und der Gefahren des Kampfes enthoben zu sein. Arbeit gab es nun in der Seribah mehr als genug. Was vorher Fünfhundert getan hatten, das mußte nun von nur Fünfzig geschehen, und auch Gefahr war jederzeit vorhanden, da Seriben, deren größter Besatzungsteil sich auf einem Sklavenzug abwesend befindet, von den anwohnenden Völkern oft überfallen werden. Es gab also mehr als doppelte Arbeit und Wachsamkeit.

Daher war es gar kein Wunder, daß hie und da ein unwilliges Wort laut wurde, unwillig über die Ungerechtigkeit des Loses und unwillig auch über die allzu große Strenge des Befehlshabers. Dieser war nur Stellvertreter des eigentlichen Herrn, Abu el Mot, in dessen Abwesenheit er sich stets so gebärdete, als ob er größere Macht besitze als eigentlich der Fall war. Darum war er nicht bloß gefürchtet, sondern, was viel schlimmer ist, auch unbeliebt und von den meisten gehaßt. Der alte Feldwebel hingegen verstand es besser, diejenigen, deren Rang er früher auch eingenommen hatte, richtig zu behandeln. Er war streng, doch nicht grausam; er hielt auf seine Würde, doch ohne sich zu überheben. Darum war er beliebt, und darum hatten vorhin, als er gefangen genommen werden sollte, viele leise zu murren gewagt.

Der mit zurückgebliebene Unteroffizier bemerkte gar wohl die Stimmung seiner Leute; er hörte auch ihre halblauten Worte, sagte aber nichts dagegen. Er selbst war außerordentlich ärgerlich. Er hatte sich von Seiten des Feldwebels stets einer freundlichen Behandlung zu erfreuen gehabt; darum fühlte er Teilnahme mit demselben. Er war bei der Degradierung des Alten ruhig geblieben, weil er gehofft hatte, in seine Stelle aufzurükken. Dies aber war nicht geschehen. Abd el Mot hatte ihm einen anderen vorgezogen, obgleich er meinte, größeres Anrecht zu besitzen. Kein Wunder, daß er sich nun doppelt unzufrieden fühlte und mit den Ansichten seiner Untergebenen übereinstimmte, aber ohne es ihnen merken lassen zu dürfen.

Er mußte schweigen, nahm sich aber vor, seinem Unmut gegen Abd el Mot dadurch Luft zu machen, daß er den Feldwebel so gut wie möglich behandelte und ihm seine Gefangenschaft nach Umständen erleichterte. Er ließ Kisrah backen und am Fluß Fische fangen, welche gebraten wurden. Jeder erhielt von diesen Gerichten seinen Teil. Dann begab er sich mit einer tüchtigen Portion nach dem Tokul, welcher als Gefängnis diente.

Dieser bestand nicht etwa aus starken Steinmauern, um das Entweichen zu verhindern; o nein, man hatte sich die Sache viel leichter gemacht, indem ein doppelt mannstiefes Loch gegraben worden war, in welches man die Missetäter hinab ließ. Darüber befand sich ein Schilfdach, aber nicht etwa zur Erleichterung für die Gefangenen, damit sie nicht von den glühenden Sonnenstrahlen der hochstehenden Sonne getroffen werden sollten, sondern aus Rücksicht auf die Schildwache, welche die Eingekerkerten zu beaufsichtigen hatte. Da dieses Loch niemals gereinigt worden war, so mußte der Aufenthalt in demselben als selbst des rohesten Menschen unwürdig bezeichnet werden.

Gegenwärtig befand sich der Feldwebel allein darin. Der Wächter ging, als er den Unteroffizier kommen sah, respektvoll zur Seite.

„Hier bringe ich dir ein Essen", rief der letztere hinab. „Kisrah und gebratene Fische, was sonst kein Gefangener bekommt. Später lasse ich Merissah machen; da sollst du auch einen Topf voll bekommen."

Der Feldwebel stand bis an die Knie in halb verwestem Unrat.

„Allah vergelte es dir", antwortete er, „ich habe aber keinen Appetit."

„So hebe es dir auf!"

„Wohin soll ich es tun? Ist das ein Ort, Speise aufzubewahren?"

„Zu diesem Zweck ist die Grube freilich nicht bestimmt. Soll ich dir das Gericht in eine Decke wickeln?"

„Ja, und - ich kenne dich. Allah hat dir ein gutes und dankbares Herz gegeben. Habe ich dich jemals streng behandelt?"

„Nein."

„Kannst du mir vorwerfen, daß ich dich jemals beleidigt oder übervorteilt habe?"

„Das hast du nie."

„So verdiene dir den Segen des Propheten, indem du mir eine Gnade erweist!"

„Was soll ich tun?"

„Ziehe mich hinauf und erlaube mir, oben bei dir zu essen. Dann kannst du mich wieder herunterlassen."

„Das darf ich nicht."

„Wer kann es dir verbieten? Du bist doch jetzt der Herr der Seribah. Oder glaubst du, nicht tun zu dürfen, was dir beliebt?"

Der Buluk fühlte sich bei seiner Ehre angegriffen; darum antwortete er: „Ich bin der Kommandant. Was ich will, das muß geschehen."

„So mangelt es dir an gutem Willen. Das hätte ich nicht gedacht."

„Es ist zu gefährlich. Wie leicht kannst du mir entfliehen!"

„Entfliehen? Das ist doch ganz unmöglich. Ich habe keine Waffen; du kannst mich sofort niederschießen. Und deine fünfzig Männer werden wohl hinreichend sein, mich an der Flucht zu hindern."

„Das ist wahr", meinte der Buluk nachdenklich.

„Auch darfst du nicht vergessen, daß ich nicht für immer hier stecke. Abu el Mot weiß meine Dienste zu schätzen, und wenn er zurückkehrt, werde ich sehr rasch wieder Feldwebel sein."

„Das denke ich auch", gab der Unteroffizier aufrichtig zu.

„Dann kann ich es dir vergelten, wenn du mir die Gefangenschaft jetzt ein wenig erleichterst. Ich denke also, daß du mir die kleine Bitte erfüllen wirst."

„Gut, ich werde es wagen. Aber meine Pflicht muß ich tun, und du darfst es mir nicht übel nehmen, wenn ich der Schildwache befehle, sich bereit zu halten, dich sofort niederzuschießen, falls du dich mehr als zwei Schritte vom Rand der Grube entfernst."

„Tue es! Es ist deine Pflicht, und du tust sehr wohl daran, sie zu erfüllen."

Während der Buluk zum Posten trat, um ihm den betreffenden Befehl zu erteilen, strich sich unten der Tschausch befriedigt über den Bart und murmelte: „Das war nur die Probe, und er hat sie bestanden. Allah wird ihn erleuchten, auch auf meine ferneren Vorschläge einzugehen. Ich werde in dieses Loch nicht wieder zurückkehren, und dieser Abd el Mot, den Allah vernichten möge, wird keinen Feldwebel wieder zum gemeinen Soldaten erniedrigen!"

Jetzt erschien der Buluk wieder oben in Gemeinschaft des Postens. Sie ließen ein Seil herab, an welchem der Tschausch empor kletterte. Oben angekommen, setzte er sich nieder und machte sich sogleich über sein Essen her. Die Schildwache zog sich außer Hörweite zurück, hielt aber das Gewehr zum Schuß bereit. Der Unteroffizier setzte sich vor dem Gefangenen nieder, sah ihm mit Vergnügen zu, wie es ihm schmeckte, und sagte: „So lange ich hier kommandiere, sollst du ebensoviel und ebensogut essen, wie bisher. Ich hoffe, daß du es mir danken wirst!"

„Das werde ich gewiß. Ich weiß, daß ich es kann, denn ich

werde später selbst Herr einer großen Seribah sein und sehr einträgliche Sklavenzüge unternehmen."

„Du?" fragte der Buluk erstaunt.

„Ja, ich!" nickte der andere.

„Hast du das Geld dazu?"

„Geld? Braucht man da Geld?"

„Viel, sehr viel Geld, großes Vermögen, so wie Abu el Mot es hat."

„Hm! Meinst du, daß er dieses Vermögen stets besessen hat?"

„Ich weiß es nicht."

„Aber ich weiß es. Ich diene ihm über noch einmal so lang als du und kenne seine ganze Vergangenheit."

„So bist du der einzige. Niemand weiß genau, woher er stammt und was er war."

„Ein Homr-Araber ist er, und sehr arm war er. Er befand sich als gewöhnlicher Soldat bei einem Sklavenjäger und brachte es da, gerade so wie ich, bis zum Tschausch."

Das war die Unwahrheit, aber es lag in dem Plan des Alten, den Buluk durch diese erfundene Erzählung zu gewinnen.

„Arm war er?" meinte dieser. „Und auch nur erst Buluk und Tschausch, so wie du und ich?"

„Ja, nichts anderes."

„Aber wie brachte er es dann zu dieser großen Seribah?"

„Auf eine ebenso einfache wie leichte Weise. Sein Herr hatte ihn einmal sehr beleidigt, und dafür schwor er ihm Rache. Als dann später der Herr eine Ghasuah unternahm, traf es sich, daß er Abu el Mot als Kommandant der Seribah zurückließ."

„Also ganz mein jetziger Fall!"

„Ja. Aber du wirst nicht die Klugheit besitzen, welche Abu el Mot und sein Buluk damals entwickelt haben."

„Er hatte auch einen Buluk bei sich?"

„Freilich. Du kennst ihn ja!"

„Ich? Ich weiß von nichts."

„Ach so! Ich vergaß, daß du die Geschichte gar nicht kennst. Sein damaliger Buluk ist noch jetzt bei ihm, und zwar als zweiter Befehlshaber."

„Etwa Abd el Mot?"

„Ja. Beide haben damals den Streich gespielt, welcher sie reich gemacht hat."

„Was taten sie?"

„Etwas, worauf eigentlich jeder Unteroffizier kommen kann, welcher zurückgelassen wird und auf die Beute verzichten muß.

Sie warteten, bis der Herr fort war, plünderten die Seribah aus, brannten sie nieder und zogen mit dem vorhandenen Vieh und allem, was mitgenommen werden konnte, nach Süden, hierher, wo sie diese Seribah gründeten und das Geschäft auf ihre eigene Rechnung begannen."

„Allah 'l Allah. Mein Verstand ist weg!" rief der Buluk aus, indem er den Mund aufriß und die Augen fast ebensoweit.

„Das ist sehr bedauerlich für dich", bemerkte der Tschausch. „Wenn dein Verstand entflohen ist, so wirst du niemals reich werden."

„Ich... reich? Wer hat jemals daran gedacht!"

„Du nicht?"

„Nie! Wer soll sich das Unmögliche als möglich denken!"

„Allah ist allmächtig; ihm ist alles möglich, und wen er mit seiner Gnade beglücken will, der braucht nur einzugreifen, falls er Hände hat. Du aber scheinst keine zu haben."

„Ich - ich habe doch welche, zwei sogar!"

„Aber du gebrauchst sie nicht!"

„Soll ich etwa zugreifen?"

„Natürlich!"

„Jetzt?"

„Ja. Es wird sich dir nie wieder eine solche Gelegenheit bieten, schnell reich zu werden."

Der Buluk erfüllte als Unteroffizier seine Pflichten zur Zufriedenheit; aber besonders glänzende Geistesgaben besaß er keineswegs. Er saß vor dem Tschausch, als ob er gelähmt sei, ihn groß und fast verständnislos anstarrend.

„Allah akbar!" stieß er langsam hervor. „Habe ich recht gehört? Ich soll es machen, wie diese beiden?"

„Nicht du allein, sondern ich und du."

„Das... ist doch... gar nicht auszudenken!"

„So gib dir Mühe, es zu begreifen! Aber versäume nicht die gute Zeit. Abu el Mot kann jeden Augenblick zurückkehren. Dann ist es zu spät, und die Gelegenheit wird niemals wieder vorhanden sein."

„Sprichst du denn wirklich im Ernst?"

„Ich schwöre dir bei Allah und dem Propheten, daß ich nicht scherze."

„Und du meinst, daß es wirklich auszuführen ist?"

„Ja, denn Abu el Mot und sein Buluk haben es auch fertig gebracht. Denke doch an alles, was sich hier befindet, an die Waffen und die viele Munition, an die Kleider und Gerätschaften, an die Handelsgegenstände und Vorräte, welche wir, wenn wir etwas davon kaufen, von unserem armen Sold zehnfach teurer bezahlen müssen! Denke ferner an die Rinder, welche wir bewachen müssen. Überlege dir, welch einen Wert das alles hat! Weißt du, wieviel Elfenbein wir bei den Negern für eine einzige Kuh eintauschen können?"

„O, das weiß ich schon. In Chartum würden wir dreißig und noch mehr Kühe dafür bekommen."

„Wir haben über dreihundert Rinder hier. Machten wir es so, wie Abu und Abd el Mot es damals gemacht haben, so wären wir mit einem Schlag reiche Männer."

„Das ist wahr; das ist wahr! Aber es würde eine Sünde sein!"

„Nein, sondern nur eine gerechte Strafe für die beiden. Denke nach! Man darf in solchen Fällen ja keine Zeit verlieren!"

Der Buluk hielt sich den Kopf mit beiden Händen, griff sich an die Nase, an die Brust und die Knie, um zu versuchen, ob er wirklich lebe und existiere, und rief dann aus: „Allah begnadige mich mit seiner Erleuchtung! Mir ist, als ob ich träume!"

„So wache auf, wache auf, bevor es zu spät wird!"

„Gedulde dich! Meine Seele findet sich nur schwer in eine so ungeheuere Sache. Ich muß sie unterstützen."

„Womit?"

„Ich will mir Tabak für meine Pfeife holen!"

„Auch ich habe einen Tschibuk hier am Hals hängen, aber keinen Tabak."

„Ich bringe auch für dich welchen mit."

Er stand auf und eilte fort. Schon war er weit entfernt, da erinnerte er sich an seine Pflicht. Er blieb stehen, drehte sich um und rief zurück: „Du entfliehst doch nicht? Du hast es mir versprochen!"

„Ich bleibe!" antwortete der Tschausch.

„Bedenke wohl, daß dich die Kugel des Wächters treffen würde, denn du bist mein Gefangener!"

„Ich halte mein Wort! Aber sage keinem, was du von mir gehört hast!"

„Nein; auch würde es mir wohl niemand glauben!"

Er ging weiter. Der Tschausch rührte sich nicht von seiner Stelle. Er hatte die Kisrah und die Fische verzehrt. Jetzt strich er sich mit beiden Händen den grauen Bart und murmelte vergnügte, leise Worte vor sich hin.

Bald kehrte der Buluk wieder. Er hatte seinen Tabakbeutel in der Hand, dem man es ansah, daß er nicht viel enthielt. Der Tabak ist in den Seriben ein teurer Artikel. Dennoch reichte er ihn, als er sich niedergesetzt und seine Pfeife gestopft hatte, auch dem Tschausch hin. Dieser griff hinein, ließ den zu Mehl zerstoßenen und mit weniger wertvollen Pflanzenblättern vermischten Tabak durch die Finger gleiten, machte ein pfiffig bedauerndes Gesicht, begann auch seinen Tschibuk zu stopfen und fragte: „Wem gehört dieser Tabak?"

„Mir", antwortete der Buluk verwundert.

„Woher hast du ihn?"

„Hier gekauft natürlich!"

„So hast du vorhin allerdings ganz richtig gesprochen: dein Verstand ist weg!"

„Wieso?" fragte der Buluk, indem er mit dem Stahl Feuer schlug.

„Hast du keinen anderen und besseren Tabak?"

„Nein!"

„O Allah! Hat dir denn Abd el Mot nicht die ganze Seribah übergeben?"

„Ja."

„Auch die Tokuls mit den Vorräten?"

„Ja. Ich soll sie wohl verwahren. Es hängen Schlösser vor den Türen."

Während nämlich kein Tokul verschlossen ist, sind diejenigen, welche als Magazine benutzt werden, mit hölzernen Türen und Vorlegeschlössern versehen.

„Aber die Schlüssel hast du doch?" fragte der Tschausch.

„Ja, sie sind mir übergeben worden."

„So kannst du hinein, wo die Fässer mit dem köstlichen Tabak stehen, den nur Abu el Mot und Abd el Mot rauchen, und dennoch begnügst du dich mit diesem letzten, schlechten Rest?"

Der Buluk öffnete wieder den Mund, starrte den anderen eine ganze Weile an und fragte dann: „Du meinst...?"

„Ja, ich meine!"

„Allah, wallah, tallah! Es wäre freilich schön, wenn ich meinen Beutel füllen könnte, ohne ihn später bezahlen zu müssen!"

„Nur Tabak? Alles, alles kannst du nehmen, ohne es zu bezahlen. Du vernichtest diese Seribah Omm el Timsah und legst eine andere an."

„Wo?"

„Im Süden, wo die Waren teurer und die Sklaven billiger sind."

„Das wäre bei den Niam-niam?"

„Ja. Dort sind geradezu glänzende Geschäfte zu machen."

Der Buluk rieb sich an den Armen, an den Beinen, an allen Teilen seines Körpers. Es war ihm höchst unbehaglich zumute, und doch fühlte er sich dabei so wohl wie noch nie in seinem ganzen Leben. Er wäre gar zu gern reich geworden, aber nach längerem Nachdenken gestand er aufrichtig: „Ja, wenn ich deinem Vorschlag folgte, so könnte ich sehr leicht eine Seribah gründen; aber - ich bin nicht klug genug dazu."

„Du hast ja mich! Ich will doch Teilnehmer werden!"

„Ach ja! Das ist wahr!"

„Übrigens lernt sich so etwas ganz von selbst."

„Meinst du?"

„Gewiß, du bist ja schon jetzt Kommandant einer ganzen Seribah!"

Da schlug sich der Buluk an die Brust und rief: „Ja, das bin ich! Bei Allah, das bin ich! Wer das leugnen wollte, den würde ich peitschen lassen!"

„Wenn Abd el Mot dich zum Kommandanten gemacht hat, so weiß er gewiß, daß du der richtige Mann dazu bist. Er kennt dich also weit besser als du selbst."

„Ja, er kennt mich; er kennt mich ganz genau! Er weiß, daß ich der richtige Mann dazu bin! Also du meinst...?"

„Ja, ich bin überzeugt, daß wir beide in kürzester Zeit die reichsten und berühmtesten Sklavenjäger sein würden."

„Berühmt, das möchte ich werden", nickte der Buluk.

„So folge mir! Ich habe dir den Weg dazu gezeigt. Und wenn du noch nicht wissen solltest, welche Vorteile dir erwachsen, falls du auf meinen Vorschlag eingehst, so will ich sie dir deutlich machen und erklären. Komm!"

„Wohin?" fragte der Buluk, als der Feldwebel würdevoll aufstand.

„Zu den Vorräten. Ich will sie dir zeigen und ihren Wert berechnen."

„Ja, komm!" stimmte der Buluk eifrig zu. „Ich habe die Schlüssel in der Tasche und möchte wissen, wie reich wir sein würden."

Er ergriff den Tschausch am Arm und führte ihn fort. Der Posten wagte natürlich nicht zu schießen, weil der jetzige Kommandant selbst seinen Gefangenen fortführte.

Die fünfzig Soldaten waren zerstreut, teils in der Seribah selbst, teils draußen bei den Herden beschäftigt. Einige von den ersteren sahen zu ihrem nicht geringen Erstaunen den Buluk mit dem Feldwebel, welche sie im Gefängnis wußten, gehen, doch sagten sie nichts. Es war ihnen ganz recht, daß der interimistische Gebieter nicht so streng verfuhr, als er eigentlich sollte. Erst als dieser sich mit seinem Begleiter beim ersten Vorratstokul befand und die Tür desselben schon geöffnet hatte, fiel ihm ein, was er laut seiner Instruktion zu tun hatte.

„W'Allah!" fuhr er zornig auf. „Ich lasse den Hund peitschen!"

„Wen?" fragte der Tschausch.

„Den Gefängnisposten."

„Warum?"

„Weil er dich nicht erschossen hat! Ich habe es ihm doch befohlen!"

„Aber du selbst hast mich ja weg geführt. Er sah also, daß du mir erlaubtest, mich zu entfernen, und so wäre es ein Ungehorsam gegen dich gewesen, wenn er geschossen hätte, nicht nur Ungehorsam, sondern Auflehnung und Aufruhr! Du bist ja der Kommandant!"

„Der bin ich allerdings, und ich will keinem raten, gegen mich aufzurühren! Beim Schejtan, ich würde den Hund totpeitschen lassen, wenn er auf dich geschossen hätte. Jetzt komm herein und zeige mir die Sachen, deren Wert du besser kennst als ich!"

Sie blieben ziemlich lange im Tokul; aus diesem gingen sie auch in die übrigen Vorratshäuser. So oft der Bukul aus einem derselben trat, sah man sein Gesicht glückseliger strahlen. Als er den letzten verschlossen hatte, legte er dem Feldwebel die Hand auf die Schulter und sagte: „Jetzt schwöre mir bei deinem Bart, daß du vom Gelingen deines Plans vollständig überzeugt bist!"

Der Anblick der reichen Vorräte hatte ihn für den Tschausch vollständig gewonnen.

„Ich schwöre es!" antwortete dieser, indem er die Hand erhob.

„Und du rätst mir wirklich, ihn auszuführen?"

„Ja, das rate ich dir, und wenn du später eine Million Abu Noqtah - Mariatheresientaler besitzt, so wirst du mir es Dank wissen, dir diesen Rat gegeben zu haben."

„Aber wir allein können es doch nicht unternehmen?"

„Wir beide? Nein. Wir müssen unsere Soldaten dazu haben."

„Werden sie es tun?"

„Ganz gewiß. Dafür laß mich sorgen. Ich werde mit ihnen sprechen."

„Dann aber werden sie die Beute mit uns teilen wollen."

„Darauf gehen wir nicht ein. Es würde jeder gleichviel erhalten, und so hätten wir die Mittel nicht, eine neue Seribah anzulegen. Ich verspreche einem jeden den doppelten Sold, wenn sie uns dienen wollen, und ihnen allen die Beute, welche Abd el Mot zurückbringen wird. Auf diese Weise bleibt uns alles, was sich hier in Omm et Timsah befindet."

„Die Beute, welche Abd el Mot bringt? Wie kannst du ihnen diese versprechen? Du hast sie ja nicht!"

„Aber ich werde sie haben, denn ich nehme sie ihm ab."

„Allah kerihm - Gott ist gnädig! Er wird dir doch den Verstand nicht verwirrt haben!"

„Nein, das hat er nicht. Mein Plan geht weiter, als du meinst. Ich werde Abd el Mot entgegen ziehen und ihn während seiner Rückkehr überfallen."

„Deinen eigenen Vorgesetzten!"

„Schweig! Er hat mir meinen Rang genommen und mich ins Gefängnis werfen lassen; das muß er büßen."

„Aber es sind fünfhundert Krieger bei ihm!"

„Ich verheiße auch ihnen doppelten Sold, und außerdem dürfen sie in Gemeinschaft mit unseren fünfzig Mann die Beute, welche sie in Ombula gemacht haben werden, unter sich teilen. Darauf werden sie ein- und zu mir übergehen. Wer das nicht tut, der wird getötet, oder er mag laufen, wohin er will."

„Bist du toll? Wenn sie nun alle Abd el Mot treu bleiben wollen, so sind wir verloren. Sie sind uns zehnfach überlegen."

„Das schadet nichts. Ich weiß schon, in welcher Weise ich ohne alle Gefahr an sie kommen werde. Die Hauptsache ist, daß wir nicht säumen. Abu el Mot will viel Nuehrs anwerben und mitbringen. Trifft er mit diesen hier ein, während wir noch da sind, so ist es aus mit unserem schönen Plan."

„Dieser wird überhaupt nicht ausgeführt werden", meinte der Buluk.

„Warum?"

„Weil er zu gefährlich ist. Du willst weiter gehen, als ich dachte."

„So ziehst du dich zurück?"

„Ja. Ich wäre sehr gern reich geworden; aber ich sehe ein, daß unser Leben verloren ist. Ich mache nicht mit."

„So wird mein Plan doch ausgeführt!"

„Von wem?"

„Von mir!"

„Von dir? Das ist ja ganz unmöglich, da du mein Gefangener bist!"

„Ja, der bin ich freilich. Aber ich werde mit deinen Leuten sprechen und bin überzeugt, daß sie mir sofort zustimmen werden.

Dann aber wirst du mein Gefangener sein, falls du dich feindlich gegen uns verhältst."

„Allah, Allah!" rief der Buluk erschrocken. „Du hast mir ja versprochen, nicht zu entfliehen!"

„Ich halte auch mein Wort. Ich habe nicht die mindeste Lust zur Flucht. Ich will vielmehr von hier fortziehen als Sieger, als Besitzer allen Eigentums, aller Herden und auch aller Sklaven, die sich hier befinden und natürlich mitgenommen werden."

„Du bist ein schrecklich entschlossener Mensch!"

„Ja, entschlossen bin ich, und ich wünschte sehr, daß auch du es wärst. Jetzt ist es noch Zeit für dich. Sage ja dazu, so wirst du Mitbesitzer. Sagst du aber nein, so wirst du ausgestoßen oder darfst höchstens als gewöhnlicher Asaker mit uns gehen. Ich möchte nicht gern hart gegen dich verfahren, muß es aber tun, wenn du mich dazu zwingst. Also entscheide dich schnell! Willst du nichts wagen und von uns ausgestoßen sein, oder willst du mutig auf meinen Plan eingehen, mein Unterbefehlshaber sein und reich werden?"

Der Buluk blickte einige Zeit zur Erde nieder. Dann antwortete er in entschlossenem Ton: „Nun wohl, ich bin mit dir einverstanden. Ich sehe ein, daß ich es bei dir und auf deine Weise weiter bringen kann als bei Abu el Mot, bei welchem ich höchstens das bleiben werde, was ich jetzt bin, ein armer Buluk. Wir werden Sklaven machen, Tausende von Sklaven, und wenn wir reich genug sind, gehen wir nach Kahira, kaufen uns Paläste und führen ein Leben wie die Gläubigen im Paradies."

„Gut, so gib mir die Schlüssel!"

„Muß das sein?"

„Ja, denn ich bin jetzt der Herr von Omm et Timsah."

Er bekam die Schlüssel zu den Magazinen und ging dann mit dem Buluk, welchem das Herz außerordentlich klopfte, nach der Stelle, an welcher die weithin schallende Trommel an einem Pfahl hing. Auf den Schall derselben mußten alle zur Niederlassung Gehörigen, sogar die draußen bei den Herden befindlichen Wächter, auf dem Versammlungsplatz in der Mitte der Seribah erscheinen.

Er rührte selbst die Trommel, und binnen wenigen Minuten befanden sich alle zurückgebliebenen Sklavenjäger auf dem Platz. Sie wunderten sich nicht wenig, als sie den gefangenen Tschausch neben dem Buluk stehen sahen. Aber ihre Verwunderung ging noch auf ganz andere Gefühle über, als er zu sprechen begann.

Er stand unbewaffnet vor ihnen, ohne alle Furcht und Sorge, daß sein kühnes Unternehmen mißlingen könne. Er kannte seine Leute. Sie gehörten, wie ja er auch selbst, dem Abschaum der Menschheit an; sie besaßen weder Gefühl noch Gewissen oder Religion, denn was sie von der letzteren hatten, das bestand nur in der Befolgung äußerer Formen, deren Bedeutung sie kaum kannten. Ein abenteuerliches Leben hinter sich und auch vor sich, waren sie an alle Gefahren gewöhnt und schreckten vor nichts zurück, was ihnen irgendeinen Vorteil bringen konnte. Sie waren also ganz die Leute, für welche der Plan des alten Feldwebels paßte.

Er schilderte ihnen ihr jetziges, resultatloses Leben, entwikkelte ihnen seinen Plan, soweit er dies für nötig hielt, nannte ihnen die Vorteile, welche ihnen derselbe bringen mußte, versprach ihnen, solange sie in seinem Dienst bleiben würden, einen doppelt höheren Sold als denjenigen, den sie jetzt erhielten, und sagte ihnen endlich, daß Abd el Mot die ganze Beute abgenommen werden sollte, um verteilt zu werden. Als er sie dann fragte, ob sie bereit seien, ihm zu dienen, sagten sie dies jubelnd zu. Kein einziger schloß sich aus; kein einziger schien auch nur das allergeringste Bedenken zu heben. Nur verlangten sie Merissah, um diesen glücklichen Tag feiern und sich berauschen zu können.

Ohne ihnen zunächst eine Antwort zu geben, nahm er sie in Eid. Da kein Fakir oder anderer Geistlicher zugegen war, holte er aus Abu el Mots Tokul einen für solche Zwecke vorhanden Koran, auf welchen jeder einzelne die rechte Hand zu legen hatte. Ein solcher Schwur war ihnen als Moslemim heiliger als einer, welcher ihnen von einem Imam abgenommen worden wäre. Dann erst, als sie nun fest zu ihm gehörten, versagte er ihnen die Erfüllung ihres Wunsches nach dem betäubenden Getränk.

Er stellte ihnen vor, daß kein Augenblick zu verlieren sei, da Abu el Mot noch heute mit den angeworbenen Nuehr eintreffen könne. Er überzeugte sie von der Notwendigkeit, sofort ans Werk zu gehen, und verhieß ihnen aber für dann, wenn sie sich in genügender Entfernung befänden, nicht nur einen, sondern mehrere Freudentage.

Sie mußten einsehen, daß er recht hatte, und ergaben sich in das Unvermeidliche. Um sie für diese Entsagung zu belohnen, verteilte er eine solche Quantität an Tabak unter sie, daß sie auf Wochen hinaus mit dem geliebten Genußmittel versehen waren.

Nun wurden die Waren und alles, was mitgenommen werden konnte, vor die Umzäunung geschafft und die Rinder herbeigeholt, um sie zu beladen. Das war eine lange und schwere Arbeit, die erst gegen Mittag überwältigt war. Dann befestigte man die Sklaven und Sklavinnen, von denen gegen dreißig da waren, mit gebundenen Händen an ein langes Seil, und der Zug war zum Aufbruch bereit.

Jetzt wurde Feuer an die Tokuls gelegt. Der Noqer, welchen Abu el Mot zu seinen Sklavenjagden per Wasser zu gebrauchen pflegte, wurde auch in Brand gesteckt. Die glühende Sonne hatte das Material so vollständig ausgedörrt, daß sich das Feuer mit rasender Schnelligkeit verbreitete, und bald auch den großen, äußeren Dornenzaun ergriff. Es war vorauszusehen, daß die Seribah nach Verlauf einer Stunde in einen glühenden Aschehaufen verwandelt sein werde. Die große Glut trieb Menschen und Tiere fort. Der Zug bewegte sich in derselben Richtung, in welcher heute früh die Ghasuah nach Süden gezogen war.

Siebentes Kapitel

Der Sklaverei entronnen

Die erste Abteilung der Ghasuah, die Reiter, waren so schnell wie möglich der Fährte der beiden entflohenen Neger gefolgt. Der Fluß machte hier eine bedeutende Biegung nach links, also nach Osten; die Spur führte in fast schnurgerader Linie in eine baumlose Steppe hinein, deren kurzes Gras, von der Sonne verbrannt, wie vom Wind zerstreutes Heu am Boden lag. Der weit sich hinaus dehnende Horizont war ringsum durch keinen einzigen erhabenen Punkt markiert.

Die Stapfen der Neger waren auf der harten Erde nicht zu erkennen; aber der Hund war seiner Sache gewiß und geriet nicht für einen einzigen Augenblick in Unsicherheit.

Stunde um Stunde verrann. Die Strecken, welche man zurücklegte, wurden immer bedeutender, und noch immer war von den Flüchtigen nichts zu sehen. Sie mußten, wenn auch nicht im Galopp, doch immer im scharfen Trab gelaufen sein, eine ganz außerordentliche Leistung, wenn man bedachte, daß sie einen Zeitvorsprung von nur zwei Stunden gehabt hatten.

Freilich waren die Pferde der Sklavenjäger bei weitem keine Radschi bak - Vollblutpferde. Im Sudan verkommt die beste Pferderasse sehr schnell, teils infolge der Feuchtigkeit zur Regenzeit, mehr noch aber durch die unvernünftige Behandlung seitens der dortigen Völker und der außerordentlichen Stechfliegenplage. Berüchtigt sind die Baudah- und Surrehtafliegen.

Zur heißen Jahreszeit trocknet der Boden so aus, daß die Pferde kein Futter finden. Da ziehen sich die Fliegen an die Flüsse zurück. Dann aber, wenn sich die Vegetation zu regen beginnt, entwickelt sich die Insektenwelt, und besonders die Familie der Dipteren, zu einer geradezu entsetzlichen Landplage. Ungeheuere Schwärme stechender Mücken und Fliegen erfüllen die Luft und peinigen Menschen und Tiere auf das fürchterlichste. Die Pupiparen - die Lausfliegen bedecken dann die Pferde, Rinder, Kamele und andere Tiere in so ungeheuerer Menge, daß die Haut gar nicht zu sehen ist. Die Surrehta wird den Tieren geradezu lebensgefährlich; dasselbe sagt man auch von der berüchtigten Tsetse. Doch darf man ja nicht denken, daß der Stich oder Biß eines oder einiger dieser Insekten den Tod herbei führt. Diese weitverbreitete Anschauung ist grundfalsch.

Geradezu undurchsichtige Mengen von Tabaniden, Culicinen, Sippobosciden, Musciden und wie sie alle heißen, hüllen die armen Tiere förmlich ein, so daß der ganze Körper derselben eine einzige große Wunde wird. Das unaufhörliche Ausschlagen, Stampfen und Sichbäumen ermüdet das befallene Tier, raubt ihm jede Ruhe und benimmt ihm auch den Appetit. Eine solche Tage, Wochen und Monate währende Tortur muß es krank machen und schließlich umbringen. Der geringste Hautriß oder Satteldruck wird da zur jauchigen, von Maden wimmelnden Wunde, welche den Untergang des Tieres nach sich zieht. Die Pferde, Rinder und Kamele besitzenden Stämme ziehen um diese Zeit, um ihre Tiere zu retten, nach Norden.

Aus diesem Grund und noch anderen Ursachen wird man im Sudan selten ein gutes Pferd zu sehen bekommen. Auch diejenigen, auf denen die Truppe Abd el Mots ritt, waren von der letzten Regenzeit und der jetzigen Dürre so mitgenommen, daß große Ansprüche an sie nicht gemacht werden konnten. Man mußte sie öfter langsam gehen lassen; sie trieften von Schweiß und hatten kurzen Atem. Diesem Umstand allein hatten die beiden Neger es zu verdanken, daß sie nicht so schnell eingeholt wurden.

Gegen Mittag rückte der östliche Horizont näher. Ein schwarzer Strich, welcher sich dort zeigte, ließ auf Wald schließen. Der Bahr Djur-Arm des weißen Nil kehrte von seinem Bogen zurück. Die Gräser waren hier weniger dürr, und endlich traten einzelne Suffarahbäume vor die Augen. Diese Akazienart hat eigentümliche Anschwellungen an der Basis der Stacheln, aus denen sich die sudanesischen Jungen Pfeifen zum Spielen machen. Suffar heißt im sudanesischen Dialekt pfeifen; daher der Name dieses Baumes.

Der Hund lief, mit der Nase immer am Boden, ohne irre zu werden, zwischen den Bäumen hin, welche immer enger zusammentraten und endlich einen ziemlich dichten Wald bildeten, so daß die Pferde nun langsamer gehen mußten.

Hie und da gab es eine trübe Wasserlache, in deren Nähe der Boden feucht war. An solchen Stellen konnte man die Fußspuren der beiden Neger deutlich sehen. Ein Indianer oder Präriejäger hätte aus diesen Eindrücken leicht bestimmen können, vor welcher Zeit die Flüchtigen hier gewesen seien. Dazu aber reichte der Scharfsinn der Sklavenjäger nicht aus.

Leider befanden die Verfolgten sich gar nicht weit vor den Verfolgern. Sie waren todmüde. Als sie den Wald gesehen hatten, war ihnen der Gedanke gekommen, daß sie nun gerettet seien. Sich umschauend, hatten sie da aber am nördlichen Horizont den Reitertrupp bemerkt, was sie zu einer letzten großen Anstrengung anspornte.

Sie rannten in den Wald hinein, um sich dort zu verstecken. Freilich mußten sie sich sagen, daß dies vergebens sei, da Abd el Mot jedenfalls einen oder mehrere Hunde bei sich hatte. Sie suchten das Ufer des Flusses auf. Lieber wollten sie ertrinken, als sich ergreifen lassen. Da aber sahen sie die ekelhaften Köpfe von Krokodilen aus dem Schlamm ragen. Nein, doch lieber gefangen und erschlagen, als von diesen Scheusalen zerrissen und verschlungen! Sie huschten, so schnell es ihre Kräfte erlaubten, weiter.

Da begann Tolo, welcher zwar scharfsinniger und klüger, aber körperlich schwächer als Lobo war, zu wanken.

„Tolo kann nicht weiter!“ klagte er keuchend.

„Lobo wird dich halten“, antwortete sein Gefährte.

Er legte den Arm um ihn und zog ihn mühsam weiter.

„Rette dich allein!“ bat Tolo. „Sie mögen Tolo finden, und du wirst entkommen.“

„Nein. Du mußte lieber gerettet werden als Lobo. Du bist klüger, und wirst dich leichter nach Ombula finden, um sie zu warnen.“

So ging es eine kleine Strecke weiter, bis Tolo stehen blieb.

„Der gute Schech im Himmel will es nicht haben, daß wir leben sollen“, sagte er. „Er will uns zu sich rufen. Tolo kann nicht mehr gehen; er muß hier lieben bleiben.“

„So wird Lobo dich tragen.“

Der selbst furchtbar ermattete Neger nahm den Freund auf seine Arme und trug ihn fort, aber kaum war er zwanzig Schritte gegangen, so konnte er selbst nicht mehr. Er legte den Kameraden sanft auf die Erde nieder, blickte trostlos umher und klagte: „Das Leben ist zu Ende. Bist du wirklich überzeugt, daß es da oben bei den Sternen einen guten Schech gibt, der uns lieb hat und bei sich aufnehmen wird?“

„Ja, das ist wahr“, antwortete Tolo. „Man muß es glauben.“

„Und wenn man gestorben ist, lebt man bei ihm?“

„Bei ihm und seinem Sohn, um niemals wieder zu sterben.“

„So ist er besser, viel besser als der Allah der Araber, welche nur Sklaven machen wollen und uns töten werden!“

„Sei ruhig! Er wird es sehen, wenn wir sterben, und herabsteigen, um uns hinauf zu sich zu holen."

„Lobo würde wohl gern sterben, denn er hat keine Verwandten mehr, bei denen er sein kann, aber der Tod ist gar so schlimm: hier die Krokodile und dort Abd el Mot, der Araber. Wer ist böser, sie oder er?"

„Es ist eins so schlimm wie das andere, das Krokodil wie der Araber, denn beide glauben nicht an den großen Schech und seinen Sohn, der für alle Menschen gestorben ist, um sie zu erretten."

„Wenn Lobo dich dadurch erretten könnte, würde er sich nicht weigern, sofort zu sterben!"

„Du kannst mich nicht retten, wir sind verloren. Ich weiß noch den Anfang des Gebetes, welches man sprechen muß, bevor man stirbt. Tolo wird ihn dir sagen, und du mußt ihn nachsprechen, dann kommen wir beide zu dem großen Schech. Sage also: Ja abana iledsi fi ssemavati jaba haddeso smoka - Vater unser, der du bist im Himmel, geheiligt werde dein Name!"

Er hatte die Hände gefaltet und blickte zu dem Genossen auf. Dieser legte seine Hände auch zusammen und sprach die Worte nach, doch nur in halber Andacht, wenn auch mit vollem Glauben an die Wirkung derselben. Dabei schweiften seine Augen suchend umher, und als er haddeso smoka sagte, leuchteten seine treuen Augen auf, als ob er etwas Gesuchtes gefunden habe. Er fuhr gleich fort: „Wenn der Sohn des großen Schechs gestorben ist, um die Menschen zu retten, sollen wir es wohl auch tun?"

„Ja, wenn wir es können."

„Und wenn Lobo dich retten könnte, was würdest du tun?"

„Tolo würde sich nicht von dir retten lassen, sondern lieber selbst sterben."

„Aber wenn nur einer von uns beiden gerettet werden könnte, wenn der andere für ihn stürbe, so müßtest doch du es sein, der leben bleibt!"

„Nein, sondern du!"

„Vielleicht können wir beide entkommen?"

„Wie denn?"

„Siehst du diesen Subakh und den Lubahn, welche hier nebeneinander stehen? Ihre Äste sind eng miteinander vermischt, und das Laub ist noch so dicht, daß man zwei Menschen, welche da oben sind, gar nicht sehen kann. Wir wollen uns hinauf verstekken!"

Der Subakh ist ein mittelgroßer, schöner Baum mit dichten Zweigen und saftig grünen, in lange Zipfel ausgezogenen Blättern. Der Lubahn wächst noch höher, aus ihm wird der afrikanische Weihrauch gewonnen.

Beide eng nebeneinander stehende Bäume bildeten eine einzige große und dichte Krone, daß sich zwei Menschen, zumal Schwarze, allerdings gut in derselben verbergen konnten, ohne von unten gesehen zu werden.

„Tolo ist zu schwach, um hinauf zu klettern", antwortete der andere.

„Lobo wird dich heben; dann kannst du den untersten Ast fassen. Versuche es einmal!"

Er nahm seine letzten Kräfte zusammen und hob den Freund empor. Tolo, welcher nicht ahnte, daß Lobo den eines gläubigen Christen würdigen Gedanken gefaßt hatte, sich für ihn zu opfern, ergriff den Ast und kam glücklich auf denselben zu sitzen.

„Noch höher!" sagte Lobo. „Man sieht dich noch. Noch drei, noch vier Äste höher. Dort aber setzt du dich nieder und umfängst den Stamm, um dich festzuhalten!"

Tolo kroch weiter hinauf, machte es sich bequem und sagte dann: „Nun komm auch du herauf!"

„Gleich, aber höre!"

Man hörte menschliche Stimmen und dann auch das Heulen eines Hundes. Es war ein blutgieriges Geheul.

„Sie kommen, sie sind da! Schnell herauf zu mir!" warnte Tolo voller Angst.

„Nun ist's zu spät", antwortete Lobo. „Sie würden mich sehen. Ich muß mir ein anderes Versteck suchen."

„Dann rasch, aber rasch!"

Doch Lobo blieb stehen und sagte mit unterdrückter Stimme: „Lobo hat gehört, daß ein solcher Hund, wenn er Blut gekostet hat, sofort den Geruch verliert. Dieser Hund soll Blut bekommen, damit er dich nicht riecht. Sei aber still!"

Ehe Tolo antworten und Einspruch erheben konnte, huschte der wackere Neger fort, nach einem anderen Baum, um nicht an demjenigen gesehen zu werden, auf welchem Tolo saß. Das Geheul des Hundes ließ sich in großer Nähe hören. Pferde schnauften, und Menschen riefen einander zu.

Lobo entfernte sich noch mehr von den beiden Bäumen, und stellte sich so auf, daß er von dem Hund, sobald dieser herbeikam, sofort erblickt werden mußte.

Der Wald gestattete nicht, daß zwei Reiter sich nebeneinander bewegen konnten. Die Sklavenjäger waren nicht abgestiegen, um ihre Pferde nicht zurücklassen zu müssen. Sie ritten einzeln, voran Abd el Mot mit dem Hund. Sobald dieser erschien, setzte Lobo sich in fliehende Bewegung, damit man nicht erraten solle, daß er hier gestanden habe und sein Genosse sich noch in der Nähe befinden könne. Der Araber erblickte ihn.

„Schejtan!“ schrie er auf. „Da läuft einer, und weiter vorn der andere, wenn ich mich nicht irre. Schnell nach, schnell nach!“

Er trieb sein Pferd an, gab aber glücklicherweise den Hund noch nicht frei. Die anderen stürmten hinter ihm her, so schnell das Terrain es erlaubte. Der Hund zerrte mit wildem Ungestüm an der Leine und stieß dabei ein geradezu diabolisches Geheul aus. Die Araber brüllten um die Wette. Lobo schrie, um ihre Aufmerksamkeit auf sich zu lenken, aus Leibeskräften. Tolo auf dem Baum stand eine schreckliche Angst um den Freund aus. Er schrie mit; doch zum Glück wurde seine vor Ermattung schwache Stimme in dem allgemeinen Skandal gar nicht gehört. Die wilde Jagd ging an den beiden Bäumen vorüber, flußaufwärts weiter.

„Laß doch den Hund los!“ brüllte einer der Reiter.

Abd el Mot hörte die Worte, zog das Messer und schnitt die Schnur durch. Der Hund schoß mit doppelter Schnelligkeit dem Neger nach, dessen Absicht war, sich zerreißen zu lassen, um der Bestie den Geruch zu nehmen, wie er gesagt hatte. Doch jetzt kam ihm der Gedanke, ob es denn nicht möglich sei, das Tier zu töten. Er hatte doch heute schon einen Hund erstochen, warum nicht auch diesen? Hatten die Verfolger nur diesen einen mit, so war Rettung wohl doch möglich.

Auch er hatte den Ruf des Arabers gehört und ahnte, daß Abd el Mot demselben folgen werde. Da gab es keinen Augenblick zu verlieren. Er blieb stehen und lehnte sich an den Stamm eines Baumes, keuchend vor Aufregung, Müdigkeit und Atemlosigkeit. Er sah den Hund in großen Sätzen daher schnellen, die mit Blut unterlaufenen Augen stier auf sein Opfer gerichtet und aus dem Maul geifernd, und zog sein Messer aus dem Lendenschurz.

„Herab von den Pferden, wir haben ihn fest!“ rief Abd el Mot, indem er sein Tier parierte und aus dem Sattel sprang.

Die anderen folgten seinem Beispiel.

Jetzt war der Hund dem Neger nahe, noch drei, zwei Sätze, nur noch einen! Das blutgierige Tier warf sich mit aller Gewalt auf den Neger, und rannte, da dieser blitzschnell nach links vom

Baum wegtrat, mit dem Kopf gegen den Stamm desselben und prallte nieder. Ehe es sich wieder aufraffen konnte, kniete Lobo auf ihm und stieß ihm das Messer zwei-, dreimal ins Herz, wurde aber am linken Arm von den Zähnen gepackt.

Er riß sich von dem verendenden Tier los, gar nicht darauf achtend, daß ein Stück Fleisch im Rachen desselben zurückblieb, und flog davon. Die Araber zeterten vor Wut und rannten ihm nach. Die Eile erlaubte ihnen nicht, von ihren Gewehren Gebrauch zu machen. Sie hätten stehen bleiben müssen, um zu zielen, und dabei nur Zeit verloren. Aber ihre Pistolen rissen sie heraus und drückten sie auf den kaum zwanzig Schritte vor ihnen befindlichen Neger ab. Ob eine Kugel getroffen hatte, war nicht zu ersehen, denn Lobo rannte weiter.

Aber er war matt bis auf den Tod, und sie besaßen noch ihre vollen Kräfte. Sie kamen ihm immer näher. Er sah sich nach ihnen um und bemerkte dies. Doch lieber zu den Krokodilen, als ihnen in die Hände fallen und zu Tode gepeitscht zu werden! Er lenkte also nach links ab, dem Ufer des Flusses zu.

Dieser machte hier eine Krümmung, an deren konkaver Seite die unmenschliche Hetze vor sich ging. Lobo erreichte das Wasser und warf sich, einen Todesschrei ausstoßend, hinein. Es spritzte hoch über ihn auf.

Wenige Augenblicke darauf langten seine Verfolger an derselben Stelle an. Sie blieben halten, die Augen auf das Wasser gerichtet.

„Er ist hineingesprungen, um uns zu entgehen!“ rief einer enttäuscht.

„Uns entgeht er, ja“, antwortete Abd el Mot, „aber die Temisah werden ihn verschlingen. Paßt nur auf!“

Vom Ufer weg gab es eine vielleicht acht oder neun Ellen breite freie Strecke. Dann folgte die Spitze eines langgestreckten Omm Sufah- und Schilffelds, worauf wieder freies Wasser kam, welches von einer mitten auf dem Fluß an einer Schlammbank festgefahrenen Grasinsel begrenzt wurde.

Jetzt tauchte ganz in der Nähe der erwähnten Omm Sufahecke der Kopf des Negers auf. Er sah sich nach seinen Verfolgern um.

„Schießt, schießt!“ rief Abd el Mot, worauf sein Nachbar das Gewehr an die Wange zog und schnell losdrückte.

Aber er war zu hitzig gewesen und hatte schlecht gezielt. Die Kugel schlug neben Lobo ins Wasser. Dieser hatte die Spitze erreicht und umschwamm dieselbe mit einigen raschen Stößen.

Dort hielt er an, als ob er über irgend etwas, worauf sein Auge fiel, erschrecke. Dann stieß er einen lauten, durchdringenden Schrei aus, den man ebensowohl dem Jubel, als auch der Todesangst zuschreiben konnte, und verschwand hinter dem Schilffeld.

„Was schrie er?" fragte einer der Araber.

„Er hat ein Krokodil gesehen", antwortete Abd el Mot.

„Es klang, als ob er vor Freude geschrien hätte."

„O nein, hier im Wasser gibt es nichts, worüber er sich freuen könnte. Da seht, dort kommt es geschossen. Seht ihr den Wasserstreif?"

Er deutete mit der ausgestreckten Hand nach der Grasinsel, von welcher aus sich eine Furche schnell über die freie Strecke nach dem Schilffeld bewegte. Die Spitze dieser Furche bildete die Schnauze eines riesigen Reptils.

„Ein Krokodil!" riefen mehrere zugleich.

„Allah sendet ihn zur Hölle!" schrie einer der Sklavenjäger. „Et Timsah wird ihn holen und verspeisen!"

Jetzt verschwand das Krokodil hinter dem Rohr, und im nächsten Augenblick hörte man einen wilden Schrei, dieses Mal ohne allen Zweifel den Schrei eines Menschen, welcher den Tod vor sich sieht.

„Es hat ihn, er ist dahin!" rief Abd el Mot. „Ihm ist noch wohl geschehen, denn ich hätte ihn in einen Termitenhügel eingegraben, daß ihm das Fleisch bei lebendigem Leib bis auf die Knochen abgefressen worden wäre. Aber was ihm nicht geschah, das soll Tolo geschehen, der sich noch da im Wald befindet. Diese beiden Schejatin haben mir die zwei besten Hunde getötet. Dafür wird nun Tolo eines doppelten Todes sterben!"

„Befindet er sich wirklich noch da?" fragte einer.

„Ja. Ich habe auch ihn gesehen. Er war dem Lobo noch voraus. Zwei von euch mögen die Pferde aus dem Wald führen, um uns draußen zu erwarten."

Dies geschah. Dann begann die Suche von neuem.

Die beiden Negerjäger, welche sich außerhalb des Waldes bei den Pferden befanden, mußten wohl über eine Stunde warten, bis die anderen zu ihnen kamen, aber... ohne den Neger.

„Dieser Neger ist verschwunden", knirschte Abd el Mot. „Wir haben bis jetzt nicht die geringste Spur von ihm entdeckt."

„Aber du hast ihn doch vorher gesehen!" wurde ihm gesagt.

„Ganz deutlich sogar! Aber welches Menschen Auge kann die Fährte eines nackten Fußes im Wald erkennen! Dieser Wald ist übrigens groß und zieht sich stundenweit am Wasser hin. Wer soll da suchen und finden!"

„So ist uns der schwarze Hund sogar lebend entgangen, während der andere wenigstens von et Timsah gefressen wurde."

„Nein. Entkommen ist er nicht. Von hier aus zieht sich der Fluß fast gerade nach Sonnenaufgang, während Ombula gegen Süden und Westen liegt, wo wieder eine sehr große freie Ebene ist. Über diese muß der Schwarze gehen. Wenn wir ihn haben wollen, brauchen wir nur hinauszureiten, um ihn dort zu erwarten."

„Er wird des Nachts kommen, wenn wir ihn nicht sehen können!"

„So breiten wir uns aus und bilden eine Kette. Dann muß er sicher auf einen von uns stoßen. Also vorwärts jetzt!"

Sie bestiegen ihre Pferde wieder und ritten gegen Süden davon. Der Umstand, daß er irrtümlicherweise überzeugt war, Tolo gesehen zu haben, hatte diesem vielleicht das Leben gerettet. Man hatte nur nach vorwärts, nicht aber nach rückwärts gesucht, wo die beiden Bäume standen. Hätte man auch die letztere Richtung eingeschlagen, so stand zu erwarten, daß der Neger bei der Aufregung, von der er wegen der Gefahr, in welche sich sein Freund für ihn gestürzt hatte, ergriffen worden war, entdeckt worden wäre. - Aber wo befand er sich? Noch auf dem Baum? Und war der todesmutige Lobo wirklich von dem Krokodil erfaßt und verzehrt worden?

Das hätte man am besten auf dem Flachboot erfahren können, welches um die Mittagszeit oder kurz vor derselben vom Negerdorf Mehana den Fluß herab gerudert kam. Es war nicht groß und auch nicht allzu klein, es hätte wohl dreißig Personen fassen können, trug aber heute nur dreiundzwanzig. Davon waren zwanzig Neger, je zehn an jeder Seite, die die Ruder führten. Am Steuer saß ein vielleicht sechzehn Jahre alter Jüngling von hellerer Hautfarbe, welche entweder auf arabische Abstammung oder gemischtes Blut schließen ließ. Die übrigen beiden waren Weiße.

Die Neger waren alle nur mit dem gebräuchlichen Lendenschurz bekleidet; sie hatten die wolligen Haare in kurzen, dünnen, wohl eingeölten Flechten rings um den Kopf hängen. Der Knabe am Ruder hatte schlichtes, dunkles Haar. Seine Kleidung bestand aus einem großen, hellen Tuch, welches er wie eine Toga um sich geschlungen hatte.

Daß die Fahrt keine friedliche war, oder daß diese Leute sich auf Feindseligkeiten gefaßt gemacht hatten, zeigten die Waffen, welche am Schnabel des Bootes zusammengehäuft waren. Dort saßen auch die beiden Weißen.

Der eine von ihnen trug einen Haik mit Kapuze und hohe Stiefel, ganz genau der Anzug, welchen Doktor Schwarz getragen hatte. Er besaß auch die hohe, breite Gestalt desselben, und beider Züge hatten eine große Ähnlichkeit miteinander. Kurz, dieser Mann war Doktor Joseph Schwarz, welcher seinem Bruder den Sohn der Treue entgegen geschickt hatte, und ihm nun selbst entgegenfuhr, weil ihm die Ankunft desselben zu lange währte, und er besorgt um sein Schicksal geworden war.

Der andere trug graue Zeugschuhe, graue Strümpfe, eine graue, sehr weite und sehr kurze Hose, eine graue Weste, eine graue Jacke und einen grauen Turban. Grau war auch der Shawl, den er sich um die Hüfte geschlungen hatte. An ihm schien alles grau zu sein, selbst die Augen, die Gesichtsfarbe, das lange, bis auf die Brust herabhängende Halstuch und das dichte Haupthaar, welches unter dem Turban hervor bis zum Rücken niederfiel. Das Sonderbarste an ihm aber war seine Nase, eine Nase, wie man sie nur einmal im Leben, und auch das kaum, zu sehen bekommt.

Diese Nase war unbedingt ein sogenannter „Riecher“. Sie war entsetzlich lang, entsetzlich gerade und entsetzlich schmal und lief in eine förmlich lebensgefährliche scharfe Spitze aus. Sie glich dem Schnabel eines Storchs, nur daß dieser nicht von grauer Farbe ist. Wer in Faschodah Gelegenheit gehabt hatte, den Sohn der Treue von Abu Laklak, dem Vater des Storchs sprechen zu hören, der mußte hier unbedingt auf den Gedanken kommen, diesen Mann vor sich zu haben. Die beiden Weißen musterten mit Kennerblicken die Oberfläche des hier sehr breiten Flusses. Nichts entging ihren Augen, und besonders war der Graue wie elektrisiert, wenn irgendein Vogel sich aus dem Schilf erhob oder von einem Ufer nach dem anderen kreuzte. Dabei ließen sie die Unterhaltung keinen Augenblick ruhen. Sie bedienten sich der deutschen Sprache, Schwarz des reinen Hochdeutsch, der Graue aber eines sehr kräftigen und dabei doch zutraulichen Dialekts, welcher irgendwo zwischen dem Thüringer Wald, dem Böhmerwald, Innsbruck, dem Allgäu und der württembergischen Grenze zu Hause sein mußte.

„Da gebe ich dir vollständig recht, lieber Doktor“, sagte Schwarz. „Wir haben daheim noch eine ganz falsche Vorstellung von diesen Sudanvölkern. Um sie kennen zu lernen, muß man zu ihnen kommen.“

„So gefallen s' dir gut, he?" fragte der Graue.

„Gar nicht übel."

„Auch wann s' Menschen fressen?"

„Auch dann, wenn sie nur mich nicht fressen. Sie haben gar keine Vorstellung von der Abscheulichkeit dieses Genusses, sie muß ihnen erst beigebracht werden. Nach geschlagener Schlacht verzehren sie die getöteten Feinde und behaupten dabei, es sei sehr gleichgültig, ob man dieselben in den Magen, oder in die Erde begräbt."

„Na, mein G'schmack wär' das schon nit. Ich will doch lieber in der Erden liegen, mit einer hübschen Kapellen drauf, als im Magen eines solchen Kannibalen!"

„Ich auch, lieber Doktor. Du mußt aber wohl unterscheiden zwischen..."

„Halt!" unterbrach ihn der Graue, indem er seine Nase wie ganz aus eigener, völlig selbständiger Initiative auf und nieder senkte. „Wannst mich nochmals Doktor nennst, so bekommst halt sogleich eine Waatschen, daß d' denkst, deine paar Knöcherl halten Kaffeevisit'! Du bist auch Doktor, aber nenn' ich dich so? Wozu diese Komplimenten zwischen Leutln, die Brüderschaft trunken haben, wenn auch bloß in dera Merissah, die mir g'stohlen werden kann, nämlich aber nur dann, wenn ich einen guten Spatenbräu dagegen hab'. Du weißt doch, wie ich heiß'?"

„Allerdings", lächelte Schwarz.

„Na also! In dera g'lehrten Welt bin ich als Herr Doktor Ignatius Pfotenhauer bekannt. Daheim, wo ich z'Haus bin, nennen 's mich nur den Vogel-Nazi, weil ich nun einmal eine ganz b'sondere Liebhaberei hab' für alles, was da fleugt, aber nit kreucht. Hier z'Land heißen s' mich gar Abu el Laklak, den Vater des Storchs, wegen meiner Nase, die mir aber ebensowenig feil ist, wie dir die deinige. Nachhero, weil ich dich einfach Sepp nenne, weil dein Vorname Joseph ist, so kannst mir auch die Lieb' und Güt' erweisen, mich Nazi, oder Naz zu heißen, was bedeutend kürzer ist als Ignatius, mit vier Silben. Hast's verstanden?"

„Sehr wohl! Hoffentlich verspreche ich mich nicht wieder."

„Das möcht' ich mir halt ausg'beten haben! Weißt, ich bin einmal ein b'sonderer Kerl, und so... halt, siehst ihn fliegen?"

„Wen? Wo?"

Der Graue war eifrig aufgesprungen und rief erregt, indem er mit der Hand nach aufwärts deutete: „Dort... hier... da kommt er g'flogen! Kennst ihn schon?"

„Ja. Es ist ein Perlvogel, Trachyphonus margaritatus."
„Richtig! Hast's schon g'wußt. Weg ist er!" stimmte der Graue bei, indem er sich wieder niedersetzte. „Aber weißt auch wie die Eing'bornen ihn nennen!"
„Noch nicht."
„Da hast wieder aan' Beweis, daß sie gar gute und auch g'spaßige Beobachter sind, sie benennen ihn und sie nach der Stimme, wann s' schreien. Er schreit nämlich: bescherrrretu, bescherrrretu! Weißt, was das in dera hiesigen Sprachen bedeutet?"
„Ja, hast dein Kleid zerrissen, hast dein Kleid zerrissen!"
„Richtig! Das Weibchen sieht nämlich dunkel aus, und hat weiße Flecken drauf, was grad so ausschaut, als ob sie Löcher in dera Toiletten hätt'. Sie aber antwortet ihm hernach: bak-si-ki, bak-si-ki! Was heißt das?"
„Näh's zusammen, näh's zusammen!"
„Auch das ist richtig. Wann der Volksmund mit solcher Naivität von denen Vögeln spricht, so möcht' man diese Leutln nur schwer für Menschenfresser halten."
„Man bezeichnet die Niam-niam als solche. Aber ich habe nichts davon bemerken können."
„Weil s' halt wissen, daß wir solchen Schmaus verabscheuen, drum lassen s' gar nix merken davon. Dennoch sind wir vollständig sicher bei ihnen. Sie tun uns alles Mögliche z'lieb'. Das muß man anerkennen. Sie jagen Tag und Nacht, um mir Vögel zu bringen. Ich hab' sonst in Jahreszeit nit so viel g'sammelt, wie jetzt in aan' einzigen Monat."
„Das wird wieder ein umfangreiches, gelehrtes Werk geben, nicht?"
„Ja, ich werd' schon was zusammenschreiben. Es hat noch keinen 'geben, der sich um die hiesige Vogelwelt groß kümmert hat. Diese Lück' möcht' ich ausfüllen."
„Du bist der geeignete Mann dazu. Woher kommt denn eigentlich deine große Vorliebe für die Vogelwelt? Hat sie einen besonderen Grund?"
„Daß ich nit wüßt! Und woher's kommen ist? Hm! An meiner Wiegen hat man mir's freilich nit g'sungen, daß ich mich mal so auf die Ornithologie verinteressieren würd', und fünfzehn Jahre später auch noch nicht. Ich selber hab' auch nit dran gedacht, und erinnere mich noch heute mit Schreck an das erste ornithologische Abenteuer, das ich damals erlebte."
„Was war das?"
„Das war... nun, dir kann ich's ja erzählen, sonst aber red' ich

nimmer gern davon... das war, da ich als Gymnasiast in der Quart g'sessen bin. Der Professor für die Naturgeschicht' hat mich nit gern g'habt, weil ich ihn in meiner Dummheiten immer nach Dingen g'fragt hab', die kein Mensch beantworten kann."

„Das kommt in diesem Alter häufig vor, ist aber meist ein Beweis von regem Wissensdrang."

„Wissensdrang? Der Professor hat's halt immer Voreiligkeit und Neugierd' g'nannt, und nur auf eine G'legenheiten gesonnen, es mir heim zu geben. Das war zum Osterexamen. Ich hab' a neues Vorhemd ang'legt und den neuen blauseidenen Schlips drumrum, und nachhero g'meint, daß ich mit diesem Staat das Examen schon b'stehen muß. Es ist auch ganz leidlich 'gangen, bis hin zu dera Naturg'schicht'n. Die Fragen wurden reihum g'richtet; als ich dran komm', erheb ich mich, und was wird mich da der Professor fragen, he?"

„Nun, was denn?"

„Warum die Vögel Federn haben?"

„Ja, da hat er dir's freilich heimzahlen wollen. Was hast du ihm denn geantwortet?"

„Was ich g'antwortet hab'? Nun, zunächst hab' ich mir denkt, daß er... halt, dort sitzt er! Siehst du ihn?"

Er war wieder aufgesprungen und deutete erregt nach dem Ufer, wobei seine Nase sich zur Seite bog, als ob sie sich ganz speziell für diese Gegend interessiere.

„Wer? Wo?" fragte Schwarz.

„Dort oben auf dem Sunutbaum, ganz auf der Spitze."

„Ach so, ein Flußadler, ein prachtvolles Tier!"

„Das ist er. Die Eingeborenen nennen ihn Abu Lundsch. Er frißt fast ausschließlich Fische, und weißt, wie die Leut' hier sein Geschrei verdolmetschen?"

„Nein."

„Sef - Heiße Jahreszeit, Charif - Regenzeit, jakull hut, hut. Was heißt das auf deutsche?"

„Im Sef und Charif verzehre ich Fische."

„Richtig! Auch hier hast wieder aan Zeichen von liebevoller Beobachtung der Natur. Die Negern sind gar nit so stupid und verständnisarm, wie man sie beschreibt. Wenn ich an deiner Stell' wär, so tät ich a Buch zu ihrer Ehrenrettung verfassen."

„Das wird vielleicht geschehen, wenn ich die Zeit dazu finde."

Jetzt wurde die Aufmerksamkeit der beiden auf den Steuerer gelenkt, welcher ein kurzes Kommandowort aussprach, worauf die Schwarzen ihre Ruder einzogen.

„Wollen wir landen?“ fragte ihn Schwarz, natürlich nicht in deutscher Sprache.

„Nein, Effendi“, antwortete er. „Hier landet man nie sofort, sondern man legt den Kahn erst für einige Zeit ins Schilf, um zu erspähen, ob sich keine Feinde an Land befinden.“

„Und was willst du tun? Warum fahren wir nicht weiter?“

„Weil wir sonst zu weit an die Seribah Omm et Timsah kommen, wo Abu el Mot wohnt. Sieht er uns, so macht er uns zu Sklaven.“

„Das sollte er versuchen!“

„Er würde es nicht nur versuchen, sondern wirklich tun. Ihr beide seid kühne und kluge Männer, und wir verstehen auch, unsere Waffen zu gebrauchen, aber er hat über fünfhundert Sklavenjäger bei sich, die wir nicht überwinden können. Wir würden dreißig oder vierzig, vielleicht auch noch mehr töten, von den übrigen aber erdrückt werden.“

Das klang so ruhig, klar und überlegt. Der Jüngling war gewiß seinen Jahren voraus geschritten.

„So meinst du, daß wir nur des Nachts vorüberfahren können?“ fragte Schwarz.

„Ja.“

„Aber das können wir doch auch am Tag tun. Wir rudern schnell und nehmen das Segel dazu.“

„Niemand kann wissen, wie der Wind in einer Stunde weht. Kommt er uns entgegen, so würde das Segel uns nur hindern, und auf die Ruder darf man sich nicht verlassen. Abu el Mot hat ein Schiff im Fluß liegen, welches er zwar geheim hält, aber ich weiß es doch. Er kann von seinem Ufer aus den Fluß aufwärts weit überblicken. Er würde uns also sehr zeitig bemerken und braucht dann nur das Schiff nach der Mitte des Flusses zu steuern und die Trommel schlagen zu lassen, um uns sicher zu bekommen. Nein, wir müssen hier anlegen und die Nacht abwarten, dann können wir die gefährliche Stelle passieren.“

„Er kann uns auch dann zufällig bemerken.“

„Wenn wir Schilf und Zweige quer über das Boot legen, wird man es für eine losgerissene schwimmende Grasinsel halten. Erlaubst du also, daß ich gegen das Ufer steuere?“

„Ja, tue es.“

Das Boot trieb mit dem Strom dem linken Ufer zu, fuhr an der bereits genannten, auf der Schlammbank lagernden Grasinsel vorüber, und gewann sodann den Rand des spitzen Feldes von Omm Lufah und Schilf, welches auch schon erwähnt wurde.

Dort ließ man den eisernen, scharfen Bongoanker nieder, welcher sofort im Grund fest griff und das Boot zum Stehen brachte.

Vom linken Ufer, in dessen Nähe es lag, konnte man es unmöglich sehen, weil das sehr hohe und dichte Rohr dazwischen stand. Das rechte Ufer war zwar weit entfernt, aber ein sehr scharfes Auge hätte es doch vielleicht zu erkennen vermocht, darum schnitten die Neger so viel Schilf und Rohr ab, um es vollständig in eine kleine Insel verwandeln zu können, welcher man es nicht ansah, daß der Grund derselben in einem vor Anker liegenden Kahn bestand.

Gesprochen wurde nur leise, dabei strengte man das Gehör an, um sich kein Geräusch am Ufer entgehen zu lassen. Man hatte die Maskierung des Bootes noch nicht beendet, da drangen unverständliche Laute herbei, welche einer menschlichen Stimme anzugehören schienen. Die Insassen des Bootes lauschten mit angestrengtester Aufmerksamkeit, bei sich selbst jedes Geräusch vermeidend.

Der junge Dumandschi - Steuermann erhob sich von seinem Sitz, um besser hören zu können.

„Es sind zwei Neger, welche dort am Ufer sprechen, nicht weit abwärts von uns", sagte er leise.

„Woher weißt du das?" fragte Schwarz.

„Ich verstand nur wenige Worte, welche der Sprache der Belanda angehören, die nur von Schwarzen gesprochen wird."

„Was sprachen sie?"

„Das weiß ich nicht. Die Worte gehörten mehreren Sätzen an. Rettung... sterben... Sklavenjäger, das habe ich gehört."

„Ah! Vielleicht sind es verfolgte Sklaven."

„Dann sind sie gewiß bei Abu el Mot entsprungen."

„So müssen wir sie retten. Wir nehmen sie in unser Boot auf."

„Das müssen wir uns vorher überlegen, Effendi. Ich bin bereit, jeden verfolgten Menschen zu retten, vorher aber muß ich überzeugt sein, daß ich mich damit nicht dem gewissen Tod in die Arme werfe. Gefahr kann ja dabei sein, vor ihr schrecke ich nicht zurück, aber einem sicheren und voraussichtlichen Tod weihe ich mich nicht, denn dann wäre ja auch der, den ich retten will, mit verloren."

„Du sprichst wie ein gelehrter und erfahrener Mann."

„Spotte nur, aber gib mir recht. Höre!"

Man hörte jetzt wütendes Hundegebell und rufende Menschenstimmen.

„Schejtan! Da läuft einer und weiter vorn der andere, wenn ich mich nicht irre. Schnell nach, schnell nach!" klang es deutlich herüber.

Das war der Ausruf Abd el Mots, als er Lobo erblickte. Dann folgte wütendes Hundegebell und durcheinander brüllende Männerstimmen.

„Laß doch den Hund los!" rief jemand.

„Zwei Sklaven sind es, welche verfolgt werden!" sagte Schwarz. „Wir müssen sie retten!"

Er griff nach seiner Büchse. Auch der Graue nahm sein Gewehr und stimmte bei: „Schießen wir die Halunken nieder!"

„Still, still", bat der Steuermann. „Es scheinen der Verfolger gar viele zu sein, und jedenfalls gehören sie zu Abu el Mot. Wollen wir uns ihnen zeigen, ohne die Neger retten zu können? Das würde unklug sein. Und ehe wir den Kahn vom Anker losbringen und das Ufer erreichen, kommen wir zu spät, weil die Jagd schon vorüber ist. Höre! Ein Schrei. Da starb einer. Er sprang in das Wasser. Lebt er noch, so holen ihn die Krokodile!"

Er trat auf die Steuerbank, die anderen stellten sich auf die Ruderbänke, um über das maskierende Schilf hinwegsehen zu können. In diesem Augenblick kam Lobo um die Spitze des Schilffelds geschwommen. Der Steuermann schob das Rohr mit beiden Armen auseinander, um von ihm gesehen zu werden und winkte ihm. Lobo stutzte. Das war der Augenblick, in welchem seine Verfolger sagten, er müsse etwas gesehen haben. Der Schuß Abd el Mots fiel.

„Schnell, schnell - die Krokodile!" rief der Steuermann dem Neger zu.

Dieser sah einen Menschen scheinbar oberhalb des Wassers stehen. Seine Kräfte verdoppelten sich, und er schnellte sich mit einigen starken Stößen herbei. Schon ergriff er mit den Händen den Rand des Bootes, und mehrere Arme streckten sich aus, ihn hereinzuziehen, da warnte einer der Ruderer, welcher zufällig einen Blick hinaus auf den freien Strom und nach der Grasinsel geworfen hatte: „Et Timsah, et Timsah, amal, amal - das Krokodil, das Krokodil, macht, macht!"

Glücklicherweise war der Mann so vorsichtig gewesen, nicht in lautem Ton zu sprechen.

„Von welcher Seite?" fragte der Steuermann schnell.

„Links", antwortete der Ruderer.

„Schnell alle auf diese Seite nach links, sonst wirft es das Boot um!"

Lobo wurde förmlich emporgerissen, aber schon war das Tier da - ein gewaltiger Stoß gegen die linke Bordwand - hätten die Insassen rechts gestanden, so wäre das Fahrzeug umgeworfen worden, so aber widerstand das Gewicht dem Stoß des gierigen Tieres - Lobos Unterschenkel geriet doch noch zwischen die Zähne desselben, aber noch ehe es den Rachen vollständig schließen konnte, wurde er ihnen entrissen. Der Neger stieß einen lauten Schmerzensschrei aus, den seine Verfolger für seinen Todesschrei hielten und flog hinein in das Boot, doppelt blutend, nämlich am Arm, wo ihn der Hund gepackt hatte, und am Bein, von welchem ein ganzes Stück der Wade fehlte. Er schloß die Augen. Es war über seine Kräfte gegangen, und eine Ohnmacht nahm ihn in ihre mitleidigen Arme.

„Ist er tot?" fragte Schwarz.

„Nein", antwortete der Graue, welcher sich neben den Neger nieder gekniet hatte, um ihn zu untersuchen. „Ein Biß in den Arm, ein Stück Fleisch aus dem Bein und Bewußtlosigkeit, das ist alles."

„Still", sprach er Steuerer. „Man spricht am Ufer."

Sie horchten und vernahmen die Worte, welche dort gesprochen wurden. Sie hörten sogar die Schritte der sich dann Entfernenden.

„Einer ist gerettet, Gott sei Dank!" sagte Schwarz. „Aber der andere wird in ihre Hände fallen. Wie können wir das verhüten?"

„Wir brauchen es nicht zu verhüten", antwortete der junge, kluge und umsichtige Steuermann. „Sie werden ihn nicht fangen."

„Wie kannst du das behaupten?"

„Weil ich ihre Worte gehört habe. Sie haben zwei Hunde verloren. Dieser Neger hat ganz sicher einen getötet, denn er hält selbst jetzt noch das Messer fest in der Hand. Gäbe es noch ein Tier bei den Verfolgern, so wäre er nicht entkommen, sondern zerfleischt worden, auch wäre ihm der Hund gewiß ins Wasser nachgesprungen, um ihn festzuhalten. Gekämpft hat er mit so einem Negerfänger, das zeigt hier die Wunde an seinem Arm. Aus dem allen schließe ich mit Sicherheit, daß es dort am Ufer keinen Hund mehr gibt. Wie wollen sie da den anderen Flüchtling finden, da der Wald viele Stunden lang ist und sie seine Fährte nicht riechen können!"

„Du scheinst recht zu haben."

„Ich glaube nicht, daß ich mich täusche. Warten wir hier also in unserer Sicherheit ganz ruhig ab, was noch geschieht, dann werden wir wissen, was wir zu tun haben."

Die beiden Deutschen mußten diesen Sudanesen aufrichtig bewundern. Er machte trotz seiner Jugend den Eindruck eines gereiften Denkvermögens, fast hätte man sagen können, den Eindruck von Überlegenheit. Dabei waren seine Bewegungen und Gesten so ruhig und sicher, wie seine Art, sich auszudrücken.

Der Graue hielt dem besinnungslosen Neger ein Riechfläschchen an die Nase. Das wirkte. Lobo begann sich zu bewegen.

„Tolo... halte den... Stamm fest", flüsterte er, doch ohne die Augen zu öffnen.

Selbst jetzt, noch in halber Ohnmacht, war er nur auf die Rettung seines Freundes bedacht! Pfotenhauer ließ das flüchtige Salz noch einmal wirken, da öffnete der Neger die Lider. Sein noch verschleierter Blick fiel in das männlich schöne, wohlwollend ernste Gesicht Schwarz'. Er schloß die Augen wieder und sagte lächelnd: „Tolo... du lebst... und ich... bei dem guten Schech über... über den Sternen!"

„Er meint jedenfalls Gott", sagte Schwarz. „Ob er ein Christ ist?"

„Christ oder Heide; er ist Mensch, und es soll ihm geholfen werden", antwortete der Graue.

Er hob den Bugspitz empor, unter welchem sich ein Kasten mit Medikamenten und Verbandszeug befand, und begann, die beiden Wunden kunstgerecht zu verbinden, wobei ihm Schwarz mit gleicher Geschicklichkeit half.

In den oberen Nilgegenden werden selbst leichte Wunden, wenn sie eine Vernachlässigung finden, leicht lebensgefährlich. Das erhöht die Sterblichkeit dieser unter der Kriegs- und Mordlust ihrer Nachbarn leidenden Völker bedeutend.

Die Krokodilzähne hatten Fleischfetzen zurückgelassen, welche mit dem Messer entfernt werden mußten. Das konnte nur unter Schmerzen geschehen, infolge deren Lobo erwachte. Er sah sich im Kreis um.

„Weiße Männer und Sandeh!" sagte er, die Niam-niam an ihrer eigenartigen Haartracht erkennend. „Das sind keine Sklavenjäger!"

„Nein, wir sind keine", beruhigte ihn Schwarz. „Du bist unter Freunden."

„So... so ist Lobo nicht... gestorben?"

„Du lebst. Da draußen liegt das Ufer, von welchem aus du in das Wasser gesprungen bist."

„Das ist ein... ein Boot! Ja, ihr habt Lobo hereingezogen. Lobo besinnt sich jetzt. Ihr seid gute Leute. Aber wo ist Tolo?"

„Er wird auch gerettet sein, denn sie haben ihn sicher nicht gefunden."

„Dann gleich, schnell zu den Bäumen gehen, wo er sich befindet!"

Er wollte aufspringen, aber die schmerzenden Wunden hinderten ihn daran, sie waren noch nicht einmal vollständig verbunden. Das Schicksal seines Gefährten bereitete ihm solche Sorge, daß er kaum beruhigt werden konnte, doch sah er ein, daß man nur sein Bestes wollte und er sich fügen müsse. Während sein Verband vollends ausgeführt wurde, wobei er männlich die Schmerzen verbiß, mußte er erzählen, was geschehen war. Rührend war es dabei, ihn von dem guten Schech über den Sternen, von dessen Sohn, der für die Menschen gestorben sei, und auch von sich selbst, daß er sich für seinen Freund dem Tod geweiht hätte, erzählen zu hören. Als er geendet hatte, sagte Schwarz: „Also Abu el Mot ist nicht auf seiner Seribah, aber nach derselben unterwegs? Das macht mich für meinen Bruder bange. Und Abd el Mot ist auch schon aufgebrochen? Da steht die Seribah fast verwaist da!"

„Man läßt stets fünfzig Mann daselbst zurück", bemerkte Lobo.

„Die können uns nicht bange machen. Wir haben nun nicht nötig, den Abend zu erwarten und können noch am Tag weiterfahren."

„So will Lobo heraus aus eurem Boot. Er muß bei Tolo sein!"

„Du? Du kannst nicht heraus. Du vermagst ja nicht einmal zu stehen, viel weniger zu gehen. Du mußt dich äußerst ruhig verhalten, wenn die Wunden sich nicht entzünden und lebensgefährlich werden sollen. Darum werden wir dich bei uns behalten und erst dann entlassen, wenn du vollständig geheilt sein wirst."

„Das ist unmöglich! Lobo muß bei Tolo sein. Wo ist dieser?"

„Beruhige dich. Er ist gerettet. Du sagst, daß der Subakh- und Lubahnbaum da rechts am Ufer stehen. Dorthin sind euere Verfolger nicht zurückgekehrt. Wir werden nach ihm suchen."

„Er muß gefunden werden, denn er soll nach Ombula eilen, um die Leute dort zu warnen, da Lobo nicht mehr gehen kann!"

„Ich werde das Ufer betreten, um zu sehen, ob die Sklavenjäger noch da sind", erklärte der Steuermann.

„Wir gehen alle; wir rudern das Boot die kurze Strecke hin", antwortete der Vater des Storchs.

„Das wäre unvorsichtig. Das Boot darf erst dann landen, wenn wir wissen, daß die Araber fort sind. Ich begebe mich allein hinüber."

„So müßtest du schwimmen und würdest von den Krokodilen erfaßt werden."

„Nein. Ich mache mir aus Schilf und Rohr schnell ein Kelek - ein Floß, auf welchem ich hinüberfahre. Das greift kein Krokodil an, wenn es nicht allzu klein ist. Ist es so groß, daß ich vollständig darauf Platz finde und kein Teil meines Körpers über den Rand weg in das Wasser ragt, so wird keines dieser Tiere sich um mich bekümmern."

Er trieb mittels des Steuers das Boot etwas tiefer in das Schilfdickicht hinein und begann dann, Rohr für das Floß zu schneiden. Die Ruderer halfen ihm.

„Aber wenn sie noch da sind, kannst du leicht gesehen werden, und dann bist du verloren, denn entweder töten sie dich, oder sie machen dich zum Sklaven und führen dich fort", warnte Schwarz.

„Sie werden keines von beiden tun", antwortete der mutige Knabe. „Ich verstehe es, sie zu beobachten, ohne daß sie mich bemerken."

Die Neger entwickelten eine große Fertigkeit im schnellen Flechten einer hinlänglich großen und dicken Matte, unter welche starke Schilfbündel befestigt wurden, die mehr als nur einen Menschen getragen hätten. Der junge Steuermann bestieg dieses Floß, er nahm ein Ruder mit, um es lenken zu können.

Er vermied es, aufwärts nach der Spitze des Schilffelds zu rudern. Dort war Lobo ins Wasser gesprungen, und es stand zu erwarten, daß die Sklavenjäger, falls sie noch anwesend waren, ihre Aufmerksamkeit auf diese Stelle gerichtet hielten. Er gebrauchte vielmehr das Ruder einstweilen nur als Steuer. Auf dem Floß kniend, ließ er dasselbe geräuschlos abwärts gleiten, bis er eine Stelle erreichte, welche frei vom Schilf war und ihm erlaubte, das Floß an das Ufer zu treiben.

Die Zurückbleibenden waren nicht ohne Sorge um ihn. Sie hätten sein Wagnis lieber selbst unternommen, mußten sich aber sagen, daß es für ihn nicht so groß sei, wie es für sie gewesen wäre. Im Fall eines Angriffs konnte er sich viel mehr auf ihre Hilfe, als sie sich auf diejenige ihrer afrikanischen Begleiter verlassen. Schwarz sagte in deutscher Sprache zu dem Grauen: „Ein wackerer, kleiner Kerl! Beim geringsten Zeichen, daß ihm ein Unfall droht, heben wir den Anker und eilen ihm zu Hilfe!"

„Das versteht sich ganz von selbst", stimmte der Genosse ein. „Der Junge ist mir ebenso lieb g'worden wie dir. Er hat so was Apartes, so was Vornehmes an sich. Möcht' wissen, was für ein Landsmann er ist. Ein Niam-niam g'wiß nit. Dazu passen seine G'sichtszüg' und auch die Hautfarbe nit."

„Auch ich werde nicht klug. Einmal möchte ich ihn für einen Mulatten, das andere Mal für einen Somali halten. Wenn ich ihn nach seiner Abkunft gefragt habe, wußte er mir stets auszuweichen."

„Mir auch. Nit mal die Niam-niam, bei denen er doch wie ein Stammesgenosse lebt, wissen zu sagen, wo seine Heimat liegt. Er scheint sich also auch ihnen gegenüber in das G'heimnis g'hüllt zu haben. Aber daß sie ihn Abd es Sirr - Sohn des Geheimnisses nennen, das läßt vermuten, daß sie seine Abkunft für eine arabische halten."

„Dann wäre er also Mulatte, denn ein reiner Araber ist er nicht. Mir scheint, er hat Schreckliches erlebt. Er lacht nie; höchstens sieht man einmal ein kurzes, leises Lächeln auf seinen Lippen. Hast du ihn jemals spielen und tollen sehen wie andere seinesgleichen bei den Niam-niam?"

„Nie."

„Ich auch nicht. Der finstere Ernst, den er stets zeigt, läßt vermuten, daß er die Erinnerung eines tragischen Ereignisses, unter welchem seine junge Seele schwer gelitten haben muß, in sich bewahrt. Den wenigen religiösen Übungen nach, die man bei ihm beobachtet, ist er Mohammedaner. Hast du ihn einmal beten hören?"

„Im Gebet gesehen hab' ich ihn bereits, g'hört aber noch nit. Er betet nit zu den vorg'schriebenen Zeiten, sondern nur dann, wann er meint, nit g'sehen und beobachtet zu werden."

„Ich habe ihn zweimal belauscht. Er betet die Fathha, hinter den beiden Worten Weltenherr und Allerbarmer fügt er die gar nicht in diese Sure gehörenden Ausdrücke Mir itakam - Herr der Rache und Sabit el meglis - Oberster des Gerichts hinzu. Das deutet darauf, daß er sich mit einer Rache trägt."

„Das hab' ich auch schon gedacht. Wann er glaubt, allein zu sein, so brütet er finster vor sich hin und ballt und dreht dabei die Fäust', als ob er einen da hätt', den er erwürgen wollt'. Dabei verdreht er die Augen und knirscht mit den Zähnen, daß man schier meinen möcht', er... halt', schau mal! Da kommen s' geflogen! Kennst sie auch bereits?"

Er war aufgesprungen und deutete erregt auf eine Vogelschar, welche quer über den Fluß geflogen kam. Indem er mit den Augen dem Flug derselben folgte, bewegte sich auch seine lange Nase von der rechten nach der linken Wange, als ob sie für sich ebenso diese genaue Beobachtung machen wolle.

„Ja, ich kenne sie", antwortete Schwarz. „Es sind Bienenfresser, Merops caeruleo cephalus. Herrliche Vögel! Siehst du ihr prachtvolles Gefieder in der Sonne wie lauter Smaragde und Rubine funkeln?"

„Natürlich schau ich das gerade so wie du. Weißt auch ihren hiesigen Namen?"

„Ja. Man nennt sie Dschurull."

„Warum?"

„Weil ihre Stimme gerade wie diese zwei Silben klingt."

„Hast recht, bist kein übler Vogelkenner. Jetzt sind s' weg, in die Bäum' hinein." Er setzte sich wieder nieder, wobei seine Nase sich in ihre ordnungsmäßige Lage zurück begab, und fuhr fort: „In Europa gibt's nur a einzige Art des Bienenfressers, Merops apiaster, mit weißer Stirn, blauem Augenstreif, blaugelbem Kinn, meerblauer Brust und grünblauen Handschwingen. Ich tue mich gerade für diese Vögerl außerordentlich verinteressieren, weil so a Merops der erste Vogel war, den ich 'zeichnet und dann wieder auf den Rücken g'malt erhalten hab'."

„So? Von wem?"

„Vom Professor der Naturg'schichten. Ich hatt' mir von ihm a Buch ausg'borgt, in dem ein Bienenfresser in Holzschnitt abg'bildet war. Es hat mich verdrossen, daß er so schwarz ausg'schaut hat; darum nahm ich schnell den Malkasten her und hab' das Bild so bunt ang'strichen, daß dabei die Farben fast ausgang'n sind. Nachher hat der Professor das entdeckt und mich mit in seine Stub' g'nommen, wo er mir mit dem Lineal den Merops so nachhaltig auf den Rücken koloriert hat, daß mir darüber das G'sicht und G'hör vergangen ist. Dieses Konterfei konnt' ich zwar nicht sehen, weil's eben auf dem Rücken war, aber so grün und blau wie der Merops ist's sicher g'wesen, und g'fühlt hab' ich's noch wochenlang. Dieser Professor hat überhaupt einen g'heimen Blitz auf mich g'habt, weil ich ihn immer nach Dingen g'fragt hab', die er nit beantworten konnt'. Dafür hat er mich dann im Examen tüchtig ausg'wischt. Hab' ich's dir vielleicht schon verzählt?"

„Nein", antwortete Schwarz sehr ernst.

„Nun, ich sprech gar nie davon, dir aber kann ich's schon mal sagen. Das war, als ich in der Quart' g'sessen bin. Weil's Examen 'geben hat, hab' ich ein reines Chemisetten umg'bunden und dazu den neuen, schönen Schlips um den Hals, denn ich hab' denkt, daß es mir, so trefflich herausg'putzt, gar nit fehlen kann. Aber es ist halt anders kommen. Nämlich als ich an die Reihe kam und deshalb aufg'standen bin, um die Frag' in schuldiger Ehrfurcht entgegenzunehmen, was hat der Professorn da g'sagt?"

„Nun, was?"

„Warum die Vögel Federn haben, hat er mich g'fragt."

„Das war freilich für dich eine heikle Sache. Was hast du geantwortet?"

„Was ich für eine Antworten geben hab'? Nun, zunächst hab' ich die Augen zug'drückt und g'wartet, ob mir vielleichten ein Einfall kommen will, und sodann, als keiner 'kommen ist, hab' ich..."

„Abd es Sirr!" rief in diesem Augenblick einer der Ruderer, den Grauen unterbrechend, indem er mit der Hand flußaufwärts deutete.

Der Steuerer kehrte zurück. Er hatte sein Floß am Ufer aufwärts geschafft und kam nun auf demselben um die Spitze des Schilffelds und auf das Boot zugetrieben. Als er dasselbe erreicht und sich hinein geschwungen hatte, meldete er: „Der Wald ist leer; ich habe keinen Feind gesehen."

„Auch Tolo nicht?" fragte Lobo besorgt.

„Nein; aber wir werden nun nach ihm suchen und ihn gewiß finden. Ich ging bis vor die Bäume hinaus und sah Reiter, welche sich über die Chala - Steppe entfernten."

„In welcher Richtung?" fragte Schwarz.

„Zwischen Süd und West."

„So sind sie fort. Hoffentlich befindet sich Tolo nicht als Gefangener bei ihnen. Wir wollen sofort ans Ufer und nach ihm forschen."

Der Anker wurde aufgewunden und das Boot an Land gerudert. Lobo konnte nicht den Führer machen, da ihn seine Wunde am Gehen verhinderte. Er blieb also bei den beiden Schwarzen, welche zur Bewachung des Fahrzeugs zurückgelassen wurden, beschrieb aber den Ort, an welchem der Subakh- und der Lubahnbaum standen, so genau, daß die Suchenden nicht fehlgehen konnten.

Schwarz hatte sein Fernrohr mitgenommen. Er führte seine Begleiter zunächst bis an den Rand des Waldes, um sich zu überzeugen, daß der Steuermann richtig beobachtet habe. Er kam noch zeitig genug, um die abziehende Sklavenjägerschar durch die Gläser zu erkennen. Dann wurden die beiden Bäume aufgesucht.

Es war im Wald kein Laut zu hören; nur vom jenseitigen Ufer klang das „Nuk-nuk, kur-nuk“ eines Pfauenkranichs herüber. Doch als sie die erwähnten Bäume erreichten, hörten sie ein leises, leises Wimmern in der Luft. Es kam aus den dichten Zweigen, deren Belaubung die Gestalt des Obensitzenden nicht zu erkennen erlaubte.

„Tolo, bist du da oben?“ fragte Schwarz.

Es erfolgte keine Antwort, doch wurde das Wimmern lauter. Da die Wiederholung der Frage denselben Erfolg hatte, schwang Schwarz sich auf den untersten Ast und kletterte dann weiter hinauf. Er sah den Schwarzen über sich sitzen, die Arme krampfhaft um den Stamm geschlungen.

„Wir suchen dich, komm herab!“ rief er ihm zu.

Der arme Mensch schrie wie in höchster Todesgefahr auf und antwortete: „Tolo tot machen, immer Tolo tot machen, aber nur Lobo leben lassen. Lobo ist gut, hat Tolo retten wollen!“

„Ihr seid beide gerettet. Komm herab; es geschieht dir nichts. Wir sind deine Freunde und werden dich beschützen.“

„Das ist nicht wahr. Du bist weiß; du bist ein Araber, ein Sklavenjäger; du gehörst zu Abd el Mot!“

„Nein, ich bin sogar sein Feind. Ich meine es gut mit dir; ich will dich retten. Komm mit mir herab!“

„Tolo kann nicht klettern; Tolo ist jetzt viel zu schwach dazu.“

„So werden wir dir helfen.“

Der Schwarze war durch die Anstrengung der Flucht und die darauf folgende große Angst um seinen Freund so ermattet, daß er sich wirklich kaum mehr festzuhalten vermochte. Schwarz rief zwei Niam-niam zu sich herauf, und dann gelang es der vereinten Kraft der drei Männer, den armen Menschen vom Baum auf die Erde zu schaffen.

Er sah noch immer nicht ein, daß er gerettet sei. Er wollte es trotz aller Versicherung nicht glauben und wimmerte unaufhörlich fort. Er konnte kaum gehen und mußte unterstützt werden, als man jetzt zum Boot zurückkehrte. Am Ufer angekommen, sah er Lobo auf der Ruderbank liegen. Einen lauten Schrei der Freude ausstoßend, brach er bewußtlos zusammen. Er mußte in den Kahn getragen werden.

Lobo war außer sich vor Entzücken, als er sah, daß sein Freund gerettet sei. Zugleich aber verursachte ihm die Bewußtlosigkeit desselben große Sorge. Die beiden Deutschen beruhigten ihn durch die Versicherung, daß Tolo bald wieder erwachen werde.

Dies geschah allerdings in sehr kurzer Zeit; der Schwarze erwachte, aber die Besinnung war ihm nicht zurückgekehrt. Er wand sich hin und her, stöhnte und wimmerte, und bat unausgesetzt um Gnade für seinen Freund Lobo. Die Gefangenschaft, die Anstrengung der Flucht und die Aufregung während der Verfolgung hatten ihn so angegriffen, daß seine Kräfte nun zu Ende waren. Der Arzneikasten mußte wieder geöffnet werden; der Neger erhielt ein beruhigendes Mittel, worauf er in Schlaf verfiel. Er wurde neben Lobo gebettet, welcher die Ruderbank verlassen mußte und in der Mitte des Bootes einen Lagerplatz erhielt.

Jetzt wurde über das, was vorzunehmen sei, eine Beratung gehalten. Lobo drang darauf, daß ein Bote zu den Bewohnern des Dorfes Ombula gesendet werde, um diese vor den Sklavenjägern zu warnen. Er selbst konnte nicht gehen, Tolo ebensowenig. Von den Niam-niam wollte sich keiner dazu verstehen, den gefährlichen Auftrag zu übernehmen; sie kannten den Weg nach Ombula nicht und hatten überhaupt keine Lust, das Risiko zu übernehmen, unterwegs in Gefangenschaft und Sklaverei zu geraten. So blieben nur die beiden Deutschen übrig. Abd es Sirr, der Sohn des Geheimnisses, hörte den Verhandlungen zu, ohne ein Wort zu sagen. Er war überhaupt ein schweigsamer Mensch, und pflegte nur dann zu sprechen, wenn er gefragt wurde oder wenn er es für nötig hielt.

„Was ist da zu tun?“ fragte Schwarz in deutscher Sprache. „Die Sorge für unsere eigene Sicherheit verbietet, uns mit dieser Angelegenheit zu befassen; aber die Menschen- und Christenpflicht gebietet das Gegenteil. Sollen wir ein ganzes großes Dorf, welches wir retten können, der Vernichtung anheimfallen lassen? Was sagst du dazu, Doktor?“

Die Nase des Grauen stieg mit ihrer Spitze in die Höhe, als ob sie mit ihren beiden weiten Löchern den Sprecher zornig anblicken wolle; die Augenbrauen zogen sich finster zusammen, und dann erklang es im unwilligsten Ton: „Weißt, wannst mich in dera Wildnis nochmal Doktor schimpfst, so hau ich dir a Backpfeifen ins Fenster, daß alle Scheiben entzwei gehen, du Malefizbub, du! Ich sag’ Sepp zu dir, folglich hast du mich Naz zu nennen, und wann dir das nit g’fallt, so kannst gehen, wohin d’ willst! Verstanden?“

„Entschuldige noch dieses Mal, es soll nicht wieder geschehen!" lachte Schwarz.

„Das will ich mir ausg'beten haben. Man muß jedem seine Ehr' geben; aber unter Freunden bedarf es keiner Titel und Komplimenten. Oder willst die Brüderschaft, die wir g'macht haben, etwa wieder aufheben?"

„Das kann mir nicht einfallen!"

„Schön! Wärst auch übel dabei wegkommen, denn ich hätt' dich von nun an nicht wiederum Sie, sondern bloß nur Er genannt. Und was nun dieses Ombula betrifft, so werd' ich mal nachschauen, ob ich es auf dera Karten find'. Ich weiß nur, daß es im Gebiet der Belandaneger liegt."

Er zog eine alte, viel gebrauchte und abgegriffene Karte aus der Tasche, faltete sie auseinander, breitete sie auf seinen Knien aus und begann sie zu studieren, wobei sich seine Nase so eifrig von einer Seite nach der anderen bewegte, als ob sie die Absicht habe, den Ort noch eher zu entdecken, als der Name desselben von den Augen erblickt wurde.

„Steht nicht da", sagte Pfotenhauer nach einer Weile, indem er die Karte wieder zusammenlegte und in die Tasche steckte. „Die Belanda wohnen zwischen den Bongo und den Niam-niam, also südwestlich von hier, wohl gegen die Pambisaberge hin; aber wo das Dorf Ombula steht, davon find' ich auf dera Karten nix und in meinem Kopf noch viel weniger."

„Pambisa!" rief Lobo, welcher zwar kein Wort der deutschen Rede verstanden, aber diesen Namen heraus gehört hatte. „Dort ist Ombula."

„Also dort?" antwortete Schwarz. „Wie weit von hier?"

„Drei Tagereisen von der Seribah Omm et Timsah."

„Also zwei und eine halbe von hier aus. Eine Warnung unsererseits würde zu spät kommen. Die Sklavenjäger haben Reittiere, wir aber nicht. Wollte einer von uns diesen Weg machen, so müßte er gehen, und sie würden also vor ihm dort sein."

„Nein", sagte der Steuerer, indem er sich zum erstenmal in dieser Angelegenheit hören ließ. „Man kann doch noch eher hinkommen, als die Araber."

„In welcher Weise?"

„Auf einem schnellen Reitkamel."

„Aber wir haben doch keins."

„Das Volk der Dschur besitzt in dieser Jahreszeit Kamele. Ich kenne ein Dschurdorf, welches westlich von der Seribah Omm et Timsah liegt. Wenn wir es aufsuchen, können wir ein Kamel, oder auch mehrere kaufen oder geliehen bekommen."

„Liegt dieses Dorf weit von der Seribah?"

„Nein. Die Bewohner sind von Abu el Mot bezwungen worden; sie müssen ihm dienen, er bezahlt sie dafür; aber wenn sie können, ohne daß es verraten wird, sind sie sehr gern bereit, ihn in Schaden zu bringen."

„Würden sie wohl dazu zu bringen sein, aus ihrer Mitte einen Boten nach Ombula zu senden?"

„Nein, denn sie befinden sich mit den Bewohnern des Belandalands in Feindschaft. Sie würden sich von dir bezahlen lassen, und den Boten auch wirklich vor deinen Augen absenden, aber er würde gewiß sehr bald umkehren. Wir sind gezwungen, einen von uns zu senden. Ich hätte mich dazu bereit erklärt, aber ich muß im Boot bleiben, da keiner von euch den Fluß kennt, und also steuern könnte."

„So kommen nur wir beide in die engere Wahl", sagte Schwarz zu dem Grauen. „Meinst du, daß wir uns mit dieser Angelegenheit befassen?"

„Natürlich! Erstens ist es unsere Pflicht, den Bedrohten zu helfen, und zweitens wird es mir eine wahre Passion sein, diesem Abd el Mot eine Nase zu drehen, die fast noch größer ist als die meinige. Ich werde also schauen, daß ich ein Kamel bekomme und dann nach Ombula reiten."

„Das kann ich nicht zugeben. Ich habe dieselbe Verpflichtung wie du. Die Sache ist außerordentlich gefährlich, und so mache ich den Vorschlag, daß wir losen."

„Hab' nix dagegen. Gefahr gibt's hier überall. Ob ich mit dem Boot deinem Bruder entgegen fahr', oder ob ich nach Ombula reit', das ist schnuppe; denn hier wie dort kann's einem ans Leben gehen."

„So nehmen wir zwei Stück Schilf, ein langes und ein kurzes, und dann..."

„Nein!" fiel ihm Pfotenhauer in die Rede. „Wir selbst wollen das Los nit machen. Die Vögel mögen zwischen uns entscheiden. Paß auf, wenn wieder einer über den Fluß kommt. Fliegt er von drüben herüber, so gilt's für dich; fliegt er aber von hier hinüber, so mußt du die Botschaft übernehmen. Soll's so gelten?"

„Ja, ich bin einverstanden. Zugleich wollen wir die unterbrochene Fahrt wieder aufnehmen, damit wir sobald als möglich das Dorf der Dschur erreichen."

Die Niam-niam erhielten den Befehl, zu den Rudern zu greifen. Auch wurden sie aufgefordert, auf die Vögel aufzupassen. Der Sohn des Geheimnisses erklärte: „Da nur fünfzig Männer in der Seribah zurückzubleiben pflegen, so brauchen wir uns nicht zu fürchten. Wir können uns sehen lassen und ganz offen vorüber rudern. Dann legen wir am linken Ufer unterhalb der Seribah an, verbergen das Boot im Schilf, und ich führe euch zu dem Dorf, dessen Schech ich kenne."

Er steuerte das Boot nach der offenen Mitte des Stromes, und dann flog es, von den Rudern getrieben, wie ein Pfeil den Fluß hinab.

Die Arznei hatte gewirkt. Tolo lag im tiefen Schlaf, und auch Lobo schloß die Augen und schlief ein. Er wußte, daß jemand seine Landsleute warnen werde, und fühlte sich nun von der Sorge frei, welche ihn so schwer bedrückt hatte.

Achtes Kapitel

Ein neuer Gefährte

Die beiden Deutschen saßen still am Bug des Fahrzeugs. Die bevorstehende Trennung sollte nur eine kurze sein, konnte aber auch eine lebenslängliche werden. Der Vater des Storchs arbeitete innerlich; das war seinem Gesicht abzunehmen, welches sich von Minute zu Minute in andere Falten legte. Die Nase war unausgesetzt tätig. Bald blickte sie nach rechts und bald nach links, bald hob und bald senkte sie sich. Er half mit der Hand nach, schob sie herüber und hinüber, räusperte sich, schluckte und knurrte leise vor sich hin und sagte endlich: „Wann's einem so zu Herzen geht, dann mag der Teuxel Schlittschuh fahren! Wir müssen bald aus'nander, und keiner weiß, ob er seinen guten Kameraden jemals wieder schaut. Aber was soll man machen? Ich würd' mich für den Schuldigen halten, wenn diese Schwarzen getötet oder in die Sklaverei geschleppt würden, ohne daß wir den Versuch g'macht hätten, sie zu warnen."

„Mir ergeht es ebenso. Übrigens darf man sich die Sache nicht so gefährlich vorstellen. Es reitet einer von uns nach Süden und gibt sich Mühe, unterwegs nicht in feindliche Berührung zu kommen. Das ist doch nicht allzu schwer."

„Nein. Doch wenn die Mühe vergebens ist, und er kommt doch mit Feinden zusammen, so ist er allein und wird ausg'löscht, ohne daß der andere ihm helfen kann. Ich wollt', das Los tät mich treffen. Lieber will doch ich derjenige sein, den es trifft."

„Nimm es doch nicht so schwer, alter Freund!"

„Schweig! Wann ich einen lieb hab', so seh' ich ihn nicht gern einer Gefahr entgegengehen, in der ich ihm nit beistehen kann. Das kannst dir doch denken, und... halt, schaust sie? Da kommen's g'flogen!"

Er war aufgesprungen und deutete nach dem jenseitigen Ufer, von welchem eine ganze Schar schreiender und kreischender Vögel herübergeflogen kam. Seine ausgestreckte Hand folgte der Richtung ihres Fluges, und seine Nase, welche sich erhoben hatte, tat ihrerseits ganz dasselbe.

„Kennst sie?“ fragte er.

„Ja. Es sind Sporenkibitze, *Hoplopterus spinosus.*“

„Richtig! Du bist gar kein übler Vogelkenner. Es ist selten, daß sie um diese Zeit so hoch in die Luft gehen. Jedenfalls sind's da drüben von einem Nilpferd aufg'scheucht worden. Weißt du, wie sie hier zu Lande heißen?“

„Siksak.“

„Und warum?“

„Weil sie so schreien.“

„Hast recht. Dieses Sik-sak, sik-sak, wann man's am Morgen aus hundert Schnäbeln hört, klingt gerade so, als ob der Fuchs seinen Namenstag feiert. Jetzt sind's herüber und im Schilf verschwunden, wo sie im Morast nach Schnecken suchen.“

Da er die Vögel nicht mehr sah, setzte er sich wieder nieder und fuhr fort: „Ich will hoffen, daß wir im Dorf der Schur wirklich a schnelles Kamel bekommen. Der von uns, den es trifft, hat sich für sechs Tag' mit Proviant zu versehen. Der andere aber hat zu warten und auf deinen Bruder aufzupassen. Aber wo soll er das tun? In der Nähe der Seribah Omm et Timsah kann er es nicht tun.“

„Nein, das kannst du nicht, weil die Besatzung der Seribah dich nicht sehen darf“, antwortete Schwarz, indem er leise lächelte. „Du wirst vielmehr weiter hinab bis nach der Seribah Madunga fahren, deren Bewohner unser Steuermann kennt. Er sagte, daß wir dort gut aufgenommen würden. An dieser Seribah muß mein Bruder vorüber kommen; du kannst ihn gar nicht fehlen, falls er eher kommt, als ich von Ombula zurückkehre.“

„Du?“ fragte der Graue erstaunt.

„Ja, ich!“

„Du willst nach Ombula? Nit ich soll hin? Wer hat denn das g'sagt?“

„Du selbst hast es so angeordnet.“

„Ich? Ist mir im ganzen Leben gar nit eing'fallen!“

„Oho! Wer hat denn bestimmt, daß der Flug der Vögel entscheiden soll?“

„Ich.“

„Nun, er hat doch entschieden!“

„Davon weiß ich gar nix. Willst mir wohl 'was weismachen? Denkst wohl, daß ich so a Firlfax bin, der...“

Er hielt inne, machte den Mund weit auf und starrte den Gefährten eine ganze Weile sprachlos an. Die Spitze seiner Nase hob sich auch empor, als ob sie ebenso betroffen sei wie ihr

Herr. Dann platzte er los: „Meiner Seel', daran hab' ich ja gar nit mehr g'dacht! Die Sporenkiebitz' sind doch übers Wasser g'flogen!"

„Na, also! Und in welcher Richtung?"

„Von drüber herüber."

„Also bin ich es, auf den das Los gefallen ist. Das gibst du doch zu?"

„Ich muß wohl. Aber dieses nixnutzige G'sindel hätt' auch was Bessers tun können, als da herüber zu kommen. Wär' mir die Flint' zur Hand g'west, so hätt' ich sie alle mit'nander derschossen! Wollen wir nit lieber nochmal losen?"

„Nein. Ich bin für den Ritt bestimmt und werde ihn also ausführen."

„So mag sich von heute an kein Kiebitz mehr vor mir sehen lassen, sonst knall' ich ihm eins auf den Frack, daß ihm der Atem vergeht! Wer hätt' denken können, daß das Los dich treffen tät!"

„Warum sollte es dich leichter als mich treffen?"

„Weil ich's so schlau darauf ang'fangen hab."

„Wieso?"

„Ich hab' g'sagt, wann der Vogel von hier hinüberfliegt, so soll ich g'meint sein. Ich hab' mir natürlich g'dacht, daß wir auf unserer Seiten hier mit dem Boot die Vögel aufstören werden."

„Dann hast du dich freilich verrechnet, denn ein aufgestörter Vogel wird nicht über unser Boot hinweg nach dem fernen rechten Ufer fliegen, sondern vielmehr das nahe, linke aufsuchen."

„Dann darf's nix gelten, weil meine Dummheit schuld ist, daß dich's 'troffen hat."

„Nein, lieber Freund, es gilt. Gib dir keine Mühe! Sie würde unbedingt vergeblich sein."

„Wirklich?"

„Ja."

„So lang mal her und gib mir aane Ohrfeigen, aber a tüchtige! Ich hab's verdient. Wann dir was Böses g'schieht, so werd' ich nie im Leben wieder Ruhe finden! Aber so ist's! Man denkt wunder wie g'scheit man ist, und daß man den Sack bei allen vier Zipfeln hat, und doch macht man Fehler, die kein Schulbub' größer machen kann."

Er senkte den Kopf und zog die graue Bedeckung desselben so tief in die Stirn, daß man von seinem Gesicht nur die Nase sah. Aus der fortwährenden Bewegung, in welcher sich dieselbe befand, war zu schließen, daß er sich mit allerhand reuevollen

Gedanken beschäftigte, denen er aber keinen Ausdruck gab. Er blieb von jetzt an in beharrliches Schweigen versenkt und erhob selbst dann den Kopf nicht, wenn eine Schar von Vögeln über ihn dahin rauschte. Das war das sicherste Zeichen, daß er ungewöhnlich tief in sich versunken sei.

Der Strom floß rasch, und die muskulösen Arme der Neger setzten die Ruder so kräftig in Bewegung, daß es schien, als ob die Ufer am Boot vorüber förmlich aufwärts flögen. Dabei veränderte sich die Szenerie nicht im mindesten. Drüben, zur rechten Hand, sah man nur Schilf und wildes Zuckerrohr, während am linken Ufer der Wald ununterbrochen folgte.

So verging die Zeit. Die Sonne hatte den Zenit längst hinter sich und warf bereits die Schatten der Bäume über die Flut. Da lenkte der Steuerer das Boot mehr dem rechten Ufer zu. Schwarz bemerkte das und fragte ihn nach der Ursache.

„Die Seribah Omm et Timsah ist nahe", antwortete der Jüngling. „Wenn wir unbemerkt vorüber kommen wollen, müssen wir uns möglichst nahe an das jenseitige Ufer halten."

Jetzt erhob der Graue den Kopf zum ersten Mal wieder, um sich die gefährliche Gegend zu betrachten. Da schien seine Nase sofort einen Grund zu ganz besonderer Tätigkeit zu finden. Sie bewegte sich nach allen möglichen Richtungen und schnüffelte die Luft mit hörbarem Geräusch ein.

„Was gibt's? Riechst du etwas?" fragte Schwarz.

„Ja. Du nicht?" antwortete Pfotenhauer.

„Nein. Ich bemerke nicht das Geringste, was mir auffallen könnte. Auch die Neger arbeiten nur mit den Armen und nicht mit den Nasen. Die deinige wird sich also wohl im Irrtum befinden."

„Was? Wie meinst? Meine Nasen soll sich täuschen? Du, da kennst sie schlecht! Die nimmt mehr Luft ein, als ihr alle mit'nander. Auf sie kann ich mich verlassen."

„Nun, was riechst du denn?"

„Es riecht nach Brand."

„Schwerlich! Ich merke nichts."

„Ja, du! Was willst auch merken mit deinem Naserl, was man kaum mit dem Fernrohr derkennen kann!"

„Vielleicht hat dort am Ufer irgend wer ein Feuer angemacht, um sich einen Vogel, einen Fisch oder sonst etwas zu braten?"

„Nein, das ist kein Braten; das riecht versengt, verbrannt, nach Holz und Lehm und Stein, wie wann ein Haus ang'steckt worden ist. Ich wett' auf meinen Kopf, daß da drüben links aan Gebäud' verbrannt ist."

Auch Schwarz spürte jetzt den Geruch; die Niam-niam wurden aufmerksam. Der Steuerer erhob sich auf seinem Platz, wendete das Gesicht dem linken Ufer zu, sog die Luft laut ein und sagte dann: „Es brennt auf der Seribah Omm et Timsah. Anderswo kann es nicht sein. Es ist ein großer Brand, denn der Rauch steigt so hoch auf, daß er dort über den Bäumen liegt."

Er deutete mit der Hand nach der betreffenden Stelle, an welcher man den Rauch dick über die Wipfel steigen sah. Die Schwarzen zogen die Ruder ein, so daß das Boot nur mit dem Strom trieb, und sahen den Sohn des Geheimnisses an, erwartend, was er tun oder befehlen werde. Er prüfte mit scharfen Sinnen die Gegend, die Luft, den Geruch und meinte dann: „Die ganze Seribah brennt. Das ist nur dann möglich, wenn man sie mit Absicht angezündet hat. Bricht in einem einzelnen Tokul Feuer aus, so liegt der Fluß nahe genug, es schnell zu löschen. Die Weißen haben sie vielleicht ganz verlassen, um weiter im Süden eine neue anzulegen. Wir müssen Lobo fragen."

Der Neger wurde geweckt. Als er erfuhr, was man von ihm wissen wollte, war er sehr erstaunt. Er erklärte, ebenso wie der fest schlafende Tolo nichts davon zu wissen, daß man die Absicht gehabt habe, die Seribah ganz zu verlassen und gar niederzubrennen. Und doch blieb der Steuermann bei seiner Behauptung, daß die ganze Seribah brenne. Er meinte, daß man alle Veranlassung habe, so vorsichtig wie möglich zu sein. Darum ließ er das Boot an ein Schilfdickicht treiben und dort festlegen. Es wurde da Rohr geschnitten, um das Fahrzeug so zu maskieren, daß man es vom Ufer aus für eine kleine schwimmende Insel halten mußte. Dann wurde die Fahrt fortgesetzt, aber so, daß das Boot nur mit dem Strom trieb und vom Steuer in der Richtung gehalten wurde.

Je weiter man kam, desto schärfer wurde der brandige Geruch. Die Leute saßen still auf ihren Bänken und beobachteten das linke Ufer, indem sie durch das Schilf blickten, welches rund um das Boot angebunden war. Als man dem Herd des Feuers nahe gekommen war, deutete der Sohn des Geheimnisses hinüber und sagte: „Dort hinter den Bäumen liegt die Seribah! Seht ihr den dicken Qualm, welcher da aufsteigt? Das ist nicht von einer einzigen Hütte, sondern die ganze Niederlassung hat in Flammen gestanden. Die Reste derselben, welche aus Erde bestehen, qualmen noch. Und auf dem Fluß hat es auch gebrannt. Seht ihr die Stelle in der Nähe des Ufers, wo das Schilf schwarz aussieht und der Rauch noch aufsteigt?"

„Der Fluß kann doch nicht brennen", entgegnete der Graue.

„Der Fluß nicht, aber das Schiff, der Noqer, welcher da verborgen lag. Auch er ist angesteckt worden. Das können nur Feinde getan haben. Sollte man die Seribah überfallen haben?"

„Das müßte ganz unerwartet geschehen sein!"

„So etwas geschieht stets unerwartet. Der Feind braucht gar nicht stark gewesen zu sein, daß die Seribah nur noch fünfzig Verteidiger hatte. Vielleicht sind es gar die Dschur gewesen, zu denen wir wollen. Wir müssen unbedingt erfahren, was sich ereignet hat."

„Aber direkt fahren wir nicht hinüber", warnte Schwarz.

„Nein. Wir treiben so weit abwärts, bis wir nicht mehr bemerkt werden, und legen dann im dichten Rohr an."

Es war wirklich der Gestank von verbranntem Mauerwerk, welcher hier auf dem Fluß lag. Die beiden Deutschen mußten also die Ansicht des jungen Steuermanns zu der ihrigen machen. Voller Erwartung harrten sie des Augenblicks, an welchem sie das Ufer erreichen würden.

Dies geschah nach kurzer Zeit. Abd es Sirr lenkte das Boot nun nach rechts, dem Land entgegen. Dort, wo er es erreichte, stand die Omm Sufah wic ein Maisfeld so dick und hoch im Wasser und bis ans Ufer heran. Das Boot wurde, ohne daß man den Anker fallen ließ, mit Hilfe eines starken Palmenseils an den Stamm eines Baumes gebunden. Die Schwarzen durften es nicht verlassen, und der Steuermann sagte ihnen, was sie tun sollten, falls sie von Fremden oder gar Feinden entdeckt würden. In diesem Fall sollten sie sofort vom Ufer stoßen, die Mitte des Stromes gewinnen und sich da abwärts treiben lassen, bis er ihnen vom Ufer aus, an welchem er dem Lauf des Bootes folgen wolle, ein Zeichen zum Landen gebe.

Dann stieg er mit den beiden Deutschen aus, sich nur mit dem Spieß und der Wurfkeule bewaffnend. Die Weißen nahmen ihre geladenen Gewehre, Schwarz auch sein Fernrohr mit. Sie stiegen zwischen den nicht dicht stehenden Bäumen am Ufer empor und schritten vorsichtig durch den schmalen Wald bis an den Rand desselben. Bis hierher hatten sie nichts Verdächtiges bemerkt.

Nun sahen sie die Ebene vor sich liegen, die ihnen einen weiten Ausblick erlaubte. Sie befanden sich im Norden der Seribah, welche als ein großer qualmender Trümmerhaufen vor ihnen lag, und zwar so nahe, daß sie dieselbe in fünf Minuten erreichen konnten. Ein lebendes Wesen war nicht zu sehen; selbst die

Vögel waren von den Flammen und dem späteren Geruch des Brandes verscheucht worden.

Die drei Personen schritten näher, sich immer unter den Bäumen haltend und von Stamm zu Stamm vorsichtig auslugend, ob nicht etwa ein feindliches Wesen vor ihnen verborgen sei. Die Umzäunung war vollständig niedergebrannt. Bald konnte man das Innere der Seribah überblicken. Da, wo eine Hütte gestanden hatte, lag jetzt ein rauchender Erdhaufen, und zwischen diesen Haufen bewegten sich, wie erst jetzt zu erkennen war, dunkle Gestalten.

„Es sind Menschen da!“ sagte der Steuermann. „Wer sind sie? Bewohner der Seribah können es nicht sein. Wüßte ich nur, ob sich Weiße bei ihnen befinden.“

„Das werde ich gleich erfahren“, antwortete Schwarz, indem er sein Fernrohr auszog. Als er mit Hilfe desselben den Platz genau betrachtet hatte, fuhr er fort: „Ich sehe nur Schwarze; auch sind ihrer nicht viele, ich zähle kaum zwanzig.“

„Sind diese Leute bewaffnet?“

„Sie haben Stangen, mit denen sie in den Trümmern herumstöbern.“

„Sie werden für sich holen wollen, was zu retten ist. Wie sind sie gekleidet?“

„Keiner trägt mehr als nur den Schurz um die Lenden. Das Haar liegt wie ein Kranz um den Kopf.“

„Dann sind es Dschur, also Freunde von mir. Ich werde mich an sie schleichen. Irre ich mich und werde ich überfallen, so werde ich laut den Namen Abu Laklak rufen. Dann kommt ihr, mir zu helfen. Eure Gewehre sind mehr als genug, sie alle zurückzutreiben.“

Er legte sich auf die Erde nieder und kroch vorwärts, in den langen Aschestreifen hinein, welcher die frühere Umzäunung bezeichnete. Dann sahen sie ihn hinter einem Trümmerhaufen verschwinden. Sie hielten ihre Gewehre bereit, um, falls er rufen werde, ihm sofort zu Hilfe zu eilen. Minuten vergingen. Dann sah Schwarz durch das Fernrohr, daß die Leute alle sich an einer Stelle versammelten. Zu dem Haufen, der sich dort bildete, traten zwei Männer, welche er bisher noch nicht gesehen hatte. Beide trugen graue Haiks. Der eine war ein Schwarzer, der andere schien kein Neger zu sein.

Nach einiger Zeit löste sich der erstere mit einem Begleiter von der Gruppe und kam mit demselben schnellen Schrittes auf die Gegend zu, in welcher die Deutschen standen.

„Sie kommen zu uns", erklärte Schwarz seinem Gefährten.
„Doch nit in feindlicher Absicht?" fragte dieser.
„Nein. Den einen halte ich für den Anführer der Schwarzen; der andere ist unser Steuermann."
„So haben wir nix zu befürchten. Ich bin neugierig, mit welcher Art von Menschen wir es zu tun haben werden. Wenn's Leute vom Stamm der Dschur sind, so werd' ich's loben."
Die beiden waren jetzt so nahe gekommen, daß man ihre Gesichter deutlich sehen konnte. Der Sohn des Geheimnisses lächelte sehr befriedigt. Der andere war ein dicker Neger, dessen wohlgenährtes Gesicht vor Freundlichkeit glänzte. Er hob schon von weitem die Hände empor, legte sie zusammen und bewegte sie grüßend auf und nieder. Dann blieb er gar stehen, verbeugte sich bis zur Erde nieder und rief: „Salam, salam aleik! Ich heiße euch willkommen! Allah gibt mir große Gnade, indem er euch zu mir sendet. Ich und mein Haus, mein ganzer Stamm mit allen seinen Kriegern steht zu eurer Verfügung."
„Das ist freilich nicht ernstlich zu nehmen", meinte der Graue leise. „Dieser Kerl weiß von Allah gewiß ebensowenig wie sein Kamel von der Sternenkunde."
Laut aber erwiderte er den Gruß mit großer Herzlichkeit, und Schwarz stimmte ein. Der Dicke kam darauf näher, verbeugte sich abermals und fuhr fort: „Ich bin der Schech des Stammes der Dschur, welcher hier in der Nähe wohnt. Wir erblickten heute ein großes Feuer in der Gegend der Seribah und eilten herbei, den Weißen zu helfen. Als wir kamen, waren sie fort, und nun retten wir, was gerettet werden kann."
„Wo sind sie hin?" fragte Schwarz.
„Allah weiß es, ich nicht."
Der Mann war ein Heide, glaubte aber, in den beiden Mohammedaner vor sich zu sehen, darum bediente er sich des Wortes Allah.
„Kennst du die Bewohner der Seribah?" erkundigte sich Schwarz.
„Ich kenne sie alle."
„Wann warst du zum letzten Mal hier?"
„Gestern ist es ein Tag gewesen."
„Was hattest du da zu tun?"
„Abd el Mot ließ mich kommen, um mit mir wegen der Reittiere zu verhandeln, welche ich ihm zum Zug liefern mußte."
„Wohin ging der Zug?"
„Ins Land der Belanda."

„Nach welchem Ort?"
„Das weiß ich nicht. Den Ort sagt er nie, so wenig wie Abu el Mot."
„Wo befindet sich der letztere?"
„Im Land der Homr, doch kehrt er bald zurück."
„Bist du ein Freund von ihm?"
Der Schech zog den Mund von einem Ohr bis zum anderen, was wohl ein diplomatisches Lächeln sein sollte, griff sich verlegen nach dem rund um seinen Kopf liegenden Haarwulst, welcher die Gestalt eines aufgeblasenen Luftkissens besaß, und antwortete: „Herr, ein armer Mann muß der Freund aller großen Herren sein, wenn er nicht aufgefressen werden will. Auch dir diene ich gern, denn ich weiß, daß du mich gut bezahlen wirst."
„Ob ich dich überhaupt bezahle, kommt nur auf deine Aufrichtigkeit an. Weißt du, wann Abd el Mot die Seribah verlassen hat?"
„Am frühen Morgen, ich mußte ihm meine Tiere bereits am Nachmittag vorher bringen."
„Hat er eine Besatzung zurückgelassen?"
„Ja. Er tut das stets und sagte auch diesmal, daß er es tun werde."
„Wo sind diese Leute?"
„Fort. Wohin, das weiß ich nicht", wiederholte er.
„Wer hat die Seribah angebrannt?"
„Die Besatzung ist es gewesen. Sie wird sich empört haben, denn sie ist fort und hat alle Rinder und Schafe mit fortgenommen."
„Ah! Ist es so! Dann ist also Abu el Mot ein armer Mann, wenn er zurückkehrt!"
„Er wird bald wieder reich sein, Herr. Als er ging, sagte er, daß er viele Krieger der Nuehr anwerben und mitbringen wolle, denn er werde bei den Niam-niam Sklaven fangen. Wenn er kommt und sieht, daß die fünfzig Männer die Seribah ausgeraubt haben, so wird er ihnen nachjagen, um sie zu töten und ihnen alles wieder abzunehmen."
„Hat vielleicht Abd el Mot den Brand befohlen?"
„Nein, Herr, gewiß nicht, denn er ist dem Besitzer der Seribah treu."
„So treu wie du!"
Er sah bei diesen Worten dem Negerhäuptling scharf in das fette Gesicht. Dieser verbeugte sich, lachte verlegen und antwortete: „Herr, ich bin einem jeden treu, der mich gut bezahlt."

„Womit läßt du dich bezahlen? Mit Zeug oder mit Rindern?"
„Mit beidem, aber der Abu Noktah - Mariatheresientaler ist mir noch lieber."
„So ist es möglich, daß du einen oder mehrere von mir bekommst. Bist du mit den Belanda in Feindschaft?"
„Ja, Herr; die Blutrache ist zwischen ihnen und uns."
„Aber du kennst den Weg nach ihren Dörfern?"
„Jeder Dschur kennt diese Wege."
„Ich will nach Ombula. Kennst du es?"
„Ja. Es liegt an den Bergen, welche Pambisa genannt werden."
„Hast du vielleicht einen Mann, welcher mich dorthin führen kann?"
„Jeder Dschur kann dich führen. Wenn du drei Abu Noktah bezahlst, will ich dir einen guten Führer geben."
„Ich zahle sie, vorausgesetzt, daß der Mann seine Pflicht erfüllt."
„Er wird sie gewiß erfüllen."
„Nun gut! Er soll mich hin- und auch wieder zurückbringen. Ich zahle ihm freiwillig vier Abu Noktah, aber er bekommt sie erst dann, wenn wir zurückgekehrt sind."
Da schlug der Mann die Hände zusammen und rief aus: „Allah schütze dich, Herr! Was hast du für Gedanken! Du mußt sie sofort bezahlen!"
„Nein, das tue ich nicht."
„Da werde ich sie ja nie erhalten!"
„Warum?"
„Weil du nie wiederkommen wirst. Die Belanda werden dich ermorden und den Führer auch. Darum wird dieser nur so weit mitgehen, als er seines Lebens sicher ist."
„Ah, das ist sehr aufrichtig von dir! Ich werde also gar keinen Führer nehmen, und du wirst keinen Abu Noktah bekommen."
Der Neger sah ein, daß er keineswegs schlau gewesen sei. Um das Geld für sich zu retten, sagte er: „Kein Dschur wird anders als mit Heeresmacht zu den Belanda gehen; aber der Führer wird dich bis zur Grenze ihres Landes geleiten. Dort muß er umkehren. Daß es dann für ihn zu gefährlich ist, wird dir auch der Sejad ifjal sagen, wenn du ihn fragen willst."
Sejad heißt Jäger; ifjal ist der Plural von Fil = Elefant, ein Sejad ifjal ist also ein Elefantenjäger. Einen solchen unter den Dschur zu wissen, war für Schwarz höchst unerwartet, darum fragte er: „Womit tötet dieser Jäger die Elefanten?"
„Mit seinem Gewehr."

„Gibt es denn in deinem Stamm diese Art von Flinten?“
„Bei meinem Stamm? Nein. Er gehört ja gar nicht zu uns.“
„Zu welchem Stamm denn?“
„Das weiß ich nicht. Er ist gar kein Neger, sondern ein Weißer. Wir kannten ihn nicht, sondern nur seinen Namen. Er ist ein sehr berühmter Mann, von welchem alle Menschen erzählen. Er kam heute zum ersten Mal zu uns, gerade als wir das Feuer bemerkten. Da ging er mit uns, um sich die Seribah anzusehen.“
„Wohin will er von hier aus?“
„Das weiß ich nicht. Wir hatten noch keine Zeit, davon zu sprechen.“
„Auch wir wollen die Seribah sehen. Zeige sie uns!“
„Kommt mit, und seid meine Gäste. Feuer ist da, und Fische haben wir auch gefangen; so gibt es also ein Mahl, welches wir euch vorsetzen können.“
Er machte den Führer, und sie folgten ihm. Es gab nicht viel zu sehen. Asche und verbranntes Mauerwerk, welches nur aus Nilschlamm bestanden hatte. Was in den Hütten zurückgelassen und nun gerettet worden war, hatte man auf einen Haufen zusammengetragen, nicht etwa, um es Abu el Mot später auszuhändigen, sondern um es selbst zu behalten.
Schwarz schickte den Steuermann zum Boot zurück, um die Ruderer zu benachrichtigen, daß nichts zu befürchten sei, und dann auf seine Ankunft zu warten. Die Dschurneger standen jetzt beisammen. Bei ihnen befand sich ein Mann, dem es anzusehen war, daß er nicht zu ihnen gehörte. Seine Haut war zwar von der Sonne verbrannt, aber doch viel heller als die ihrige, und seine Gesichtszüge zeigten ebensoviel arabischen wie Negertypus. Seine Gestalt war nicht hoch, aber sehr breit und ungemein kräftig gebaut. Gekleidet war er in einen lichten Haik, dessen Kapuze seinen Kopf bis zur Stirn bedeckte. An den Füßen trug der Bastsandalen, und in der Hand hielt er ein doppelläufiges Gewehr von demselben starken Kaliber wie die einläufige Elefantenbüchse des Slowaken, welcher Vater der elf Haare genannt worden war. Ein langer, grauer Bart hing ihm fast bis auf den Gürtel herab. Sein Gesicht war tief eingefallen. Es machte den Eindruck inneren Leidens und äußerlicher Anstrengungen und Entbehrungen; doch war der Blick seines dunklen Auges lebhaft und von ungewöhnlicher Schärfe.
„Das ist der Sejad ifjal“, sagte der Häuptling, indem er auf ihn deutete. „Er wird mir bezeugen, daß es gefährlich ist, zu den Belanda zu gehen.“

„Ihr wollt zu den Belanda?“ fragte der Fremde, indem er die Deutschen mit einem langen Blick musterte.

„Nur ich allein will hin“, antwortete Schwarz.

„Dann bist du ein kühner Mann. Darf ich erfahren, welchem Stamm du angehörst?“

„Keinem. Ich bin ein Nemsawi - ein Deutscher, welches Volk du wohl nicht kennen wirst.“

„Ich kenne es, denn ich habe bei einem Nemsawi gewohnt, welcher mich aus großer Gefahr errettet und mir dann von seiner Heimat erzählt hat. Dein Vaterland zerfällt in mehrere Länder, deren jedes einen großen, mächtigen Sultan hat; aber der oberste Schah, welcher über sie alle herrscht, wild Uilelem auwalani (Wilhelm der Erste) genannt. Ist es so?“

„Ja“, stimmte Schwarz bei.

„Sein oberster Wesir heißt Bisemar (Bismarck), und sein berühmtester Dschanaral (General) ist Moltika (Moltke) geheißen?“

„So ist es.“

„Du siehst, daß ich dein Land und dein Volk kenne. Ihr habt große Kriege gehabt und alle Schlachten gewonnen, sogar den Sultan von Feransa (Frankreich) gefangen genommen. Ich liebe die Völker, welche tapfer sind, und ich liebe ganz besonders euch, weil ich einem der Eurigen das Leben zu verdanken habe.“

„Darf ich erfahren, welcher Mann das ist?“

„Du darfst es. Ich trage seinen Namen stets auf der Zunge, um ihn zu preisen und ihm dankbar zu sein. Er nennt sich Emin Pascha und beherrscht das Land Wadelai. Kennst du ihn vielleicht?“

„Ja; er ist ein hoch berühmter Mann, welcher alles tut, um den Wohlstand seiner Untertanen zu begründen und zu heben. Besonders duldet er keinen Sklavenhandel, den er in seiner Provinz aufgehoben hat.“

„Das ist recht von ihm, und darum bin ich doppelt sein Freund, obgleich er einer der Eurigen und nicht ein Anhänger des Propheten ist.“

„Wie? Ich halte dich für einen Araber, und so wundert es mich, daß du ein Gegner des Sklavenhandels bist.“

„Ich bin aus Dar Runga und besaß früher viele Sklaven, welche mich bedienten, aber ich hatte einen Feind, welcher mir aus Rache meinen Sohn, mein einziges Kind, raubte und in die Sklaverei führte. Da gab ich sämtlichen Sklaven die Freiheit, vertraute meine Zelte und Herden meinem Bruder an und reiste fort, um den Geraubten zu suchen.“

„Und du hast ihn noch nicht gefunden?“

„Nein. Viele Jahre sind vergangen, und ich sah weder meinen Sohn noch meine Heimat wieder. Ich wandere umher wie der Jahudi el Abadi (Ewige Jude), von welchem die Christen erzählen, daß er in Ewigkeit wandern muß, weil er Isa Ben Marryam die Ruhe versagt hat. Auch den Feind, welcher mir meinen Sohn raubte, habe ich nicht wieder gesehen; nicht die geringste Spur fand ich von den beiden. Nun kann ich nichts anderes tun, als von Land zu Land, von Stamm zu Stamm ziehen, um es dem Zufall zu überlassen, mir Kunde von dem Verlorenen zu geben. Jetzt komme ich von dem Idris und will zu den Belanda und Babukur.“

„Du sagst aber doch, daß es sehr gefährlich sei, die ersteren aufzusuchen!“

„Von hier aus, ja, weil sie mit den hiesigen Negern in Feindschaft leben. Ich werde ihnen aber nicht sagen, daß ich von hier, von den Dschur, komme. Was willst du denn bei ihnen?“

Schwarz antwortete ihm so leise, daß die Neger es nicht zu hören vermochten: „Ich will sie vor Abd el Mot warnen, welcher ausgezogen ist, das große Dorf Ombula zu überfallen.“

„Wissen diese Dschur hier von dieser deiner Absicht?“ fragte der Elefantenjäger ebenso leise.

„Der Häuptling kann es erraten; gesagt aber habe ich es ihm noch nicht.“

„Sprich nicht davon, denn die Dschur sind Freunde des Abu el Mot. Du mußt gewärtig sein, daß sie dir heimliche oder gar gefährliche Hindernisse in den Weg legen. Kommt lieber zur Seite, damit wir ungehört darüber reden können.“

Er führte die beiden so weit von den Schwarzen fort, daß sie von diesen nicht beobachtet werden konnten, und fragte, indem er sich mit den Händen auf sein Gewehr stützte und die Deutschen forschend anblickte: „Warum wollt ihr den Belanda diesen Gefallen tun? Kann es euch nicht gleichgültig sein, ob sie Sklaven werden oder nicht? Seid ihr vielleicht befreundet mit ihnen?“

„Nein“, antwortete Schwarz. „Wir waren niemals dort und kennen sie nicht. Aber nicht nur unsere Religion, sondern auch unser Herz gebieten uns, sie zu warnen.“

„Dann seid ihr nicht diejenigen Christen, welche in andere Länder gehen, um die Völker derselben zu unterjochen und auszunützen, sondern wie Emin Pascha, welcher gekommen ist, seine Leute glücklich zu machen. Aus welchem Grund aber seid ihr überhaupt in diese Gegend gekommen?“

„Um die Menschen, Tiere und Pflanzen, welche es hier gibt, kennenzulernen."

Der Araber schüttelte den Kopf und antwortete: „Das kann euch doch gar keinen Nutzen bringen!"

Schwarz wußte sehr wohl, daß es fremde ausgebildete Völker gibt, deren Angehörige es nicht begreifen können, daß ein Mensch sich den Gefahren ferner Länder aussetzen kann, nur um des Wissens willen. Dennoch antwortete der: „Du hast doch von den verschiedenen Ulum (Wissenschaften) gehört, mit denen sich die Gelehrten beschäftigen?"

„Ja, ich kannte einen, welcher alle Nächte durch ein Rohr die Sterne anschaute. Was hatte er davon?"

„Er berechnete den Lauf der Sterne und bestimmte nach demselben die Zeiten, Jahre, Monden, Tage und Stunden."

„Das war ein guter Zweck. Aber ich habe gesehen, daß Emin Pascha Steine und Pflanzen sammeln ließ. Wozu könnte das dienen?"

„Um die Heilkräfte dieser Pflanzen zu untersuchen und dann mit Hilfe derselben die Kranken gesund zu machen. Die Steine wollte er kennenlernen, um zu erfahren, ob es wertvolle unter ihnen gibt oder gar Erze, Gold und Silber."

„Wenn du es so erklärst, so erkenne ich freilich, daß die Wissenschaft ihre sehr guten Zwecke hat. Gehört ihr auch zu den Gelehrten?"

„Ja. Wir wollen bei den Niam-niam eine Station, einen Ort errichten, von welchem aus wir das Land untersuchen, um diejenigen Tiere, Pflanzen und Steine zu entdecken, deren Verkauf den Bewohnern Nutzen bringen kann. Wenn sie mit Hilfe eines solchen Handels das verdienen, was sie brauchen, so werden sie von dem verderblichen Sklavenhandel lassen."

„Diese eure Absicht billige ich, denn sie ist sehr gut. Ihr seid als die wahren Freunde der hiesigen Völker gekommen."

„Allerdings. Und weil dies der Fall ist, wollen wir die Belanda vor ihren Feinden, den Sklavenjägern warnen. Vielleicht ist es gar nicht nötig, daß ich zu ihnen gehe. Könntest du es nicht übernehmen, ihnen die Botschaft zu überbringen?"

„Nein. Ich würde verloren sein, da sie dann wüßten, daß ich hier bei den Dschur gewesen bin."

„Dann bin ich ja ebenso verloren."

„Nein, denn du bist nicht ein Araber, sondern ein Fremder. Ich werde nach dem Volk behandelt, bei welchem ich mich zuletzt aufgehalten habe. Darum muß ich aus Klugheit die Leute, welche ich aufsuche, stets in der Weise täuschen, daß ich behaupte, von einem befreundeten Stamm zu kommen. Bei euch ist das nicht nötig. Ihr als Fremde seid den Gesetzen der Blutrache nur dann verfallen, wenn ihr selbst, also in eigener Person, das Blut eines hiesigen Mannes vergießt. Woher wißt ihr denn so genau, daß Abd el Mot nach Ombula will?"

Schwarz erzählte ihm das heutige Abenteuer und gab ihm auch über sich und Pfotenhauer soweit Auskunft, daß der Araber am Schluß der Auseinandersetzung sagte: „Bei Allah, ihr seid gerechte, menschenfreundliche und auch sehr mutige Leute! Ich werde gern mit dir nach Ombula reiten, wo ich vielleicht eine Spur meines Sohnes oder seines Entführers finde. Nur mußt du dort verschweigen, daß du mich hier bei den Dschur getroffen hast, da ich sonst, weil ich Gast derselben gewesen bin, bei den Belanda als Feind aufgenommen würde. Erfahren sie es nicht, so vermag ich dich vor Feindschaft zu schützen, denn mein Name ist ihnen gar wohl bekannt. Alle Völker von hier bis hinunter zu den Leuten am Ufer des Tanganyikasees haben Ehrfurcht vor dem Mann, welcher überall nur Sejad ifjal genannt wird."

„So preise ich den Zufall, welcher mich mit dir zusammengeführt hat."

„Ja, du magst ihn preisen, denn ohne mich würdest du nie aus dem Gebiet der Belanda zurückgekehrt sein, denn du wärst ganz gewiß in die Hände der Sklavenjäger gefallen, da du nicht wissen kannst, wie dieselben reisen."

Das klang so selbstgefällig, daß Schwarz es für geraten hielt, zu entgegnen: „So schlimm wäre es wohl nicht geworden. Ich habe mit Menschen zu tun gehabt, welche wenigstens ebenso gefährlich waren, wie diese Jäger es sind, und wenn ich auch die Gegend nicht kenne, so wäre das doch nicht das erste Mal, daß ich mich durch ein feindliches Gebiet zu schlagen hätte."

„Ja, ich weiß es, ich weiß es", nickte der Araber, indem ein überlegenes, aber wohlwollendes Lächeln um seine bärtigen Lippen spielte; „die Gelehrten wissen alles und können alles, und also ist es wohl möglich, daß Allah dir geholfen hätte, den dir hier drohenden Gefahren zu entgehen; aber ich denke, daß ich dir immerhin von einigem Nutzen sein werde. Du bist ein Deutscher; ich wünsche, dein Freund zu sein, und hoffe, daß du mich nicht zurückweisen wirst."

„Dich zurückweisen? Das kann mir gar nicht einfallen! Ich gebe dir vielmehr hiermit die Hand, dich willkommen zu heißen, und sage dir aufrichtig, daß ich mich sehr darüber freue, dich getroffen zu haben."

Der Sejad ifjal schlug in die dargebotene Hand ein und sagte in wohlwollendem Ton: „Ich erkläre, daß ich mit dir gehen und dich beschützen werde. Du scheinst ein mutiger Mann zu sein; aber die Gelehrten verstehen es nicht, gegen den Löwen und Panther, den Elefanten, das Nashorn und Flußpferd zu kämpfen. Ich jedoch lebe von der Jagd dieser Tiere und kann dich von ihnen befreien. Mit deiner kleinen, dünnen Flinte könntest du nicht eins dieser Tiere erlegen. Da sieh dagegen einmal mein Gewehr an!"

Er hielt ihm die alte, schwere Waffe vor die Augen. Jetzt war es Schwarz, welcher mit einem leisen ironischen Lächeln antwortete: „Ja, es ist noch einmal so dick wie das meinige; aber Allah gibt zuweilen auch dem Schwachen Stärke. Doch freut es mich, überzeugt sein zu dürfen, daß ich mich auf deinen Schutz verlassen kann. Es ist fest beschlossen, daß wir zusammen reisen; wann aber bist du zum Aufbruch bereit?"

„Sobald ich mich bei den Dschur hier mit einem neuen Reittier versehen habe. Mein Ochse, der mich hierher brachte, ist abgetrieben, und da unsere Reise schnell vor sich gehen muß, so werde ich ein Kamel oder ein Pferd kaufen."

„Das muß ich auch tun. Bist du mit Geld versehen?"

„Nein. Geld habe ich nie. Ich bezahle alles mit Elefantenzähnen und Nashornelfenbein. Ich kam mit zwei Tieren. Das eine trug mich, das andere die Zähne, welche ich erbeutet hatte. Das reicht mehr als hin, zwei Pferde oder Kamele und auch Proviant für uns einzutauschen. Ich werde den Handel machen, und du kannst mich dann mit Geld bezahlen, damit ich auch einmal ein Silberstück in die Hand bekomme."

„Schön! Aber du wirst es erlauben, daß ich mir mein Tier selbst auswähle!"

„Nein, das darf ich nicht erlauben. Wir dürfen keine Unklugheit begehen. Diesen Dschur ist nicht zu trauen. Sie halten es mit Abu el Mot, welcher in jedem Augenblick zurückkehren kann. Wenn sie ihm sagen, daß du nach Ombula willst, wird er dich töten. Es ist ein Fehler von dir, daß du nach diesem Ort gefragt hast. Du mußt ihn dadurch wieder gutmachen, daß du dir den Anschein gibst, als ob du diese Absicht aufgegeben hättest. Wie du siehst, beladen sich die Dschur soeben mit den Gegenständen, welche sie dem Feuer entrissen haben. Sie werden mit denselben in ihr Dorf zurückkehren, und ich begleite sie. Sobald ich dann den Handel abgeschlossen habe, komme ich wieder, um dich abzuholen."

„So soll ich hier auf dich warten?"

„Ja; aber du mußt dich verbergen, damit Abu el Mot, wenn er ja schon jetzt ankommen sollte, dich nicht finden kann. Du sagst jetzt dem Schech der Dschur, daß du nicht nach Ombula wolltest, da dieser Weg für dich zu gefährlich sei. Ihr kehrt in euer Boot zurück und fahrt mit demselben ab. Sobald man euch von hier aus nicht mehr sehen kann, legst du wieder am Ufer an, um auszusteigen und heimlich hierher zurückzukehren. Siehst du dort links den hohen Hegelik über die anderen Bäume ragen? An seinem Stamm magst du auf mich warten, während dein Boot nach der Seribah Madunga weiter fährt, wo du mit deinen Gefährten wieder zusammentreffen wirst."

Schwarz erklärte sich einverstanden, fügte aber hinzu: „Ich darf mich doch auf dich verlassen? Denke dir meine Lage, wenn mein Boot fort wäre und du nicht kämst!"

„Habe keine Sorge! Ich gebe dir hiermit meine Hand und schwöre dir bei Allah und dem Propheten, bei meinem Bart und bei allen meinen Vätern, daß ich jetzt alles, was du brauchst, für dich besorgen und dann zu dir zurückkehren werde!"

Diesen heiligen Schwur bricht ein Mohammedaner nie; er gibt vielmehr sein Leben daran, ihn zu halten. Darum fühlte Schwarz sich vollständig beruhigt. Gut war es übrigens, daß die Verabredung zu Ende war, denn jetzt kam der Schech herbei, welchem es aufgefallen war, daß die drei Männer so abseits heimlich miteinander verhandelten. Auf seinem Gesicht lag das deutliche Mißtrauen, als er fragte: „Darf ich hören, was hier gesprochen wird? Wir gehen jetzt nach unserem Dorf. Wenn der fremde Herr wirklich zu den Belanda will, so werde ich ihm einen Führer auswählen, der ihn bis an die Grenze bringt."

„Das hat sich erledigt", antwortete der Elefantenjäger. „Diese Männer haben eingesehen, daß es gefährlich ist, jetzt ihren Vorsatz auszuführen. Sie werden also aufbrechen, um ihre Reise fortzusetzen."

„Aber es wurde mir doch Geld versprochen!" meinte der dicke Schwarze enttäuscht.

„Für den Führer, ja; aber da sie ihn nun nicht brauchen, hast du nichts zu verlangen."

„Wohin wollen sie von hier aus?"

„Den Fluß abwärts, bis sie ein Schiff erreichen, mit welchem sie nach Chartum fahren können."

„So erfordert es die Höflichkeit, daß ich sie bis an ihr Boot begleite, um ihnen dort Heil für die Reise zu wünschen.“

Sein Mißtrauen war nicht geschwunden. Er wollte sich von der Abfahrt der Weißen überzeugen. Der Jäger verabschiedete sich sogleich von ihnen, wobei er durch eine heimliche Pantomime zu verstehen gab, daß er sicher Wort halten werde. Der Schwarze aber ging mit ihnen bis zu der Stelle, an welcher ihr Fahrzeug angebunden lag. Er betrachtete die Insassen desselben genau und sagte dann: „Ich muß auf das Geld verzichten; aber ihr werdet nicht abreisen, ohne mir ein Geschenk gegeben zu haben. Ich bin der Schech des Dorfes und habe von jedem Fremden, welcher unser Gebiet betritt, den Tribut zu fordern.“

„Wir haben nur die Seribah, nicht aber dein Dorf betreten“, antwortete Schwarz. „Dennoch will ich dir eine freiwillige Gabe nicht verweigern, damit du Gelegenheit findest, in Freundlichkeit an uns zu denken. Hier, nimm!“

Er hatte, wie jeder Europäer, der die dortigen Länder bereist, einen Vorrat von Handels- und Tauschartikeln bei sich und entnahm demselben mehrere Perlenschnüre, die er dem Neger reichte. Aber in neuerer Zeit sind so viele Glasperlen durch die Händler nach dem Bahr el Dschur gebracht worden, daß diese Ware ihren früheren Wert dort fast ganz verloren hat. Der Häuptling hielt die Schnüre einige Augenblicke in der Hand, warf sie dann in das Boot zurück und rief in zornigem Ton: „So ein Geschenk wagt ihr mir anzubieten? Ich brauche keine Perlen. Hängt sie euch selbst um die Hälse, wenn ihr solche Weiber seid! Allah sende euch schlechten Wind auf eurer Fahrt und tausend Krokodile, die euch fressen!“

Dann rannte er, so schnell es ihm seine Korpulenz gestattete, von dannen. Die Ruderer lachten ihm nach; die Weißen aber nahmen die Sache ernster. Als das Boot vom Ufer gestoßen war und der Mitte des Stromes zustrebte, sagte Schwarz: „Dieser Mensch hatte sich wohl den Empfang einiger Theresientaler eingebildet. Nun mag ich mich nur vor ihm und seinen Leuten in acht nehmen.“

„Ja, vorsichtig wirst du sein müssen“, antwortete der Graue. „Nun darfst dich vor ihnen nit derblicken lassen. Sie schaffen jetzt die Sachen von der Seribah fort, kehren aber gewiß nochmals zurück, um vollends aufzuräumen. Wenn sie dich dabei entdecken, so will ich zwar nit sagen, daß d' verloren bist, doch halt' ich's für besser, daß ich bei dir bleib', bis der Araber kommen ist und ihr glücklich abgereist seid. Was denkst du dazu?“

„Ich gebe dir nicht unrecht; du magst mich also begleiten. Damit auch du dich dann nicht allein befindest, nehmen wir noch einen Ruderer mit. Übrigens wollte ich es den Negern nicht raten, mich zu überfallen; sie würden vor meinen Kugeln gern davonlaufen."

Das Boot hatte jetzt die Strömung erreicht und trieb mit derselben so schnell abwärts, daß man das Ufer bald wieder aufsuchen konnte. Dort wurde das Fahrzeug im Schilf verborgen, und Schwarz versah sich mit den Gegenständen, welche ihm als notwendig erschienen. Dann brach er auf, begleitet von dem Grauen und einem bewaffneten Schwarzen. Der Steuermann erhielt den Befehl, die Rückkehr der letzteren zwei hier zu erwarten und dabei den Fluß im Auge zu behalten.

Auch hier besaß der Wald nur eine sehr geringe Breite, so daß die drei Männer schon nach wenigen Schritten den Rand desselben und die offene Ebene erreichten. Dort schritten sie nun südwärts der Seribah wieder zu.

Nach Verlauf einer Viertelstunde sahen sie die Trümmer derselben, aus denen sich noch immer ein leichter Rauch erhob. Sie mußten, um unbemerkt zu bleiben, ihren Weg nun zwischen den Bäumen fortsetzen und erreichten glücklich den Hegelikbaum, unter dessen Dach sie sich niederließen, um die Ankunft des Elefantenjägers zu erwarten.

Die baldige Rückkehr desselben mußte ihnen umso erwünschter sein, als der Tag schon weit vorgeschritten war und die Sonne sich dem westlichen Horizont schnell zuneigte.

Der Schwarze hatte sich aus Ehrerbietung in einiger Entfernung von den Weißen niedergesetzt. Die beiden letzteren sprachen von ihrer bevorstehenden Trennung, wobei der Graue nicht umhin konnte, seinen Gefährten allerlei gute Ratschläge zu erteilen.

„Hast doch g'nug Patronen eing'steckt, daß d' brav schießen kannst, wannst ang'fallen wirst?" fragte er.

„Versteht sich ganz von selbst", antwortete Schwarz. „Bei einem Ritt, wie ich ihn vorhabe, ist ausreichende Munition das Notwendigste."

„Und wie g'fallt dir der Elefantenjäger? Als Begleiter muß er dir willkommen sein. Ich möcht' ihn für ehrlich halten, hätt' aber doch beinahe g'lacht, als er seine alte Haubitz'n mit deinem G'wehr verglich und dabei versprach, dich mit derselben zu beschützen. Wann's auf den Treffer kommt, wirst halt du es sein, der ihn in Schutz zu nehmen hat."

„Möglich. Er ist mir wirklich höchst willkommen, und ich schenke ihm alles Vertrauen. Sein Schicksal erregt mein Beileid. Ein Vater, welcher lange Jahre hindurch nach seinem geraubten Sohn sucht!"

„Ja, man zählt diese Leut' zu den Halbwilden, aber sie haben ebensogut wie wir Herz und G'müt. Der Mann tut mir wirklich leid, und... halt, schaust sie? Da kommen sie! Es ist a Manderl und a Weiberl. Kennst sie auch schon?"

Er deutete auf zwei regenpfeiferartige Vögel, welche unter den Bäumen daher gelaufen kamen und, als sie die Männer erblickten, vorsichtig stehen blieben. Ihr Rücken war schwarz, ihr Bauch sandfarben, Schwanz und Flügel aber schwarz, weiß und grau gezeichnet.

„Ja, ich kenne sie", antwortete Schwarz. „Krokodilwächter, Pulvianus aegypticus. Dieser Vogel wird schon von Herodot erwähnt."

„Hast recht. Aber weißt auch, wie er von den Leuten hier genannt wird?"

„Ter-, Habobd- und Ghafir et Timsah - Vogel, Großmutter und Wächter des Krokodils."

„Richtig! Bist gar kein übler Vogelkenner, und kannst mir helfen, wann ich später mein Buch schreib'. Schau, da gehen s' wieder fort. Hast auch schon zug'schaut, wann so a Vogel sich dem Krokodil in den offenen Rachen setzt, um das darin befindliche G'würm zu fressen? Die riesige Eidechs' sperrt dabei das Maul sperrangelweit auf, und es fällt ihr gar nit ein, das kleine Viecherl zu stören oder gar zu verschlingen; sie weiß vielmehr recht gut, daß dasselbe sein Wohltäter ist. Dazu g'hört nit bloß Instinkt, sondern die wirkliche Überlegung, die man diesen Geschöpfen so gern absprechen möcht'. So a Tier hat auch Gedanken; es versteht zu folgern und Erfahrungen zu sammeln, und es kann vorkommen, daß so a Wesen klüger handelt als a Mensch, der sich für g'scheit und weise hält."

„Daß du da recht hast, habe ich nicht nur einmal an mir selbst erfahren."

„Wieso?"

„Ganz so wie du: wie oft ist uns ein Vogel oder sonst ein Tier entgangen, welches wir fangen oder erlegen wollten. Es war eben vorsichtiger und klüger als wir."

„Das ist sehr richtig. Es gibt Vögel, welche große Versammlung und Unterredungen abhalten. Ich hab' kürzlich g'sehen, daß wohl an die dreißig Pfauenkraniche im Kreis standen, und aaner in der Mitt' von ihnen, der in einem fort g'schrien hat. Die haben Reichstag oder Abiturientenexamen g'habt, denn einzelne riefen, wann der in der Mitt' mal pausiert hat, ihr Kurnuknuknuknuk dazwischen, als ob sie auf seine Frag' die Antwort zu geben hätten. Vielleicht sind diese Antworten klüger ausg'fallen als manche, die man in unseren Schulen zu hören bekommt."

„Hoffentlich denkst du dabei nicht an dich selbst", antwortete Schwarz, indem ein leises Lächeln um seine Lippen spielte.

„Warum nit? Denkst etwa, daß ich stets hab' richtig antworten können? Freilich sind die Fragen oft so g'stellt gewesen, daß man ganz verblüfft dag'standen hat. Da denk' ich gleich an damals, als ich in der Quarta g'sessen bin. Weißt das vielleicht schon?"

„Daß du auch diese Klasse besucht hast, kann ich mir doch denken!"

„Das mein' ich nit, sondern ich ziel' auf die Frag', welche ich damals bekommen hab'. Ich glaub's nit, daß ich es dir schon verzählt hab'. Es sollt' nämlich Examen sein, und ich hab' a saubres Vorhemd umgebunden und die neue, bunte Krawatt' um den Hals. Als ich dann in den Spiegel schau, hab' ich dacht', daß es um mich gar nit fehlgehen kann. Aber es ist doch anders kommen."

„Wie denn?" fragte Schwarz, als der Erzähler eine Pause machte.

„Das wirst gar nit vermuten können. Der Naturg'schichtsprofessorn hat's nämlich auf mich g'spitzt gehabt, weil ich ihm immer mit Fragen 'kommen bin, die ka vernünftiger Mensch beantworten kann. Dafür hat er mich im Examen auszahlen wollen. Als die Reih' an mich 'kommen ist, bin ich voller Ehrerbietung aufg'standen und hab g'meint, daß man sich wohl über meine Kenntnisse wundern werd'. Aber was sagst dazu, wannst derfährst, daß der Professorn mich g'fragt hat, warum die Vögel Federn haben?"

„Das war freilich hinterwärts gemeint!"

„Ja, er hat mich tüchtig hereinlegen wollen."

„Jedenfalls ist es dir gelungen, dich brav herauszubeißen. Was hast du denn für eine Antwort gegeben?"

„Zunächst hab' ich gar nix g'sagt, sondern nur das Maul aufg'macht, um meine sieben Gedanken in Ordnung zu bringen, und dann, als die Frag' zweimal wiederholt worden ist, habe ich..."

„Dir bahlak - nimm dich in acht!" raunte in diesem Augenblick der Schwarze den beiden Weißen zu, indem er mit der rechten Hand nach der Stelle deutete, wo der Weg vom Fluß nach der Seribah aus dem Wald trat.

Der Erzähler verstummte sofort, denn er erblickte zwei wohlbewaffnete Männer, welche dort standen und starren Blicks den Schutt- und Trümmerhaufen betrachteten. Sie schienen vom Schreck gelähmt zu sein; dann aber rannten sie unter lauten Ausrufen und lebhaften Gestikulationen auf die Brandstätte zu.

„Zwei Weiße!" sagte der Vater des Storchs, indem er ihnen mit den Augen folgte, wobei seine Nase sich zur Seite bog wie der Kopf eines Vogels, welcher von einem Ast herab eine verdächtige Erscheinung betrachtet. „Wo kommen s' her, und wer mögen s' sein?"

„Europäer sind sie nicht", antwortete Schwarz. „Ich halte sie für Leute, welche zur Seribah gehören. Ich vermute das aus dem Entsetzen, welches sie beim Anblick der Trümmerhaufen verrieten."

„Kannst recht haben! Sollten s' zur Schar des Abu el Mot gehören? Sollten s' etwa voraus sein, um seine Ankunft zu melden?"

„Das ist möglich, sogar wahrscheinlich. Ich werde sie beobachten." Er zog sein Fernrohr aus und richtete es auf die beiden so unerwartet Erschienenen. Sie rannten eine Zeit lang auf der Brandstätte umher, dann folgten sie eine kurze Strecke weit den Spuren der abgezogenen Sklavenjäger, und endlich liefen sie in höchster Eile westwärts davon.

„Sie gehen nach dem Dorf der Dschur, um sich nach dem Vorgefallenen zu erkundigen", sagte Schwarz, indem er das Rohr wieder zusammenschob. „Das gibt uns Zeit, nachzusehen, woher sie gekommen sind. Ich vermute, daß ihr Boot unten am Fluß liegt. Komm mit!"

Als die beiden ans Wasser kamen, erblickten sie einen kleinen, schmalen, zweirudrigen Kahn, welcher mit einem Baststrick an eine in das Wasser ragende Baumwurzel befestigt war. Die Stelle, an welcher er lag, war vom Schilf frei. Die Ruder lagen auf dem Boden, sonst war er leer.

„Es ist so, wie wir dachten", sagte Schwarz. „Diese Kerle sind voraus gesandte Boten Abu el Mots. Es steht zu erwarten, daß sie schleunigst zurückkehren, um ihm zu melden, was geschehen ist, und ihn zur Eile anzuspornen."

„Das müssen wir zu verhüten suchen. Meinst nicht, daß wir ihnen das Boot zerbrechen?"

„Nein, denn sie würden daraus ersehen, daß Leute hier waren, welche ihnen feindlich gesinnt sind. Wir binden den Kahn los und lassen ihn abwärts treiben. Dann können sie denken, daß sie ihn nicht fest angebunden hatten.“ Er machte den Strick los und gab dem leichten Fahrzeug einen kräftigen Stoß, daß es weit hinaus in das Wasser schoß. Dort wurde es von der Strömung erfaßt, einige Mal rundum und dann schnell weiter getrieben.

Die beiden kehrten nach dem Baum zurück, an welchem der Niam-niam zurückgeblieben war. Sie warteten mit Sehnsucht auf die Rückkehr des Arabers, doch vergeblich. Es verging noch eine Stunde; die Sonne berührte den westlichen Horizont, und noch immer war der Sejad ifjal nicht zu sehen. An seiner Stelle kamen die beiden Sklavenjäger schnellen Laufs zurück. Sie beachteten die Brandstätte gar nicht und verschwanden im Wald, auf dem Weg, den sie gekommen waren.

„Sie wollen wieder fort“, sagte Schwarz. „Wenn sie sehen, daß der Kahn weg ist, werden sie ihn wohl suchen. Damit sie uns nicht etwa sehen, müssen wir uns verstecken, bis sie fort sind.“

Es gab kein Unterholz, in welches man sich hätte verbergen können. Darum stiegen die drei auf Bäume, deren Wipfel dicht genug waren, den beabsichtigten Zweck zu erfüllen. Vom Ufer her ertönten die Stimmen der enttäuschten Männer. Sie schienen, wie Schwarz vorausgesehen hatte, überzeugt zu sein, daß sie den Strick nicht gehörig befestigt gehabt hatten, denn sie zeigten keinen Verdacht und kehrten ebenso eilig, wie sie gekommen waren, nach dem Dorf zurück. Die drei aber stiegen wieder von den Bäumen herab.

Die kurze Dämmerung ging vorüber, und der Abend brach herein; noch immer ließ der Araber auf sich warten. Die beiden Deutschen wurden umso besorgter, je mehr die Zeit verstrich. Stunde um Stunde verging; es wurde Mitternacht. Da endlich hörte man draußen auf der Ebene das Geräusch von nahenden Schritten.

„Das ist er!“ atmete Schwarz tief auf. „Es sind die Schritte von Pferden oder Kamelen. Ich wüßte nicht, wer außer ihm mit solchen Tieren hierher kommen sollte.“

Er hatte recht, denn vom Rand des Waldes her erscholl der Ruf: „Ja ishab elbet - he, Leute!“

Schwarz erkannte die Stimme des Erwarteten, dennoch fragte er: „Min haida - wer ist da?“

„El Sejad ifjal. Ta' a lihene - der Elefantenjäger. Komm hierher.“

Die beiden Weißen folgten mit dem Schwarzen diesem Ruf, doch vorsichtig. Ihr Mißtrauen war überflüssig, denn als sie die letzten Bäume erreichten, sahen sie zwei an der Erde liegende Kamele, bei denen der Elefantenjäger stand. Die Sterne leuchteten hell genug, um sehen zu lassen, daß er allein war.

„Ich habe gedacht, daß du nicht allein kommen würdest", sagte er, als er die Begleiter Schwarzens erblickte. „Ihr habt mit Schmerzen auf mich gewartet, wie ich mir denken kann; aber es war mir nicht möglich, eher zu kommen."

„Warum nicht?" fragte der Graue.

„Der Schech war mißtrauisch dadurch, daß ich mit euch abseits gesprochen hatte, und euer karges Geschenk hatte seinen Zorn erregt. Er wollte mir keine Tiere verkaufen. Dann kamen die Boten des Abu el Mot, welche unseren Handel unterbrachen."

„Es waren also wirklich Boten von ihm?"

„Ja. Sie sollten verkünden, daß er in zwei Tagen ankommen werde. Als sie hörten, was geschehen war, beschlossen sie, zu ihm zurückzukehren, um ihn zur Verfolgung der Verräter und Brandstifter aufzufordern. Aber sie konnten diesen Vorsatz nicht ausführen, weil sie ihr Fahrzeug nicht sorgsam angebunden hatten. Der Fluß hat es mit sich fortgerissen?"

„Nein, sondern wir haben das Boot losgebunden und dem Strom übergeben, weil wir vermuteten, wer die beiden seien und was sie tun würden."

„Das war klug von euch. Es ist kein Fahrzeug vorhanden, welches sie benutzen könnten, und die Dschur besitzen nicht die erforderlichen Werkzeuge, schnell ein Boot zu bauen. Darum wird Abu el Mot unbenachrichtigt bleiben."

„Wo befindet er sich?"

„Heute ist er zwei Tagereisen abwärts von hier. Er kommt auf dem Wasserweg. Er hat in Diakin zwei Fahrzeuge gefunden und gemietet, einen Sandal und einen Noqer, auf denen er über dreihundert gut bewaffnete Nuehrs nach der Seribah bringt. Der mitgenommene Proviant ist ihm ausgegangen, darum sandte er die Boten auf dem leichten Kahn voraus, um Fleisch und Mehl von der Seribah zu beordern. Er muß nun, wie die Sachen stehen, mit den Nuehrs hungern. Von hier aus kann er nichts erhalten, und in der Seribah Madunga, dem einzigen Ort, an welchem er noch vorüber kommt, darf er sich nicht sehen lassen, weil er mit dem Besitzer derselben in Feindschaft lebt. Er ist also auf das Fischen und Jagen angewiesen, was seine Ankunft sehr verzögern wird. Wenn ihr mit eurem Boot nach Madunga wollt, so rate ich, euch vor ihm in acht zu nehmen. Ihr müßt, sobald ihr seine Schiffe erblickt, anlegen und euch am Ufer verbergen, bis sie vorüber sind."

„Wir werden gleich jetzt aufbrechen und die ganze Nacht fahren. Da wir die Strömung für uns haben, werden wir eher in Madunga sein als er. Du beginnst doch auch gleich den Ritt mit meinem Gefährten?"

„Nein, nicht jetzt, sondern erst, wenn der Morgen graut."

„Warum erst dann?" fragte Schwarz.

„Aus zwei triftigen Gründen. Ihr seid Christen und wißt also wohl nicht, daß der Moslem jede Reise um die Zeit des Asr, drei Stunden nach Mittag anzutreten hat. Ist das nicht möglich, so darf er ausnahmsweise zum Fagr aufbrechen, früh, wenn der Strahl der Sonne erscheint. Keineswegs aber ist es ihm gestattet, nach el Aschia, dem Nachtgebet, eine Reise zu beginnen. Von dieser Regel darf er nur in der höchsten Not abweichen. Ich erlaube dir, nach den Satzungen deines Glaubens zu leben, aber du mußt mir auch gestatten, die Gebote des meinigen zu befolgen. Und selbst wenn ich gleich jetzt mit dir reiten wollte, wozu könnte das nützen? Wir müssen der Fährte der Sklavenjäger folgen, welche des Nachts ja doch nicht zu erkennen ist."

„Aber wenn wir warten, bis es hell geworden ist, so werden die Dschur wieder hierher kommen und mich sehen."

„Sie kommen nicht. Sie sitzen noch jetzt beisammen und trinken berauschende Merissah, worauf sie dann gewiß bis in den Tag hinein schlafen werden. Der Schech war schon vorher betrunken, und das war ein Glück für mich und dich, denn nur der Rausch machte ihn willig, mir diese zwei Kamele abzutreten. Das eine ist mitsamt dem Sattel dein Eigentum, du hast mir dafür fünf Abu Noktah zu zahlen. Dieser Preis ist sehr gering, weil die Kamele hier doch in der baldigen Regenzeit zu Grunde gehen werden, aber dafür fordere ich, daß deine Abu Noktah keine Fehler haben."

Der Mariatheresientaler wird nämlich im Sudan nur dann angenommen, wenn die Prägung deutlich ist, außerdem müssen sich die sieben Punkte des Diadems, von denen der Taler seinen Namen hat, Abu Noktah heißt der Vater des Punktes, ferner auch die Agraffe und die Buchstaben S F scharf zeigen. Fehlt eines dieser Merkmale, so wird der Taler entweder gar nicht angenommen, oder um mehrere Piaster billiger berechnet.

Fünf Taler für ein gesatteltes Kamel war gar kein Preis.

Schwarz hatte Geld zu sich gesteckt, als er das Boot verließ, und bezahlte die Summe sofort. Da es zu dunkel war, als daß die Prägung gesehen werden konnte, so versprach er, ein etwa minderwertiges Stück am Morgen ohne Widerrede auszuwechseln.

Er konnte nichts gegen die religiösen Anschauungen des Arabers tun, und sah sich also gezwungen, die vier Stunden bis zum Morgengrauen hier zu bleiben. Anders war es mit Pfotenhauer. Da dieser noch vor Abu el Mot die Gegend der Seribah Madunga erreichen wollte, so durfte er keine Zeit verlieren; er mußte nach dem Boot zurückkehren und sich also jetzt von Schwarz verabschieden.

„Geb's Gott, daß wir uns bald und glücklich wiedersehen!" sagte er, als er dem Gefährten die Hand reichte. „Nun ich dich fort lassen muß, denk' ich doch, daß die Belanda es gar nicht wert sind, daß d' dein Leben für sie wagst. Sie gehn uns eigentlich gar nix an. Aber, wannst denkst, daß dein G'wissen es gebietet, sie zu warnen, so reit in Gottes Namen zu. Oder willst mir's derlauben, an deiner Stell' es zu tun? Jetzt ist's noch Zeit dazu!"

„Nein, lieber Doktor, es kann mir gar nicht einfallen, dich..."

„Willst gleich schweigen, du Malefizbub' du!" fiel ihm der Graue zornig in die Rede. „Nennst mich schon wieder Doktor! Und zwar gerade beim Abschiednehmen, wo du dir alle Mühe geben sollst, mich nit zu verzürnen!"

„Es war nicht so gemeint; ich habe mich versprochen, es fuhr mir so schnell heraus!"

„So nagel es drinnen fest an, daß es nit heraus kann! Wannst mich nit kurzweg Ignaz oder Naz, oder noch kürzer, Vogelnazi heißen willst, so brauchst gar nimmer wiederzukommen! Hab' ich etwa darum mit dir Brüderschaft g'macht, daß d' mir immer den Titel an den Kopf wirfst, und mich als hoffärtigen Kerl behandelst! Wann dies auch später so fortgehen soll, so bleib lieber bei den Belanda, und laß dich von ihnen als Friseur oder Komplimentenfex anstellen. Jetzt weißt, woran du bist. Leb' also wohl, laß dir nix Böses widerfahren und denk' recht oft an deinen Nazi, der die Augenblick' zählen wird, bis er dich wieder bei sich hat!"

Er eilte davon, gefolgt von dem Schwarzen. Schwarz blickte ihm in tiefer Rührung nach, bis er im Dunkel der Nacht verschwunden war. Der alte, originelle Kauz war ihm ja ungewöhnlich lieb und wert geworden.

Neuntes Kapitel

Die Erzählung des Elefantenjägers

Als Pfotenhauer den Blicken seines Freundes Schwarz entschwunden war, setzte dieser sich nieder, und der Sejad ifjal nahm an seiner Seite Platz. Sie unterhielten sich über ihr Vorhaben, doch war über dasselbe nicht viel zu sprechen. Ihr Plan bestand einfach darin, den Sklavenjägern zu folgen, sobald sie denselben nahe genug gekommen waren, wollten sie zur Seite weichen und einen Bogen reiten, um vor ihnen Ombula zu erreichen.

Dann saßen sie still beieinander. Wovon hätten sie sprechen sollen? Jeder hätte sehr gern über die Verhältnisse des anderen etwas Näheres erfahren, aber beide hielten es für unhöflich, danach zu fragen.

So verging ihnen die Zeit in stillem Sinnen und zeitweiligem Einnicken, bis die laut schallende Stimme eines Kranichs den nahenden Morgen verkündete. Einige Reiher flogen über die Bäume, ein Sporenkiebitz kreischte sein „Sik-sak", das niedrige Volk der Enten und Klaffschnäbel wurde dadurch aus dem Schlaf geweckt und fiel in allen möglichen Tönen ein. Die Sterne des Ostens wichen dem dort aufsteigenden Glanz, und der Elefantenjäger kniete auf seine ausgebreitete Decke, um sein Morgengebet, el Fagr, zu sprechen.

Auch Schwarz faltete die Hände. Wer könnte in dem Augenblick, an welchem eine solche Natur rundum erwacht, nicht dessen gedenken, der sie geschaffen hat!

Nach dem Gebet stieg der Araber, ohne ein Wort zu sagen, in den Sattel; Schwarz folgte diesem Beispiel. Die Kamele sprangen auf und trugen ihre Reiter südwärts, auf der Fährte der Sklavenjäger hin. Der Ritt hatte begonnen, wer mochte sagen, wie er enden werde!

Die Morgendämmerung hatte kaum zehn Minuten gewährt, dann brach der lichte Tag herein. Man konnte weithin die Ebene überblicken. In der Gegend, nach welcher hin das Dorf der Dschur lag, war kein Mensch zu sehen, der Aufbruch der beiden Männer erfolgte also unbemerkt.

Schwarz sah jetzt, daß sein Gefährte sich mit Nahrungsmitteln ziemlich reichlich versehen hatte. Am Sattelknopf desselben hingen einige geschlachtete Hühner und zwei Ledersäcke, welche wohl mit Mehl gefüllt waren. An ein Hungerleiden brauchte also für jetzt nicht gedacht zu werden.

Weniger beruhigend wirkte die Beobachtung der beiden Kamele. Sie waren außerordentlich mager und trugen tiefe Geschwürnarben in der Haut. Waren sie den Krankheiten und Plagen der letzten Regenzeit nicht zum Opfer gefallen, so mußte das in der nächsten Zeit sicher geschehen. Der dicke Schech hatte wohl seine beiden schlechtesten und schwächsten Tiere verkauft. Sie waren zu keinem schnellen Schritt zu bewegen, weder durch Zureden noch durch Schläge. Ein guter Fußgänger hätte recht gut mit ihnen Schritt halten können.

So kam es, daß sie erst gegen Mittag die Gegend erreichten, in welcher gestern Lobo und Tolo gerettet worden waren. Man sah die Fährte deutlich, sie bog von hier nach Südwesten ab, während sich der Nil mit dem Wald in einem weiten Bogen ostwärts wendete.

Die beiden Reiter ließen, ehe sie sich vom Fluß wendeten, ihre Tiere tüchtig trinken, auch hieben sie mit den Messern einen Vorrat von grünen Zweigen ab, welche den Kamelen am Abend als Futter gegeben werden sollten. Dann ging es wieder der Fährte nach, und zwar in der Überzeugung, daß man heute weder Schatten noch Wasser finden werde.

Die Hitze des Mittags wurde so bedrückend, daß die Kamele noch langsamer als vorher gingen. Das erregte in Schwarz die ernstesten Besorgnisse. Er hatte bisher geschwiegen, um seinen Gefährten nicht zu beleidigen, nun aber sagte er: „Hatten die Dschur keine besseren Kamele? Oder hättest du nicht lieber Pferde kaufen sollen?“

„Pferde gab es nicht mehr; Abd el Mot hat sie alle gemietet“, antwortete der Araber. „Und von den Kamelen mußte ich diejenigen nehmen, welche ich bekam.“

„Aber Reitochsen gab es noch?“

„Auch nicht, Abd el Mot hat sie mit. Allah weiß, was geschehen soll!“

„Und ich weiß, was geschehen wird. Wir werden nämlich Ombula zu spät erreichen. Wir kommen nicht schneller vorwärts als die Fußtruppen Abd el Mots, und diese haben einen vollen Tagesvorsprung voraus! Es scheint, daß unsere Tiere eher zusammenbrechen, als rascher gehen werden. Sie sind weder durch Worte noch durch Schläge anzutreiben.“

„So weiß ich noch ein Mittel, welches helfen wird. Wir haben die Zweige der Suffarah abgeschnitten, welche uns helfen sollen."

Er zog sein Messer hervor und schnitt aus der Anschwellung eines dieser Zweige eine kleine Pfeife. Als sie fertig war und er diesem Instrument einen Ton entlockte, spitzten die Kamele die Ohren. Er pfiff weiter, und da setzten sich die Tiere freiwillig in einen ausgiebigen Trott, welchen man ihnen vorher unmöglich hatte zutrauen können.

„Siehst du!" lachte der Araber. „Ich werde auch dir so eine Suffarah anfertigen, dann können wir einander ablösen, um bei Atem zu bleiben."

„Tu es", stimmte Schwarz in heiterer Laune zu. „Hoffentlich gelingt es uns, die Hedschahn - Reitkamele bis Ombula zu pfeifen. An mir soll es nicht fehlen."

Er erhielt eine Suffarah, und dann blies bald der eine, bald der andere, als ob sie es bezahlt bekämen. Sobald die Pfeifen schwiegen, fielen die Kamele in den entsetzlichen langsamen Gang, welcher Zustände erweckte, die denen der Seekrankheit höchst ähnlich sind. Ließen sich aber die schrillen Instrumente hören, so verwandelte sich der Schaukelschritt sofort wieder in schnellen Trott.

So pfiffen sich die beiden Reiter während des Nachmittags über eine weite, dürre und vegetationslose Ebene, bis sie am Abend einen kleinen, fast ganz ausgetrockneten Sumpf erreichten, welcher sich zur Regenzeit wahrscheinlich in einen ganz respektablen See verwandelte.

Da gab es trockenes Schilf zum Feuer genug, aber kein tierisches Leben, außer den halb verhungerten Krokodilen, welche den Schlamm bevölkerten, und, in Ermangelung einer anderen Nahrung, jedenfalls gezwungen waren, während der heißen Jahreszeit von ihresgleichen zu leben.

Der Elefantenjäger war am Mittag und Nachmittag abgestiegen, um das vorgeschriebene Gebet zu verrichten. Jetzt war el Mogreb nahe, das Gebet bei Sonnenuntergang, darum hielt er am Sumpf an und erklärte, daß er hier bleiben werde.

Schwarz fügte sich in das Unvermeidliche. Er war übrigens mit dem heutigen Ergebnis nicht ganz unzufrieden. Die Pfeifen hatten so gewirkt, daß man den Sklavenjägern ein gut Teil näher gekommen war. Der Deutsche hatte an den Spuren gesehen, daß sie ihr Nachtlager eine nicht unbedeutende Strecke rückwärts gehabt hatten.

Nach Einbruch der Dunkelheit wurde ein Feuer angebrannt, teils um ein Huhn zu braten, teils zur Abwehr wilder Tiere. Die Kamele durften wegen der Krokodile nicht allzu nahe an den Sumpf. Sie wurden gefesselt und bekamen die mitgenommenen Zweige vorgelegt. Wasser gab es nicht. Da das Feuer während er ganzen Nacht hell brennen mußte, so konnten die beiden Männer nicht zu gleicher Zeit schlafen, sie waren gezwungen, einander zum Wachen abzulösen.

Darum, und weil der Ritt ermüdet hatte, wurde nur das Notwendigste gesprochen. Als das Huhn, welches dem Deutschen gar nicht mundete, weil es schon in Fäulnis übergegangen war, verzehrt war, konnte ersterer schlafen, während der Araber die erste Wache übernahm.

Nach Mitternacht wurde Schwarz durch einen Schuß aufgeweckt. Er sprang sofort auf und griff nach seinem Gewehr.

„Ma fi schi, bess timsah - es ist nichts, nur ein Krokodil“, sagte der Araber, welcher ruhig am Feuer saß, die rauchende Flinte in der Hand.

Er deutete seitwärts, wo ein riesiges Krokodil sich in Todeszuckungen wand. Der Hunger hatte es aus dem Sumpf nach dem Feuer getrieben, wo ihm die Kugel des Elefantenjägers ins Auge gedrungen war.

„Das ist höchst einladend!“ antwortete Schwarz. „Wollen wir uns nicht etwas mehr entfernen?“

„Ich halte es nicht für nötig. Der Schuß hat die Bestien so erschreckt, daß sich keine mehr heran wagen wird. Lege dich getrost nieder. Du hast noch eine halbe Stunde zu schlafen, um dann bis zum Morgen zu wachen.“

„Unter solchen Umständen beginne ich lieber gleich die Wache. Ich will lieber einige Krokodile erschießen, als mich von ihnen fressen lassen.“

„Wie du willst. Du hast aber gesehen, daß du unter meinem Schutz sicher bist. Ich hoffe, daß ich es unter dem deinigen auch sein werde.“

Er lud den abgeschossenen Lauf wieder und wickelte sich dann in seine Decke. Dieser Mann war jedenfalls kaltblütiger und brauchbarer, als Schwarz bisher geglaubt hatte. Der letztere warf einen Haufen Schilf in die Flamme und übernahm sein Wächteramt.

Die Nacht war für ihn einsam wie noch selten eine. Von fernher tönten undeutliche Stimmen von Tieren, welche sich nicht herbei wagten, weil sie die Anwesenheit der gefräßigen Krokodile kannten, und außerdem vom Feuer zurückgescheucht wurden. Hyänen und Schakale sind ungefährlich. Löwen oder Panther waren nicht zu erwarten, da sich selbst für sie kein genießbares Wasser hier befand. Er hatte also seine Aufmerksamkeit nur gegen den Sumpf zu richten, um, falls abermals ein Saurier sich lüstern nähere, ihm eine Kugel zu geben. Doch erfolgte auch von dieser Seite kein weiterer Angriff.

Die Nacht verging, und kurz vor dem Morgengrauen weckte Schwarz seinen Gefährten, damit dieser die ihm vorgeschriebene Morgenandacht nicht versäume. Vorher hatte er den Kamelen als Futter Schilf vorgeworfen.

Die unverzehrten Hühner waren mittlerweile vollständig ungenießbar geworden, in jenen Gegenden hält Fleisch sich nur stundenlang. Der Araber hatte sie mitgenommen, weil man sie ihm umsonst gegeben hatte. Es gibt dort Stämme, welche Hühner in Menge haben, aber das Fleisch derselben nicht genießen. Er warf sie in den Sumpf, wo sich augenblicklich ein wahrhaft scheußlicher Kampf um das Aas erhob. Die Krokodile verletzten einander dabei selbst. Schwarz sah, daß dem einen ein Bein herausgerissen, dem anderen der Schwanz, und einem dritten ein Stück des Rachens abgebissen wurde.

Nun entfesselte man die Kamele, um den Ritt von neuem zu beginnen. Er war heute nicht so beschwerlich, die Gegend nicht so trostlos wie gestern.

Der Fluß kehrte von seiner großen Krümmung zurück, und die Fährte, welcher man zu folgen hatte, suchte seine Nähe wieder auf. Da gab es Wasser zum trinken, Grün für die Tiere und - Enten für die Menschen. Schwarz erlegte auf einen Schuß zwei derselben.

Die Kamele waren, durch die Pfeifen aufgemuntert, heute noch fleißiger gewesen als gestern. Man erreichte schon kurz nach Mittag die Stelle, an welcher die Sklavenjäger in voriger Nacht Halt gemacht hatten. Das veranlaßte die beiden Reiter, ihren schwachen Tieren eine Ruhestunde zu gönnen. Sie stiegen ab, machten ein Feuer und brieten eine Ente.

Auch während dieses Halts wurde nur wenig gesprochen. Der Elefantenjäger schien ein höchst schweigsamer Mann zu sein, und Schwarz hatte keinen zwingenden Grund, ihn zur Beredsamkeit zu bringen.

Am Nachmittag wurde der bisher ebene Boden wellenförmig, und später sah man zur rechten Hand Höhen liegen, welche nach dem bisherigen Maßstab ganz respektabel erschienen. Von dorther lief ein Chor - Regenbett herab, welchem die Fährte aufwärts folgte. Einige Stellen dieses in der Regenzeit einen Fluß bildenden Bettes waren feucht; in anderen stand sogar noch Wasser. Da gab es pflanzliches und tierisches Leben in Menge. Aber zur Beobachtung desselben war keine Zeit vorhanden, da die Sklavenjäger bis spätestens morgen Mittag überholt werden mußten. Aus diesem Grund wurden die Suffarah heute noch anhaltender als gestern benutzt, und die Wirkung war, daß die Kamele fast über ihre Kräfte liefen.

Der weitere Weg führte zwischen den erwähnten Höhen hindurch und senkte sich dann wieder abwärts nach dem Fluß, welcher abermals einen Bogen gemacht hatte, der durch die Fährte abgeschnitten worden war. Doch blieb die Fährte nicht am Fluß, sondern lief am Rand einer Maijeh hin, um deren äußerste Spitze sie bog. An dieser Stelle mußten die beiden Reiter halten, weil der Abend hereinzubrechen drohte.

Der Nil bildet weit ins Land gehende Buchten, ähnlich den Bayous des Mississippi, welche zur Regenzeit mit Wasser gefüllt sind. Kehrt der Nil dann zu seiner ursprünglichen Breite zurück, so bleibt das Wasser in diesen Buchten stehen, wo es eine lebhafte Vegetation erweckt, um dann später mehr oder weniger auszutrocknen. Viele dieser Vertiefungen sind so energisch eingeschnitten, daß sie selbst in den heißesten Monaten Wasser halten. Sie werden Maijeh genannt, und an einem derselben hielten die beiden Reiter.

Mehrere hundert Schritt vom Rand desselben stand eine riesige Homrah - ein Affenbrotbaum, deren Stamm gewiß über fünfzig Fuß Umfang hatte. Dabei war sie kaum zwanzig Ellen hoch, und ihre jetzt kahlen Äste und Zweige senkten sich mit den Spitzen fast wieder bis zur Erde nieder, so daß der Wipfel eine hohle Halbkugel bildete, in deren Mitte sich der ungeheuere Stamm befand. Dorthin leiteten die beiden ihre Tiere, um da die Nacht zuzubringen. Hier konnten sie sich durch das Feuer leichter vor den Nachtmücken schützen, deren Plage am Wasser viel ärger gewesen wäre.

Während Schwarz eine Sporengans zum Mahl schoß, holte der Araber Brennmaterial herbei, welches in großer Menge vorhanden war. Dann verrichtete er sein Gebet, nach welchem er vier Feuer anbrannte, zwischen denen sich die Reiter und Kamele lagerten. Dies letztere war notwendig wegen der hier vorhandenen Mücken und weil man aus der Nähe der von Tausenden von Vögeln belebten Maijeh auf das Vorhandensein größerer Raubtiere schließen konnte.

Während der Deutsche die Gans rupfte, sie ausnahm und dann an einen über dem einen Feuer improvisierten hölzernen Bratspieß steckte, sah ihm der Araber zu, ohne ein Wort zu sprechen. Er schien auch heute noch nicht aus sich herausgehen zu wollen.

Die Kamele waren am Maijeh getränkt worden, und hatten dann ihr Futter erhalten. Als die Gans gar war, schritten auch die Reiter zum leckeren Mahl. Der Schein der Feuer drang zwischen den Zweigen der Homrah hinaus ins Freie, doch reichten die Blicke der beiden Männer nicht so weit, da sie von vier Flammen geblendet wurden.

Während sie schweigend aßen, hörten sie vor sich ein Knakken der Äste und darauf ein tiefes, ruhiges Schnaufen. Sie blickten auf und griffen nach ihren Gewehren.

„Allah akbar, dschamus, dschamus - Gott ist groß, ein Büffel, ein Büffel!“ rief der Araber.

Im Nu hatte er den Kolben an der Wange und drückte ab, beide Läufe schnell hintereinander, doch leider ohne den erwarteten Erfolg, da er in seiner Aufregung und von den Feuern geblendet, nicht genau gezielt hatte.

Der afrikanische Büffel ist noch viel stärker, wilder und unbändiger als der indische. Er liebt die Sümpfe, schwimmt ausgezeichnet und bricht sich durch das dichteste Unterholz im schnellen Lauf Bahn. Erfahrene Jäger halten seine Jagd für noch gefährlicher als diejenige des Elefanten, Nilpferds und Nashorns. Selbst auf den Tod verwundet, kämpft er fort. Besonders gefährlich sind die einzelnen Umherstreicher, welche wegen ihrer wahnsinnigen Wildheit von ihresgleichen nicht geduldet und aus den Herden ausgestoßen werden. Von ihnen sagt der Sudanese: „Wenn du eine Herde Büffel erblickst, so flieht sie vor dir; findest du mehrere Büffel, so brauchst du sie nicht zu fürchten; begegnest du aber einem einzelnen, so sei Gott dir gnädig!“

Und ein solcher einzelner, ein solcher Umherstreicher war es, der so plötzlich seinen dicken Kopf mit den mächtigen Hörnern und niederhängenden Ohren durch die Zweige steckte. Die Feuer hatten, anstatt ihn zu verscheuchen, ihn vielmehr herbei gelockt. Sie erregten seinen Grimm. Er sah die Männer und die Kamele und wollte sich auf sie stürzen, gerade als der Elefantenjäger ihm die beiden Kugeln entgegen schickte. Sie trafen ihn zwar, aber nur leicht. Er stand einen Augenblick unbeweglich, wie erstaunt, daß man es gewagt habe, an Gegenwehr zu denken, dann senkte er den Kopf und warf sich unter wütendem Gebrüll vorwärts.

„Rette dich hinter den Baumstamm!" rief Schwarz dem Araber zu.

Es bedurfte dieser Aufforderung gar nicht, denn der Jäger war bereits hinter der Homrah verschwunden. Der Deutsche aber blieb kaltblütig stehen, das Gewehr in der Hand. Schon senkte das Tier den Kopf, um ihn mit den Hörnern zu fassen, da sprang Schwarz blitzschnell zur Seite, seine Schüsse krachten - der Büffel stand wie vom Schlag getroffen, unbeweglich; ein Zittern ging durch seine mächtigen Glieder, seine kolossale Gestalt, dann brach er auf demselben Fleck zusammen, auf welchem die Kugeln des Deutschen ihm Halt geboten hatten.

Dieser letztere war nicht von der Stelle gewichen. Um das zu wagen, mußte er seines Schusses außerordentlich sicher gewesen sein. Er griff in die Patronentasche, lud von neuem, und sagte dabei zu dem Araber in so ruhigem Ton, als ob es sich nur um die Tötung einer Fliege gehandelt habe: „Du kannst nun wiederkommen, denn er ist tot."

„Tot?" fragte der andere, indem er sehr vorsichtig nur die Nase sehen ließ. „Das ist nicht möglich!"

„Überzeuge dich!"

„So habe ich ihn also doch gut getroffen!"

„Du? Das glaube ich nicht! Du scheinst ja gar nicht zu wissen, wo sich die verletzbarsten Stellen eines Büffels befinden. Wohin hast du gezielt?"

„Nach der Stirn."

„So wollen wir sehen, welche Wirkung deine Kugeln gehabt haben." Er kniete vor das Ungetüm nieder, um die Stirn desselben zu untersuchen.

„Allah jisallimak - Gott behüte dich!" schrie der Araber entsetzt. „Willst du dich ermorden? Wenn er noch nicht völlig tot ist, bist zu verloren!"

„Habe keine Sorge! Ich weiß sehr wohl, was ich tue. Schau her! Deine eine Kugel hat das Ohr durchlöchert, und die andere ist vom Hörnerwulst abgeglitten. Du kannst es ganz deutlich sehen."

Der andere kam nur zagend herbei, er streckte die Hand weit aus, um das Tier zu betasten; er faßte es am Schwanz und dann am Bein, um sich zu überzeugen, daß es wirklich nicht mehr gefährlich sei; dann erst näherte er sich dem Kopf, um die Stellen zu betrachten, welche er getroffen hatte.

„Allah, Allah!“ rief er aus. „Du hast recht. Ich habe ihn nicht einmal verwundet, denn das Loch im Ohr hat gar nichts zu bedeuten. Wo aber hast du ihn getroffen? Er stand mitten im Lauf, wie von Allahs Faust erfaßt, und sank dann zitternd zur Erde nieder, um sich nicht mehr zu regen.“

„Ich habe ihm den letzten Halswirbel zerschmettert, das hielt ihn fest, und ihn dann ins Herz getroffen, das warf ihn nieder. Ich hatte keine andere Wahl, da er mit gesenktem Kopf auf mich zukam.“

„Du wolltest ihn wirklich an diesen beiden Stellen treffen?“ fragte der Elefantenjäger erstaunt.

„Natürlich!“

„Aber du hast ja gar nicht gezielt!“

„Besser als du. Man kann sehr genau zielen, ohne das Gewehr ans Auge zu nehmen. Ich habe die Mündungen gerade an die Stellen gehalten, die ich treffen wollte. Das muß freilich blitzschnell geschehen, wenn man sich nicht von den Hörnern fassen lassen will. Und seines Gewehrs muß man absolut sicher sein, sonst ist man des Todes.“

Der Araber stand auf, starrte ihn mit einem geradezu ratlosen Blick an und rief dann aus: „Das begreife ich nicht! Du bist ein Gelehrter. Wie darfst du so verwegen bei dem gefährlichsten der Tiere sein!“

„Es ist nicht der erste Büffel, den ich erlege. Ich war mit meinem Bruder in Amerika, einem Land, wo es Herden von Tausenden von Büffeln gab, die wir verfolgt haben. Von mir selbst will ich nicht sprechen, aber glaubst du auch jetzt noch, daß dein Gewehr besser sei, als das meinige, weil es größer und stärker ist?“

„Herr, was ich glauben soll, das weiß ich jetzt noch nicht. Ich weiß nur, daß ich jetzt eine Leiche wäre, wenn du dieses Ungeheuer nicht so schnell erlegt hättest. Es hätte mich und dich, und dann auch noch die Kamele getötet, die nicht fliehen konnten, weil wir ihnen die Füße gefesselt haben. Wenn das kein Zufall ist, wenn du stets so gut triffst, wie jetzt, so wirst du mich besser beschützen können, als ich dich!“

„Wir sind Gefährten und auf gegenseitige Hilfe angewiesen. Keiner darf den anderen in der Not verlassen. Wenn wir das zu unserem Grundsatz machen, so brauchen wir die Gefahren, denen wir entgegen gehen, nicht zu fürchten. Jetzt wollen wir unser Mahl fortsetzen. Da liegt die Gans, um welche es jammerschade wäre, wenn wir sie den Geiern oder Schakalen überließen."

Er setzte sich nieder und schnitt sich ein Stück von dem Braten ab. Der Sejad ifjal wußte nicht, was er zu dieser bewundernswerten Ruhe und Kaltblütigkeit sagen solle. Er hielt es für das beste, dem Beispiel des Gefährten zu folgen; darum legte er erst neues Holz in die Flammen und setzte sich dann nieder, um seinerseits auch der Gans die ihr gebührende Ehre zu erweisen. Er konnte es aber nicht übers Herz bringen, schon nach einiger Zeit zu fragen: „Was tun wir nun mit diesem Abu kuruhn - Vater der Hörner? Wenn er hier liegen bleibt, wird er alle Raubtiere der Umgegend herbeilocken."

„Jetzt noch nicht. Blut ist fast gar nicht geflossen, und da wir ihn nicht öffnen, wird der Geruch während der Nacht nicht bedeutend sein. Übrigens wird kein Löwe sich zwischen diese vier Feuer wagen. Das konnte nur ein so störrisches Tier, wie dieser Ochse war, tun."

„Aber die Kamele fürchten sich vor ihm."

„Sie sind jetzt freilich noch ängstlich, werden sich aber bald beruhigen. Das Fleisch dieses alten Kerls ist ungenießbar. Wir müssen es für die Geier liegen lassen. Unter gewöhnlichen Umständen würde ich das Skelett des Kopfes mit den prächtigen Hörnern mitnehmen, das kann ich aber jetzt nicht, da wir uns auf einem nichts weniger als wissenschaftlichen Ausflug befinden. Also lassen wir diesen Vater der Hörner liegen, wie er ist, und begnügen und mit dem Bewußtsein, den Plan, den er gegen uns hegte, zu Schanden gemacht zu haben."

„Effendi, du bist gerade so ein mutiger und zugleich ruhiger Mann wie Emin Pascha. Ich bewundere und achte dich. Darf ich deinen Namen erfahren, damit ich weiß, wie ich dich nennen soll?"

„Du würdest ihn nicht richtig aussprechen können, darum will ich ihn dir in arabischer Übersetzung sagen. Nenne mich Aswad (Schwarz); das wird genügen."

„Ist er nicht länger?"

„Nein. In meiner Heimat führt man nicht so lange Namen wie bei euch. Ein Mann mit dem kürzesten Namen kann bei uns ein berühmter Held oder Gelehrter sein. Nun darf ich wohl auch deinen Namen erfahren?"

„Noch nicht, Effendi. Als ich Dar Runga verließ, schwor ich bei Allah, meinen Namen abzulegen, bis ich die Spur meines

Sohnes finden würde. Da dies noch nicht geschehen ist, darf ich ihn nicht über die Lippen bringen. Man nennt mich überall den Elefantenjäger. Willst du das nicht auch tun, sondern mir einen Namen geben, so nenne mich Bala Ibn - Ohne Sohn; das ist ein Wort, welches auf mich paßt."

„Ich werde mich dieses Namens bedienen, wenn ich von oder mit dir spreche. Aber hast du auch geschworen, darüber zu schweigen, unter welchen Umständen du deinen Sohn verloren hast?"

„Nein, Effendi. Wie könnte ich jemals hoffen, ihn wiederzufinden, wenn ich nicht davon sprechen dürfte. Ich habe schon Hunderten mein Unglück erzählt, doch keiner hat vermocht, mir einen Fingerzeig zu geben. Ich glaube nun, daß mein Sohn gestorben ist, aber ich bleibe dennoch meinem Schwur getreu und werde nach ihm und seinem Entführer suchen bis Allah mich aus dem Leben nimmt."

Er legte die Hand über die Augen, wie um die tiefe Trauer, welche in seinem Blick lag, zu verbergen, und fuhr dann fort: „Ich war der reichste und angesehenste Mann meines Stammes, der Anführer unserer Krieger und der Oberste im Rat der Weisen; ich pries mich glücklicher als alle, die ich kannte, und ich war es auch bis derjenige kam, welcher mein Unglück verschuldete. Ich liebte mein Weib und mein einziges Kind, einen Sohn, dem wir den Namen Mesuf et Tmeni Sawabi-Ilidschr - Mesuf mit acht Zehen gaben. Da sandte..."

„Wie hieß dieser Knabe?" unterbrach der Deutsche ihn. „Mesuf et Tmeni Sawabi-Ilidschr? Warum hast du ihm diesen Namen gegeben?"

„Weil er nur vier Zehen an jedem Fuß hatte. Ich weiß nicht, ob das bei euch auch vorkommt, bei uns ist es selten."

„Bei uns auch. Aber ich habe Personen gekannt, welchen Finger oder Zehen von der Geburt an fehlen, und auch einen Mann, der sechs Finger, also einen zu viel an jeder Hand hatte."

„Die Finger meines Sohnes waren vollzählig, doch fehlte ihm die kleine Zehe an jedem Fuß; dafür aber hatte Allah ihm eine umso reichere Seele gegeben, denn er war das klügste Kind im ganzen Stamm. Als er noch nicht drei Jahre zählte, begab es sich, daß ein Baija'l abid - Sklavenhändler in unser Duar - Zeltdorf kam, um Sklaven zu verkaufen. Es waren Knaben und Mädchen, auch Frauen, lauter Neger, außer einem Knaben, welcher helle Haut, auch schlichtes Haar und keine Negerzüge besaß. Der Händler errichtete einen Markt bei uns, um seine Waren zu verkaufen, und aus der ganzen Gegend kamen die Beni el Arab herbei, mit ihm zu handeln. Der helle Knabe weinte stets, aber sprechen konnte er nicht, denn man hatte ihm die Zunge herausgeschnitten."

„Entsetzlich! Wie alt war er?"

„Vielleicht vierzehn Jahre. Als der Händler eine Woche bei uns gewesen war, kam plötzlich ein Mann mit mehreren Begleitern aus Birket Fatma zu uns und klagte den Händler an, ihm seinen Sohn gestohlen zu haben. Der Vater war der Spur des Schurken gefolgt und so zu uns gekommen. Der Händler leugnete, er schwor bei Allah, den Mann gar nicht zu kennen. Da er unser Gast war, mußten wir ihn in Schutz nehmen, aber die Erzählung der Männer aus Birket Fatma klang so wahrhaftig, daß wir sie glauben mußten. Es wurde eine Beratung abgehalten, in welcher ich bestimmte, daß der Knabe, welcher eingesperrt gehalten wurde, dem Fremden vorgeführt werden solle. Dieser letztere erhielt den strengen Befehl, dabei ganz ruhig zu erscheinen und kein Wort zu sagen. Der Knabe wurde gebracht. Als er den Fremden erblickte, stieß er Jubeltöne aus und sprang auf ihn zu, ihn zu umarmen und zu küssen. Auch die übrigen Männer aus Birket Fatma begrüßte er mit großer Freude. War das nicht ein Beweis, daß er der Sohn des Fremden sei?"

„Ganz gewiß!" antwortete Schwarz.

„Außerdem beschworen die Leute die Wahrheit ihrer Aussage. Der Händler hatte den Sohn eines gläubigen Moslem gestohlen und zum Sklaven gemacht, welches Verbrechen mit dem Tod bestraft wird. Sodann hatte er dem Knaben die Zunge geraubt, damit dieser ihn nicht verraten könne; darauf mußte eine weitere Strafe erfolgen. Die große Versammlung trat also wieder zusammen, um ihm das Urteil zu sprechen. Dieses lautete auf Tod für den Raub. Für das Herausschneiden der Zunge sollte er täglich die Peitsche erhalten. Und für den Verlust seiner Sprache sollte der verstümmelte Knabe die Sklavenware des Verbrechers empfangen."

„Wurde dieses Urteil vollstreckt?"

„Nur ein kleiner Teil desselben. Nach dem Gesetz mußte der Schuldige dem Vater des Knaben ausgeantwortet werden. Dies konnte erst nach einer Woche geschehen, denn er war unser Gast, als welcher er für vierzehn Tage in unserem Schutz stand. Darum sperrten wir ihn ein, um ihn nach sieben Tagen den Rächern auszuliefern, aber bis dahin sollte er an jedem Tag durchgepeitscht werden. Dies geschah zweimal unter meiner eigenen

Aufsicht. Am dritten Morgen war er entflohen, ohne eine Spur zurückzulassen. Unsere Krieger bestiegen sofort ihre Pferde, um ihn zu verfolgen, aber sie kehrten alle zurück, ohne daß einer ihn gesehen hatte. Die Leute aus Birket Fatma kehrten mit dem Knaben und den Sklaven dorthin zurück, auf die Ausführung des Todesurteils hatten sie verzichten müssen."

„Und dieses Ereignis steht im Zusammenhang mit dem Verlust deines Sohnes?"

„Ja. Nach wenigen Wochen brachte mir ein Bote aus Salamat einen Brief, welcher mit Ebrid Ben Lafsa, dem Namen des Sklavenhändlers, unterzeichnet war. Dieser Hund schrieb, er sei unschuldig verurteilt worden und er werde sich an mir rächen, daß ich bis an mein Ende an den geraubten Knaben aus Birket Fatma denken solle. Einen Monat später war ich mit meinen Kriegern vom benachbarten Stamm zu einer großen Fantasia - kriegerischen Festlichkeit eingeladen. Kaum befanden wir uns dort, so kam uns ein Bote mit der Nachricht nach, daß mein Sohn verschwunden sei. Er war in der Nacht geraubt worden, und am Morgen hing an der Zeltstange ein Brief, in welchem Ebrid Ben Lafsa mir mitteilte, daß er sich meinen Knaben anstelle des anderen geholt habe und daß ich das Kind im Leben nicht mehr erblicken solle.

„Das ist ja teuflisch; das ist geradezu höllisch!" rief der Deutsche schaudernd aus.

„O, er schrieb außerdem, daß er meinen Sohn für die zweimaligen Schläge täglich peitschen und ihm außerdem auch die Zunge nehmen werde. Ich war wie ein Wahnsinniger. Alle meine und auch die benachbarten Krieger streiften weit umher, um diesen Teufel zu ergreifen - vergeblich! Als wir nach Wochen zurückkehrten, lag mein Weib im Fieber, und da ich ihr den Sohn nicht brachte, starb sie nach wenigen Tagen. Als ich sie begraben hatte, tat ich den Schwur, den du kennst. Ich gab meinen Sklaven die Freiheit, vertraute all meine Habe meinem Bruder an und wanderte fort, um meinen Sohn zu suchen. Kein Negerfürst, der unter dem Chedive steht, darf einen weißen Sklaven kaufen; ich mußte also im Norden und Westen suchen. Darum wanderte ich nordwärts nach Wadai, durch die Wüste von Borgu, wieder zurück nach Kanem und Bornu, nach Bagirmi und Adamaua. Ich fragte und forschte an allen Orten, doch stets umsonst. Wenn ich einmal glaubte, die Spur entdeckt zu haben, grinste mir die Enttäuschung bald entgegen. Dann ging ich nach Osten, wo ich ganz Kordon und Dar Fur durchsuchte; aber auch das war vergebens. Die Jahre schwanden, mein Herz lag im Blut und mein Haar wurde grau. Der einzige Erfolg, der sich mir zeigte, war die nunmehrige Einsicht, daß ich dreizehn Jahre lang in falscher Richtung geforscht hatte. Ich wandte mich nun doch dem Süden zu, von Habesch aus bis zu den Galla und den größten Seen, dann zu den Völkern, die im Westen davon wohnen. Zwei Jahre sind seitdem vergangen. Ich lebte von der Jagd. Von den Leiden, die ich überstand, und den Gefahren brauche ich dir nicht zu erzählen. Seit mehreren Monaten durchforsche ich die Gegenden der vielen Wasser, aus denen sich der Bahr el Abiad bildet. Ich bin da als Sejad ifjal bekannt geworden, aber meinen Sohn werde ich auch hier nicht finden; ich habe darauf verzichtet, denn er wird seinen Leiden längst erlegen sein. Doch bitte ich Allah täglich um das eine, mich mit Ebrid Ben Lafsa, falls er noch lebt, zusammenzuführen. Sollte ich diesem hundertfachen Teufel begegnen, so siebenmal siebenmal wehe ihm! Die Hölle wird keine der Qualen haben, die er von meiner Hand erdulden soll!"

Diese letzten Worte hatte der unglückliche Vater in einer Weise durch die Zähne geknirscht, daß es seinen Nachbarn schauderte, dann senkte er den Kopf und legte sein Gesicht in die Hände. Er fuhr fast erschrocken aus seinen düsteren Gedanken auf, als Schwarz nach einiger Zeit in mildem Ton sagte: „Allah ist allmächtig und allbarmherzig. Vielleicht hast du einst deine Sklaven hart behandelt, und da hat er dir zeigen wollen, welch ein unbeschreibliches und unendliches Herzeleid das Wort Sklaverei umfaßt."

Der Araber stöhnte auf, dann seufzte er schwer: „Ich war ein jähzorniger Gebieter. Mancher Schwarze ist unter meiner Peitsche gestorben; einigen habe ich die Hände abhauen, einem auch die Zunge nehmen lassen, weil er mich mit derselben beleidigte. Nach dem Verschwinden meines Sohnes kam die Reue über mich, und ich gab sie alle frei."

„So hat meine Vermutung mich nicht getäuscht. Alle Menschen, die weißen und die schwarzen, sind Gottes Kinder. Allah hielt Gericht über dich; nun er aber deine Reue gesehen und deine Leiden gezählt hat, wird er Gnade walten lassen. Ich bin überzeugt, daß du deinen Sohn wiedersehen wirst, vielleicht schon bald."

„Nie, nie!"

„Sprich nicht so! Warum willst du an Gottes Gnade verzweifeln? Bietet dein Glaube dir keine Versöhnung zwischen der göttlichen Liebe und dem reuigen Sünder? Du glaubst nicht an den großen Erlöser aller Menschen, welcher am Kreuz auch für dich gestorben ist, so sei wenigstens überzeugt, daß Allah alle deine Klagen, auch die jetzigen, vernommen hat, und daß seine Hilfe sich vielleicht schon unterwegs zu dir befindet."

„Das ist undenkbar", antwortete Bala Ibn. „Wollte er mir helfen, so hätte er es schon längst getan."

„Er allein weiß es, warum er es noch nicht tat. Vielleicht hast du deine frühere Härte noch niemals so erkannt wie heute."

Es fiel dem Araber sichtlich schwer, hierauf eine Antwort zu geben. Er sah eine Weile schweigend vor sich nieder und gestand dann: „Niemand wagte es, mich darauf aufmerksam zu machen, und ich selbst war nicht ganz aufrichtig gegen mich. Du bist der erste, der mir in deutlichen Worten sagt, daß ich mich an meinen Sklaven versündigt habe, und gerade daß du es bist, der Fremde, der Christ, der keine meiner früheren Grausamkeiten kennt, und den ich eigentlich als einen Giaur verachten sollte, das zeigt mir die Vergangenheit in ihrer ganzen blutigen Beleuchtung. Ich kann nie wieder gut machen, was ich tat; ich verdiene es nicht, meinen Sohn wiederzufinden. Und doch würde ich mich im höchsten Himmel Allahs fühlen, wenn es mir vergönnt wäre, ihn noch einmal zu sehen, selbst wenn... wenn ihm die Zunge fehlte, sodaß er nicht einmal den Vatersnamen lallen könnte!"

Er hatte mit tief ergreifender Innigkeit, mit einer wahren Inbrunst gesprochen. Der Deutsche legte ihm leuchtenden Auges und freudeglänzenden Angesichts die Hand auf die Schulter und sagte: „So ist es recht; so will Allah es hören, und nun darfst du die Überzeugung hegen, daß er den Wunsch deines Herzens erfüllen wird. Schon sehe ich die Erhörung nahen, und vielleicht wird sie dir dadurch zu teil, daß du dich mir so aufrichtig geoffenbart hast."

„Durch dich? Welch ein Wunder wäre das! Die Männer meines Stammes und befreundeter Stämme haben vergebens mit mir nach dem Verlorenen gesucht. Dann habe ich fünfzehn Jahre lang fast diesen ganzen Erdteil ohne Resultat durchforscht, tausend Einheimischen habe ich die Geschichte meiner Leiden erzählt, worauf sie ihre Mühe mit der meinigen vereinten, und trotzdem ist mir auch nicht der kleinste Hoffnungsschimmer geworden. Da habe ich dich, den Abendländer, getroffen, der unsere Länder, unsere Völker und unsere Verhältnisse gar nicht kennt und sich erst so kurze Zeit hier befindet. Ich spreche zu dir von meinen Wünschen, weil du dich zufällig nach meinem Namen erkundigt hast, und dennoch solltest gerade du der Auserwählte sein, durch den mir Erhörung beschieden ist? Ich wiederhole, daß dies ein unbegreifliches Wunder wäre."

„Es geschehen noch täglich Wunder, doch auf viel einfachere Weise, als sie früher zu geschehen pflegten. Wie nun, wenn ich deinen Sohn gesehen hätte, wenn ich ihm begegnet wäre? Kommt dir das so undenkbar vor?"

„Nein; aber es kann, es kann nicht sein!"

„So bist du dem Allerbarmer gegenüber ein Giaur, und ich bin der Gläubige. Willst du der Botschaft Allahs nur deshalb nicht glauben, weil ein Christ der Bote ist?"

Bala Ibn warf einen langen, forschenden Blick in das vor Genugtuung strahlende Gesicht des Deutschen, seine düsteren Züge gewannen mehr und mehr Licht, seine Augen wurden größer und größer und seine Stimme zitterte, als er sagte: „Allah gibt den Tod, er sendet auch das Leben. Dein Gesicht sagt mir, daß du deine Worte nicht ohne Grund gesprochen hast. Vielleicht glaubst du, mir eine frohe Nachricht geben zu können, ich bin überzeugt, daß du dich irrst, daß es wieder eine jener Täuschungen ist, deren ich hunderte überwunden habe; aber rede, sprich! Kennst du eine Person, welche mein Sohn sein könnte?"

„Ja."

„Wie alt ist er?"

„Ungefähr achtzehn Jahre."

„Wo befindet er sich?"

„Er lebt bei den Niam-niam."

„Wie heißt er?"

„Er wird Abd es Sirr - Sohn des Geheimnisses genannt, das ist ein Beweis, daß er von unbekannter Herkunft ist. Der Sohn des Fürsten der Niam-niam ist sein Busenfreund. Ich habe einst ein Gespräch dieser beiden belauscht und dabei bemerkt, daß dieser Sohn des Geheimnisses, wenn kein anderer es hört, sich von seinem Freund Mesuf nennen läßt."

„Allah ist groß! Aber das wird nur ein Zufall sein."

„Ich glaube nicht. Kommt der Name Mesuf so häufig vor?"

„Nein. Ich habe außer meinem Sohn keinen zweiten gefunden, der ihn führt."

„Und ich hörte ihn bei jenem Gespräch zum ersten und heute von dir zum zweiten Mal."

„Von welcher Farbe ist der Jüngling?"

„Er ist vielleicht etwas dunkler als du in seinem Alter gewesen bist."

„Das stimmt, das stimmt! Er mußte dunkler sein. Vielleicht ist es doch ein Strahl, der mir heute von dir in meine Dunkelheit geworfen wird. Aber die Hauptsache, die Hauptsache! Hast du die Füße dieses Jünglings gesehen?"

„Ja. Er hat nur vier Zehen an jedem Fuß; die beiden kleinen Zehen fehlen."

„Gott ist groß; Gott ist barmherzig und gnädig!" rief der Araber fast überlaut. „Mein Herz gewinnt neues Leben, und ich habe ein Gefühl, als ob mein Haar in diesem Augenblick wieder dunkel werden wolle. Ich möchte vor Wonne jauchzen, aber ich darf es nicht, denn wenn ich auch jetzt mich wieder irrte, so würde meine Kraft, es zu ertragen, vielleicht zu Ende sein. Ich darf es nicht wagen, mich mit Zuversicht an deine Worte zu hängen. Ich muß kalt und ruhig bleiben, um das, was du mir mitteilst wie ein Fremder, den es gar nichts angeht, erwägen zu können. Ich muß alle möglichen Bedenken aufbringen, welche gegen deine Botschaft gefunden werden können."

„Das sollst du auch. Du sollst ebenso genau erwägen wie ich. Wenn du Bedenken hast, so teile sie mir mit!"

„Ich werde es tun. Du hast mir gesagt, daß dieser Jüngling der Freund des Sohnes des Fürsten sei, daß er mit demselben gesprochen habe. Ich bin aber überzeugt, daß mein Sohn, falls er noch lebt, gar nicht sprechen könnte."

„Wohl weil der Sklavenhändler dir damals gedroht hat, ihm auch die Zunge herauszuschneiden?"

„Ja."

„Wahrscheinlich hat er es in der Absicht getan, dein Leid dadurch zu vergrößern. Die Klugheit aber riet ihm, die Drohung nicht auszuführen. Früher gab es ja wohl Verhältnisse, welche einen stummen Sklaven als brauchbar erscheinen ließen, das ist aber heute nicht mehr der Fall. Ein Diener muß sprechen können, um imstande zu sein, alle Aufträge seines Herrn auszuführen. Einen Sklaven, welcher stumm, also nur in beschränkter Weise brauchbar ist, wird in der jetzigen Zeit nur selten jemand kaufen. Das wußte der Sklavenhändler. Folglich vermute ich, daß er deinen Sohn nicht verstümmelt hat."

„Dagegen ist einzuwenden, daß er ihn aus Rachsucht, nicht aber des Geldgewinns wegen geraubt hat. Er mußte ihn stumm machen, um nicht von ihm verraten zu werden."

„Ich wollte mich dieser Meinung anschließen, wenn der Knabe

älter gewesen wäre. Und selbst in diesem Fall würde die Stummheit dem Händler keine genügende Sicherheit gewährt haben. Ein Stummer kann schreiben lernen und dann das, was er nicht mit dem Mund zu sagen vermag, zu Papier bringen. Der Knabe war aber kaum drei Jahre alt. In diesem Alter genügen Monate, die bisherigen Eindrücke aus der Seele zu verdrängen. Der Sklavenhändler hat sich gewiß gesagt, daß der Knabe, wenn er in vollständig neue Verhältnisse komme, bald alles Bisherige vergessen werde."

„Effendi, deine Einwürfe beglücken mich, obgleich ich aus ihnen entnehmen muß, daß der betreffende Jüngling sich der ersten Zeit seiner Kindheit und also auch seiner Eltern nicht mehr erinnern kann."

„Was das betrifft, so bin ich nicht imstande, dir genaue Auskunft zu geben. Der Sohn des Geheimnisses spricht niemals von seiner Vergangenheit, aber ich weiß, daß er eine heimliche Rache im Herzen trägt, und vermute, daß sich dieselbe auf den Mann bezieht, der ihn geraubt hat."

Der Araber saß längst nicht mehr auf der Erde. Er war aufgesprungen, und auch Schwarz hatte sich aufgerichtet. Der erstere stand vor dem letzteren wie jemand, welcher sein Glück, sein Leben von jedem Wort, welches er hört, abhängig weiß.

„Eine Rache, eine Rache also hat er!" sagte er. „Vielleicht hat er alles, alles vergessen, nur das eine nicht, daß er geraubt worden ist. Wie lange befindet er sich bei den Niam-niam? Kam er schon als Knabe zu ihnen?"

„Nein, sondern erst vor zwei Jahren. Er kam ganz allein und blieb da, ohne jemals mitzuteilen, wer er sei und woher er komme. Daher erhielt er den Namen Sohn des Geheimnisses."

„Und was tut er bei diesen Schwarzen? Womit ernährt er sich?"

„Der Sohn des Fürsten war ihm im Wald begegnet und hatte ihn zu seinem Vater gebracht. Der fremde Knabe verstand mit den Waffen umzugehen und zeigte sich gleich in der ersten Zeit so mutig und anstellig, daß der Fürst ihn in seine Leibwache aufnahm. In dieser Stellung befindet er sich so wohl, wie es unter solchen Verhältnissen nur möglich ist. Er hat sich die Zuneigung aller, die ihn kennen, schnell erobert. Er ist sehr schweigsam, aber meine Beobachtungen lassen mich vermuten, daß er trotz seiner Jugend ein viel bewegtes Leben hinter sich hat. Er kennt fast alle Völker vom Bahr el Abiad bis zu den großen Seen; er spricht mehrere ihrer Sprachen und Dialekte..."

„Auch arabisch?“ fiel der Jäger ein.

„Ja, auch arabisch. Ferner ist er in vielen Dingen geschickt, welche seinen jetzigen Genossen völlig unbekannt sind, kurz, er weiß soviel und ist so gewandt, daß ein jeder Niam-niam ihn beneiden würde, wenn er ihn nicht lieben müßte.“

„So ist er also ein guter Mensch und steht überhaupt nicht so tief wie ein gewöhnlicher Neger?“ fragte Bala Ibn, indem zum ersten Mal ein freudiges Lächeln über sein ernstes, hageres Gesicht glitt.

„Ja, sein Herz ist gut und rein“, antwortete Schwarz. „Er weiß, daß er den Schwarzen überlegen ist, dieses Bewußtsein spricht sich in seinem Wesen, in seiner ganzen Erscheinung aus, aber sein Stolz ist ein derartiger, daß er nicht verletzen kann. So oft ich ihn beobachtete, ist er mir vorgekommen wie ein junges, edles Roß, welches sich mit gewöhnlichen Pferden auf derselben Weide befindet. Es grast mit ihnen, es gehört zu ihnen, es verträgt sich mit ihnen, und doch sagt der erste Blick, den man auf dasselbe wirft, daß es einst einen schöneren Sattel und einen vornehmeren Reiter tragen werde als die anderen.“

„Allah, o Allah!“ rief der Jäger, indem er die Hände faltete. „Wenn er mein Sohn wäre, wenn er mein Sohn wäre! Ich muß zu den Niam-niam, um ihn zu sehen!“

„Du hast ihn schon gesehen.“

„Ich? Wo?“ klang es erstaunt.

„Zwischen den Trümmern der Seribah Abu el Mots. Hast du den jungen Mann nicht bemerkt, der bei uns war, der allein zum Schech ging, um uns bei demselben anzumelden?“

„Ich habe ihn gesehen und großes Wohlgefallen an ihm gehabt. Als mein Auge auf ihn fiel, ging es wie ein fernes Licht in meinem Herzen auf, wie wenn ein verirrter Wanderer den Schein eines Lagerfeuers von weitem erblickt. Der also, der ist’s, den du meinst. Oh Mohammed und all ihr heiligen Kalifen! Der Jüngling ist in meiner Nähe gewesen, ich habe ihn gesehen, ich hörte seine Stimme und habe nicht geahnt, daß er vielleicht derjenige ist, den ich so lange Jahre hindurch mit Schmerzen suche! Wo befindet er sich jetzt? Wo ist er hin?“

„Nach der Seribah Madunga. Er ist der Steuermann meines Bootes.“

„So kennt er den Fluß? So sind ihm die Ufer und Länder desselben bekannt?“

„Sehr genau. Aber wie und bei welchen Gelegenheiten er sie kennengelernt hat, davon spricht er nicht.“

„Er muß trotz seiner achtzehn Jahre ein außerordentlicher Charakter sein. Mein Herz klopft in freudiger und doch zugleich banger Erwartung, als ob es die Brust zersprengen wolle. Ich weiß, daß deine Leute in der Seribah auf dich warten sollen. Er wird bei ihnen bleiben, bis du kommst?"

„Natürlich! Ohne ihn könnte ich meine Reise nicht vollenden."

„So gebe ich mein Suchen auf. Ich gehe jetzt mit dir nach Ombula, um die dortigen Leute zu warnen, und dann kehre ich in deiner Begleitung nach der Seribah Madunga zurück, um mit diesem Sohn des Geheimnisses zu sprechen. Ja, Herr, du hast recht gehabt, als du sagtest, man dürfe an der Gnade Allahs nicht verzweifeln, als du behauptetest, daß vielleicht gerade du es seist, durch den mir Hoffnung werden könne. Ich fühle diese Hoffnung jetzt in mir. Ich bin plötzlich ein ganz anderer, ein ganz neuer Mensch geworden. Und das habe ich nächst Allah dir zu verdanken. Wir wollen Freunde sein. Wir wollen die Gefahren unseres Weges redlich miteinander teilen und uns in keiner Not verlassen. Sage mir, ob du mein Freund, mein Bruder sein willst?"

„Gern, herzlich gern! Hier hast du meine Hand darauf." Er reichte ihm die Hand entgegen. Der andere schlug ein und sagte:

„Das ist auch die meinige. Weißt du, mit welchen Worten man einen Bund auf Leben und Tod schließt? Mit den Worten es subhi l' es suhbi, el umr la umr - Freundschaft gegen Freundschaft, Leben gegen Leben. Sage sie mir nach!"

Schwarz wiederholte diese Formel; dann schlang der Araber die Arme um ihn, küßte ihn und rief: „Jetzt sind wir eins, eine einzige Person. Du bist ich, und ich bin du. Wehe dem Feind, welcher dich oder mich beleidigt! Nun aber ist's genug der Aufregung. Setzen wir uns nieder, und dann magst du mir alles erzählen, was du von dem Sohn des Geheimnisses weißt."

Sie nahmen wieder am Feuer Platz, und Schwarz begann, den verlangten Bericht zu erstatten. Er mußte den Jüngling auf das genaueste beschreiben und jedes Wort berichten, welches er mit demselben gesprochen hatte. Darüber verging eine lange Zeit, es wurde Mitternacht, und als dann der Stoff doch endlich ausgegangen war, mußte der Deutsche an die Ruhe denken, die ihm nach der Anstrengung der beiden Tage so nötig war.

„Schlafe in Allahs Namen!" sagte der Araber. „ich werde wachen und dich nicht wecken. Nach dem, was ich von dir erfahren habe, ist es mir unmöglich, ein Auge zu schließen. Du wirst das begreifen und dich also nicht weigern, mich an deiner Seite wachen zu lassen."

Schwarz sah ein, daß bei dem aufgeregten Mann an Schlaf unmöglich zu denken sei, darum ging er ohne Widerrede auf den Vorschlag ein, wickelte sich fest in seine Decke und schloß die Augen.

ZEHNTES KAPITEL

In Sklavenfesseln

Die Nacht verging ohne jedwede Störung von außen her. Der Deutsche wurde nicht geweckt; er erwachte von selbst, als der Moslem bei Tagesanbruch laut seine Morgenandacht verrichtete. Die Feuer glimmten noch, und in der heißen Asche derselben wurden aus dem mitgebrachten Mehl eine Anzahl der landesüblichen Fladen gebacken, welche für den ganzen Tag ausreichten, zudem auch noch ein Stück der gestern gebratenen Gans übrig war.

Während der Araber diese Arbeit verrichtete, fütterte und tränkte Schwarz die Kamele. Dann wurde aufgebrochen.

Dem Elefantenjäger war keineswegs anzusehen, daß er die ganze Nacht nicht geschlafen hatte. Er sah fast jünger aus als gestern und behauptete, seit langen Jahren sich nicht so wohl befunden zu haben wie heute. Von so großem Einfluß ist der Gemütszustand eines Menschen auf seinen Körper!

Die beiden waren überzeugt, daß sie die Sklavenjäger um die Mittagszeit einholen würden. Es sollte aber anders kommen. Als sie den Maijeh hinter sich hatten, führte die Fährte, welcher sie folgten, wieder in die Nähe des Flusses. Dort stand ein dichter Wald, welcher zahlreiche Büsche als Vorposten in eine grasreiche Ebene sandte. Zwischen diesen Sträuchern schlängelte sich die Fährte hin. Hier auf dem verhältnismäßig leichten Boden sah man deutlicher als bisher, aus wie vielen Spuren dieselbe bestand; sie wurde bedeutend breiter. Die vielen Rinder, welche die Brandstifter der Seribah mitgenommen hatten, waren hier, wo die Büsche ihnen Leckereien boten, schwer zusammenzuhalten gewesen.

Die beiden Männer ritten, sich laut unterhaltend, nebeneinander. Sie hatten keine Veranlassung, in dieser vermeintlichen Einsamkeit ihre Stimmen zu dämpfen. Eben hatten sie eine Stelle passiert, an welcher die Büsche enger zusammentraten, und wollten nun auf einen freieren Platz einlenken, als Schwarz, welcher für diese kurze Strecke voran geritten war, sein Kamel plötzlich mit einem jähen Ruck anhielt, es schnell umlenkte, um wieder hinter das Gesträuch zu kommen, und dabei hastig, aber leise sagte: „Alle Wetter! Einen Augenblick später, und wir wären entdeckt worden!"

„Von wem?" fragte Bala Ibn.

„Von Menschen, welche sich da draußen auf der Ebene befinden und ihre Herden weiden."

„Schwarze?"

„Schwarze und Weiße."

„Wer könnte das sein?"

„Werden es gleich sehen. Schauen wir uns diese Leute einmal aus dem Verborgenen an!"

Es ließ sein Kamel niederknien und stieg ab. Der Araber tat dasselbe. Hinter dem Gesträuch versteckt, blickten sie hinaus auf die vor ihnen liegende Szene.

Nach rechts hin, also nach Westen, dehnte sich eine weite, freie Ebene. Links, am Waldrand, lagerten wohl gegen vierzig Menschen von allen Farben und in den verschiedensten Gewändern. Nahe bei sich hatten sie ihre Gewehre zusammengestellt. Geradeaus und nach rechts hin von den beiden heimlichen Beobachtern weideten zahlreiche Rinder nebst einigen Pferden und Kamelen. Unter den ersten Bäumen des Waldes lagen Waren aufgehäuft. Vielleicht zehn Männer befanden sich draußen vor den weidenden Tieren, um dieselben in Ordnung zu halten und sie zu verhindern, nach der Ebene auszubrechen. Hätte Schwarz sein Tier nur noch wenige Schritte machen lassen, so wäre er von diesen Leuten gesehen worden.

„Weißt du, wer diese Leute sind?" fragte er seinen Kameraden.

„Ja", nickte dieser.

„Nun?"

„Die zurückgelassene Besatzung der Seribah, welche die letztere verbrannt und geplündert hat."

„Das vermute ich auch. Aber ich kann nur nicht begreifen, wie diese Menschen es wagen können, sich hier festzusetzen. Ich kann mir überhaupt nicht sagen, aus welchem Grund sie dieselbe Richtung wie Abd el Mot eingeschlagen hatten. Sie müssen ihm doch in die Hände laufen."

„Oder er ihnen!" bemerkte der Araber, indem er die Geste des Erstechens machte.

„Wie meinst du das?"

„Ich weiß nicht, ob ich mit meinen Gedanken das Richtige treffe. Ich habe bei den Dschur gehört, daß Abd el Mot bei seinen Untergebenen keine Beliebtheit besitzt, weil er grausam und ungerecht ist. Darum wird die Besatzung von ihm abgefallen sein. Aber außer diesen fünfzig Männern wird es noch viele andere geben, welche ebenso denken wie sie und ebenso wünschen, frei zu werden, wenn sie dabei auch noch einen anderweitigen Vorteil finden. Auf diese Gleichgesinnten wird der alte Feldwebel, der Anführer der Empörer, rechnen. Was soll er mit den entführten Gütern und mit den fünfzig Mann tun? Er kann sie nur in dem Fall, daß er eine neue Seribah gründet, recht verwerten, und ich vermute, daß dies auch wirklich seine Absicht ist. Zum Sklavenjagen sind fünfzig Personen viel zu wenig; er muß sich also nach mehr Leuten umsehen. Woher will er sie nehmen, und wo kann er sie leichter finden, als bei seinen bisherigen Kameraden?"

„Da magst du freilich recht haben", stimmte Schwarz bei.

„Nur auf diese Weise", fuhr der Jäger fort, „läßt es sich erklären, daß er der Spur Abd el Mots gefolgt ist. Er will auf die Rückkehr seiner Gefährten warten und diese veranlassen, zu ihm über zu gehen. Die meisten werden dies tun, denn er wird ihnen natürlich einen viel höheren Sold bieten, als sie bisher erhalten haben."

„Und was wird mit Abd el Mot geschehen?"

„Wahrscheinlich wird man ihn ermorden und sich dabei all seines Eigentums bemächtigen. Bei alledem habe ich natürlich angenommen, daß der Überfall von Ombula gelingt."

„Es ist schrecklich, welche Verhältnisse der Sklavenhandel im Gefolge hat. Der Mensch wird zum Ungeheuer!"

„Das habe ich eingesehen. Also ich bin überzeugt, daß diese Leute hier auf Abd el Mot warten, um ihn zu töten. Aber falls ihnen das gelingt, wird die Strafe auf dem Fuß folgen."

„Inwiefern?"

„Denke an Abu el Mot, welcher nach zwei Tagen mit über dreihundert Nuehrs auf seiner Seribah ankommen wollte! Er wird dieselbe in Trümmern finden und bei den Dschur erfahren, was geschehen ist. Was wird er darauf tun?"

„Er wird den Empörern nachjagen."

„Natürlich. Er findet sie hier, wo wir sie sehen, und wird sie alle niedermachen. So zerfleischen sich die Geier untereinander, wofür man Allah doch nur danken kann. Für uns aber ist es nicht angenehm, daß diese Menschen sich hier gelagert haben. Wir dürfen uns von ihnen natürlich nicht sehen lassen und sind also zu einem Umweg gezwungen, welcher viel Zeit erfordert."

„Das ist leider wahr. Auf unseren Kamelen sind wir weithin

sichtbar, zumal heute die Luft von einer außerordentlichen Reinheit ist. Wir müssen eine bedeutende Strecke zurück, um dann draußen auf der freien Ebene einen weiten Bogen zu reiten. Bevor wir die Spur Abd el Mots wieder erreichen, werden drei oder vier Stunden vergangen sein."

„Weniger nicht. Aber wir können nicht anders. Laß uns aufbrechen, damit wir so wenig wie möglich Zeit verlieren."

Sie stiegen wieder auf und kehrten so weit, als sie es für erforderlich hielten, zurück; dann ritten sie nach Westen, um hierauf nach Süden einzubiegen. Auf diese Weise gelangten sie in die offene Ebene, von wo aus sie den Wald, an welchem sich das Lager des Feldwebels befand, als einen dunklen, langen Strich liegen sahen. Schwarz sah durch sein Fernrohr da hinüber und erkannte die weidenden Tier und die bei denselben befindlichen Menschen. Mit dem bloßen Auge hätte er sie nicht erreichen können, also war es gewiß, daß auch er mit dem Araber von dorther nicht bemerkt wurde.

Später mußten die beiden Reiter ihre Richtung ändern, indem sie wieder ostwärts hielten, um auf die verlassene Fährte zurückzukommen. Als sie dieselbe erreichten, waren von dem Augenblick an, an welchem sie das Lager vor sich gesehen hatten, vier und eine halbe Stunde vergangen; sie befanden sich nun aber höchstens drei Viertelwegstunden jenseits des Lagers und hatten also fast vier volle Stunden verloren.

Dieser Verlust war schwerlich einzubringen. Sie trieben ihre Tiere möglichst an; aber die Kamele waren gleich anfangs schwach gewesen, und die bisherige Anstrengung hatte sie nichts weniger als gekräftigt; sie hörten kaum mehr auf die Töne der Suffarah, welche doch vorher einen so aneifernden Eindruck auf sie gemacht hatte.

Noch im Lauf des Vormittags brach die Fährte plötzlich von ihrer bisherigen Richtung ab und wendete sich fast gerade nach Westen. Je weiter sie sich vom Fluß entfernte, desto härter und öder wurde das Land, bis sie endlich gar fast eine Stunde lang durch Felsgeröll führte. Es war, als ob man hier einen ganzen Berg in faustgroße Stücke zerschlagen und die mit großer Gleichmäßigkeit über die weite Fläche verteilt habe.

Dann traten unbestimmte Linien über den Horizont empor. Anstatt des Gerölls gab es wieder Erde, welche aber auch hart und trocken war. Später stieg der Boden allmählich an; leicht geschweifte Berge, welche zur Regenzeit wohl mit Gras bewachsen waren, traten von recht und links heran. Zwischen ihnen gab es gewundene Täler, durch welche der Weg führte. Je weiter man kam, desto bestimmter wurden die vorher am Horizont bemerkten undeutlichen Linien. Der langgestreckte Raum, den sie abwärts umfaßten, färbte sich erst grau, dann weißlich blau, bis der dunkler und dunkler wurde und dabei immer mehr an Höhe gewann.

„Die Pambisaberge“, sagte Bala Ibn, indem er mit der ausgestreckten Hand in die angegebene Richtung deutete.

„An deren Fuß Ombula liegen soll? Weißt du genau, daß sie es sind?“

„Wissen kann ich es nicht, denn ich war noch nicht dort; aber ich vermute es.“

„Wie weit meinst du, daß wir noch bis zu diesem Gebirge haben?“

„Vor Abend ist es unmöglich zu erreichen.“

„So kommen wir zu spät!“

„Das darfst du nicht denken. Kein Sklavenjäger überfällt ein Dorf am hellen Tag. Man wartet vielmehr am liebsten bis gegen Morgen. Es bleibt uns also Zeit, die Bedrohten zu warnen; wenigstens hoffe ich das.“

„So wird Abd el Mot ein verborgenes Lager bezogen haben, in welchem er wartet, bis es Nacht geworden ist.“

„Das glaube ich nicht. Die Ghasuah verfährt ganz anders. Du mußt den Umstand berücksichtigen, daß diese Gegend nur spärlich bevölkert ist. Es gibt keine zahlreichen Städte und Dörfer wie in Ägypten und anderswo. Wasser gibt es außer am Nil und in dessen Nähe nur selten, und doch kann ein Dorf nur da existieren, wo Wasser vorhanden ist. Am Fluß wohnen die Neger ungern, weil sie dort den Besuchen der Sklavenhändler mehr ausgesetzt sind. Sie lassen sich also lieber an einsamen Regenbetten oder an fern vom Nil liegenden Maijehs nieder. So wird es auch mit Ombula sein. Der Schech der Dschur sagte mir, daß es in einsamer Gegend, am Fuß der Berge in der Nähe eines großen Sumpfes liege, welcher zur Regenzeit einen mehrere Stunden langen und ebenso breiten See bilde. Eine solche Lage macht es nicht nötig, daß die Sklavenjäger sich vorsichtig verstecken. Sie gehen vielmehr gerade auf ihr Ziel los.“

„Aber da werden sie doch bemerkt!“

„Nein, denn so weit nähern sie sich am Tag nicht.“

„Wie aber, wenn ihnen Bewohner des Dorfes, welches überfallen werden soll, begegnen?“

„Die läßt man nicht entkommen. Sie werden sofort niedergemacht oder gefesselt; sie können also nicht zurückkehren und die Ihrigen warnen. Die Sklavenjäger ziehen nie in einer kompakten Masse an. Ist man dem betreffenden Ort auf eine halbe Tagereise nahe gekommen, so werden die geschicktesten Leute als Späher voran gesandt. Ihnen folgen andere, welche sich zerstreuen und eine Kette bilden, durch welche kein Feind schlüpfen kann. So umringt man von weitem das betreffende Negerdorf, ohne daß die Bewohner desselben es ahnen, und des Nachts wird der Überfall ausgeführt. Dieser geschieht meist so, daß die das Dorf umschließende Dornenhecke an vielen Stellen angebrannt wird. Sie steht sehr bald rundum in Flammen. Die Bewohner erwachen; sie können nicht entkommen, weil sie umringt sind. Wer von ihnen sich zur Wehr setzt, wird niedergeschossen. Überhaupt werden gewöhnlich alle Männer getötet, weil sie sich selten in ihr Schicksal fügen und also den Transport erschweren. Auch die älteren Frauen werden erschlagen, weil niemand sie kauft. Die Knaben, Mädchen und jungen Frauen bilden die erwünschte Beute. Auch die Herden sind hoch willkommen. Es kommt vor, daß man schon auf dem Rückweg nach der Seribah die erbeuteten Leute verkauft oder gegen Elfenbein vertauscht. Geht der Zug durch das Gebiet eines Stammes, welcher das Fleisch der Menschen demjenigen der Tiere vorzieht, so schlachten die Sklavenjäger die fettesten der erbeuteten Neger und verhandeln sie an die Menschenfresser."

„Herrgott! Ist so etwas denn möglich?"

„Möglich? Herr, es ist wirklich und kommt sehr häufig vor. An den Zuflüssen des Bahr el Abiad und weiter nach Süden und Westen gibt es genug Völkerschaften, denen Menschenfleisch die größte Delikatesse ist. Ich kenne einen Häuptling, welcher versicherte, daß nichts besser schmecke als die innere Fläche einer gebratenen Menschenhand. Er führte mit den benachbarten Völkern Krieg, nur um Gefangene zu machen, welche geschlachtet wurden; auch seine eigenen Toten und Schwerverwundeten wurden verzehrt. Die Hände derselben wurden ihm abgeliefert; die übrigen Körperteile überließ er seinen Untergebenen. Ich sprach mit einem Sklavenhändler, welcher behauptete, daß in Afrika die Menschenjagd täglich wenigstens sechstausend Opfer fordere, was für jedes Jahr weit über zwei Millionen ergibt. Dieser Mann kannte das Geschäft und hat mit dieser Schätzung sicher nicht zu hoch gegriffen. Ebrid Ben Lafsa, jener Halunke, welcher meinen Sohn raubte, erzählte uns, daß er nur am Bahr Kuta jage; er hatte also nur ein kleines Gebiet, und doch behauptete er, jährlich über tausend Sklaven zu fangen. Dazu kommen gewiß ebensoviel andere, welche dabei getötet werden."

„Woher war dieser Mensch eigentlich?"

„Aus Bagirmi."

„Hast du dort nach ihm gesucht?"

„Natürlich. Ich bin sofort hin und dann später noch viele Male dort gewesen; aber er hat sich nie wieder in dieser seiner Heimat sehen lassen."

„Würdest du ihn erkennen, wenn du ihm begegnetest nach so vielen Jahren?"

„Ja. Er hat ein Gesicht, welches man nie vergessen kann und dessen Ausdruck das Alter nicht zu verändern vermag. Doch schau einmal den dunklen Strich da vor uns. Ob das Bäume sind? In diesem Fall gibt es dort einen Chor, welcher von den Bergen kommt und stellenweise noch Wasser enthält. Das liefert einen Trunk für uns und die Tiere, welche vor Schwäche kaum weiter können."

Seine Voraussetzung hatte ihn nicht betrogen. Quer über die Richtung, welcher sie folgten, zog sich ein tiefes, breites Flußbett, von den Wassern gerissen, welche zur Regenzeit von den Pambisabergen herab dem Nil zuströmten. Solche im Sommer trockenen Flüsse werden, wie bereits erwähnt, Chor, im Plural Cheran, genannt.

Als die beiden Reiter das Ufer desselben erreichten, befanden sie sich zwischen hohen Kafalahbäumen, *Boswellia papyrifera*, von deren Stämmen und Ästen lose Epidermisfetzen hingen, welcher Umstand ihnen die botanische Bezeichnung *papyrifera* verliehen hat. Die dünneren Zweige trugen eine Menge kunstvoller Nester, welche von zahlreichen Orangewebervögeln bevölkert waren. Auf der Sohle des breiten Flußbetts stand ein fast undurchdringliches Dickicht von Ambag, *Herminiera*, welcher Strauch in der heißen Jahreszeit bis auf die Wurzeln abzusterben, und während oder nach der Überschwemmung sich zu erneuern pflegt. Diese Büsche standen noch, weil es an diesem Ort zurückgebliebenes Wasser gab. Man ersah aus der deutlichen Fährte, daß die Sklavenjäger am diesseitigen Ufer hinab, an diesem Wasser vorüber und jenseits wieder hinaufgegangen waren, ohne anzuhalten und ihre Tiere zu tränken.

„Ich begreife nicht, warum sie das nicht taten", sagte Bala Ibn. „Unsere Kamele sind jedenfalls müder als die ihrigen, und wir müssen ihnen hier eine kurze Ruhe gönnen."

Die beiden stiegen ab und leiteten ihre Tiere die Steilung hinunter bis an das Wasser. Dort setzten sie sich an einem Busch nieder, welcher von dichten Cissuswinden durchschlungen war. Während sie ihre Tiere trinken und dann an den Sträuchern knuspern ließen, sprachen sie über die Absicht ihres gegenwärtigen Rittes miteinander, und zwar nicht in leisem Ton. Sie glaubten sich vollständig allein, befanden sich dabei aber leider im Irrtum.

Auf der Höhe des anderen Ufers stand ein Schedr es simm, giftige Euphorbia, an dessen Stamm zwei Männer gesessen hatten. Die Euphorbie war von ihnen angebohrt worden, und der Saft tropfte in ein untergestelltes Trinkgefäß. Beide waren Neger, nur mit dem Schurz bekleidet; aber ihre Bewaffnung, welche aus Messer und Flinte bestand, bezeichnete sie als Asaker, Soldaten, die zu Abd el Mot gehörten.

Schwarz und der Araber ahnten, als sie sich dem Regenbett näherten, nicht, daß sie sich ganz in der Nähe der Sklavenjäger befanden. Sie hatten nicht sehen können, daß es jenseits des Chors einen Maijeh gab, dessen Wasser der Entstehung eines kleinen Waldes günstig gewesen war. In diesem letzteren hatte Abd el Mot, welcher die Gegend von früher her kannte, sein Lager aufgeschlagen. Er hatte nicht die Absicht, das Dorf in der von dem Elefantenjäger beschriebenen Weise zu überfallen. Er sendete weder Kundschafter noch Posten aus, sondern er wollte mit allen seinen Leuten hier bis gegen Abend versteckt bleiben, um dann im Schutz der Nacht den Rest des Marsches zu unternehmen.

Beim Passieren des Regenbetts hatte einer der Asaker die Euphorbie gesehen und war dann mit einem seiner Kameraden zurückgekehrt, um sich in den Besitz des Saftes zu setzen, mit welchem man Messer, Lanzen und Pfeile zu vergiften pflegt. Während diese beiden Männer mit dieser Arbeit beschäftigt waren, erblickten sie zu ihrem Erstaunen die zwei Reiter, welche auf ihren müden Kamelen sich langsam dem Chor näherten.

„Zwei Weiße!" sagte der eine. „Wer sind sie, und was können sie hier nur wollen?"

„Zu uns gehören sie nicht", antwortete der andere. „Bleib ruhig hinter dem Stamm sitzen, damit sie uns nicht sehen. Wohin können sie anders wollen als nach Ombula? Abd el Mot darf sie nicht vorüber lassen. Er wird sie kommen sehen und anhalten. Wir müssen hier verborgen bleiben, damit sie nicht vor der Zeit bemerken, daß sich die Ghasuah hier befindet."

Hinter dem Giftbaum versteckt, sahen sie, daß die beiden Fremden das Flußbett nicht sofort durchquerten, sondern sich unten am Wasser niedersetzten.

„Das ist gut", flüsterte der erste. „Sie sitzen hinter dem Ambag, durch dessen Zweige sie nicht sehen können. Wir werden erfahren, wer sie sind, und was sie in dieser Gegend wollen. Bleib hier und mach kein Geräusch! Ich schleiche mich hinab an den Busch, um zu hören, was sie sprechen."

Der Schwarze huschte schlangengleich am Ufer hinab und erreichte den Ambag, ohne von Schwarz und dessen Gefährten bemerkt worden zu sein. Dort niedergekauert, lauschte er ihren Worten; dann kam er zu seinem Kameraden zurück gekrochen und sagte: „Wer und woher sie sind, das habe ich nicht erfahren, sie sprachen nicht davon. Aber was sie wollen, das weiß ich. Sie wissen, daß wir nach Ombula gehen, um Sklaven zu machen, und wollen vor uns hin, die Belanda zu warnen. Komm schnell fort! Wir müssen das Abd el Mot berichten."

Sie eilten fort, die Maijeh zu, und meldeten Abd el Mot, was sie gesehen hatten. Er saß unter einer hohen Talha, *Acacia gummifera,* seine Unteroffiziere neben sich. Weiterhin standen, saßen oder lagen die anderen Leute bei ihren angebundenen Tieren. Als er die unerwartete Meldung hörte, sprang er auf rief: „Zwei weiße Reiter, welche arabisch sprechen? Sie wollen uns verraten? Sie müssen unser sein! Kann man sie sehen, ohne von ihnen bemerkt zu werden?"

„Ja, Herr. Wenn du willst, so werde ich dich führen", antwortete derjenige, welcher die beiden belauscht hatte.

„Du wirst mir die Stelle zeigen. Wenn wir sie auf das hohe Ufer lassen, finden sie vielleicht Zeit, uns zu entfliehen, oder sie verteidigen sich und töten einige von uns. Darum werden wir sie lieber überfallen, wenn der Platz, an welchem sie sich befinden, es erlaubt. Nehmt Stricke mit!"

Er wählte ein Dutzend seiner gewandtesten Leute aus und begab sich mit ihnen nach dem Chor. Vom Rand desselben vorsichtig hinablugend, musterte er die Stelle. Die Personen konnte er nicht sehen, da sie hinter dem Ambag saßen.

„Es ist nicht schwer, sie zu beschleichen", entschied er. „Macht euch leise hinter sie, und fallt über sie her, so daß sie keine Zeit zur Gegenwehr finden! Gelingt es, so schenke ich euch den Betrag eines kräftigen Sklaven. Mißrät es aber, so wird derjenige, welcher daran schuld ist, erschossen. Vorwärts!"

Er sah zu, wie die Asaker einzeln hinab glitten und sich dann hinter dem Busch sammelten. Als der letzte von ihnen dort angelangt war, brachen sie hervor und fielen über die beiden auf das Äußerste überraschten Männer her. Es gab ein kurzes Ringen und Durcheinander von schreienden Stimmen - der Überfall war gelungen. Abd el Mot kehrte nach dem Maijeh zurück und setzte sich wieder unter der Talha nieder. Seine Leute versammelten sich um ihn.

„Die Hunde haben uns verraten wollen", sagte er. „Sie müssen sterben, und zwar augenblicklich, wer sie auch sein mögen!"

Nach wenigen Minuten brachten die Asaker die Gefangenen geführt; sie hatten denselben die Ellenbogen auf den Rücken geschnürt. Zwei Soldaten leiteten die Kamele hinterher.

Schwarz befand sich in einem eigentümlichen traumhaften Zustand, der Elefantenjäger ebenso. Das Unglück war so plötzlich und unerwartet über sie gekommen, daß es ihnen fast unmöglich war, ihre Gefangenschaft für Wirklichkeit zu halten. Aus den triumphierenden Worten, welche die Asaker einander zuriefen, ersahen sie, daß Abd el Mot hier sei, und daß sie zu ihm geführt werden sollten.

„Wir wissen nichts", raunte der Araber dem Deutschen zu. „Laß nur mich sprechen!"

Er verzweifelte nicht. Er hatte in noch größeren Gefahren immer Rettung gefunden und hielt die gegenwärtige keineswegs für groß. Was hätten die Sklavenjäger für Gründe haben können, zwei ihnen unbekannte Weiße zu ermorden. Daß sein und seines Gefährten Gespräch belauscht worden war, daran dachte er nicht. Übrigens sollte es noch ganz anders kommen. Er stand, ohne es zu ahnen, vor dem Augenblick, nach welchem er sich seit fünfzehn Jahren gesehnt hatte; freilich aber war die Situation gerade umgekehrt, als er sie sich stets vorgestellt hatte.

Vom Chor bis zur Maijeh war es gar nicht weit. Die beiden wurden von den Soldaten in rohester Weise vorwärts gestoßen und geschoben; sie nahmen das ruhig hin, in dem Glauben, daß es nur einer ernsten Vorstellung bei dem Anführer bedürfe, um der Fesseln entledigt zu werden. Beide waren gespannt auf die Person desselben. Sie hatten so viel von ihm gesprochen; nun sollten sie ihn zu sehen bekommen.

Jetzt standen sie vor ihm. Die Menschenjäger drängten sich rundum heran, um zu hören, was gesprochen werde.

„Herr", begann der Elefantenjäger in stolzem Ton, „wie kommt es, daß deine Leute..." Er hielt mitten in dem angefangenen Satz inne. Sein Mund blieb offen und seine Augen vergrößerten sich. Seine Gestalt und seine Glieder schienen die Fähigkeit jedweder Bewegung verloren zu haben. Er stand da, ein Bild starren Entsetzens.

Abd el Mot war, als der Gefangene zu sprechen begann, auch vor Schreck aufgesprungen; aber sein Schreck schien ein freudiger zu sein, denn seine Augen leuchteten auf, seine Wangen röteten sich und sein Gesicht nahm den Ausdruck des Entzückens an.

„Der Emir!" rief er, nein, sondern er schrie es förmlich überlaut. „Barak el Kasi, Barak der Strenge, der Emir von Kenadem!"

„Ebrid Ben Lafsa, der Sklavenhändler!" stieß der Araber hervor.

„Ja, der bin ich!" jubelte Abd el Mot. „Ich bin Ebrid Ben Lafsa. Erkennst du mich, du Hundesohn, du Enkel aller Hunde?"

„E... brid... Ben... Laf... sa!" wiederholte der Elefantenjäger, indem er den Namen kaum hervorbrachte, so daß die einzelnen Silben nur auseinandergerissen über seine Lippen kamen. „Oh Allah! Er ist es; er ist es!"

„Ja, ich bin es; ich bin es! Schau mich an. Schau mir ins Gesicht, wenn du es nicht glaubst! Ich bin der, den du zum Tode verurteiltest, dem du die Sklaven wegnehmen ließest! Ich bin der, den du zweimal peitschen ließest, der unter deiner Peitsche hätte sterben müssen, wenn es ihm nicht gelungen wäre, zu entfliehen! Ich bin der, welcher seit fünfzehn Jahren seine Heimat meiden mußte, weil du mich dort verklagt hast, so daß ich hingerichtet worden wäre, wenn man mich dort gesehen und ergriffen hätte! Ich bin der, welcher sich diese langen Jahre hindurch gesehnt hat, dir einmal zu begegnen und dich in den Staub zu treten. Jetzt führt Allah dich in meine Hände. Ihm sei Preis und Dank!"

„Wo... wo... ist mein Sohn?" fragte der Araber, ohne auf die Drohung zu achten, welche in Abd el Mots Worten lag.

Das Gesicht des letzteren verzog sich zu einer teuflisch-höhnischen Fratze, als er antwortete: „Dein Sohn? Ah, du willst wissen, wo er ist? Soll ich dir das wirklich sagen?"

„Sage es! Sage es schnell!" bat der Araber mit fliegendem Atem.

„Unter den Negern ist er."

„Wo?"

„Tief unten im Süden bei den Menschenfressern."

„Ist das wahr?"

„Ja, ich sage die Wahrheit."

„So lebt er also noch! Allah ist barmherzig. Ihm gebührt Preis in Ewigkeit!"

„Halt ein mit deinem Preis! Es wäre besser für diesen achtzehnjährigen Hund, wenn er tot wäre, denn er ist der niedrigste, armseligste Sklave eines schwarzen Häuptlings, dem ich ihn unter der Bedingung geschenkt habe, daß er ihn täglich prügeln und immerwährend hungern lassen soll. Ich habe ihn kürzlich gesehen. Sein Leib ist voller Geschwüre; seine Augen sind erblindet; er stirbt in großen Qualen langsam hin und kann es doch niemandem klagen, weil ich ihm damals die Zunge herausgerissen habe; merke wohl auf: nicht herausgeschnitten, sondern herausgerissen!"

Er stieß diese Rede hastig hervor; er konnte gar nicht schnell genug sprechen, um seinen Feind möglichst rasch niederzuschmettern. Dieser wollte antworten, brachte aber vor Entsetzen kein Wort hervor. Nur ein schneidender, unartikulierter Laut rang sich über seine Lippen.

„Freu' dich also darüber, daß er noch lebt!" höhnte Abd el Mot. „Sein Tod wird ein fürchterlicher sein, trotzdem ihn derselbe von unsagbaren Leiden erlöst. Und doch wird dieser sein Tod eine Wonne sein gegen denjenigen, den du nun sterben wirst. Du bist in meiner Gewalt, und es soll keine Qual der Erde geben, die ich dir nicht zu kosten gebe."

„Allah 'l Allah!" hauchte der Emir, indem er in die Knie niedersank.

„Kniest du vor mir nieder, um mich um Gnade anzuflehen? Knie nur, und jammere nur! Aber eher wird der Schejtan eine Seele aus der Hölle entkommen lassen, ehe ich auf dein Zetern höre!"

Nicht die Furcht und nicht die Angst, sondern das Entsetzen über die Schilderung des Zustandes, in welchem sein Sohn sich befinden sollte, hatte den Araber niederknien lassen. Als Vater konnte er Schwäche fühlen, als Mann aber war er stolz und stark. Er sprang schnell auf, richtete sich hoch empor und antwortete, indem seine Augen blitzten: „Was sagst du? Ich soll jammern und zetern vor dir? Dich um Erbarmen anflehen? Hund, wie kannst du wagen, dies zu sagen. Ich bin Barak el Kasi, der Emir von Kenadem, und habe nur vor Allah gekniet. Du aber bist Ebrid Ben Lafsa, ein elender Kadaver, den nicht einmal der Racham - Aasgeier fressen mag. Nie sollst du sehen, daß ich ein Glied vor dir beuge!"

Hund genannt zu werden, ist für den Mohammedaner eine der größten Beleidigungen. Es war ein großes Wagnis von dem Araber, sich dieses Wortes gegen Abd el Mot zu bedienen, und die Umstehenden waren vollständig überzeugt, daß der letztere darüber in Wut ausbrechen werde. Dies geschah aber nicht. Zwar ballte er beide Fäuste und erhob den Fuß, als ob er sich auf seinen Gegner stürzen wollte, aber er setzte den Fuß wieder nieder und

antwortete in spottendem Ton: „Das hattest du dir gut ausgedacht; aber ich durchschaue deine Absicht, und sie wird dir nicht gelingen. Du willst deinen Qualen, welche dir bevorstehen, entgehen, indem du mich reizt, dich im Zorn auf der Stelle zu töten. Aber sage, was du willst, es wird mich nicht ergrimmen. Töten werde ich dich. Monatelang aber sollst du sterben. Schimpfst du mich noch einmal, so lasse ich dir die Zunge ausreißen, das merke dir!"

„Reiß sie heraus!" gab der Araber ihm zurück. „Du bist ein Hund, den alle anderen Hunde fliehen, weil er räudig ist!"

Auch bei dieser gesteigerten Beleidigung blieb Abd el Mot ruhig. Er sagte: „Ja, sie soll dir ausgerissen werden, doch nicht jetzt, nicht heute, sondern erst dann, wenn wir Zeit dazu haben. Einen Verwundeten kann ich jetzt nicht brauchen. Später wirst du täglich bis auf die Knochen gepeitscht werden; jetzt muß ich damit noch warten, weil du stark sein mußt, um mit uns marschieren zu können. Aber vergessen sind deine Worte nicht. Jetzt frage ich, woher du kommst, und wohin du willst?"

„Frage, soviel dir beliebt; von mir erhältst du keine Antwort!" Er wendete sich ab.

„Du wirst noch antworten lernen", lachte Abd el Mot. „Holt eine Schebah für ihn herbei!"

Unter Schebah versteht man einen schweren Ast, dessen eines Ende eine Gabel bildet. In diese Gabel wird der Hals der Sklaven während des Transports gesteckt und durch ein Querholz festgehalten. Der Ast geht nach vorn, an ihn werden die Hände des Gefangenen, mit denen dieser ihn tragen muß, gebunden. Dadurch behält der Gefesselte den freien Gebrauch der Füße und ist dennoch am Entrinnen verhindert. Eine solche Schebah wurde dem Emir angelegt. Dann wendete sich Abd el Mot mit finsterer Miene an Schwarz: „Jetzt sage nun du, wer du bist! Aber lüge nicht, sonst erhältst du die Peitsche!"

Hätte der in dieser Weise Angeredete die Gefühle, welche er jetzt empfand, beschreiben sollen, er wäre nicht fähig dazu gewesen, er hätte keine Worte zu finden vermocht. Haß, Ekel, Abscheu, Zorn - die Summe aller dieser Begriffe deckte sich nicht mit dem, was ihn jetzt erfüllte. Er wußte, daß man auch ihn an eine Schebah fesseln werde, aber er wußte ebenso, daß man gezwungen war, ihn gerade so wie den Emir einstweilen zu schonen. Darum sah er keine augenblickliche Veranlassung, durch höfliche oder gar kriechende Antworten eine mildere Behandlung, die ihm ja doch nicht geworden wäre, zu erstreben. Darum sah er Abd el Mot wie von oben herab an und sagte: „Welches Recht hast du zu dieser Frage?“

Der Sklavenjäger war sehr erstaunt über diese Worte; das sah man ihm deutlich an. Er mußte sich erst besinnen, wie er sich verhalten solle; dann lachte er höhnisch auf: „Allah tut Wunder! Solltest du etwa der Sultan von Stambul oder wenigstens der Chedive von Kahira sein? Deine Worte lassen so etwas vermuten. Ich frage, weil du mein Gefangener bist.“

„Mit welchem Rest hast du mich überfallen und binden lassen?“

„Es hat mir so beliebt. Jetzt weißt du es. Du siehst uns hier auf einer Ghasuah, bei welcher man keine Spione duldet.“

„Ich bin keiner!“

„Lüge nicht! Ihr habt die Belanda vor uns warnen wollen.“

„Wer hat dir das gesagt?“

„Ihr selbst. Meine Leute haben es gehört, als sie unten im Chor standen, um euch zu belauschen. Von wem habt ihr denn erfahren, daß wir nach Ombula wollen?“

„Von Leuten, welche es wissen.“

„Wer sind diese Leute?“

„Das wirst du vielleicht später erfahren. Ich habe dir keine Auskunft zu erteilen.“

„Nicht?“ rief Abd el Mot in zornigem Ton. „Dann ist deine Zunge überflüssig; ich werde sie dir also auch herausnehmen lassen!“

„Pah! Das wirst du nicht wagen; es wäre zu deinem Verderben.“

„Wieso?“

„Ich bin kein Araber, sondern ein Europäer. Meine Regierung wird dich zur Rechenschaft zu ziehen wissen. Ich verlange augenblicklich frei gelassen zu werden. Gehorchst du dieser Forderung nicht, so kommen die Folgen über dich!“

Da schlug Abd el Mot ein lautes Gelächter an und rief: „Ich sehe, du bist ein Narr! Meinst du denn wirklich, daß ich deine Drohungen fürchte? Du bist ein Franke, folglich ein Christ?"

„Ja."

„Allah verderbe dich! Ein Christ, ein Giaur! Und du wagst es, mir zu drohen! Wer hindert mich, dich augenblicklich erschießen zu lassen?"

„Das Gesetz."

„Hier gilt kein Gesetz, sondern nur mein Wille. Wenn ich dich töte, wie will deine Regierung es erfahren? Und wenn sie es erfährt, wie will sie mich fassen und bestrafen? Nicht einmal die Macht des Großherrn oder des Vizekönigs reicht bis hierher, viel weniger die Gewalt des ungläubigen Schakals, welche du meinst, wenn du von deiner Regierung redest. Wir haben dich bei dem Emir gefunden. Du bist sein Freund und Gefährte und wirst also ganz dasselbe Schicksal wie er erleiden. Du kannst dasselbe nur dadurch mildern, daß du alle meine Fragen beantwortest und ein offenes Geständnis ablegst. Wie lautet dein Name?"

„Ich nenne ihn nicht, denn er ist zu gut und zu ehrlich für deine Ohren!"

„Seit wann befindest du dich bei dem Emir?"

„Das geht dich nichts an!"

„Wo und von wem habt ihr erfahren, daß wir nach Ombula wollen?"

„Wenn ich dir das sagte, so wäre ich ein ebenso großer Schurke wie du!"

„Mensch", brauste Abd el Mot auf, „du wagst zu viel! Der Emir kann mich beleidigen, ohne daß ich ihn sofort töte, denn ich habe mich an ihm zu rächen und will mir das für später aufsparen. Mit dir aber habe ich nichts vor. Ich kann dich sofort töten, ohne mir dadurch ein späteres Vergnügen zu rauben. Wenn du mich noch ein einziges Mal beleidigst, so bist du verloren!"

„Das mag sein; du kannst mich ermorden, denn ich bin gefesselt und vermag mich nicht zu wehren. Hätte ich aber die Arme frei, so wollte ich dir zeigen, wie man mit einem Abendländer zu sprechen und zu verkehren hat! Übrigens denke ja nicht, daß du mir ungestraft das Leben nehmen kannst! Ich befinde mich nicht allein in dieser Gegend. Es sind Männer bei mir, welche die Macht besitzen, dich mit einem einzigen Fingerzeig zu vernichten!"

Dieser Trumpf wirkte. Abd el Mot machte eine weniger zuversichtliche Miene, als er fragte: „Wer sind diese Leute?"

„Auch das geht dich nichts an. Ich gestehe dir überhaupt kein Recht zu, mich zu verhören und auszufragen. Ich will mich aber herbeilassen, dir freiwillig zu sagen, daß sie wissen, wo ich mich befinde und wohin ich will. Kehre ich nicht zurück, so nehmen sie an, daß du mich ermordet hast."

„Warum wolltest du die Belanda warnen?"

„Weil ich ihr Freund bin."

„Du kannst unterwegs verunglückt sein, ohne mich getroffen zu haben. Niemand wird mir etwas beweisen können!"

„Täusche dich nicht. Man wird jeden einzelnen deiner Leute streng verhören. Und wie wolltest du meinen Tod bei Abu el Mot verantworten? Kehre ich binnen vier Tagen nicht zurück, so wird man ihn gefangen nehmen. Du bist sein Untergebener, und was du tust, ist also gerade so gut wie seine eigene Tat."

„Kennst du ihn?"

„Ja."

„Und er dich?"

„Nein. Aber er wird, selbst wenn du mich tötest, mich und die Meinen kennenlernen!"

Das feste, sichere Auftreten des Deutschen blieb nicht ohne Eindruck. Er sah es wohl und beeilte sich, diesen Erfolg zum Vorteil seines so schwer bedrohten Gefährten auszunutzen. Darum fuhr er fort: „Ich verlange, losgebunden zu werden und fordere meine Waffen und alles zurück, was deine Leute mir abgenommen haben! Übrigens ist der Emir von Kenadem mein Freund, und was ihr ihm tut, rechne ich so, als ob es mir geschehen sei. Er wird ebenso gerächt werden, wie man mich rächen würde!"

Er mußte sofort erkennen, daß er zu weit gegangen war, denn Abd el Mot fuhr zornig auf: „Mann, nimm dich in acht! Wenn einer hier zu fordern und zu gebieten hat, so bin ich es allein! Wer überzeugt mich denn, daß du die Wahrheit redest! Wer hindert mich, anzunehmen, daß du mich belügst, um frei zu kommen! Ist alles, was dem Emir geschieht, für dich so gut, als ob wir es dir getan hätten, nun so betrachte ich alles, was er getan hat, auch so, als ob es von dir begangen worden sei. Soll ich ihn als deinen Freund behandeln, nun gut, so behandle ich auch dich als den seinigen. Du wirst also ganz dasselbe Schicksal haben wie er, und ich will abwarten, ob es wirklich so mächtige Leute gibt, welche ihn und dich an mir rächen können. Bringt auch für diesen Christenhund die Schebah, und bindet sie dann beide aneinander!"

Es wurde eine zweite Schebah gebracht und die Gabel derselben Schwarz um den Hals befestigt. Die Enden der beiden Stangen band man dann vorn an den Spitzen zusammen. Als dies geschehen war, höhnte Abd el Mot: „So! Jetzt seid ihr als Freunde vereint, und ich will es gern erlauben, daß ihr euch euer Schicksal gegenseitig so viel wie möglich erleichtert. Es tut mir sehr leid, daß es euch unmöglich wird, die Belanda vor uns zu warnen. Da ihr darauf verzichten müßt, werde ich euch als Ersatz dafür eine andere Freude bereiten. Ihr sollt nämlich dabei sein, wenn wir das Dorf überfallen. Ich werde euch einen Platz anweisen, an welchem ihr alles genau beobachten könnt. Für jetzt aber wird man euch an einen Baum binden, damit euch nicht etwa der Gedanke kommt, mitsamt der Schebah lustwandeln zu gehen!"

Schwarz und Barak el Kasi wurden zu einem Baum geführt und dort angebunden. In dieser Situation an Flucht zu denken, wäre geradezu Wahnsinn von ihnen gewesen. Man denke sich zwei Menschen, welche an einen Baumstamm gefesselt sind, und dazu zwei schwere, hölzerne Deichseln, zwischen deren hinteren, gespaltenen Teilen ihre Hälse stecken; diese Deichseln sind vorn in spitzem Winkel zusammengebunden, und außerdem hat man den Männern die Hände an dieselben gefesselt, so daß jeder von ihnen die Last seiner Deichsel halten und tragen muß.

So standen Schwarz und Barak el Kasi jetzt im Lager der Sklavenjäger.

Die einzige Erleichterung gewährte ihnen der Umstand, daß man sich jetzt nicht mehr um sie zu bekümmern schien. Die Leute waren mit den Vorbereitungen für den heutigen Abend beschäftigt, und keiner stand nahe genug, um hören zu können, was die beiden miteinander sprachen.

„Welch ein Unterschied!" knirschte der Emir. „Wie ganz anders hatte ich mir den Augenblick gedacht, an welchem ich den Räuber meines Kindes sehen würde! Ich wollte ihm als Richter und Rächer gegenübertreten, und nun befinde ich mich in seinen Händen! Statt daß er den Tod von meiner Hand empfängt, wird er mich langsam und grausam zu Tode martern!"

„Ob er es wagt!" warf der Deutsche ein, weniger weil er Hoffnung hegte, sondern um den Gefährten zu trösten.

„Er wird es wagen; darauf kannst du dich verlassen. Allah hat es gewollt; ich ergebe mich darein. Aber es betrübt meine Seele, daß ich dich mit ins Verderben gezogen habe."

„Sprich nicht so! Auch ich trage die Schuld. Wir sind so unbegreiflich unvorsichtig gewesen, daß ich mich über das, was geschehen ist, gar nicht wundern kann. Wir hätten, bevor wir lagerten, die Umgebung absuchen sollen. Und sodann hatten wir uns ungeschickterweise gerade so gesetzt, daß wir der Richtung, aus welcher allein eine Gefahr kommen konnte, den Rücken zukehrten. Ich habe unter wilden Völkerschaften gelebt und weiß ganz genau, was man in einer Lage, wie die unsrige war, zu beobachten hat."

„Wenn sie uns nur nicht gar so plötzlich überfallen hätten!"

„Wir wären dennoch verloren gewesen. Einer Schar Neger hätten wir wohl widerstehen können, nicht aber mehreren Hundert solcher Teufel, die so gut bewaffnet sind. Ein Glück ist es, daß man uns wenigstens unsere Kleider gelassen hat. Nimmt man uns auch diese noch, so wird die Lage doppelt schlimm und grausam."

„Bei Allah, ich würde gern sterben und gern alle Qualen erdulden, welche dieser Mensch sich nur ersinnen kann, wenn mein Sohn nicht ebenso wie ich zu leiden hätte!"

„Du glaubst also, was Abd el Mot dir von ihm sagte?"

„Du etwa nicht?"

„Nein."

„Ich zweifle nicht!"

„Und ich halte seine Worte für Lüge. Er hat die Unwahrheit gesagt, um dich zu quälen, um dich doppelt unglücklich zu machen."

„Meinst du? Es wäre ihm wohl zuzutrauen."

„Glaube mir, es ist so, wie ich sage. Ich bin vollständig überzeugt, daß der Sohn des Geheimnisses dein Mesuf ist. Ich hoffe sogar, dir beweisen zu können, daß Abd el Mot gelogen hat."

„Wie willst du das anfangen?"

„Warte nur, bis er wieder mit uns spricht!"

„Du spannst meine Seele auf die Folter. Und wenn du recht hättest, wenn der Sohn des Geheimnisses der Gesuchte wäre, was könnte es mir nun nützen? Ich bekomme ihn nun doch nicht zu sehen, und er wird niemals erfahren, wer sein Vater war. Wir beide werden ermordet, und da wir die Einzigen sind, welche davon wissen, so kann dann niemand es ihm sagen."

„Noch sind wir nicht tot; noch leben wir!"

„Jetzt, heute, ja! Aber wie lange?"

„An eine Flucht ist unter den jetzigen Umständen freilich nicht zu denken; aber Abd el Mot selbst hat uns die Hoffnung gemacht, daß man sich während einiger Tage nicht an uns vergreifen werde. Er will dich mit Genuß martern, was doch nur daheim in der Seribah geschehen könnte. Bis dahin muß er bestrebt sein, uns die zum Marsch nötigen Kräfte zu erhalten. Heute wird Ombula überfallen, morgen gibt es einen Fest- und Jubeltag, und übermorgen hat man noch vollauf mit der Vorbereitung zum Rückzug zu tun, welcher jedenfalls länger dauert, als der Ritt hierher. Sieben oder gar acht Tage sind also von heute an nötig, um die Seribah zu erreichen. So lange Zeit hätten wir Frist. Aber nun bedenke, was auf der Seribah geschehen ist! Wir werden uns natürlich hüten, Abd el Mot auch nur ein Wort davon zu sagen."

„Meinst du, daß uns daraus ein Vorteil erwachsen könnte?"

„Ganz natürlich! Wenn die Absicht gelingt, welche wir dem alten Feldwebel unterlegen, so ist es um Abd el Mot geschehen, und wir sind frei."

„Allah kerim - Gott ist gnädig! Du träufelst Balsam in mein Herz."

„Vielleicht können wir uns von der Schebah befreien. Dazu ist weiter nichts nötig, als daß es einem von uns beiden gelingt, die Hände los zu bekommen."

„Das ist bei mir unmöglich. Man hat die meinigen so fest an das Holz gebunden, daß der Strick mir in das Fleisch schneidet."

„Dies ist auch bei mir der Fall; aber der Strick wird nach und nach locker werden, und lieber werde ich mir das Fleisch von den Händen würgen, als mich töten lassen, ohne wenigstens den Versuch zu machen, dem Tod zu entgehen."

Jetzt begannen die Sklavenjäger, den Pferden, Kamelen und Ochsen die Reit- und Packsättel aufzulegen. Man rüstete zum Aufbruch, denn es waren nicht zwei volle Stunden mehr bis zum Anbruch des Abends. Abd el Mot kam zu den beiden und fragte: „Ich darf euch wohl höflich um Verzeihung bitten, daß ich euch nicht erlauben kann zu reiten? Ihr werdet gehen müssen. Dafür aber soll euch die große Auszeichnung widerfahren, daß ihr an mein eigenes Pferd gehangen werdet. Ich liebe euch so sehr, daß ich euch in meiner Nähe haben muß. Du, Emir, kannst dich dabei deines Sohnes erinnern, welchen ich damals in ganz derselben Weise transportiert habe."

„Das wissen wir", antwortete Schwarz in ruhigem Ton.

„Du, Giaur? Was willst du wissen?"

„Was du mit dem Knaben Mesuf vorgenommen hast."

Abd el Mot warf einen langen, forschenden Blick auf den Deutschen und sagte dann höhnisch: „Du träumst! Wo warst du denn zu jener Zeit?"

„Daheim in meinem Vaterland. Doch Allah ist allmächtig und allweise und leitet die Menschen durch tausend Wunder. Ich kenne den Knaben, den du raubtest."

„Unmöglich!" rief der Sklavenjäger, indem er einen Schritt zurücktrat.

„Ich sage die Wahrheit, ich lüge nicht wie du. Du hast deinen Zweck nicht erreicht, sondern das Gegenteil. Indem du den Emir kränken wolltest, hast du ihm das größte Entzücken bereitet."

„Ich verstehe dich nicht!"

„So will ich deutlicher sprechen. Ich kenne den Emir erst seit drei Tagen, nicht aber seine früheren Schicksale. Da sprachst du vorhin mit ihm von seinem Sohn; das erweckte meine Aufmerksamkeit; nachdem wir hier angebunden worden waren, fragte ich ihn, und er erzählte mir alles. Allah hat es gewollt, daß ich seinen Schmerz in Freude verwandeln konnte, denn ich kenne seinen Sohn."

Abd el Mot vermochte nicht, sich zu beherrschen; er machte eine Bewegung der Überraschung und rief aus: „Wo ist er? Wo befindet er sich?"

„Nicht dort, wo du sagtest."

„Wo sonst?"

„In sehr guten Händen, nämlich bei meinen Freunden und Gefährten. Er ist nicht blind und krank; er kann auch sprechen, denn du hast ihm die Zunge nicht herausgerissen! Er ist ein prächtiger Jüngling geworden, und sein Vater wird ihn mit Wonne ans Herz drücken."

„Das soll er bleiben lassen!" brauste Abd el Mot auf. „Noch seid ihr meine Gefangenen, und ich werde dafür sorgen, daß Vater und Sohn sich erst jenseits dieses Lebens zu sehen bekommen. Wer konnte ahnen, daß das Weib des Fürsten mit dem Knaben fliehen werde!"

Schwarz hatte ihn da, wohin er ihn hatte haben wollen. Der Zorn entreißt dem Menschen manches unbedachte Wort; darum war der Deutsche bestrebt, den Ärger des Sklavenjägers zu erhöhen, indem er sagte: „Du hattest es nicht klug genug angefangen. Daß du den Knaben nicht weiter fortschafftest, läßt mich vermuten, daß Allah dir ein sehr kleines Gehirn gegeben hat."

„Schweig, Schakal! Liegt der Mukambasee nicht weit genug von der Runga? Muß man nicht mehrere Monate reisen, um von da bis zu dem Volk der Matwa zu gelangen?"

„Das bestreite ich nicht. Aber der Erfolg sagt dir, daß du ihn noch weiter nach dem Süden hättest bringen sollen. Es war eine Dummheit, ihn an den Fürsten der Matwa zu verkaufen."

„Schimpfe nicht, sonst sollst du noch vor mir zittern! Der Fürst zahlte den Preis von zehn schwarzen Sklaven für ihn; er wollte ihn mästen, um einmal das Fleisch eines Weißen kosten zu können. War ich schuld, daß sein Weib ihn nicht liebte, weil er sie geraubt hatte, daß sie ihm entfloh und den Knaben mitnahm, den sie liebgewonnen hatte?"

„So hättest du später nach ihr und ihm forschen sollen!"

„Gib mir keinen Rat! Ich brauche ihn nicht, ich weiß selbst, was ich zu tun habe. Die Frau ist niemals zu ihrem Volk zurückgekehrt. Ich war bis jetzt überzeugt, daß sie unterwegs mit dem Kind umgekommen sei."

„Nun, so kann ich dich eines anderen belehren, sie leben beide, und die Frau hat erzählt, daß du ihn an den Fürsten verkauft hast. Sie hat dich vor einiger Zeit gesehen und erkannt."

„Wo? Wo ist sie jetzt?"

„Daß ich ein Narr wäre, dir das mitzuteilen."

„Sprich, ich befehle es dir!"

„Darüber brauche ich dir keine Auskunft zu geben. Ich liebe den Knaben, welcher zum Jüngling herangewachsen ist, und nun ich ganz zufällig seinen Vater gefunden habe, werden beide bald vereinigt sein."

„In die tiefste Hölle werden sie miteinander fahren, und du mit ihnen, Giaur!" schrie Abd el Mot, indem er sein Messer zog und gegen Schwarz zückte.

Dieser blickte ihm groß und ruhig in die Augen und sagte: „Stoß zu, wenn du es wagst! Dieser Stoß aber würde auch dein Leben mit vernichten, denn indem du mich tötest, ermordest du den einzigen, der dich retten kann!"

Es war ein ganz außerordentliches Staunen, mit welchem der Knabenräuber fragte: „Retten? Du mich, du? Vor wem und vor was denn?"

„Vor der Rache Mesufs, des von dir entführten Knaben. Dieser Rache wegen ritt ich dir nach, um die Belanda zu warnen und dich zu verderben. Du hörst, daß ich ohne Frucht und aufrichtig bin. Allah fügte es, daß ich dabei auf seinen Vater traf, welchen er bisher vergeblich gesucht hatte. Er hat mächtige Beschützer bei sich, welche sich seiner angenommen haben, weil er der Sohn eines Emirs ist. Kehrst du zurück, so bist du des Todes, und dein Ende wird ein doppelt schreckliches sein, wenn man mich nicht wiedersieht und im Gegenteil erfährt, daß ich von deiner Hand gefallen bin."

Der Deutsche sagte das in einer so überzeugenden Weise, daß Abd el Mot eine ganze Weile in schweigender Bestürzung dastand. Dann sagte er halb fragend, halb behauptend: „Du lügst, um dich zu retten?"

„Denke, was du willst", antwortete Schwarz, indem er die Schultern zuckte. „Dein Schicksal steht in deiner Hand!"

„So wartet man also auf mich?"

„Ja."

„Wo?"

„Wie kannst du Fragen aussprechen, die du selbst an meiner Stelle nicht beantworten würdest! Meinst du, ich sei weniger klug als du?"

„Ja, klug bist du, so klug und listig, daß man nicht weiß, ob du die Lüge oder die Wahrheit sagst." Er blickte finster vor sich nieder. Gern hätte er die Behauptungen des Deutschen angezweifelt, aber diese wurden in einer solchen Weise und mit solchem Nachdruck gegeben, daß es schwer war, ihnen nicht zu glauben. Dann hob er langsam den Kopf, fixierte Schwarz mit einem durchbohrenden Blick und fragte: „Wenn es so ist, wie du sagst, wie wolltest du mich retten können. Wo will ich hin, wenn dieser Zug beendet ist? Ich muß zurück zu Abu el Mot, zur Seribah, denn dort habe ich mein Vermögen. Wollte ich auf deine Worte hin von hier entfliehen, so wäre ich zum Bettler geworden."

Schwarz jubelte innerlich auf, er glaubte, schon gewonnen zu haben und antwortete: „Nun man einmal entdeckt hat, daß du der Entführer bist, nun man weiß, daß Abd el Mot der damalige Ebrid Ben Lafsa ist, kannst du nicht mehr entkommen. Du könntest gehen, wohin du wolltest, man würde dich finden. Es sind fünfzehn Jahre des Jammers, des Unglücks an dir zu rächen, bedenke das! Sage ich aber den Meinen, daß wir uns in deiner Gewalt befanden und du uns dennoch verschontest, so wird man auch gegen dich mild sein."

„Dieser da aber nicht!" Er deutete auf den Emir, welcher bisher kein Wort gesagt hatte und auch jetzt keine Antwort gab. Darum richtete er nun direkt an ihn die Frage: „Was würdest du tun, wenn ich dir jetzt die Freiheit schenkte? Würdest du dich dann an mir rächen?"

Diese Frage wog schwer. Die Antwort darauf konnte, oder vielmehr sie mußte über das Schicksal der beiden Gefangenen entscheiden. Wenn der Emir seinem Feind Verzeihung verhieß, so stand zu erwarten, daß dieser sie beide frei gab. Aber sollte er auf seine Rache verzichten? Sollte der elende Missetäter straflos ausgehen? Nein, lieber sterben!

„Allah weiß es!“ murmelte der Emir zweideutig.

„Das ist weder ein Ja, noch ein Nein“, antwortete Abd el Mot. „Ich frage dich im Namen des Propheten und der Kalifen und fordere dich auf, die Wahrheit zu sagen! Würdest du mir verzeihen oder dich dennoch rächen?“

„Allah weiß es!“ wiederholte der Gefragte.

„Ist das die einzige Antwort, welche du für mich hast?“

„Ja.“

„So habe ich nichts mehr zu fragen. Allah entscheide zwischen dir und mir!“Er wendete sich ab und ging fort.

Da holte der Emir tief, tief Atem. Er mußte sich bezwingen, nicht lauf aufzujubeln: „Freund, Bruder, du hattest recht! Mein Sohn lebt, er lebt! Er ist nicht tot und auch nicht verstümmelt!“

„Ich wußte es“, nickte Schwarz, selbst bis ins tiefste Herz erfreut. „Und wie schön hat er uns alles gesagt, ohne zu ahnen, daß wir gar nichts wußten!“

„Ich sage dir, daß ich an seiner Stelle mir auch alles hätte entlocken lassen. Du bist wirklich listiger als Talab - der Fuchs, der heimlich Schleichende. Wärst du ein Kadi, so würdest du alle Verbrechen entdecken. Aber sage, lebt die Frau wirklich noch, die mit meinem Sohn von ihrem Mann floh?“

„Das weiß ich nicht. Ich habe von ihr ja gar nichts gewußt! Aber warum beantwortetest du seine letzte Frage nicht?“

„Weil ich unmöglich konnte.“

„Ein Ja hätte uns vielleicht die Freiheit wiedergegeben!“

„Und ein offenes Nein hätte zum sicheren Tod geführt. Ich konnte keines von beiden sagen. Oder meinst du, daß ich meine und sogar auch deine Rettung einer Lüge verdanken möchte?“

„So kannst und wirst du nicht vergeben?“

„Nie.“

„Auf keinen Fall?“

„Niemals! Es würde eine Sünde gegen das Gesetz der Wüste, ja gegen das Gesetz des Propheten sein. Und selbst wenn ich diese beiden Vorschriften übertreten wollte, so würde mich mein Schwur daran verhindern. Ich habe Rache geschworen, und ich werde mich rächen. Was tätest du an meiner Stelle?“

„Nein. Unser Kitab el mukaddas - unsere Bibel befiehlt uns, die Rache Gott zu überlassen.“

„Auch wenn ihr geschworen habt?"

„Kein frommer Christ tut einen solchen grausigen Schwur, denn Isa Ben Marryam hat uns befohlen: *Liebet eure Feinde, segnet die, welche euch fluchen; tut wohl denen, die euch beleidigen und verfolgen!* Und hätte jemand dennoch einen solchen Schwur getan, so würde er Gott bitten, ihn zurücknehmen zu dürfen."

„Eure Lehre ist schön; sie ist gut für euch, falls ihr eure Feinde wirklich zu lieben vermögt; aber sie paßt nicht für diese Länder, nicht für die Wüste, nicht für uns. Auge um Auge, Blut um Blut, Leben um Leben, das ist unser Gesetz; wir müssen ihm gehorchen, und du darfst mir nicht zürnen, wenn ich es erfülle."

„So bleiben wir also gefangen!"

„Ja. Ich habe dich lieb, aber ich kann selbst dich nicht durch eine Sünde retten. Werde ich schuld an deinem Tod, so mag Allah es mir vergeben, der ja auch der Gott der Christen ist."

„Nun, was das betrifft, so brauchst du dir jetzt noch keine Vorwürfe zu machen. Ich weiß, daß meine Worte und Vorstellungen bei Abd el Mot haften geblieben sind, sie werden sicher, wenn auch langsam wirken. Ich habe ihn in Zwiespalt mit sich selbst versetzt, und wir müssen nun das Ergebnis in Ruhe erwarten."

Er hatte die Worte kaum gesagt, so zeigte sich schon die erste der Wirkungen. Abd el Mot kam wieder herbei und fragte: „In einigen Minuten brechen wir auf. Habt ihr Hunger oder Durst?"

„Nein", antwortete Schwarz.

„Unterwegs erhaltet ihr nichts. Ihr seid also selbst schuld, wenn euch während des Marsches hungert oder dürstet."

Er band sie los und führte sie zu den Lasttieren. Er selbst schlang einen Strick um die Spitze der beiden Halsgabeln und band denselben an den Sattel eines Lastochsen. Schwarz warf seinem Gefährten einen befriedigten Blick zu. Ohne die Mahnungen des Deutschen hätte der Sklavenjäger ihnen wohl nicht Speise und Trank angeboten und sie auch jetzt nicht an den Ochsen gebunden, nachdem er vorher gesagt hatte, daß er sie an sein eigenes Pferd fesseln werde. Es war also wohl Grund vorhanden, die Hoffnung auf Befreiung nicht ganz aufzugeben.

Jetzt erteilte Abd el Mot seine Befehle, und zwar so laut, daß die Gefangenen es hören konnten. Von jetzt an befolgte er die Taktik, von welcher der Emir gesprochen hatte. Zwanzig Späher mußten auf den schnellsten Pferden voran reiten, ihnen folgten hundert andere, welche nach ihrer Ankunft das Dorf in weitem Kreis zu umstellen hatten. Darauf setzten sich die übrigen in Bewegung, teils zu Fuß, teils auf Ochsen reitend.

Diese Tiere sind nicht die langsamen störrischen Tiere wie die unsrigen. Sie besitzen ein intelligenteres Auge und einen viel schnelleren und dabei sehr sicheren Schritt. Sie sind das Ergebnis hundertjähriger Zucht und dürfen keineswegs mit dem wilden Büffel verglichen werden.

Die Gefangenen mußten ziemlich rasch ausschreiten, um mit ihrem Ochsen Schritt zu halten. Die Schebah, welcher jeder von ihnen trug, war von hartem, unzerbrechlichem Holz und wog wohl über dreißig Pfund. Diese Last war nicht übermäßig, aber die Gabel berührte bei jedem Schritt den nackten Hals und rieb ihn in der Folge wund. Später stellte sich noch ein zweiter Übelstand ein. Die vom Ellenbogen aufwärts an die Schebah gefesselten Vorderarme waren diese Stellung oder Haltung nicht gewohnt und schliefen ein. Im übrigen war der Marsch mit keiner Beschwerde verbunden.

Abd el Mot hielt sich stets in ihrer Nähe und ritt meistens hinter ihnen her, schien jedoch auf das, was sie sprachen, gar nicht zu achten. Übrigens unterhielten sie sich wenig, und wenn sie es taten, nur mit gedämpfter Stimme. Er hatte das Gewehr des Deutschen übergehängt und dessen Revolver in seinen Gürtel gesteckt. Mit diesen Waffen liebäugelte er so fleißig, daß man merken konnte, wie stolz er auf dieselben war. Das Fernrohr blickte aus der Satteltasche hervor, und die Uhr, den Geldbeutel und das übrige Eigentum Schwarz' hatte er auch an sich genommen.

Man kam über ödes, langsam ansteigendes Land. Von fernher winkten kahle Berge. Als man ihren Fuß erreichte, stand die Sonne am Horizont, und es wurde angehalten und zum Mogreb abgestiegen. Diese gefühllosen Barbaren beteten zu Gott, obgleich sie im Begriff standen, eine himmelschreiende Tat auszuführen. Auch der Emir kniete trotz der ihn hindernden Sklavengabel nieder, um sein Gebet zu verrichten, und Schwarz folgte seinem Beispiel, vielleicht auch um die Moslemim nicht gegen sich aufzubringen, meist aber aus wirklichem Herzensbedürfnis.

Dann, als die Sonne verschwunden war, ging es weiter. Es wurde finster, und nun war es dem Deutschen nicht mehr möglich, die Landschaft zu sehen, durch welche sie kamen. Er bemerkte nur, daß es stets bergauf ging, oft über steile Gelände, oft durch enge Täler. Einige Male kam man an Sümpfen vorüber, von denen sich Myriaden Stechfliegen erhoben, um sich auf Menschen und Tiere zu werfen und den Zug auf weite Strecken zu verfolgen. Dann fühlten die Gefangenen es schmerzlich, daß sie mit ihren gefesselten Händen nicht imstande waren, die Blutsauger von sich abzuwehren.

Je später, desto heller wurde der Glanz der Sterne, der den Marsch wesentlich erleichterte. Zuweilen kehrte einer der Späher zurück, um eine leise Meldung zu machen. Endlich, vielleicht eine Stunde vor Mitternacht, gebot Abd el Mot Halt.

Schwarz strengte seine Augen an, vielleicht das Dorf zu sehen, doch vergeblich. Boten kamen und gingen wieder, der Anführer verkehrte leise mit ihnen. Sämtliche Reit- und Lasttiere wurden unter der Obhut einer Anzahl Wächter nach einem sicheren Ort geschafft, kleine Abteilungen der Asaker marschierten ab, geradeaus, nach rechts und nach links, und endlich hielt Abd el Mot nur noch mit zehn Männern bei den Gefangenen, welche natürlich von ihrem Ochsen losgebunden worden waren.

„In kurzer Zeit werdet ihr sehen, wie man es machen muß, um Sklaven zu bekommen“, sagte er. „Denkt aber, wenn es losgeht, ja nicht, daß ihr diese Gelegenheit zur Flucht benützen könnt! Ihr würdet augenblicklich erschossen werden!“

Dem Deutschen war traurig zu Mute, er dachte nicht an sich, sondern an die armen, unschuldigen und nichts ahnenden Schwarzen, welche auf eine so entsetzliche Weise aus ihrer Ruhe gestört werden sollten.

„Liegt das Dorf in der Nähe?“ fragte er, doch ohne Hoffnung, eine Antwort zu erhalten.

Er erhielt doch eine. Abd el Mot selbst gab sie ihm: „Ja. Ihr werdet mit bis an die Umzäunung gehen und alles sehen.“

„Ist der Überfall unwiderruflich beschlossen?“

„Allah! Wer soll ihn widerrufen und warum?“

„Bedenke, daß sie dir nichts getan haben und Menschen sind wie du!“

„Schweig!“ erhielt er barsch zur Antwort. „Ich habe dich nicht gefangen, um mich von dir belehren zu lassen. Diese Schwarzen sind wie das Vieh. Sie fühlen nichts und lecken die Hand, von welcher sie geschlagen werden. Sage mir vielmehr jetzt, wie man dein Gewehr zu handhaben hat. Ich weiß, es ist besser als alle unsere Flinten, aber ich weiß nicht, wie es geladen wird.“

„Willst du damit auf die Neger schießen?“

„Was soll ich sonst damit wollen!“

„So hänge es getrost wieder um! Ich will nicht durch eine solche Belehrung den Tod dieser Menschen verschulden.“

„Hund! Wirst du gehorchen oder nicht?"
„Nein."
„Ich töte dich!"
„Immer zu!"
Abd el Mot besann sich, hing das Gewehr wieder um und sagte: „Jetzt nicht. Du wirst deine Strafe später empfangen. Vorwärts!"
Zwei Männer nahmen Schwarz und zwei andere den Emir bei der Gabel und zogen sie mit sich fort. Die anderen folgten leise, bis sich eine hohe dunkle Masse vor ihnen erhob, welche nach beiden Seiten mauerähnlich in der Finsternis verlief. Das waren die Dornenhecken, von denen bekanntlich zwei, eine innere und eine äußere, das große Dorf Ombula umgaben.
Schwarz hatte während des ganzen Marsches bis hierher nachgedacht, ob es nicht doch ein Mittel gebe, das Dorf zu retten; aber es war ihm keines eingefallen. Jetzt kam ihm ein Gedanke, aber ein Gedanke, dessen Ausführung ihm unbedingt das Leben kosten mußte. Dennoch war er entschlossen, sein Leben für dasjenige vieler zu opfern.
„Ich rette das Dorf doch noch", raunte er dem Emir zu.
„Wie denn?" flüsterte dieser.
„Ich werde mit aller Macht meiner Stimme schreien, daß man es durch ganz Ombula hört und alle Schläfer davon erwachen."
„Allah behüte dich! Du gibst dein Leben hin, ohne einen einzigen zu retten. Das Dorf ist eingeschlossen, und kein Mensch kann entkommen. Dein Rufen würde das Elend nur erhöhen, denn es ist besser, im Schlaf als im Wachen erschlagen zu werden."
Das waren triftige Gründe, dennoch öffnete Schwarz bereits den Mund, um seinen todesmutigen Vorsatz auszuführen, als einer der Unteroffiziere herbeikam, um dem Anführer zu melden: „Es kann beginnen. Alle stehen bereit. Die Wächter des Eingangs sind still umgebracht worden, und auch der Pferch der Tiere ist umstellt."
Da mußte Schwarz freilich einsehen, daß sein Opfer vollständig nutzlos gewesen wäre.
„Brenn an, den anderen zum Zeichen", gebot Abd el Mot dem Mann.
Dieser kauerte sich nieder - ein leiser Klang von Stahl und Stein - ein springender Funke - ein glimmende Flintenlunte und dann ein kleines Flämmchen, welches rasch anwuchs, sich zerteilte und dann in zehn, zwanzig Zickzackschlangen an der aus-

gedorrten Hecke empor lief. Wenige Sekunden später stand an dieser Stelle die Einfriedung bereits mehrere Meter breit in Flammen, welche so schnell weiterliefen, als ob der Zaun aus geöltem Papier bestanden hätte.

Zur Rechten und zur Linken, fern und nahe, zuckten gleiche Flammen auf. Nach Verlauf von zwei Minuten stand die Umzäunung des ganzen Dorfes in hellen, haushoch emporschlagenden und keine Lücke lassenden Flammen. Von jenseits erschallten angstvolle Rufe, von Schüssen beantwortet.

„Die Wächter bei den Herden sind erwacht; sie werden erschossen", erklärte Abd el Mot mit teuflischer Freude. „Jetzt geht es los. Ihr werdet die Dscharadhin - Ratten gleich winseln hören."

Er starker Luftzug, von den Flammen aufgeweckt, begann zu wehen, und die Stimme des Feuers ging wie das Brausen einer fernen Brandung durch die grell erleuchtete Nacht. Darein mischten sich einzelne Schreie, welche den Lippen derer entsprangen, die durch die Schüsse aus dem Schlaf geweckt wurden. Die Bewohner des Dorfes waren erwacht. Sie sprangen aus ihren Tokuls und erkannten mit Entsetzen, daß die Umzäunung brannte. Noch war ihnen die ganze Größe ihres Unglücks verborgen.

Sie weckten die noch Schlafenden, um im Verein mit ihnen das Feuer von ihren Hütten abzuwehren. Aber die umherfliegenden Funken fielen auf die aus dürrem Schilf bestehenden Dächer und steckten diese trotz aller Bemühungen der Bewohner in Brand. Bald standen sämtliche Tokuls in Flammen. Die Neger konnten es in der Glut nicht aushalten. Aber wohin? Durch die brennende Umzäunung konnten sie nicht ins Freie, Auswege gab es nur durch die Tore. Diese pflegten des Tags offen zu stehen und des Nachts mit Schilfmatten verhängt und durch Krieger bewacht zu werden. Diese letzteren waren von den Sklavenjägern aber überrascht und ermordet worden. Die Matten hatten sich schnell in Asche verwandelt, da sie aus einem Material bestanden, welches vom Feuer in wenigen Augenblikken verzehrt wird. Darum waren die Tore die einzigen Punkte, wo man aus der alles versengenden Glut hinaus ins Freie konnte. Diesen Stellen eilten die Unglücklichen zu.

Aber die Sklavenjäger hatten das vorberechnet und sich in ausreichender Anzahl dort postiert. Jeder erwachsene Belanda, welcher vor einem der Tore erschien, wurde sofort erschossen; dasselbe Schicksal erlitten die alten Frauen. Die jüngeren Personen riß oder schlug man nieder und band sie mit Stricken, welche zu diesem Zweck in großem Vorrat auf den Lasttieren mitgebracht worden waren.

Die Szene, welche das gab, läßt sich unmöglich beschreiben. Männer kamen gesprungen, mit Kindern auf den Armen, die sie retten wollten. Sie stürzten, von den Kugeln getroffen, nieder, und dann riß man die Kinder aus ihren Armen. Hier kam eine alte Frau durch das Tor gerannt, laut aufjubelnd, daß sie dem Feuer entgangen war, in demselben Augenblick wurde sie mit dem Kolben niedergeschmettert. Ein junges Weib flüchtete sich, zwei Knaben nach sich ziehend, durch das Tor. Die Kinder wurden ihr sofort entrissen, sie selbst warf man sofort nieder, um sie an Händen und Füßen zu binden. Ein stämmiger Neger, welcher in weiten Sätzen zwischen den brennenden Tokuls nach dem Tor rannte, wurde von der Kugel nicht tödlich getroffen. Er erhielt mit dem Flintenlauf einen Stoß vor den Magen, so daß er niederstürzte, dann schnitt man ihm die Achillessehne durch, so daß der Ärmste nicht entspringen konnte.

Es geschahen ähnliche und noch viel schlimmere Taten, so daß sich die Feder sträubt, sie zu beschreiben. Aus den einzelnen Schreien, welche man zuerst gehört hatte, war ein allgemeines Geheul und Gebrüll geworden. Die Neger hatten erkannt, daß sie es nicht mit einem zufällig ausgebrochenen Feuer, sondern mit einer Ghasuah zu tun hatten, welcher sie nicht entrinnen konnten. Die Männer wußten, daß sie dem unerbittlichen Tod verfallen seien. Viele von ihnen rotteten sich zusammen, um kämpfend zu sterben. Da sie aber keine Zeit gefunden hatten, ihre Waffen dem Feuer zu entreißen, so waren sie nur auf ihre Fäuste angewiesen und wurden schnell niedergemetzelt. Andere hatten ein Messer gefunden und benutzten dasselbe, sich selbst den Tod zu geben, indem sie sich damit erstachen. Einige sprangen freiwillig in die lodernden Flammen und rissen ihre Frauen oder Kinder mit hinein, um sie vor der Sklaverei zu retten.

Schwarz war es unmöglich, solche Szenen anzusehen. Er wendete sich ab. Er fühlte sich unbeschreiblich unglücklich, nicht etwa aus Sorgen um sich selbst, sondern weil er gezwungen war, Zeuge dieser Grausamkeiten zu sein. Das Heulen der unglücklichen Neger, das Jauchzen der Sklavenjäger wollten ihm die Besinnung rauben. Die letzteren kamen ihm im Schein der lodernden Flammen wie Teufel vor, welche um die Seelen der Verdammten ihre höllischen Reigen tanzen. Hätte es ihm ein Wort gekostet, sie alle in den Tod zu schicken, er hätte es getan, ohne sich ein Gewissen daraus zu machen.

Als seit dem Aufzucken der ersten Flamme eine halbe Stunde vergangen war, sah man das grausige Werk vollendet. Es erschien kein Neger mehr, um sich aus den Flammen zu retten. Wer sich nicht in den Händen der Sklavenjäger befand, war von denselben getötet worden oder im Feuer umgekommen.

Draußen vor dem brennenden Dorf befanden sich die erbeuteten Herden, von einer Anzahl Asaker bewacht. Die anderen hüteten die Gefangenen. Diese befanden sich in einem Zustand teils der größten Aufregung, teils der tiefsten Niedergeschlagenheit. Die meisten saßen am Boden, still weinend oder lautlos vor sich hinstarrend. Andere rasten zwischen diesen umher, gebärdeten sich wie wahnsinnig und brüllten vor Verzweiflung wie wilde Tiere. Sie wurden mit der Peitsche sehr bald zur Ruhe gebracht.

Nun gebot Abd el Mot, die Beute zu zählen. Die Unteroffiziere gingen umher, um die Gefangenen mit Kennerblicken zu mustern. Die einzelnen „Arten" wurden voneinander geschieden und zu Gruppen vereinigt. Man hatte gegen vierhundert Knaben, ebensoviel Mädchen und fast zweihundert jüngere Frauen erbeutet. Außerdem gab es noch viele kleine Kinder, welche man ihren Müttern einstweilen noch ließ. Im ersten Augenblick war es notwendig gewesen, den Gefangenen auch an die Füße Fesseln zu legen, dann aber hatte man sie von denselben befreit, um ihnen die notwendigste Beweglichkeit zu gestatten. Sie wurden wieder zusammen getrieben und mußten sich niedersetzen. An die Flucht dachte keine dieser unglücklichen Personen. Sie waren ja rund von bewaffneten Männern umstellt, und man hatte ihnen gedroht, daß, wer es wage, von seinem Platz auch nur aufzustehen, augenblicks erschossen werde.

An einen Schlaf war nicht zu denken, weder bei den Gefangenen noch bei den Sklavenjägern. Diese letzteren hatten noch nie einen so reichlichen Fang gemacht. Beinahe tausend Sklaven, ohne das Vieh, welches eine ebenso wertvolle Beute war! Das machte diese Menschen beinahe wonnetrunken. Sie jubelten, lachten und scherzten und erzählten einander die Heldentaten, welche sie ausgeführt hatten, indem sie die fliehenden Männer erschossen, erstachen oder niederschlugen.

Abd el Mot war stolz auf das Gelingen seines Raubzugs, er befand sich in der heitersten Laune. Die Folge davon war, daß er in fast freundlichem Ton zu dem Deutschen sagte: „Ihr werdet Hunger haben. Soll ich euch zu essen geben lassen?"

„Nein", antwortete Schwarz. „Ich bin satt, vollständig satt. Wer könnte jetzt ans Essen oder Trinken denken!"

„Ganz wie du willst! Freust du dich nicht, so viele Gefährten bekommen zu haben, denen du dein Unglück klagen kannst?"

„Spotte immerhin! Ich bin glücklicher als du. Wenn du einst über es Ssireth, die Brücke des Todes gehst, werden die Seelen der heute Ermordeten dich in die grausigste Tiefe ziehen, und weder Allah noch dein Prophet werden sich deiner erbarmen. Mir graut vor dir!"

„Du bist sehr aufrichtig. Eigentlich sollte ich dich dafür bestrafen, aber mein Herz ist heiter gestimmt, und so will ich dir verzeihen. Ich will dir sogar den Beweis einer Güte geben, zu welcher ich mich sonst nur schwer zu verstehen pflege. Ihr werdet ermüdet sein und der Ruhe bedürfen. Die Schebah verhindert euch, zu schlafen. Ich will sie euch abnehmen lassen und hoffe, daß ihr mir für diese Gnade danken werdet."

Er gab einigen seiner Leute den betreffenden Befehl. Diese nahmen den beiden die Gabeln vom Hals, doch erstreckte sich die gewährte Erleichterung nicht so weit, wie Schwarz vermutet hatte. Er mußte sich vielmehr mit dem Rücken auf die Schebah legen und wurde mit derselben so zusammengebunden, daß er lang ausgestreckt am Boden lag und sich nicht bewegen konnte. Dem Emir erging es ebenso. Dann mußte sich ein Soldat zwischen sie setzen, um sie während der Nacht zu bewachen.

Diese Nacht war die schrecklichste, welche Schwarz jemals erlebt hatte. Er vermochte kein Auge zuzutun, und wenn er die Lider ja einmal schloß, so führte die aufgeregte Phantasie die erlebten Szenen an seinem Inneren vorüber. Die wenigen Stunden bis zum Morgen wurden ihm zur Ewigkeit, und er war unendlich froh, als der erste Schimmer des Tages die Sterne erbleichen ließ.

Aber wenn er der Ansicht gewesen war, daß der Tag ihn weniger Grausamkeiten werde sehen lassen als die Nacht, so hatte er sich geirrt.

Zunächst verrichteten die Sklavenjäger ihr Morgengebet. Dann wurde die Fahne aufgesteckt und der Fakir las, an derselben stehend, die Sure des Sieges vor. Hierauf wurden mehrere Rinder und viele Schafe geschlachtet, um als Festspeise verzehrt zu werden. Die Gefangenen mußten die Orte angeben, wo ihre Matmurah und Siebah lagen.

Unter Matmurah versteht man große, tiefe Gruben, in denen die Durrah aufbewahrt zu werden pflegt. Siebah sind kleine, auf Steinen errichtete und gut zugedeckte zylindrische Bauten, welche dem gleichen Zweck dienen.

Man schaffte ganze Haufen von Durrah herbei, welche die gefangenen Frauen mahlen mußten, um dann Kisrah daraus zu backen und Merissah zu bereiten. Für Abd el Mot, die Unteroffiziere und einige Soldaten, welche sich besonders ausgezeichnet hatten, wurde Mararah gebraten.

Diese gilt im ganzen Sudan als großer Leckerbissen und wird aus der Leber, den Gedärmen und der Galle bereitet. Diese letztere Zutat läßt es ganz selbstverständlich erscheinen, daß die Mararah einem Europäer unmöglich munden kann.

Während diese Vorbereitungen getroffen wurden, ereignete sich etwas, was Schwarz mit Schauder erfüllte. Die Gefangenen sollten natürlich nach der Seribah Abu el Mots transportiert werden. Kleinere Kinder waren dabei hinderlich und unbequem. Darum gab Abd el Mot den Befehl, alle Kinder, welche das Alter von vier Jahren noch nicht erreicht hatten, zu töten. Die Aufregung, welche dieses Gebot bei den unglücklichen Müttern hervorbrachte, läßt sich gar nicht beschreiben. Sie wollten die Kinder nicht hergeben, sie wehrten sich wie die Löwinnen, doch vergeblich. Man bezwang sie mit der Peitsche. Als dieses unmenschliche Morden getan war, wurde die übrige Menschenbeute in der bekannten Weise aneinander gebunden, und dann erst ordnete sich die ganze Kolonne zum Abzug. Vorher kam aber Abd el Mot zu dem Emir und dem Deutschen, welche noch auf der Schebah an der Erde lagen, und sagte: „So macht man es mit dem schwarzen Fleisch, welches man nicht gebrauchen kann. Ihr werdet mir zugeben, daß dies sehr klug gehandelt heißt."

„Du bist ein Satan!" antwortete Schwarz in höchstem Zorn.

„Schimpfe und denke nicht, daß ich stets guter Laune bin."

„Stände ich mit freien Gliedern vor dir, so wollte ich dir zeigen, in welcher Laune ich mich jetzt befinde!"

„Was würdest du tun?"

„Ich erwürgte dich! Ich sage dir, der Augenblick, welcher mir die Freiheit wiedergibt, ist zugleich der Augenblick deines Todes!"

„Drohe und belle immerhin, du Hund!" lachte der Sklavenjäger höhnisch. „Du wirst die Freiheit nicht wieder verkosten. Jetzt schone ich dich, sind wir aber auf der Seribah angekommen, so werde ich euch meine Rache in einer Weise fühlen lassen, daß euch die Verdammnis der Hölle dagegen als Seligkeit erscheint!"

ELFTES KAPITEL

Schwarz und Pfotenhauer

Als der Vater des Storchs zu seinem Boot zurückgekehrt war, hatte er nicht mit dem Aufbruch gesäumt. Die Sterne leuchteten hell genug, die Stromfahrt trotz der Nacht wagen zu lassen. Das Boot wurde losgebunden und nach der Mitte des Flusses gesteuert, wo sich die Niam-niam kräftig in die Ruder legten. Sie hatten, während sie auf den Grauen warteten, gegessen und sich ausgeruht, so daß das Boot unter dem Druck ihrer muskulösen Arme mit der Schnelligkeit eines Fisches abwärts schoß, von der kundigen Hand des Sohnes des Geheimnisses gesteuert.

Diese Leute waren an das südliche Klima und die hiesigen Verhältnisses gewöhnt; sie konnten selbst außergewöhnliche Anstrengungen vertragen. Anders ist es mit dem Fremden, dem die Sorge für seine Gesundheit die möglichste Schonung seiner Kräfte gebietet. Darum hüllte Pfotenhauer sich in seine Decke und legte sich im Vorderteil des Fahrzeugs nieder, um einige Stunden zu schlafen.

Er kannte den eigentümlichen Reiz, welchen die nächtliche Szenerie des gewaltigen Stroms gewährt, genug, um sich diesen Genuß für heute einmal versagen zu können. Sein Schlaf war tief und lang, denn als er erwachte, stand die Sonne schon hoch über dem Wald von Dalebpalmen, welcher am rechten Ufer stand, in dessen Nähe der Sohn des Geheimnisses jetzt steuerte, und als er die Uhr zog, sah er zu seinem Staunen, daß er bis morgens zehn Uhr geschlafen hatte.

Die Niam-niam arbeiteten jetzt in der Weise, daß nur die Hälfte von ihnen ruderte, um von den anderen, wenn diese ausgeruht hatten, abgelöst zu werden. Übrigens hatte das Wasser hier einen so bedeutenden Fall, daß es, um schnell zu fahren, keiner anstrengenden Nachhilfe mittels der Ruder bedurfte.

Zum Essen brauchte man keiner besonderen Pause, wer essen wollte, der aß, wenn er von der Arbeit abgelöst worden war. Getrunken wurde sehr einfach aus dem Fluß, und so suchte man das Ufer während des ganzen Tages gar nicht auf, bis man am späten Nachmittag durch einen Umstand dazu gezwungen wurde, welcher den Insassen des Bootes beinahe gefährlich geworden wäre.

Man näherte sich einer scharfen Krümmung des Flusses. Der konvex vorspringende Rand des rechten Ufers machte, daß man nicht sah, was jenseits dieser Krümmung lag und geschah. Da stand der Steuermann von seinem Platz auf, hielt die Hand muschelförmig an das Ohr, lauschte einige Augenblicke nach vorn und sagte dann: „Schu haida! Rina - was höre ich! Einen Gesang!"

„Wo? Auf dem Fluß?"

„Ja. Es kommen Menschen. Wer mag das sein? Doch nicht etwa Abu el Mot mit seinen Schiffen!"

„Wir dürfen uns nicht sehen lassen. Also rasch ans Ufer!"

„An welches?"

„An das linke, denn dort ist Schilf, in dem wir uns verbergen können; hier am rechten aber gibt es wenig davon."

Der Sohn des Geheimnisses gehorchte und steuerte nach links. Als das Boot so weit hinüber war, daß man um die Krümmung blicken konnte, nahm der Graue sein Fernrohr zur Hand. Kaum hatte er es angesetzt, so rief er erschrocken: „Schnell zurück, zurück nach rechts, sonst werden wir entdeckt! Ich sehe zwei Schiffe, aber auch Menschen, welche am Ufer laufen."

Sofort riß der Steuermann das Ruder auf die andere Seite, und die Schwarzen legten sich so mächtig in die Riemen, daß das Boot eine so scharfe Wendung machte, daß es fast gekentert wäre.

„Leute am Ufer?" fragte der Sohn des Geheimnisses. „Lagen die Schiffe denn vor Anker?"

„Nein, sie fuhren. Ich habe die Segel gesehen."

„Dann haben sie das Liban - Zugseil am Mast, um schneller vorwärts zu kommen. Wenn es zwei Schiffe sind, so gehören sie Abu el Mot. Ich war sehr unvorsichtig, daß ich deinem Befehl, nach links zu steuern, gehorchte. Ich hörte die Leute singen. Das tun sie nur, wenn sie am Liban ziehen oder mit den Mitarah - der Stoßstange arbeiten. Zum Glück hat hier rechts das Wasser eine Gras- und Omm Sufahinsel angeschwemmt, welche uns verbergen wird."

Er steuerte das Boot scharf mitten in diese Insel hinein und ließ dann den Anker fallen. Das war, so weit man sehen konnte, am rechten Ufer der einzige Ort, welcher Schutz gewähren konnte. Aber diese Insel war so niedrig, daß die Männer sich in das Boot legen mußten, um nicht gesehen zu werden.

Der Deutsche mußte das scharfe Gehör des jungen Steuermanns bewundern, denn er selbst hatte nichts von einem Gesang vernommen. Er hörte selbst jetzt noch keinen Ton, obgleich der Jüngling behauptete, das Singen jetzt sogar deutlicher als vorher zu vernehmen.

Bald jedoch drangen die Töne auch in Pfotenhauers Ohr. Es waren die zwei Silben heh-lih, heh-lih, welche immerfort wiederholt wurden. Heh fiel auf den Grundton und lih auf die kleine Terz, die Tonart war also Moll.

Dann aber war eine längere Melodie, ein Lied zu hören, welches mehrere Strophen hatte. Die Worte der ersten waren noch undeutlich; bei der zweiten aber hatten sich die Schiffe schon so weit genähert, daß man den Gesang verstehen konnte. Der Deutsche vernahm die vier Verse:

„Gereb el beled, gered laoda,
Tered ab schora a loba hamoda.
Ja Rabb, sber t'adil taraqu,
De gib nau mah moktaf rafiqu."

Man sieht, daß diese Verse sich reimen. Ins Deutsche übersetzt, lauten sie:

„Immer näher der Heimat,
Singen und freuen wir uns herzlich,
O Gott, gib gute Fahrt,
Wind und den Ruderern Kraft!"

Jetzt kam das erste Schiff um die Krümmung. Es war ein Sandal und hatte volle Segel an den zwei Masten. Vom Vordermast ging das Zugseil nach dem jenseitigen Ufer, an dem man etwa ein Dutzend Männer sah, welche sich vorgespannt hatten. Hinten neben dem Steuermann standen zwei Personen, welche sehr in die Augen fielen, eine sehr lange und sehr dürre, in arabische Tracht gekleidete Gestalt und neben derselben ein Mann, dessen Kleidung aus drei Stücken bestand. Das erste war eine Art Badehose, welche kaum bis an das Knie reichte, das zweite ein Pantherfell, welches ihm hinten von den Schultern nieder hing, und das dritte eine sehr hohe, zuckerhutförmige Kopfbedeckung, welche ganz mit Kaurimuscheln bedeckt war und von deren Spitze bunte Glasperlen herabhingen. Sein Gesicht war nicht ganz negerschwarz.

„Der Lange ist Abu el Mot", sagte der Sohn des Geheimnisses.

„Ist er es?" antwortete der Graue. „Diesen Kerl muß ich mir genau betrachten."

E legte sein Fernrohr auf den Rand des Bootes und richtete es nach dem berüchtigten Sklavenjäger. Dann fuhr er fort: „Er hat freilich ganz das Aussehen des Todes. Dieser Mensch ist ein wahres Gerippe. Wer mag der andere sein, welcher neben ihm steht?"

„Er ist ein Beng-did - ein großer Herr, ein Häuptling der Nuehr, denn bei ihnen dürfen nur die Anführer solche Mützen tragen. Siehst du die Schwarzen, welche mit den Stoßstangen arbeiten und dabei singen? Das sind Nuehr. Ich ersehe das aus der Art und Weise, wie sie ihr Haar tragen."

„So kommt dieser Abu el Mot viel eher, als ich dachte. Wie weit haben wir noch bis zur Seribah Madunga?"

„Wir werden sie gerade mit Sonnenuntergang erreichen. Sie liegt am rechten Ufer des Stroms; darum hat Abu el Mot sich an das linke gehalten. Wären wir nicht so schnell umgekehrt, so hätten diese Leute uns jetzt schon entdeckt. Weil ihnen die Lebensmittel fehlen, beeilen sie sich sehr und verlassen sich nicht bloß auf den Wind."

Dieser war dem Sandal günstig, denn er kam aus Nord. Die Stoßstangen vermehrten die Geschwindigkeit des Fahrzeugs so, daß die Leute, welche am Ufer am Seil zogen, Trab laufen mußten.

Als der Sandal vorüber war, erschien das zweite Schiff, ein etwas kleinerer Noqer, welcher auch unter vollen Segeln ging und überdies vom Ufer aus am Seil gezogen wurde. Sein Deck war von Nuehrs gefüllt.

Das Lied war zu Ende, man hörte wieder das einfache hehlih, heh-lih, welches desto leiser wurde, je weiter sich die beiden Schiffe aufwärts entfernten. Doch erst nach einer Viertelstunde hatten sie eine so genügende Strecke zurückgelegt, daß der Sohn des Geheimnisses sagen konnte: „Jetzt kann man uns nicht mehr sehen. Es war mir doch bange, als sie vorüber kamen. Allah sei Dank, daß wir nicht entdeckt worden sind!"

„Pah! Was hätte uns geschehen können!" meinte der Graue.

„Zu Sklaven hätte man uns gemacht."

„Auch mich?"

„Uns sicher."

„Wir hätten uns gewehrt."

„Wahrscheinlich ohne Erfolg. Deine Waffen sind vortrefflich, aber wir wären doch zu schwach gegen diese Übermacht gewesen. Besser ist es auf jeden Fall, daß wir gar nicht gesehen worden sind. Jetzt wollen wir fort."

Der Anker wurde aufgenommen, und dann nahm das Boot die unterbrochene Fahrt wieder auf. Die Ruderer strengten ihre Kräfte doppelt an, um die versäumte Zeit einzubringen.

Als die Sonne hinter dem linken Ufer des Stroms und den dort stehenden Bäumen verschwunden war, zeigte es sich, daß der Steuermann ganz richtig geschätzt hatte. Man sah am rechten Ufer eine breite Mischrah, unter welchem Wort man eine Landestelle für Schiffe, eine Tränkstelle für die Herden und zugleich einen Weg versteht, welcher vom hohen Ufer herab nach dem Fluß führt.

„Das ist die Seribah", sagte der Sohn des Geheimnisses.

„Das?" fragte der Graue, indem er den Platz betrachtete. „Man sieht doch nichts von ihr!"

„Weil sie nicht am Wasser, sondern auf dem Thaharah - dem hohen Ufer oder Landrücken liegt. Ich kenne den Herrn, welchem sie gehört, und weiß, daß er uns willkommen heißen wird."

Er steuerte das Boot nach der Mischrah und legte an derselben an. Man ließ den Anker fallen und befestigte das Fahrzeug außerdem an einen der Pfähle, welche zu diesem Zweck eingerammt waren. Ein zur Seribah gehöriger Kahn lag nicht am Ufer. Man pflegt die Boote innerhalb der Umzäunung aufzubewahren, damit sie nicht weggeführt werden können.

Pfotenhauer glaubte, daß seine Ankunft von der Niederlassung gar nicht bemerkt worden sei; aber er irrte sich, denn kaum war er ausgestiegen, so scholl es hinter einem nahen Gebüsch hervor: „Halt, nicht weiter! Wer seid ihr?"

Er blickte nach der Stelle hin und sah einige Flintenläufe durch die Zweige auf sich gerichtet. Seine Nase schwang sich sofort nach der entgegengesetzten Seite des Gesichts, als wolle sie es verhüten, von einer Kugel getroffen zu werden.

„Tut die Flinten weg!" antwortete er. „Wir kommen nicht in feindlicher Absicht."

„Woher kommt ihr?" lautete die weitere Frage, ohne daß ein Mensch sich sehen ließ. „Antwortet, oder ich muß schießen!"

Die Stimme des verborgenen Sprechers klang eigentümlich schnarrend, als ob er die Laute alle hinten am Gaumen bilde. Der Sohn des Geheimnisses hatte sich noch im Boot zu schaffen gemacht. Jetzt stieg er als Letzter aus und rief als Antwort nach dem Busch hin: „Du kannst es glauben, daß wir Freunde sind.

Ich erkenne dich an deiner Stimme, el Schachar - Schnarcher. Komm nur hervor!"

„Dieser junge Mensch kennt meinen Namen", erklang es wieder, „folglich habe ich nichts zu befürchten. Wir kommen."

Das Gesträuch teilte sich, und es erschien ein alter, graubärtiger Mensch, der eine lange Flinte in der Hand hielt. Ihm folgten drei andere. Sie waren Weiße, aber ganz so spärlich gekleidet, wie die Neger es gewöhnlich sind.

„Woher kennst du mich denn?" fragte er, indem er näher kam.

„Das wirst du dir gleich selbst sagen, wenn du mich genauer anschaust."

„So? Ich habe dich noch nie...", er hielt inne, betrachtete den Jüngling noch einmal und fuhr dann fort: „Solltest du der Knabe sein, welcher damals so gern Abd el Mot kennenlernen wollte?"

„Ja, der bin ich."

„Allah! Bist du wirklich der Junge, welcher besser schießen konnte als ich? Dann hast du dich sehr zu deinem Vorteil verändert. Als ich dich nicht wiedersah, glaubte ich, dir sei bei Abd el Mot ein Unglück zugestoßen. Ich habe mich also geirrt, und das freut mich sehr. Sei mir willkommen!"

Er reichte dem jungen Mann freundlich die Hand. Dieser schüttelte ihm die seinige und fragte: „Ist der Herr der Seribah daheim?"

„Nein. Er ist hinüber nach Jau geritten, um Pulver zu holen. Darum hat er mir selbst die Bewachung der Mischrah anvertraut. Du weißt, daß er sich auf mich verlassen kann."

„Ja, du bist der älteste Askari dieser Seribah. Sahst du zwei Schiffe vorüber segeln?"

„Wir sahen sie, haben sie aber nicht angesprochen."

„Weißt du, wer sich auf denselben befand?"

„Nein. Sie hielten sich hart an das andere Ufer, und der Fluß ist hier so breit, daß man wohl die Schiffe, nicht aber die Menschen, welche sich darauf befinden, sehen kann."

„Es war Abu el Mot."

„Dieser? Der Schejtan mag ihn fressen! Wäre er näher vorüber gekommen, so hätte ich ihm eine Kugel gegeben. Wer aber ist denn dieser fremde Mann, und was will er hier?"

Er deutete auf Pfotenhauer.

„Er ist ein väterlicher Freund von mir„, antwortete der Steuermann, „und wünscht einige Tage hier bleiben zu dürfen, um Bekannte zu erwarten, welche ihn hier abholen wollen."

„Er wird willkommen sein. Führe ihn hinauf in die Seribah zum Leutnant, welcher während der Abwesenheit des Herrn das Kommando führt! Das Boot könnt ihr hier lassen. Ich werde es bewachen."

Der Sohn des Geheimnisses wandte sich wie einer, welcher den Weg genau kennt, der Mischrah zu und forderte den Grauen auf, ihm zu folgen. Die Niam-niam kamen schweigend hinterdrein.

Es hatte früher hier Wald gegeben, doch war er so gelichtet worden, daß er diesen Namen nicht mehr verdiente. Das Ufer war ziemlich steil und sehr hoch, doch verursachte der Aufstieg keine Beschwerde, denn der Weg war von täglich nach dem Fluß zur Tränke geführten Herden breit ausgetreten.

Als Pfotenhauer oben ankam, sah er die Seribah vor sich liegen. Sie war von größerem Umfang als diejenige Abu el Mots und besaß etwas, was hier eine große Seltenheit genannt werden mußte, nämlich ein aus Stämmen und Brettern errichtetes Türmchen, um welches eine schmale Galerie führte. Das war das Minarett der Seribah.

Vor dem Tor, welches durch die starke Umzäunung führte, stand ein Wachtposten, welcher die Ankömmlinge eintreten ließ, ohne eine Frage auszusprechen. Jetzt konnte man die zahlreichen Tokuls sehen, aus denen diese Niederlassung bestand. Zwischen den Hütten herrschte ein reges, kriegerisches Leben. Es sah aus, als ob man sich hier zu einem Kriegszug rüste.

Rechts und links vom Minarett stand je ein größerer Tokul, nach welchem der Sohn des Geheimnisses seine Schritte lenkte, ohne auf die neugierigen Blicke zu achten, mit denen er von den Bewohnern der Seribah angeschaut wurde.

„Rechts wohnt der Herr und links der Leutnant", erklärte er dem Deutschen. „Da der erstere nicht anwesend ist, müssen wir uns dem letzteren melden."

Sie hatten den links liegenden Tokul noch nicht ganz erreicht, als der Herr desselben aus der Tür trat. Er sah überrascht auf, als er die Nahenden erblickte; kaum aber hatte er den Jüngling gesehen, so rief er aus: „Knabe, du bist es? Du läßt dich wieder einmal sehen! Wir glaubten dich verloren. Sei willkommen und sage, wen du uns bringst! Das sind Niam-niam. Soll ich sie zu Sklaven machen?"

Er war vielleicht noch älter als der Schnarcher, welcher unten am Fluß Wache stand. Auch er schüttelte dem Jüngling die Hand; dieser antwortete: „Sie sind meine Brüder, denn ich wohne bei ihnen. Ich komme, um dir diesen fremden Effendi zu empfehlen, welcher für einige Tage dein Gast sein möchte."

Er deutete auf den Deutschen. Der Leutnant reichte auch diesem die Hand und sagte: „Wer du auch bist, ich heiße dich willkommen, da dich dieser Knabe zu mir bringt. Er mag deine Niam-niam zu unseren Negern führen, bei denen sie sich wohlbefinden werden. Dir aber will ich den Tokul anweisen, welcher für unsere Besucher bestimmt ist. Folge mir!"

Er brachte den Grauen nach einer Hütte, deren Bestimmung man ihr bereits von außen anmerkte, denn sie war sorgfältiger gebaut und sah viel sauberer aus als die anderen Bauwerke, obgleich sie aus dem gleichen Material bestand. Das Innere entsprach dem Äußeren. Der Boden war mit Fellen belegt und auf der sich rundum ziehenden Erhöhung, welche als Sitz und Schlafstätte diente, lagen weiche Decken. In der Mitte hing eine Lampe herab, und in der Wand waren sogar einige Fensteröffnungen angebracht.

„Dieses Haus ist dein", sagte der Leutnant. „Mache es dir bequem! Ich gehe, dir einen Diener zu senden, welcher den Befehl erhält, dir alles zu bringen, was du bedarfst. Wenn du ausgeruht hast, werde ich dich besuchen."

Pfotenhauer konnte mit diesem Empfang sehr zufrieden sein. Er hatte ein eigenes Haus bekommen, ohne nach seinem Namen und seinen Absichten befragt zu werden.

Als der Leutnant den Tokul verlassen hatte, ertönte draußen der weithin hörbare Ton des Klangbretts, und dann erscholl die Stimme des Ausrufers: „Eilt zum Gebet! El Mogreb ist da, denn die Sonne will im Westen verschwinden. Es ist nur ein Gott, und Mohammed ist sein Prophet. Bezeugt, daß es nur diesen einen gibt! Allah akbar, Allah hu akbar!"

Der Deutsche trat an das Fenster und erblickte den Ausrufer auf der Galerie des Türmchens. Unten lagen die Leute auf den Knien, um zu beten. Er konnte von seinem Fenster aus in gerader Richtung bis nach dem Tor sehen, durch welches er gekommen war. Eben als der Ausrufer seinen Spruch begonnen hatte, waren dort mehrere Männer erschienen, von denen anzunehmen war, daß sie nicht zu der Seribah gehörten. Auch sie waren auf die Knie gesunken. Nach dem Gebet erhoben sie sich wieder und schritten auf den Tokul des Leutnants zu.

Sie waren Soldaten, aber nicht etwa Asaker einer Seribah, sondern wirkliche Soldaten, denn sie trugen, nur einen ausgenommen, die Uniform des Vizekönigs. Der Voranschreitende war Offizier. Er trug die Abzeichen eines Kolarghasi - eines Hauptmanns. Neben ihm ging ein kleiner Kerl, welcher auch in eine Uniform gekleidet war, aber in was für eine! Er hatte nämlich eine blaue Hose an, deren Beine nur das Knie erreichten. Darüber trug er einen uralten, roten, englischen Militärfrack, auf dessen Schultern mächtige wollene, französische Epauletten befestigt waren. Um den Kopf war eine Art Turban geschlungen, von dem lange Federn herabhingen. Da der Frack vorn weit auseinander ging, sah man, daß dieser Mann weder eine Weste noch ein Hemd hatte. Um die Taille ging ein Ledergurt, in welchem zwei Pistolen und ein Messer steckten; auch hingen mehrere Beutel an demselben, welche wohl verschiedene notwendige Kleinigkeiten enthielten. In der Hand trug er ein altes, schweres Gewehr, welches von ungewöhnlich großem Kaliber war.

Dieser Mann trat mit dem Offizier bei dem Leutnant ein. Die vier Soldaten, welche mit ihnen gekommen waren, blieben vor der Tür stehen.

Das war es, was der Graue bei dem schnell scheidenden Tageslicht hatte sehen können; dann wurde es dunkel, und ein Neger kam herein, um die Lampe anzubrennen und zu melden, daß er der verheißene Diener sei. Er entfernte sich wieder, um gleich darauf dem Gast einen Krug voll Merissah und einige neugebackene Fladenbrote zu bringen.

Kurze Zeit später kam der Sohn des Geheimnisses zu dem Deutschen, um zu erfahren, ob es ihm in seiner Wohnung gefalle.

„Ganz gut“, antwortete dieser. „Wo wohnst denn du?“

„In dem Tokul des Schnarchers, welcher sich sehr darüber freuen wird, mich bei sich zu finden, wenn er abgelöst worden ist.“

„Ich war ganz erstaunt, zu hören, daß ihr einander kennt. Du warst schon hier?“

„Wie du gehört hast, ja.“

„Wie lange?“

„Mehrere Monate.“

„Wann?“

„Vor vier Jahren.“

„Was wolltest du hier?“

„Herr, das ist ein Geheimnis.“

„So! Ich hörte, daß es sich dabei um Abd el Mot gehandelt hat. Du hast also ihn und Abu el Mot schon früher gekannt?“

„Ja, Effendi.“

„Ohne mir ein Wort davon zu sagen!"

„Zürne mir nicht! Es ist das eine Sache, von welcher ich nicht spreche."

„Ich beabsichtige keineswegs, in deine Geheimnisse zu dringen. Aber sage mir nur das eine, ob du damals allein oder in Begleitung hierher gekommen bist!"

„Auch hiervon spreche ich nicht gern."

„Gut! Hast du die Fremden gesehen, welche vorhin gekommen sind?"

„Ja. Ich war dabei, als der Leutnant mit ihnen sprach. Der Offizier ist mit einer Dahabieh - einem größeren Nilschiff bis in die Nähe der Seribah gekommen und hat angefragt, ob er unten an der Mischrah Anker werfen darf."

„Woher kommt er?"

„Stromaufwärts. Er fragte, ob der Leutnant nicht wisse, ob Abu el Mot auf seiner Seribah angekommen sei."

„Hast du nicht gefragt, ob dieser Offizier vielleicht Reisende auf seinem Schiff habe?"

„Nein. Er sprach mit dem Befehlshaber, nicht aber mit mir."

„Es ist doch leicht möglich, daß sich der Bruder meines Gefährten auf dieser Dahabieh befindet. Ich werde zu dem Hauptmann gehen, um ihn zu fragen."

„Er ist nicht mehr hier, sondern mit seinen Soldaten wieder fort, um das Schiff herbei zu holen."

„So muß ich warten, bis er zurückkehrt."

„Das ist nicht notwendig, denn sein Begleiter, welcher das Kleid eines Babral - Papageien trägt, ist hier geblieben. Soll ich ihn zu dir senden?"

„Ja, hole ihn!"

Der Sohn des Geheimnisses ging, und bald darauf trat der Rotbefrackte ein. Sein Gesicht war voller Pockennarben, und vielleicht war es eine Folge dieser Krankheit, daß sein Bart nur aus wenigen Haaren bestand, welche er aber steif gummiert hatte, daß sie wie Borsten nach den Seiten standen. Er verbeugte sich auf orientalische Weise und sagte: „Ich höre, daß du ein Effendi bist und mich sprechen willst. Was hast du mir zu sagen?"

„Ich wollte gern wissen, woher die Dahabieh kommt, auf welcher du gefahren bist."

„Sie kommt von Faschodah herauf."

„Ah! Hast du dich gleich von Faschodah aus auf diesem Schiff befunden?"

„Ja."

„Wer sind die Passagiere?“
„Lauter Soldaten.“
„Sind keine Zivilisten dabei?“
„Einige.“
„Wer sind diese Leute?“
„Vor allen Dingen ich!“
„Du bist also nicht Soldat?“
„Nein.“
„Trägst aber doch Uniform?“
„Weil es mir so beliebt, und weil meine Reise eine kriegerische ist.“
„Willst du mir deinen Namen sagen?“
„Meinen eigentlichen Namen würdest du nicht aussprechen können. Gewöhnlich werde ich Abu el Hadasch scharin, Vater der elf Haare, genannt. Bei mir befindet sich mein Kamerad Abu Dikh, der Vater des Gelächters.“
„Weiter niemand?“
„Noch einer, ein großer Gelehrter und Effendi, dessen Freund und Adjutant ich bin.“
„Wie heißt er?“
„Abu 'l arba ijun, Vater der vier Augen.“
„Der vier Augen. So trägt er wohl eine Brille?“
„Ja.“
„Wo will er hin?“
„Zu den Niam-niam und vorher nach der Seribah, welche Abu el Mot gehört.“
Bisher hatte der Deutsche gesessen; jetzt sprang er auf und rief: „Er ist ein Fremder, ein Deutscher, und heißt Schwarz?“
„Das ist er, und so heißt er, ja. Kennst du ihn?“
„Nein, aber ich kenne seinen Bruder, der ihm entgegen gefahren ist. Also er ist da, er ist hier, er wird mit der Dahabieh kommen?“
„So ist es. Ich werde jetzt hinunter zur Mischrah gehen, um ihn zu empfangen.“
„Ich begleite dich. Ich muß dort sein, wenn er aussteigt. Ich muß ihn begrüßen!“
„So komm! Deine Begleitung ist mir nicht unangenehm.“
Er sagte das im Ton eines Gönners, welcher sich in guter Stimmung befindet. Pfotenhauer nahm das ruhig hin. Sie verließen den Tokul und auch die Seribah, ohne von dem Torposten angehalten zu werden, und schritten zum Strom hinab. Dort stand der Schnarcher noch mit seinen Leuten. Das Boot, mit

welchem der Deutsche gekommen war, lag am Ufer. Da es bequeme Sitze bot, setzten sich die beiden hinein.

„Also du bist sein Freund und Adjutant! Seit wann denn?" fragte der Graue.

„Seit Faschodah. Wir lernten uns in der Wüste kennen, wo wir zwei Löwen töteten und die Homr besiegten, welche uns überfallen wollten. Er ist ein außerordentlich tapferer und gelehrter Mann."

„Das weiß ich."

„Und er tut nichts ohne mich!" fügte der Kleine wichtig hinzu.

„So! Dann seid ihr wohl recht vertraut miteinander?"

„Außerordentlich! Wie zwei Brüder! Das versteht sich auch ganz von selbst, da auch ich Gelehrter bin."

„Du?"

„Ja, ich! Glaubst du das?"

„Ich glaube es, da du mir bis jetzt das Gegenteil noch nicht bewiesen hast."

„Das wird auch nie bewiesen werden. Bei meinem Latein nehme ich es mit jedem auf."

„Latein?" fragte Pfotenhauer erstaunt. „Wie kommst du auf dieses Wort?"

„Wort? Ich spreche ja die ganze lateinische Sprache!"

„Unmöglich! Wo hättest du das gelernt?"

„Bei dem berühmten Mathias Wagner, mit dem ich den ganzen Sudan bereist habe. Er war mein Landsmann."

„Landsmann? So viel ich weiß, war Wagner ein Ungar aus dem Eisenstädter Komitat!"

„Das stimmt. Auch ich bin ein Magyar, aus Nagy Mihaly bei Ungvar. Doktor Schwarz ist ganz glücklich, in dieser abgelegenen Welt mit mir deutsch sprechen zu können."

„Was du sprichst auch deutsch?"

„Ausgezeichnet!"

„Wirklich, wirklich? Das freut mich ungemein, denn ich bin auch ein Deutscher!"

Der Vater der elf Haare fuhr freudig erschrocken auf und rief, indem er sich sofort der deutschen Sprache bediente: „Was? Wie? Ein Deutsches seinte Sie?"

„Ja, freilich!" antwortete der Graue in derselben Sprache.

„Woher?"

„Aus Bayern."

„O, das seinte schön, das seinte gut! Ich warrr geweste auch in Land, bayrisches."

„So! Das g'freut mich halt außerordentlich, wann's meine Heimat kennen."

„Ja, ich seinte geliebte in München, wo ich hatt trunkte Bier, Sedlmeirisches; ich hatt dazu gegeßte Rettich, schwarzigen, und Würstel, senftigte."

„Ja, a gutes Bier und Rettich und auch Würstel, das ist bei uns zu haben; darauf versteht man sich bei uns in Bayern. Aber wann S' aan Ungar sind, so heißen S' doch nicht von Haus aus Vater der elf Haare. Wie ist denn Ihr Name?"

„Ich heiße Uzkár István. Und wie seinte Namen Ihriger?"

„Pfotenhauer. Aber, erlauben Sie, was sprechen Sie denn da für aan' Dialekt? So was hab' ich noch nie g'hört."

„Dialekt? Ich sprechte kein Deutsch, dialektiges, sondern ein Deutsch, reinheitlichtes."

„So! Das möcht ich wohl bezweifeln. Wann Ihr Latein auch so ein reines ist, so könnten S' Ihna für Geld hören lassen."

„Ja, das hätt' ich gekonnte. Ich sein geweste stets Philolog, erstaunlicher, und Pomolog, bedeutender!"

„Alle Wetter! Das also ist Ihr Latein? Was ist denn eigentlich Philologie?"

„Philiologie seinte Wissenschaft von Baum, mit Äpfel und Birnen."

„Ah! Und Pomologie?"

„Das seinte Kenntnis von Lehre, weisheitlicher."

„Na, alter Freund, da sind S' halt schön auf den Hohlweg g'raten! Es ist ja grad umgekehrt!"

„Dann warrr es geweste Verwechstelung, wissenschaftliche. Ich hatt auffangte so viel Wissenschaft in Kopf, meinigen, daß, wenn wollte die eine heraus, sie bleibte oft steckte, und statt ihr kommte heraus Wissenschaft andre."

„Ja, so geht's halt, wann man gelehrt ist und doch nit Zeit g'funden hat, die Akademie zu besuchen!"

„O, ich hatt kennte Akademie und Apoplexie!"

„Wirklich? Na, dann sind S' ja a fürchterlich g'scheiter Pfiffikus! Was verstehen S' denn unter dera Apoplexie?"

„Das seinte Hochschule, universitätliche."

„Ach so! Und Akademie?"

„Das seinte geweste Schlag, flüssiger, welcher treffte in Kopf und lähmte den Arm, linkigen, oder Bein, rechtiges."

„Donner und Doria! So a G'schwätz hab' ich all mein Lebtag noch nit g'hört! Erstens, was das für a Deutsch is! Welch Karnickel soll den das verstehn? Und sodann haben S' die G'schicht wiederum grad umdreht. Akademie ist Hochschule, und Apoplexie ist Schlagfluß oder meinswegen auch flüssiger Schlag, wie Sie sich auszudrücken belieben!"

„Das warr geweste nur Umkehrung, zufällige. Das kann passierte Mensch, jedwedigen."

„Aber Ihnen scheint es regelmäßig zu passieren! Und dabei sind S' gar der Freund und Adjutant des Herrn Doktor Schwarz? Na, dem werd' ich gratulieren! Da hat er eine Akquisition g'macht, um die ich ihn nit beneid'."

Er lachte laut und herzlich auf. Der Vater der elf Haare fühlte sich beleidigt. Er fragte in scharfem Ton: „Sein damit gemeinte Person, meinige?"

„Ja, wer denn sonst? Natürlich meine ich Person, Ihrige!"

„Das mußte ich verbitten mit Nachdruck, allergrößtem. Ich sein geweste stets Mann, respektabliger. Ich hatt eine gelaßte beleidigen Ehre, meinige, und wenn Sie nicht machte Abbitte, sofortige, dann ich werd' geforderte Satifaktion, pistolige oder säbelige!"

Der Graue lachte lauter und anhaltender als zuvor und antwortete: „Mann, was fallt Ihnen denn ein! Fordern wollen S' mich? Also ein Duell, säbeliges oder pistoliges? Das lassen S' lieber bleiben! Ich hab' gar nit Lust, mit Pulver und Blei Ihre schöne Wissenschaft und Ihr Latein zu verletzen. Wann S' sich beleidigt fühlen, so kann ich nit dafür. Ich bin bloß Ornitholog und zieh' also nur Vögeln, aber nit den Menschen die Bälge ab!"

„Wenn Sie seinte Ornitholog", antwortete der Ungar noch zorniger als vorher, so warrr ich geweste Gelehrter, noch viel größerer! Ich hätt' studiumtierte Ornithologie und Orographie!"

„Auch! Wissen Sie denn, was diese beiden Worte bedeuten?"

„Ich hatt gewußte es besser als Sie! Wenn Sie nicht kennt Wissenschaft, beidige, so will ich gegebte Aufklärung, augenblickliche!"

„Nun, heraus damit! Was ist Ornithologie?"

„Das seinte Beschreibung von Berg, karpathentlicher oder riesengebirglicher."

„Und Orographie?"

„Das hatt zu bedeutente Naturgeschichte, vogelige und gefiederte."

„Aber, Liebster, das ist ja wieder verkehrt! Sie sind ja der reine Taschenspieler, welcher einem mit seinem Hokuspokus ganz irre machen kann! Ich werd' wirklich davon ganz dumm im Kopf. Hören S' auf, ich mag nix mehr davon hören!"

Da sprang der Kleine aus dem Boot ans Ufer und rief im höchsten Grimm: „Ja, Sie seinte dumm im Kopf, Ihrigen! Sie seinte Hokuspokus in Person, eigener! Sie könnte nicht sprechen und nicht verstehende Deutsch, reinigendes! Sie wollte sein Gelehrter, wissenschaftlicher? Laßte nicht Sie auslachte sich! Ich konnte nur bedauerte geistigen Bankerott, Ihrigen. Ich willte nichts wißte mehr von Individuum, Ihrigem. Lebte Sie also wohl für ewig und für immerdar! Adieu, *dobrau noc, poraucim se*, gute Nacht, ich empfehle mich, leletak sa'ide, Allah jisallimak!" Er rannte davon.

Der Graue sah ein, daß dieser Mann vielleicht ein Original war, den man als solches zu behandeln hatte. Es reute ihn, nicht nachsichtig, sondern fast grob gewesen zu sein. Darum rief er ihm nach, doch zurückzukommen. Das hatte keinen Erfolg. Schon wollte er ihm nacheilen, da sah er abwärts von der Mischrah ein Licht auf dem Wasser erscheinen. Das mußte die Dahabieh sein, und darum blieb er im Boot sitzen.

Das Licht kam näher und näher; Pfotenhauer sah, daß es loderte. Es war ein Feuer, welches auf Deck brannte und die Segel beleuchtete. Das Schiff kam, vom Wind getrieben, langsam aufwärts geglitten, ging an der Mischrah vorüber, ließ dann die Segel fallen und sich vom Wasser zurück ans Ufer treiben, wo es den Anker fallen ließ und die Taue warf, welche von dem Schnarcher und seinen Leuten aufgefangen und am Land befestigt wurden. Als die Landebrücke das Ufer berührte, kam der Graue herbei und rief in deutscher Sprache: „Hallo! Ist Doktor Schwarz an Bord?"

„Ja", ertönte die Antwort. „Ein Deutscher auf der Seribah Madunga? Das ist mir eine außerordentlich frohe Überraschung!"

„G'wiß, Landsmann, a Deutscher steht hier und heißt Sie willkommen. Wann S' mich umärmeln woll'n, so schaun S', daß S' herüberkraxeln. Aber nehmen S' sich in acht, daß S' mich etwa nit vor lauter Freud' zerdrucken!"

„Aus dem Bayerland, wie ich höre! Gleich bin ich drüben bei Ihnen!"

Der Graue sah die hohe, breite Gestalt über die Brücke kommen. Er breitete die Arme aus, schlang sie um Schwarz, küßte ihn auf die Wange und sagte: „Willkommen also, herzlich willkommen! Mich kennen S' freilich nit, und ich hab' eigentlich kein Recht, Sie so zärtlich zu empfangen; aber dieser Kuß soll nit von mir, sondern von Ihrem Bruder sein."

„Von meinem Bruder? Von Joseph? Kennen Sie ihn?"

„Den Sepp? Na, den werd' ich doch kennen! Ich bin sein Kamerad. Haben S' nicht seinen Boten in Faschodah 'troffen?"

„Ja, und seinen Brief erhalten."

„Na, ich bin der Pfotenhauer und Vogelfänger, von dem er wohl auch a Wort erwähnt haben wird. Oder hat er nix von mir mitg'schrieben."

„Ja, freilich hat er es getan. Ich habe mich auf Sie gefreut. Aber was tun Sie hier, den ich oben bei den Niam-niam vermute, und wo ist mein Bruder?"

„Es hat ihm keine Ruh' g'lassen, und so sind wir fort, um Ihnen entgegenzufahren. Es konnt' Ihnen leicht a Unglück g'schehen. Darum wollt' er lieber schau'n, Ihnen eher zu begegnen, als ausg'macht worden war."

„Das sieht ihm ähnlich. So ist er also auch hier? Warum sehe ich ihn nicht?"

„Weil er noch nit hier ang'langt ist. Ich bin einstweilen voran, und er wird nachfolgen."

„Warum blieb er zurück? Wo befindet er sich?"

„Davon nachher! Sagen S' mir vorerst, ob S' droben in dera Seribah oder hier unten im Schiff übernachten wollen. Man hat mir den schönsten Tokul überlassen, in welchem Raum g'nug ist für uns beide."

„Ich danke Ihnen; aber ich ziehe doch vor, an Bord zu bleiben. Ich habe eine prächtige Kajüte, die mir kein Tokul ersetzen kann. Hoffentlich machen Sie mir die Freude, nicht nach der Seribah zurückzukehren, sondern bei mir zu bleiben?"

„Wann S' Ihnen recht ist, so bleib' ich da. Oben oder unten, das ist ganz gleich; die Hauptsach' ist, daß wir beisammen sind."

„So kommen Sie mit an Bord. Bitte!"

Er führte ihn hinüber und auf das Hinterdeck, wo ein schwarzer Diener die Tür der Kajüte öffnete, um sie eintreten zu lassen.

Schwarz erinnerte sich der Stelle des erwähnten Briefes, in welcher Pfotenhauer als ein sonderbarer Kauz und dabei doch wackerer, brauchbarer Mann beschrieben wurde. Er war neugierig, ihn kennenzulernen.

Die Kajüte bestand aus mehreren fast prächtig eingerichteten Räumen. Eine Bronzelampe hing von der Decke nieder und beleuchtete die schwellenden Polster, den hohen Spiegel und die glänzenden Geräte, welche auf kleinen Tischen standen oder an den Wänden hingen.

„Was Teuxel fallt Ihnen ein!" rief der Graue erstaunt. „Sie fahren a richtiges Damenboudoir spazieren? Im Sudan, auf dem oberen Nil? Sind S' etwa Millionär g'worden?"

„Nein", lächelte Schwarz, indem er den Landsmann heimlich musterte. „Diese Herrlichkeiten gehören nicht mir, sondern dem Vizekönig von Ägypten. Dieses Schiff ist eine Regierungsdahabieh."

„Auch nit übel! Wie aber kommen S' zu diesem Regierungsschiff? Ist etwa ein Pascha von drei Roßschweifen an Bord, der Sie als Gast mitg'nommen hat?"

„Nein. Die Dahabieh ist mir zur Verfügung gestellt worden. Augenblicklich bin ich der Herr derselben, dem die Bemannung zu gehorchen hat."

Der Graue schüttelte den Kopf und sagte, indem seine Nase sich nach rechts und nach links wendete, als ob sie sich diese Herrlichkeiten recht genau betrachten wolle: „Dann sind's a wahrer Glückspilz! Uns Deutschen, und zumal uns Bücherfexen, wird es nit oft so wohl, wie es Ihnen da g'worden ist."

„Sie haben freilich recht. Aber setzen Sie sich nieder, und nehmen Sie fürlieb!"

Er hatte vorhin dem Schwarzen, welcher öffnete, einen Wink gegeben. Als er jetzt in die Hände klatschte, trat dieser Neger herein, zwei Tschibuks zu bringen. Hinter ihm kam ein zweiter Schwarzer, welcher dem Grauen Kaffee in einem silbernen Findschan bot. Als beide weitere Befehle erhalten hatten, entfernten sie sich.

„Wissen's, mir ist halt grad so, als ob ich jetzt einen Abend aus Tausend und eine Nacht erlebte", meinte der Graue, indem er den köstlichen Trank schlürfte und dann nach der Tabakspfeife griff. „Bei uns hat's immer nur Merissah und harte Fladen 'geben. Wann ich diesen Kaffee schmeck', so muß ich vermuten, daß Sie auch in Beziehung auf die Speisen nit übel g'stellt sind."

„Haben Sie schon zu Abend gegessen?"

„Nein; soupiert hab' ich noch nit."

„So tun Sie es hernach mit mir, um sich zu überzeugen, daß Sie ganz richtig vermutet haben."

„So sagen's nur, was für a Kunststück Sie g'macht haben, um diese Dahabieh geliehen zu bekommen! Was zahlen's denn pro Tag oder Woch' dafür?"

„Keinen einzigen Piaster, keinen Pfennig."

Der Graue machte ein ganz unbeschreibliches Gesicht, und seine Nasenspitze richtete sich auf, als ob sie Schwarz fragen wollte, ob er denn wirklich die Wahrheit gesagt habe. „Nix, gar nix zahlen Sie? Wer soll Ihnen denn das glauben? Ich etwa?"

„Ja, Sie! Ich ersuche Sie ganz ergebenst darum", lachte Schwarz.

„Dann ist's eben a Kunststück, a richtiges und wirkliches Kunststück!"

„Dieses Kunststück bestand sehr einfach in einer glücklichen Kur. Ich befand mich bei Ali Effendi Abu Hamsah miah, dem Mudir von Faschodah. Ich hatte ihm gesagt, daß ich ein wenig Arzt bin. Zufällig verschluckte ein kleiner Sohn von ihm beim Spielen einen elfenbeinernen Würfel, welcher in der Speiseröhre stecken blieb. Das Kind war dem Erstickungstod nahe, als ich geholt wurde, und es gelang mir, den Gegenstand zu entfernen. Die Freude und Dankbarkeit des Vaters war so groß, daß er mir jeden Wunsch, dessen Gewährung nicht gerade zu den Unmöglichkeiten gehörte, erfüllt hätte. Dazu kam nun freilich noch der Umstand, daß es ein eifriges Verlangen von ihm war, Abu el Mot in seine Hand zu bekommen."

„Abu el Mot?" fragte Pfotenhauer ganz erstaunt, diesen Namen hier zu hören.

„Ja, so heißt der Mann, den Sie wohl nicht kennen, mit welchem Sie sich aber, falls Sie bei mir bleiben, in den nächsten Tagen zu beschäftigen haben werden."

„So! Kennen Sie ihn?"

„Leider! Er ist der berüchtigste Sklavenjäger am oberen Nil und macht zugleich, falls es ihm einträglich erscheint, den Wüstenräuber. Er hat mich kurz vor Faschodah überfallen, um mich auszurauben und zu töten."

„Aber g'lungen ist's ihm doch nit?"

„Nein, wie Sie sehen", lächelte Schwarz. „Ich sitze ja lebend vor Ihnen."

„So haben's seinen Plan vereitelt?"

„Ich habe seine Helfershelfer gefangen genommen und nach Faschodah transportiert, wo ihnen ihr Recht geworden ist; ihm aber gelang es, zu entkommen."

„Das ist jammerschad' g'wesen. Hätten's ihn derwischt, so wär' ihm das Handwerk wohl für immer g'legt worden."

„Ganz gewiß. Es wäre um seinen Kopf geschehen gewesen. Der Mudir brennt darauf, ihn zu fangen. Ich belauschte den Sklavenjäger, als er bei den Seinen saß, und was glauben Sie wohl, was ich da hörte?"

„Ich glaub' alles, was Sie g'hört haben."

„Er hatte schon längst einen Raubzug zu den Niam-niam geplant und war durch einen Boten unterrichtet worden, daß jetzt zwei Weiße, zwei Naturforscher bei diesem Volk seien. Er schwor, diese beiden zu ermorden."

„Teuxel! Da war wohl gar ich und Ihr Bruder g'meint?"

„Ja. Ich zweifelte zwar zunächst daran, weil ich glaubte, daß mein Bruder sich allein dort befinde; aber als ich aus seinem Brief ersah, daß er in Ihnen einen Gefährten gefunden hatte, da wurde es mir zur Gewißheit, daß Sie es waren, von denen man gesprochen hatte. Natürlich nahm ich mir vor, schleunigst aufzubrechen, um Abu el Mot zuvor zu kommen. Der Mudir, dem ich die Angelegenheit vorstellte, versprach, mich zu unterstützen. Er wollte mir eine Anzahl Soldaten mitgeben, und dafür sollte ich ihm Abu el Mot senden, falls dieser in meine Hände fallen werde. Da ereignete sich am nächsten Morgen der Unfall mit dem Knaben, und aus Dankbarkeit für die Rettung desselben ging der Mudir noch über sein Versprechen hinaus. Kurze Zeit später kam diese Dahabieh aus Chartum an, und er stellte sie mir zur Verfügung. Auch erhöhte er die Zahl der versprochenen Soldaten auf hundertfünfzig, welche unter einem Hauptmann mit mir gefahren sind. Sie haben diese Leute vorhin gesehen?"

„Ja. Das Verdeck wimmelte von ihnen. Also diesen Abu el Mot wollen's fangen! Das ist interessant, sehr interessant!"

„Aber nicht ganz ohne Gefahr! Er ist ein gewissenloser und verzweifelter Bösewicht. Leider war ich, wenn ich das Schiff benutzen wollte, gezwungen, einen vollen Tag länger, als sonst der Fall gewesen wäre, in Faschodah zu bleiben. Dadurch erhielt Abu el Mot einen Vorsprung, welcher nur mit Anstrengung eingebracht werden konnte. Wir hatten günstigen Wind. Wir mieteten Schilluks und dann Nuehrs, die Dahabieh von ihnen ziehen zu lassen, und doch war Abu el Mot, als wir Diakin erreichten, schon seit fast zwei Tagen fort. Ich erfuhr, daß er über dreihundert Nuehrs angeworben hatte, jedenfalls für den Raubzug zu den Niam-niam. In Diakin hatte er einen Sandal und einen Noqer gemietet. Es galt nun, wer schneller segelte, seine Fahrzeuge oder unsere Dahabieh."

„Nun, wer war schneller?"

„Bis jetzt er, denn wir haben ihn noch nicht eingeholt."

„Und wissen S' vielleicht, wie weit er Ihnen voran ist?"

„Nein. Kann ich zu Land einer Fährte folgen, so ersehe ich aus der Spur sehr leicht, wie nahe ich den Gesuchten bin. Das Wasser aber läßt keine solchen Zeichen zurück. Wir haben die möglichste Geschwindigkeit entwickelt. Wenn die Beschaffenheit des Ufers es erlaubt, so arbeiten wir am Zugseil; die Stoßstangen sind während des ganzen Tages in Tätigkeit, und da unser Fahrzeug ein vortrefflicher Segler ist, so vermute ich allerdings, daß wir dem Sklavenjäger ziemlich nahe sind."

Der Graue nickte vor sich hin. Ein unbestimmtes Lächeln spielte um seinen Mund, und seine Nasenspitze drehte sich herüber und hinüber, als ob sie etwas sagen möchte und doch nicht sagen dürfe. Endlich fragte er: „Wo ist denn der Bote, den wir Ihnen g'sandt haben?"

„Hier an Bord. Dieser Sohn der Treue ist zwar jung, aber ein außerordentlich brauchbarer Mensch. Ohne ihn wären wir noch weit zurück, denn er kennt den Nil und das Fahrwasser desselben so genau, wie ich meine Tasche kenne."

„Weil er mit seinem Freund Abd es Sirr sehr oft Fahrten abwärts g'macht hat, deren Zweck man nit derfährt."

„Wer ist dieser Abd es Sirr, dieser Sohn des Geheimnisses?"

„Das werden S' schon noch hören. Sagen S' mir vorher, wer denn eigentlich der Heiduck ist, der sich Ihren Freund und Adjutant nennt?"

„Meinen Freund und Adjutanten? Ich habe keinen Adjutanten! Wen meinen Sie?"

„Nun, den roten Puthahn, der sich aufbläht, als ob er die Klugheit nur so mit Schneeschippen ausg'löffelt hätt'."

„Ah, der Ungar? Der Vater der elf Haare?"

„Ja, dieser ist's."

„Ein ganz vortrefflicher Kerl!"

„Wirklich?"

„Gewiß! Er ist treu, aufopfernd, klug und sehr mutig. Denken Sie, er hat mit mir zwei Löwen erlegt!"

„Das hat er mir freilich schon g'sagt, und ich bin begierig, zu derfahren, wie das g'schehn ist. Aber auch klug soll er sein? Dafür möcht' ich ihn doch nicht gelten lassen."

„Warum nicht?"

„Weil man sich in seinen Quirlquatsch, wann er spricht, weder hinein- noch wieder 'rasfinden kann. Er will Latein verstehen und spricht doch a Deutsch, bei dem einem alle Zähne aus dem Mund springen möchten."

„So hat er also auch mit Ihnen schon angebunden? Er ist ein halbes Original und trägt sich mit der Marotte herum, ein gelehrter Kerl zu sein. Sie werden ihn schon noch kennenlernen. Ich habe noch einen anderen da, einen Freund von ihm, welcher Hadschi

Ali heißt und Vater des Gelächters genannt wird. Dieser behauptet, alle Länder und Völker, alle Städte und Dörfer der Erde zu kennen. Solche Leute muß man mit Nachsicht behandeln. Wenn man ihnen ihre Neunundneunzig läßt, sind sie die besten Menschen."

„Da bin ich freilich voreilig g'wesen, denn ich hab' ihn tüchtig ausg'zankt."

„O weh!"

„Ja. Ich war fast grob mit ihm, und im Ärger darüber ist er auf und davong'laufen. Jetzund tut mir's leid. Ich hab' mir vorg'nommen, es ihm abzubitten."

„Das ist nicht nötig. Wenn Sie ihn freundlich behandeln, wird er es wohl vergessen. Die Sache ist mehr lustig als ärgerlich. Ich lasse ihn sprechen, und will mir ja einmal die Geduld ausgehen, so denke ich daran, daß ich auch meine schwache Seite besitze und nicht klug und weise gehandelt habe."

„Ich auch nit", stimmte der Graue bei. „Ich hätt's wohl auch zuweilen g'scheiter machen können, besonders damals!"

„Damals? Was meinen Sie?"

„Nun, als ich in der Quart g'sessen bin."

Schwarz glaubte, daß es sich um etwas Besonderes und Wichtiges handle, und fragte: „Was ist Ihnen da geschehen?"

„A arger Streich. Ich sprech' zwar nie davon, und niemand braucht's zu wissen, aber unter Freunden darf man schon offen sein. Wissen S', der Professor von der Naturgeschicht' hat 's Spitz auf mich g'habt, weil ich ihn immer nach Dingen g'fragt hab', welche selbst a G'lehrter nit beantworten kann."

„So, so!" dehnte Schwarz, vollständig überzeugt, daß er etwas Hochinteressantes erfahren werde.

„Ja, so ist's g'wesen. Er hat nur auf die Gelegenheit g'wartet, mich dafür in die Tinte zu bringen. Nachher ist's Examen kommen, und ich hab' die neue Chemisetten umg'bunden und den bunten Schlips dazu, weil es mir dann mit dem Antworten gar nicht fehlen kann. Die Fragen sind nach der Reih' an uns g'richtet worden, und als ich dran war, bin ich aufg'standen und hab' wunder denkt, was er mich fragen werd'."

„Nun, bitte weiter!"

„Ja, weiter! Jetzt kommt das Loch, in welches ich g'stolpert bin. Was denken's wohl, was er mich g'fragt hat?"

„Das kann ich nicht erraten."

„Nein, denn ich selbst hätt's nit derraten 'konnt. Er hat nämlich wissen wollen, darum die Vögel Federn haben."

Der Graue hatte seine Geschichte so ernst vorgetragen, als ob es sich um eine wichtige Staatsaffäre handle. Darum fühlte sich Schwarz jetzt ungeheuer bitter enttäuscht. Er wußte sozusagen nicht, ob er lachen oder weinen solle, hielt es aber doch für seine Schuldigkeit, sich zu erkundigen: „Welche Antwort haben Sie ihm denn gegeben?"

„Zunächst hab' ich gar nix g'sagt."

„Das wäre mir an Ihrer Stelle ganz ebenso passiert."

„Nit wahr! Sie sind halt ein verständnisvoller Mann. Ich hab' zwei große Augen g'macht und den Mund offen g'habt, damit mir eine richtige Antwort kommen soll, und nachhero bin ich..."

Er wurde unterbrochen, denn es klopfte an, und der Vater der elf Haare trat herein. Er würdigte den Grauen keines Blicks und wendete sich an Schwarz, ihm eine Meldung zu machen. Er hätte dies in arabischer Sprache tun können, aber da Pfotenhauer behauptet hatte, daß sein Deutsch nichts tauge, bediente er sich dieses letzteren, um den schändlichen Beleidiger niederzuschmettern: „Ich meldete Besuch, kommender!"

„Wer will kommen?" fragte Schwarz.

„Es sein Leutnant von Seribah, hiesiger."

„Ach! Ist er schon da?"

„Noch nicht mit Vollständigkeit. Er kommte her hinter Rücken, meinigem."

„Du warst jetzt oben?"

„Ja. Ich seinte gegangte hinauf, weil unten hatt geseßte Person, unhöfliche!" Dabei warf er einen vernichtenden Blick auf den Grauen.

„Und da sprach der Leutnant mit dir von mir?"

„Er willte haben gewißt, ob Sie wohnte auf Schiff, diesiges, oder herbergte in Seribah. Er hatt Absicht, freundliche, Sie einladente zu Mahl, abendliches. Er geschickte mich hierher, um zu erzählte von seiner Gegenwart, baldiger."

„Gut! Wenn er kommt, so öffnest du ihm die Tür."

„Es soll geschehente mit Vergnügen, allergrößtem!"

Er verbeugte sich und wendete sich zum Gehen, drehte sich aber wieder um, trat zwei Schritte näher und fragte Schwarz: „Sie haben lernen kennte alle Fähigkeiten, meinige; ich bitt', mir zu gebte Zeugnis, wahrheitliches."

„Worüber?"

„Über Latein, meiniges."

„Für deinen Bedarf ist es mehr als ausreichend."

„Ich sagte Dankbarkeit, herzliche!"

Er war dem Grauen von der Seite her einen triumphierenden Blick zu und fuhr fort: „Und noch eine Zensur über meine Sprache, germanische. Wie drückte ich mich aus in dieselbige? Mit Unkenntnis, wehmutsvoller, oder mit Leichtigkeit, außerordentlicher?"

„Ich verstehe dein Deutsch sehr leicht und vollkommen."

„Gut! Weiter willte ich nichts habene gehörte. Sie seint Retter, edler, von großer Ehre, meiniger! Person, feindselige, ist geschlagte in Flucht, schimpflichte!"

Er machte eine energische Seitschwenkung und stolzierte so hart, daß er ihm beinahe auf die Füße trat, an dem Grauen vorüber und zur Tür hinaus. Kaum aber hatte er sie geschlossen, so riß er sie wieder auf und rief herein: „Er kommte gegangte, Kommandeur von Seribah, leutenantlicher!"

Zwölftes Kapitel

Neue Verbündete

Der alte stellvertretende Befehlshaber des Besitzers der Seribah kam unter tiefen Verbeugungen herein. Er hatte von seinen Leuten gehört, daß das Schiff eine vizekönigliche Dahabieh sei. Der Herr, den sie brachte, mußte also ein sehr vornehmer Beamter sein, welchem er unbedingt seine Aufwartung machen mußte.

Sein Besuch hatte freilich einen noch anderen Grund, von welchem zu sprechen, er sich aber sehr wohl hütete. Der Sklavenhandel war streng verboten worden, und doch war seine Seribah nur zu dem Zweck errichtet und wurde zu dem Zweck unterhalten, Neger zu fangen und zu verkaufen. Das war dem Mudir von Faschodah bekannt, und das mußte also auch der Effendi wissen, welcher jetzt auf der Regierungsdahabieh gekommen war. Was nun hatte seine Ankunft für einen Zweck? Wollte er die Seribah besichtigen? Wollte er nach gefangenen Negern suchen? Glücklicherweise waren solche gerade jetzt nicht vorhanden. Vielleicht war er gekommen, neue Gesetze und Verordnungen zu verkünden. Was es auch sei, was ihn hierher geführt hatte, die Klugheit erforderte, ihn in entgegenkommender, schuldiger Untertänigkeit aufzusuchen, seinen Befehlen entgegen zu sehen und bei dieser Gelegenheit listig nach seinen eigentlichen Absichten zu forschen.

Schwarz war klug und erfahren genug, ihn zu durchschauen und dem angemessen zu behandeln. Er ließ Kaffee und noch eine Pfeife kommen, lud den Alten ein, sich zu setzen, richtete an ihn die landläufigen Höflichkeitsfragen und vermied es, das Gespräch auf die Seribah und den Sklavenhandel zu bringen. Er sagte, daß er bis morgen bleiben und diese Nacht auf dem Schiff schlafen werde. Auch teilte er ihm mit, daß Pfotenhauer nicht beabsichtigte, nach der Seribah zurückzukehren.

Als der Leutnant sich nach einer halben Stunde verabschiedete, war er so klug wie zuvor, ja er nahm eine gewisse Besorgnis mit. Er hielt es für kein gutes Zeichen, daß Schwarz sich so außerordentlich zugeknöpft verhalten hatte, und schickte, oben angekommen, sogleich einen reitenden Boten nach Jau, um den

Herrn herbei zu holen. Er wußte, daß dieser schon unterwegs war, da er morgen Mittag hatte eintreffen wollen, besser aber war es jedenfalls, wenn die Ankunft noch eher erfolgt.

„Der hatte Angst", sagte Schwarz, als der Alte fort war. „Vielleicht kann ich das zu meinem Vorteil ausbeuten."

„Angst vor Ihnen?" fragte der Graue. „Weshalb?"

„Weil er mich für einen Regierungsbeamten hält. Nun habe ich meinen Soldaten erlaubt, an Land zu gehen und die Seribah zu besuchen. Sie werden dort erzählen, daß wir die Absicht haben, Abu el Mot zu fangen. Das wird seine Sorge vergrößern, denn der Gedanke liegt ihm nahe, daß ich die gleichen Absichten auch gegen diese Seribah verfolge."

„Wann S' das meinen, so täuschen S' sich vielleicht. Ich weiß genau, daß diese Leute Abu el Mot hassen. Er darf sich gar nit in ihre Nähe wagen."

„Das sollte mir außerordentlich lieb sein. Vielleicht könnte ich sie veranlassen, sich mir anzuschließen. Ich konnte nicht ahnen, daß Abu el Mot so viele Nuehrs anwerben werde. Mit meinen hundertfünfzig Mann brauche ich freilich dreihundert Nuehrs nicht zu fürchten, aber die Bemannung seiner Seribah soll fünfhundert Köpfe stark sein. Das gibt in Summa achthundert, gegen welche wir in offenem Kampf doch zu schwach sein würden. Ich muß mich mehr auf meine List, als auf unsere Gewehre verlassen. Könnte ich mich hier verstärken, so würde mir das hoch willkommen sein."

„Aber Sie haben's nun doch gar nit nötig, mit Abu el Mot anzubinden", meinte der Graue, welcher noch immer zögerte, mit seinen Mitteilungen vorzugehen.

„Wieso?"

„Weil S' diesen Entschluß nur aus dem Grund g'faßt haben, Ihren Bruder und mich zu retten, was nun nit mehr nötig ist."

„Selbst wenn das wegfiele, wäre ich verpflichtet, das Wort zu halten, welches ich dem Mudir von Faschodah gegeben habe. Und noch sehe ich meinen Bruder nicht. Sie haben mir ja noch nicht gesagt, wo er sich befindet und warum er nicht mit Ihnen gekommen ist. Ich strecke meine Hand auf jeden Fall nach Abu el Mot aus, und wäre es nur, ihn dafür zu bestrafen, daß er mich überfallen hat. Den Ausgang freilich kann ich nicht vorhersehen, und ich mute Ihnen auch nicht zu, sich mir anzuschließen. Sie können ja hier bleiben und den Erfolg abwarten."

„So! Hier bleiben und warten, während Sie sich in Gefahr begeben, da wär' ich ja aan schöner Kerl! Das brauchen S' von mir nit zu denken. Nein, ich geh' mit, und ich hau' mit zu, daß die Funken fliegen, zumal ich überzeugt bin, daß die Sach' gar nit so schwer ist, wie Sie denken. Ich halt es vielmehr für sehr leicht, den alten Abu zu fangen, denn seine Seribah steht jetzt leer, und die Besatzung, welche zurückg'lassen wurde, hat sich empört, das ganze Dings verbrannt und sich dann auf und davon g'macht."

Schwarz sah den Sprecher wortlos an. Das, was er vernahm, mußte er für unmöglich halten.

„Ja", lachte der Graue, „da schauen S' mich an und machen den Mund sperrangelweit auf wie damals ich, als ich sagen sollt', warum die Vögel Federn haben!"

„Weil Sie sich jedenfalls irren!"

„Ich irr' mich nit; ich weiß es genau, denn ich bin gestern Abend selbst dort g'wesen und hab' die Trümmer rauchen sehen."

„Sie waren dort? Wirklich?"

„Ja freilich, und Ihr Bruder mit!"

„Was? Sie beide in der Höhle des Löwen, der es auf Sie abgesehen hat?"

„Er war ja nit da. Ich bin ihm erst heute unterwegs begegnet."

„Sie haben ihn selbst gesehen?"

„Ihn und seine beiden Schiffe. Er stand auf dem Sandal neben dem Steuer und der Häuptling der Nuehr neben ihm."

„So sagen Sie schnell, wann war das, und wie weit von hier?"

„Eine Stund' haben wir noch nötig g'habt, um hierher zu kommen, also schätz' ich, wie Sie mit der Dahabieh segeln, gibt's vier Stunden, bis Sie die Stell' erreichen, an welcher wir ihm begegnet sind."

„So nahe also sind wir an ihn gekommen! Wenn er des Nachts beilegt, wie wir es getan haben, so kann ich ihn bis morgen Abend einholen."

„Das ist leicht möglich. Der Proviant ist ihm aus'gangen, und er muß also jagen und fischen, wann seine Nuehrs nicht hungern sollen; das verlangsamt die Fahrt."

„Auch das wissen Sie, daß er keine Vorräte hat?"

„Ja. Der Elefantenjäger hat mir's g'sagt."

„Wer ist das?"

„Das ist... na, ich seh' es halt, daß ich nun heraus muß mit dera Sprach'. Ich hab' bisher nix g'sagt, um Sie vorher kennenzulernen, ob S' wirklich der Mann sind, als den Ihr Bruder Sie mir b'schrieben hat. Jetzund nun werd' ich Ihnen alles verzählen, was g'schehen ist."

Man kann sich denken, welche Teilnahme Schwarz dem Bericht des Grauen entgegen brachte. Er sprang, als dieser zu Ende war, von seinem Sitz auf, schritt erregt in der Kajüte auf und ab und rief: „Wer konnte so etwas ahnen! Die Seribah eingeäschert, Empörung unter den Leuten und mein Bruder nach Ombula! Das ist zu verwegen von ihm. Er hätte es unterlassen sollen!"

„Damit die armen Belanda hingemordet oder in die Sklaverei geschleppt werden?"

„Ja, das ist wahr. Sie haben recht. Ich an seiner Stelle hätte ebenso gehandelt wie er. Aber was das nächste ist: Wo befinden sich die beiden Belandaneger, dieser Lobo und Tolo?"

„Noch im Boot. Sie konnten nit hinauf in die Seribah g'schafft werden, da ich erst wissen wollt', ob's mir selbst da oben b'hagt. Ich hab' dem Sohn des Geheimnisses anbefohlen, nach ihnen zu schauen. Als ich vorhin mit dem Vater der elf Haare im Boot saß, schlief Tolo, welcher überhaupt in einem fort schläft, und Lobo wachte still bei ihm."

„Dort dürfen sie nicht bleiben. Ich werde sie nach der Dahabieh holen lassen."

Er ging hinaus, um den betreffenden Befehl zu erteilen. Bei dieser Gelegenheit sah er den Sohn des Geheimnisses und den Sohn der Treue. Der erstere war von der Seribah herabgekommen, seinen Busenfreund zu begrüßen. Er nahm sie beide mit in die Kajüte, um sie an der nun notwendigen Beratung teilnehmen zu lassen.

Diese dauerte fast bis Mitternacht, dann legte man sich zur Ruhe. Die Schläfer wurden schon bei Sonnenaufgang durch das laute Morgengebet der Soldaten geweckt. Schwarz und Pfotenhauer standen auf. Sie hatten beschlossen, nach der Seribah zu gehen, um den Kommandanten zu bewegen, ihnen eine Abteilung seiner Leute mitzugeben.

Der Ungar hatte während der ganzen Fahrt sich Schwarz unentbehrlich zu machen gesucht. Er war eifersüchtig auf jeden anderen und sah es nur sehr ungern, daß die schwarzen Diener mehr um den Herrn sein mußten als er. Kaum schloß er aus dem durch die dünnen Kajütenwände dringenden Geräusch, daß Schwarz wach sei, so trat er nach vorherigem Anklopfen ein und meldete, ohne dem Grauen einen Blick zu gönnen, in deutscher Sprache: „Es seinte wieder da Besuch von Seribah, hiesiger. Willte sprechte Herrn Doktor, geehrten."

„Wer ist's?" erkundigte sich Schwarz.

„Hasab Murat, Herr von Seribah. Seinte kommen schon, als noch warrr geweste Nacht, finstere."

„Und da hat er bis jetzt gewartet?"

„Ja. Er willte nicht gehen, ohne zu sprechen gehabte mit Effendi, hochgeborenem."

„Laß ihn herein, und sorge für Kaffee und Pfeifen!"

Hasab Murat war ein behäbiger Ägypter, welcher eher das Aussehen eines biederen Teppichhändlers als dasjenige eines Sklavenjägers hatte. Er verbeugte sich fast bis zur Erde und wartete, bis man ihn anreden werde. Schwarz winkte ihm zu, sich zu setzen, und beobachtete ein würdevolles Schweigen, bis der Kaffee und die Pfeifen gebracht worden waren. Erst als man die Tassen geleert und die Meerschaumspitzen im Mund hatte, begann er: „Ich vernehme, daß du der Gebieter von Madunga bist. Du wünschest mich zu sprechen. Ich höre deine Worte."

Der Herr, welchem der Bote seines Leutnants rechtzeitig begegnet war, besann sich einige Augenblicke, wie er auf diese reservierte Ansprache beginnen solle, und antwortete dann: „Ich kam während der Nacht von der Reise zurück und erfuhr deine Gegenwart. Ich ging sogleich an Bord der Dahabieh, um dir meine Ehrfurcht zu erweisen."

„Ich habe keinen Anspruch auf dieselbe, denn du bist älter als ich."

„Der Abgesandte der Regierung ist bejahrter als der älteste Greis."

„Du irrst. Ich bin nicht das, wofür du mich hältst."

Über das Gesicht des Ägypters glitt ein demütig-pfiffiges Lächeln. Sein Auge schweifte mit einem bezeichnenden Blick umher, mit welchem er deutlich genug sagte: Mich machst du nicht irre; ich weiß genau, woran ich bin! Und dann antwortete er: „Nur Allah darf den Mund des Menschen öffnen, ich aber achte deine Verschwiegenheit. Wie lange wirst du hier an meiner Mischrah bleiben?"

„Bis ich mit dir gesprochen habe. Du handelst noch mit Sklaven?"

„Effendi!" fuhr der Mann erschrocken auf. „Das Gesetz verbietet seit einiger Zeit dieses Geschäft, und ich bin ein gehorsamster Untertan der Obrigkeit."

„Kannst du das beweisen?"

„Fordere Beweise, und wenn es in meiner Macht liegt, so gebe ich sie."

„So sage mir aufrichtig, ob Abu el Mot noch auf Ghasuah zieht."

„Er tut es; er fängt noch Sklaven. Allah verdamme ihn."

„Du sagst die Wahrheit; ich weiß es. Eben jetzt will er wieder eine Ghasuah unternehmen, und ich bin gekommen, ihn dabei abzufangen. Was sagst du dazu?"

Das Gesicht Hasab Murats glänzte vor Freude, als er die Bestätigung dessen vernahm, was ihm sein Leutnant gemeldet hatte. Abu el Mot war sein bedeutendster Konkurrent und zugleich sein persönlicher Feind; ihm gönnte er alles Böse. Wurde diesem Mann das Handwerk gelegt, so blühte es für die Seribah Madunga doppelt auf. Darum antwortete er: „Möge ihm geschehen, was er verdient hat! Ich bitte zu Allah, seine Sünden über ihn kommen zu lassen."

„Das ist ein Beweis, daß du gelernt hast, die Sünde des Menschenhandels zu hassen. Ich wünsche, die Nähe deiner Seribah von diesem Sklavenjäger zu befreien, aber ich weiß nicht, ob es mir gelingen wird. Ich hörte zu spät, daß Abu el Mot neue Leute angeworben hat, und befürchte nun, daß meine Truppen nicht zahlreich genug sind, diesen Mann unschädlich zu machen."

Als Hasab Murat diese Worte, welche ihm wie Musik in die Ohren klangen, hörte, fühlte er sich entzückt. Er zögerte keinen Augenblick, die Antwort zu geben, welche Schwarz erwartet hatte: „Effendi, es ist Pflicht eines jeden Untertan, die Obrigkeit in der Ausübung der Gerechtigkeit zu unterstützen. Darf ich dir meine Leute anbieten?"

„Ja. Ich erwartete das von dir. Aber was verlangst du für diesen Dienst?"

„Nichts, gar nichts. Ich würde mir meine Hand abhauen, wenn sie auch nur einen Piaster von dir nehmen wollte! Ich bitte dich nur um das eine, daß ich selbst mitkommen darf. Meine Leute sind gewöhnt, daß ich sie kommandiere, natürlich aber stehe ich unter deinem Oberbefehl und werde streng und genau nach deiner Weisung handeln."

„Das versteht sich ganz von selbst. Du darfst mitgehen und stehst unter mir. Wieviel Köpfe wirst du zusammenbringen?"

„Ich darf die Seribah nicht entblößen, doch suche ich die besten Krieger aus und werde ihrer über dreihundert zählen. Sie sind sehr gut bewaffnet, und für Proviant ist stets gesorgt."

„Dreihundert! Mit ihnen wäre ich des Sieges gewiß; leider aber muß ich auf eine so zahlreiche Schar verzichten. Ich kann nur so viele mitnehmen, als mein Schiff noch faßt."

„So willst du den Zug nicht zu Lande unternehmen?"

„Wenigstens von hier aus nicht. Wir würden volle drei Tage brauchen, nur um die Seribah Abu el Mots zu erreichen, und ich muß noch eher dort sein. Oder gibt es Schiffe in der Nähe?"

„Es gibt welche, Effendi."

„Wo? Bei wem?"

Diese Frage versetzte den Ägypter in große Verlegenheit; er wand sich hin und her, bis er erklärte: „Effendi, ich habe mein Wort gegeben, es nicht zu verraten. Wer hier ein Schiff besitzt, der versteckt es, wenn er es nicht braucht. Es gibt Maijehs, welche mit dem Fluß in Verbindung stehen und deren Eingang durch das Rohr und Schilf verdeckt wird. An solche Orte verbirgt man die Fahrzeuge, wenn man ihrer für längere Zeit nicht bedarf."

„Du sprichst nicht von einem Schiff, sondern von Schiffen. So stehen dir wohl mehrere zur Verfügung?"

„Zwei Noqer sind's, die ich bekommen kann, gerade bequem genug für dreihundert Krieger."

„Und wann spätestens können sie hier sein?"

„Wenn ich mich beeile, so können wir mit den voll bemannten Fahrzeugen gerade am Mittag absegeln."

„Gut, so spute dich! Ich werde so lange warten und die Fahrt aber pünktlich um diese Zeit beginnen."

Der Mann eilte fort, innerlich jubelnd über diesen Erfolg seines Frühbesuchs bei dem Mann, dessen Ankunft ihn in so große Sorge versetzt hatte.

Ebenso froh wie dieser Mann war Schwarz. Eine so ansehnliche Hilfstruppe zu bekommen, daran hatte er gar nicht gedacht.

Zunächst suchte er den Hauptmann auf, welcher eine separate kleine Kajüte bewohnte, und teilte ihm mit, was beschlossen worden war. Soldaten gab es auf der Dahabieh nur so viele, als zur Bewachung des Schiffes nötig waren. Die anderen waren alle schon nach der Seribah gegangen, wo sie gestern Abend gute Kameradschaft geschlossen hatten.

Abd es Sirr und Ben Wafa, die beiden jungen Freunde, saßen auf Deck und erzählten einander, was sie seit ihrer letzten Trennung erlebt und gesehen hatten. Schwarz forderte sie auf, mitzugehen, und sie taten dies sehr gern, da sie es für eine Auszeichnung hielten, bei ihm sein zu dürfen. Schwarz hatte von Pfotenhauer alles erfahren, was dieser von Abd es Sirr wußte. Sie hatten die Seribah vor sich liegen. Über dem Tor war die Fahne des Propheten als Kriegszeichen aufgepflanzt, und überall, wohin das Auge blickte, sah es die Leute mit den Vorbereitungen zur Aufbruch beschäftigt. Nur an einer Stelle, gleich wenn man den Haupteingang hinter sich hatte, gab es eine Anzahl Müßiger, welche einen Kreis gebildet hatten, um einer Rede des Ungarn zuzuhören.

Er stand auf Brettern, welche auf zwei Pulverfässer gelegt waren, neben ihm sein Freund und Zankgenosse, der Vater des Gelächters. Der kleine Sohn der Blattern erzählte soeben, als Schwarz und Pfotenhauer hereinkamen, von dem Überfall an der Quelle des Löwen. Er tat dies, um seine Zuhörer zur Rache gegen Abu el Mot anzufeuern. Daran schloß er die Geschichte von der Erlegung der Löwen. Jedenfalls hatte er es sich vorher vorgenommen gehabt, von dieser Heldentat zu sprechen, denn er führte als Beweis der Wahrheit seiner Worte die vordere Hälfte des Löwenfells mit sich, wogegen er seinen Federturban auf dem Schiff zurückgelassen hatte; er trug die Löwenhaut so, wie die alten Deutschen ihre Bären- und Ochsenfelle trugen, nämlich solchergestalt, daß sein Kopf im Schädel des Löwen steckte und das Fell ihm über den Rücken hinab hing.

Auch der Vater des Gelächters hatte seine Hälfte mit. Sie war so um seine Schultern gelegt, daß die Schwanzspitze bis auf die Bretter herab reichte.

„Ja, ihr Männer des Krieges und der Tapferkeit, vernehmt die Heldentat, durch welche wir Dschezzar-Bei, den Würger der Herden, töteten!" rief er laut. „Wir haben ihn und seine Frau besiegt und dann noch seinen Sohn gefangen genommen. Hadschi Ali, sag, ob es so ist! Spreche ich die Wahrheit?"

Der Vater des Gelächters nickte und antwortete: „Es ist keine Lüge."

Er wollte das durch ein sehr ernstes Gesicht bekräftigen, zog aber statt dessen eine solche Fratze, daß die Zuhörer in ein lautes Gelächter ausbrachen.

„Was habt ihr zu lachen?" fuhr der Ungar fort. „Diesen Vater des Gelächters mögt ihr immerhin auslachen, doch nur nicht etwa mich; ich vertrage keinen Spott! Also wir saßen am Feuer und glaubten uns an demselben vollständig sicher, da erscholl die Stimme des Löwen aus der Ferne. - Sag, ob das wahr ist, Hadschi Ali! Du hast das Brüllen doch auch gehört."

„Es ist genau so, wie du sagst", bestätigte der Genannte, indem er ein Gesicht zog, als ob er sich totlachen wolle.

„Ja, ich sage die Wahrheit. Der Vater des Mordes, der Herr mit dem dicken Kopf kam herbei. Die Araber und Händler versteckten sich aus Angst hinter das Gepäck, aber ich und dieser mein Freund, welcher hier neben mir steht, wir hielten tapfer mit dem Vater der vier Augen, welcher zu seinem Gewehr gegriffen hatte, um den Löwen mit uns zu erlegen. Dieser Effendi steht hinter euch. Betrachtet ihn, und laßt euch von ihm die Wahrheit meiner Worte bestätigen!"

Die Blicke aller wendeten sich auf Schwarz. Dann fuhr der Slowake fort, zu erzählen, wie der Löwe erlegt worden war und die Löwin dann herbeigesprungen kam.

„Wir glaubten, fertig zu sein", sagte er. „Aber die Frau des Herdenwürgers hatte die Stimmen unserer Gewehre gehört und eilte herzu, ihrem Mann zu helfen oder seinen Tod zu rächen. Das war eine große, ein entsetzliche Gefahr, nicht wahr, Hadschi Ali?"

„Ja, es war fürchterlich", antwortete der Vater des Gelächters, indem er trotz der großen Gefahr, welche geschildert wurde, eine Grimasse zog, als ob er am ganzen Körper gekitzelt werde.

Der Slowake führte seine Erzählung zu Ende und schilderte dann die Teilung des Fells.

„Mir als dem Tapfersten fiel die vordere Hälfte zu", berichtete er. „Und sodann..."

„Schweig!" fiel ihm sein Freund und Genosse in die Rede. „Der Effendi war der Tapferste. Du aber bist nicht mutiger gewesen als ich. Deine Hälfte ist dir durch das Los zugefallen, weshalb wir dich noch heute wegen des großen Mauls, welches der Löwe hat, und welches auch du besitzt, Abu el buz, Vater des Mauls, nennen."

„Schweig du selbst", antwortete der Kleine zornig. „Mein Maul ist nicht größer als das deinige. Es ist jedenfalls ruhmvoller, den Kopf des Löwen zu haben als den Schweif. Oder hältst du es etwa für eine große Ehre, Abu ed daneb, Vater des Schwanzes genannt zu werden. Siehe dich nur an, wie lächerlich dich deine hintere Hälfte kleidet!"

„Selber lächerlich!" schrie der andere. „Wenn du mich so fort beschimpfst, verzehre ich dich mit meinem Zorn und vernichte dich mit meinem Grimm!"

Er wollte sein fürchterliches Gesicht machen, es bekam aber ein solches Aussehen, als ob er infolge eines guten Witzes gar nicht aus dem Lachen herauskommen könne.

„Ich verachte deinen Zorn!" antwortete der Kleine. „Weißt du nicht, daß ich ein berühmter Gelehrter bin und sogar Latein verstehe, wovon du keine Ahnung hast!"

„Und ich kenne alle Völker und Dörfer der Erde, und alle Länder und Einwohner des Weltkreises nenne ich mit Namen. Mache mir das nach, wenn du kannst!“

„Gut! Ich werde es dir nachmachen; aber mach mir es nur erst vor!“

„Das werde ich tun, um dich vor diesen vielen Zeugen zu blamieren, daß du dich scheuen sollst, jemals wieder einen Menschen anzusehen. Wage es doch einmal, mich nach meinen Völkern und Dörfern zu fragen!“

„Gleich werde ich fragen! Wie heißen die Inseln, welche westlich von der großen Wüste Sahara im Meer liegen?“

„Bilad el adscham - Persien.“

„Falsch! Wie heißt das Land, welches die Spitze von Afrika bildet?“

„Bilad el moskob - Rußland.“

„Wie heißt das Land, welches ganz im Norden von Europa liegt?“

„Sailan - Ceylon.“

„Noch falscher! Und wie heißt das größte Reich der Erde, welches den Osten von Asien bildet?“

„Dschebel et Tarik - Gibraltar.“

Da schlug der Slowake die Hände zusammen, lachte laut auf und rief: „O du Vater des Schwanzes, wie hast du dich jetzt so lächerlich gemacht! Die Inseln jenseits der Wüste heißen Dschesajir kanara - Kanarische Inseln. An der Spitze von Afrika liegt das Bilad er ras - Kapland. Das nördlichste Land von Europa heißt Bilad el lap - Lappland, und im Osten von Asien liegt das größte Reich der Erde, Bilad ed dschin - China. Du hast also lauter falsche Antworten gegeben!“

„Ich antwortete richtig!“ behauptete der Vater des Gelächters.

„Nein, falsch!“

„Beweise es!“ schrie der Geograph, indem er in größter Wut mit den Füßen die Bretter stampfte, so daß der Löwenschwanz den Takt mit ihnen schlug.

„Die Worte eines Mannes, welcher Latein versteht, sind stets richtig; er braucht nichts zu beweisen“, antwortete der Kleine stolz. „Mit den Ländern habe ich dich vollständig geschlagen. Wie steht es nun mit den Völkern und Dörfern?“

„Ich kenne sie alle!“

„Wollen doch einmal sehen, ob das wahr ist. Welches Volk wohnt gerade in der Mitte von Europa?“

„Das sind die Swahili - Suaheli.“

„Falsch! Welches Volk wohnt nördlich von Indien?"
„Die Filimenk - Holländer."
„Auch falsch! Welches Volk wohnt ganz im Süden von Bilad ed dinja - Südamerika?"
„Die Talian - Italiener."
„Auch das ist falsch! Nun sag aber doch einmal, wo Nagy Mihaly liegt?"
„Das gibt's gar nicht!"
„Das gibt's gar wohl, denn dort bin ich geboren! Und wo liegt Buxtehude?"
„In Le Leli - Polen."
„Laß dich nicht auslachen! Wo liegt wohl Blasewitz?"
„Auch das gibt es nicht!"
„Freilich gibt es das, denn dort hat Schiller seine Gustel geheiratet. Aber von diesem Schiller hast du freilich noch nie etwas gehört. Und wo liegt Itzehoe?"
„In Dschenowah - Genua."
„Auch das ist nicht richtig. Hättest du das Buch gelesen, welches eben dieser berühmte Schiller über die Dschiegrafija - Geographie geschrieben hat, so würdest du wissen, daß dieses Itzehoe im Duar Salak el hadschar - in Wallensteins Lager liegt! Deine Antworten sind eben alle falsch. Du kennst kein einziges fremdes Volk und keine einzige fremde Stadt. Du bist so dumm, daß ich über dich weinen möchte!"
„Beweise es doch! Beweise es doch!" brüllte der Vater des Gelächters, jetzt fast außer sich vor Wut, daß er vor so vielen Zuhörern blamiert wurde. „Es ist sehr leicht. so etwas zu behaupten, aber den Beweis zu liefern, das ist die Hauptsache!"
„Das kann ich. Frage doch die beiden Effendis, welche hier stehen! Sie werden dir sagen, daß ich recht habe, du aber unrecht hast!"
Schwarz und Pfotenhauer waren bei der interessanten Gruppe stehen geblieben. Der kleine Vater der elf Haare sah in seinem roten Frack, den er bei einem Händler in Faschodah aufgegabelt hatte, und mit der übergeworfenen Löwenhaut gar zu drollig aus. Aber sich nun an dem Streit zu beteiligen, das beabsichtigten sie nicht. Als der Slowake seinen Gegner jetzt auf sie verwies, wollten sie sich schnell entfernen, um den Vater des Gelächters nicht beleidigen zu müssen; dieser aber enthob sie der beabsichtigten Flucht, denn er antwortete: „Ich habe es nur mit dir, aber nicht mit anderen Leuten zu tun. Du bist es, den ich schlagen will und schlagen werde, nicht aber sind es diese beiden

Effendis, von denen jeder allein zehntausend Mal gescheiter ist als wir beide zusammengenommen! Zeige doch dein Latein und deine Wissenschaft! Beweise es doch, daß du die Völker und Dörfer der Erde besser kennst als ich!"

„Das kann ich schon beweisen. Sage mir nur, wie!"

„Ich werde dich fragen, ganz so, wie du mich gefragt hast!"

„Tue das! Man wird sehen, wie du über die Klugheit meiner Antworten staunen wirst."

„Wollen sehen! Sage mir also einmal, wo liegt der berühmte Ort Al Hutama?"

Dieses Wort ist ein Beiname der Hölle, welcher ihr in der hundertundvierten Sure gegeben wird. Der schlaue Vater des Gelächters wendete sich also klugerweise auf ein Feld, auf welches der Slowake ihm nicht folgen konnte.

„Das weiß ich freilich nicht", mußte dieser gestehen. „Ich habe von dieser Stadt noch nie gehört."

Ein allgemeines Gelächter war die Folge dieser Antwort, denn als Mohammedanern war allen Anwesenden das Wort bekannt.

„Schau! Deine Wissenschaft läßt dich schon bei meiner ersten Frage im Stich!" jubelte der Hadschi, indem er ein Gesicht zog, infolge dessen das Gelächter sich verdoppelte. Er aber fuhr, davon unbeirrt, fort: „Jetzt sage mir, in welchem Land der berühmte Tasnim entspringt!"

Tasnim ist eine Quelle im Paradies. Sie wird in der dreiundachtzigsten Sure erwähnt.

„Auch diesen Namen kenne ich nicht", antwortete der Kleine.

Ein rundum laufendes Murmeln ließ ihn erkennen, daß man sich über seine Unwissenheit wundere.

„So sage mir wenigstens, wo Sidschin liegt!"

Dieser Name befindet sich in derselben Sure und bezeichnet einen Ort der Unterwelt, in welchem das Verzeichnis der Handlungen aller bösen Menschen und Geister aufbewahrt wird; auch dieses Verzeichnis selbst wird Sidschin genannt.

„Weißt du es denn selbst?" opponierte der Rotfrackige.

„Natürlich weiß ich es. Wir alle wissen es, du aber nicht?"

„Frage weiter!" sagte der Kleine, ohne eine direkte Antwort zu geben.

„So sage mir nur noch, wo al' Ahkaf liegt!"

Al' Ahkaf bedeutet eigentlich Sandhaufen und ist der Name eines sehr sandigen Tals in der Provinz Hadramaut, wo die Aditen, von denen der Koran wiederholt spricht, gewohnt haben sollen. Dieses Tal wird im 21. Vers der sechsundvierzigsten Sure erwähnt, und darum wird diese ganze Sure Al' Ahkaf genannt.

„Auch das weiß ich nicht", gestand der Ungar kleinlaut.

„So hast du mir nun schon zum dritten Mal nicht antworten können! Ich wollte dir hundert und noch mehr ähnliche Fragen vorlegen, und du würdest bei jeder schweigen müssen. Wer ist nun der Kluge von uns beiden?"

„Keiner! Du hast mir nicht antworten können und ich dir nicht, folglich ist einer so klug wie der andere. Du kennst deine Völker und Dörfer und ich meine Wissenschaften und mein Latein. Wir wollen uns unsere Gelehrsamkeit in Zukunft nicht mehr streitig machen. Habe ich recht? Stimmst du mir bei?"

„Von ganzem Herzen!" antwortete der Vater des Gelächters gerührt, wobei er aber ein Gesicht machte, als ob er sich über den Kleinen kranklachen wolle.

„So reiche mir deine Hand und küsse mich! Wir sind Brüder und sind versöhnt. Mein Feind ist auch dein Feind, und deine Freunde sind auch meine Freunde!"

„So soll es sein, jetzt und in alle Ewigkeit. Allah l' Allah!"

Sie umarmten und küßten sich, sprangen von ihrem Podium herab und schritten Arm in Arm von dannen.

„Sonderbare Kerle!" lachte der Graue. „So 'was hab' ich fast noch nit g'schaut. Erst wollen s' sich fressen, und dann küssen s' sich die G'sichter und trollen vergnügt davon. Kommt das denn öfters vor?"

„Täglich mehrere Male. Und dabei haben sie sich wirklich aufrichtig lieb. Diese beiden können ohne einander gar nicht leben, notabene, wenn sie sich streiten dürfen. Sie gestehen selbst, daß das die Liebe erneuere."

„Ich dank' gar schön! Aber brav sind's doch alle beid'?"

„Sehr! Sie hängen so an mir, daß sie für mich ihr Leben wagen würden. Sie werden sie schon noch näher kennenlernen, Herr Doktor."

„Was! Wie nennen's mich? Doktor etwa? Damit kommen S' mir ja nicht mehr!" antwortete Pfotenhauer eifrig. „Das kann ich nit leiden! Deswegen hab' ich mich mit Ihrem Bruder schon oft 'zankt."

„Aber es ist doch der Ihnen rechtmäßig zukommende Titel!"

„Ach was Titel! Ich pfeif' darauf! Mein Nam' ist Ignatius Pfotenhauer. In der Heimat nennen s' mich darum, und weil ich gern überall umherkraxelt bin, um Vögel zu fangen, rundweg nur den Vogel-Nazi. Wann S' mir die Freud' machen wollen, so sagen S' auch Nazi oder Naz zu mir!"

„Wenn Sie es wünschen, mir soll es recht sein!"

„Ja, ich wünsch' es sehr! Leut' wie wir, die von morgens bis abends und dann wiederum von abends bis morgens beisammen sind, die dürfen sich nit solche Titel und Komplimente an die Köpf' werfen. Aaan Fremder, den ich nit kenn' und der mich nix angeht, der muß mir mit der erforderlichen Höflichkeit kommen, von dem verlang' ich allerdings, daß er mir meine Ehr' erweist und mich Herr Doktor Vogel-Nazi Pfotenhauer nennt. Wann er das nit tut, so soll ihn der Teuxel reiten! Sie aber können sich die lange Red' dersparen. - Hören S'! Was geht das los? Die Gebetstund' ist doch noch nit da; die kommt erst zum el Deghri, also des Mittags wieder."

Der Fakir stand nämlich auf dem Minarett und schlug das Klangbrett an. Dann erhob er seine Stimme, aber nicht, um zum Gebet zu rufen, sondern er verkündete mit lauter Stimme, so daß es über die ganze Seribah vernommen werden konnte: „Auf, ihr Gläubigen, versammelt euch, um die Stunde des Glücks zu befragen! Eilt zum Versammlungsplatz, um zu hören, ob ihr am Mittag aufbrechen dürft!"

Und dann ertönte der Schall der Darabukka - der Topftrommel, einer Handpauke aus Ton, die Soldaten zum Sammeln zu rufen.

„Das ist die Trommel„, sagte der Graue. „Wissen S', was trommeln im Arabischen heißt?"

„Ja, dakk ... ettal."

„Richtig! Das Wort ahmt den Schall der Trommel nach: dakk ... ettal - dakk ... ettal, gerade wie wir im Deutschen sagen rumdibum, rumdibum. Auch der Name Darabukka ist nur die Nachahmung dieses Schalls. Jetzt schaun S' mal, wie die Kerle alle laufen! Wollen wir auch mit?"

„Ja. Wir müssen doch sehen, wie es gemacht wird, das Schicksal zu befragen, ob eine gewisse Stunde eine glückliche ist. Wir als Christen haben natürlich die Überzeugung, daß alle Tage und Stunden des Herrn sind."

Sie fanden alle Bewohner der Seribah auf dem Versammlungsplatz beisammen, die Gesichter nach einem Tokul gerichtet, auf dessen Spitze das Zeichen des Halbmonds angebracht war. Das war die Hütte des Fakirs.

Eben als die beiden dort anlangten, kam Hasab Murat, der Herr der Seribah, aus seiner Behausung. Als er sie erblickte, ging er auf sie zu, um sie unter tiefen Verbeugungen zu begrüßen.

„Wird der Fakir sie befriedigend aussprechen?“ fragte Schwarz.

„Ja, Effendi“, antwortete der Ägypter.

„Woher weißt du das?“

„Daher!“ Er griff, indem er listig mit den Augen blinzelte in die Tasche und zog zwei Mariatheresientaler hervor, welche er ihnen heimlich zeigte, um sie sogleich wieder einzustecken. „Nach so einem Opfer ist die Stunde allemal glücklich“, fügte er hinzu. „Allah sieht es gern, daß man seinen Dienern Geschenke macht.“

„So eile, dies zu tun, und füge noch diese drei Abu Noktah bei!“ Er holte seinen Beutel heraus und gab ihm drei Taler.

„Effendi, dein Herz ist reich an Güte und Klugheit“, antwortete Hasab Murat, indem er das Geld in seine Tasche gleiten ließ. „Nun wird Allah unserem Vorhaben das glücklichste Gelingen gewähren.“

Er eilte fort, um im Tokul des Fakirs zu verschwinden. Nach einiger Zeit kam er mit diesem heraus, und der Fakir verkündete mit lauter Stimme: „Hört es, ihr Gläubigen! Ich habe das Buch des Schicksals aufgeschlagen und die Stimme der Gewährung gehört. Ich verkünde euch Sieg und dreimal Sieg. Ihr werdet die Feinde schlagen und ihre Seelen in die Hölle schicken. Allah ist Allah und Mohammed ist sein Prophet!“

„Allah ist Allah, und Mohammed ist sein Prophet!“ wiederholten über vierhundert Stimmen.

Dann ging die Versammlung auseinander. Hasab Murat erteilte seinem Basch Muni - Herrn der Vorräte, Materialverwalter den Befehl, Tabak und Merissah zu verteilen, was mit großem Jubel aufgenommen wurde, und lud dann Schwarz und Pfotenhauer ein, um sie bei sich zu bewirten.

Er bediente sie in eigener Person und setzte ihnen das Beste vor, was die Seribah zu bieten vermochte. Es lag ihm daran, sie sich möglichst wohlgesinnt zu machen. Später kam ein Neger und flüsterte ihm eine Meldung zu. Als der Schwarze gegangen war, sagte er: „Effendis, ich hörte soeben, daß die beiden Schiffe unten an der Mischrah angekommen sind. Wenn ihr sie sehen wollt, so könnt ihr das jetzt ungestört tun, da die Soldaten noch nicht eingeschifft sind. Erlaubt mir, euch zu begleiten!“ Er führte sie hinab an den Fluß, wo die beiden Noqer neben der Dahabieh vor Anker lagen. „Seht sie euch an!“ sagte er in hörbarem Stolz. „Euer Fahrzeug ist gewiß ein guter Segler; ich habe das schon heute früh erkannt; aber meine Schiffe sind nach meiner eigenen Angabe auf der Mangarah - der Schiffswerft von Qaun gebaut worden. Ihr Bug ist scharf, sie durchschneiden das Wasser mit Leichtigkeit, und ich habe noch kein Fahrzeug auf dem Nil gesehen, welches es mit ihnen aufnehmen könnte, eure Dahabieh ausgenommen."

„Das ist mir lieb", antwortete Schwarz. „An der Schnelligkeit meines Schiffes habe ich nichts auszusetzen, und so werden die drei Fahrzeuge wohl leicht beisammen bleiben können, ohne daß das eine auf das andere zu warten hat."

Sie bestiegen die beiden Schiffe, deren Inneres nichts Außergewöhnliches bot. Dann führte Schwarz den Ägypter auf die Dahabieh. Auf dem Verdeck derselben angekommen, sagte er: „Jetzt will ich dir etwas zeigen, was du heute früh wohl nicht gesehen hast. Folge mir zunächst nach hinten!"

Sie stiegen auf das Verdeck oberhalb der Kajüte, wo ein langes, schmales und niedriges Holzhäuschen stand, welches auf Rädern beweglich war und dessen Zweck ein mit demselben Unbekannter wohl nicht gleich erraten hätte.

„Was meinst du, was sich darin befindet?" fragte Schwarz.

„Das kann ich nicht erraten", antwortete Hasab Murat.

„Erraten Sie es vielleicht?" fragte Schwarz den Grauen.

„Vielleicht", antwortete dieser deutsch. „Wohl eine Drehbasse oder Drehkanone, welche durch das Häuschen maskiert wird, damit der Feind nit zu früh bemerkt, was er zu derwarten hat?"

„Erraten! Da sehen Sie!" Er öffnete vorn die Tür und schob das Häuschen nach hinten über die Kanone hinweg. Der Lauf derselben lag auf einem Zapfen, so daß er im Kreis rundum nach allen Richtungen bewegt werden konnte.

„Medfa', Omm ed dauwar - eine Kanone, eine Mutter des Drachens!" rief der Ägypter, indem er für die Drehbasse sofort einen bezeichnenden Namen improvisierte. „Das ist gut! Da werden und müssen wir siegen!"

„Ich hoffe es", antwortete Schwarz. „Das ist für einen Kampf zu Wasser. Für ein Gefecht zu Lande habe ich etwas noch viel Besseres. Laßt es euch zeigen!"

Er führte sie nach dem Vorderteil des Schiffes, wo ein hoher Haufen von Matten zu liegen schien. Dieser bestand aber aus nur fünf Stück. Als Schwarz dieselben entfernt hatte, zeigte sich eine Kanone, deren Lafette und Räder mit Stricken befestigt waren, daß sie feststand und nicht über Bord gehen konnte.

„Noch eine Kanone!“ rief Hasab Murat. „Aber wie ist sie gebaut! So eine habe ich nie gesehen!“

„Das glaube ich gern“, antwortete Schwarz. „Das ist eine Konstruktion, welche selbst bei den Europäern neu ist. Der Khedive hat einige aus Bilad el ingeliz - England geschenkt bekommen und zwei davon dem Jaffar Pascha zum Gebrauch gegen die Sklavenräuber nach Chartum geschickt. Mit der einen ist diese Dahabieh armiert worden, und ich denke, daß sie uns gute Dienste leisten wird, zumal wir einen tüchtigen Vorrat von Munition besitzen. Sie ist eigentlich für den Kampf zu Lande bestimmt, kann aber auch hier auf Deck gebraucht werden.“

„Wie heißt denn diese Konstruktion?“ fragte der Graue.

„Es ist eine Maximkanone, aus welcher in der Minute recht gut fünfhundert Kugeln abgegeben werden können, das kann, wenn es erforderlich ist, sogar bis auf sechshundert gesteigert werden.“

„Alle Wetter! Da können wir ja in zwei Minuten diesen Abu el Mot mit samt seinen Leuten derschießen!“

„Da müßten sie sehr eng beisammenstehen. So schlimm, wie Sie denken, ist es freilich nicht; aber ein solches Geschütz ersetzt eine ganze Anzahl von Leuten. Die Hauptsache ist eine Taktik, welche es ermöglicht, diese Kanone zur Wirkung kommen zu lassen.“

„Na, daran soll's nit fehlen. Ich bin zwar kein Moltke und auch kein Napoleon, aber ein paar Sklavenhändler so zusammenzutreiben, daß man mit dieser Kanone auf sie schießen kann, das trau' ich mir schon zu, doch nur unter der Voraussetzung, daß nit gar auf mich selber gezielt wird.“

Das Geschütz wurde wieder verhüllt, und dann war die Zeit zum Einschiffen der Soldaten gekommen. Gegen Mittag war man fertig. Die dreihundert Mann des Ägypters befanden sich auf den beiden Noqer und die hundertundfünfzig aus Faschodah auf der Dahabieh. Der Unterschied dieser beiden Schiffsarten besteht darin, daß die Dahabieh größer und gedeckt ist, während der Noqer offen ist und kein Verdeck besitzt.

Dreizehntes Kapitel

Die Verfolgung des Sklavenhändlers

Gerade um Mittag, als von der Seribah herab der Schall des Klangbretts ertönte und die Leute darauf ihr Gebet verrichtet hatten, wurden die Anker gehoben und die Landseile an Bord gezogen.

Mit dem bekannten Ausruf „ja rabb, ja rabb - o Herrgott, o Herrgott“, mit welchem die Araber an ihr Werk zu gehen pflegen, stießen die Bahriji (Matrosen) die Schiffe vom Ufer ab, an welchem die Frauen und Kinder der Soldaten standen. Die Herren mancher Seriben erlauben nämlich ihren Untergebenen, ihre Angehörigen mitzubringen, und zwar aus Berechnung, weil die Soldaten dadurch mehr an den Ort gekettet werden. Diese Weiber und Kinder riefen den Scheidenden ihr schrilles Lulululululu nach, den gewöhnlichen Abschiedsgruß, welcher noch lange über den Fluß schallte, als die Segel aufgezogen waren und, den günstigen Wind fangend, die Schiffe aufwärts trieben.

Nun zeigte es sich, daß Hasab Murat die Wahrheit gesagt hatte: Seine Noqer segelten ebenso gut wie die Dahabieh, und Schwarz sah zu seiner Freude, daß dieser günstige Umstand die Bemannung der Fahrzeuge zum Wetteifer trieb.

Die Dahabieh hatte natürlich ihren geschulten Reis (Kapitän) und einen ebenso erfahrenen Mustamel (Steuermann). Beide hatten jetzt dem Deutschen zu gehorchen. Auch auf jedem der beiden Noqer befand sich ein Reis und ein Mustamel. Jeder dieser drei Reisihn war eifersüchtig auf die Schnelligkeit der anderen Fahrzeuge und bestrebte sich, es ihnen vor zu tun. Es entstand infolge dessen ein Wettkampf wie zwischen konkurrierenden Mississippidampfern. Die Reisihn befahlen ihren Matrosen, zu den Stoßstangen zu greifen, und die Soldaten halfen aus Leibeskräften.

Ganz besonders zeichnete sich El Schachar, der Schnarcher, aus, welcher als Reis den einen Noqer befehligte. Seine rasselnde Stimme erscholl unausgesetzt. Er feuerte nach der bekannten Art dieser arabischen Kapitäne seine Leute bald durch Schmeichelworte und bald durch die kräftigsten Schimpfreden an.

„Ja Allah, ja Nabi!“ schrie er. „Amahl, amahl, ja Allah, amahl - O Gott, o Prophet, macht, macht, o Gott, macht! Ja Allah, ja Sahtir, amahl, amahl - O Gott, o Helfer, macht, macht! Eschhetu mu la li laha ilallah; sallam aaleina be baraktak - bezeugt, daß es nur einen Gott gibt; begnadige uns mit deinem Segen! Sallah en nabi - preist den Propheten!“

Seine Leute arbeiteten in der Sonnenhitze, daß ihnen der Schweiß in Strömen über die Gesichter lief. Sein Noqer war der hintere; die Dahabieh segelte voran. Er wollte den anderen Noqer ausstechen und bestrebte sich also, ihm den Wind wegzufangen. Wenn ein Reis den Wind teilen oder schneiden will, so sticht er sein Messer in den Mast und ruft dabei den Namen Gottes an. Darum zog der Schnarcher sein langes, gekrümmtes Messer, hob es hoch empor, um es seinen Leuten zu zeigen und rief dabei mit einer Stimme, als ob er Tote erwecken wolle: „Kawahm, kawahm! Schatir, schedid - schnell, schnell! Seid fleißig, seid stark! Stoßt, schiebt, arbeitet, arbeitet, ihr Kräftigen, ihr Geschickten! Laßt nicht nach, ihr Helden! O arbeitet, ihr Hunde, ihr Feiglinge, ihr Faulenzer! Seht hier mein Messer, seht ihr es? Schneidet den Wind! Nehmt diesem Noqer den Wind, daß seine Segel schlottern. Macht, macht, ihr Kinder, ihr Söhne, ihr Lieblinge! Arbeitet, ihr Trauten, ihr Auserwählten! Jetzt kommt der Augenblick; jetzt ist er da! Sikkini, sikkini, hai sikkini - mein Messer, mein Messer, hier ist mein Messer!“

Er trat zum Mast und holte zum Stoß aus. In dem Augenblick, als er mit seinem Segel das des voran fahrenden Noqer deckte, stieß er das Messer in den Mast und rief: „Bes issm, billahi, amahl, amahl, ja mokarekihn - im Namen Gottes, arbeitet, arbeitet, ihr Gesegneten! Wir haben ihn, wir haben diesen Noqer! Seht, wie ihm der Atem vergeht! Likuddam, likuddam - vorwärts, vorwärts! So ist's recht; wir kommen vorüber, wir haben ihn ausgestochen! Aaib aaleihu, hamdulillah - Schande über ihn, Allah sei Dank!“

Das Segel des anderen Noqer war flau gefallen, es klatschte an den Mast. Da der Steuermann, dies nicht beachtend, das Ruder festhielt und die Matrosen gerade in diesem Augenblick an Steuerbord ihre Kraft auf die Stoßstangen legten, so fiel der Noqer nach Backbord ab, und der alte Schnarcher segelte an ihm vorüber. Hüben jubelten die Matrosen und Soldaten. Drüben ertönten Flüche und Verwünschungen, und man arbeitete mit doppelter Anstrengung, diese Schande wett zu machen.

Nun richtete der Schnarcher seine Absicht darauf, auch die Dahabieh auszustechen, aber dies gelang ihm nicht, da ihre Segel höher standen und auch größer waren als die seinigen, er konnte ihr den Wind nicht wegfangen. Aber dieser Wetteifer hatte zur Folge, daß die Schiffe eine ganz ungewöhnliche Fahrt machten, was auch durch den Umstand unterstützt wurde, daß der Nil hierorts frei von hindernden Schilffeldern und schwimmenden Inseln war.

Noch vor dem Nachmittagsgebet erreichte die Dahabieh die Krümmung, hinter welcher Pfotenhauer den Schiffen Abu el Mots begegnet war. Er machte Schwarz darauf aufmerksam.

„So hat er", sagte dieser, „einen Vorsprung vor uns, welcher nicht ganz einen Tag beträgt. Wir werden die ganze Nacht segeln. Das Wasser leuchtet, und die Sterne scheinen. Auch denke ich, daß der Mond sich zeigen wird. Auf diese Weise bringen wir den größten Teil dieses Vorsprungs ein."

„Werden die Matrosen es aushalten?" fragte der Graue. „Diese Kerle arbeiten ja wie die Riesen. Sie schwitzen, daß ich glaub', es gibt eine Überschwemmung unten in Kairo."

„Sie mögen sich in zwei Wachen teilen; es sind ja genug Soldaten zur Unterstützung vorhanden. Ich werde Hasab Murat das wissen lassen."

Er schickte das kleine Boot zu dem Genannten ab, welcher sich auf dem von dem Schnarcher geführten Noqer befand. Die beiden Deutschen saßen im Schatten des großen Segels auf einem Serir (Holzgestell mit Kissen) und beobachteten den Lauf des Schiffes und die Szenerie des Flusses. Da trat Abd es Sirr, der Sohn des Geheimnisses, zu ihnen und fragte Schwarz: „Effendi, hast du jetzt Zeit, die Antwort zu hören, welche ich dir heute noch geben wollte?"

„Ja, setze dich zu uns!"

Das war eine ehrende Auszeichnung, welche der Jüngling mit bescheidener Würde entgegennahm. Ein anderer hätte sich aus Höflichkeit geweigert, er aber hatte das ganz bestimmte Gefühl, daß er eher zu den Herrn als zu den Dienern gehöre.

„Einiges habe ich dir schon gesagt", begann er, „die Hauptsache aber wirst du jetzt zu hören bekommen. Wer mein Vater war, weiß ich nicht, aber ein Araber ist er ganz gewiß gewesen, denn die Worte, welche mir aus jener Zeit geblieben sind, gehören alle der arabischen Sprache an."

„Und welchem Dialekt? Es wäre von großer Bedeutung, wenn du das wüßtest."

„Das ist schwer zu sagen, denn es sind der Worte, welche ich gemerkt habe, nur sehr wenige."

„Und wohin hat der Räuber dich geschafft?"

„Auch das weiß ich nicht. Ich erinnere mich nur, daß ich mich bei Schwarzen befunden habe, und daß eine Frau, welche weniger schwarz als die anderen war, mich sehr lieb hatte. Sie ging mit mir fort, weit fort. Ich weiß, daß sie mich viele Tage auf ihren Armen getragen hat, in ein fernes, fernes Land. Dann legte sie sich hin und stand nicht wieder auf. Ich war sehr müde und schlief ein. Als ich erwachte, lag sie noch da und regte sich nicht. Sie war tot, vor Hunger und Erschöpfung gestorben. Auch ich hatte Hunger und weinte sehr, ohne Aufhören. Da kam ein Weib, welches meine Stimme gehört hatte und mich fand. Sie nahm mich mit sich in ein nahes Dorf, wo sie mir zu essen und zu trinken gab. Es kamen viele Schwarze, welche meine Arme, meine Beine und meinen Leib betasteten und mir mehrere Tage nur immerfort zu essen gaben. Wenn ich nicht essen wollte, so bekam ich Schläge."

„Ah, Menschenfresser!"

„Ja, Effendi, es waren welche, wie ich später hörte. Auch an dem Ort, von welchem die gute Frau mit mir floh, hatte ich so viel essen müssen, darum denke ich, daß diese Schwarzen auch Menschenfresser waren."

„Und wo befandest du dich nun jetzt? Weißt du das?"

„Ja, ich war bei den Jambarri."

„Am oberen Kongo! Das ist weit, weit von hier!"

„Sehr weit! Dann kam ein weißer Mann, der einen grünen Turban auf dem Kopf und grüne Bantuflat - Pantoffeln an den Füßen hatte. Er war sehr freundlich mit mir und nahm mich mit sich über den Fluß hinüber nach Mawembe."

„Zum Hauptort der Kororu!"

„Du kennst die Namen dieser Völker, Effendi?"

„Ja, aus Büchern. Weißt du, wer oder was dieser weiße Mann gewesen ist?"

„Ja, ein wandernder Imam, welcher von einem Volk zum anderen reiste, um den Islam zu verbreiten. Er war auch zu den Imbarri gekommen und hatte erfahren, daß ich gegessen werden solle. Da kaufte er mich ihnen ab, um mich zu seinem Sohn zu machen. Das tat er, weil er die Worte verstand, welche mir meine Mutter immer vorgebetet hatte und die mir noch nicht entfallen waren, nämlich die Worte Allah il Allah, Mohammed rassuhl Allah."

„Er hatte aus diesen Worten ersehen, daß dein Vater ein Moslem gewesen war, und so erforderte sein Glaube, sich deiner anzunehmen."

„Er verstand auch die Worte, welche ich außerdem konnte. Die Frau, welche mit mir floh, hatte sie mir eingeprägt. Sie hatte mir auch noch andere vorgesagt, damit sich sie auswendig lernen solle; aber ich hatte mir nur einen Teil derselben gemerkt, nämlich ana arab, ana nahabi. Ich sprach die Worte nicht richtig aus, aber er merkte doch, daß ich ein Araber sei, den man geraubt hatte. Er gab sich viel Mühe, noch weiteres aus mir heraus zu bringen, doch vergebens, denn ich wußte nichts. Aber den Räuber mußte ich ihm beschreiben. Dessen Gesicht war das Einzige, dessen ich mich genau erinnern konnte, und der Imam sagte, daß ich darauf ganz allein die Hoffnung, meine Eltern wiederzufinden, stützen müsse. Darum mußte ich ihm dieses Gesicht fast täglich so genau beschreiben, daß mir das Bild desselben niemals wieder entschlüpfen konnte. Dieser seiner Klugheit habe ich es zu danken, daß ich nun weiß, wer der Räuber war."

„Lebt er denn noch?"

„Ja. Du wirst nachher seinen Namen erfahren. Der Imam liebte mich wie seinen eigenen Sohn. Er nahm mich mit von Land zu Land, von Volk zu Volk, deren Sprachen ich nach und nach kennenlernte; er aber sprach nur arabisch mit mir. Auch lehrte er mich alles, was er selbst wußte, er unterrichtete mich im Schwimmen, Rudern und Schießen. Er ließ mir, wohin wir kamen, auch in anderen Dingen Unterricht erteilen, so daß ich vieles lernte, was andere nicht können und erfahren. Als ich zwölf Jahre bei ihm war, kamen wir zu den Bongo, wo er plötzlich starb. Er hinterließ mir seine wenige Habe und seinen reichen Segen, welcher sich auch sofort bewährte, denn nur wenige Tage nach seinem Tod kam ein Mann zu den Bongo, um Krieger anzuwerben, und in diesem erkannte ich auf den ersten Blick denjenigen, der mich geraubt hatte. Ich wollte mich auch anwerben lassen, um mitgehen und mich an ihm rächen zu können, aber ich war ihm zu jung, und er wies mich ab. Als ich weiter in ihn drang, schlug er mich mit der Peitsche und verbot mir, mich wieder bei ihm sehen zu lassen."

„Hörtest du seinen Namen?"

„Nein."

„Aber du erfuhrst wenigstens, woher er kam?"

„Auch nicht. Beides wurde verschwiegen. Ich gehörte nicht zu den Bongo, ich war ihnen fremd, darum sagten sie mir nichts. Aber ich erlauschte, daß die Krieger zum Sklavenraub gemietet seien, und daß sie nilaufwärts nach einer Seribah segeln würden. Da versteckte ich das beste Boot, welches sie besaßen, legte vier Ruder, zwei als Vorrat, ein Segel und meine Waffen hinein, brachte einen Vorrat von Kisrah und Früchten hinzu und wartete nun, bis der Fremde auf seinem Noqer, welcher am Ufer lag, mit den Bongo aufbrechen werde. Als dies geschah, stieg ich in mein kleines Boot und ruderte ihnen heimlich nach."

„Das war kühn von einem so jungen Menschen!"

„Effendi, die Rache macht stark und verwegen. Ich mußte von ihm erfahren, wer mein Vater ist, und wollte ihn dann töten. Ich ruderte und segelte volle drei Tage hinter seinem Noqer her. Gleich am ersten Tag war ich auf eine Wurzel gestoßen, und mein Boot fiel um, mit allem, was sich darin befand. Nun hatte ich weder Waffen noch Speise mehr. Ich hielt zwei Tage den Hunger aus; dann aber konnte ich ihn nicht länger ertragen. Der Noqer kam an einer Mischrah vorüber, von welcher er sich sehr vorsichtig fern hielt. Darum vermutete ich, daß die dort wohnenden Menschen dem Mann, welchem ich folgte, feindlich gesinnt seien. Das gab mir den Mut, dort anzulegen, mir ein wenig Durrah oder Kisrah zu erbitten und mich zugleich nach dem Noqer zu erkundigen. Der erste Mann, den ich am Ufer traf, war el Schacher."

„Der Schnarcher, der jetzt mit uns fährt!"

„Ja. Er nahm sich meiner an und beantwortete meine Fragen. Ich erfuhr, wem der Noqer gehörte, denn er hatte ihn vorüber segeln sehen. Ich teilte ihm mein Geheimnis nicht mit, doch wußte ich nun, daß ich die Verfolgung aufgeben konnte. Ich blieb einige Zeit auf der Seribah Hasab Murats und suchte unbemerkt zu erfahren, ob dieser wohl zu einem Kampf mit meinem Feind zu bringen sei. Das war aber nicht der Fall, er haßte ihn zwar, doch fühlte er sich zu schwach, ihn anzugreifen. Allein konnte ich nichts ausrichten. Ich hätte meinen Entführer wohl heimlich überfallen und töten, aber nicht von ihm erfahren können, wer mein Vater ist. Ich mußte mir andere Verbündete suchen. Die Dschur hatten ihre Dörfer in der Nähe. Ich fuhr zu ihnen und versteckte meinen Kahn am Ufer. Ich wagte mich sogar ins Dorf, welches ganz in der Nähe der Seribah meines Feindes liegt. Aber leider erfuhr ich, daß die Dschur seine Verbündeten seien."

„Ah, jetzt weiß ich, wer es ist!" sagte der Grau. „Abu el Mot ist es. Du kanntest den dicken Häuptling der Dschur und sein Dorf."

„Nein, nicht dieser, sondern ein anderer ist es. Ich fuhr weiter, um Leute zu suchen, welche mir helfen würden. So kam ich zu den Sandeh, welche ihr Niam-niam nennt. Sie nahmen mich sehr freundlich auf, und der Sohn des Häuptlings wurde mein Freund. Ihm, dem Sohn der Treue, teilte ich mein Geheimnis mit, und er versprach, mir zu helfen. Offen den Krieg predigen durften wir nicht, denn Abu el Mot hatte die Niam-niam noch nicht beleidigt; aber heimlich streuten wir den Haß gegen ihn aus, und nach und nach reifte der Plan, ohne Wissen des Königs, des Vaters meines Freundes, mit einer kleinen Schar junger Krieger, die mich lieben, nach der Seribah Abu el Mots aufzubrechen, meinen Feind heraus zu holen und ihn als Gefangenen heimzubringen. Dann konnte ich ihn zwingen, mir den Namen meines Vaters und alles, was ich wissen wollte, mitzuteilen."

„Du bist ein kühner und doch vorsichtiger, kluger Mann", sagte Schwarz. „Jetzt liegen die Verhältnisse freilich noch viel vorteilhafter für dich."

„Ja, Effendi. Eben wollten wir den Plan ausführen, da mußte der Sohn der Treue nach Faschodah zu dir. Er kannte den größten und gefährlichsten Teil des Weges genau, denn wir waren oft im geheimen, wenn der König glaubte, daß wir auf den in seinem Gebiet liegenden Maijehn zur Jagd abwesend seien, herab nach der Seribah gesegelt, um zu erfahren, daß mein Feind sich noch auf derselben befinde. Dann wurde deinem Bruder und dem Vater des Storchs hier die Zeit zu lang, sie glaubten dich in Gefahr und wollten dir entgegen gehen. Ich sagte ihnen, daß ich den Fluß kenne, und durfte als Steuermann mit ihnen fahren. Was dann geschehen ist, hat dir der Vater des Storchs erzählt."

„Ich danke dir für deine aufrichtige Erzählung. Ich werde dir natürlich behilflich sein, dein Ziel zu erreichen. Nun aber sage auch, welcher Bewohner der Seribah es ist, auf den du es abgesehen hast!"

„Versprich mir vorher zweierlei!"

„Was?"

„Daß du ihn zwingen willst, mir Auskunft zu geben."

„Das werde ich. Ich gebe dir mein Wort darauf."

„Und daß du ihn dann mir überläßt."

„Zur Bestrafung?"

„Ja."

„Darauf kann ich nicht sofort Ja sagen."

„Warum nicht?"

„Ich bin ein Christ und darf infolge dessen keine Grausamkeiten dulden."

„So denke daran, was ich erduldet habe, denke auch an den Kummer meiner Eltern. Denke ferner an die Sünden, welche dieser Mann noch sonst begangen hat. Das Blut Hunderter schreit nach Rache himmelauf für ihn, und Tausende sind es, welche er in die Sklaverei verkauft hat!"

Schwarz zögerte zu antworten, darum fuhr der Sohn des Geheimnisses fort: „Willst du nicht auch daran denken, daß ich und der Sohn der Treue euch einige kleine Dienste geleistet haben? Ich fordere weder Dank noch gar Bezahlung, aber willst du mir die erste und einzige Bitte, welche ich auszusprechen habe, abschlagen?"

Der sonst so stolze Jüngling ließ sich auf seine Knie nieder und faltete flehend die Hände.

„Lassen S' ihm doch seinen Willen!" sagte der Graue deutsch. „Wir sind ihm wirklich zu Dank verpflichtet. Und er hat ganz recht: Dieser Abd el Mot, denn der wird's wohl sein, ist a Teufel in Menscheng'stalt, um den ich mich g'wiß nit grämen tu', wenn er a bisserl am Ohr g'zwickt wird."

„Aber es ist ein Mord, Doktor!"

„A Mord? Gehn S', Doktor, lassen S' mich aus, und schauen S', daß Sie von hier fortkommen, sonst kriegen S' eine Maulschellen, daß Sie in zwei Purzelbäumen hinüber ans Ufer fliegen und dort im G'sträuch hängen bleiben! Redet der Mensch von Mord, wo es sich um einen tausendfachen Mörder handelt! Und mich nennt er Doktor, nachdem ich ihm g'sagt und erklärt hab', daß ich nur der Naz, oder noch kürzer g'sagt, der Vogel-Nazi bin: Da soll doch gleich der Luftballon zerplatzen! Ich bin a guter Mensch, aber wann man so doppelt g'ärgert wird, so halt's die beste Lung' nit aus, sie muß heraus mit der Sprach'!"

Schwarz kannte den Grauen noch nicht so lange wie sein Bruder, darum blickte er ihm erstaunt ins Gesicht, wo die lange Nase sich so energisch hin und her wand, als ob sie sich vor Wut herausdrehen wolle.

„Ja, schauen S' mich nur an!" fuhr Pfotenhauer fort. „Das hilft Ihnen aber gar nix. Was ich g'sagt hab', das hab' ich g'sagt, und davon ziehn mich zehn Elefanten nit ab. Seien S' also vernünftig und reden S' a verständig's Wort! Ich laß mich auf der Stell' gleich braten und verspeisen, wenn's nit Abd el Mot ist, den er meint!"

Schwarz mußte trotz des Ernstes, welchen der Gegenstand erforderte, lachen. Er erkundigte sich bei dem noch immer vor ihm knienden jungen Mann: „Ist es etwa Abd el Mot, von welchem du sprichst?"

„Ja, Effendi."

„Gut, ich schenke ihn dir, wenn ich ihn zu verschenken habe, was ich sehr bezweifle. Wenn er in meine Hände fällt, so soll er dein Gefangener sein."

„Mehr verlange ich nicht", antwortete der Sohn des Geheimnisses, indem er aufstand. „Ich danke dir, Effendi!"

„Und noch eins", fuhr Schwarz fort. „Nun du mir alles erzählt hast, fällt mir eine Episode ein, welche mir der Vater des Storchs erzählt hat. Du hast den Elefantenjäger gesehen, der dann mit meinem Bruder nach Madunga geritten ist?"

„Ja."

„Ist er dir nicht schon vorher einmal begegnet?"

„Nein."

„Denke nach! Vielleicht hast du ihn doch schon vorher gesehen?"

„Ich kann mich nicht entsinnen."

„Auch vor langen, langen Jahren nicht?"

„Auch da nicht."

„Hm! Du hast bis jetzt noch nicht gesagt, ob du deinen Namen weißt."

„Meine Mutter nannte mich stets Kilbi, Neffi oder Hajati - mein Herz, meine Seele, mein Leben. Mein Vater aber sagte kein solches Liebeswort. Er nannte mich nur Mesuf. Dieses Wort gehört mit zu den wenigen, welche ich mir gemerkt habe."

„Mesuf! Hm! Einen Namen hat der Elefantenjäger leider nicht genannt, aber er ist ein Araber und hat gesagt, daß ihm sein Sohn geraubt worden sei."

„Meinst du, daß er mein Vater ist?"

„Ich meine es nicht, ich vermute es nicht einmal, aber möglich wäre es doch."

„Es werden vielen Leuten die Kinder geraubt. Hat er gesagt, woher er ist?"

„Nein."

„Oder was er ist?"

„Auch nicht."

„So ist er mein Vater nicht."

„Aus welchem Grund behauptest du das?

„Mein Vater ist ein vornehmer Mann, und ein solcher nennt seinen Stand, er braucht ihn nicht zu verschweigen. Und glaubst du, daß ein reicher und vornehmer Mann Elefanten jagt, um leben zu können?“

„Nein.“

„Nun, so ist dieser Elefantenjäger ein mir fremder Mensch.“

„Aber er hat gesagt, daß er jahrelang umher gewandert sei, um seinen Sohn zu suchen! Da kann er nicht von seinem Reichtum, sondern er muß von der Jagd leben.“

„Mein Vater hat viele Leute und Diener, welche an seiner Stelle suchen können. Hat der Elefantenjäger von der Mutter seines Sohnes gesprochen?“

„Auch nicht.“

„So ist er ein harter Mann, welcher nur nach seinem Sohn, aber nicht nach dem Sohn seines Weibes sucht. Mag er ihn finden, ich aber bin es nicht.“

Er wendete sich ab und ging.

„Ein charaktervoller junger Mensch!“ meinte Schwarz, indem er ihm nachblickte. „Glücklich der Vater, welcher so einen verlorenen Sohn wiederfindet!“

„Ja, ich hab' ihn herzlich lieb g'wonnen, und ich glaub' gern, daß es unter den Niam-niam Leut' g'nug gibt, die sich mit ihm in die G'fahr begeben hätten, den Abd el Mot lebendig und mit Haut und Haar zu fangen und heim zu schaffen. Er ist eben... schaun S', da kommen sie! Ja, bei meiner Seel', da kommen sie!“ Er war plötzlich aufgesprungen und deutete in die Luft.

„Wer denn, wer?“ fragte Schwarz beinahe erschrocken.

„Sehen S' denn nit? Da kommen's g'flogen, grad übers Wasser herüber!“

„Ah, diese Vögel?“

„Ja. Wer denn sonst?“

„Ich dachte, Abd el Mot käme irgendwo, weil Sie von ihm sprachen!“

„Gehen S' mit dem! So a Vogel is an der Flügelspitz' mehr wert, als der Abd el Mot am ganzen Körper. Haben S' g'sehen? Da haben s' sich niederg'macht am andern Ufer. Kennen S' auch schon diese Tiere?“

„Ja, natürlich.“

„Nun, was waren's für welche?“

„Ibisse, und zwar heilige.“

„Lateinisch?“

„*Ibis religiosa.*“

„Richtig! Die haben weißes G'fieder. Und wie heißt die andre Art lateinisch?"

„*Ibis falcinellus*", antwortete Schwarz, sehr belustigt über dieses Examen.

„Ja, die haben schwarze Federn. Und wie wird der Ibis hier g'nannt?"

„Herehz oder Abu mingal."

„Das ist arabisch, ich meine aber sudanesisch!"

„Nädsche."

„Und zwar warum?"

„Weil sein Geschrei so klingt."

„Sehr richtig! Der Sudanese nennt die Tiere gern nach ihrer Stimm' oder sonstigen augenfälligen Eigenschaften. Der heilige Ibis heißt Nädsche abi ad, weil er weiß ausschaut, und der andre Nädsche os wud, weil er schwarz aussieht. Man sieht sie nit oft so hoch fliegen wie die, welche wir jetzt beobachtet haben. Sie scheinen gar kein übler Vogelkenner zu sein. Mit Ihrem Bruder bin ich auch sehr zufrieden g'wesen, denn er hat niemals falsch oder vielleicht gar nit g'antwortet, sondern alles gleich richtig g'wußt. Das hat mich sehr g'freut von ihm, und ich hoff', daß ich mit Ihnen auch so gut z'frieden sein kann. Die Vögel sind eben die interessantesten unter den Tieren, was mich vermocht hat, mich vorzugsweise grad mit ihnen zu beschäftigen. A hübscher Vogel is mir lieber als zehn Säugetiere und zwanzig Fische, und darum ist's mir sehr egal, ob die da vorn mit ihren Angeln jetzt was fangen oder nicht, das ist ja nur zum Essen und nit zum Beobachten." Er deutete nach dem Vorderteil des Schiffes, wo mehrere Soldaten ihre Angeln ausgeworfen hatten, und andere mit den Hakenspeeren dabei standen, um die Beute anzuwerfen, falls die so schwer sein sollte, daß die Angelleine sich als zu schwach erweise.

„Nun, mit essen würden sie wohl dennoch?" fragte Schwarz.

„Ja, freilich. Aber was tu' ich wissenschaftlich mit dem Fisch? Nehmen S' dagegen so einen Ibis, wie wir 'n g'sehen haben! Der war schon im Altertum a heilig's Tier und wurd' einbalsamiert und mit Königen begraben. Haben S' schon mal eine Ibismumie g'schaut?"

„Viele."

„Ich auch, die erste schon als Bub', als ich noch in die Schul' gangen bin. Unser Professor von der Naturg'schicht' hat eine g'habt, die er mit ganz b'sonderm Stolz vorg'zeigt hat, wann die Lehr' auf die storchartigen Vögel 'kommen ist. Er war gar kein übler Ornitholog; das muß ich sagen, obgleich er mich gar nit gern g'habt hat. Und wissen S' auch, warum?"

„Nun?"

„Weil ich immer nach Dingen g'fragt hab', die selbst dera größte G'lehrte nit beantworten kann. Dafür hat er mich aber bei b'sonderer G'legenheit richtig ausg'zahlt. Das war damals, als wir in der Quarta Examen hatten. Ich hab' mich sehr auf dasselbige g'freut und das beste Vorleghamd und den bunten Schlips um den Hals g'macht. In diesem Staat hab' ich so sauber und blank ausg'schaut, daß es mir im Examen gar nit fehlen konnt'. Und doch ist's nit so glatt abg'laufen, wie ich's mir vorg'stellt hab', denn als ich an die Reih' kommen bin, da hat er mich g'fragt... was glauben S' wohl, was?"

Schwarz wußte noch nicht, daß dies das Lieblingsthema des Grauen war. Er machte ein diesen nicht ganz befriedigendes Gesicht, da er die Geschichte schon einmal gehört hatte, was Pfotenhauer doch wohl wissen mußte.

„Na, was machen S' denn für a G'sicht?" fuhr dieser fort. „Fast grad so wie das meinige, damals, als ich die Frag' bekommen hab'! Ich red' sonst nit davon, weil's fremde Leut nix angeht, doch unter Bekannten braucht man sich nit zu genieren, und darum sollen S' derfahren, daß er mich g'fragt hat, warum die Vögel Federn haben."

„Das weiß ich schon", bemerkte Schwarz.

Er meinte, daß er die Geschichte kenne; der Graue bezog diese Worte aber auf die Federn und antwortete: „Jetzund weiß ich's natürlich auch; aber damals hab' ich's noch nit g'wußt, und darum bin ich erst eine ganze Weil' dag'standen und hab' den Mund offen g'habt, bis ich endlich..."

„Samki, samki, samki el kebir, samki el tikil - ein Fisch, ein Fisch, ein ganz großer, ein schwerer Fisch!" jubelten in diesem Augenblick zehn, zwanzig und dreißig Stimmen vom Vorderteil her, so daß der Graue in seiner Erzählung innehielt. „Jschadd, ali, a'la; hai, hu, aho - zieht, hoch, höher; da ist er, da ist er!"

Sie brachten einen Fisch von gewiß drei Ellen Länge auf das Deck, wo er sofort getötet wurde, dann schleiften sie ihn nach dem Hinterdeck, damit die Effendina sich über die Beute freuen möchten. Es war ein Wels, eine Fischgattung, an welcher der obere Nil sehr reich ist. Die alten, großen Welse schmecken nicht gut und sind schwer verdaulich, dieser aber war ein noch junges Exemplar. Darum freuten sich die Leute ihres Fangs. Als Schwarz sie ob desselben gelobt und beglückwünscht hatte, schafften sie ihn nach der Matbach (Küche); nur der Vater der elf Haare blieb stehen und sagte, indem er einen herausfordernden Seitenblick auf den Grauen warf, zu Schwarz, und zwar in deutscher Sprache: „Ich hatt fangte mit Herrn Wagner schon sehrrr oft so Fisch, großmächtigen. Es hatt gegebte Menschen, welche wollte sein von Gelehrsamkeit, großartiger, und wißte doch nicht vielleicht, wie heißte Fisch, dieseriger."

Es war klar, daß er Gelegenheit suchte, dem Grauen zu imponieren. Dieser blickte von ihm weg und tat so, als ob er seine Anwesenheit gar nicht bemerke; Schwarz aber antwortete gutmütig: „Nun, wie heißt dieser Fisch?"

„Sein Name seinte Wels; er geschmeckte Delikatesse, wenn noch klein und jung, wenn ganz und garr klein, er seinte zart wie Karpfen, heimatlicher."

„Du scheinst ein großer Ichthyologe zu sein?"

„Ich warr stets einer geweste, Ichthyologe und Phrenologe, berühmter."

„So! Dann sag uns doch einmal, was ein Ichthyologe ist!"

„Das seinte Kenner von Gehirn, menschliches."

„Und Phrenologe?"

„Das warr geweste Kenner von Fisch, flüssigem."

„Aber, mein Lieber, das ist gerade verkehrt! Ichthyologie ist die Lehre von den Fischen und Phrenologie die Lehre vom Bau des Gehirns."

„Das wird seinte ganz egal! Warum soll habte stets nur ich unrecht, immerwährendes? Konnte sich nicht irren auch Mensch, anderer? Besitzte Fisch nicht auch Gehirn, inwendiges. Wernte also sein Ichthyologie und Phrenologie Das- und Einselbiges!"

Da war es mit der Geduld Pfotenhauers zu Ende. Er sprang auf und rief: „Schweig, Kerl, sonst fall' ich augenblicklich in sämtliche Ohnmachten! Solchen Unsinn zu hören, das treibt einem ja den ganzen Haarwuchs in die Alpen! Was muß ich wohl verbrochen haben, daß ich diese Art von Straf' ausstehen soll? Erstens dieses Wendehalsdeutsch, sodann diese wahnsinnige Verwechslung der Worte und Begriffe, und dann endlich gar, was das Allerbeste bei dera G'schicht ist, die Unverfrorenheit, mit welcher dieser Patenthottentott den Unsinn vorbringt und sich für klug und weise hält! Wenn's in dem guten Ungarn noch mehr solche Kerle gibt, so mögen s' nur gleich in die Donau springen und sich mit Stumpf und Stiel versäufen, sonst ist's um Österreich g'schehen. Latein will der Mensch verstehen? Der kann ja nit mal den Frosch von der Gans unterscheiden! Lauf,

Bursch, lauf, daß du fortkommst, mir schnell aus den Augen! Wannst nit gleich gehst, so stopf' ich dich in meine Tabakspfeif' und blas' dich hinaus in alle Welt, du Homunkulus, winziger!" Er war ganz im Ernst zornig geworden. Er stand in drohender Haltung da, und seine Nase unterstützte ihn auf das kräftigste, indem sie sich schnaubend bewegte.

Aber der Kleine kannte keine Furcht. Er wich nicht, sondern blickte ihm fest ins Gesicht. Über die ganze Rede des Grauen hinweggehend, hielt er nur das eine Wort Homunkulus fest, welches er jedenfalls auch einmal aus dem Mund Wagners, seines früheren Herrn, gehört hatte.

„Was hatt Sie gesagte?" fragte er. „Ich soll verflüchtete vor Person, Ihriger? Das fallte mir nicht in Kopf meinigen! Ich hatt erschießte Löwen, raubtierlichen, und werd' also nicht fürchten Mensch, unhöflichen! Wenn Sie gewollte schimpfte Ehre meinige, so gemüßte Sie wählen Wort, andres! Homunkulus seinte nicht Schimpf, beleidigender. Ich hatt wüßte sehrrr genau, was bedeutet Homunkulus. Ich hatte dazu sogarr gelernte, was heißt Ranunkulus!"

„So! Dann einmal heraus damit! Was ist denn Homunkulus? Ich bin begierig, was da wiederum für Unsinn aus dera Tür fallen wird."

„Es wernte nicht sein Unsinn, lächerlicher, denn ich hatt studiumtierte Gelehrsamkeit, pflanzliche. Homunkulus hatt heißte Hahnenfuß in Sprache, deutscher."

„Ah, das ist gut! Und Ranunkulus?"

„So wernte genannt ein Mensch, kleiner und elendiger."

„Aber das ist ja abermals verkehrt!" schrie der Graue ganz empört. „Umgedreht ist es richtig! Du bist a G'schöpf, bei dem das Fell nach innen und das Fleisch nach außen schaut. Soll ich dich etwa mal umwenden, du Homunkuranunkulus? Lust hätt ich alleweil sogleich dazu!"

„Ich bedankte sehrrr! Bei mir hatt nicht bedürfte Umwendung, herauswärtsige. Ich hatt befindete mich in Zustand, normaligem; aber ich kann nicht wüßte, ob sich erweiste Zustand, Ihriger, als stilltezufriedener oder regeltezuwidriger. Gleich als Sie mich hatt getreffte an Abend gestrigem, warrr Sie geweste von Manier, beleidigender. Sie scheinte nicht können lieben Person meinige, darum ich werte halten zurück mich in Entfernung, vornehmer und reservierter!"

Er machte dem Grauen eine tiefe Verbeugung und schritt stolz davon. Das brachte diesen wieder zu sich. Sein Zorn war mit einemmal verschwunden; er erfaßte die Sache in ihrer ganzen Komik und brach in ein herzliches Lachen aus, in welches Schwarz einstimmte, indem er sagte: „So ist's recht, bester Nazi! Ich begreife keinen, der sich über diesen Patenthottentotten, wie Sie ihn nannten, ärgert."

„Und so ist's auch von Ihnen recht", antwortete Pfotenhauer. „Bester Nazi! Das laß ich mir g'fall'n; so will ich's hab'n! Und ärgern werd' ich mich ganz g'wiß nit mehr. Wie dieser Mensch nur auf den Blödsinn kommen ist?"

„Er war jahrelang der Diener des bekannten Matthias Wagner. Er hat diesem sammeln helfen und dabei eine Menge wissenschaftlicher Ausdrücke und Benennungen gehört. Da sein Gedächtnis leider, nämlich nur für diesen Fall leider, ein sehr gutes ist, so hat er diese Worte und Namen alle behalten, aber sie liegen wirr und bunt durcheinander in seinem Kopf aufgestapelt, und so zieht er, wenn er eins davon erwischt, gleich ein ähnlich klingendes mit hervor, welche beide er dann in der Regel miteinander verwechselt. Ich habe Ihnen das ja schon erklärt und Sie dabei gebeten, ihn reden zu lassen. Sein Mischmasch ist doch nicht nur ungefährlich, sondern sogar belustigend. Erst zwar fühlte auch ich mich belästigt, jetzt aber lasse ich ihn nicht nur gewähren, sondern ich bringe ihn in müßigen Stunden sogar mit Absicht darauf, mir sein angebliches Wissen auszukramen."

„Werd's auch so machen!"

„Das dürfte Ihnen nun nicht leicht werden. Er hat Ehrgefühl und wird sich, wie er ja auch sagte, möglichst fern von Ihnen halten. Dadurch kommen Sie um den Genuß, den er mir bereitet."

Während dieser Szenen und Gespräche hatte Schwarz sein Fernrohr in der Hand gehabt und mit Hilfe desselben wiederholt die beiden Ufer betrachtet, um zu erfahren, ob Abu el Mot während der Nacht am Ufer angelegt habe. Hatte dieser die Fahrt unterbrochen, so mußte das in der Gegend gewesen sein, welche man jetzt passiert hatte. Dreihundert Nuehrs hätten mehr als nur eines Lagerfeuers bedurft, und die betreffende Stelle mußte unbedingt durch das Rohr ins Auge fallen. Aber es war keine Spur einer Lagerstätte zu sehen.

Schwarz kam also zu der Überzeugung, daß der Sklavenjäger die ganze Nacht hindurch gefahren sei, und so galt es, es ihm an Eile wenigstens gleich zu tun. Es beruhigte ihn freilich, von dem Grauen zu erfahren, daß die Schiffe Abu el Mots nicht so gut gesegelt seien, wie die Dahabieh mit den beiden Noqer, aber es galt ja einen ganztägigen Vorsprung einzuholen, was innerhalb zweier Tage unmöglich geschehen konnte, wenn der Feind sich nicht wenigstens eine Nacht am Ufer verweilt hatte.

Es kam die Zeit zum Sonnenuntergangsgebet und dann auch die der Abendandacht. Nach dem Essen zog Schwarz sich mit dem Grauen in die Kajüte zurück. Sie krochen in ihre Moskitonetze, mit denen Schwarz für sich und seine Soldaten reichlich versehen war, und legten sich zur Ruhe. Für den Neuling ist eine Nacht auf dem Nil verleitend genug, ihn wach zu erhalten; die beiden aber kannten diesen durch die Stechfliegen verschmälerten Genuß zur Genüge.

Sie erwachten schon am frühen Morgen und erfuhren vom Sohn des Geheimnisses, daß die Schiffe auf kein Hindernis gestoßen seien und eine tüchtige Fahrt gemacht hätten. Bisher war der Slowake früh der erste gewesen, den Effendi zu begrüßen; heute ließ er sich nicht sehen; er wollte, solange der Graue sie mit Schwarz teilte, nichts von der Kajüte wissen.

Der heutige Tag verging langsam, ohne etwas Neues zu bringen. Einmal kam Hasab Murat an Bord der Dahabieh, um sich mit Schwarz zu unterreden. Das war die einzige Unterbrechung, welche es gab. Die folgende Nacht wurde auch fortgesegelt. Das wurde nur dadurch ermöglicht, daß es hinreichend freies Fahrwasser gab und die Matrosen so von den Asakern unterstützt wurden, daß sie sich in zwei einander ablösende Wachen teilen konnten.

Gegen Abend war Tolo aus seinem lethargischen Schlaf, welcher von ganz vorteilhafter Wirkung gewesen war, erwacht; die Aufregung seiner Nerven hatte sich vollständig gelegt - er war gesund, worüber sich niemand so sehr wie sein Schicksalsgenosse Lobo freute, dessen Wunden sich im besten Zustand befanden.

Auch der Vormittag des nächsten Tages verging ohne ein erwähnenswertes Ereignis. Nun aber war man der eingeäscherten Seribah so nahe gekommen, daß es galt, vorsichtig zu sein. Es galt, zu rekognoszieren, wozu sich niemand so gut wie der Sohn des Geheimnisses und sein Freund, der Sohn der Treue, eignete, da sie so viele Male dort gewesen waren und die Gegend ganz genau kannten.

Man hatte, als man die Seribah Madunga verließ, das Boot, auf welchem der Graue mit den Niam-niam gekommen war, ins Schlepptau genommen. Es wurde mit denselben Ruderern wieder bemannt, und dann stieß es mit ihnen und den beiden Jünglingen von der Dahabieh ab, um, von vierzig ausgeruhten, starken Armen getrieben, den drei Schiffen voran zu eilen. Der Sohn des Geheimnisses hatte so genau Instruktion erhalten, daß auf ein Gelingen fast mit Sicherheit zu rechnen war. Seiner Berechnung nach mußten die Schiffe zur Zeit des Aschia, des Abendgebets, bei Einhaltung der bisherigen Geschwindigkeit die Seribah erreichen. Darum ließ Schwarz die Leute jetzt noch fleißig an den Staken oder Stoßstangen arbeiten, welche Hilfeleistung sie erst dann einstellten, als der Sonnenuntergang nahe war.

Als es dann zu dunkeln begann, postierte Schwarz selbst sich an den Bug seiner noch immer voran segelnden Dahabieh, um nach dem verabredeten Zeichen auszuschauen. Aber noch bevor die Gegend erreicht wurde, in welcher es hatte gegeben werden sollen, kamen diejenigen, denen es aufgetragen war, selbst zurück. Sie legten an der Seite an und kamen an Bord. Schwarz zählte sie und sah zu seiner Freude, daß keiner fehlte. Daß sie gegen die Verabredung zurückkehrten, konnte Schlimmes bedeuten, aber auch ein gutes Zeichen sein. Darum war er sehr gespannt, den Bericht der Freunde zu hören.

„Erschrick nicht, Effendi", beruhigte ihn der Sohn des Geheimnisses, „es ist alles gut gegangen."

„Hat euch niemand bemerkt?"

„Uns konnte kein Auge sehen, so gut hatten wir uns am Ufer versteckt. Ich durfte nicht nach der Seribah, weil die Dschur mich vor einigen Tagen dort gesehen hatten. Falls sie mich heute schon wieder erblickten, mußten sie Verdacht schöpfen. Darum ging der Sohn der Treue allein nach der Seribah, und er ist dort nur von einem einzelnen Dschur gesehen worden."

„Aber also doch gesehen worden, und das mußte vermieden werden."

„So hattest du freilich befohlen, aber wir fanden es ganz anders, als du gedacht hast, und so mußten wir auch anders handeln."

„Dieser Dschur wird es Abu el Mot verraten!"

„Nein, das kann er nicht, denn Abu el Mot ist nicht mehr dort."

„Nicht? Ist er den Aufrührern nach?"

„Ja."

„Mit wieviel Leuten?"

„Mit allen. Die Seribah liegt so verlassen da, wie er sie gefunden hat. Nur der eine Dschur suchte in den Trümmern, ob er vielleicht noch etwas finde, was er brauchen könne."

„Da ging ich zu ihm hin“, fuhr der Sohn der Treue fort, „um mich bei ihm zu erkundigen. Ich lief gar keine Gefahr, denn es war noch heller Tag, und ich konnte also weit um mich sehen. Ich sagte ihm, daß ich von der Helle - dem Dorf Melan gekommen sei, um mich von Abu el Mot anwerben zu lassen, und er antwortete mir, daß ich nur gleich wieder umkehren könne, da mein Wunsch nicht zu erfüllen sei.“

„Du fragtest ihn doch aus?“

„Ja. Es war ein geschwätziger Alter, welcher gar nicht auf meine Fragen wartete, sondern mir fast ganz von selbst alles sagte und erzählte, was ich wissen wollte.“

„Was hast du da erfahren?“

„Folgendes: Die fünfzig Aufrührer liegen mit den fortgeführten Waren und Herden zwei und eine halbe Tagereise oberhalb der Seribah am rechten Ufer des Nils. Dort wollen sie die Rückkehr Abd el Mots erwarten, seine Leute zum Übertritt bewegen, ihm alles abnehmen und ihn vielleicht töten.“

„Haben sie das denn den Dschur gesagt, ehe sie fortzogen?“

„Nein.“

„Wie können dann diese es wissen?“

„Durch einen Unteroffizier, welcher zurückgekehrt ist, um auf Abu el Mot zu warten und es ihm zu sagen. Dieser Mann hat seinem Gebieter treu bleiben wollen, ist aber von dem alten Feldwebel und den anderen gezwungen worden, mitzugehen. Er als der einzige gegen Fünfzig hat gehorchen müssen, um sein Leben zu retten, ist ihnen aber bei der ersten passenden Gelegenheit entflohen. So hat er erzählt, aber ich glaube es nicht.“

„Du meinst, er lügt?“

„Ja. Er hat ganz gewiß freiwillig mitgemacht, denn als Unteroffizier hatte er einen ansehnlichen Teil der Beute zu erwarten und dann, wenn der Feldwebel eine Seribah gründet, auch eine bessere als seine bisherige Stelle. Er wird sich aber unterwegs mit diesem veruneinigt haben und auf den Gedanken gekommen sein, daß es für ihn vorteilhafter sei, zu Abu el Mot zu gehen, den Unschuldigen zu spielen und sich von ihm für seinen Verrat belohnen zu lassen.“

„Dieser Verrat wird ihm keinen Vorteil bringen, denn die Fünfzig, denen er entflohen ist, werden geahnt haben, was er beabsichtigt, und sogleich aufgebrochen sein, um sich vor Abu el Mot in Sicherheit zu bringen.“

„O nein. Sie halten ihn für tot. Er ist des Abends mit zweien von ihnen an das Wasser gegangen, hat so getan, als ob er hineinfalle, und ist dann untergetaucht, nachdem er einige Male um Hilfe gerufen hat. Während sie nun glauben, daß er ertrunken und von den Krokodilen gefressen sei, ist er eine Strecke davon wieder ans Ufer geschwommen und davongelaufen. Dann hat er sich aus Omm Sufah ein Floß und aus Schilf und zwei langen Ästen ein paar Ruder gemacht und ist dann schleunigst und in einer Tour nach der Seribah gefahren. Das ging abwärts so schnell, daß er heute Mittag angekommen ist, gerade als Abu el Mot mit seinem Sandal und seinem Noqer eben auch angelangt war. Dieser war erschrocken gewesen, die Seribah verwüstet zu finden. Als er von dem Unteroffizier hörte, von wem das geschehen sei, hat er vor Wut förmlich geschäumt. Dann ist er in das Dorf der Dschur gekommen, um diese auszufragen, und darauf hat er die dreihundert Nuehrs und den Unteroffizier gleich wieder auf die Schiffe genommen und ist abgesegelt, um die Empörer zu bestrafen."

„So ist er also wirklich nicht mehr bei der Seribah?"

„Nein."

„Und auch keiner seiner Leute?"

„Kein einziger. Ich habe mich ganz genau überzeugt, den Landeplatz gesehen und sogar auch den Wald durchsucht, solange es hell genug war. Dann kehrte ich zum Boot zurück, und wir hielten es für geraten, nicht liegen zu bleiben, sondern dich zu benachrichtigen."

„Das war recht von euch. Aber wie kommt es, daß Abu el Mot den Wasser- und nicht den Landweg eingeschlagen hat? Die Schiffe segeln doch langsamer, als die Pferde und Kamele reiten!"

„Er konnte keine Tiere bekommen, weil Abd el Mot sie alle den Dschur schon abgeliehen hatte. Er will Tag und Nacht segeln und glaubt, daß er in zwei Tagen an Ort und Stelle sein werde."

„Ich bin überzeugt, daß alles genauso ist, wie du sagst, aber ich muß ganz sicher gehen und mich durch meine eigenen Augen überzeugen. Ihr rudert mich jetzt nach der Seribah zurück. Während die Schiffe langsam nachkommen, werde ich dort Umschau halten. Wie weit ist es bis dahin?"

„In einer halben Stunde sind wir dort."

„Die Schiffe also in einer Stunde. So habe ich Zeit genug, mich genau umzusehen. Also wieder hinab in das Boot!"

Die beiden Freunde begaben sich in dasselbe, und er folgte nach, sobald er sich bewaffnet und dem Reïs die nötigen Befehle erteilt hatte. Der Sohn des Geheimnisses führte das Steuer. Er suchte das ruhige Wasser auf, vermied die hindernde Strömung, und so entwickelte das Boot eine Schnelligkeit, welche es noch vor der angegebenen Zeit an Ort und Stelle brachte.

Der junge Steuermann hatte beabsichtigt, den Zeitverlust, welcher mit dem Aufsuchen einer verborgenen Landestelle verbunden war, zu vermeiden und direkt nach dem Ankerplatz zu lenken. Da Abu el Mot fort war, hatte man ja nichts zu befürchten. Aber als sie sich dieser Stelle näherten, sahen sie ein großes, helles Feuer, welches dort brannte. Die Niam-niam zogen sofort die Ruder ein, und nur zwei von ihnen gebrauchten die ihrigen so, daß das Boot keine Rücktrift bekam, sondern seine Lage behauptete.

„Ein Feuer!" sagte Schwarz. „Wer mag sich dort befinden! Solltet ihr euch doch von dem Dschur haben täuschen lassen? Sollte Abu el Mot noch da oder doch aus irgendeinem Grund zurückgekehrt sein?"

„Gewiß nicht!" antwortete der Sohn des Geheimnisses. „Er ist wirklich fort. Er ist vor Wut außer sich gewesen, und du kannst dir denken, daß er, wenn er die Verfolgung, bei der er keine Stunde versäumen darf, einmal angetreten hat, nicht wieder zurückkommen wird."

„Das leuchtet mir freilich ein. Es handelt sich bei ihm ja nicht nur darum, die Abtrünnigen zu bestrafen, sondern auch sein Eigentum zurück zu erhalten. Sie werden mit allem, was am Lager war, auch seine Pulvervorräte mitgenommen haben. Ich habe mich in Diakin, wo er die beiden Schiffe mietete, genau erkundigt und da erfahren, daß er kein Pulver gekauft hat. Er hat zwar danach gefragt, aber keines bekommen können. Er ist also auf die Quantität, welche sich auf der Seribah befand, angewiesen. Ein Sklavenjäger ohne Pulver ist wie ein Elefant ohne Stoßzähne, er kann weder angreifen, noch sich recht verteidigen. Darum muß Abu el Mot sich schon aus diesem Grund beeilen, den Feldwebel baldmöglichst zu erreichen. Ich nehme also nicht an, daß er umgekehrt ist, falls es wirklich auf Wahrheit beruht, daß er aufgebrochen ist. Wer also mag sich dort am Feuer befinden?"

„Jedenfalls nur Dschurneger."

„Zu welchem Zweck?"

„Um zu fischen. So lange die Seribah bewohnt war, sind sie vom Fluß auf dem direkten Weg abgeschnitten gewesen. Sie mußten einen weiten Umweg machen, um zum Wasser zu gelangen. Darum werden sie das Versäumte nun fleißig nachholen.

Der Ertrag ist des Nachts reicher als am Tag, wenn man ein Feuer anbrennt, welches die Fische herbei lockt."

„Du wirst wohl das Richtige vermuten, aber dennoch will ich die Vorsicht nicht außer Acht lassen. Wir wollen schon hier anlegen. Dann schleichen wir uns zum Feuer, um zu sehen, wen wir vor uns haben."

Das Boot wurde nach dem Ufer gelenkt und dort befestigt. Die Ruderer blieben in demselben zurück. Schwarz stieg mit Abd es Sirr und Ben Wafa aus und näherte sich, von den Bäumen gedeckt, der Stelle, an welcher das Feuer brannte.

Als sie so nahe an dasselbe gelangt waren, daß sie die dort Befindlichen erkennen konnten, hielten sie an und musterten die nächtliche Szene. Ja, es waren fünf Neger aus dem Dorf der Dschur, die sich hier befanden. Sie hatten aus Schilf ein Floß gebaut und mit einer Erdschicht belegt, um ein Feuer darauf anbrennen zu können. Dieses Floß war mehrere Schritte vom Ufer entfernt im Wasser verankert und trug nur einen Mann, welcher die Flamme zu unterhalten hatte. Die übrigen lagen am Ufer und spähten in das bis auf den Grund erleuchtete Wasser, um, die kleineren Fische unbeachtet lassend, die größeren zu speeren oder, falls dies nötig war, mit einer kurzen, widerhakigen Lanze, an welcher sich eine Leine befand, zu harpunieren. Sie hatten schon eine reiche Beute gemacht. Man sah beim Schein des Feuers eine Anzahl Fische in der Größe von zwei Fuß bis über zwei Ellen am Ufer liegen.

„Gehen wir hin?" fragte der Sohn des Geheimnisses.

„Noch nicht", antwortete Schwarz. „Ich will auch nicht das Mindeste versäumen und möchte also vorher hinauf, wo die Seribah gelegen hat."

„So komm! Es ist nicht weit. In einer Minute sind wir durch den Wald."

Sie stiegen leise am Ufer empor. Als sie den Rand des Waldes erreichten, sah Schwarz die Brandstätte vor sich liegen. Nichts regte sich auf und bei derselben. Er konnte gar nicht zweifeln, daß Abu el Mot den Ort verlassen habe, und kehrte also zufriedengestellt zum Feuer zurück.

„Bleibt hier stehen", sagte er. „Diese Leute kennen euch, weil ihr schon in ihrem Dorf gewesen seid, und brauchen euch nicht zu sehen. Sprechen sie arabisch?"

„Viele von ihnen nicht. Der Dicke aber, welcher dort in der Mitte liegt, ist der Häuptling, welcher diese Sprache zur Genüge versteht, um dir Auskunft geben zu können."

Schwarz trat unter den Bäumen hervor und grüßte die Schwarzen. Sie erschraken außerordentlich, als sie so unerwartet eine fremde Stimme hinter sich hörten. Sie sprangen auf, und als sie die hohe, breite Gestalt des Deutschen erblickten, erhoben sie ein lautes Angstgeschrei und flohen, alles im Stich lassend, von dannen. Auch den einen, welcher sich auf dem Leuchtfloß befand, ergriff ein solcher Schreck, daß er sich kopfüber ins Wasser warf und, gar nicht an die hier so häufigen Krokodile denkend, eine Strecke abwärts schwamm, um dort ans Ufer zu gehen und schleunigst zu verschwinden. Es war das in der Nähe des Bootes, dessen Insassen es aber für geraten hielten, ihn ihre Anwesenheit nicht bemerken zu lassen.

Nur einer war nicht entkommen, nämlich der dicke Häuptling. Sobald dieser Miene gemacht hatte, davon zu laufen, war er von Schwarz mit starker Hand bei der Haarfrisur ergriffen und festgehalten worden. Er wehrte sich nicht, er wagte keine einzige Bewegung, aber er heulte vor Angst so entsetzlich, daß seine Stimme wohl bis weit über das jenseitige Ufer drang.

„Sei still!" gebot Schwarz dem Negerhäuptling. „Ich tue dir nichts."

„Ja schetan, ja schetan, ja schetan el mlih, amahn, amahn, rahmi - O Teufel, o Teufel, o guter Teufel, Gnade, Gnade, Erbarmen!" zeterte er, indem er weder von der Stelle zu gehen noch sich zu rühren wagte.

„So schweig doch, Bursche! Ich bin nicht der Schejtan, sondern ein Mensch wie du. Es soll dir nichts geschehen. Du sollst mir nur einige Fragen beantworten, und dann gehe ich wieder."

„So gehe, gehe gleich jetzt, ich bitte dich!"

Er sagte das in so angstvoll flehendem Ton, daß Schwarz lachen mußte. Doch hielt der letztere ihn noch immer fest, um ihn an der Flucht zu verhindern, indem er antwortete: „Ich gehe, doch erst dann, wenn du mir Bescheid gegeben hast. Je schneller du mir Auskunft gibst, desto eher wirst du frei von mir sein."

„So frage, frage rasch!"

„Gut! Aber ich erwarte, daß du mir die Wahrheit sagst. Belügst du mich, so binde ich dir Hände und Füße zusammen und werfe dich als Speise für die Krokodile ins Wasser!"

„Ich schwöre dir zu, daß ich dich nicht belügen werde!" versprach der Dicke, welcher zitternd zu Boden blickte und noch immer nicht wagte, dem Deutschen ins Gesicht zu sehen.

„Wo ist Abu el Mot?"

„Fort."

„Wann?"
„Eine Stunde vor Sonnenuntergang."
„Wer ist mit ihm?"
„Fünf Araber und die Nuehr, welche sich auf den Schiffen befunden hatten."
„Wen hat er hier zurückgelassen?"
„Niemand."
„Verschweige mir nichts, sonst bist du verloren! Blieb wirklich keiner von seinen Leuten hier?"
„Kein einziger."
„Wo will er hin?"
„Dem Feldwebel nach, um ihn zu bestrafen."
„Und was beabsichtigt er dann?"
„Dann will er wiederkommen, und wir sollen ihm helfen, die Seribah neu aufzubauen."
„Wo lagert der Feldwebel?"
„Zwei und einen halben Tagesmarsch von hier, am Nil, wo sich der große Maijeh befindet, welcher Maijeh Husan el bahr - Maijeh des Nilpferds genannt wird."
„Wann wird Abu el Mot dort ankommen?"
„Er gedachte, übermorgen dort zu sein, da er auch des Nachts segeln will, aber ich glaube, daß er längere Zeit braucht."
„Warum?"
„Weil er schon gegen Morgen, vor Anbruch des Tages, an eine Stelle kommen wird, wo man mit großen Schiffen am Tag nur sehr schwer und langsam, des Nachts aber gar nicht durch die Omm Sufah kommen kann. Er muß dort warten, bis es hell wird, und es dauert ganz gewiß eine lange Zeit, bis er wieder in freies Fahrwasser kommt."
„Hast du vielleicht gehört, ob er bald wieder einen Sklavenzug, eine Ghasuah unternehmen will?"
„Ja."
„Wohin?"
„Er wollte zu den Niam-niam. Aber er wird diese Ghasuah nun aufschieben müssen, bis die Seribah wieder hergestellt ist. Er braucht überhaupt jetzt keine Sklaven zu fangen, denn Abd el Mot wird aus Ombula viele mitbringen."
„Wie viele Jäger hat dieser mitgenommen?"
„Fünfhundert."
„Kennst du den Sejad ifjal?"
„Den Elefantenjäger? Ja, er war bei uns, gerade als die Seribah brannte."

„Weißt du, wo dieser Mann her ist?"

„Nein. Niemand weiß es."

„Wie ist sein eigentlicher Name?"

„Den sagt er nicht. Er wird nicht anders als Sejad ifjal genannt."

„Hat er dir gesagt, wohin er gehen will?"

„Nein. Er tauschte bei mir zwei Kamele ein. Als wir früh erwachten, war er fort."

„Allein?"

„Ja, denn es war niemand bei ihm."

„Und hat sich sonst jemand nach Abd el Mot und Ombula erkundigt?"

„Ja. Ein Fremder war hier, ein Weißer, welcher nach diesem Dorf wollte."

„Weshalb?"

„Das weiß ich nicht. Er verlangte einen Führer von mir, aber ich sagte ihm, daß die Belanda unsere Todfeinde seien, und daß man das Leben wage, wenn man sie von hier aus aufsuche. Da ging er fort."

„Wohin?"

„Er hat es mir nicht gesagt; jedenfalls dahin, woher er gekommen ist."

„Hast du heute mit Abu el Mot gesprochen?"

„Ja. Er kam zu uns, und ich mußte ihm alles, was während seiner Abwesenheit geschehen war, erzählen."

„Hast du auch den Elefantenjäger erwähnt?"

„Nein."

„Aber doch vielleicht den fremden Weißen, der einen Führer nach Ombula haben wollte?"

„Auch diesen nicht."

„Warum nicht?"

„Weil es keine Zeit dazu gab, denn Abu el Mot hatte es sehr eilig, weil er fort wollte."

„Wie waren die Nuehr bewaffnet?"

„Einige von ihnen hatten Gewehre, die anderen aber nicht."

„Hast du sie alle gesehen?"

„Ja, denn ich war mit hier, als sie an Land waren und dann wieder einstiegen."

„Wie viele Flinten waren ungefähr vorhanden?"

„Nicht über zwanzig. Die übrigen hatten Pfeile, Spieße, Messer und Schilde von Dschild husan al bahr - von Flußpferdhaut."

„Aber Abu el Mot selbst und die fünf Araber waren gut bewaffnet?“

„Sie hatten Gewehre, Pistolen und Messer.“

„Wie stand es mit dem Pulver?“

„Es war nur so viel davon vorhanden, wie sie in den Kuruha el barud - Pulverhörnern bei sich hatten. Darüber war Abu el Mot sehr zornig, denn der Feldwebel hat den ganzen Vorrat mitgenommen. Auch Blei zu den Kugeln fehlte.“

„So! Ich danke dir! Das ist es, was ich wissen wollte.“

„Kann ich nun gehen?“

„Du brauchst nicht zu fliehen, sondern du kannst unbesorgt bleiben, es wird dir nichts geschehen. Damit du erkennst, daß ich es nicht böse mit dir meine, will ich dir einen Abu Noktah schenken. Hier hast du ihn!“

Erst jetzt ließ er die Hand vom Schopf des Dicken, zog den Beutel aus der Tasche und gab ihm einen Mariatheresientaler. Das war das richtige Mittel, dem Neger Vertrauen einzuflößen. Er wagte es, an der hohen Gestalt des Deutschen bis zum Gesicht desselben empor zu blicken und fragte: „Herr, soll dieser Abu Noktah wirklich mein sein?“

„Ja.“

„Dann bist du wirklich kein Schejtan, sondern ein sehr wohltätiger Mensch. Du bist gütiger und verständiger als der fremde Weiße, welcher mir Geld versprach und doch nur armselige Perlen gab. Ich sehe ein, daß ich mich vor dir nicht zu fürchten brauche.“

„Ja, rufe oder hole deine Leute wieder her und fische ruhig fort. Ich gehe jetzt. In kurzer Zeit wirst du drei Schiffe hier vorüberfahren sehen, aber auch vor diesen brauchst du dich nicht zu ängstigen. Sie werden nicht anhalten.“

„Schiffe? Wem gehören sie? Wo kommen sie her, und wo wollen sie hin? Vielleicht zu einer Sklavenjagd?“

„Nein. Es befinden sich keine Sklavenjäger, sondern nur gute Menschen auf denselben.“

„Und werden sie wirklich nicht hier halten?“

„Nein. Verlaß dich auf mein Wort. Gute Nacht!“

Er ließ ihn stehen und trat in das Dunkel des Waldes zurück. Seine beiden Begleiter hatten von dem nahen Baum aus, unter welchem sie verborgen gewesen, die Unterredung angehört. Als er nun mit ihnen nach dem Boot ging, bemerkte der Sohn der Treue: „Effendi, jetzt erkenne ich, daß ich nicht klug gewesen bin, als ich vorhin mit dem Dschur sprach.“

„Inwiefern?"

„Ich habe nur nach Abu el Mot gefragt, nicht aber nach den anderen nötigen Dingen, die du jetzt erfahren hast. Nun wissen wir alles."

„Ja, ich weiß nun freilich viel, viel mehr als ich erfahren zu können glaubte. Es war ein Glück, daß diese Leute sich hier befanden."

Sie hatten das Boot erreicht, stiegen ein und ruderten zurück. Aber die Strecke, welche sie zu fahren hatten, war nicht groß, denn schon nach kurzer Zeit sahen sie das Licht der Dahabieh und dann auch diejenigen der beiden Noqer erscheinen. Um Hasab Murat zu unterrichten, ließ sich Schwarz zunächst an das Schiff desselben und dann erst nach der Dahabieh rudern. An Bord gestiegen, gab er dem Reis die nötigen Befehle.

Am Bug der drei Schiffe brannten große Feuer, um das Fahrwasser zu erleuchten. Im Schein, welchen sie auf den Strom warfen, sah man häufig Fische emporschnellen. Der Wind war von Anfang an sehr günstig gewesen und war es noch jetzt. Er spielte mit der Flamme drüben am Ufer, an welchem man die Dschur stehen sah, welche mit ihren Blicken die vorüber passierenden Schiffe verfolgten.

Oft, wenn man eine Krümmung des Flusses erreichte, wurde der Wind von der vorspringenden Uferspitze aufgefangen, und die Segel fielen schlaff zusammen. Später, gegen Mitternacht, schlief der Luftstrom plötzlich ein, ohne wieder zu erwachen. Das war fatal, und es gab dabei nur den Trost, daß Abu el Mot unter derselben Flaute zu leiden hatte und also auch nicht vorwärts kommen konnte.

„Jetzt fehlt nix als a Remorqueur, der uns von dannen schleppt", sagte der Graue zu Schwarz. „Wann's nur wenigstens Tag wär', daß wir uns am Zugseil schleppen lassen könnten, wo das Ufer dazu paßt. Wie weit ist denn eigentlich Abu el Mot vor uns?"

„Er ist eine Stunde vor Sonnenuntergang von der Seribah abgesegelt. Zwei Stunden später kamen wir dort vorüber, also beträgt der Vorsprung nur drei Stunden."

„So holen wir ihn morgen ein."

„Ganz gewiß."

„Und was gedenken S' da zu tun? Ihn anzugreifen?"

„Ja."

„Mein Plan wär' ganz anders."

„Wie denn?"

„Ich ließ ihn ruhig voraus bis zum Lager des Feldwebels. Dort würden sich die beiden einander umbringen, denn ohne Gegenwehr wird sich der Abtrünnige wohl nit ergeben, und wann s' sich dann halb derwürgt haben, fallen wir über sie her."

„Diesen Gedanken habe auch ich gehabt, aber er taugt nichts."

„Was? Er taugt nix? Das ist kein großes Lob und Kompliment für mich!"

„Überlegen Sie sich die Sache; dann werden Sie finden, daß ich recht habe."

„Das seh' ich nit so schnell ein. Wann S' vorher Abu el Mot angreifen, so müssen S' nachher extra noch den Feldwebel überfallen. Das kann doch lieber gleich mit einem Mal abgemacht werden."

„Daß ich ein Tor wäre! Mit unseren drei Schiffen und vierhundertundfünfzig Mann sind wir Abu el Mot überlegen. Er hat wenig Gewehre und fast kein Pulver, während wir mit beidem wohl versehen sind. Wir können also, wenn wir ihn auf dem Fluß fassen, kurzen Prozeß mit ihm machen, ohne befürchten zu müssen, große Verluste zu haben. Lassen wir ihn aber bis zum Maijeh kommen, so gelangt er zu Blei und Pulver, und wenn er in allem auch kaum dreißig Gewehre zusammenbringt, so ist das ganz hinreichend, ein halbes Hundert von uns oder gar noch mehr zu töten. Das will ich vermeiden."

„Hm! Daran habe ich freilich noch nicht g'dacht."

„Und noch eins. Auf dem Fluß haben wir ihn so, daß er uns nicht entkommen kann. Lassen wir ihn aber landen, so herrscht bei uns zwar gar kein Zweifel darüber, daß wir ihn besiegen, aber es ist mit größter Wahrscheinlichkeit anzunehmen, daß er flieht, sobald er seine Sache verloren sieht. Was nun dann? Ich will ihn fangen; ich muß ihn persönlich haben, um ihn dem Mudir von Faschodah zu schicken."

„Sehr richtig! Hören S' mal, Sie sind doch aan anderer Kerl als ich! Auf meine Fachwissenschaft versteh' ich mich schon gut, aber mit dera Strategie, da tät es wohl g'waltig hapern. Sie hätten Off'zier werden sollen. Vielleicht wären S' jetzt schon Oberst oder gar noch mehr!"

„Danke! Ich habe meine Pflicht als Soldat getan, im übrigen bin ich mit meinem Zivilberuf ganz zufrieden."

„So! Also Soldat sind S' g'wesen? Ich nit."

„Doch nicht als untermäßig oder zu schwach? Sie haben über die erforderliche Länge und sind wohl auch gesund gewesen."

„Gesund wie der Fisch im Wasser, und auch lang g'nug. Ich hab' ganz g'wiß glaubt, daß man mich nehmen wird, und doch bin ich loskommen."

„Aus welchem Grund denn?"

„Das fragen S' mich? Sehen S' das denn nit?"

„Nein", antwortete Schwarz ganz aufrichtig, indem er die Gestalt Pfotenhauers mit einem prüfenden Blick überflog.

„Sie haben halt keine Augen! Freilich, der Grund, um den sich's g'handelt hat, ist auch mir sehr sonderbar vorkommen, aber meine Verwunderung hat nix dran ändern können. Nämlich als ich bei dera Militärkommission erschienen bin, so haben die Herren erst mich ang'schaut, dann sich ang'schaut, nachher wiederum mich und wiederum sich, und endlich sind s' in a Gelächter ausg'brochen, welches gar nicht hat enden wollen. Ich hab' dag'standen wie der Milchbub', der den Topf zerbrochen hat, und mein G'sicht wird wohl nit allzu klug 'dreing'schaut haben, denn sie haben immer wieder von Neuem g'lacht, bis endlich der Vorsitzende, welcher Major g'wesen ist, aufstand, zu mir heran kam, mich im G'sicht gestreichelt und freundlich zu mir g'sagt hat, daß ich gehen kann und für immer frei bin."

„Aber den Grund, den Grund! Hat er Ihnen den nicht genannt?"

„Freilich hat er ihn mit g'nannt. Er hat den Zollstab vom Tisch genommen und drei Viertelstunden lag mit demselben an meiner Nas' herumg'arbeitet. Dann hat er g'sagt: Es geht nit, es geht wirklich nit, es geht beim besten Willen nit! Dieser Rekrut tät seinem Vordermann mit dera Nas' das G'nick einstoßen! Und doppelten Abstand nehmen wegen ihm, das kann man auch nicht tun, er brächt' das ganze Regiment aus dem Augen rechts, richt't euch! heraus. Und wann er rechtsum kehrt machen muß, so dauert es drei volle Stunden, eh' er die Nas' herumbringt. Wir müssen ihn laufen lassen. So hat der Major g'sagt, und folglich hab ich's nur meiner Nas' zu verdanken, daß ich Anno sechsundsechzig oder siebzig nit mit derschossen worden bin."

Er erzählte das mit einem so vergnügten Lachen, daß Schwarz in dasselbe einstimmte.

„Da lachen S' auch?" fuhr er fort. „Damals ist mir's freilich nit wie lachen g'wesen, denn ich hab' mich für einen Mordskerl und Adonis g'halten. Heute laß ich's gelten. Ich hab' meine Nas' und bin mit ihr zufrieden, zumal ich überzeugt bin, daß aus mir kein großer Kriegsheld g'worden wär'. Das seh' ich eben jetzt grad ein, wo Ihr Plan zehnmal klüger ist, als der meinige war. Ja, wir müssen Abu el Mot zu Schiff angreifen. Er wird sich wundern, wenn er die Kanone donnern hört. Aber haben S' denn jemand, der sie zu behandeln versteht?"

„Ja. Es ist ein Mann, auf den ich mich in dieser Beziehung verlassen kann."

„Wer?"

„Ich selbst."

„Sie? Auch mit Kanonen können S' schießen? Sie scheinen geradezu alles g'lernt zu haben!"

„Wenn auch das nicht, aber ein Geschütz weiß ich zu laden, zu richten und auch abzufeuern. Ich war Einjähriger bei der Artillerie."

„So! Dann will ich's glauben. Ich aber versteh' von dera Artillerie soviel wie nix. Ich glaub', ich stellt' mich vor den Lauf, wenn ich abdrücken sollt'. Doch weiter jetzt mit unserem Plan! Was werden S' denn tun, wann wir Abu el Mot und auch den Feldwebel haben?"

„Die Antwort ist sehr leicht zu geben. Wir erwarten am Maijeh, wo jetzt der Feldwebel lagert, welchen Ausgang die Ghasuah nach Ombula nimmt. Mag dieser Zug gelingen oder nicht, so muß Abd el Mot zurück und also in unsere Hände fallen."

„Und Ihr Bruder?"

„Den muß ich freilich einstweilen seinem Glück und Geschick überlassen. Was könnte ich sonst tun? Ihm etwa nacheilen?"

„Nein, denn wir wissen ja gar nit, wo er zu finden ist."

„Er ist der Spur Abd el Mots gefolgt und wird gewiß auf derselben zurückkehren. Treffen müssen wir ihn also auf jeden Fall, wenn ihm nicht unterwegs ein Unglück zugestoßen ist, was leider auch im Bereich der Möglichkeit liegt."

„Ich hoff' auf gutes Gelingen, denn er befindet sich in guter G'sellschaft."

„So hat der Elefantenjäger Ihnen gefallen?"

„Ja. Er ist g'wiß kein gewöhnlicher Mann und muß viel erfahren und erlebt haben. Auch hat er klug und überlegen g'nug ausg'schaut, so daß ihm gern zutrau', daß er sich nit übereifrig in Gefahr begibt."

„Ich kann den Gedanken nicht loswerden, daß er zum Sohn des Geheimnisses in Beziehung steht. Wenn unser Vorhaben in allen Stücken gelingt, werden diese beiden einander sehr bald wiedersehen, und dann muß es sich finden, ob meine Ahnung die richtige ist. Doch, sehen Sie dort den Vater der elf Haare! Er blickt beständig her, als ob er mir etwas sagen wolle. Ich werde ihn einmal fragen. Ich weiß, daß er nur Ihretwegen nicht herkommt."

„Gehen S' nit hin, sondern bleiben S' da, und rufen S' ihn her!

Wann ich nit mit ihm zusammentreff', kann ich den Fehler, den ich begangen hab', nit gutmachen."

Schwarz winkte dem Slowaken, und so sah dieser sich gezwungen, zu ihm zu kommen. Auf die Frage, ob er vielleicht ein Anliegen habe, antwortete er: „Ich hatt wirklich eine Bitte, ergebenste. Wir hatt gesprochte von Wind, entschlummertem, und von Fahrt, langsamiger. Wenn wir gewollte kommen an Abu el Mot, vorausigen, so muß fahrte Schiff mit Schnelligkeit, größerer. Darum wir hatt beschließte, daß wir aussetzte Boote, alle vorhandene, sie spannte vor Schiff, müßiggängerisches, und ruderte es vorwärts mit Eile, zufriedenstellender."

„Ach so! Du machst den Vorschlag, die Boote vorzuspannen?"

„Ja, alle!"

„Ich habe schon daran gedacht. Boote wären ja da. Die Dahabieh hat außer der Feluka noch ein kleineres Boot, jeder Noqer hat zwei Kähne und außerdem ist das große Boot der Niamniam vorhanden. Aber ich habe den Befehl nicht geben wollen, weil ich nicht glaube, die Leute so anstrengen zu dürfen."

„Leute haben gesprochte davon. Sie wollte stellen Freiwillige, hinreichende. Hatt mich gebeten, zu meldente es Effendi, kommandierendem."

„Also hat man sich freiwillig zum Rudern erboten? Das ist mir sehr lieb. Zwingen wollte ich niemand. Da du der Beauftragte dieser Freiwilligen bist, so sage ihnen, daß ich ihren Wunsch erfüllen werde. Ich ernenne dich zu ihrem Chef. Rufe sie zusammen!"

Über das pockennarbige Gesicht des Kleinen glitt der Ausdruck freudiger Genugtuung. Er warf einen stolzen Seitenblick auf den Grauen und sagte: „Wenn ich seinte Chef, installierter, so hatt ich zu kommandierte Compagnie, freiwillige?"

„Ja", nickte Schwarz. „Du bist ihr Oberst, doch unter meinem Befehl."

„Ich wernte machte ein Oberst, tüchtiger. Ich hatt schon stets besitzte Eigenschaft, geeignete, zu kommandierte Compagnie und Bataillon mit Leichtigkeit, militärischer. Und da ich hatt Frack, schönen und roten, so werd' ich erfüllte Pflicht, meinige, mit Aplomp, ausgezeichnetem. Zu Befehl, Effendi!"

Er legte zwei Finger salutierend an seinen Federturban und stolzierte steif wie ein Storch und erhobenen Hauptes von dannen.

„Nun ist er zufriedeng'stellt", lachte Pfotenhauer. „Auch eine Ansicht! Weil er einen roten, schönen Frack hat, hält er sich für geeignet, ein Bataillon zu kommandieren!"

„O, tragen Sie keine Sorge um ihn! Ich bin überzeugt, daß er die Ruderer zusammennehmen und anfeuern wird, daß es eine Lust ist. Passen Sie auf!"

Der Kleine brachte nach wenigen Minuten gegen dreißig Soldaten herbei, welche gelernt hatten, ein Ruder zu führen, diesen schlossen sich die Niam-niam an, und der Sohn des Geheimnisses und der Sohn der Treue meldeten sich zum Steuern. Die Feluka und das zweite Boot wurden hinab gelassen und bemannt, man hing sie ebenso wie das Boot der Niam-niam an ein Tau, welches an das Vorderteil der Dahabieh befestigt wurde, und dann setzten sich fünfzig Arme in Bewegung, das Schiff, welches nun nur noch mit Hilfe der Stoßstangen bewegt worden war, in schnelleren Lauf zu bringen.

Kaum wurde das von den Noqer bemerkt, so ertönte die Stimme des Schnarchers durch die Nacht: „Ja radschal, flajik linahr - auf, Ihr Männer, die Boote ins Wasser! Arbeitet, macht, macht! Soll die Dahabieh uns zum Gelächter machen? Schnell eilt, ihr Söhne, ihr Gelobten, ihr Fleißigen! Oder wollt ihr schlafen, ihr Söhne von Hunden, ihr Taugenichtse!"

Bald hatten sich die Boote auch vor die beiden Noqer gespannt, und nun gingen die Schiffe schneller vorwärts, wenn auch nicht so, als wenn sie von einem guten und günstigen Wind getrieben worden wären. Die Ruderer, deren Arbeit eine sehr anstrengende war, wurden in zwei Wachen geteilt, welche einander stündlich ablösten.

Im vorderen Boot saß der Ungar, dessen hochroter Frack im Schein des Bugfeuers leuchtete. Seine Stimme war stets zu hören, seine bewegliche Zunge ruhte keinen Augenblick, und es klang gar sonderbar, wenn er wieder und immer wieder kommandierte: „Tabor, lakuddam! Kull el ordi, biladschel, mudschtahid, mudschtahid - Bataillon vorwärts, vorwärts! Ganzes Armeekorps, schnell, fleißig, fleißig!"

So ging es durch die ganze Nacht. Als Schwarz nach kurzem Schlaf früh aufstand, meldete ihm der Reis, daß man mit den Ruderern zufrieden sein könne. Sie befanden sich jetzt wieder an Bord, denn mit der Sonne hatte sich ein neuer Wind erhoben, welcher die Segel prächtig schwellte und die bisherige Nachhilfe unnötig machte. Die Leute, welche sich während der Nacht so sehr angestrengt hatten, lagen jetzt unter ihren Decken, um die versäumte Ruhe nachzuholen.

Vierzehntes Kapitel

Kanonendonner

Während Schwarz mit dem Vater des Storchs beim Kaffee saß, kam der Sohn des Geheimnisses zu ihnen und bat in bescheidenem Ton: „Effendi, erlaube mir, dich auf etwas, was du vielleicht vergessen könntest, aufmerksam zu machen!"

„Nun?" fragte Schwarz.

„Du hast in den letzten Stunden geschlafen und weißt also nicht, wie weit wir vorwärts gekommen sind. Auch kennst du den Fluß noch nicht, und so muß ich dir sagen, daß wir gleich die Schilffelder erreichen werden, von denen gestern Abend der Schech der Dschur sprach. Vor diesem Omm Sufah hat Abu el Mot ganz sicher liegen bleiben müssen. Er konnte erst mit Aufgang der Sonne weiter, und auch das nur sehr langsam, da er seinen Schiffen das Schilf aus dem Weg räumen muß; darum ist es gewiß, daß wir ihm nahe sind."

„Dieser Ansicht bin ich auch."

„Soll da nicht vielleicht ein kleines Boot vorangehen, um nach ihm auszuschauen?"

„Ja. Dieser Vorschlag ist gut. Willst du das übernehmen?"

„Ich und mein Freund sind bereit dazu."

„So nehmt das kleinste Boot, welches nicht leicht bemerkt werden kann!"

Wenige Minuten später schoß der leichte Kahn vom Schiff ab, um die ihm gestellte Aufgabe zu erfüllen. Dann kam der Beweis, daß der Sohn des Geheimnisses den Nil genau kannte. Mächtige Omm Sufahfelder bedeckten seine ganze Breite, ursprünglich kaum so viel Raum lassend, daß ein kleines Boot sich hindurch winden konnte, jetzt aber war eine breitere Bahn frei geworden, auf welcher man den Kahn der beiden Freunde um die nächste Krümmung verschwinden sah. Der Reis deutete auf die offene Bahn und sagte: „Gestern noch ist sie zu gewesen. Abu el Mot hat sie brechen müssen. Wir folgen ohne Arbeit hinterdrein, und ich denke, daß wir ihn bald zu sehen bekommen werden."

Seine Voraussetzung bewahrheitete sich schneller als er vielleicht selbst gedacht hatte, denn als kaum eine Viertelstunde vergangen und man aus der Omm Sufah herausgekommen war, kehrte der Kahn zurück, und der Sohn des Geheimnisses rief herauf: „Laß die Segel fallen, Effendi! Wir haben die Schiffe gesehen. Wenn du weiter fährst, wirst du von ihnen bemerkt."

„Sind sie im freien Wasser?" fragte Schwarz.

„Nein. Sie befinden sich abermals an einem Rohrfeld, durch welches sie müssen. Es können drei Stunden vergehen, bevor sie sich Bahn gebrochen haben."

„Gut! So lassen wir die Segel und Anker fallen und sehen uns die Schiffe einmal an."

Die drei Fahrzeuge manövrierten so, daß sie dicht nebeneinander zu liegen kamen, was den Verkehr und die Verständigung bedeutend erleichterte. Dann bestiegen Schwarz, Pfotenhauer, Hasab Murat, Abd es Sirr und Ben Wafa ein Boot, um zu rekogniszieren.

Sie ruderten zwischen so hohem Schilf dahin, daß sie in demselben vollständig Deckung fanden; die offene Mitte des Flusses aber mußten sie vermeiden, wenn sie nicht bemerkt sein wollten. Eine scharfe Krümmung des Flusses lag vor ihnen. Als sie dieselbe passiert hatten, sahen sie die Schiffe liegen, und zwar in einer so geringen Entfernung, daß man sie mit dem Boot binnen zehn Minuten hätte erreichen können.

Schwarz und Pfotenhauer nahmen ihre Fernrohre zur Hand, um die Situation, in welcher Abu el Mot sich befand, zu betrachten. Es gab dort ein Schilffeld, welches von einem bis zum anderen Ufer des gerade hier sehr breiten Flusses reichte, und in welchem die Schiffe sich festgefahren hatten. Um nicht noch tiefer hinein zu kommen, waren die Segel niedergelassen worden. Neben und vor den Fahrzeugen waren die Boote beschäftigt, mit allerlei Werkzeugen, deren jedes Nilschiff welche besitzt, die Hindernisse aus dem Weg zu räumen.

„Kennst du dieses Feld?" fragte Schwarz den Sohn des Geheimnisses.

„Ja. Wir haben Mühe gehabt, es mit unserem Boot zu durchbrechen", antwortete dieser.

„Ist das Feld lang?"

„So lang, daß, wie ich dir bereits sagte, wohl drei Stunden erforderlich sind, ehe Abu el Mot hindurch kommt."

„Und wie ist dann die Strecke?"

„Sie ist nur einige hundert Bootslängen frei. Dann kommt wieder ein Feld, welches den ganzen Fluß bedeckt, aber auch das letzte in dieser Gegend ist."

„So gibt es keine bessere Stelle zum Angriff als eben diese. Zwischen diesen beiden Feldern nehmen wir ihn fest. Er kann weder vorwärts noch zurück, wenn wir es recht beginnen."

„Aber an die Ufer kann er", warf Hasab Murat ein.

„Das müssen wir ihm unmöglich machen. Mein Plan ist fertig und ich hoffe, daß er eure Zustimmung finden werde."

„Laß ihn hören!"

„Die beiden Schiffe müssen von allen vier Seiten eingeschlossen werden, so daß weder ein Schiff noch ein Mann entkommen kann. Lassen wir sie erst durch das Feld, an welchem sie jetzt arbeiten. Auf der dahinter liegenden kurzen, freien Strecke wird Abu el Mot angefallen. Vor sich hat er das zweite Feld, durch welches er nicht entkommen kann. Links von ihm gehe ich mit meiner Dahabieh vor Anker. Hinter ihm, so daß er nicht zurück kann, legen sich ihm unsere beiden Noqer in den Weg..."

„So kann er aber doch rechts ans Ufer!" warf Hasab Murat ein. „Dort muß einer meiner Noqer liegen!"

„Nein! Wenn ich auf ihn schieße, würde ich dein Schiff mit treffen und beschädigen. Du nimmst hundert deiner Leute und gehst mit ihnen ans Ufer, wo du dich so festsetzt und verbirgst, daß du nicht gesehen werden kannst."

„O, ich verstehe! Das ist gut, das ist eine schlaue Falle!"

„Das tust du bald, noch ehe Abu el Mot jetzt durch das erste Feld gekommen ist. Du bist also vor ihm dort und hast die Aufgabe, weder ein Boot noch einen Menschen an Land zu lassen. Deine übrigen Leute werden auf die Noqer verteilt, also je hundert Mann auf einen. Auf diese Weise haben wir ihn zwischen uns, und es müßte ein wahres Wunder geschehen, wenn wir ihn nicht mit seiner ganzen Mannschaft in die Hand bekämen. Seid ihr einverstanden?"

Der Plan war vorzüglich, es konnte keinen besseren geben, darum erklärte Hasab Murat sich einverstanden mit demselben, und man kehrte zurück.

Nun wurde sofort ans Werk gegangen, die hundert Mann, welche mit Gewehren versehen waren, auszuschiffen. Da alle Kähne dabei tätig waren, so hatte man sie binnen einer Viertelstunde an das linke Ufer gebracht. Diese Leute standen also unter Hasab Murats eigenem Kommando. Dennoch glaubte Schwarz, sich nicht allzusehr auf ihn verlassen zu dürfen, und darum erklärte er, einstweilen mit ihnen gehen zu wollen, um den Kampfplatz aus größerer Nähe in Augenschein zu nehmen.

Der hart ans Ufer tretende Wald hatte zwar Unterholz, aber

es war nicht so dicht, daß es ein großes Hindernis geboten hätte. Die Leute marschierten flußaufwärts, möglichst nahe am Ufer hin, Schwarz und Hasab Murat an der Spitze.

Nach zehn Minuten sahen sie zu ihrer Linken die Masten des Sandal und des Noqer hoch aus dem Schilf ragen. Sie befanden sich also parallel mit Abu el Mot. Weiter ging's, am Schilffeld hin, bis dieses zu Ende war. Da gab es zu Schwarzens Freude an dieser Seite freies Wasser, welches bis ans Ufer reichte. An demselben standen Büsche genug, hinter denen sich die Leute aus der Seribah Madunga vollständig verbergen konnten.

„Hier bleibt ihr also, bis der Sandal und der Noqer kommen", sagte Schwarz. „Ich werde ihnen sofort folgen, denn ich darf ihnen keine Zeit lassen, wegen des neuen Schilffelds wieder in die Kähne zu steigen. Sobald ihr seht, daß die Boote bemannt werden sollen, schießt ihr jeden weg, der hineinsteigen will."

„Werden unsere Kugeln die Schiffe erreichen?" fragte Hasab Murat.

„Ja, denn sie werden sich in der Nähe dieses Ufers halten, weil das jenseitige nicht so schilffrei ist, wie ihr seht. Ich habe euch einen wichtigen Posten anvertraut, ich hoffe, daß ihr eure Pflicht tun werdet!"

Jetzt kehrte er nach der Stelle zurück, wo das Boot auf ihn wartete, welches ihn nach der Dahabieh bringen sollte. Auf derselben angekommen, ließ er sogleich die Anker heben, um mit den drei Schiffen möglichst weit vorzurücken und sich dort wieder festzulegen. Ein Posten wurde im kleinsten Boot vor ins Uferschilf gesandt. Er erhielt das Fernrohr mit und hatte den Auftrag, den Sandal und Noqer unausgesetzt zu beobachten und sofort zurückzukehren, wenn er sehe, daß diese beiden Fahrzeuge die Segel wieder hissen würden. In diesem Fall waren sie durch das erste Schilffeld gedrungen, und man mußte ihnen schleunigst folgen.

Jetzt machte Schwarz die beiden Kanonen bereit. Er ließ Munition zur Drehbasse bringen und lud sie mit einer Vollkugel. Dann wurde auch die Maximkanone so befestigt, daß man Schüsse aus ihr abgeben konnte. Der Lauf wurde nach Backbord gerichtet und dann wieder mit den Decken belegt. Einige der Asaker waren Artilleristen in Ägypten gewesen. Diesen vertraute er die Drehbasse an und erklärte ihnen den Gebrauch derselben. Er selbst wollte die Maximkanone bedienen und beorderte einige Mann zu leichter Handreichung dabei.

Dann erhielten der Reis und der Mustamel genaue Anweisung, wie sie zu manövrieren hätten. Ben Wafa mußte die Reisahn der beiden Noqer holen, damit auch diese erfuhren, wie sie und ihre Leute sich zu verhalten hätten.

Über diesen Vorbereitungen waren fast zwei Stunden vergangen, und man konnte nun für jeden Augenblick den ausgesandten Posten zurück erwarten. Jeder Soldat stand an seinem Platz, möglichst gedeckt vor den Kugeln der Feinde. Da man wußte, aus welcher Richtung diese Kugeln kommen würden, so war es nicht schwer, für genügenden Schutz zu sorgen.

Pfotenhauer hatte sich fleißig, aber wortkarg an den bisherigen Arbeiten beteiligt. Jetzt stand er, sein Gewehr in der Hand, neben Schwarz und sagte: „Nun wollen wir mal schau'n, ob ich wirklich zum Soldat nix taugen tu' und ob meine Nas' wirklich mir und anderen im Weg ist. Vielleicht wird mir a Stück davon wegg'schossen, womit ich auch zufrieden sein müßt'. Ich freu' mich nur auf die Gesichter, welche sie machen werden, wann s' uns sehen. Schön wär's, wenn wir an sie kommen könnten, ohne daß sie uns vorher bemerkten!"

„Das ist sehr leicht möglich", antwortete Schwarz.

„Wirklich? Sie werden doch nit bloß nach vorn schauen!"

„Nein, aber es gibt Sandal und Noqer, welche Hecksegel führen, die so weit hinten herab gehen, daß sie die Aussicht nach rückwärts verdecken."

Und sich zu dem in der Nähe befindlichen Sohn des Geheimnisses wendend, fragte er diesen, ob die Schiffe Abu el Mots nur die gewöhnlichen Segel führten. Der junge Mann hat sich das Gewehr und die Munition eines der nun als Kanoniere verwendeten Asaker geben lassen. Er antwortete: „Diese Schiffe sind plumpe Fahrzeuge; darum hat man ihnen, damit sie viel Wind fassen, noch ein Kalakafal - ein Hecksegel gegeben."

„Es ist so, wie ich dachte", erklärte Schwarz dem Grauen. „Vielleicht gelingt es uns, so nahe an sie zu kommen, daß sie uns nicht eher bemerken, als bis wir uns an ihrer Seite befinden."

„Dann wären s' Ohrfeigen wert!"

„Warum? Ihr Augenmerk ist nur nach vorn gerichtet, und da sie nicht ahnen können, daß wir sie verfolgen, und ihnen das Segel den Ausblick verwehrt, so würde es gar kein Wunder sein, wenn sie uns nicht sähen. Da! Es geht los! Dort kommt der Posten in seinem Boot. Mag's gut vonstatten gehen! Reis, die Segel in die Höhe und die Anker auf!"

Die Ankerketten rasselten, die Leinwand stieg empor, der Wind legte sich hinein, und die Fahrzeuge setzten sich in Bewegung, die Dahabieh voran, die Noqer hinterdrein, nachdem der zurückgekehrte Posten an Bord genommen worden war.

Schwarz stieg hinauf zum Steuermann, bei dem der Kapitän stand. Die Dahabieh bog in die Krümmung des Flusses ein, und nun sah man jenseits derselben das durchbrochene Omm Sufahfeld. Die Leute Abu el Mots hatten durch dasselbe einen Kanal gebahnt, durch welchen jetzt die beiden Schiffe segelten. Man konnte die Decks nicht sehen, da dieselben durch die tief herabgehenden Hintersegel verborgen wurden.

„Wir sehen sie nit und sie uns nit“, sagte der Vater der Storchs, der mit heraufgekommen war. „Nun glaub' ich auch, daß wir ihnen zum Handreichen nahe sein werden, bevor sie uns bemerken. Das wird aan Schreck' für sie, den ich nit haben möcht'!“

Auf den drei Fahrzeugen herrschte lautlose Stille. Wenn ja zwei miteinander sprachen, so taten sie das flüsternd. Es geht jedem Kampf eine solche Stille voran. Desto lauter wird es dann, wenn die Feindseligkeiten begonnen haben.

Schwarz hatte den Befehl gegeben, Abu el Mot womöglich nicht zu töten, und demjenigen, der ihn lebendig fangen und ihm überbringen werde, eine entsprechende Belohnung versprochen. Nun war das Augenmerk jedes darauf gerichtet, sich womöglich diese Prämie zu verdienen.

Jetzt hatten der Sandal und der Noqer den offenen Kanal passiert, und die Dahabieh fuhr in denselben ein. Sie kam den beiden Fahrzeugen schnell näher. Abu el Mot sah erst jetzt, daß sich ihm nach kurzer, offener Strecke wieder ein neues Schilffeld in den Weg legte. Er befahl infolgedessen, die Segel abermals einzuziehen und die Anker zu werfen. Er saß rauchend bei seinen fünf Homrarabern, den Gefährten seiner Untaten, die damals nach dem verunglückten Überfall an der Quelle des Löwen glücklich mit ihm entkommen waren. Sie hatten von ihrem Vorhaben, den Feldwebel zu überfallen und zu züchtigen, gesprochen; es war ihnen jede Minute kostbar, und nun wurde der Lauf ihrer Schiffe schon wieder von dem dichten Schilf aufgehalten! Es gab zwar eine Bahn durch dasselbe, aber diese war nur für einen Kahn, nicht aber für größere Fahrzeuge breit genug. Der Schnabel seines Sandal war gerade auf dieselbe gerichtet gewesen und fuhr, ehe der Anker Grund faßte, ein Stück hinein, und rechts und links das Rohr auseinander drängend. Der Noqer kam hinterdrein und legte rechts von dem Sandal bei, während die Segel aus dem Wind fielen.

Dadurch wurde der Blick nach hinten wieder frei, und nun

hörte Abu el Mot zu seinem Erstaunen den Ruf des Reis: „Ein Schiff hinter uns! Eine Dahabieh! Allah 'l Allah, wer kann sich das denken!“ Er sprang auf und seine Homr mit ihm, um das so unerwartet erschienene Schiff zu sehen. Daß hinter demselben zwei Noqer kamen, konnte man nicht bemerken, da die Dahabieh sie vollständig deckte.

Kaum hatte Abu el Mot sein Auge auf das Fahrzeug geworfen, so entfärbte er sich.

„Kull mlajiki wa schejatin - alle Engel und Teufel!“ rief er erschrocken, „das ist eine Dahabieh des Vizekönigs!“

„Unmöglich!“ antwortete einer der Homr. „Wie kannst du das behaupten?“

„Bist du blind? Siehst du nicht das Wappen vorn am Bug, die Pyramide mit der Sphinx? Und, bei Allah, es sind Soldaten auf derselben!“

„Was wollen sie?“

„Weiß ich es denn? Uns gilt diese Fahrt der Dahabieh jedenfalls nicht. Wir haben nichts zu befürchten, so lange der Offizier nicht weiß, daß ich Abu el Mot bin.“

„Wenn man es ihm nun verrät!“

„Wer sollte das tun? Ihr nicht, die Nuehr nicht, weil sie sonst als Leute von mir ergriffen würden, und die Schiffer, die ich gut bezahle, auch nicht. Und so denke ich, daß... Allah akbahr! Es kommt noch ein Schiff hinterher und dann gar ein drittes! Zwei Noqer! Das ist ja eine wirkliche Amara - eine Flotte!“

„Laß sie! Du sagst ja selbst, daß es nicht uns gilt.“

„Das sagte ich, doch... doch... Himmel und Hölle! Ich müßte mich sehr irren, wenn es nicht doch mir gälte! Diese beiden Noqer kenne ich sehr genau. Sie gehören meinem Todfeind Hasab Murat auf der Seribah Madunga. Wie kommt er, der Sklavenjäger, mit einem Regierungsschiff zusammen? Sollten sie ihn auf einer Ghasuah ertappt und ihm die Noqer weggenommen haben! Seine Leute kennen mich, sie werden mich verraten.“

„So verstecke dich!“

„Das bringt keinen Nutzen, denn der Offizier wird zu uns kommen und alles untersuchen. Ich leugne, so lange es geht, und dann wehren wir uns. Macht euch zum Kampf fertig! Seht, da ist die Dahabieh. Sie will sich links neben uns legen, und hinter uns werfen die Noqer die Anker. So bleibt im Notfall immer noch Rettung an das linke Ufer, dem wir nahe genug liegen. Ich werde antworten, wenn er fragt. Sagt den Nuehrs, daß sie sich bereit halten sollen! Zum Teufel, daß wir so wenig Feuergewehre und fast gar kein Pulver bei uns haben!“

Die Dahabieh war da, zur linken Seite des Sandal; sie ließ ungefähr vierzig Schritte von ihm entfernt den Anker fallen und trieb dann an der Kette desselben ein Stück zurück, so daß sie nicht Bug gleich Bug, sondern mehr rückwärts zu liegen kam. So war es ihr möglich, das Deck des Sandal und auch des Noqer mit ihren Kugeln zu bestreichen. Die Situation war also folgende: Vorn, mit dem Bug ein Stück im Rohrdickicht, lag der Sandal, neben ihm der kleinere Noqer. Rechts von beiden, und zwar eine halbe Schiffslänge rückwärts, die Dahabieh. Hinter diesen drei Fahrzeugen die beiden Noqer aus Madunga, ihnen so nahe, daß von dorther die Flintenkugeln ihr Ziel noch trafen.

Schwarz hatte sich hinter die Maximkanone gesetzt, so daß er von Deck des Sandals aus nicht gesehen werden konnte. Beim Reis stand der Hauptmann aus Faschodah, welcher zuerst sprechen sollte. Er tat dies, indem er hinüber fragte: „Was ist das für ein Sandal und für ein Noqer? Wem gehören diese Schiffe?“

„Mir“, antwortete Abu el Mot, welcher am Rand seines Fahrzeugs stand und mit Befriedigung die kriegerische Haltung seiner Nuehr bemerkte.

„Wer bist du?“ erkundigte sich der Hauptmann weiter.

„Ich heiße Jussuf Helam und bin Händler.“

„Womit?“

„Mit allerlei Waren.“

„Wo bist du her?“

„Aus Wau.“

„Und wohin willst du?“

„Stromaufwärts, um zu handeln und zu tauschen.“

„Mann, ich glaube, du lügst!“

„Allah erleuchte dein Gehör! Ich habe die Wahrheit gesagt, hast du sie nicht gehört, so sind deine Ohren schuld, du hörst anders als man spricht!“

„Spotte nicht, ich kenne dich!“

„Und ich habe dich noch nicht gesehen!“

„Du bist Abu el Mot, der Sklavenräuber.“

„So erleuchte Allah auch deine Augen; denn du siehst Dinge und Menschen, welche gar nicht vorhanden sind!“

„Ich sehe sehr richtig. Ich sehe sogar die fünf Männer, welche hinter dir stehen. Gehören sie nicht zu den Homr, von denen auch Abu el Mot stammt?“

„Nein. Sie sind auch Handelsleute aus Wau, welche ihre Waren auf meinen Schiffen transportieren."

„Das ist nicht wahr. Ich kenne dich und sie. Der Mudir Ali Effendi Abu hamsah miah in Faschodah läßt euch grüßen. Er sucht nach euch und hat mich beauftragt, euch nach Faschodah zu bringen."

„Suche die, welche er haben will! Wir sind es nicht."

„Ihr seid es. Oder wäret ihr wirklich nicht diejenigen, welche an der Quelle des Löwen, westlich von Faschodah, einen fremden Effendi überfielen, um ihn zu töten?"

„W'allah! Das wird schlimm!" raunte Abu el Mot seinen Homr zu. „Es kommt zum Kampf. Wehrt euch gut!" und laut antwortete er: „Wir sind niemals in jene Gegend gekommen und haben nichts mit einem Effendi zu tun gehabt!"

„Auch nicht mit mir?" fragte jetzt Schwarz, indem er aufstand und sich sehen ließ.

Er grimmiger Fluch entfuhr den Lippen Abu el Mots. Man sah deutlich, daß er erbleichte. Diesen Fremden hier, so weit von der Quelle des Löwen entfernt zu sehen, das hätte er für unbedingt unmöglich gehalten. Und zudem mit drei Fahrzeugen und Soldaten! Er wußte wirklich nicht, was er antworten, ob er gestehen oder leugnen solle.

„Er ist's", sagte einer der Homr hinter ihm. „Aber wir fürchten uns nicht. Die beiden Noqer tun uns nichts. Es sind ja die gefangenen Leute Hasab Murats darauf, und mit der Dahabieh werden wir wohl fertig!"

Diese Worte gaben Abu el Mot seine Fassung und seine Selbstvertrauen zurück, und als jetzt Schwarz seine Frage wiederholte, rief er ihm zornig zu: „Ja, mit dir habe ich zu tun gehabt, du Hund, du Enkel eines Hundes! Und nun sollst du mit mir zu tun bekommen! Gehe zur Dschehennah!"

Er riß sein Gewehr an die Wange und drückte ab. Schwarz bückte sich blitzschnell hinter der Kanone nieder, und die Kugel flog über ihn hinweg.

„Gebt Feuer! Schießt!" rief Abu el Mot seinen Leuten zu. „Schießt den Offizier weg!"

Seinem Befehl wurde augenblicklich Folge geleistet. Auf dem Sandal standen zweihundert und auf dem Noqer einhundert Nuehr. Sie sahen auf der Dahabieh nur halb so viel Soldaten und waren überzeugt, daß sie mit diesen bald fertig sein würden. Ihre Gewehre knallten, und eine Wolke von Pfeilen und Wurflanzen flog von ihnen herüber. Aber die Soldaten hatten für

Deckung gesorgt. Sie bückten sich hinter die Deckschanze, hinter die Masten, hinter Kisten, Körbe und andere Gegenstände, welche zu diesem Zweck vorher auf Deck geschafft worden waren. Es wurden ihrer nur einige leicht verwundet.

Schwarz hatte den Kopf und die Arme unter die Decken gesteckt, welche auf der Kanone lagen, um sie zu maskieren. Er zog die oberste derselben ein wenig zur Seite, so daß er zielen konnte. Er richtete den Lauf. Dabei sah er, daß Abu el Mot, die doppelläufige Flinte, von der nur ein Lauf abgeschossen war, in der Hand, nach ihm suchte. Die zweite Kugel sollte ihn besser treffen als die erste.

Da ertönte als Antwort auf den Angriff Abu el Mots und der Nuehr das Kommando des Hauptmanns. Seine Leute richteten sich auf und schossen. Der Erfolg war bedeutend, wie man sehen und auch hören konnte. Viele der Feinde stürzten nieder, alle aber schrien auf vor Wut und Kampfbegier.

Jetzt richtete auch Schwarz sich wieder auf. Sobald Abu el Mot ihn erblickte, legte er das Gewehr an, zielte, drückte ab und rief zugleich: „Hier hast du den Tod! Diesmal sicher!"

Aber Schwarz' scharfem und geübtem Auge war die kleine Bewegung des drückenden Fingers nicht entgangen. Er machte eine schnelle Drehung zur Seite, wurde abermals nicht getroffen, riß dann die Decken weg und rief antwortend: „Desto sicherer treffe ich, aber nicht dich, denn dich muß ich lebendig haben!"

Er ließ den Mechanismus spielen, und die Folgen waren derart, daß Abu el Mot vor Schreck kein Glied zu rühren vermochte. Die Toten und Verwundeten brachen zusammen, alles, was eine Stimme hatte, heulte, schrie und brüllte. Die Projektile hatten nicht nur das Deck des Sandal, sondern auch dasjenige des Noqer bestrichen. Dazu kam, daß nun die Kanoniere auch die Drehbasse ertönen ließen und auf den beiden hinten liegenden Noqer aus Madunga die Schüsse krachten.

Jetzt erkannte Abu el Mot, daß sich auf diesen beiden Fahrzeugen keine Gefangenen befanden. Und wenn er diese Ansicht noch hätte festhalten wollen, so wäre ihm das unmöglich gewesen, denn es ertönte von da hinten eine laute, schnarrende Stimme, welche er sehr genau kannte: „Das war gut getroffen, das war herrlich! So ist es recht. Ihr Männer, ihr Helden, ihr Tapferen! Ladet schnell wieder, schnell, und gebt es ihm! Möge Allah diesen Abu el Mot verdammen. Schießt, schießt, ihr Feigen, ihr Faulen, ihr Halunken!"

„El Schacher - der Schnarcher!“ rief Abu el Mot seinen Homr zu, welche sich um ihn versammelt hatten. „Hasab Murat, der Sohn einer räudigen Hündin, hat sich mit dem Fremden und den Soldaten verbunden. Schießt, schießt! Zielt auf den Offizier und diesen Christenhund!“

Aber sie trafen die beiden nicht, denn der Hauptmann stand hinter dem Mast sicher, und Schwarz hatte sich wieder gebückt, um die Kanone zu laden. Auch die Kanoniere hinter der Drehbasse, welche Kugel um Kugel abgaben, hatten sich durch das vorgeschobene Häuschen gedeckt, welches mit starkem Eisenblech gefüttert war und wie eine Panzerplatte die Kugeln auffing.

Die zweite Salve der Maximkanone wirkte noch vernichtender als die erste. Die Nuehr, welche erst so kampfesmutig gewesen waren, warfen ihre Waffen weg und verbargen sich im Inneren der Fahrzeuge. Abu el Mot sah ein, daß er sich unmöglich halten könne. Er durfte nicht einmal mehr schießen. Er mußte den kleinen Rest seiner Munition nicht zu seiner Verteidigung, welche ja erfolglos war, sondern zu seiner Rettung verwenden. Er rief seinen Nuehrs zu: „Schnell in die Boote und ans Ufer! Dorthin ist der Weg noch frei!“

Abu el Mots Befehl sollte augenblicklich Folge geleistet werden. Aber kaum erschienen die dunklen Gestalten der Nuehr an den Rändern der Fahrzeuge, um hinab zu steigen, so knallten vom Ufer her, welches Abu el Mot für unbesetzt gehalten hatte, die Schüsse der hundert Soldaten Hasab Murats.

Diese waren bisher hinter den Büschen versteckt gewesen. Jetzt kamen sie hervor, um sich zu zeigen. Hasab Murat schwang seine Flinte und rief: „Komm herüber, Abu el Mot, komm doch her! Wir werden dich festlich empfangen, denn wir lieben dich. Kennst du mich, du stinkende Hyäne? Komm nur, komm, damit ich dir das Fell über den Kopf ziehe!“

Abu el Mot sah diesen Ausweg abgesperrt. Links hatte er die Dahabieh, rechts das besetzte Ufer, hinter sich die Noqer und vor sich das undurchdringliche Schilf - undurchdringlich für seinen Sandal, aber nicht für einen Kahn. Dieser letztere Umstand bot ihm den einzigen Rettungsweg.

„Ihr seht, daß wir umzingelt sind und eine Übermacht gegen uns haben, der wir unterliegen müssen“, sagte er zu den fünf Homr, welche ebenso wie er noch unverletzt waren, weil sie bei ihm gestanden hatten, wohin niemand die Kugel gerichtet hatte, da man ihn lebend haben wollte. „Kommt mit mir in die Kajüte!“

Das Gefecht war keineswegs zu Ende. Zwar schwiegen die

beiden Kanonen, weil sie keinen Erfolg mehr haben konnten, da die Nuehr sich versteckt hatten, aber diese sandten ihre Pfeile noch immer aus dem Verborgenen hervor, und wenn einer von ihnen einmal seinen Kopf oder einen sonstigen Körperteil sehen ließ, so flogen gleich von allen Seiten die Kugeln der Asaker nach der betreffenden Stelle.

Vor allen Dingen kam es darauf an, die Nuehrs nicht in die Boote zu lassen, eine Aufgabe, welche gar keine Schwierigkeit bot. Sie mußten die Hoffnungslosigkeit ihrer Lage einsehen und sich baldigst mit den beiden Schiffen und Abu el Mot ergeben.

Dieser wußte nur zu gut, was seiner wartete. Er mußte fliehen, und zwar so schnell wie möglich, denn er sah, daß ihm nur noch Minuten dazu vergönnt seien. Die Kajüte, das heißt der verdeckte Raum im Hinterteil des Schiffes hatte, als er das letztere mietete, der Reis nicht hergeben wollen, darum war ganz vorn am Bug für Abu el Mot ein Bretterverschlag errichtet worden, den er während der Fahrt mit den Homr geteilt hatte. Nach diesem führte er sie jetzt. Als sie dort eingetreten waren, riegelte er die Tür hinter sich zu und sagte: „Wir müssen fort und dürfen die Nuehr nichts davon wissen lassen, sonst drängen sie sich herbei, leiten die Aufmerksamkeit der Feinde auf uns und machen und das Entkommen zur Unmöglichkeit."

„Ja, wir müssen schnell fort", antwortete einer der Homr. „Aber wie? Ich sehe keinen Weg zur Flucht."

„Aber ich kenne einen, den einzigen, den es gibt. Habt ihr vergessen, daß eins unserer Boote hier am Vorderteil hängt? Der Feind kann es nicht sehen, weil auf dieser Seite unser Noqer liegt und es sich so seinem Blick entzieht."

„Ich weiß, daß es sich hier befindet, aber wir können doch nicht hinein. Sobald wir über Bord wollen, schießt man uns weg."

„Wir gehen eben nicht über Bord. Haben wir nicht einen Kaduhm, ein Balta und auch eine Firra'a - eine Axt, ein großes und ein kleines Beil hier? Die Seiten des Sandal bestehen über dem Wasser aus dünnem Holz und sind leicht zu durchbrechen. Kein Mensch wird uns in das Boot steigen sehen."

„Aber dann, wenn wir davon rudern, sehen und fangen sie uns!"

„Nein. Du hast ja gesehen, daß der Schnabel des Sandal in das Schilf ragt, gerade da, wo der schmale, offene Kanal durch dasselbe führt. Dorthin fliehen wir. Haltet eure Sachen bereit, denn es muß sehr schnell gehen! Und nun greift zu den Beilen!"

Er selbst nahm die Axt und schlug gegen das dünne Holz, daß es schon beim zweiten Hieb nachgab. Zwei Homr halfen mit den Beilen, und in der Zeit von nicht viel mehr als einer Minute war eine Öffnung entstanden, groß genug, einen Mann hindurch zu lassen. Sie lag nahe oberhalb der Wasserlinie.

Abu el Mot bog sich hinaus, ergriff den Strick, an welchem das Boot hing, und zog es heran. Er stieg hinaus, ein anderer folgte ihm. Die übrigen vier reichten erst ihre Sachen hinaus, welche sie nicht zurücklassen mochten, und kamen dann nach.

Das Boot war ein sechsrudriges. Es wurde losgebunden, die Homr ergriffen die Ruder und schoben sich langsam nach vorn, zwischen der Schiffswand und dem Schilf hindurch, bis sie sich im freien Wasser befanden. Abu el Mot hatte sich an das Steuer gesetzt, um das Boot zu lenken.

„Bis jetzt ging alles gut", sagte er. „Aber nun kommt die Gefahr. Sobald wir hier vom Sandal abstoßen und durch den offenen Kanal fahren, wird man uns von der Dahabieh aus sehen und auf uns schießen. Legt euch also so kräftig wie möglich in die Riemen, damit wir schnell aus dem Bereich ihrer Kugeln kommen. Jetzt vorwärts! Allah beschütze uns und verderbe unsere Feinde!"

Die Homr senkten die Ruder ins Wasser, zogen an, und das Boot flog vom Bug des Sandal ab in den Kanal hinein.

Infolge der Schüsse, welche noch von allen Seiten fielen, hatten die Nuehr, welche sich im Sandal befanden, das Geräusch der Axt- und Beilhiebe nicht gehört oder nicht beachtet. Sie ahnten nicht, daß sie von ihrem Anführer treulos verlassen werden sollten. Sie wurden darauf, daß er sie ihrem Schicksal überließ, erst durch die Stimme Schwarzens aufmerksam gemacht.

Dieser war hinauf zur Drehbasse gestiegen, um durch einige Vollkugeln die feindlichen Schiffe leck zu schießen und dadurch die Bemannung zur Übergabe zu zwingen. Sein Blick fiel ganz zufälligerweise nach einer anderen Seite, als wohin er den Lauf zu richten hatte, und da sah er das Boot, welches soeben hinter der Spitze des Sandal hervor- und in den zwischen dem Schilf liegenden engen Wasserweg hineinschoß. Sofort die Situation erkennend, beeilte er sich, zu laden. Und ebenso schnell kam ihm der Gedanke, daß er, falls seine Kugel nicht treffe, das Boot mit der zweiten kaum mehr erreichen werde. Darum rief er mit lautester Stimme zum Ufer hinüber: „Hasab Murat, hallo! Dort entflieht Abu el Mot mit einem Boot. Spring mit deinen Leuten aufwärts und gib ihm und den Homr die Kugeln. Schone ihn ja nicht mehr!"

Der Genannte hatte die Worte gehört und verstanden. Man sah ihn mit allen seinen Leuten fortrennen.

Aber das war für Schwarz nicht genug. Er rief dem Sohn der Treue zu: „Abd es Sirr, schnell mit deinen Leuten in euer Boot! Hier am Sandal vorüber, den Flüchtigen nach! Stephan Uszkar, nimm fünf gute Schützen und steige mit ins Boot. Holt ihr Abu el Mot ein, so bringt ihn lebendig oder tot. Müßt ihr ihn aber entkommen lassen, so treibt ihn wenigstens an das rechte Ufer hinüber und sucht, sein Boot zu erwischen. Schnell vorwärts, schnell!"

Das Boot der Niam-niam hing seitschiffs an der Dahabieh. Die Schwarzen sprangen hinein, der Sohn des Geheimnisses voran. Der Slowake folgte schnell mit der angegebenen Zahl von Soldaten, die er aufgerufen hatte.

Inzwischen war die Drehbasse geladen. Schwarz richtete sie in gerader Linie nach dem fliehenden Boot, schätzte mit sicherem Blick die Geschwindigkeit desselben ab, zielte ein wenig darüber hinaus und zog ab. Der Schuß krachte. Den Blick auf das Boot gerichtet, erwartete er die Wirkung. Er hatte vortrefflich gezielt, aber er kannte das Geschütz und die Munition nicht genau, und das Zielobjekt war zu klein. Die Kugel schlug hart neben dem Boot, kaum sechs Fuß von demselben entfernt, ins Wasser, welches man hoch aufspritzen sah.

Zugleich war zu sehen, daß die Homr erschraken und ihre Anstrengung verdoppelten. Schwarz lud schnell wieder, zielte und schoß. Die Kugel schlug hinter den Fliehenden ein, rikoschettierte nahe an ihnen vorüber und sank nach dem dritten Sprung unter. Der Deutsche versuchte noch einen dritten Schuß, erreichte aber das Boot nicht mehr.

Unterdessen hatten die Niam-niam ihr Boot am Bug des Sandal vorüber geschoben. Es war so schnell bemannt und in Fahrt gesetzt worden, daß es schon beim zweiten Schuß Schwarzens den Kanal erreicht hatte und die Jagd begann. Die Niam-niam waren bessere Ruderer als die Araber. Wie unter dem Druck ihrer Riemen das Boot davon flog, war vorauszusehen, daß sie Abu el Mot einholen würden, falls er nicht rechtzeitig sich nach dem Ufer wendete.

Der alte Skalvenräuber war, als die Kugel neben dem Boot einschlug, in keine geringe Angst geraten.

„Rudert, rudert!" schrie er auf. „Der Hund schießt mit der Kanone auf uns. Er zielt wie ein Teufel. Macht, macht, sonst sind wir verloren! Wenn er uns trifft, so bekommt das Boot ein Loch, und die Krokodile fressen uns."

Als die nächste Kugel an ihnen vorüber flog und das Wasser zweimal aufspritzen machte, wiederholte er diesen Ruf, aber als die dritte das Boot nicht erreichte, jubelte er auf: „Hamdulillah! Wir sind gerettet, er kann uns nicht mehr erreichen."

Bald hatten sie das Schilffeld durchfahren, und der Strom lag frei und offen vor ihnen.

„Rechts hinüber!" gebot er den Homr. „Drückt die Ruder links tiefer ein! Wir landen dort und machen, daß wir schnell zu Abd el Mot kommen. Mit seinen fünfhundert Mann sind wir diesem fremden Hund überlegen."

Aber kaum hatte er dem Boot die angegebene Richtung erteilt, so tauchte drüben Hasab Murat mit seinen Leuten auf. Dieser Mann hätte sich verbergen und Abu el Mot herankommen und aussteigen lassen sollen, um ihn dann lebendig zu ergreifen, was ihm bei der großen Anzahl Asaker, die er bei sich hatte, unbedingt gelingen mußte. Aber er war zu eifrig, ließ sich sehen und schoß auf das Boot.

„Allah!" rief der Alte. „Da hat der Fremde diese Hunde auf uns gehetzt. Wir können nicht landen. Aber bald wird der Wald so dicht, daß sie uns nicht folgen können. Arbeitet, daß wir einen Vorsprung bekommen! Dann gehen wir ans Ufer, und sie mögen hinter uns hersehen."

Er hielt wieder auf die Mitte des Stromes zu, wo ihn die Kugeln der Asaker nicht erreichen konnten. Dadurch erhielten die rückwärts sitzenden Ruderer den Blick auf den Kanal, den sie zurückgelegt hatten, und sahen das Boot, welches ihnen nachgeschickt worden war.

„Ein Boot, ein großes Boot mit vielen Leuten", rief derjenige Homr, der es zuerst gesehen hatte. „Man verfolgt uns auch hier, nicht nur am Ufer."

Abu el Mot drehte sich um und beobachtete das Fahrzeug der Niam-niam eine kurze Zeit, dann sagte der: „Die Hölle komme über sie! Sie rudern schneller als wir und müssen uns einholen, wenn wir in dieser Richtung bleiben!"

„So werden wir kämpfen!"

„Dummkopf! Was nützt uns das? Es sind ihrer viermal so viele als wir. Nein, gekämpft wird nicht. Es gilt jetzt, das Leben zu retten. Wir müssen nach links hinüber. Wir müssen uns anstrengen, das rechte Ufer zu erreichen. Gewinnen wir dasselbe vor ihnen, so sind wir sie los."

„Aber das Boot auch!"

„Das werden sie freilich nicht für uns am Ufer lassen."

„Aber wie kommen wir dann wieder über den Fluß? Wir müssen doch ans linke Ufer zurück, wenn wir zu Abd el Mot wollen!"

„Wir bauen uns ein Floß. Rudert nur, rudert, und wenn euch das Blut aus den Fingern spritzt! Erreichen sie uns, so sind wir verloren, entkommen wir, dann aber wehe diesen Hunden! Sie sollen mir den heutigen Tag mit tausend Qualen und Schmerzen bezahlen!"

Jetzt sah man das Boot der Niam-niam aus dem Kanal hervorschießen. Die Angst gab den Homr dreifache Kraft. Ihr Fahrzeug flog nur so über das Wasser, welches zum Glück für sie hier eine nicht allzu große Breite hatte. Sie näherten sich schnell dem rechten Ufer, sie erreichten es, ergriffen ihre Sachen und sprangen an Land, ohne sich erst Zeit genommen zu haben, das Boot anzubinden. Es trieb wieder in den Strom hinaus.

Der Ungar hatte seinen Elefantenmörder in der Hand, in der Mitte des Bootes gestanden und die Ruderer fleißig angefeuert. Jetzt sagte er enttäuscht: „Sie entgehen uns! Da seht, sie springen an Land! Aber eine Kugel gebe ich ihnen noch!"

„Laß das!" meinte der Sohn des Geheimnisses. „Du kannst nicht ruhig zielen."

„Ich ziele gut. Ich erschieße den Kerl!"

Er nahm das schwere Gewehr auf, zielte auf Abu el Mot, welcher eben hinter einen Strauch verschwinden wollte. Die Ruderer, welche mit dem Rücken nach dem Ufer saßen, blickten sich nach demselben um, sie wollten die Wirkung des Schusses sehen. Dadurch verlor das Boot die Glattheit der Fahrt, es wankte, der Slowake drückte ab, erhielt von dem Gewehr einen Rückschlag, welcher einer tüchtigen Ohrfeige glich, kam ins Taumeln und stürzte über Bord.

Einer der mitgenommenen Soldaten war so glücklich, den Elefantenmörder zu erwischen, sonst wäre das Gewehr ins Wasser geschleudert worden. Ein anderer erfaßte ebenso glücklich den Schoß des roten Fracks und hielt ihn fest. Man zog an demselben den Kleinen empor, ergriff ihn bei den Armen und hob ihn herein. Aber naß geworden war er durch und durch.

„Ich sagte es dir", meinte der Sohn des Geheimnisses gleichmütig, „daß du ihn nicht treffen würdest." „Ich hätte ihn getroffen, wenn ihr nicht geschaukelt hättet!" antwortete der Ungar, indem er das Wasser, welches ihm in Mund und Nase gekommen war, von sich sprudelte. „Wie leicht wäre ich ertrunken oder von den Krokodilen gefressen worden! Was tun wir jetzt? Verfolgen wir ihn an Land?"

„Nein, denn wir würden ihn doch nicht bekommen. Wir fischen das Boot auf und kehren zurück."

„So ist er uns für immer verloren!"

„Das glaube ich nicht. Dieser Mann ist voller Wut und Rache. Er wird zu seinen Leuten eilen, welche nach Ombula sind, und sie holen, um uns zu bestrafen. Da kommt das Boot getrieben. Nehmt es auf!" -

Die Nuehr waren voller Zorn über die Flucht ihres Anführers, der sie in größter Not verlassen hatte. Wäre er geblieben, so wäre er es gewesen, über den der Zorn der Sieger sich entladen hätte, nun aber waren sie demselben in vollstem Maß preisgegeben. Sie hatten, seit er entflohen war, keinen einzigen Schuß mehr abgegeben, und ihr Häuptling war der Ansicht, daß es geraten sei, sich zu ergeben und die Sieger nicht durch eine Fortsetzung des Kampfes zu erbittern. Dem Beispiel Abu el Mots zu folgen und in derselben Weise das Weite zu suchen, das war ihnen unmöglich. Es hing keines der Boote mehr so bequem für diesen Zweck, und sodann war mit Sicherheit anzunehmen, daß die Feinde nun ihr Augenmerk sehr scharf auf den Kanal richten würden.

Diese Vermutung bestätigte sich. Schwarz bemannte ein Boot mit Soldaten und schickte dasselbe um das Vorderteil des Sandal herum, wo es dann im Kanal Posten fassen mußte. An eine Flucht nach dieser Seite konnte nun nicht mehr gedacht werden.

Der Kampf ruhte jetzt vollständig. Die Schüsse waren verstummt, und Freund und Feind schienen, bevor etwas Ferneres zu unternehmen sei, die Rückkehr des zur Verfolgung ausgesandten Bootes erwarten zu wollen. Die Nuehr versuchten, ob sie sich ohne Gefahr zeigen dürften. Hier und da erschien ein Arm, ein Kopf über dem Rand der beiden Fahrzeuge. Da darauf kein Schuß erfolgte, so folgten andere Köpfe nach, und endlich ließen sie sich in voller Gestalt sehen.

Schwarz hatte dem Hauptmann den Befehl gegeben, das Schießen einstweilen einzustellen und erst dann wieder mit demselben zu beginnen, wenn es den Nuehr einfallen sollte, die Feindseligkeiten zu erneuern. Er saß jetzt noch oben bei der Drehbasse. Pfotenhauer war zu ihm herauf gekommen und unterhielt sich mit ihm über den Verlauf des Gefechts, welches durch die Wirkung der Maximkanone so außerordentlich abgekürzt worden war.

„Glauben S', daß die Schwarzen wieder anfangen werden?" fragte er.

„Nein, ich glaube es nicht", antwortete Schwarz. „Es wäre wahnsinnig von ihnen, es zu tun. Sie müssen doch eingesehen haben, daß wir ihnen nicht nur in Beziehung auf die Waffen, sondern auch der Zahl nach überlegen sind. Und da Abu el Mot sie verlassen hat, sind sie überdies führerlos geworden."

„Sie haben ihren Häuptling!"

„Pah! Dieser Mann wird es wohl nicht wagen, sich mit uns zu messen! Es sollte ihm auch schlecht bekommen. Unsere Asaker verstehen es, mit ihren Gewehren umzugehen. Bei dieser Gelegenheit muß ich Ihnen sagen, daß ich mich über Sie gefreut habe."

„Warum?"

„Daß Sie so wacker geschossen haben. Sie sind aus dem Feuern gar nicht herausgekommen!"

„Ja, g'schossen hab' ich brav. Aber wissen S' auch, wen und wohin?"

„Nein."

„So will ich's Ihnen sagen. Ich hab' halt immer nur nach der Frisur g'zielt, a bißchen höher als der Kopf. Ich hab' g'meint, daß man keinen Menschen ganz derschießen soll, wann man mit der Frisur auch einen guten Erfolg haben kann. Und wie!" lachte der Graue. „Sie hätten's nur sehen sollen! Aber Sie haben so mit dera Kanone zu tun g'habt, daß Sie das gar nit beobachten konnten. Aber haben S' denn die hohen und großen Schöpfe der Nuehr gar noch nit g'sehen? Wissen S' nit, woraus sie g'fertigt werden?"

„Nein. Ich hatte keine Zeit, in der Gegend der Nuehr so eingehende Studien zu machen. Ich bin schnell hindurch gefahren."

„Nun, sie lassen das Haar lang wachsen, streichen es in die Höh' und schmieren einen Teig aus Asch' und Kuhurin hinein, was gegen g'wisse Tierchen helfen soll, von denen die Negerköpfe stets sehr zahlreich bevölkert sind. Dadurch wird aus dera Frisur eine hohe, kompakte und harte Masse, welche so fest auf dem Schädel sitzt, daß sie zu demselben zu g'hören scheint. Wann nun eine Kugel hindurchg'schossen wird, so gibt das dem Nuehr einen Schlag, der ihn zu Boden wirft. Er kann da gar wohl meinen, daß ihm die Kugel durch den Kopf 'gangen ist. Wenigstens ist keiner von allen, die ich mit meinen Kugeln niederpelzt hab', wieder aufg'standen. Vielleicht ist ihnen die Frisur ebenso teuer wie der Schädel selbst, darum lassen s' sich lieber gar nit wieder sehen, um sich diesen schönen Schmuck nit weiter verschimpfieren zu lassen."

„Das ist freilich lustig. Übrigens stimme ich Ihnen vollständig bei, wenn Sie sagen, daß man einen Menschen nur in der höchsten Not töten soll. Es hat mir leid getan, die Kanone brauchen zu müssen, aber es galt, Abu el Mot zu zeigen, daß mit uns nicht zu spaßen ist. Hätte ich das nicht getan, so wäre der Kampf von viel längerer Dauer gewesen und hätte auf unserer Seite bedeutende Opfer gefordert. Lieber sollen drei Sklavenjäger fallen als einer von unseren Soldaten. Freilich, hätte ich ahnen können, daß Abu el Mot eine Gelegenheit zur Flucht finden werde, so hätte ich dem Gefecht sofort dadurch ein Ende gemacht, daß wir ihn und seine fünf Homr gleich bei Beginn niedergeschossen hätten. Die Nuehr wären dadurch so erschreckt worden, daß sie vielleicht sogleich zu dem Entschluß gekommen wären, sich uns zu ergeben."

„Das kann möglich sein. Sie können sich denken, wie g'spannt ich darauf bin, zu erfahren, ob er entkommen ist oder ob s' ihn festgenommen haben."

„Das letztere bezweifle ich. Wenn sie ihn eingeholt haben, so hat er sich jedenfalls nicht fassen lassen, sondern sich gewehrt. Er ist entkommen oder tot."

„Haben S' das Gesicht g'sehen, was er zog, als er Sie erblickte?"

„Ja."

„Das war, als ob ihn der Schlag g'troffen hätt'. So etwas hat er nit vermuten können, und... Ah, was ist das? Schau'n S', da kommen sie! Sehen S' nur hinauf! Wissen S', was für welche das sind?"

Es kamen zwei große Vögel über den Fluß geflogen. Trotz der schwierigen, ja gefährlichen Lage, in welcher sich die Menschen hier unten, und der Graue mit ihnen, befanden, richtete er seine ganze Aufmerksamkeit hinauf zu den Vertretern seiner Lieblingstierklasse. Er war aufgesprungen und verfolgte ihren Flug mit scharfem Auge, wobei seine Nase sich auch empor richtete, als ob sie ganz dasselbe lebhafte Interesse wie ihr Besitzer empfinde.

„Ja, das weiß ich", antwortete Schwarz lächelnd.

„Nun? Den lateinischen Namen?"

„Balaeniceps rex."

„Wahrhaftig, Sie wissen's! Und wie wird dieser Vogel hier g'nannt?"

„Abu Merkub, Vater des Schuhs."

„Warum?"

„Weil der obere Schnabel die Form eines Schuhs hat."

„Richtig! Da sehen S' wieder mal, daß die Leut' hier den Tieren ihre Namen nach gewissen Eigenschaften geben. Sonst fliegt der Abu Merkub nicht so hoch. Er muß aufg'scheucht worden sein. Er kam aus dera Gegend, wohin die Boote g'fahren sind, von dorther, wo... schauen S', da kommt es, unser Boot! Sehen S' es, ganz da draußen im Kanal?"

„Ja. Es schleppt ein zweites hinter sich her. Jetzt werden wir erfahren, welchen Erfolg die Jagd gehabt hat."

Die beiden Fahrzeuge wurden auch von anderen bemerkt. Die Leute machten einander durch laute Zurufe auf sie aufmerksam. Auch die Nuehr, soweit sie nicht mit ihren Toten und Verwundeten zu tun hatten, richteten ihr Augenmerk auf sie.

Als sie näher kamen, stellte es sich zur Enttäuschung der Sieger heraus, daß Abu el Mot entkommen war. Die Niam-niam und Asaker kehrten vollzählig und unverletzt zurück, und das Boot, in welchem der Sklavenjäger die Flucht ergriffen hatte, war leer. Es hatte also keinen Kampf gegeben.

Die Niam-niam legten bei der Dahabieh an, und der Vater der elf Haare war der erste, welcher an Bord stieg und zu Schwarz kam, um ihm seine Meldung zu machen.

„Wie siehst du aus?" fragte dieser. „Du bist ja ganz naß!"

Der Kleine nahm seinen Turban ab, strich die ganz trübselig aussehenden Federn desselben mit der Hand und antwortete: „Ich warrr gefallte in Wasser, triefendes."

„Wie ist das gekommen?"

„Ich hatt geschoßte auf Abu el Mot, miserablem, und da mußt schaukelnte derrr Kahn, unvorsichtiger, da hatt' ich machte Wasserplumps, kopfübergen."

„So ist also Abu el Mot entkommen."

„Ja, errr ist fahrte an Ufer, von uns unerreichtes, und gelaufte davon in Busch, gesträuchigen."

„Die Homr mit ihm?"

„Seinte auch entflüchtete, die Homr, fünfige!"

„So konntet ihr das Boot also nicht einholen?"

„Nein, denn es hatt gehabte Vorsprung, übermäßigen, wir es nicht kann einholte trotz Anstrengung, aller und fast übermäßiger. Aber wir hatt auffangte Boot, seiniges, und bringte es herr in Triumph, siegreichem."

„An welches Ufer hat er sich denn gerettet? Etwa an das linke?"

„Nein, sondern an rechtiges, von uns hier aus aber linkiges, weil wir habte Stellung aufwärtsige in Fluß."

„So ist er also fort!" sagte Pfotenhauer. „Er wird sich nit wieder sehen lassen, und Sie können Ihr dem Mudir gegebenes Wort nit einlösen."

„Ich hoffe, es doch noch zu können", antwortete Schwarz.

„Das bezweifle ich!"

„Und ich bin überzeugt, daß er mehr als ich dafür sorgen wird, daß wir uns wieder treffen."

„Das wär' dumm von ihm!"

„Gewiß nicht, nämlich von seinem Standpunkt aus. Wir haben ihm eine Schlappe beigebracht, wie er sie in seinem ganzen Leben gewiß noch nicht erlitten hat. Klug wäre es freilich von ihm, sich nicht nur von uns, sondern auch überhaupt in dieser Gegend niemals wieder sehen zu lassen, aber wie wäre das mit seinem Charakter zu vereinbaren! Es handelt sich bei ihm nur darum, sich nicht nur an mir, sondern auch an Hasab Murat zu rächen, und darauf wird er auf keinen Fall verzichten. Ich bin vielmehr überzeugt, daß er sich damit sehr beeilen wird."

„Aber wie will er das anfangen?"

„Er holt seine Leute als Hilfe herbei."

„Die nach Ombula sind? So meinen S' also, daß er nach dort gehen wird? Ja, das ist freilich wahrscheinlich. Das sind fünfhundert gut bewaffnete Leut', mit denen er es schon wagen kann, uns anzugreifen. Aber nach dem Maijeh Husan el bahr ist nit so weit wie bis Ombula. Vielleicht geht er erst dorthin?"

„Das glaube ich nicht. Er mit den fünf Homr? Gegen fünfzig Aufrührer? Das ist ein zu großes Wagnis."

„Aber er muß doch hin, da er nur dort die Munition, welche ihm fehlt, erlangen kann! Er mag vielleicht der Ansicht sein, daß diese Leut', wann er ihnen verzeiht, sich wieder zu ihnen halten."

„Möglich ist's, aber er wird dennoch nach Ombula gehen und erst von dort aus mit hinreichender Macht den Feldwebel aufsuchen."

„Wie er's macht, das ist mir gleich, wann wir ihn nur wieder bekommen! Ich rechne aber nit mit solcher Sicherheit darauf wie Sie. Wann er klug ist, begibt er sich nit nochmals in die G'fahr, welcher er jetzt nur mit Not entkommen ist. Er weiß ja auch überhaupt nit, ob es ihm möglich ist, uns nochmals anzutreffen."

„Was das betrifft, so hat er gehört, daß wir ihn haben wollen.

Er muß natürlich annehmen, daß ich nur deshalb hierher gekommen bin, ihn gefangen zu nehmen. Darum ist er überzeugt, daß ich nach ihm suche. Auch von seinem Feind Hasab Murat muß er der Ansicht sein, daß dieser nicht heimkehren werde, ohne wenigstens den Versuch gemacht zu haben, ihn zu erwischen."

„Sollte er das wirklich denken? Sollte er uns für so dumm halten, ins Blaue hinein nach ihm zu forschen, ohne irgend ahnen zu können, wo er zu finden ist? Denn das letztere muß er doch denken."

„O nein. Er weiß, daß wir nach Ombula gehen werden."

„Sie meinen, daß er das errät?"

„Ja. Er muß sich doch jedenfalls folgendes denken: Wir sind nach der Seribah gekommen, um ihn zu bestrafen. Wir haben ihn gar nicht und sie eingeäschert gefunden. Selbstverständlich haben wir uns da bei den Dschur erkundigt und erfahren, wohin er will, und sind ihm schleunigst nachgefolgt. Nun er uns entgangen ist, wissen wir doch, wohin er sich wenden wird und wenden muß, und wir werden ihm nachfolgen. Das denkt er gewiß, und danach wird er handeln."

„Ja, wenn Sie die Sach' erklären, so wird sie schon richtig sein. Und nun, wie gedenken S' dann, wohin wir gehen? Nach dem Maijeh oder nach Ombula?"

„Nach dem Maijeh. Ich habe meine guten Gründe dazu."

„Welche sind das?"

„Erstens wird er glauben, daß wir ihm nach Ombula folgen, und sein Verhalten nach dieser Voraussetzung einrichten. Indem ich es nicht tue, stelle ich mich in den Vorteil gegen ihn. In Ombula wird es ihm leichter, sich gegen uns zu wehren, als wenn wir ihn an einem anderen Ort, den wir selbst auswählen, während des Heimzugs überrumpeln. Und sodann haben wir, wenn wir den Feldwebel mit seinen Leuten vorher festnehmen, den Rücken frei, was nicht der Fall wäre, wenn wir direkt nach Ombula gingen und also zwischen zwei Lager kämen."

„Aber Sie müssen halt dennoch mit dem Umstand rechnen, daß er den Feldwebel aufsucht. Die Klugheit erfordert das. Er muß ihn, um die Herden und alles andere zu retten, auf irgendeine Weis' vor uns warnen."

„Das habe ich schon in Betracht gezogen. Ich muß suchen, ihm zuvorzukommen. Darum werde ich einstweilen mit der Dahabieh voranfahren. Die hundertundfünfzig Soldaten, welche sich auf derselben befinden, sind mehr als ausreichend für die Überwältigung des Feldwebels. Jetzt aber gilt es, hier mit den Nuehr zu Ende zu kommen. Ich werde mit dem Häuptling in Verhandlung treten."

Diesen letzteren sah man auf Deck des Sandal sitzen. Seine Leute lagen oder standen um ihn her und unterhielten sich unter lebhaften Gestikulationen. Es war natürlich anzunehmen, daß ihre gegenwärtige mißliche Lage der Gegenstand ihrer Reden sei. Schwarz trat an den Rand der Dahabieh und rief ihn an. Der Häuptling stand auf und trat an die Brüstung des Sandal.

„Ich habe mit dir zu reden", sagte Schwarz.

„So sprich!" antwortete der Nuehr.

„Nicht so, nicht aus dieser Entfernung. Komm herüber auf mein Schiff."

„Du kannst ebenso auf das meinige kommen!"

„Ich glaube, es ist Sitte, daß der tiefer Stehende zum Höheren, der Besiegte zum Sieger kommt."

„Noch bin ich nicht besiegt!"

„Weil wir euch geschont haben. Wir werden es aber nicht länger tun, wenn du dich weigerst, meiner Aufforderung Folge zu leisten."

„Wie kannst du von mir verlangen, zu dir zu kommen und mich also in deine Hände zu liefern!"

„Das verlange ich nicht. Ich will nur mit dir sprechen. Ich möchte euch nicht töten. Wenn du kommst, werde ich dir nichts tun und dich auch nicht zurückhalten."

„Sagst du die Wahrheit?"

„Ja."

„Ich kann zu meinen Leuten zurück, selbst dann, wenn ich nicht mit dir einig werde?"

„Gewiß, ich verspreche es dir!"

„Schwöre es mir beim Propheten!"

„Nun wohl! Mohammed ist mein Zeuge, daß du gehen kannst, sobald es dir beliebt."

„So komme ich."

„Auch nit übel!" lachte Pfotenhauer. „Schwört dieser Naturforscher Schwarz auf den alten Mohammed! Man derlebt doch sonderbare Sachen, wenn man die Nas' in fremde Länder steckt! Was werden S' ihm denn für Bedingungen machen?"

„Sich zu ergeben, das verlange ich, und dafür soll er straflos ausgehen."

„Ist das nit zu gelind'?"

„Nein. Diese Nuehrs haben nicht den richtigen Begriff von der

Abscheulichkeit des Sklavenhandels. Und selbst wenn sie sich derselben bewußt wären, wie soll ich sie strafen? Etwa indem ich sie alle erschieße?"

„Nein."

„Oder sie in ein Zuchthaus stecke?"

„Da gibt's keins."

„Habe überhaupt ich über sie zu richten?"

„Wohl schwerlich! Es wird sogar zweifelhaft sein, ob der Mudir das Recht hat, sie zu bestrafen."

„Ganz richtig! Es fällt mir gar nicht ein, etwas zu tun, was nicht meines Amtes ist. Und außerdem gebietet mir die Klugheit, Milde walten zu lassen. Was wollen wir mit diesen vielen Menschen tun, wenn sie in unsere Hände fallen? Sie vielleicht mit uns umher schleppen, daß sie uns in allem hindern und vielleicht gar bei Gelegenheit gegen uns losbrechen? Nein, ich lasse sie laufen."

Jetzt kam der Häuptling in einem Boot herbei. Schwarz befahl Kaffee und Pfeifen und begab sich mit Pfotenhauer in die Kajüte, wo er den Häuptling empfing.

Er war sehr gut gebaut, die schmale, enge Brust abgerechnet, welche alle Völker haben, welche in Flußniederungen und sumpfigen fiebererzeugenden Gegenden wohnen. Quer über die Stirn trug er drei parallele Narben. Die Eltern bringen den Knaben schon in der Jugend diese Schnitte bei. Die Narben gelten als Schönheit. Ferner hatte er in der Unterkinnlade keine Vorderzähne. Die Nuehr haben die Sitte, diese den Kindern auszubrechen, weshalb, das ist schwer zu sagen. Dadurch bekommt ihre Sprache etwas Eigentümliches, was sehr schwierig nachzuahmen ist.

Auf Schwarzens Einladung setzte er sich nieder, trank seine Tasse Kaffee aus und ließ es gern geschehen, daß der schwarze Diener ihm die Pfeife in Brand steckte. Als er zwei oder drei Züge getan hatte, ließ er ein wohlgefälliges, ja entzücktes Grunzen hören. Er hatte bisher stets nur mit anderen Blättern vermischtes schlechtes Tabakpulver rauchen können. Der Wohlgeruch und Wohlgeschmack dieser Pfeife versetzte ihn in Ekstase. Schwarz begann: „Du sagtest, daß wir euch noch nicht besiegt hätten. Hältst du es vielleicht für möglich, uns noch zu entkommen?"

„Nein", gestand der Schwarze in naiver Aufrichtigkeit.

„Was gedenkst du zu tun?"

„Zu kämpfen bis auf den letzten Mann."

„Was hättest du davon?“
„Wir würden viele von euch töten.“
„Ohne einen Vorteil davon zu haben!“
„Müssen wir nicht? Sind wird nicht dazu gezwungen?“
„Nein.“
Der Häuptling machte ein außerordentlich erstauntes Gesicht. Fast wäre ihm dabei die Pfeife ausgegangen. Er bemerkte das, tat schnell einige Züge und fragte dann: „Du willst wirklich nicht weiter mit uns kämpfen?“
„Nein.“
„Aber wir werden uns doch nicht ohne Gegenwehr töten lassen sollen!“
„Das mute ich euch gar nicht zu. Aber was meinst du denn, was geschehen soll? Der Sieger tötet entweder die Besiegten, oder er macht sie zu Sklaven. Und ich will weder von dem einen noch vom anderen etwas wissen. Ich will euch nicht töten und brauche keine Sklaven. Ich bin ein Christ.“
„Ein Christ?“ Er suchte in seinem Gedächtnis nach, um darüber, was man unter einem Christen zu verstehen habe, klar zu werden. Endlich dämmerte eine Erinnerung in ihm auf, und er fuhr fort: „Sind das die Leute, welche Schweinefleisch essen dürfen?“
„Ja. Doch ist das nicht etwa das Hauptzeichen, welches uns von den Bekennern des Propheten unterscheidet. Unsere Religion gebietet uns, zu lieben anstatt zu hassen und selbst unseren Feinden Gutes zu erweisen.“
Der Nuehr sah ein, daß dieses Gebot sehr vorteilhaft für ihn sei und fragte: „Und ihr gehorcht dieser Religion auch wirklich?“
„Ja.“
„Du weißt doch wohl, daß wir deine Feinde sind?“
„Allerdings.“
„So mußt du uns Gutes erweisen!“
„Das beabsichtige ich auch zu tun“, antwortete Schwarz, innerlich belustigt über die schlaue Logik dieses Mannes.
„Und worin soll das bestehen?“
„Das wird ganz auf dich ankommen. Sage mir aufrichtig, wozu Abu el Mot euch angeworben hat!“
„Um Sklaven zu machen.“
„Wo?“
„Bei den Niam-niam.“
„Was bot er euch dafür?“

„Speise und Trank, Kleider, wie sie bei unserem Volk getragen werden, jedem eine Flinte und sodann für jeden Sklaven, den wir machen würden, einen Abu Noktah."

„Das ist sehr wenig! Ihr seid also bloß zum Sklavenfang angeworben worden. Warum habt ihr da gegen uns gekämpft?"

„Weil Abu el Mot es so wollte, weil wir seine Genossen, seine Verbündeten sind und ihn also verteidigen mußten."

„Ihr habt erfahren, wie gefährlich es ist, der Genosse eines Sklavenjägers zu sein! Eure Freundschaft für ihn hat euch viele Tote und Verwundete gekostet."

„Ja, es sind ihrer viele", antwortete der Häuptling niedergeschlagen. „Deine Medfa - Kanone hatte großen Hunger; sie hat mehr von uns aufgefressen, als ihr kleiner Mund verschlingen kann."

„Hast du sie gezählt?"

„Ja. Es sind über dreißig Tote und doppelt so viele Verwundete. Mehrere sind sogar durch die Compirah - Frisur geschossen! Was soll weiter werden?"

„Sage vorher, wem die Schiffe gehören!"

„Einem Mann in Diakin."

„Ist er Sklavenhändler?"

„Nein."

„Oder reich?"

„Auch nicht. Die Schiffe sind sein einziges Eigentum, und er wird sehr arm werden dadurch, daß du sie verbrennst."

„Wer sagt dir, daß ich sie verbrennen werde?"

„Jeder Sieger würde das tun oder sie für sich behalten."

„Hat er sie dazu vermietet, daß mit ihnen eine Ghasuah unternommen werden solle?"

„Nein. Sie sollten uns nach der Seribah bringen und dann umkehren. Aber weil der Noqer Abu el Mots verbrannt worden war, mietete er sie weiter."

„So soll dieser Mann seine Schiffe wiederbekommen. Sage ihm, daß ich sie ihm schenke!"

„Das wolltest du tun? Herr, deine Güte ist ganz ohnegleichen! Aber wie soll ich ihm das sagen?"

„Sobald du nach Diakin kommst."

„Komme ich denn hin?"

„Ja, du und deine Leute. Ich schenke euch die Freiheit."

Da ließ der Schwarze die Pfeife fallen, sprang auf und rief: „Die Freiheit? Ist das möglich? Herr, du scherzest nur mit mir!"

„Nein, was ich sage, das ist mein vollster Ernst. Ihr sollt leben bleiben."

„Alle? Auch ich?"

„Alle und auch du mit eingeschlossen, aber ich mache meine Bedingungen dabei!"

„Sage sie, sage sie!" forderte der Schwarze ihn freudig auf. „Wir werden alles tun, was du verlangst, wenn es nur möglich ist."

„Ihr gebt alle eure Waffen ab!"

„Die sollst du erhalten. Wir haben genug andere daheim."

„Ihr denkt ferner nicht mehr an Abu el Mot, ihr macht keinen Versuch, ihn aufzufinden, sondern ihr fahrt in euren Schiffen so schnell wie möglich heim."

„Das werden wir gern tun, sehr gern!"

„Ich hoffe es. Ich werde nur mit der Dahabieh diese Stelle verlassen, und meine Noqer bleiben hier, um dafür zu sorgen, daß diese Bedingung auch genau erfüllt wird. Sie sollen euch folgen. Sobald ihr Miene macht, umzukehren, werden sie euch angreifen und vernichten. Beachte das wohl!"

„Herr, wir werden froh sein, nach Hause fahren zu dürfen, und es fällt uns gar nicht ein, zurückzubleiben. Dieser Abu el Mot hat uns schmählich und heimtückisch verlassen, und wenn ich ihn ja einmal wiedersehe, so ist es um ihn geschehen."

„Gut, wir sind also fertig und..."

„Nein, wir sind noch nicht fertig", fiel da Pfotenhauer ein, natürlich in deutscher Sprache. „Ich habe auch ein Wort zu sagen und stelle noch eine Bedingung."

Seine Nasenspitze wippte in so lächerlicher Weise auf und nieder, hin und her, daß einer, der ihn kannte, überzeugt sein mußte, seine Bedingung werde eine wenig tragische sein.

„Sage sie!" forderte der Häuptling ihn auf, „ich hoffe, daß es möglich ist, sie zu erfüllen."

„Nun gut! Ich verlange, daß ihr euch eure Compajir abschneidet und an mich abliefert!"

Die Wirkung dieser Bedingung war keine geringe. Der Schwarze erschrak auf das heftigste. Er trat einen Schritt zurück, warf die Arme in die Luft, rollte die Augen, schrie laut auf und antwortete dann: „Herr, das darfst du nicht verlangen!"

„O doch! Ich verlange es. Du hast es ja gehört!"

„Aber wir können es nicht erfüllen!"

„Warum nicht? Es sind ja scharfe Sekakin - Messer genug da,

und außerdem haben wir einige Makassa - Scheren hier, mit denen wir sie schnell herunter schneiden können."

„Warum willst du uns solche Schmerzen erleiden lassen?"

„Schmerzen? Nehmt euch nur in acht, dann wird es nicht weh tun!"

„Du irrst. Anderen kann man die Compirah leicht nehmen, weil sie das Haar lose tragen, unsere Compajir aber sind hart und fest gebaut wie Stein. Man weiß nicht, wo der Kopf aufhört und wo die Compirah beginnt."

„Wenn ihr es nicht wißt, so weiß ich es, denn ich bin Tabib - Arzt und kenne den Bau des Kopfes ganz genau. Und wenn ich ja einem von euch ein Stück vom Schädel mit wegschneide, so heile ich es ihm sofort wieder an."

„Nein, nein, Herr! Ich glaube gern, daß du ein großer und berühmter Tabib bist, denn du hast eine Nase, welche fürchterlich groß ist, und wir Abdi - Neger wissen recht gut, daß ein Mensch desto klüger und gelehrter ist, je länger seine Nase ist, aber wenn du uns die Dompajir auch wirklich schmerzlos herunter schneiden kannst, so wirst du uns doch nicht die Schande antun, uns unseres Schmuckes zu berauben und uns zu zwingen, daheim ohne die größte männliche Zierde vor unsere Frauen zu treten."

„Ich kann nicht anders", behauptete der Graue. „Strafe muß sein!"

„Wenn du uns strafen willst", fuhr der Nuehr voller Angst fort, „so will ich dir einen Vorschlag machen. Ein Nuehr stirbt lieber, als daß er der Lieblichkeit seiner Vorzüge entsagt. Das Los mag unter meinen Leuten entscheiden. Die Hälfte von ihnen mögen mit ihren Compajir nach Hause gehen dürfen, und die anderen magst du töten und ihnen den Schmuck nehmen. Dazu magst du noch extra die Dompajir unserer Toten bekommen."

Daß er sich in größter Sorge befand, bewies dieser Vorschlag. So ernst er die Sache nahm, so große Mühe hatten die Deutschen, das Lachen zu verbeißen. Pfotenhauer fragte: „Also deine Leute sollen losen? Du doch auch mit?"

„Ich? Nein, denn ich bin der Anführer und als solcher über das Los erhaben. Bedenke doch, daß ich auch sterben würde, wenn es mich träfe!"

„Ach so! Du willst also nicht sterben? Nun, das kann ich keinem Menschen übel nehmen und auch dir nicht. Aber mein Gerechtigkeitsgefühl empört sich dagegen, daß einer auf alle Fälle leben bleiben soll, während die anderen ihr Leben vom Zufall abhängig machen müssen. Darum will ich nicht bloß gegen dich milde sein, sondern auch die anderen mit meiner Barmherzigkeit erleuchten. Ich verzichte hiermit auf die Compajir, verlange aber, daß du mir an deren Stelle deine Boneta el badschak - Muschelmütze überlieferst."

„Meine Bornata el lulu - Perlenhut?" rief der Schwarze aus, indem er sich mit beiden Händen nach der bereits beschriebenen Kopfbedeckung fuhr und seine Züge sich vor Entsetzen verzerrten. „Herr, das kannst du nicht wollen; das kannst du nicht verlangen! Diese Bornata ist das Zeichen meiner Häuptlingswürde."

„Das weiß ich wohl, geht mich aber nichts an. Bedenke, daß du damit das Leben von über hundert Nuehrs, auf welche das Los fallen würde, retten kannst!"

„Mögen sie sterben, ich habe nichts dagegen. Kein Schah und kein Malik - Kaiser oder König gibt seine Tadscha - Krone her, ohne um sie gekämpft zu haben. Was soll dir die meinige nützen, da du doch nicht König der Nuehr wirst sein wollen!"

„Diese Absicht habe ich freilich nicht. Aber du bist besiegt und hast ein Zeichen der Unterwerfung an uns abzuliefern. Etwas anderes wäre es, wenn du dich entschließen könntest, dir meine Gnade dadurch zu erwerben, daß du bei uns bleibst und unser Freund und Verbündeter wirst. Dann brauchtest du uns weder deine Tadscha noch eure Compajir abzuliefern und würdest vielmehr manches von uns erhalten, was dir nützlich ist und dich erfreuen kann."

Als der Neger diese Worte hörte, holte er tief und erleichtert Atem und antwortete: „Herr, du machst meine Seele wieder leicht. Ich habe große Angst ausgestanden. Sage mir, in welcher Weise ich euer Verbündeter sein soll!"

„Du sollst mit uns gegen Abu el Mot ziehen, der euch so hinterlistig eurem Schicksal überlassen hat."

„Herr, das tue ich gern, sehr gern!" lautete die eilige und energische Antwort. „Es war seine Pflicht, uns zu sagen, daß er fliehen wolle. Er hat uns geopfert, um nur selbst entkommen zu können, und dadurch unsere Rache verdient. Du magst noch so großmütig sein und uns nach Hause ziehen lassen, ohne uns unsere Schiffe, ja selbst unsere Waffen und Compajir zu nehmen, so ist uns das doch nicht so lieb und willkommen, als wenn du uns erlaubst, bei euch zu bleiben und diesem Chajin zu zeigen, daß er uns nicht ungestraft in der Gefahr verlassen darf. Er hat, indem er dies tat, den Bund mit uns zerrissen, und ich knüpfe nun einen neuen mit euch, um ihn zur Rechenschaft zu ziehen.“

„Gut! Ihr sollt euch bei uns wohler als bei ihm befinden. Ihr habt gesehen, daß wir stärker sind als er, und so gebietet euch schon die Klugheit, es lieber mit uns, als mit ihm zu halten. Wir schenken euch dafür das Leben, die Waffen, die Compajir, kurz alles, was euch gehört, und dir auch deine Bornata el lulu. Dazu sollt ihr einen Teil der Beute haben, welche wir machen werden. Die Herden und Vorräte Abu el Mots werden in unsere Hände fallen, auch seine Soldaten, denen wir die Gewehre nehmen, um sie euch zu geben. Ihr werdet dann besser bewaffnet sein als alle Stämme an und zwischen den Flüssen und sie euch leicht unterwerfen können.“

„Herr, das ist ja weit, weit mehr, als wir von Abu el Mot erhalten hätten!“ jubelte der Nuehr. „Du gibst uns Gnade und Leben, anstatt Rache und Tod. Ihr werdet Freunde an uns haben, auf die ihr euch selbst in der größten Gefahr verlassen könnt!“

„Ich will es dir glauben. Außerdem habt ihr noch einen großen Vorteil, welchen ihr bei Abu el Mot nicht gefunden hättet. Nicht ich allein bin Tabib, sondern dieser Effendi, mein Freund, ist ein noch viel größerer und berühmterer als ich. Wir werden uns eurer Verwundeten annehmen, deren größter Teil bei Abu el Mot wohl nicht hätte gerettet werden können. Hast du, um den Bund mit uns abzuschließen, die Zustimmung deiner Leute zu erbitten?“

„Was denkst du von mir!“ antwortete der Häuptling stolz. „Ich bin der König meines Stammes, und meine Krieger haben mir zu gehorchen. Aber denke ja nicht, daß sie das nicht gern tun werden. Sie erwarteten den Tod, und anstatt des Verderbens bringe ich ihnen das Glück. Sie werden meine Nachricht mit Entzükken empfangen.“

„Gut, so seid ihr von jetzt an unsere Freunde und Bundesgenossen. Gib uns die Hand darauf und kehre dann auf den Sandal zurück. Wir werden hören, was deine Leute dazu sagen, und dann hinüber kommen, um die Verwundeten zu verbinden.“

Der Neger gab beiden seine Hand und ging dann fort, um sich nach dem Sandal rudern zu lassen.

„Nun, sind S’ einverstanden? Hab’ ich’s gut g’macht?“ fragte der Graue Schwarz.

„Ja“, antwortete dieser. „Wir sind zwar auch ohne die Nuehr stark genug, um es mit Abu und Abd el Mot aufzunehmen, aber Feinde in Freunde zu verwandeln, ist stets vorteilhaft, und wir können doch vielleicht in eine Lage kommen, in welcher dieser Zuwachs an Leuten uns von Nutzen ist. Aber warum haben Sie den armen Teufel vorher in Beziehung auf die Frisuren in solche Angst getrieben?“

„Weil's meine Absicht war, in den Besitz seiner Spitzhaube zu kommen. Ich hätt' sie halt gar zu gern als ethnographische Kuriosität mit heimg'bracht. Da er aber mit Leib und Seel' an derselben hängt, so mag er sie b'halten. Nun kommen S'! Wir wollen schauen, was seine Leut' für G'sichter machen. Sie scheinen froh zu sein; hören S', wie sie schreien und brüllen?“

Die beiden hatten die Kajüte nicht zugleich mit dem Nuehr verlassen; sie waren in derselben zurück geblieben. Trotz der zugemachten Tür vernahmen sie jetzt ein Getöse menschlicher Stimmen, als ob die Schreienden gepfählt werden sollten.

„Ja sefa, ja baacht, ja fahra - o Wonne, o Glück, o Freude!“ nur diese drei Worte waren es, welche die Nuehr riefen, aber sie brachten mit ihnen ein solches Stimmengewirr fertig, daß man sich hätte die Ohren zuhalten mögen.

Und als die Deutschen aus der Kajüte auf das Deck traten, sahen sie die Schwarzen auf ihren beiden Schiffen springen und tanzen, als ob sie wahnsinnig geworden seien.

„Da hab' ich schönes Unheil ang'richtet!“ lachte der Graue. „Jetzund möcht' man Irrenarzt sein, um die Kerle wieder zu Verstand zu bringen.“

Der Häuptling trat an den Rand des Sandal und rief herüber: „Seht ihr die Freude meiner Krieger? Sie sind voller Wonne und werden euch treu dienen und ihr Leben für euch wagen. Nun kommt auch herüber, und nehmt euch der Verwundeten an, welche mit Schmerzen auf euch warten!“

Bevor Schwarz dieser Aufforderung Folge leistete, beorderte er die Reisihn der beiden Noqer zu sich. Hasab Murat erhielt die Weisung, seine Leute wieder einzuschiffen und mußte auch mit nach der Dahabieh kommen. Hier erfuhren sie, daß die Nuehr von jetzt an als Verbündete zu betrachten und zu behandeln seien, und sie nahmen diese Nachricht mit großer Befriedigung auf.

Da es nun galt, keine Zeit zu verlieren, sondern wieder aufzubrechen, um Abu el Mot zuvorzukommen, so wurden sämtliche Kähne mit Leuten bemannt, welche die durch das Schilffeld führende schmale Bahn verbreitern mußten. Indessen konnten die beiden Deutschen den Verwundeten Hilfe leisten. Als sie in die Kajüte gingen, um die chirurgischen Utensilien zu holen, kamen sie am Sohn des Geheimnisses vorüber, und Schwarz nahm die Gelegenheit wahr, ihn zu fragen: „Du kennst den Fluß. Wir müssen nach dem Maijeh Husan el bahr. Weißt du, wo dieser Ort liegt?"

„Ja, Effendi, ich kenne ihn. Ich bin mit Ben Wafa einige Male, wenn wir von der Seribah Abu el Mots kamen, dort gewesen. Er ist berühmt wegen der vielen Nilpferde, welche es dort gibt."

„Wann, denkst du, daß wir hinkommen werden, falls wir guten Wind behalten?"

„Fahren wir auch während der Nacht, was wir ja tun können, da es in dieser Jahreszeit weder Regen noch Stürme gibt und von hier aus der Fluß wieder stets offen ist, so kommen wir morgen Abend an."

„Könnte auch ein Fußgänger bis zu dieser Zeit dort sein?"

„Ja, wenn er sich beeilt. Er kann die gerade Richtung einschlagen, während wir den Krümmungen des Stromes folgen müssen."

„Das zu hören, ist mir nicht lieb. Es ist möglich, daß Abu el Mot nach dem Maijeh geht."

„So müssen wir es machen wie in der vergangenen Nacht. Wir spannen die Boote vor. Das wird uns nicht anstrengen, denn wir sind zahlreich genug, um einander oft ablösen zu können. Die Nuehr werden uns dabei sehr nützlich ein, da sie weit bessere Ruderer als die Asaker sind."

„Komm mit in die Kajüte, um uns die Medizinkästen zu tragen! Du bist geschickt und kannst uns beim Verbinden der Verwundeten helfen."

Diese Worte hörte der Slowake. Er trat sofort herzu und sagte: „Effendi, auch ich besitze Geschicklichkeit, bedeutende. Ich hatt verbindete schon Wunden, vielige. Ich hatt Ihnen schon einmal erzählte von Storch, beingebrochtem und von mir verbindetem; ich will auch helfen bei Nuehr, geschießten und blessierten!"

„Gut, warte!"

Während Schwarz mit Abd es Sirr in die Kajüte ging, blieb der Graue bei dem Slowaken stehen, um diese Gelegenheit zu benutzen, sich mit ihm auszusöhnen. Der Kleine strafte ihn, indem er ihn gar nicht beachtete, er stand neben ihm und tat so, als ob er ihn gar nicht sehe und bemerke. Er hatte nicht nur einen, sondern zwei Gründe, über den Grauen zornig zu sein. Erstens war dieser ihm auf dem Feld der Wissenschaft beleidigend begegnet, und zweitens nannte er ihn du. Der Vater der elf Haare hatte Schwarz, den er liebte und verehrte, gebeten, ihn doch du zu nennen, da er von Wagner, seinem früheren Herrn, auch geduzt worden sei, und Schwarz war dieser Aufforderung gefolgt. Pfotenhauer hatte dieses Beispiel befolgt, ohne nach der Ansicht des Kleinen ein Recht dazu zu besitzen. Der in Beziehung auf seine Ehre sehr empfindliche Sohn der Blattern ließ es gelten, im Arabischen du genannt zu werden, denn da konnte er dieses du zurückgeben, aber sobald man sich der deutschen Sprache bediente, meinte er, die höfliche Form der dritten Person pluralis verlangen zu dürfen, und daß Pfotenhauer dies nicht tat, ärgerte ihn gewaltig.

„Also du kannst auch verbinden?" fragte der letztere in freundlichem Ton. „Das freut mich, das wird uns die Arbeit sehr erleichtern."

„Ich kann verbindete viel besser als mancher andere, sich Gelehrsamkeit einbildende", antwortete der Kleine in wegwerfendem Ton, den Deutschen gar nicht ansehend. „Ich kann kochte und aufschmierte Kataplasma und Salben, wohltätige und zerteilende für Karbunkel."

„Was! Du weißt, was Kataplasma ist?"

Er sagte das in der allerbesten Absicht, aber da kam er dem Kleinen schön an! Dieser antwortete zornig: „Halten Sie das für Wunder, großartiges? Bei Reichtum von Bildung, meiniger, seinte Kataplasma und Pflaster mir Wurst, leichtigkeitige! Ich hab' lernte kennen Kataplasma, Katalog und sogar Katastrophe!"

„So! Nun, was ist denn ein Katalog?"

„Katalog seinte ein erschütterte Ereignis, trauriges, zum Beispiel Erdbeben, unterirdisches."

„Und Katastrophe?" erkundigte sich der Graue weiter. Er nahm sich vor, dieses Mal trotz der Verwechslung des Kataloges mit der Katastrophe nicht zu opponieren.

„Katastrophe seinte Buch und Verzeichnis über Acker, besitzender, und Flur, angehöriger."

Da die Verwechslung noch weiter um sich griff, als er vorher angenommen hatte, entfuhr es dem Deutschen: „So ein Buch ist doch keine Katastrophe, sondern man nennt es Kataster! Du bist wirklich dera reinste Verwechslungskünstler! Ich kann wirklich nit begreifen, wie du dich nur mit solchen..."

„Schweigte still!" fuhr ihn der Slowake an, indem er sich nun zu ihm herumdrehte und ihn flammenden Blickes ansah. „Wenn Sie nicht begreifte mich, so kannt auch ich nicht begreifte Sie! Ich hatt gelaßte Ihnen Gelehrtesamkeit, Ihrige, und nun kann auch Sie gelaßte mir Kenntnisse, meinige! Wenn ich auch hatt gemachte einmal Verwechstelung, unschuldige, so seinte ich doch ein Mann, stets höflicher und herablassender, Sie aber seinte währenddem immer geweste ein Mann von Unhöflichkeit, grober und beleidigender!"

„Ich?" fragte Pfotenhauer, ganz betroffen infolge des ungewöhnlichen Zorns, welcher aus den Worten und Blicken des Kleinen sprach. „Wegen eines kleinen Widerspruchs brauchst doch nit gleich so grimmig zu sein!"

„Ich seinte nicht nur zornig wegen Entgegnung, widersprüchiger, sondern auch wegen Verstößen, oftigen und titulaturigen! Hatt Sie mich verstehente?"

„Nein, ich versteh' dich nit. Was redest du da von Titulatur?"

„Das wüßte Sie nicht? Das begreifte Sie nicht? Ich hatt Ihnen gebte stets das Sie, pluraliges; Sie aber hatt gebte mir stets du, singulariges. Wir hatt noch nicht machte miteinander Brüderschaft. Wenn Sie auch von jetzt an noch gebliebte bei du, einzahliges, so wernte auch ich nicht mehr sprechte Sie, mehrzahliges. Ich hatt studiumtierte, und Sie hat studiumtierte, wir stehen also auf Stufe, ganz gleichfüßiger. Jetzt hatt Sie die Wahl, entscheidende! Ich sprechte Sie, und ich sprechte du, ganz so, wie Sie sprechte mit mir!"

Das kam dem Grauen so unerwartet, daß er für den ersten Augenblick gar keine Antwort fand. Er machte ein Gesicht, welches sicher noch verblüffter war als damals, wo sein Professor ihm die berühmte Frage vorlegte. Die Antwort wäre nun auch zu spät gekommen, denn der Slowake wandte sich von ihm ab und ließ ihn in „seines Nichts durchbohrendem Gefühl" stehen. Da kehrte Schwarz aus der Kajüte zurück, er sah das Gesicht des Grauen, dessen Nase schlaff hernieder hing, als ob sie beim Naschen erwischt worden sei und deshalb einen Verweis bekommen habe, er sah auch den Kleinen stolz von dannen schreiten, da wußte er, was geschehen sei, und fragte lachend: „Haben Sie sich wieder einmal nicht mit ihm vertragen?"

„Ja, er hat mich ganz g'hörig angepfiffen", antwortete Pfotenhauer. „Der Kerl hat Haar auf allen Zähnen, und was für welche! Er hat g'meint, ich soll ihn nit mehr du, sondern Sie nennen, sonst will er mich auch duzen."

„Hat er das? Nun, so ganz unrecht kann ich ihm da nicht geben, lieber Freund."

„Danke sehr! Jetzund fehlt nur noch, daß er mich Naz oder kurzweg Vogel-Nazi nennt! Das wär' das richtige Kataplasma!"

Fünfzehntes Kapitel

Erfolgreicher Überfall

Am nächsten Tag, zwischen dem Asr- und Mogreb-Gebet, also vielleicht kurz nach der vierten Nachmittagsstunde, erreichten die fünf Schiffe eine Stelle, an welcher der Strom sich so verbreiterte, daß er einen See bildete, dessen Ufer wohl eine volle Ruderstunde voneinander entfernt waren.

„Das ist der Ort", sagte der Sohn des Geheimnisses zu Schwarz und Pfotenhauer, mit denen er vorn am Bug der Dahabieh stand. „Laß nach dem Ufer halten, damit wir dort anlegen! Wir dürfen nicht weiter, da wir sonst gesehen werden könnten."

„Liegt der Feldwebel mit seinen Leuten denn am See?"

„Nein. Biegen wir rechts in den See ein und fahren wir bis nach dem hinteren Teil desselben, so kommen wir an eine Stelle, wo ein schmaler Eingang in einen Busen führt, welcher nicht fließendes, sondern stehendes Wasser hat. Er ist an einigen Punkten sehr tief, weshalb er selbst im heißesten Sommer nicht austrocknet. An den seichteren Stellen wächst Schilf und Rohr, an anderen gibt es Grasinseln, welche auf der Oberfläche schwimmen, sich aber nur dann bewegen, wenn der Wind sie treibt oder ein Flußpferd, an ihren Wurzeln naschend, sie in Bewegung setzt. Das ist der Maijeh Husan el Bahr."

„So brauchen wir doch nicht hier am Fluß zu bleiben, sondern können in den See einbiegen, um dort zu ankern."

„Der Feldwebel lagert am Ufer des Maijeh. Es ist möglich, daß einer seiner Leute nach dem See kommt. In diesem Fall würden wir gesehen, und das willst du doch wohl vermeiden?"

„Allerdings. Ich werde also den Befehl zum Ankern geben, und dann mag der Onbaschi uns Auskunft erteilen."

Onbaschi heißt Korporal, Unteroffizier. Bei den Nuehr hatte sich nämlich der Unteroffizier befunden, welcher dem Feldwebel entflohen war, um Abu el Mot das Lager desselben zu verraten. Auch er war im höchsten Grad zornig darüber, daß sein Herr die Flucht ergriffen hatte, ohne ihn mitzunehmen. Er hatte, als er die Waka'a en nahr verloren sah, mit großer Sorge dem entgegen gesehen, was nun mit ihm geschehen werde, und war dann freudig überrascht gewesen, sich mit den Nuehr begnadigt zu wissen. Freilich hatte er Schwarz versprechen müssen, von jetzt an diesen als seinen Herrn zu betrachten und ihm treu und ohne Hintergedanken zu dienen.

Die Dahabieh ging so nahe wie möglich ans Ufer und ließ dort die Anker fallen. Die beiden Noqer taten dasselbe. Die Schiffe aus Diakin segelten nicht so gut, sie waren zurück, kamen aber nach einiger Zeit auch und legten hinter den anderen an.

Schwarz hatte den Onbaschi zu sich auf die Dahabieh genommen. Er ließ ihn jetzt kommen und fragte ihn: „Kennst du die Stelle, an welcher wir jetzt liegen?"

„Nein, Effendi."

„Aber den See, an dessen Eingang wir uns befinden?"

„Auch nicht."

„Ich glaubte, du seist am Ufer desselben gewesen. In ihn mündet nämlich der Maijeh, an welchem der Feldwebel lagert."

„Solange ich bei ihm war, ist keiner von uns nach dem See gekommen. Der Maijeh bot uns alles, was wir brauchten: Schilf zum Brennen, Wasser und auch Fische, soviel wir haben wollten."

„Aber wenn ich mit dir nach dem Maijeh ruderte, so würdest du die Stelle finden, wo deine früheren Kameraden sind?"

„Ganz gewiß. Sie lagern an der Spitze desselben, an der Stelle, welche am weitesten in das Land hinein ragt. Die ist selbst in der Dunkelheit leicht zu finden."

„Steht der Wald bis dicht ans Wasser?"

„Ja."

„Und ist er licht, oder gibt es Strauchwerk, welches das Gehen erschwert?"

„Sträucher gibt es nur außerhalb des Waldes, welcher schmal ist und nur aus Bäumen besteht, zwischen denen man leicht fortkommen kann. Soll ich dich führen?"

„Ich will es mir überlegen", antwortete Schwarz zurückhaltend.

„Effendi, du traust mir nicht!"

„Allerdings. Das will ich dir ganz offen gestehen. Du hast deine Kameraden verraten."

„Weil sie selbst Verräter waren!"

„Aber du warst ihr Mitschuldiger, und sie verließen sich auf dich!"

„Ich hatte mich geweigert. Ich war der einzige Onbaschi, welcher mit dem Feldwebel zurückgelassen worden war. Er war Gefangener, und ich hatte ihn zu bewachen. Da beredete er mich, mit ihm und meinen fünfzig Asakern eine neue Seribah zu gründen."

„Wo?"

„Bei den Niam-niam."

„Das fehlte noch! Müßt ihr denn das Verderben weiter und immer weiter tragen? Und welch ein Wagnis! Fünfzig Mann wollen nach Süden gehen, um ein ganzes Volk in ihre Netze zu ziehen! Da sieht man, wie wenig Teufel dazu gehören, um ganze Völkerschaften unglücklich zu machen. Aber weiter!"

„Ich ließ mich bereden, denn er versprach mir, daß ich mit ihm Gebieter sein solle, aber schon am ersten Tag gebärdete er sich als der alleinige Herr, und da ging ich fort."

„Also nicht aus Reue, sondern aus Rache?"

„Verkenne mich nicht, Effendi! Du darfst mir trauen. Zu Abu el Mot kann ich nicht wieder und gehe ich nicht wieder. Ich habe heute früh mit Hasab Murat gesprochen. Er nimmt mich mit nach der Seribah Madunga, wo ich mit demselben Rang, als Onbaschi, bei ihm eintreten werde. Daraus magst du ersehen, daß ich dir treu dienen werde."

„Ich will versuchen, dir zu glauben. Du magst uns also führen, wenn wir an Land gegangen sind."

Indem er das sagte, fiel sein Auge auf einen kleinen Punkt, welcher sich vom jenseitigen Ufer des Sees aus näherte. Er hielt ihn für ein Boot und ging, sein Fernrohr zu holen. In den Verhältnissen, unter denen er sich hier befand, mußte ein Kahn seine Aufmerksamkeit, ja, sein Mißtrauen erregen. Das Rohr zeigte ihm, daß er sich nicht geirrt hatte. Es war ein Boot, ein sehr kleines, in welchem ein einzelner Mann, ein Schwarzer, saß.

Was wollte dieser Mann hier? Es war möglich, daß Abd el Mot seinen Weg nicht auf dem diesseitigen, sondern auf dem jenseitigen Ufer zurückgelegt hatte, um seinen Feinden ja nicht etwa während der Überfahrt zu begegnen. In diesem Fall mußte er den Fluß weiter oben durchqueren. Dabei konnte er an ein Negerdorf gekommen sein und von dort einen Boten abgesandt haben, um den Feldwebel zu warnen, freilich ohne diesen wissen zu lassen, von wem die Botschaft eigentlich komme. Schwarz nahm sofort die zwei kräftigsten Ruderer in das kleine Boot, bewaffnete sich mit seinem Gewehr - die Revolver trug er stets im Gürtel - und stieg selbst mit ein, um den Schwarzen abzufangen.

Dieser hatte jetzt die Mitte des Sees, also den eigentlichen Strom erreicht und hielt ein wenig aufwärts, um den durch die Strömung verursachten Abtrieb auszugleichen. Dadurch wurde seine Absicht klar, den diesseitigen Teil des Sees zu erreichen und dann vielleicht nach dem Maijeh zu rudern.

Schwarz ließ ihn noch näher kommen und stieß dann vom Schiff ab. Sein Boot befand sich in ruhigem Wasser und gehorchte den Rudern also mit weit größerer Schnelligkeit als dasjenige des Schwarzen. Es war klar, daß dieser die abwärts vom Ufer liegenden Schiffe noch gar nicht gesehen hatte: bald aber erblickte er das Boot. Er hielt für einige Augenblicke im Rudern inne, wohl um sich zu überlegen, was er tun solle. Dann wendete er sich zur Flucht dem südlichen Ufer der diesseitigen Seehälfte zu. Das konnte das Zeichen eines bösen Gewissens, aber auch die einfache Folge des Mißtrauens sein, welches jeder einsam wohnende Mensch, zumal Neger, gegen jede fremde Erscheinung hegen muß.

Er war von dem Punkt, welchem er zustrebte, viermal so weit entfernt, als von dem Boot des Deutschen. Obgleich er seine Kräfte bis aufs Äußerste anstrengte, kam ihm dieses immer näher und näher.

„Ein Abaka-Neger!“ sagte einer der beiden Niam-niam. „Ich sehe es am Kopfputz.“

Schwarz rief dem Mann ein gebieterisches Halt zu, doch ohne Erfolg. Schießen wollte er nicht, einesteils weil er dadurch die Aufmerksamkeit auf sich zog, falls einer oder mehrere der Leute des Feldwebels am See sich befanden, und anderenteils weil er den Mann sicher erreichen mußte, denn die Entfernung zwischen den beiden Booten verringerte sich von Augenblick zu Augenblick.

Als dieselbe höchstens noch dreißig Ellen betrug, legte er sein Gewehr auf ihn an und drohte: „Halt an, sonst schieße ich dich tot!“

Jetzt zog der Mann die Ruder ein. Sein Atem flog und seine Brust keuchte vor Anstrengung. Einige Augenblicke später war er erreicht. Schwarz zog das kleine Boot Bord an Bord und fragte: „Wer bist du?“

„Ich bin Hahli“, antwortete der Neger in gebrochenem Arabisch.

„Von welchem Stamm?“

„Abaka.“

„Wo wohnst du?“

„Dort am Wasser." Er zeigte nach dem rechten, östlichen Ufer des Sees und Flusses.

„Allein?"

„Die Abaka wohnen auf Murrh - Viehweiden."

„Wohin willst du?"

„Hahli darf nicht sagen."

„Warum?"

„Es ihm verboten."

„Von wem?"

„Darf auch nicht sagen."

„Ich weiß es dennoch. Ein Weißer hat es dir verboten?"

„Woher das wissen?"

„Es sind fünf Araber zu euch gekommen?"

Der Mann antwortete nicht, machte aber ein sehr erstauntes Gesicht, welches leicht erraten ließ, daß Schwarz das Richtige getroffen hatte. Er war groß, kräftig und noch jung, wurde aber durch eine große entzündete Wulst auf der einen Wange, welche dicker als eine Männerfaust war, entstellt.

„Der eine dieser fünf Männer war sehr lang und sehr dürr?" fragte Schwarz weiter.

„Woher das wissen?"

„Er hat dich da hinüber nach dem Maijeh gesandt?"

„Warum fragen, wenn schon wissen?"

„Ich weiß nur, daß du ein Bote dieses Mannes bist, und ich will wissen, was du den Asakern da drüben zu berichten hast."

„Darf nicht sagen."

„Warum nicht?"

„Sonst Hahli müssen sterben."

„So! Dann steig einmal zu uns herüber!"

„Warum? Hahli freilassen!" Er sagte das in ängstlichem Ton.

„Wir tun dir nichts. Du wirst bei uns zu essen bekommen, auch will ich dir ein wenig Duhchan - Tabak schenken, dann kannst du wieder gehen."

Bei dem schönen Wort Duhchan begann das Gesicht des Mannes zu glänzen. Er fragte: „Wohin Hahli soll mit?"

„Auf unser Schiff."

Sofort wurde seine Miene wieder ängstlich.

„Schiff?" fragte er. „Haben drei Schiff? Dahabieh und zwei Noqer?"

Durch diese Frage verriet er, daß Abu el Mot ihn vor diesen drei Schiffen gewarnt hatte. Schwarz antwortete: „Nein. Wir haben nicht drei, sondern fünf Schiffe."

„Das sein gut, sehr gut! Wenn hätten bloß drei Schiffe, dann sein schlimme Menschen."

„Wir sind gute Menschen, das werde ich dir beweisen. Ich werde dir nicht nur Tabak geben, sondern dich auch gesund machen. Macht dir der Duhdi - Wurm - Filaria - im Gesicht nicht große Schmerzen?"

„Sehr! Sehr viele bei uns haben Duhdi."

„Womit heilt ihr ihn?"

„Mit heiß Wasser."

„Das genügt nicht, da frißt er sich nur noch tiefer ein. Ich werde dir zeigen, wie man ihn entfernt."

„Dann Hahli gern mit dir gehen. Duhchan erhalten und Wurm heilen! Wollen schnell auf Schiff!"

Er stieg herüber, band seinen Kahn an das Boot, und dann lenkte Schwarz nach der Dahabieh um.

Die Filaria, der Guinea- oder Medinawurm, wird im Sudan Frendit genannt. Er ist so dick wie eine Violinsaite und kann bis zwei Meter lang werden. Er scheint nur mit dem Trinkwasser in den Menschen zu kommen, wandert durch den Körper desselben und verursacht an den Ausbruchstellen dicke Eiterbeulen. Durch einen einzigen Schluck unreinen Wassers können mehrere dieser berüchtigten Tiere in das Innere des Menschen gelangen, und dann ist die Wirkung eine grauenhafte. Arme, Beine, Brust und Rücken bilden dann eine einzige geschwollene und mit Geschwüren bedeckte Masse, welche dem Betreffenden entsetzliche Schmerzen verursachen und sehr oft den Tod zur Folge haben.

Daß der Abaka-Neger den Wurm im Gesicht hatte, war ein Fall, welcher glücklicherweise nur selten vorkommt.

Dieser Mann stieg mit großem Vergnügen an Bord, und Schwarz nahm ihn sogleich mit sich zur Kajüte, um ihm durch das Messer das Geschwür zu öffnen. Das muß sehr vorsichtig geschehen, damit die Filaria nicht zerschnitten wird. Das beste Mittel, sie zu entfernen, ist nämlich, sie nach und nach auf ein Hölzchen aufzuwickeln, eine Prozedur, welche mehrere Tage erfordert. Es gelang Schwarz, den Kopf mit dem vorderen Teil des Körpers zu erwischen. Er wickelte ihn auf, befestigte ihn, so daß er nicht zurückschlüpfen konnte, und gab dann dem Neger die Unterweisung für sein weiteres Verhalten.

„Das sehr gut!" lobte der Schwarze. „Wurm heraus und Hahli gesund. Hahli auch anderen sagen, wie Wurm entfernen. Aber nun ihm auch Duhchan geben!"

Er bekam eine kleine Quantität Tabak, welche aber für ihn einen solchen Wert hatte, daß er einen Freudensprung machte und entzückt ausrief: „Oh, oh, ah! Jetzt Hahli rauchen und stolz sein, denn andere nicht Duhchan haben! Weißer Mann gut sein, nicht so böse wie Leute auf Dahabieh und zwei Noqer!"

„So! Was sind das denn für Leute?"

„Das sein Sklavenjäger und Diebe."

„Das hat der lange, dürre Araber gesagt?" erkundigte sich Schwarz, wohl wissend, daß er und seine Leute mit diesen Dieben gemeint seien.

„Ja, dieser."

„Wann kam er denn zu euch?"

„Nicht lange Zeit her."

„Ist er noch dort?"

„Nein."

„Wohin ging er mit den anderen fünf Männern?"

„Immer am Fluß, weiter nach Süd."

„Und weißt du, wer er war?"

„Armer Mann. Diebe ihm alles genommen. Wollen auch nach Maijeh, wo Asaker sind, und ihnen alles rauben. Darum Hahli hinüber und es ihnen sagen."

„Sollst du ihnen denn auch sagen, daß der lange Mann dich sendet?"

„Nein, das verschweigen."

„Aber sie werden dich doch fragen, wer dich schickt?"

„Dann Hahli sagen, daß er zufällig hinkommen, daß er gesehen drei Schiffe, er hören sprechen die Diebe am Ufer und daß sie sagen, nach Maijeh gehen wollen."

„Und was hat der Mann dir für einen Lohn gegeben?"

„Nichts. Er sagen, daß Asaker mir etwas geben. Vielleicht mir geben Mikajil - Branntwein, dann Hahli sehr glücklich sein."

„Trinkst du ihn so gern?"

„Oh, oh, ah, sehr!" Er zog dabei ein Gesicht, welches trotz der Geschwulst vor Wonne glänzte.

„Ich habe auch Mikajil, echten, guten Mikajil. Willst du ihn einmal kosten?"

„Sehr, sehr, viel sehr!"

Schwarz hatte vom Mudir von Faschodah mehrere Flaschen starken Araki geschenkt bekommen. Er goß ein großes Glas voll, führte den Neger an einen Ort, wo er nicht gestört werden konnte, gab ihm das Glas und sagte ihm, daß er ihm nun erlaube, alle Viertelstunden einen ganz, ganz kleinen Schluck zu nehmen. Dort ließ er ihn allein, überzeugt, daß der Schwarze von dem ihm ungewohnten und sehr starken Traubenbranntwein schnell einen tüchtigen Rausch bekommen und dann in tiefen Schlaf versinken werde.

„Dieser Besitzer der *Filaria* wird den Feldwebel heute nit warnen", sagte Pfotenhauer, welcher zugehört und zugesehen hatte. „Er wird schlafen bis in den späten Tag hinein."

„Das beabsichtigte ich", antwortete Schwarz. „Ich wollte ihm nicht gern Zwang antun und habe mit dem Araki das gleiche Ziel erreicht."

„Also ist Abu el Mot da drüben in einem Dorf g'wesen. Nun ist's klar, daß er oberhalb über den Fluß gehen und sich nach Ombula wenden wird. Vielleicht kommen wir dort noch vor ihm an!"

„Ich hoffe es. Zwar werden wir diese Nacht am Maijeh zubringen, aber Abu el Mot muß auch schlafen und kann nicht in der Dunkelheit seinen Weg fortsetzen."

„Leider müssen wir zu Fuß hinauf. Das wird langsam gehen."

„Aber doch schneller, als Abu el Mot laufen wird. Er ist, da er mit uns Schritt gehalten hat, von gestern an bis jetzt die ganze Nacht hindurch gegangen, was ungeheuer beschwerlich gewesen sein muß; eine zweite Nacht wird er es nicht versuchen, denn er muß sehr ermüdet sein. Wir aber sind frisch und munter und können also gut marschieren. Mehrere von uns können sich doch auch mit Hilfe der Tiere, welche wir bei dem Feldwebel finden werden, beritten machen."

„Wann überfallen wir diesen?"

„Nicht eher, als bis es dunkel geworden ist. Er darf uns natürlich nicht kommen sehen."

„Gehen wir zu Fuß?"

„Nur den halben Weg. Wir rudern in den Booten über den See bis an den Eingang des Maijeh, den der Sohn des Geheimnisses uns zeigen wird. Dann steigen wir aus, und der Onbaschi wird uns am Ufer des Maijeh hin nach dem Lager des Feldwebels führen. Sehen Sie sich einmal diesen Abaka-Neger an!"

Als der Graue in den Winkel blickte, sah er den Schwarzen mit geschlossenen Augen und verklärtem Gesicht lang hingestreckt dort liegen. Er hatte den Araki in einem einzigen Zug hinunter gegossen, und der Rausch war nun viel schnell über ihn gekommen, als Schwarz gedacht hatte.

„Der schläft gut und bis morgen früh", lachte der Graue. „Es ist g'wiß, daß er uns keinen Schaden tut."

Während der Schwarze gefangen wurde und während der Vorbereitungen zum Aufbruch war der Tag vollends vergangen, und der Abend hatte sich auf den gewaltigen Strom gesenkt. Die Boote lagen klar, und die für den Überfall ausgewählten Männer standen zum Aufbruch bereit.

Kurz nach der Dämmerung leuchten die Sterne noch nicht so hell wie später, und der Mensch, welcher sich in einer wilden Gegend befindet, erwartet einen etwaigen Überfall gewöhnlich erst nach Mitternacht. Darum hatte Schwarz diese frühe Stunde gewählt. Die Leute stiegen in die Boote, und man stieß von den Schiffen ab.

Der Sohn des Geheimnisses, welcher den See kannte, steuerte das erste Fahrzeug. Die anderen folgten so eng hintereinander, daß sie einander nicht verlieren konnten. Es ging über die breite Wasserfläche hinüber, bis sich die Ufer den Männern in unheimlicher Dunkelheit entgegenstellten.

Das Landen war nicht leicht, es gab dichtes Schilf in Menge, durch welches sich die Boote mühsam arbeiten mußten, ohne allzuviel Geräusch zu verursachen, das nahm sehr viel Zeit weg, wurde aber endlich doch zustande gebracht.

Nun stellte sich Schwarz mit Pfotenhauer an die Spitze, den Onbaschi in der Mitte. Es war allerdings zu vermuten, daß er sich vor dem Feldwebel nicht sehen lassen werde, aber es lag in der Möglichkeit, daß er die stille Absicht hegte, die Flucht zu ergreifen und nach Ombula zu Abu und Abd el Mot zu entkommen. Darum hatten die beiden nicht nur scharfe Augen auf ihn, sondern sie nahmen auch so enge Fühlung mit ihm, daß sie es gemerkt und also Zeit zum schnellen Zugreifen bekommen hätten, wenn er sich mit einer raschen Bewegung hätte entfernen wollen. Doch dieses Mißtrauen war glücklicherweise überflüssig. Er zeigte sich jetzt und auch später als vollständig zuverlässig.

Die Leute hatten jetzt den See hinter sich und standen, von diesem aus gerechnet, am rechten Ufer des Maijeh. Ein nicht allzu breiter Baumschlag, außerhalb von einzelnen Büschen umstanden, zog sich rund um denselben. Der Onbaschi führte die möglichst lautlos sich verhaltende Schar zwischen den Bäumen hindurch zu den Büschen, wo sie den freien Himmel über sich und ein leichteres Fortkommen als unter den Wipfeln der Bäume hatten.

Einer sich dicht hinter dem anderen haltend, ging es nach der Spitze des Maijeh. Dort gab es eine hell erleuchtete Stelle. Zwei große Feuer brannten da, und weiter hinaus nach der in dichter Finsternis liegenden Ebene zählte Schwarz zehn kleinere Feuer, welche einen Halbkreis bildeten und den vor dem Maijeh liegenden freien Platz umschlossen.

„Dort am Feuer liegt der Feldwebel?" fragte er den Onbaschi.

„Ja, Herr", antwortete dieser. „Wenn wir näher gehen, kannst du ihn und seine Leute sehen."

„Das werden wir jetzt noch nicht tun. Was sind das für kleine Feuer da draußen?"

„Das sind die Feuer der Wächter, damit die Tiere nicht des Nachts ausbrechen sollen."

„Also zehn Wachen?"

„Ja."

„Weißt du, in welcher Weise sie abgelöst werden?"

„Nur einmal, gerade um Mitternacht."

„Eine nicht sehr praktische Einteilung, welche uns aber die Ausführung unseres Vorhabens erleichtert, denn wir werden durch die Ablösung nicht gestört werden."

„Worin, Effendi?"

„In der Aufhebung dieser Wachtposten, deren wir uns natürlich erst versichern müssen, ehe wir uns nach dem Lagerplatz verfügen."

„Ist es nicht besser, erst den Feldwebel und die bei ihm sind, gefangen zu nehmen?"

„Das wäre eine Dummheit, denn es könnte nicht ohne Lärm geschehen; die Posten würden auf denselben aufmerksam werden und uns entkommen."

„Aber ebenso schwierig ist es, uns dieser zehn einzelnen Männer zu bemächtigen, ohne daß sie Lärm erregen."

„Habe keine Sorge! Ich weiß, wie man das zu machen hat. Und du sollst dabei helfen, da ich überzeugt bin, daß ich mich auf dich verlassen kann."

„Vollständig, Effendi! Ich merke gar wohl, daß du mir noch nicht traust, aber ich werde dir beweisen, daß du dich irrst. Was habe ich zu tun?"

„Du kennst diese Leute alle?"

„Natürlich! Sie waren ja meine Untergebenen."

„Auch ihre Namen?"

„Alle."

„Das ist sehr gut. Ich habe hundert Mann bei mir. Zwanzig mögen mir jetzt folgen, für jeden Posten zwei. Ich werde sie jetzt auswählen."

Er bestimmte diejenigen, welche ihm als die geeignetsten erschienen, ließ sie näher treten, damit sie seine leisen Worte verstehen könnten und erteilte ihnen seine Instruktion.

„Wir haben Stricke und Schnüre in hinreichender Anzahl mitgebracht", sagte er. „Nehmt so viele mit, als nötig sind, zehn Mann zu fesseln. Ich gehe mit dem Onbaschi voran, und ihr kommt leise hinterdrein. Wenn wir den ersten Posten erreichen, legt ihr euch nieder, um nicht von ihm gesehen zu werden. Der Onbaschi geht näher zu ihm hin und ruft ihn bei seinem Namen. Der Mann wird kommen und sich höchlichst wundern, den tot geglaubten Unteroffizier lebendig vor sich zu sehen. Dieser spricht einige Worte mit ihm und währenddem schleiche ich mich von hinten an den Mann und fasse ihn so fest bei der Kehle, daß er nicht um Hilfe rufen kann. Ihr bleibt liegen, um nicht etwa vom nächsten Posten gesehen zu werden, aber keiner von euch kommt herbei, um den Mann zu binden."

„Was soll ich denn zu ihm sagen?" fragte der Unteroffizier.

„Was dir gerade einfällt. Ein langes Gespräch wird es überhaupt nicht geben, so daß du wegen dem, was du zu sagen hast, in Verlegenheit kommen könntest. Ich werde schnell machen, und du kannst dir denken, daß er über dein Erscheinen so betroffen sein wird, daß ihm die Worte im Mund stecken bleiben. Die Hauptsache ist, daß du ihn so weit vom Feuer weglockst, daß es euch nicht mehr hell beleuchten kann, und daß du dich so stellst, daß er mir den Rücken zukehren muß. Dies wird es mir ermöglichen, leichter an ihn zu kommen. Verstanden?"

„Ja, Effendi. Ich werde meine Aufgabe so ausführen, daß du mit mir zufrieden sein wirst."

„Gut für dich, Onbaschi! Denn wenn du den geringsten Fehler machen würdest, so bekämst du augenblicklich meine Kugel in den Leib. Wie du siehst, habe ich den Revolver stets in der Hand, selbst jetzt, in diesem Augenblick."

„Du brauchst ihn nicht, diese Versicherung gebe ich dir. Was hat dann ferner zu geschehen?"

„Bei jedem überwältigten Posten bleiben zwei von euch, einer, welcher sich an seiner Stelle an das Feuer setzt, um die Herde zu bewachen, und ein zweiter, welcher bei dem Posten bleibt, um ihn augenblicklich nieder zu stechen, falls er fliehen wollte. Dieser Zweite hat sich mit seinem Gefangenen möglichst weit vom Feuer zurückzuziehen, damit er nicht gesehen wird. Er kommt dann, wenn ich den Feldwebel gefangen genommen habe, mit dem Gefesselten zu uns ins Lager."

„Aber, Effendi“, fragte einer der Asaker, „wie erfahren wir, daß der Feldwebel und seine Leute überrumpelt worden sind? Wir werden es nicht wissen, da wir es nicht sehen können.“

„Ich schicke euch einen Boten. Und noch eins. Es ist möglich, daß die Leute des Feldwebels nicht alle beisammen sind, daß einer von ihnen sich aus dem Lager entfernt hat. Ist das der Fall, und der Betreffende kehrt zurück, so ist er von den zwei Männern des Feuers, an welchem er vorüber kommt, sofort festzunehmen, aber so, daß er nicht rufen kann. Das aber nur, ehe wir das Lager haben, später können solche Leute durch die Postenkette gelassen werden. Wißt ihr nun alles genau?“

„Ja“, antworteten die Zwanzig.

„Gut, so kann es beginnen. Die anderen bleiben hier, bis ich zurückkehre, und haben sich ganz ruhig zu verhalten. Sollte unser Vorhaben aber mißlingen, so werde ich einen lauten Pfiff ausstoßen. In diesem Fall müssen alle Zurückgebliebenen sich schleunigst dort auf das Lager werfen und den Feldwebel mit seinen Leuten überwältigen. Jetzt kommt!“

Da trat der Ungar, welcher nicht mit zu den auserwählten Zwanzig gehörte, hervor und sagte: „Effendi, wollte Sie mir erfüllte Bitt, ergebene?“

„Was willst du?“

„Sie schleichte sich an Posten, feindlichen. Das seinte Überfall, interessanter. Ich hatte gemochte auch gern mit anschleichte an Posten. Ich willte sein mitgangte mit Leuten, Ihrigen und zwanzigen. Ich hatt gebetete dazu um Erlaubnis, gütige und freundliche!“

„Nun wohl, du magst mitgehen.“

Er wußte, daß der Kleine sich gern bei solchen Ungewöhnlichkeiten beteiligte, und wollte ihn nicht gern zurückweisen, da ihn das gekränkt hätte.

Sie brachen auf, Schwarz und der Graue wie bisher an der Spitze. Sie gingen in einem kleinen Bogen auf das erste Postenfeuer zu und kamen dabei an diejenige Stelle, von welcher aus der Elefantenjäger mit Joseph Schwarz das Lager des Feldwebels beobachtet hatte. Dort waren sie nur noch dreißig Schritte von dem Feuer entfernt, welches, wie auch die übrigen neun, bei weitem nicht die Größe der beiden hatte, welche dort links im Lager brannten. Der Schein desselben drang also gar nicht weit in die Nacht hinaus.

Schwarz befahl den Leuten, mit Pfotenhauer hier zurückzubleiben, und schlich sich mit zwei Asakern und dem Unteroffizier näher. Nachdem sie die Hälfte der geringen Entfernung zurückgelegt hatten, legte er sich mit den beiden auf die Erde nieder, der Onbaschi aber sollte noch einige Schritte weiter gehen.

„Weißt du seinen Namen?“ fragte Schwarz leise, indem er auf den Posten deutete, welcher regungslos am Feuer lag.

„Ja“, antwortete der Unteroffizier. „Er heißt Salef und ist einer meiner besten Kameraden gewesen.“

„So mach'! Aber stelle dich, wenn du mit ihm sprichst, mit dem Rücken gegen das Feuer, damit er mir den seinigen zukehren muß!“

Der Onbaschi tat noch fünf oder sechs Schritte und blieb dann stehen. Er war zehn Schritte vom Feuer entfernt, dessen Schein die Dunkelheit der Stelle, wo er stand, kaum durchdrang.

„Salef!“ rief er mit unterdrückter Stimme.

Der Posten horchte auf.

„Salef!“ wiederholte der Onbaschi.

Er machte zur Beruhigung von Schwarz, welcher seinen Revolver auf ihn gerichtet hielt, um ihm beim geringsten Zeichen des Verrats eine Kugel zu geben, seine Sache ganz vortrefflich.

Der Posten blickte nach rechts hinüber zum nächsten Feuer. Er glaubte, von dorther gerufen worden zu sein. Dieses Feuer war vielleicht siebzig Schritte entfernt, und man konnte nicht einmal die Gestalt des bei demselben befindlichen Mannes sehen.

„Salef!“ rief der Onbaschi zum dritten Mal, jetzt mit etwas lauterer Stimme.

Jetzt merkte der Posten, woher der Ruf kam. Er stand schnell auf, blickte sich um, ergriff sein Gewehr und fragte: „Wer ist da?“

„Ich.“

„Wer ist dieses Ich?“

„Na ich! Kennst du mich denn nicht mehr?“

Der Posten sah einen Mann stehen, konnte aber seine Gesichtszüge nicht unterscheiden. Die Gestalt kam ihm bekannt vor, ebenso die Kleidung. Das beruhigte ihn.

„Sag deinen Namen, sonst muß ich schießen!“ drohte er.

„Unsinn! Wirst du mich, deinen besten Freund, erschießen!“

„Allah w' Allah! Was redest du! Wenn du mein bester Freund bist, so komm doch näher!“

„Ich darf nicht.“

„Warum?"
„Weil man mich sonst sehen könnte. Dein Feuer ist zu hell. Komm her zu mir!"

Der Posten wäre dieser Aufforderung gewiß nicht gefolgt; aber jetzt kam ihm auch die Stimme bekannt vor. Er machte eine Bewegung der Überraschung, ließ sein Gewehr fallen und sagte: „Allah schütze mich! Stehen die Toten auf? Bist du es wirklich, Onbaschi?"

„Ja, ich bin es."

„Oder ist's dein Gespenst!"

„Nein, ich lebe. Fürchte dich nicht!"

„Aber du bist doch tot, ertrunken im Fluß und gefressen von den Krokodilen!"

„Fällt mir gar nicht ein! Ich bin mit Absicht in den Fluß gefallen. Jetzt habe ich dir etwas zu sagen, was für dich sehr wichtig und vorteilhaft ist. Aber wenn ich zu dir ans Feuer komme, könnte mich der andere Posten sehen."

„O, ihr Propheten und Kalifen! Es geschehen noch Zeichen und Wunder! Der Onbaschi lebt, er ist nicht gestorben!"

„Schrei nicht so! Es ist nicht nötig, daß man hört, daß du mit jemandem sprichst!"

Der Mann kam langsam und zögernd näher. Er traute doch nicht recht. Er war abergläubisch und hatte große Angst vor Geistern und Gespenstern. Er betrachtete den Onbaschi, ergriff ihn am Arm, drehte ihn herum, so daß er selbst mit dem Rücken gegen Schwarz zu stehen kam, und sagte dann aufatmend: „Allah sei Dank! Es ist kein Gespenst, sondern du bist es wirklich! Aber, Mann, sage mir doch, weshalb du ins Wasser gesprungen bist!"

„Aus Klugheit. Ich wollte fort von hier."

„Fort von uns, die wir herrlich und in Freuden leben? Das nennst du Klugheit? Sind dir denn deine Gedanken..."

Er konnte nicht weiter sprechen, denn Schwarzens Hände legten sich in diesem Augenblick so fest um seinen Hals, daß ihm der Atem verging.

„Binden!" raunte der Deutsche den darauf wartenden Asakern zu, indem er den Überraschten noch weiter vom Feuer weg in die Dunkelheit hineinzog.

Sie kamen herbei und fesselten den Mann, welcher dann niedergelegt wurde. Nun erst nahm ihm Schwarz die Hände vom Hals, zog sein Messer, beugte sich über ihn, setzte ihm die Spitze desselben auf die nackte, unbekleidete Brust und drohte: „Sag kein lautes Wort, sonst ersteche ich dich!"

„Allah... Allah...", hauchte der Gefangene, nach Atem schnappend. „Überfallen, überfallen..., betrogen von meinem eigenen Unteroffizier!"

Dieser letztere war weggetreten, um die zu erwartenden Vorwürfe nicht anhören zu müssen.

„Beruhige dich!" antwortete Schwarz. „Ich beabsichtige nicht, dir Böses zu tun. Gehorchst du meinem Befehl, still zu sein und nicht zu rufen, so wird dir nichts geschehen. Erhebst du aber deine Stimme auch nur so laut, daß sie an deinem eigenen Feuer gehört werden kann, so wird der Mann, den ich hier lasse, dir das Messer augenblicklich in das Herz stoßen. Das merke dir!"

„Wer bist du denn, und was wollt ihr hier?"

„Das geht dich nichts an. Also, wirst du schweigen, oder soll ich dir etwa einen Knebel in den Mund stopfen?"

„Nein, nein, da könnte ich ersticken! Ich schweige, ich sage kein Wort, keine einzige Silbe!"

„Das rate ich dir, dein Leben hängt an einem dünnen Haar!"

Nun setzte sich ein Asaker an das Feuer, ganz so, wie vorhin der Posten an demselben gesessen hatte. Ein zweiter Soldat kauerte sich bei dem im Dunkeln liegenden Gefangenen nieder und zog sein Messer, um es zum tödlichen Stoß bereit zu halten. Ihm sagte Schwarz: „Schicke ich dann den Boten, so löst du ihm die Fesseln von den Füßen, daß er gehen kann, und bringst ihn zu mir. Aber an den Händen bleibt er gebunden, damit er dir nicht entkommen kann. Läßt du ihn fliehen, so ist es um dich selbst geschehen. Jetzt weiter!"

Nun kam Pfotenhauer mit den übrigen Achtzehn herbei und sagte leise: „Das haben S' gut g'macht! Wann's bei den anderen ebenso g'lingt, so können wir zufrieden sein!"

Da antwortete der Vater der elf Haare leise, aber in hörbar wegwerfendem Ton: „Hatt Sie dachte, daß es nicht kann gelungte? Herr Doktor Schwarz hatt beweiste schon bei Gelegenheiten, öfteren, daß er gekonnte anschleichte alle Feinde, seinige und unsrige mit Sicherheit, elegant und komfortabel."

„Komfortable Sicherheit! Auch nicht übel!" brummte der Graue.

„Still!" bat Schwarz. „Nicht etwa gar jetzt zanken!"

„Fällt mir gar nit ein!" antwortete Pfotenhauer.

Der Onbaschi wollte auf das wohlverdiente Lob nicht verzichten und fragte: „Wie habe ich meine Sache gemacht, Effendi? Bist du mit mir zufrieden?"

„Sehr! Wenn du bei den anderen Neun mit derselben Vorsicht

und Klugheit verfährst, so sollst du eine Belohnung von mir bekommen."

„Ich werde sie mir verdienen, diese Versicherung gebe ich dir! Da sind wir schon beim zweiten Feuer."

„Kennst du den Namen auch dieses Mannes?"

„Ich kenne sie alle, wie ich dir bereits gesagt habe. Dieser Posten wird noch viel mehr erstaunt sein als der vorige, denn er stand dabei, als ich mich ins Wasser fallen ließ."

„So wird er umso leichter überrascht werden. Also hin zu ihm!"

Dieser zweite Wächter wurde auch unschädlich gemacht, und nach ihm auch die weiteren acht. Der Onbaschi fand sich außerordentlich gut in seine Rolle, er bediente sich stets derselben Worte, welche kein einziges Mal ihre Wirkung versagten.

Als man mit dem letzten Posten fertig war, kehrten die Vier, nämlich Schwarz, Pfotenhauer, der Kleine und der Onbaschi auf demselben Weg, den sie jetzt gemacht hatten, zu den auf sie Wartenden zurück. Bei dieser Gelegenheit überzeugten sie sich davon, daß an den Wachtfeuern alles in Ordnung war.

An der Stelle, wo die Asaker in tiefster Stille geharrt hatten, angekommen, sagte Schwarz zum Grauen: „Sie werden hier bei den Leuten bleiben, ich aber schleiche mich nach dem Lager, um dasselbe in Augenschein zu nehmen."

„Ist das notwendig?" fragte Pfotenhauer.

„Ja, ich muß wissen, wie ich die Leute zu postieren habe. Eher kann ich sie doch nicht mitnehmen."

„Ich tät's anders machen!"

„Wie denn?"

„Ich macht' gar nit viel Umständ' mit den paar Kerlen, und tät gleich über sie herfallen."

„Von Ihrem Standpunkt aus haben Sie recht. Der Überfall würde ihnen so unvermutet kommen, daß sie vor Überraschung wohl gar nicht an Gegenwehr dächten. Uns aber ging dabei vielleicht viel verloren."

„Was könnt' das sein?"

„Wenn ich mich jetzt anschleiche, bekomme ich wahrscheinlich manches zu hören, was uns von Vorteil ist. Das würde aber nicht der Fall sein, wenn wir sie jetzt gleich überfallen."

„Aber Sie begeben sich in G'fahr!"

„O nein! Ich verstehe mich darauf, an jemand zu kommen, ohne daß er es bemerkt."

„So nehmen S' wenigstens mich mit, damit ich Ihnen beispringen kann, wenn's fehl geht!"

„Ihre Gegenwart kann mir keinen Nutzen, sondern nur Schaden bringen. Komme ich ja in Gefahr, was ich aber nicht glaube, so werde ich schießen. In diesem Fall eilen Sie mir sofort mit allen Leuten zu Hilfe. So lange ich dieses Zeichen nicht gebe, befinde ich mich in vollkommener Sicherheit. Sie brauchen also keine Sorge um mich zu haben, wenn ich längere Zeit fortbleibe."

Er ging. Pfotenhauer blickte ihm nach, bis er ihn nicht mehr sehen konnte, und räusperte sich dann unwillig. Es ärgerte ihn, daß er hatte zurückbleiben müssen.

„Haltet euch bereit", sagte er zu den Asakern. „Ihr habt gehört, was der Effendi sagte. Sobald er schießt, springen wir nach dem Lager. Wer sich dort nicht freiwillig ergibt, wird niedergehauen oder erschossen. Ich vermute, daß wir den Schuß bald hören werden. Es ist tollkühn, sich ganz allein in eine Gefahr zu begeben, welche man so leicht umgehen kann!"

Diese Worte ärgerten den Vater der elf Haare. Er durfte nicht dulden, daß das Verhalten seines geliebten Herrn getadelt wurde, aber er wollte dem Tadler auch nicht vor den Soldaten entgegentreten, darum sagte er in deutscher Sprache, welche nicht von ihnen verstanden wurde: „Was Herrrr Doktor Schwarz hatt gemachte, seinte ganz gut und richtig!"

„So!" brummte der Graue. „Was versteht aan Dschelabi davon!"

„Ich verstante gar wohl davon! Ich sein geweste Zeit, sehr lange, bei Effendi, doktorigen, und hab' lernen kennte Person, seinige, sehr genau. Was er hatt gemachte, das hatt er gemachte stets richtig."

Der Graue nahm diese Belehrung oder Zurechtweisung ruhig hin. Er wollte jetzt, wo es galt, still und vorsichtig zu sein, allen Zwist vermeiden. Der Kleine wandte sich stolz, keine Entgegnung gefunden zu haben, den Asakern zu und erzählte ihnen, auf welche Weise die Posten überrumpelt worden seien. Er wollte dabei seine Person in den Vordergrund stellen, wurde aber vom Vater des Gelächters zurückgewiesen, indem ihm dieser erklärte: „Was du uns da erzählst, das haben wir schon gewußt."

„So? Warst du denn dabei?"

„Nein. Aber der Effendi erklärte vorhin doch, wie es gemacht werden solle, und da es genau so geschehen ist, so brauchst du es uns nicht zu erzählen."

„Aber weißt du denn, wie ich mich dabei verhalten habe?"

„Ja."
„Nun, wie denn?"
„Du hast gar nichts getan, sondern nur zugesehen. Oder willst du etwa von Heldentaten sprechen, welche du gar nicht getan hast?"
„Schweig! Du warst nicht dabei und kannst also unmöglich wissen, welche Verdienste ich mir um euch errungen habe. Du freilich hättest nichts getan und nichts gewagt, sondern nur zugeschlagen, denn du bist zu weiter nichts nütze. Darum hat der Effendi nicht dich, sondern mich mitgenommen!"
„Weil ich mich ihm nicht angeboten habe! Dich hätte er auch nicht mitgenommen, wenn du ihn nicht darum angefleht hättest. Das ist ein Beweis, daß er überzeugt gewesen ist, dich nicht brauchen zu können."
„Willst du damit etwa sagen, daß ich ein unbrauchbarer Mensch bin?"
„Nein, denn jeder Mensch, selbst der allerdümmste, ist zu etwas nütze!"
„Oho!" stieß der Kleine zornig hervor. „Kommst du mir so? Nennst du mich den allerdümmsten Menschen? So wisse denn, daß ich sämtliche Wissenschaften studiert habe und auswendig kann! Was aber hast du gelernt? Nichts, gar nichts!"
„Laß mich in Ruhe mit deinen Wissenschaften! Wir wissen sehr genau, was wir davon zu halten haben. Ich bin dir da weit überlegen, denn ich kenne alle Völker und Dörfer, alle Länder und Einwohner des Erdkreises."
„Das machst du mir nicht weis!"
„Ich habe es bewiesen!"
„Wann denn?"
„Auf der Seribah Madunga, wo du meine Fragen nicht beantworten konntest."
„Und du ebensowenig die meinigen, du dreimaliger und zehnmaliger Vater des Gelächters und der Lächerlichkeit!"
„Schimpfe nicht! Wie lautet denn dein Name? Vater der elf Haare, rechts sechs und links fünf kleine Borsten! Schau dir dagegen den Bart an, mit welchem Allah mich erfreut hat. Jeder, der mich erblickt, hat Respekt vor dieser männlichen Zierde!"
„Mach dich nicht lächerlich! Seit welcher Zeit trägst du ihn denn? Seit einigen Wochen! Da kannst du noch gar nicht wissen, ob er Blüten und Früchte bringen wird! Und was meinen Namen betrifft, so brauche ich mich seiner nicht zu schämen. Man nennt mich Abu el Buz, Vater des Mauls, weil die vordere

Hälfte des Löwen mein Eigentum geworden ist. Du aber hast dich mit der hinteren zufrieden geben müssen, du armer Vater des Schwanzes!"

„Weil das Los so gefallen ist. Wie lautet denn dein eigentlicher Namen, den du in deiner Heimat trägst? Ich habe ihn mir gemerkt. Uszkar Istvan heißt er. Wer einen so kurzen Namen trägt, kann kein berühmter Mann sein. Höre dagegen den meinigen! Ich bin Hadschi Ali Ben Hadschi Sikh al Faresi Ibn Otaiba Abu l'Oscher Ben Hadschi Marwan Omar el Gandesi Hafid Jacub Abd' Allah el Sandschaki!"

„Um Allahs willen, halt ein!" rief der Kleine. „Du ziehst diesen ewig langen Namen ja aus dem Mund, wie der Effendi heute den Wurm aus der Beule des Abaka-Negers gewickelt hat!"

„Willst du wohl schweigen!" fuhr ihn der Graue an. „Du schreist ja, daß man es dort beim Feuer hören muß. Willst du, daß man auf uns aufmerksam wird und der Effendi deinetwegen in Gefahr gerät!"

Das half. Der Kleine war still, aber nach einer Weile trat er nahe an den Vater des Gelächters heran und fragte ihn leise: „Ärgerst du dich, Hadschi Ali?"

„Ja", antwortete dieser. „Du dich aber wohl auch?"

„Natürlich!"

„Wer ist schuld daran?"

„Ich!"

„Nein, ich!"

„Also alle beide?"

„Ja. Darum ist der eine gerade so viel wert wie der andere. Verzeihst du mir?"

„Ja. Und du mir auch?"

„Ganz gern. Gib mir deine Hand! Wir wollen uns nicht wieder zanken."

„Nein. Wenigstens heute nicht mehr. Das verspreche ich dir!"

Indessen hatte Schwarz die Nähe des Lagers erreicht. Dieses befand sich an einer Stelle des Ufers, an welcher die Büsche aus der Ebene unter die Bäume zurück gewichen waren, ein Umstand, welcher dem Deutschen sehr lieb sein mußte. Die nackten Baumstämme allein hätten ihm kein vollständig sicheres Versteck geboten. Da sich aber das Gesträuch zwischen ihnen befand, so konnte er sich hinter und in demselben leichter nähern.

Die Sklavenjäger saßen zwischen den beiden Feuern, so daß sie von den hier am Wasser sehr zahlreichen Stechfliegen weniger belästigt werden konnten. Über der kleinen Flamme hing ein tönernes Gefäß, in welchem Fische gesotten wurden, die man im Maijeh gefangen hatte. Die mitgenommenen Sklavinnen rieben Durrah zu Mehl und buken am anderen Feuer die bekannten Fladen.

Die Männer hatten alle ihre Pfeifen im Mund. Die Quantität des aus der Seribah entführten Tabaks war eine so bedeutende, daß die Abtrünnigen vom Morgen bis zum Abend rauchen konnten. Jenseits der Feuer lag das Gepäck unter den Bäumen, ob es viel oder wenig war, konnte Schwarz nicht sehen. Er kroch auf Händen und Füßen näher und immer näher, bis er zwei Büsche erreichte, welche sich kaum fünf Schritte weit vom ersten Feuer befanden. Sie standen nahe beisammen. Unter und zwischen ihnen war Raum für einen Menschen. Der Deutsche schob sich langsam und vorsichtig hinein und zog dann seinen Körper möglichst zusammen, um wenig Raum einzunehmen.

Er konnte nun den Kreis der Männer überblicken. Sie mußten wohl alle anwesend sein, denn er zählte einundvierzig. Der erste Blick gleich zeigte, welcher von ihnen der Feldwebel war. Er saß dem Lauscher nahe und führte das Wort. Schwarz konnte alles hören.

„Es tut mir leid", sagte der Alte soeben, „daß er ertrunken ist, aber schade ist es eigentlich nicht um ihn. Allah hat es gewollt, und so ist es das beste gewesen. Dieser Onbaschi war uns nicht sicher genug. Er haßte Abd el Mot, aber er hing zu sehr an Abu el Mot. Wir konnten uns nicht auf ihn verlassen. Ich hatte ihn stets im Verdacht, daß er uns entlaufen werde, um uns zu verraten."

„Das konnte er gar nicht wagen", bemerkte einer.

„Warum nicht?"

„Weil Abu el Mot ihm sofort als Verräter eine Kugel gegeben hätte."

„Das glaube ja nicht! Er hätte ihn begnadigt. Es versteht sich ja ganz von selbst, daß der Onbaschi die Sache so dargestellt hätte, daß auf ihn gar keine oder nur sehr wenig Schuld gefallen wäre. Wehe aber dann uns! Fielen wir infolge eines solchen Verrats Abu el Mot in die Hände, so würde er sich alle möglichen Qualen ausdenken, um sie uns erleiden zu lassen."

„Das ist wahr. Und darum sollten wir nicht hier liegen bleiben!"

„O, wir sind hier ganz sicher!"

„Das glaube ich nicht. Wenn der Herr nach der Seribah kommt und sie verwüstet findet, so geht er zu den Dschur, von denen er alles erfährt. Dann kommt er uns mit den Nuehr, die er anwerben wollte, nach, und wir sind verloren."

„Ja, wenn! Aber er wird eben jetzt noch nicht kommen."

„Weißt du das denn?"

„Sehr genau!"

„Aber es wurde ja gesagt, daß er jeden Augenblick erwartet werden könne!"

„Das gebe ich zu, ich selbst habe es auch gesagt, um euch zur Eile anzutreiben, aber ich weiß, daß er erst später zurückkehrt."

„Hat er es dir gesagt?"

„Nein; ich vermute es. Sage mir doch einmal, ob er von der Ghasuah weiß, welche Abd el Mot nach Ombula unternommen hat!"

„Kein Wort weiß er. Abd el Mot hat sie auf sein Risiko unternommen."

„Wird dieser wohl gewußt haben, wann sein und unser Herr zurückkehren wird?"

„Sicher!"

„Wird er wohl nach Ombula gegangen sein zu einer Zeit, während welcher der Herr zurückkehrt?"

„Das ist nicht wahrscheinlich."

„Nun, so sage ich euch, Abd el Mot ist noch nicht von Ombula zurück, folglich kehrt auch Abu el Mot noch nicht heim. Wir sind also ganz sicher vor diesem Vater des Todes und können in aller Ruhe und ohne Sorgen hier bleiben und die Rückkehr der Ghasuah erwarten."

„Wenn du dich nur mit dieser nicht täuschst! Es fragt sich, ob die Kameraden von Abd el Mot zu uns überlaufen."

„Sie kommen, darauf könnt ihr euch verlassen. Ich kenne meine Leute."

„Wollen es hoffen! Ich glaube es auch, da keiner von allen diesen Abd el Mot gern leiden mag. Freilich werden wir uns dann vielen und großen Mühen und Beschwerden zu unterziehen haben. Bedenke, daß die Ghasuah eine Menge von Sklaven und Tieren mitbringen wird. Dazu die Herden, welche wir hier haben. Das gibt einen Transport, welcher sehr schwierig ist. Wir kommen, wenn wir damit nach Süden wollen, nur höchst langsam fort, und da steht zu befürchten, daß Abu el Mot uns mit seinen Nuehrs einholen wird."

„Meinst du, daß ich das nicht auch bedacht habe? Aber wenn die Leute der Ghasuah zu uns übergehen, so sind wir stark genug gegen die Nuehr, obgleich wir ihre Zahl nicht kennen.

Zweihundert, höchstens dreihundert wird er bringen. Wir aber zählen weit über fünfhundert dann. Und was die Tiere betrifft, so werden wir uns nicht mit ihnen zu schleppen brauchen."

„Wieso? Meinst du, daß wir sie nicht mitnehmen?"

„Ja, das meine ich."

„Was soll denn mit ihnen geschehen?"

„Wir verkaufen sie."

„Das ist schwierig."

„O nein. Man muß das Geschäft nur verstehen. Wir vertauschen sie gegen Elfenbein."

„Allah! Welch ein Gedanke!"

„Gefällt er dir?"

„Er ist kostbar. Aber die Sache hat Eile. Wir bleiben doch nicht noch wochenlang hier!"

Der Feldwebel tat einen tiefen Zug aus der Pfeife, blies den Rauch von sich, strich sich den Bart und sagte, wohlgefällig lächelnd: „Ja, da seht ihr wieder einmal, was ihr jetzt für einen Anführer habt! Ich ritt gestern hier fort und kehrte erst heute gegen Abend zurück. Wo bin ich wohl gewesen?"

„Du hast es uns ja gesagt!"

„Nein."

„Nicht nach Ombula zu, um dich heimlich zu unterrichten, wie es dort steht?"

„Ist mir nicht eingefallen."

„Aber du erzähltest doch vorhin, daß du fast bis ganz hin gekommen seist."

„Das tat ich, um euch morgen früh zu überraschen. Sage mir doch einmal, wo die berühmtesten Elfenbeinhändler zu finden sind?"

„Natürlich bei den Dor-Negern."

„Wie weit hat man zu ihnen?"

„Von hier aus zu Pferde fast einen ganzen Tag."

„Nun, ich bin bei ihnen gewesen."

„Wirklich? Wegen des Elfenbeins?"

„Ja."

„Das ist gut, das ist gut!"

Nicht bloß der eine rief das aus, sondern es stimmten alle mit ihm ein. Die lästigen Tiere gegen Elfenbein, welches man mit großem Gewinn verkaufen konnte, los zu werden, war ihnen allen höchst willkommen.

„Ich habe ihre Gruben gesehen", fuhr der Feldwebel fort. „Sie sammeln das Bein jahrelang und verstecken es in Gruben, bis sich eine Gelegenheit bietet, es gegen Rinder zu vertauschen. Diese Gruben halten sie geheim, damit ihre Schätze ihnen nicht gestohlen werden, aber als ich ihnen sagte, was ich wollte, da öffneten sie eine derselben, um mir den Inhalt derselben zu zeigen. Ich sage euch, daß ich mit Staunen dabei stand. Und der Preis, welchen sie forderten, war so gering, daß wir ein Geschäft machen werden, wie Abu el Mot noch keines gemacht hat."

„Hast du denn bereits mit ihnen gehandelt?"

„Ich habe ihnen gesagt, wie viele Tiere sie von uns erhalten können, und so wollen sie morgen kommen und den Handel abschließen. Sie bringen viele Lasten Elfenbein mit."

„Morgen also? Um welche Zeit?"

„Ich sagte ihnen, daß wir Eile haben. Sie werden infolgedessen schon heute aufbrechen, die ganze Nacht hindurch marschieren und bereits mit Anbruch des Tages hier sein."

„Das ist..."

Der Sprecher wurde unterbrochen. Man vernahm den nahenden Hufschlag eines Pferdes. Eine laute Stimme ertönte vom ersten, nach Süden gelegenen Postenfeuer herüber, eine andere antwortete. Man hörte darauf einen Ausruf der Überraschung, und dann kam der Reiter herbei.

Die Leute waren aufgesprungen und blickten dem Nahenden erwartungsvoll entgegen. Wer mochte es sein? War er vielleicht ein Bote von Abd el Mot?

Diese Vermutung bestätigte sich. Als der Reiter das Feuer erreicht hatte und sie sein Gesicht sehen konnten, rief der Feldwebel aus: „Babar, du bist es? Sei willkommen und steige vom Pferd!"

Der Angekommene sprang aus dem Sattel, trat in den Kreis seiner Kameraden, von deren Abfall er noch keine Ahnung hatte, sah einen nach dem anderen erstaunt an und rief: „Bei Allah, ich weiß nicht, ob ich meinen Augen trauen darf! Sehe ich denn recht? Ihr hier, die ich in der Seribah vermute! Und auch du mit, Feldwebel! Du warst ja Gefangener!"

„Ich bin frei, wie du siehst", antwortete dieser.

„Wer hat dir denn die Freiheit wiedergegeben? Abu el Mot? Ist er schon zurück?"

„Davon später! Jetzt sage mir erst einmal, wo hast du deine Flinte?"

„Dort am Sattel hängt sie."

„Und dein Messer?"

„Hier im Gürtel."

„Zeige doch einmal!“ Er zog ihm das Messer aus dem Gürtel und erkundigte sich weiter: „Was hast du sonst noch für Waffen?“

„Keine. Was fragst du, und was willst du mit dem Messer?“

Der Feldwebel trat zum Pferd, nahm die Flinte, welche am Sattelknopf hing, gab sie und das Messer einem der Leute, welcher beides zum Gepäck trug, und antwortete dann dem erstaunten Frager: „Babar, du bist einer unserer besten und wackersten Männer, ich gönne dir ein langes Leben und alles Gute, aber du stehst jetzt bereits mit einem Fuß auf der Brücke, welche aus diesem Leben führt.“

„Wie? Was?“ fragte Babar.

„Du hast meine Worte gehört, und es ist in Wirklichkeit so, wie ich sage. Ich werde dir das erklären. Vorher aber sage mir, ob die Ghasuah Erfolg gehabt hat.“

„Einen ungeheueren. Wir haben wohl an die tausend Sklaven.“

„Und nun kommt ihr zurück?“

„Noch nicht. Das Glück hat Abd el Mot unternehmend gemacht. Er überfällt noch ein anderes Dorf, wo er vielleicht ebenso viele Schwarze fangen wird.“

„So ist er also nicht mehr in Ombula?“

„Nein. Diese Gegend wurde ihm zu unsicher. Man kann sich dort nicht verteidigen, da alles niedergebrannt ist, und doch steht zu erwarten, daß die Belanda sich versammeln werden, um uns unseren Raub wieder abzujagen. Darum hat er seine Asaker geteilt. Mit dreihundert ist er weiter gezogen, um noch mehr Sklaven zu machen, und zweihundert sind eine Strecke rückwärts gegangen, bis an einen Ort, wo man sich gegen einen Überfall leicht wehren kann.“

„Wo ist dieser Ort?“

„Einen halben Tagesmarsch von hier, und ganz ebenso weit von Ombula. Es ist ein nicht ganz ausgetrocknetes Regenbett, in welchem wir auf dem Hinmarsch zwei Weiße fingen, welche nach Ombula wollten, um den Belanda unsere Ghasuah zu verraten. Hinter diesem Regenbett liegt ein Maijeh, und zwischen beiden lagern wir.“

„Und wo willst du hin?“

„Nach der Seribah zu Abu el Mot.“

„Allah! Ist er zurück?“

„Das mußt du doch besser wissen als ich! Abd el Mot meint, daß er nun heimgekehrt sein müsse, und sendet mich zu ihm, um ihm zu sagen, er möge mit den Nuehr schnell nachkommen, da wir an Zahl zu wenig sind, so viele Sklaven zu transportieren und, wenn wir angegriffen werden, zugleich auch zu verteidigen."

„Teufel!" rief der Feldwebel. „Abu el Mot schon zurück! Wer konnte das denken! Vielleicht ist er schon hinter uns her!"

„Hinter euch her? Wie habe ich das zu verstehen? Seid ihr denn ohne seine Erlaubnis aus der Seribah fort?"

„Ja."

„Wer befindet sich denn dort?"

„Niemand."

„Ist's möglich? So stehen die Tokuls verlassen?"

„Sie stehen nicht verlassen, sondern sie stehen überhaupt nicht mehr."

„Bist du irrsinnig? Warum sollen sie nicht mehr stehen?"

„Weil sie verbrannt sind."

„Ver..."

Das Wort wollte nicht über seine Lippen. Der Feldwebel nickte ihm mit einem zweideutigen Lächeln zu und fuhr fort: „Die ganze Seribah liegt in Asche."

„Allah schütze meine Ohren!" rief Babar. „Ich weiß nicht mehr, ob ich ihnen trauen darf. Auch dein Gesicht ist nicht wie dasjenige eines Mannes, welcher abgebrannt ist. Du lachst sogar. Dort sehe ich Körbe und Pakete liegen. Was hat das zu bedeuten?"

„Du sollst es hören. Setze dich mit uns ans Feuer! Ich werde dir erzählen, was geschehen ist."

„So mache schnell! Ich bin außerordentlich gespannt, es zu hören. Aber meine Flinte und mein Messer! Warum hast du sie mir abverlangt? Warum gibst du sie mir nicht wieder?"

„Auch das sollst du erfahren. Es sind Dinge geschehen, von denen du keine Ahnung hast. Wenn du klug bist, so benutze es. Es steht jetzt in deiner Hand, dein Glück zu machen."

Er zog den Mann neben sich ans Feuer nieder und begann seine Erzählung.

Dies und manches hatte Schwarz gehört und gesehen, nun aber glaubte er genug zu wissen. Er kroch in die Büsche zurück und schlich sich davon. Als er bei seinen Leuten ankam, sagte Pfotenhauer: „Das war halt eine lange Zeit, die wir auf Sie warten mußten, wohl über eine ganze Stund'. Haben S' denn was g'hört?"

„Genug, mehr als genug!"

„Und Gutes?"

„Nein. Mein Bruder ist gefangen."

„Tausend Teuxel! Wissen S' das aber auch g'wiß?"

„Ja. Einen halben Tagesmarsch von hier ist er mit dem Elefantenjäger in die Hände Abd el Mots geraten."

„Und wo ist er jetzt?"

„Das weiß ich nicht. Ich wollte nicht so lange warten, bis alles erzählt war. Aber ich werde es erfahren."

„So machen S' schnell! Wir müssen natürlich rasch aufbrechen, um die beiden herauszuholen."

„Das versteht sich ganz von selbst. Aber diese Nacht müssen wir noch hier bleiben. Die Ghasuah ist gelungen. Ombula steht nicht mehr. Tausend Sklaven befinden sich in den Händen Abd el Mots, und er will sogar noch mehr haben!"

„So! Das ist ja ganz entsetzlich! Nun, wir werden ihm einen Querstrich durch die Rechnung machen, der ihm gar vielleicht durchs Leben geht. Aber erzählen S' deutlicher, was dort an den Feuern g'sprochen worden ist. Wenn Ihr Bruder, der Sepp, mein Spezial, g'fangen worden ist, so muß ich doch ebenso gut wie Sie derfahren und wissen, wie dieser Abd el Mot das ang'fangen hat. Nachhero kann man sich besser überlegen, wie man ihn wieder heraus bekommt."

Schwarz erzählte ihm Wort für Wort, was er gehört hatte. Darüber geriet der Graue in einen fürchterlichen Zorn. Er stieß, als Schwarz geendet hatte, mit unterdrückter Stimme hervor: „So steht's also, so! Den Sepp habn s' mir wegg'fangen, und wer weiß, was sie mit ihm machen werden! Erfahren haben s', daß er die Neger hat warnen g'wollt. Also werden sie eine große Rach' auf ihn haben und ihn wohl nit wie einen willkommenen Kirmesgast b'handeln. Aber ich komm', ich, der Vogelnazi, komm' schon hin, und wehe euch, wenn ihr ihm aan einzig Haar gekrümmt habt. Jetzund aber schnell hin ans Feuer, sonst müssen wir g'wärtig sein, daß uns die G'schichte gar noch mißrat!"

„Das steht zwar nicht zu befürchten, aber möglich ist es, daß der Feldwebel jetzt schleunigst eine Bestimmung trifft, welche uns die Sache erschwert."

„Welche denn?"

„Er weiß nun, daß der Herr wieder da ist, nämlich Abu el Mot. Dieser kann sich zur Verfolgung schon unterwegs befinden, und darum wird der Feldwebel wohl auf den Gedanken kommen, ihm einen Sicherheitsposten entgegen zu schicken."

„Na, das wär' auch kein Unglück für uns, denn diesen Posten

würden wir gleich wegfangen. Aber ich mag keine Minute länger warten. Wollen machen, daß wir an sie kommen!"

„Ja, es ist Zeit."

„Wie soll's g'schehen?"

„Wir teilen uns. Achtzig Mann haben wir, mit denen wir sie vollständig einschließen müssen, so daß kein einziger entkommen kann. Ich nehme davon nur dreißig und führe sie dahin, wo ich jetzt gewesen bin. Wir legen uns zwischen das Lager und den Maijeh unter die Büsche und Bäume. Sie umzingeln mit den übrigen fünfzig Mann das Lager nach der Ebene hin, indem Sie sich zwischen den zwei Feuern und den Tieren, welche da rechts lagern, hindurch schleichen. Ihre Leute müssen eine halbe Kreislinie bilden, welche an ihren beiden Enden auf die gerade Linie stößt, in welcher meine Leute liegen. Ist das geschehen, so gibt es keine Lücke mehr, und wir dringen auf die Kerle ein. Morden wollen wir nicht. Wir werfen sie einfach nieder. Der Schreck wird unser Gehilfe sein. Nur wenn sich einer mit der Waffe wehrt, wird er getötet."

„Hatten sie die G'wehr bei sich?"

„Nein, die standen beim Gepäck, aber Messer und Pistolen gab es in den Gürteln. Die Hauptsache ist, daß wir schnell über sie kommen und sie gleich erdrücken. Was mich betrifft, so schlage ich diejenigen, welche ich erreichen kann, nieder, daß sie die Besinnung verlieren und leicht gebunden werden können."

„Das ist das klügste, was es geben kann. Achtzig gegen vierzig? Wann wir sie schonen und nur mit der Faust niederringen wollen, so können uns leicht welche entgehen. Ich sag' meinen Leuten, daß sie gar nix sagen, gar nit reden sollen, sie sollen still auf sie eindringen und mit den Kolben zuschlagen. Jeder Hieb einen Mann, und zwar auf den Kopf. Nicht wahr?"

„Ja, das halte auch ich für das beste."

„Aber wie derfahr ich, wann Sie bereit sind, oder Sie, daß ich es bin?"

„Wir müssen uns ein Zeichen geben."

„Aber welches?"

„Wählen Sie!"

„Die Stimme eines Vogels, das wird das beste sein. Aber daß s' nit auffällt, muß es natürlich g'macht werden. Kennen S' vielleicht den Abdimistorch?"

„Ja."

„Wie heißt er lateinisch?"

„*Sphenorhynchus Abdimi.*"

„Richtig! Und arabisch?"
„Simbil oder Simbila."
„Und sudanesisch?"
„Schumbriah."
„Sehr gut!" lobte der Graue, der selbst jetzt das Examinieren nicht lassen konnte. „Dieser Storch läßt, wenn er schlafen 'gangen ist, und g'stört wird, aan schnarrendes Klappern hören. Kennen S' das?"
„Ja."
„Aber nachmachen können S' nit?"
„Sehr gut sogar, es ist nicht schwer."
„Gut. Das soll das Zeichen sein. Wer zuerst fertig ist, der gibt es. Und wann der andere es wiederholt, so ist das der Augenblick, wo zug'schlagen werden soll. Sind wir fertig?"
„Ja. Nur noch die Instruktion."
Die achtzig Männer wurden unterrichtet, wie sie sich zu verhalten hatten, dann gingen sie in zwei Abteilungen auseinander. Denen, welche Schwarz anführte, war die schwierigere Aufgabe zugefallen. Sie hatten sich in das Gebüsch zu schleichen und dort festzusetzen, wobei jedes Geräusch vermieden werden mußte. Dabei war Schwarz gezwungen, jedem einzelnen seine Stelle anzuweisen, was Zeit erforderte. Hie und da stieß einer gegen die Zweige, daß sie raschelten. Glücklicherweise war das Gespräch, welches jetzt am Feuer geführt wurde, ein so lautes, daß dieses Rascheln vom Feind nicht gemerkt wurde.
Schwarz selbst postierte sich in die Mitte seiner Aufstellung, gerade hinter den Feldwebel, welchen sein erster Hieb treffen sollte. Die Hauptperson für ihn aber war Babar, der Bote Abd el Mots. Von diesem allein konnte er erfahren, was er wissen wollte und wissen mußte, darum richtete er auf ihn sein Hauptaugenmerk.
Eben hatte er sich nieder gekauert, als der Graue das verabredete Zeichen ertönen ließ. Zu gleicher Zeit hörte er, daß der Feldwebel den Boten fragte: „Nun sei klug und wähle! Ich habe dir alles erklärt und auseinandergesetzt. Zu wem willst du halten, zu mir oder zu Abu el Mot?"
„Zu dir natürlich", erklärte Babar. „Bei dir wird es ein ganz anderes Leben geben als bei ihm, und ich sage dir, daß die meisten von uns, wenn sie kommen, sich auf deine Seite stellen werden. Freilich ist's ein Wagnis. Wenn Abu el Mot kommt, sind wir verloren."
„Noch nicht. Ich fürchte mich nicht."

„Bedenke, fünfzig sind wir, er aber bringt einige Hundert mit!"
„Wir werden mehr als fünfzig sein. Wie die Sachen stehen, muß ich meinen Plan ändern. Ich darf nicht hier liegen bleiben und mich von Abu el Mot abwürgen lassen. Morgen mit dem Frühesten kommen die Dor mit dem Elfenbein. Ich schließe den Handel so rasch wie möglich ab, und dann brechen wir nach Ombula auf. Wenn ich die Fahne der Empörung entfalte, fallen mir alle Kameraden zu, und dann mag Abd el Mot kommen. Ich gebe ihm eine Kugel, und damit hat seine Herrschaft ein Ende."
„Und die deinige beginnt!" stimmte der Bote bei.
Er sollte nicht recht behalten, denn gerade in diesem Augenblick wurde dafür gesorgt, daß die Herrschaft des Feldwebels gar nicht beginnen sollte. Schwarz gab das Zeichen, sprang vor und schlug den Alten mit solcher Macht gegen die Schläfe, daß er lautlos zur Seite fiel und da wie tot liegen blieb. Im nächsten Augenblick schmetterte seine Faust den Boten nieder.
Das geschah so schnell, daß die Sklavenjäger gar nicht Zeit fanden, eine abwehrende Bewegung zu machen. Sie saßen auch dann noch vor Schreck lautlos da, als die Angreifer von allen Seiten über sie herfielen. Erst als die meisten von ihnen niedergeschlagen waren, erhoben die anderen ihre Stimmen und versuchten, sich zu wehren, doch ohne den geringsten Erfolg.
Das war ein ganz eigenartiger Kampf, wie ihn der mehr als lebhafte Sudanese, welcher nichts ohne Geschrei tun kann, eigentlich gar nicht kennt. Die Angreifenden kamen ihrer Instruktion wörtlich nach. Keiner von ihnen sprach ein Wort, sie schlugen mit den Kolben zu, und fast jeder Hieb fällte seinen Mann. Die wenigen, welche die gegen sie gerichteten Schläge mit den Armen pariert hatten, baten um Gnade. Sie sahen ein, daß Widerstand vergeblich sein werde.
Noch nie am Nil hatten hundertundzwanzig Personen gegeneinander mit so wenig Lärm gekämpft, und auch wohl noch nie war ein ähnlicher Kampf so schnell zu Ende gewesen. Jeder Asaker hatte sich mit einem Strick, einer Schnur oder etwas Ähnlichem versehen, und noch keine Viertelstunde, nachdem Schwarz das Zeichen des Grauen erwidert hatte, lag die ganze Mannschaft des Feldwebels, und auch er selbst, gefesselt da.
Es läßt sich denken, welche Augen er machte, als er aus seiner Ohnmacht erwachte. Er wollte sich mit der Hand an die Stelle langen, wo ihn die Faust des Deutschen getroffen hatte, aber er konnte nicht, denn er war gefesselt. Er riß die Augen auf und blickte im Kreis umher. Da sah er die Seinen gebunden und

rundum standen die Gestalten der Asaker, stumm und die Hände auf ihre Gewehre gestützt.

Sein Auge fiel auf Schwarz und Pfotenhauer, er sagte noch immer nichts, auch kein anderer sprach. Dann traf sein Blick einen...

„Allah ia sillib - Gott, allmächtiger!" schrie er auf, indem er sich vor Entsetzen aufbäumen wollte, aber nicht konnte. „Herr, schütze mich vor dem neunundneunzigmal gesteinigten Teufel! Wandeln die abgeschiedenen Geister auf der Erde umher?"

Der Onbaschi war es, den er sah. Dieser antwortete: „Ja, sie wandeln. Es sind die Dschinn el intikam - die Geister der Rache, welche den Wortbrüchigen verfolgen. Du verführtest mich, indem du sagtest, daß ich mit dir gebieten solle. Du hieltest nicht Wort und wolltest mir befehlen. Nun ereilt dich die Strafe."

Der Alte antwortete nicht. Er starrte den Unteroffizier noch immer mit einem fast seelenlosen Blick an. Dieser fuhr fort: „Ich sprang mit Absicht ins Wasser und schwamm unter demselben fort, um Abu el Mot zu holen. Allah hat es anders gefügt. Ihr seid nun nicht in seine Hände gefallen, sondern ihr seid die Gefangenen dieser beiden Effendina, in deren Hände euer Leben gegeben ist!"

„Er lebt! Er ist nicht tot!" stieß der Feldwebel jetzt hervor. „Er ist nicht ertrunken, sondern... er ist ein Verräter! Allah verbrenne ihn! Wer aber sind die Männer, welche es gewagt haben, uns zu überfallen, ohne daß wir sie beleidigt haben. Bindet uns augenblicklich los!"

Diese Worte waren an Schwarz gerichtet.

„Nur Geduld!" antwortete dieser. „Du wirst deine Fesseln nicht immer tragen."

„Nicht eine Stunde, nicht eine Minute, nicht einen Augenblick länger will ich sie tragen! Mache mich frei, sonst bist du verloren! Du weißt nicht, daß wir uns nicht allein hier befinden. Wir haben noch mehr Krieger da!"

„Nur noch zehn. Du meinst da draußen die Wächter? Die liegen seit fast zwei Stunden bei ihren Feuern, ebenso gefesselt wie du. Der Mann, welcher Babar herein gelassen hat, war einer meiner Leute, nicht aber ein Kamerad von euch."

„Du kennst meinen Namen?" fragte der Bote.

„Ja."

„Woher?"

„Ich kenne ihn, das ist genug. Und nun hört, was ich euch sagen werde!"

Er setzte sich vor dem Feldwebel und Babar nieder und fuhr

fort: „Ihr habt euch gegen Abu el Mot empört, aber ihr seid nicht aus diesem Grund gefangen genommen worden. Auch ich bin sein Feind und derjenige von Abd el Mot. Ich überfiel euch nur darum, weil ihr zu ihm gehört habt. Ob ich euch die Freiheit wiedergebe, das kommt auf euch an. Euer Leben liegt in meiner Hand."

„Effendi, wer bist du?" fragte der Feldwebel.

„Das brauchst du in diesem Augenblick nicht zu erfahren. Ich will dir sagen, daß Abu el Mot zurück ist. Er kam mit dreihundert Nuehr. Ich überfiel und besiegte ihn, und nun befindet er sich auf der Flucht nach Ombula. Ich werde ihn auch dort überfallen und..."

„Laß uns frei! Wir helfen dir!" rief der Feldwebel.

„Ich bedarf eurer Hilfe nicht. Ihr habt euch gegen euren Herrn empört und ihm euer Wort gebrochen, ich kann euch nicht gebrauchen. Euer Handwerk ist ein Verbrechen, und Abu el Mot ist ein großer Sünder. Dennoch seid ihr Meineidige gegen ihn, und ich mag nichts mit euch zu schaffen haben. Ihr habt alle den Tod verdient, aber ob ich euch richte oder euch eurem Gewissen überlasse, das soll dieser Mann entscheiden." Er deutete auf den Boten.

„Ich, Effendi?" fragte dieser.

„Ja, du."

„Du scheinst mich und uns alle zu kennen?"

„Ich kenne euch und euere Verhältnisse besser als ihr selbst."

„Aber du bist uns ein Rätsel!"

„Es wird euch gelöst werden, wenn auch nicht in diesem Augenblick."

„Ich weiß nichts von dir, ich habe dich noch nie gesehen. Ich weiß nur, daß wir deine Gefangenen sind, und aus deinen Reden geht hervor, daß du uns unter Umständen begnadigen wirst."

„So ist es. Und auf dich allein soll es ankommen, denn nur nach deinem Verhalten werde ich das meinige richten."

„Was soll ich tun?"

„Mir aufrichtig antworten."

„Frage mich! Wenn ich kann, werde ich dir alles sagen, was ich weiß."

„Du kannst, wenn du nur willst. Ihr habt eine halbe Tagereise von hier zwei weiße Gefangene gemacht?"

„Ja."

„Sage vor allen Dingen, leben sie noch?"

„Ja."

„Sind sie verwundet?"

„Nein. Sie sind gesund und wohl, aber Abd el Mot will sie töten."

„Wann?"

„Wenn er in die Seribah zurückgekehrt ist."

„Gott sei Dank! So ist es also noch nicht zu spät! Wer sind diese Männer?"

„Der eine ist ein fremder Effendi, ein Giaur, dessen Gesicht dem deinigen ähnlich ist, wie das Gesicht eines Bruders demjenigen des anderen."

„Weiter!"

„Der zweite ist ein Emir, ein Araber."

„Kennst du seinen Namen?"

„Abd el Mot nannte denselben, als er ihn am Maijeh zuerst erblickte, dann aber nicht wieder. Er hieß ihn Emir von Kenadem, Barak el Kasi."

Da ertönte ein lauter Schrei. Derselbe kam von den Lippen des Sohnes des Geheimnisses. Dieser sprang hervor, auf Babar zu und rief, indem sich in seiner Haltung, seiner Stimme und auf seinem Gesicht die größte Erregung aussprach: „Wie war das? Welchen Namen sagtest du?"

„Emir von Kenadem."

„Ke... na... dem! Kenadem!" wiederholte er erst langsam und dann schnell. Auf seinen Wangen kam und ging die Röte, und sein Atem flog, als er fortfuhr: „Kenadem! O, mein Kopf, mein Gedächtnis, meine Erinnerung! Allah, Allah! Kenadem, Kenadem! Welch ein süßes, welch ein herrliches Wort! Ich kannte es, es lag in mir begraben, nein, nicht begraben, sondern es schlief nur und brauchte bloß aufgeweckt zu werden! Aber ich fand keinen Menschen, der es nannte, der es aussprach. Kenadem, so hieß meine Heimat, so hieß der Ort, an welchem meine Eltern wohnten! Kenadem, Kenadem! Wo liegt es? Wer weiß, wo es liegt?"

Er sah sich im Kreis um, mit einem Blick, einem Gesichtsausdruck, als ob von der Antwort sein Leben abhängig sei.

„Es liegt in Dar Runga", antwortete Schwarz, „südlich vom See Rahat Gerasi."

„Kennst du es, Effendi, bist du dort gewesen?"

„Nein, aber ich habe diesen Namen in Büchern gelesen und auf Karten gefunden."

„In Büchern und auf Karten! Allah, o Allah! Könnte ich so ein Buch oder so eine Karte sehen! Ich habe meine Heimat nicht gefunden, ich bin entfernt von ihr, ihre Palmen wehen vor meinem

Geist, aber sehen kann ich sie nicht. Darum wäre ich entzückt, ein Buch, eine Karte nur zu sehen, auf welcher der Name zu finden ist. Kenadem, o Kenadem!"

Da griff Schwarz in die Tasche und zog einen rotledernen Umschlag hervor. Es war der Einband einiger Karten.

„Ich komme aus dem Norden und habe hier eine Karte desselben. Kenadem steht auch darauf."

„Zeig her, zeig her, Effendi!" rief der Jüngling, indem er nach dem Heft griff und es ihm aus der Hand reißen wollte.

„Warte! Du findest es nicht, ich muß es dir zeigen."

„O, doch! Ich finde es, ich finde es gewiß! Ich werde den Namen Kenadem sogleich unter tausenden sehen!"

„Nein, denn es ist eine Schrift, welche du nicht kennst. Setze dich ans Feuer!"

Abd es Sirr ließ sich nieder. Schwarz breitete die Karte auf seinem Schoß aus, zeigte ihm die betreffende Stelle und erklärte: „Dieses kleine, grün gefärbte Land ist Dar Runga, diese winzige, längliche Stelle ist der See Rahat Gerari, und unterhalb desselben siehst du ein kleines, kleines Ringelchen. Das ist Kenadem. Der Name steht in europäischer Schrift dabei."

„Geh weg mit deinem Finger! Nach Kenadem gehört der meinige! Also das, das ist es! Dort leuchteten die Oleanderhaine, welche ich in meinen Träumen immer wieder sah! Dort, dort! O Kenadem! Effendi, deine Güte ist groß, du wirst mir eine Bitte erfüllen!"

„Welche?"

„Schenke mir Kenadem!"

„Das liegt nicht in meiner Macht, denn es ist nicht mein Eigentum."

„Wie? Gehört diese Karte nicht dir?"

„Diese Karte, ja, die ist mein."

„Und du willst mir mein Kenadem nicht geben? Ich verlange nicht die ganze Karte, ich bitte dich nur um die Erlaubnis, mir mit dem Messer die Stelle, auf welcher meine Heimat liegt, heraus schneiden zu dürfen!"

Er befand sich in einer leidenschaftlichen Aufregung. Er küßte die Stelle wieder und immer wieder, indem er die Karte an seine Lippen zog.

„Ah, so meintest du es!" sagte Schwarz. „Dann bedarfst du des Messers nicht. Die ganze Karte soll dir gehören."

„Ist's wahr? Ist's möglich. O, Herr, o, Effendi, wie glücklich machst du mich!"

Er sprang auf, küßte die Hand des Deutschen, was er, der stolze, zurückhaltende junge Mann sonst um keinen Preis getan hätte, und wendete sich, die Karte noch offen in der Hand, wieder an Babar: „Und welchen Namen führte der Emir?"

„Barak el Kasi."

„Ba... rak... el... Ka... sie...", wiederholte Abd es Sirr, indem er die Hand an die Stirn legte, als ob er dort eine Erinnerung herauspressen wolle. Dann zuckte er zusammen und rief aus: „Ich hab' es, ich hab' es, ich weiß es! Ja, ja, so ist es. Barak el Kasi - Barak der Strenge, so wurde mein Vater genannt. Wenn er einen Untertan bestrafen oder einen Sklaven peitschen ließ, so stand er finsteren Angesichts dabei und sagte: Ihr nennt mich Barak el Kasi, nun wohl, so will ich es auch sein! Darum haßte ich diesen Namen, und meine Mutter erbleichte, wenn sie ihn hörte. Und der Mann, welchen Abd el Mot gefangen hält, ist Barak el Kasi, der Emir von Kenadem?"

„Ja."

„Mein Vater, mein Vater! Ich muß zu dir, zu dir! Effendi, laß uns aufbrechen! Ich muß augenblicklich fort, um ihn aus den Händen seines Peinigers zu befreien."

„Komm zu dir! Beherrsche dich, Abd es Sirr!" bat der Deutsche. „Gedulde dich bis zum Morgen, dann brechen wir auf."

„Bis zum Morgen! Welch eine Ewigkeit! Aber du hast recht, Effendi, mein Herz will fort, aber mein Kopf rät mir Geduld. Und wie hast du mich soeben genannt? Abd es Sirr, Diener oder Sohn des Geheimnisses! So hieß ich fünfzehn Jahre lang, aber nun werfe ich diesen Namen von mir, denn von jetzt an ist er eine Lüge. Das Geheimnis ist jetzt offenbar. Ich heiße Mesuf, also ist mein Name Mesuf Ben Barak el Kasi el Kenademi! Ich kenne meinen Namen, ich kenne meine Heimat! O, Effendi, halte mich nicht! Ich muß fort von hier, ich muß hinaus in die Nacht. Ich muß nach Norden rufen Kenadem und nach Süden, wo mein Vater sich befindet, Barak el Kasi el Kenademi. Ich gehe, ich gehe, sonst zerspringt mir die Brust und das Herz!"

Er eilte davon. Schwarz wollte ihm eine Warnung nachrufen, tat es aber doch nicht. Er kannte den Jüngling und wußte, daß er zurückkehren werde, sobald er sich beruhigt hatte.

Pfotenhauer drehte sich um, damit man die Tränen nicht sehen möge, die ihm in den Augen standen, und brummte: „Blitzbub, sakrischer! Wann ich auch so einen hätt'! Und da reden und schreiben daheim die G'lehrten, daß die halbwilden Völker weder Herz noch Seel' besäßen! Sie mögen nur herkommen und sich die Leut' mit eigenen Augen b'sehen! Was meinen S', hab' ich recht?"

„Gewiß!" antwortete Schwarz, an den diese Frage gerichtet war. „Diese Szene ist auch mir ans Herz gegangen. Aber wir haben jetzt keine Zeit. Wir müssen auch noch anderes erfahren."

„Von Ihrem Bruder, meinem Spezi? Ja! Fragen S' nur schnell weiter!"

Schwarz wendete sich wieder an Babar: „Du sagtest, daß Abd el Mot diesen Emir kannte. Erkannte dieser auch ihn?"

„Ja, er nannte ihn sogar beim Namen."

„Hast du ihn vielleicht gemerkt?"

„Ja, er lautete Ebrid Ben Lafsa."

„Wo befinden sich diese beiden Weißen? Sind sie mit bei den zweihundert Mann, welche am Maijeh liegen, oder bei den dreihundert, die mit Abd el Mot weiter gezogen sind."

„Effendi, bist du allwissend?" antwortete der Mann erstaunt. „Ich war überzeugt, der einzige zu sein, von dem man hier erfahren könne, daß unsere Truppe geteilt worden ist."

„Du siehst und hörst, daß ich zwar nicht alles, sondern vieles weiß, und daß ich es unbedingt merken muß, wenn du mir nicht die Wahrheit sagst. Ich will und muß diese beiden Gefangenen befreien. Bist du mir dazu behilflich, so schenke ich euch allen die Freiheit."

„Gibst du uns hierauf dein Wort?"

„Ja."

„So werde ich dir alles sagen. Ich führe dich nach dem Chor und dem Maijeh, zwischen denen sich das Lager befindet."

„Und Abd el Mot will ich auch haben."

„Auch dazu will ich dir helfen. Nur halte Wort!"

„Ich halte es. Die Fesseln aber müßt ihr heute noch tragen. Morgen sollen sie euch abgenommen werden."

Während der jetzt entstandenen Pause hörte man von weit draußen den langgezogenen Ruf „Kenadem" und dann den Namen „Barak el Kasi" erschallen. Der Sohn des Geheimnisses machte seinem Herzen Luft.

„Wir hätten ihn nit gehen lassen sollen", sagte der Graue. „Wann ihn jemand hört, so kann's uns schaden."

„Wer soll ihn hören? Außer uns ist kein Mensch hier herum. Lassen wir ihn rufen. Hat er seinem Entzücken Luft gemacht, so kommt er wieder."

Jetzt wurden die zehn gefangenen Wachtposten gebracht. Schwarz hatte gleich nach der Überwältigung der Lagerbesatzung einen Boten fortgeschickt, sie herbei zu holen. Hatten diese Leute vielleicht die Hoffnung gehegt, daß der Feldwebel sie befreien werde, so fiel dieselbe jetzt in nichts zusammen. Sie sahen, daß die anderen Kameraden auch gefangen waren. Schwarz gab ihnen den Befehl, sich zu ihren Schicksalsgenossen zu setzen. Sie gehorchten und suchten mit ihren Augen nach dem Unteroffizier, dieser aber hatte sich so gesetzt, daß die Blicke derer, die er verraten hatte, nicht auf ihn fallen konnten.

Die Asaker lagerten sich um die Gefangenen her. Einige von ihnen untersuchten die vorhandenen Vorräte und brachten manches herbei, was ihnen angenehm war, besonders Tabak und große Krüge voll Merissah. Die Sklavinnen hatten vollauf zu tun, das vorhandene Mehl zu Fladen zu verbacken.

Inzwischen ließen Schwarz und Pfotenhauer sich von Babar alles erzählen, was während des Zuges nach Ombula geschehen war. Er hatte sich viel in der Nähe Abd el Mots und der beiden Gefangenen befunden und konnte berichten, was er mit ihnen gesprochen hatte. Er beschrieb ihnen das Lager und die Lage desselben sehr genau, sagte ihnen, in welchem Teil sich die Gefangenen befänden, und mußte viele Fragen Schwarzens, deren Zweck er nicht verstand, beantworten. Selbst der Graue sah manchmal verwundert auf, wenn sein Kollege eine Frage aussprach, welche ihm ganz unnötig oder gar lächerlich vorkam.

Ferner sagte Babar, daß Abd el Mot übermorgen von seinem weiteren Raubzug zurückkehren werde und vorher den strengen Befehl gegeben habe, daß, falls das Lager überfallen werde, man die beiden weißen Gefangenen sofort töten solle. Kaum hatte Schwarz dies gehört, so wandte er sich an diejenigen der Asaker, welche in seiner Nähe saßen: „Wer von euch getraut sich, jetzt bei Nacht im kleinen Boot nach der Dahabieh zurückzukehren?“

„Ich“, antwortete der Vater der elf Haare schnell. „Ich kann gern fahrte nach Dahabieh, unsriger.“

„Aber es ist gefährlich!“

„Hatt Sie mich nicht lernte kennen als Magyar, unfurchtbarer?“

„Ja, ich weiß, daß du nicht furchtsam bist. Aber allein über den See? Ich werde dir noch zwei Asaker mitgeben.“

„Ich konnte gehen allein. Ich brauchte nicht Begleitung, asakerige!“

„Man darf nicht zu viel wagen. Selbst der Weg nach den Booten hin ist schon gefährlich. Es gibt wilde Tiere in der Nähe.“

„Ich hatt nie gefürchtet Vieh, unkultiviertes!" sagte der Kleine verächtlich. „Ich seinte sogarrr geweste Sieger über zwei Löwen, verheiratete."

„Da war ich Zeuge. Aber es gibt hier noch andere Tiere, vor allen Dingen Nilpferde, welche abends zu Land und früh wieder zu Wasser gehen. Wenn dir so eine Bestie begegnete!"

„Das wernte sein mir von Gleichgültigkeit, ganz egaler. Ich hatt noch niemals fürchtete Pferd, landiges, also wernte ich auch nicht fürchten Pferd, flussiges. Ich nehmte doch mit mein Gewehr, elefantentöteriges!"

„Welches dir bei jedem Schuß eine Backpfeife gibt? Nein, allein lasse ich dich nicht fort. Suche dir also zwei Begleiter aus!"

„Wenn Sie befehlte, muß ich gehorchte. Aber was sollte ich auf Dahabieh machte?"

„Du überbringst Hasab Murat die Weisung, sämtlichen Reisahn zu sagen, daß die fünf Schiffe morgen mit dem Frühesten, also schon beim ersten Tagesgrauen, aus dem Fluß in den See kommen und da, wo wir mit den Booten gelandet sind, anlegen sollen. Du kannst auf der Dahabieh sagen, daß hier alles in Ordnung sei, und meinem Diener überbringst du den Befehl, harziges Holz und Fett anzubrennen, um mir eine Handvoll Ruß zu bereiten."

„Schön! Ich wernte ausrichten Befehl mit Sorgfälitgkeitlichung, gewohnter, und auch gebte Diener Auftrag, letzten und rußigen. Wann aber mußte kehr' zurück ich wieder nach Lager, hiesigem?"

„Du kannst, wenn sich die Schiffe früh in Bewegung setzen, voran rudern, um mir ihre Ankunft zu melden."

„Sollte wernte ausrichten mit Vergnügen, ergebenheitlichem!"

Er salutierte wie ein Soldat, bestimmte zwei Asaker zu seiner Begleitung und entfernte sich mit ihnen.

„Ruß?" fragte der Graue. „Wozu brauchen S' denn dieses Zeug?"

„Um einen Neger aus mir zu machen."

„Sind S' g'scheit oder nit?"

„Ich spreche im Ernst."

„Aber gibt's denn hier am oberen Nil auch Faschingsnarren?"

„Wie es scheint! Vielleicht muß ich sogar auch Sie ersuchen, ein solcher Narr zu sein."

„Damit kommen S' mir aber nit! Meine Nas' paßt nit zu solchem Firlefax. Ich hab' niemalen eine Maskerad' mitmachen 'konnt. Und wissen S' warum?"

„Nun?“

„Hab’ ich eine Larv” vorlegen wollen, so ist die Nas’ zu groß g’wesen und hat sie mir aus dem G’sicht g’stoßen. Und hab ich ohne Larv’ gehen wollen, so bin ich wegen eben dieser Nas’ sofort von allen erkannt worden.“„Das ist unangenehm. Und ich sehe freilich ein, daß Sie mit dieser Nase einen sehr unwahrscheinlichen Neger vorstellen würden. Ich muß also leider auf Ihre Hilfe verzichten, weiß aber keinen anderen, dem ich diese Rolle anvertrauen könnte.“

„Welche Rolle meinen S’ denn?“

„Sie hörten doch, daß im Fall eines Angriffs auf das Lager die beiden Gefangenen getötet werden sollen. Wollen wir dasselbe überfallen, so müssen sie vorher herausgeholt, gerettet werden. Und dazu ersehe ich kein anderes Mittel, als daß ich mich als Neger einschleiche.“

„Und da wollen S’ noch einen dazu haben?“

„Ja.“

„Das ist ‘was ganz anderes. Da geh’ ich sofort mit. Streichen Sie mich also in Allahs Namen so schwarz wie möglich!“

„Aber erwägen Sie auch die Gefahr? Werden wir entdeckt, so ist’s um uns geschehen.“

„Unsinn! Mich bekommen s’ nit!“

„Nun, zur Beruhigung will ich Ihnen sagen, daß wir dieses Wagnis des Abends unternehmen. Ich werde das Lager vorher umzingeln lassen. In der Dunkelheit laufen wir auch nicht Gefahr, daß Ihre wenig negerartige Nase Verdacht erweckt. Und erwischt man uns ja, so werden die Unsrigen auf ein Zeichen zu Hilfe kommen. Uns zu wehren, bis sie da sind, wird wohl möglich sein.“

„Natürlich! Ich geh’ als Schwarzer mit. Abg’macht! Ich freu’ mich schon darauf.“

„Aber wir müssen uns fast ganz entkleiden und den ganzen Leib mit Ruß und Fett einsalben!“

„Das tut nix, das macht nix, wann ich nur später wieder in den Besitz meiner kaukasischen Abstammung gelang’. Wegen einem Mal wird man noch lange nicht für immer aan Neger. Also punktum und abg’macht, es bleibt dabei!“

Sechzehntes Kapitel

An der Nilpferd-Maijeh

Die Aufgabe dieses ereignisreichen Tages war gelöst, und man hätte sich nun zur Ruhe begeben können. Die Asaker schliefen auch, wenigstens diejenigen, welche nicht zur Bewachung der Gefangenen munter bleiben mußten. Schwarz und Pfotenhauer aber fanden keinen Schlaf. Der eine wußte seinen Bruder in Gefahr, den auch der andere als seinen „Spezi“ herzlich lieb hatte, und so ließ beiden die Sorge um denselben nicht die so notwendige Ruhe finden.

Zu ihnen gesellte sich später ein dritter, der Sohn des Geheimnisses. Er kehrte innerlich ziemlich beruhigt zurück und setzte sich zu ihnen. Auch er konnte nicht schlafen, aus Freude, das Dunkel seiner Herkunft endlich gelichtet zu sehen, und aus Sorge wegen der gefährlichen Lage seines Vaters.

Um Mitternacht wurden die Wächter der Herden abgelöst, und dann legten sich auch die drei nieder, eingehüllt in die Fliegennetze. Sie wollten wenigstens versuchen, einzuschlafen. Aber von Zeit zu Zeit bemerkte der eine, daß der andere sich immer noch ruhelos bewegte, und als es gegen Morgen war, richtete Schwarz sich auf und schälte sich aus dem Netz, um einen Rundgang zu den Posten zu unternehmen. Sofort fuhr Pfotenhauer auch empor und fragte: „Haben S' geschlafen?“

„Nein.“

„Ich auch nit. Ich leg' mich überhaupt niemals wieder an einem Maijeh nieder. Dieses Teuxelszeug, die Fliegen, sind nit auszustehen. Da hatten einige den Weg ins Netz 'reing'funden, das möcht noch gehen, wann sie mir nur in die Stiefelsohlen g'stochen hätten, aber sie hatten's partout auf meine Nas' abg'sehen. Diese Kreatur hat nit den mindesten klassisch-ästhetischen G'schmack. Ich steh' also auch auf. Was tun wir aber nun?“

„Ich will die Posten besuchen.“

„Das hat keinen Zweck. Ich möcht' Ihnen was Besseres vorschlagen.“

„Was denn?“

„Eine Jagd auf Nilpferde. Es wär' doch eine Sünd' und

Schand', wann wir am Nilpferd-Maijeh g'wesen wären, ohne eins wenigstens zu G'sicht bekommen zu haben. Machen S' mit? Es ist jetzt gerade die Zeit, um welche sie sich um Ufer g'äst haben und ins Wasser zurückkehren."

„Dieser Vorschlag ist ausgezeichnet. Ich gehe mit."

„Schön! Aber wie steht's mit den Waffen?"

„Ich habe mein Gewehr."

„Das reicht nit aus. Mit einem Schuß oder zweien legen S' kein Nilpferd nieder, außer Sie haben Explosionskugeln g'laden."

„Die habe ich nicht bei mir, sondern auf dem Schiff."

„Schade! Ich hab' hier welche, aber sie passen nit für Ihr Kaliber. Wissen S' denn auch, wo das Nilpferd seine Achillesferse hat?"

„Ja, zwischen Auge und Ohr."

„Nit übel! Aber besser noch ist's, man trifft es hinters Ohr. Weiß man die Stell' genau, so reißt die Sprengkugel den Schädel auf und treibt das G'hirn aus'nander. Sie kommen vom Norden und haben diese Jagd wohl noch nit versucht, aber ich und Ihr Bruder, der Sepp, haben schon manches Flußpferd auf diese Weis' erlegt. Ich werd' gleich Sprengkugeln laden, dann gehen wir."

Als er sein Gewehr schußfertig gemacht hatte, verließen sie das Lager. Eben begann der Osten sich heller zu färben, und sie konnten nun wenigstens die Bäume und Sträucher sehen, zwischen und unter denen sie sich langsam und scharf ausspähend fortbewegten.

Sie wandten sich nicht nach dem See, sondern gingen am Ufer des Maijeh hin, weil dort eher ein Nilpferd zu treffen war als am ersteren. Es wurde heller, so daß sie nun deutlich sehen konnten. Der Graue hatte auf alles acht. Einmal blieb er stehen und deutete auf eine eigenartige Fährte.

„Wissen S', wer da g'laufen ist?" fragte er.

„Natürlich ein Hippopotamus!"

„Ja. Sehen S' sich die Spur g'nau an! Dieser Behemot ist da aus dem Wasser kommen, und man sieht seine Spur deutlich im weichen Moor. Rechts und links eine Reihe von Stapfen, einen vollen Fuß im Durchmesser, und in der Mitt' einen Streifen auf der Erd', auf welcher er den Bauch schleift. Das ist... ah, haben S' g'sehen?"

„Ja."

„Was war's? Es fuhr da aus dem hohlen Stumpf heraus, wo es ganz g'wiß Ameisen gibt."

„Ein Erdferkel."
„Lateinisch?"
„*Orycteropus aethiopicus.*"
„Richtig! Und arabisch?"
„Abu Batlaf, Vater der Klauen."
„Ja, weil's so lange Nägel hat. Ich hab' eine solche Klau' zum ersten Mal bei unserem Professor von dera Naturg'schicht g'sehen, welcher in seiner Sammlung viele solche Raritäten g'habt hat. Er war gar kein übler Ornithologe, und ich hab' gar viel von ihm profitiert, aber leiden hat er mich nit können."
„Das ist doch sonderbar", meinte Schwarz, indem sie wieder vorwärts schritten. „Sie sind doch gar kein übler Bursche!"
„Bin's auch nie g'wesen. Aber wißbegierig war ich stets, und da hab' ich ihm oft Fragen vorg'legt, die selbst der klügste Mensch nit beantworten kann. Das hat ihn g'ärgert, und er ist auf den Gedanken 'kommen, mir das bei Gelegenheit zurückzuzahlen. Die ist auch bald eingetreten. Wissen S' wann?"
„Nun?" fragte Schwarz gutwillig.
„Beim Examen. Da hat er mich in eine Verlegenheit g'bracht, die ich niemals nit vergessen werd'. Ich sprach zwar nit davon, denn es hat keinen Zweck für andere, aber gegen einen Freund braucht man nit so zugeknöpft und verschlossen zu sein, und darum will ich's Ihnen anvertrauen. Sie sagen's doch nit weiter?"
„Fällt mir nicht ein!" beteuerte Schwarz.
„Nun, das war nämlich so! Es sollt Examen sein, grad' als ich in dera Quart' g'sessen bin. Das war natürlich aan Ehrentag, und so hab' ich mich fein sauber g'macht und einen blütenweißen Brustlatz vorgebunden mit breitem Kragen und den neuen, bunten Schlips drumrum. So fein ausgestattet, wie ich da g'wesen bin, hat mir's im Examen natürlich gar nit fehlen konnt. Ich war also ganz sicher und g'wiß und wartete auf die Frag', die an mich kommen werd'. Sie ist auch kommen, aber was für eine! Raten S' doch einmal!"
„Bitte, erzählen Sie lieber weiter."
„Ja, das kann ich tun, denn erraten können S' diese Frag' doch g'wiß nimmermehr. Ich bin also aufg'standen, weil das die Höflichkeit erfordert, und da hat er g'meint, ich soll ihm sagen, warum die Vögel Federn haben. Was sagen S' denn nun dazu?"
„Was soll ich sagen? Ich bin doch nicht gefragt worden, sondern Sie sind es!"
„Das ist richtig!"
„Was haben Sie denn geantwortet?"

„Nun, zunächst hab' ich gar nix g'sagt. Ich hab' halt nur so da gestanden und den Professorn ang'schaut, wie der Mops den Mond zur Mittagszeit, denn ich hab' mir gar nit derklären konnt, wie er zu dieser Fragen 'kommen ist. Nachhero aber hat mich das Ingenium ergriffen und ich bin..."

Er hielt mitten in der Rede inne, denn es war ein Schuß gefallen, und zwar nicht weit von ihnen. Es hatte nicht wie von einem gewöhnlichen Gewehr, sondern wie von einem Böller gekracht.

„Wer mag da g'schossen haben?" fragte der Vater des Storchs. „Das könnt man fast für einen Kanonenschuß nehmen!"

„Der Slowake muß es gewesen sein", antwortete Schwarz, „denn sein Katil elfil hat diesen Krach. Vielleicht befindet er sich in Gefahr. Darum schnell hin zu ihm!"

Sie sprangen eiligst weiter, des Gestrüpps und Schilfs nicht achtend, welches ihnen das Vordringen erschwerte. Schon nach wenigen Sekunden hörten sie eine Stimme angstvoll rufen: „*Mussa'adi - to jest hrozné* - zu Hilfe, zu Hilfe!"

„Ja, das ist er, er spricht arabisch, slowakisch und deutsch in einem Atem", fuhr der Doktor fort. Und mit laut erhobener Stimme fügte er hinzu: „Gleich, gleich, Stephan, wir kommen schon!"

Der um Hilfe Rufende hatte ihn an der Stimme erkannt, denn er antwortete zeternd in seinem bekannten Deutsch: „Kommte schnellte, schnellte, schnellte! Ungeheuer freßte mich bei Leibte und Lebte! Sperrte auf den Rachte schon!"

Es versteht sich von selbst, daß er mit diesem „Rachte" den Rachen meinte, er befand sich also einem großen und gefährlichen Tier gegenüber. Was für eins es war, das sahen die beiden, als sie um ein vorspringendes Gebüsch gebogen waren. Dort bildete das Wasser eine kleine Bucht, und das am Ufer derselben niedergestampfte Schilf deutete an, daß da ein Nilpferd aus dem Maijeh an Land zu wechseln pflegte. Es war des Nachts in den Busch gegangen, um sich zu äsen, und nun zurückgekehrt. Unglücklicherweise war gerade um dieselbe Zeit der Vater der elf Haare aus seinem Boot gestiegen und dem Tier in den Weg gelaufen. Das mutige Kerlchen hatte, anstatt dem Nilpferd auszuweichen, auf dasselbe geschossen und war, da seine Kugel nicht einzudringen vermocht hatte, von ihm ganz regelrecht gestellt worden. Es hielt ungefähr acht Schritte vom Ufer entfernt, und gerade zwischen ihm und dem letzteren stand der Slowake. Er hatte das abgeschossene Gewehr fallen lassen und seine Hände an den Leib gelegt. So starrte er voller Angst auf den Behemot, welcher sich ebensowenig wie er bewegte und, ohne zu schnauben oder sonst einen Laut von sich zu lassen, den Rachen offen hielt, und zwar so weit, daß er selbst einen starken Mann damit um den Leib hätte fassen können. Man konnte nicht sehen, wo die Kugel aufgetroffen hatte, doch schien es, daß das Untier von derselben für den Augenblick gelähmt worden sei. Im anderen Fall wäre das Abenteuer dem Kleinen schlecht bekommen.

Dieser wagte zwar nicht, Hand oder Fuß zu rühren, hielt es aber, als er die beiden Helfer kommen sah, nicht für gefährlich, wenigstens die Lippen zu bewegen, denn er schrie: „Schießte rasch auf Niltepfernte, sonst verschlingte mich mit Haut und Haarnte! Treffte gut das Ungetümte, sonst sind verlornte alle drei!"

Schwarz war stehen geblieben und hatte sein Gewehr erhoben, aber der Vater des Storchs rief ihm zu: „Nit Sie! Ihre Kugel hat zu wenig Kraft. Sie sollen schauen, wann S' gut aufpassen, wie rasch das Viehzeug unter dera meinigen zusammenbrechen wird."

Er stand so, daß er hinter das Ohr zu zielen vermochte, und drückte ab. Auf den Knall des Gewehrs folgte blitzschnell ein zweites Krachen, und zwar im Kopf des Tieres. Fleischfetzen und Knochensplitter flogen umher, das Nilpferd wankte und brach vorn nieder, raffte sich wieder auf, neigte den unförmlichen Körper erst auf die rechte und dann auf die linke Seite und stürzte dann zu Boden. Es hatte, sobald es von der Explosionskugel getroffen war, den Rachen wieder geschlossen. Die dicke Haut zog sich in zuckende, seichte Falten und glättete sich dann wieder, der Tod war eingetreten.

Jetzt tat der Sohn der Blattern einen gewaltigen Satz zur Seite, als ob er soeben erst dem gefährlichen Geschöpf begegnet sei, und rief: „Greifte nicht an! Nilpferd verstellente sich gern. Wenn es noch lebente, beißte es alle drei!"

„Unsinn!" lachte der Bayer. „Es fallt dem alten Onkel gar nit ein, sich zu verstellen. Warum springen S' denn eigentlich davon? Das hätten S' doch vorher tun sollen!"

Obgleich der Slowake die Lage noch für gefährlich hielt, nahm er sich doch die Zeit, über diese Worte zornig zu werden. Er antwortete: „Könnte springen denn Sie eetwa, wenn vor Ihnen stehnte Niltepferd? Wenn ich hättente bewegte mich, so hättente es auch beweegte sich und mir Kopf meinigen gebeißte weg."

„Nein, mein Lieber. Sie müssen dies Tier irgendwo an den

Kinnbacken getroffen haben, wovon es halt die Maulsperr' bekommen hat. Weil ihm das noch nie passiert g'wesen ist, war es so verschrocken darüber, daß es halt gar nit vom Fleck hat kommen können. Der Schreck ist ihm in alle Glieder gefahren."

Der Kleine blickte ihn zweifelnd an und antwortete: „Das kannt nicht glaubte ich. Die Maulbesperrt sein Krankheit, menschliche, aber nicht Krampfanfall, nilpferdlicher."

„So! Nun, wann S' das besser verstehen als ich, so sollen S' Recht behalten. Ich hab' freilich auch noch kaan Nilpferd mit der Maulsperr' g'sehen. Aber wann wir nit kommen wären, so hätten S' halt auf ihrer letzten Pfeif' geblasen g'habt. Mir scheint, daß Ihnen die Sach' selbst bedenklich vorkommen ist. Oder nit?"

„Ja", gestand der Vater der elf Haare. „Ich hatte geschießte Elefant und Niltepfernte auch, aber ich hatt noch nie stehente so nahe an Vieh, entsetzliches. Sie seinte Lebensretterer meiniger, und ich wernte Ihnen gebte gern Hand meinige, wenn ich hatt vorher gesehente, daß Hippopotamuste wirklich tot."

Er streckte zwar die Hand aus, wagte sich aber nicht zu Pfotenhauer hin, weil dieser zu dem Nilpferd getreten war, um es zu untersuchen. Das Sprenggeschoß hatte demselben ein tiefes Loch in den Kopf gerissen und den größten Teil des Gehirns heraus getrieben.

„Ein starkes, ausgewachsenes Tier, sicherlich über vier Meter lang", meinte Schwarz, indem er die kolossalen Formen betrachtete.

„Ja, es ist halt aan alter Bulle", antwortete Pfotenhauer. „Aber dennoch wird er unseren Leuten ganz vortrefflich schmecken."

„Wahrscheinlich. Ich aber habe noch kein Nilpferdfleisch gegessen."

„So müssen S' halt mal kosten. Ich sag' Ihnen, daß es gar nit übel schmeckt, und der Speck wird selbst von Kennern gar als Leckerbissen betrachtet. Meinen S' nit auch, Herr Uszkar Istvan?"

Diese höfliche und in sehr freundlichem Ton vorgebrachte Anrede verfehlte ihre Wirkung nicht. Der Vater der elf Haare besaß ein gutes Herz, er erkannte an, daß Pfotenhauer ihn aus einer großen Gefahr befreit habe, trat jetzt herzu, ergriff seine Hand und antwortete: „Ja, Speck seinte große Delikatentesse. Ich hatt schon gegeßte Speck, rohen und Speck, gebratenen, und sein gewesen Leckerbißte, großartiger. Aber wenn Sie wärnte nicht gekommte, so würd' seinte ich selbst ein Leckerbißte, was gar nicht konnte sein Wunsch, meiniger. Sie sein geweste Feind, meiniger, und ich Feind Ihriger, das soll..."

„O nein, nein", unterbrach ihn Pfotenhauer. „ich bin nit Ihr Feind g'wesen, wir haben uns nur zuweilen mal nit recht genau verstanden."

„O, ich hatt verstehnte Sie sehrrr gut, aber Sie wollt nicht begreifen Bildung und Wißtenschaft meinige, Doch wenn Nilpferd hätt beißte mich tot, so wär' geweste pfutscht auch all Kenntnis, lateinischte und meinige. Darum will vergebte ich all Beleidigungte Ihnen und von jetzt an seinte Freund Ihriger und vortrefflicher. Machte mit auch Sie?"

„Natürlich mach' ich mit! Aan Freund ist halt allemal besser als aan Feind, das ist g'wiß. Hier also meine Hand. Schlagen S' kräftig ein! Von jetzund an soll's weder Hader noch Zank zwischen uns geben."

Er wurde von dem Kleinen an der rechten Hand gehalten und reichte ihm bei den letzten Worten auch die linke hin. Der Slowake ergriff dieselbe, sah ihm vertraulich in das lachende Angesicht und sagte: „Ich sein einverstehente ganz und gar. Freundschaft unsrige soll sein ewig und noch viel innigter als Sie hatt gesagte, wollen hier an Leiche dieser und nilpferdiger mach Brüderschafte auf Lebte und Sterbte. Sagte ich Smolltis meiniges, und sagte Sie Fiduztit Ihriges!"

„Dazu hab' ich halt gerade kaan rechts Fiduz. Wissen S', es ist nit pietätvoll, an aaner Leich' Brüderschaft zu machen. So aan Smollis muß mit Bier begossen werden, und da dies hier nit vorhanden ist, so wollen wir noch aan wengerl warten, bis wir mit'nander nach Bayern kommen. Dann kann die Sach' flott vor sich gehen."

„Das seinte Ansicht, sehr richtige", stimmte der Kleine bei. „Brüderschaft nasse ist besser als Brüderschaft trockene. Woll also bleibte noch bei Sie, höfliches, Freundschaft kann sein trotzdem Sehrrr treu und ewigkeitliche."

„Natürlich! Sie sollen schauen, was für aan Freund ich sein kann, wann's an den Mann kommt. Aberst nun vor allen Dingen, was tun wir mit dem Tier? Lassen wir's liegen, so machen sich die Krokodile drüber her."

„Stephan mag Wache halten", antwortete Schwarz, „und wir kehren zum Lager zurück, um Leute her zu senden. Mit unserer Morgenpromenade ist es doch nun aus."

„Ja. Es ist heller Tag worden, und die Schläfer werden indessen aufg'wacht sein. Ich denk', Stephan wird sich das Pferd nit fortschleppen lassen."

„Ich?" fuhr der Slowake sofort auf. „Soll das sein Beleidigungte!"

„Fallt mir nit ein! Wir sind ja Freunde und werden einander nie mehr kränken."

„Das wollt ich mir hatt ausgebitt'! Wenn Sie hätt glaubte, daß ich lass' mir fortschleppte Nilpferd, von mir bewachtes, so fallte mir nie ein, zu machen mit Ihnen Brüderschaft, bayerische und nasse. Ich werd' setzte mich sofort in Zustand, verteidigungten, und Sie könnte gehen mit Ruhe, vertrauensvoller und inniger."

Er hob ein Gewehr auf, um den abgeschossenen Lauf zu laden, und die beiden Deutschen wendeten sich dem Lager zu. Sie hätten wohl Veranlassung zur Unterhaltung gehabt, aber es kam ganz zufälligerweise nicht zu einer solchen, und nur diesem Umstand war es zuzuschreiben, daß Schwarz eine Entdeckung machte, welche ihm sonst entgangen wäre. Er schritt voran und hielt die Augen auf den Boden geheftet. Noch war nicht die Hälfte des Wegs zurückgelegt, so blieb er plötzlich stehen, deutete nach rechts auf eine junge, umgebrochene Farnpflanze und sagte in leisem Ton: „Halten Sie an! Hier muß jemand gegangen sein."

„Möglich", antwortete Pfotenhauer gleichgültig, aber ebenso leise.

„Sie scheinen das sehr leicht zu nehmen?"

„Meinen S', daß ich diese Kleinigkeit schwer nehmen soll?"

„In unserer Lage muß man auf alles achten."

„Es wird jemand von unseren Leuten g'wesen sein."

„Nein. Hierher ist niemand gekommen."

„So ist halt irgend aan Tier vorüberg'laufen und hat den Farn umgeknickt."

„Wollen es untersuchen."

„Wenn es Ihnen Spaß macht, meinetwegen. Ich geh' indessen weiter."

„Nein, bitte, mein Lieber, warten Sie eine kleine Weile!"

Er bückte sich nieder, um die feuchte, sumpfige Erde zu untersuchen. Als er sich wieder aufrichtete, hatte sein Gesicht einen bedenklichen Ausdruck angenommen. Pfotenhauer sah das und fragte darum: „Was gibt's? Was haben S' g'schaut. Ihr G'sicht gefallt mir nit."

„Es ist ein Mensch hier gewesen, barfuß und vor ganz kurzer Zeit."

„Nit gestern schon?“

„Nein, denn in diesem Fall würde der Tau am Farn haften, da derselbe aber abgestrichen ist, so wurde die Pflanze abgebrochen, nachdem es getaut hat.“

„Wer weiß, wer uns g'sucht hat. Man hat uns vermißt, und so ist uns jemand nachg'laufen.“

„Nein. Diese Fährte führt nicht vom Lager her, sondern zu ihm hin. Folgen wir ihr und vermeiden wir dabei jedes Geräusch!“

Er schritt wieder voran, langsam, um die Spur nicht zu verlieren. Diese folgte genau der Richtung, aus welcher er vorhin mit Pfotenhauer gekommen war, dann führte sie nach links ab, wo sie nun viel leichter zu erkennen war. Schwarz blieb stehen, deutete auf die Eindrücke nieder und flüsterte seinem Gefährten zu: „Der Betreffende ist ein dummer Mensch. Er ist bisher fast genau in unsere Spuren getreten und muß also wissen, daß sich zwei Menschen vom Lager entfernt haben. Wenn diese zurückkehren, müssen sie doch unbedingt die deutliche Fährte sehen, welche er von hier an zurücklassen muß.“

„Vielleicht gehört er doch zu uns und hat also keine Veranlassung, so außerordentlich vorsichtig zu sein.“

„Wäre dies der Fall, so wäre er ausgegangen, um uns zu suchen, und also unserer Fährte gefolgt, auch hätte er gerufen. Da dies nicht geschehen ist, so haben wir es ganz gewiß mit einem Fremden zu tun und müssen also vorsichtig sein. Schauen Sie scharf vorwärts, damit wir ihn eher bemerken als er uns.“

Sie wandten sich nun auch nach links, welche Richtung sie zwischen das Lager und die Spitze der Maijeh bringen mußte. Dort war gestern Abend zwischen den Büschen alles niedergetreten worden, ein Umstand, welcher das Suchen auf einer neuen Fährte, die dort kaum zu erkennen war, sehr erschweren mußte, darum schritt Schwarz so schnell wie möglich vorwärts, um den Betreffenden noch vorher zu erreichen.

Das Schilf trat nun zurück, die Bäume standen licht und ziemlich weit auseinander, und über den feuchten Humusboden zog sich ein weiches, dichtes Flechtengewebe hin, welches die Fußeindrücke tief aufgenommen hatte. Die beiden schritten von Baum zu Baum, hinter den Stämmen Deckung suchend. Eben wollte Schwarz hinter einem mehr als mannsstarken Lubahn hervortreten, um den nächsten Baum in schnellen Sprüngen zu erreichen, da hielt der Bayer ihn hinten fest und raunte ihm hastig zu: „Bleiben S' da! Ich habe den Kerl jetzt g'schaut.“

„Wo?“ fragte Schwarz leise zurück, indem er schnell wieder hinter den Baum trat.

„Es ist möglich, daß ich mich geirrt hab', aber ich glaub's halt nit. Zählen S' mal sechs Bäume gradaus, dann steht rechts davon wiederum aan Lubahn, fast noch stärker als dieser hier, an dem wir stehen. Dort hat sich was bewegt, und ich denk', es wird der Kerl sein, den wir suchen.“

Schwarz blickte nach der angegebenen Richtung, sein Auge war schärfer und auch geübter als dasjenige Pfotenhauers, er sah nicht nur den Baum, sondern auch den Mann, der an demselben stand.

„Sie haben recht“, flüsterte er dem Gefährten zu. „Es steht jemand dort.“

„Wer ist's?“

„Das weiß ich freilich nicht. Jedenfalls ist's keiner, der zu uns gehört. Er trägt einen Mantel von Affenfellen, ganz von der Farbe der Baumstämme, so daß er nicht leicht von dem Lubahn zu unterscheiden ist.“

„Weshalb bleibt er dort stehen? Warum geht nit weiter?“

„Vielleicht hat er vom Lager her ein Geräusch gehört, welches ihn zur Vorsicht mahnt. Er will uns jedenfalls beschleichen. Wahrscheinlich ist er nicht allein.“

„Was tun wir da nun? Erschießen wir ihn?“

„Auf keinen Fall.“

„Aber wann er uns derblickt, so läuft er davon, und wir haben das Nachsehen!“

„Er soll uns erblicken, oder vielmehr nicht mich, sondern nur Sie.“

„Das würde wohl die größte Dummheit sein, die es geben kann.“

„Nein, es ist eine Kriegslist. Wenn wir uns jetzt näher schleichen, so hört er uns, weil er gerade jetzt mißtrauisch geworden zu sein scheint. Schleichen Sie nach links und über ihn hinaus. Dann wenden Sie sich wieder gerade nach rechts und tun so, als ob Sie nach dem Lager wollten. Er befindet sich zwischen mir und Ihnen. Sie richten es so ein, daß er Sie sehen muß, tun aber so, als ob sie ihn gar nicht bemerkten. Wenn Sie dann ziemlich nahe an ihm vorübergehen, wird er seine ganze Aufmerksamkeit auf Sie richten und mich nicht eher bemerken, als bis ich ihn bei der Kehle habe.“

„Hm, dieser Gedank' ist gar nit so übel. Greifen S' nur fest zu, daß er Ihnen nit entwischt!“

„Haben Sie keine Sorge. Übrigens werde ich Sie rufen, sobald ich ihn fasse. Sie kommen schnell herbei, und wir zwei werden wohl mit so einem Schwarzen fertig werden. Jetzt machen Sie schnell, ehe er weiter geht!"

Pfotenhauer huschte fort, Schwarz verlor ihn aus den Augen und beobachtete nun den Unbekannten. Dieser machte nach kurzer Zeit eine schnelle Bewegung, als ob er etwas Verdächtiges gehört habe, und duckte sich am Stamm nieder, hinter dem er vorsichtig auslugte, er hatte Pfotenhauer bemerkt. Das war die richtige Zeit für Schwarz. Er schlich sich möglichst schnell weiter, von Baum zu Baum, bis er nur noch wenige Schritte zu demjenigen hatte, hinter welchem der Fremde kauerte. Von diesem war gar nichts zu sehen, da er den Mantel über den Kopf gezogen hatte, damit er von der Umgebung nicht unterschieden werden könne. Soeben ging Pfotenhauer vorüber, langsam, scheinbar ganz in Gedanken versunken, und so nahe, daß Schwarz ihn sehen konnte. Dieser letztere hatte jetzt den Fremden ergreifen wollen, zog es aber vor, zu warten, bis er sich wieder aufrichten werde. Dies geschah nach kurzer Zeit. Schwarz tat zwei Sprünge, faßte ihn an der Kehle, riß ihn nieder und hielt ihn fest. Der Mann stieß einen Schrei aus, wendete dem Angreifer das Gesicht zu und machte eine krampfhafte Anstrengung, sich zu befreien.

Fast hätte Schwarz ihn fahren lassen, als er sein Gesicht erblickte, von welchem die rechte Hälfte samt der ganzen Nase fehlte. Das gab mit den vor Schreck und Anstrengung wild rollenden Augen einen entsetzlichen Anblick. Der Mann war kein Neger, das bewiesen seine schmalen Lippen und die Farbe der von der Sonne verbrannten gesunden Hälfte seines Gesichts. Sein Kopf war unbedeckt, vollständig glatt geschoren und ebenso dunkel gefärbt wie sein Gesicht. Das Alter ließ sich also schwer bestimmen, doch konnte man annehmen, daß es ein ziemlich hohes sein müsse. Neben ihm lag eine Keule aus hartem Holz, deren Knauf mit kurzen, kräftigen Stacheln beschlagen war, sie bildete außer dem Messer, welches er im Lendenschurz trug, seine einzige Waffe.

Auf den Schrei, welchen dieser Mann ausgestoßen hatte, war Pfotenhauer herbei gesprungen, mit dessen Hilfe Schwarz dem Gefangenen die Hände auf den Rücken band.

Bis dahin war kein Wort gefallen, nun aber fragte Schwarz in arabischer Sprache: „Wer bist du, und warum schleichst du dich hier umher?"

Der Mann betrachtete die beiden mit finsterem Blick und antwortete dann in eben derselben Sprache: „Wer seid denn ihr, und warum überfallt ihr mich?"

„Weil ein Freund offen zu uns kommen würde und wir dich also für einen Gegner halten müssen."

„Wo befindet ihr euch denn?"

„Hier am Maijeh Husan el bahr."

„Auf dieser Seite desselben?"

„Ja."

„So gehört ihr zu den Sklavenjägern, welche hier lagern?"

„Nein. Beantworte nun meine Frage! Wen oder was suchst du hier?"

„Ich komme, um Tiere und andere Dinge zu kaufen."

„Ah, so bist du es, den der Feldwebel heute früh erwartet?"

„Ja."

„Warum bist du da so heimlich gekommen?"

„Aus Vorsicht. Ich wollte mich überzeugen, ob der Feldwebel mir die Wahrheit gesagt hat. Ich höre, daß du ihn kennst, und doch sagst du, daß du nicht zu ihm gehörst. Wie habe ich das zu deuten?"

„Wir befinden uns auf einem Rachezug gegen die Sklavenjäger und haben den Feldwebel mit seinen Leuten gefangengenommen."

„So ist auch alles, was er hat, in deine Hand geraten?"

„Ja. Du wirst aber trotzdem deine Absicht erreichen, denn ich bin gewillt, den Handel nun meinerseits mit dir abzuschließen."

Die übrig gebliebene Hälfte des Gesichts verzog sich unter dem Einfluß des Zorns zur häßlichen Fratze, und der Mann antwortete: „Allah verdamme dich! Du bist mir zuvor gekommen, wirst aber den Raub nicht lange behalten. Gib mich augenblicklich frei, sonst müßt ihr alle, du und deine Leute, heute zur Stunde, da die Sonne am höchsten steht, in die Hölle wandern!"

„Wer soll uns die Tür derselben öffnen?"

„Meine Krieger, welche mit Macht über euch kommen werden, wenn ich nicht bald zu ihnen zurückkehre."

„Wie groß ist ihre Zahl?"

„Ich gebiete über mehr Männer, als deine Leute Finger und Zehen haben."

„Also neunmal mehr! Weißt du denn, wie viele Personen unter meinem Befehl stehen?"

„Ich brauche es gar nicht zu hören, ich kann es mir schon denken. Also gib mich frei, sonst seid ihr verloren."

„Und wenn ich dir diesen Wunsch erfülle, was wirst du dann tun?"

„Es ist nicht ein Wunsch, sondern ein Befehl, welchem du gehorchen wirst. Dann werde ich den Raub, den du dem Feldwebel abgenommen hast, mit dir teilen."

„Hm!" lächelte Schwarz. „Wo befinden sich deine Leute?"

„Einige von ihnen sind ganz nahe hier, ich ließ sie zurück, als ich ging, das Lager zu erforschen. Komme ich nicht sehr bald zu ihnen, so werden sie der Hauptschar, welche unterwegs ist, entgegeneilen, um sie zu benachrichtigen, daß ich in die Hände der Feinde gefallen bin. Dann wird weder Allah noch werde ich Erbarmen mit euch haben."

„Du sprichst im Ton eines Emirs, welchem Tausende von Kriegern folgen, das ist unvorsichtig von dir, denn nicht ich bin verloren, sondern du wirst es sein, wenn du meinen Zorn erregst. Du verheimlichst mir die Anzahl deiner Leute, ich will dir offen zeigen, über wie viele ich gebiete. Stehe auf und folge mir!"

Schwarz sprach diese Aufforderung aus, weil soeben vom Wasser her eine laute, befehlende Stimme erklungen war und er also annehmen konnte, daß die Schiffe im Anzug seien. Er zog den Gefangenen von der Erde auf und führte ihn, natürlich von Pfotenhauer gefolgt, dem Ufer zu. Dort suchte er eine Stelle, welche einen freien Durchblick bot, und sah, daß er sich nicht geirrt hatte. Man sah die Schiffe nahen, von Kähnen geschleppt und von einem günstigen Morgenwind getrieben. Die Kähne waren voller Ruderer und auf den Decks der großen Fahrzeuge wimmelte es von Menschen.

„Allah akbar! So viele Schiffe!" rief der Mann erstaunt und betroffen. „Wer sind die vielen Menschen, und was wollen sie hier?"

„Sie wollen deine Krieger vernichten, sobald diese ankommen. Jetzt sage dir selbst, wer in die Hölle wandern wird, wir oder ihr."

„Das ist ja eine wirkliche Flotte von Schiffen und eine ganze Armee von Kriegern!"

„Komm weiter! Ich will dir noch mehr Menschen zeigen."

Er faßte ihn am Arm und führte ihn nach dem Lager. Als sie durch die Büsche ins Freie traten und der Mann die unerwartete Zahl der Anwesenden erblickte, rief er aus: „Da kommt ein wirkliches Heer zusammen! Herr, willst du den Sudan erobern?"

„Nein, ich will nur Abu el Mot bestrafen."

„Abu el Mot?“ erklang es schnell. „Weiter willst du nichts?“

„Nein.“

„Du willst nicht die Dörfer der Bongo überfallen?“

„Nein. Ich will nur Abu el Mot unschädlich machen. Sobald dies geschehen ist, ziehen wir wieder fort.“

„Willst du das beschwören?“

„Ja.“

„Bei deinen Ureltern und bei deinem Bart?“

„Gern und sofort.“

„So segne dich Allah und verleihe dir einst den wichsten Platz im siebenten seiner Himmel! Wären meine Hände nicht gebunden, so würde ich dich umarmen und dich bitten, mich als deinen Freund und Verbündeten zu betrachten.“

„Ist dies dein Ernst?“

„Mein heiliger Ernst, Herr. Die Seriben sind wahre Höllen für die armen Bewohner dieses Landes, und Abu el Mot ist der oberste dieser Teufel in Menschengestalt. Niemand hat die Macht oder den Mut gehabt, sein Gegner zu werden, und so hat er das ganze Land in Ketten und Banden geschlagen. Wonach sein Herz begehrt, das nimmt er; jeder muß ihm gehorchen, und wer das nicht tut, der ist verloren, denn er wird entweder getötet oder in die Sklaverei geschleppt. Nun aber ein Emir kommt wie du, mit solcher Macht, da muß alle Angst verschwinden, und ich biete dir meine Dienste und meine Krieger an, um mit ihnen für dich gegen Abu el Mot zu kämpfen.“

Er hatte mit Begeisterung gesprochen, und die linke Hälfte seines Gesichts glänzte vor Freude. Das war nichts Gemachtes, das war keine Verstellung, und dennoch antwortete Schwarz: „So bist du also nicht ein Freund von Abu el Mot?“

„O nein, sondern ich hasse ihn.“

„Und dennoch kommst du, um mit seinem Feldwebel Handel zu treiben?“

„Handel?“ lachte der Mann grimmig. „Ja, handeln wollte ich, aber nicht wie der Feldwebel es dachte. Ich habe nichts zum Bezahlen mitgebracht. Ich wollte diese Hunde überfallen und töten. Darum wurde ich zornig, als ich hörte, daß sie und ihre Habe bereits in deine Hände gefallen seien. Nun aber magst du alles behalten, ich gönne es dir. Sage mir nur, wo Abu el Mot sich befindet. Es kann nicht so gut wie früher mit ihm stehen, da der Feldwebel von ihm abgefallen ist. Nur dies gab mir den Mut, aus dem versprochenen Handel einen feindlichen Überfall werden zu lassen.“

„Wie ist dein Name?"
„Abu ed Dawuhs - Vater der Keule, weil ich nur mit der Keule zu kämpfen pflege und noch keiner mich in dieser Waffe überwunden hat."
„Und wie viele Männer hast du jetzt bei dir?"
„Zweihundert."
„So viele brauchtest du, um fünfzig zu überfallen?"
„Zum Überfallen allein nicht, denn, Herr, wir sind keine Feiglinge, aber zum Transport der Tiere braucht man viele Menschen, und es mußte alles sehr schnell gehen und jede Spur rasch verwischt werden, da Abu el Mot nicht erfahren durfte, was hier an diesem Maijeh vorgegangen war. Der Feldwebel mußte mit allem, was bei ihm war, spurlos verschwinden, und um dies zu bewerkstelligen, sind vierhundert Hände nicht zu viel. Willst du Vertrauen zu mir haben? Sage mir, was du beschlossen hast!"
Schwarz band ihm die Fessel auf und antwortete dabei: „Ich gebe dir die Freiheit. Finde ich alles so, wie du sagst, so sollst du mein Verbündeter sein und an meiner Seite stehen, wenn Abu el Mot als Besiegter vor mir im Staub liegt."
„Herr, ich habe die Wahrheit gesagt. Erlaube, meine Begleiter herbei zu holen, damit einer derselben zurückreiten und den Kriegern melden kann, welche Änderung eingetreten ist!"
„Das hat noch Zeit. Du sprichst vom Reiten. Sind deine Leute zu Pferd?"
„Nein, sondern auf Kamelen. Auch habe ich Kamele mitgebracht, welche bestimmt waren, den Raub zu tragen, welchen wir hier machen wollten!"
„Ihr werdet auch einen Teil davon bekommen. Daß du so viele Kamele bei dir hast, das ist mir lieb, denn das wird unseren Zug beschleunigen."
„Wohin?"
„Nach Ombula im Belanda-Land. Abd el Mot ist dort und hat das Dorf zerstört, die Unbrauchbaren getötet und die Kräftigen zu Sklaven gemacht."
Der Vater der Keule stand einige Augenblicke bewegungslos, dann schrie er förmlich auf: „Das möge Allah verhüten, denn wir leben mit den Belanda im Bund und haben Verwandte dort!"
„Allah hat es nicht verhütet, denn es ist ja bereits geschehen."
„Weißt du das genau?"
„Ja. Gestern Abend kam ein Bote hierher, um es zu erzählen.

Abd el Mot steht im Begriff, noch weitere Sklaven zu machen, und Abu el Mot befindet sich auf dem Weg zu ihm."

„Dann laß uns schnell aufbrechen, Herr, um diesen Hund umzubringen! Wir sind ja nun mächtig genug, dies zu tun."

„Wir werden noch heute den Zug beginnen. Komm jetzt mit hin zu den anderen, wo wir das übrige besprechen können."

Sie hatten bis jetzt noch am Rand des Gebüschs gestanden. Nun begaben sie sich mitten in das Lager, wo die Leute des Feldwebels noch gebunden an der Erde saßen oder lagen. Als der letztere den neuen Ankömmling erblickte, rief er aus: „Der Schech, welchen wir erwarten! Das ist gut, denn er wird zu unserem Besten reden."

Der Schech aber versetzte ihm einen derben Fußtritt und antwortete: „Schweig, du Abkömmling eines räudigen Hundes! Euch ist ganz recht geschehen. Und hätte nicht dieser fremde Emir euch gefangen genommen, so wäret ihr von mir erwürgt worden. Mögt ihr dereinst in dem Feuer brennen, welches ewig schmerzt und niemals tötet!"

Alle Anwesenden blickten auf den Schech, keiner aber mit solchen Augen und solchem Ausdruck wie Abd es Sirr, der Sohn des Geheimnisses. Er hatte mit dem Sohn der Treue abseits gesessen und war, als er den Fremden erblickte, aufgesprungen, um den Blick nicht wieder von ihm zu lassen.

„Was hast du? Wer ist es? Kennst du ihn?" fragte Ben Wafa.

„Ich... ich... ja, ich muß ihn kennen", antwortete Abd es Sirr, indem seine Augen immer größer wurden.

„Nun, wer ist er?"

„Das... das... weiß ich nicht."

„Wenn du ihn kennst, mußt du es doch wissen!"

„Ich... ich kann mich nicht besinnen."

Er legte die Hände an den Kopf, wie um mit dieser Berührung von außen seinem Gedächtnis zu Hilfe zu kommen, doch vergeblich. Er ging hin und her, sprach halblaut mit sich selbst, setzte verschiedene Namen aus Silben zusammen, kauerte sich dann wieder neben Ben Wafa nieder, kurz, er tat ganz so wie einer, welchem, wie man sich auszudrücken pflegt, ein Wort auf der Zunge liegt, ohne daß es über die Lippen will. Schließlich legte er sich gar lang auf die Erde, grub mit den Fingern Löcher, als ob er den gesuchten Namen ausgraben könne, schlug und strampelte mit den Füßen, ohne aber seinen Zweck zu erreichen.

Indessen hatten Schwarz und Pfotenhauer dem Schech erzählt, was dieser wissen mußte, um mit der gegenwärtigen Lage vertraut zu werden. Er erfuhr, wer die beiden seien, und konnte sich vieles, ja das meiste nicht erklären. Nur das eine begriff er, daß es mit Abu el Mot aus sei, daß dieser ergriffen und dem gefürchteten Vater der Fünfhundert in Faschodah ausgeliefert werden solle. Das entzückte ihn, und er wäre am liebsten gleich jetzt marschiert, wenn seine Leute dagewesen wären.

„Wir sind ihrer genug, um des Erfolges sicher zu sein", bemerkte Schwarz. „Leider aber bin ich der Nuehrs nicht sicher. Wenn ich sie mitnehme, so ist ihnen zuzutrauen, daß sie zu Abu el Mot übergehen. Lasse ich sie aber hier, so muß ich ihnen viele Wächter stellen, welche ich nicht gut entbehren kann."

„Wenn nur das dir Sorge macht, so kann ich dir helfen", antwortete der Schech.

„Wodurch?"

„Durch den Chatib - Wanderprediger meines Stammes. Allah hat ihm die Gabe begeisternder Rede verliehen, so daß ihm selbst das härteste Herz nicht zu widerstehen vermag. Wenn der Geist über ihn kommt, so verläßt er uns und geht auf Reisen, bis ins Land der Schilluk hinunter. Er kennt die Nuehrs genau und weiß mit ihnen zu sprechen. Erlaube ihm, die Schiffe zu besteigen und ihnen zu predigen. Du darfst sicher sein, daß sie dann darauf brennen, im Kampf gegen Abu el Mot ihr Blut zu vergießen."

„Wollen es versuchen. Und jetzt gehen wir zu deinen Leuten, um einen Boten an die übrigen abzusenden, der ihnen sagen soll, daß sie sich sputen mögen."

Als Schwarz nun mit dem Schech über den Lagerplatz schritt, kamen sie an Abd es Sirr vorüber. Dieser gebärdete sich noch immer so auffällig, und sie vernahmen die Worte, welche er vor sich hin sprach: „Abu... Abu... Abu en... en... en... o Allah, laß es mich finden!"

„Was hat dieser Jüngling?" fragte der Schech. „Gehört er vielleicht zu den Wahnsinnigen?"

„Nein. Seine Geburt ist in Dunkel gehüllt, und er hat bis vor kurzer Zeit nur sehr wenig Hoffnung gehabt, daß das Rätsel gelöst werden könne. Vielleicht sinnt er gerade jetzt wieder über etwas nach, was ihm nicht klar werden will."

Sie gingen weiter. Gar nicht sehr entfernt vom Lager, unweit der Stelle, an welcher Joseph Schwarz und der Elefantenjäger dasselbe beobachtet hatten, hielten drei Kamelreiter zwischen den Büschen; sie hatten ein viertes, lediges Kamel bei sich, dasjenige des Schechs.

Dieser letztere kam mit Schwarz zu ihnen, um einen von ihnen fort zu senden und die anderen mit in das Lager zu nehmen. Er sprach jedes Wort so, daß Schwarz es deutlich hörte und also die Überzeugung erhielt, daß der neue Verbündete es wirklich ehrlich meine.

Seine Leute waren nicht wenig darüber verwundert, daß hier, wo ein Überfall geplant worden war, ein Bündnis geschlossen worden sei, als sie aber, wenn auch in kurzer Weise, das Nähere erfuhren, waren sie ganz enthusiasmiert von dem Abenteuer, welches ihrer wartete. Der Bote ritt davon, und die anderen kamen mit ihren Kamelen ins Lager.

Dort war Abd es Sirr noch immer mit dem nicht aufzufindenden Namen beschäftigt. Er fing immer wieder an mit „Abu... Abu en...“, konnte aber die Fortsetzung nicht finden. Da meinte sein junger Freund, der Niam-niam: „Weißt du denn nicht, wo du ihn gesehen hast?“

„Nein.“

„So nützt es dir auch nichts, nach seinem Namen zu suchen.“

„O doch! Wenn ich den Namen finde, so fällt es mir auch ein, wo ich ihn kennengelernt habe. Es ist mir ganz so, als ob mir dieser Mann einen großen Dienst erweisen könne.“

„So denke weiter nach. Allah wird dich auf das richtige führen. Auch ich werde mir Mühe geben.“

„Du? Wie könntest du finden, was ich selbst vergeblich suche!“

„Wenn Allah es will, so finde ich es leichter und schneller als du. Da kommen sie zurück und bringen zwei Reiter mit. Ich an deiner Stelle würde den Mann fragen, wie er heißt.“

„Ja, daran dachte ich auch bereits, aber es kommt so häufig vor, daß man den Namen wechselt. Ich werde es aber dennoch versuchen.“

Er stand auf, trat vor und fragte, als Schwarz und der Schech vorüber wollten, den letzteren: „Herr, würdest du mir wohl deinen Namen nennen? Ich bin noch jung und soll eigentlich warten, bis ich vom Alter angeredet werde, aber Allah wird dir die Erfüllung meiner Bitte vergelten.“

„Jawohl, ich will ihn dir nennen“, antwortete der Scheik. „Ich heiße Abu ed Dabbuhs.“

Abd es Sirr drehte sich, nachdem er gedankt hatte, zu seinem Freund um und sagte enttäuscht: „Das war der Name nicht, den ich meine.“

„So ist es auch der richtige Mann nicht“, meinte Ben Wafa.

„Er ist es ganz gewiß, dieses halbe Gesicht habe ich schon einmal gesehen, und zwar als es noch nicht geheilt war, ich muß damals ein noch kleiner Knabe gewesen sein."

„Bei uns ist es zwar nicht so, aber nicht wahr, die arabisch sprechenden Menschen wählen den Namen nach der Eigenschaft, welche man besitzt?"

„Ja, oft ist es so."

„Nun, weißt du, wie ich diesen Mann nennen würde?"

„Wie?"

„Abu en Nuhß el Wihsch - Vater des halben Gesichts."

Da schlug der Sohn des Geheimnisses die Hände zusammen und schrie auf: „Hamdulillah, ich hab's, ich hab's! Ja, du hattest recht; Allah hat es dir eher gesagt als mir. Du nennst diesen Mann Vater des halben Gesichts, aber sein Name war damals noch nicht so lang, er hieß nur Abu en Nuhß, Vater der Hälfte. Ich hab's, ich hab's! Allah und allen Propheten sei Dank!"

„Es freut mich, daß ich dir habe helfen können, aber ist es dir denn nun auch eingefallen, wo du diesen Namen gehört und also den Mann gesehen hast?"

„Ja, ich weiß es, ich weiß es. Er kam blutüberströmt in unser Zelt, und die Mutter reinigte und verband ihn. Dann lag er lange, lange Zeit krank bei uns. Er nahm mich oft zu sich auf das Serir - Lager und plauderte gern mit mir. Er scherzte viel, und ich mußte ihn immer nur den Vater der Hälfte nennen, weil er nur noch das halbe Gesicht hatte. Das war, wie vieles andere auch, ganz aus meinem Gedächtnis entschwunden und ist nun bei seinem Anblick wieder zurückgekehrt. O Allah, Allah, ich werde mit ihm über meine Heimat und meine Mutter reden können!"

„Wenn er es wirklich ist!"

„Er ist's, er ist's, ich gehe hin zu ihm. Er kann kein anderer sein als Abu en Nuhß. Ich gehe hin!"

Er wollte fort, hatte aber gar nicht nötig, sich von seinem Platz zu entfernen. Seine Worte waren rundum gehört und auch von dem Schech vernommen worden. Dieser kam herbei und fragte: „Ich höre, daß du den Namen Abu en Ruhß nennst. Wen meinst du damit?"

„Dich, Herr", antwortete der Sohn des Geheimnisses. „Ist das nicht dein Name?"

„Nein, aber zu einer gewissen Zeit wurde ich im Scherz so genannt, von einem kleinen Knaben, dessen Gesellschaft mir meine Leiden erleichterte und meine Schmerzen milderte."

„Wo war das? Sage es mir, o sage es schnell."

Schwarz und Pfotenhauer waren auch herbei gekommen und

noch andere kamen, um zu hören, was hier so erregt verhandelt werde.

„Das war zu Kenadem im Land Dar Runga."

„Kenadem, o Kenadem!" jubelte Abd es Sirr auf.

„Kennst du es denn?" fragte der Schech.

„Nein, doch ich bitte dich um Allahs willen, antworte mir weiter, obgleich ich so viel jünger bin als du! Wie kamst du damals nach Kenadem?"

„Ich hatte ein Gelübde getan, das Grab des berühmten Marabuhs von Tundzur zu besuchen. Der Weg war weit, sehr weit, aber ich kam glücklich ans Ziel und brachte meine Gebete dar, dann reiste ich, von meinen Sünden frei, zurück, aber zwischen dem Rahat Gerari-See und Kenadem wurden wir Pilger von der Raubkarawane überfallen. Einige von uns wehrten sich, ich befand mich unter ihnen. Wir wurden niedergehauen, und ich erhielt einen Säbelhieb in das Gesicht, welcher mir nicht nur die Nase raubte, sondern auch die Wange und das halbe Kinn abschälte. Allah nahm meine Seele einstweilen aus dem Körper, um mir die großen Schmerzen zu ersparen. So fand mich ein Reisender, welcher später kam und noch Leben in mir spürte. Er nahm mich mit nach Kenadem zu sich, wo ich erst erwachte, als ich verbunden wurde."

„Wie hieß dieser Mann, welcher dich rettete?"

„Es war Barak el Kasi, der Emir von Kenadem."

„Hast du sein Weib gesehen?"

„Viele, viele Male, denn die Frauen von Kenadem pflegen sich vor den Gästen ihrer Herren nicht zu verschleiern."

„Beschreibe sie mir!"

„Warum?"

„Beschreibe sie, schnell!" gebot der Jüngling fast trotzig, ohne auf das warum zu achten.

„Sie war mild und wohltätig wie der Mond, auf dessen Strahlen sich die Fruchtbarkeit des Taus zur Erde senkt. Alle Menschen liebten sie. Der Emir war finster und streng, aber unsere Seelen neigten sich zueinander, er hatte mir das Leben erhalten, und wir öffneten einander die Ader, um das Blut der Bruderschaft zu trinken. Sein Leben ist wie das meinige und mein Tod wie der seinige. Er liebte mich. Außer mir, und noch viel mehr als mich, hat er seine Frau und sein Kind geliebt."

„Du hast dieses Kind gekannt?"

„Diesen Knaben? Ja, er war das Geschenk Allahs, die Wonne seiner Mutter und die Hoffnung seines Vaters."

„Haben sich diese Hoffnungen erfüllt?“

„Das weiß ich nicht, denn ich bin seit jener Zeit nicht wieder nach Kenadem gekommen.“

„Und der Emir, dein Blutsbruder, auch nicht zu dir?“

„Nein. Nur vor einem Monat, als ich nicht bei den Meinen war, ist ein Fremder gekommen, hat sich Barak el Kasi, Emir von Kenadem genannt und mit mir zu reden verlangt. Da ich nicht daheim war, ist er noch desselben Tages fortgegangen. Es muß ein Irrtum sein, denn mehrere meiner Krieger wollen in diesem Mann den berühmten Elefantenjäger erkannt haben.“

„Der Emir von Kenadem und der Elefantenjäger sind dieselbe Person.“

„Allah! Wie wäre das möglich!“

„Du sollst es bald erfahren. Weißt du, wie der Sohn des Emirs hieß?“

„Ja, es fehlte ihm an jedem Fuß die kleine Zehe, darum hatte man ihm den Namen Mesuf et Tmeni Sawabi-Jlidschr, Mesuf mit den acht Zehen, gegeben.“

„Nun, so schaue einmal her!“

Er entblößte und zeigte erst den rechten und dann auch den linken Fuß.

„Schu halamr el adschib - welch ein Wunder! Auch du hast nur acht Zehen! Oder bist du etwa...“

Er hielt in der Rede inne, betrachtete den Sohn des Geheimnisses genau und fuhr dann fort: „Deine Züge sind noch nicht so fest, daß ich nach so langer Zeit in ihnen diejenigen deines Vaters und deiner Mutter zu erkennen vermöchte, aber eine innere Stimme sagt mir, daß du der Sohn meines Blutsbruders bist. Antworte mir, sage mir, ob meine Ahnung mich täuscht oder nicht!“

„ich bin es, Herr, ich bin der Knabe, welcher mit dir spielen durfte und dich im Scherz Abu en Nuhß nennen mußte. Ich habe bisher nicht gewußt, wer ich bin, nur in letzter Zeit durfte ich einen Blick in meine Heimat werfen, nun ich aber dich erkannt habe, ist es mir so gewiß, als ob der Prophet es mir selber sagte, daß ich jener Sohn des Emirs von Kenadem bin.“

„So komm an mein Herz, du Sohn und Nachkomme meines Blutsbruders! Eine innere Stimme sagt mir, daß du es bist, ganz abgesehen davon, daß auch deine Worte mich überzeugen müssen. Es ist so, als ob ich ihn selbst getroffen hätte. Deine Freunde sind auch die meinigen, und meine Hand wird wider alle deine Feinde sein.“

Er ergriff den Sohn des Geheimnisses bei den Händen und

zog ihn an seine Brust, um ihn zu küssen. Dann setzte er sich mit ihm nieder, und die beiden waren nun ganz ausschließlich miteinander beschäftigt. Es verstand sich ja ganz von selbst, daß sie sich gegenseitig so vieles zu fragen, zu beantworten und zu erzählen hatten.

Schwarz wendete sich von ihnen ab, diese sich selbst zu überlassen und dachte nun erst daran, daß der Vater der elf Haare noch immer allein bei dem erlegten Nilpferd stand und auf die Leute wartete, welche ihm geschickt werden sollten. Er verkündete also mit lauter Stimme, daß ein großes, fettes Husan el bahr getötet worden sei, was von Seiten der Asaker mit großem Jubel aufgenommen wurde, und sandte den Vater des Gelächters mit einer Anzahl Soldaten nach der betreffenden Stelle, welche er ihnen so genau beschrieb, daß sie dieselbe nicht verfehlen konnten.

Als sie dort ankamen, stand der Slowake mit geschultertem Gewehr bei dem Tier und rief ihnen mißmutig entgegen: „Sind euch Flintenläufe in die Beine geraten, daß ihr sie nicht schneller bewegen könnt! Ich stehe nun über eine Stunde bei dem Ungeheuer, um nicht zu dulden, daß ihm das Leben wiederkehrt. Wäre es erwacht und davongelaufen, so hätten alle meine Bitten und Vorstellungen nicht vermocht, es in Güte zurückzuhalten. Ist es nicht genug, daß ich es für euch erschossen habe? Soll ich es auch noch auf den Rücken nehmen, um es euch zuzutragen?"

„Wie? Du hast es geschossen?" fragte der Vater des Gelächters.

„Ja. Wer denn sonst?" antwortete der Kleine stolz.

„Ein anderer. Die Kugel deines Baruhdi er rad - deiner Donnerflinte ist zwar sehr groß, aber ein solches Loch vermag sie doch nicht zu reißen. Das kann nur eine Rßaß scharmat - eine Sprengkugel gewesen sein, und ich weiß, daß nur der Vater des Storchs solche Kugeln besitzt, er also hat das Tier getötet, und nicht du bist es gewesen."

Während die Soldaten sich, ohne auf die Worte der beiden zu achten, mit ihren langen Messern über das Nilpferd hermachten, fuhr der Kleine seinen Freund zornig an: „Schweig! Bist du etwa dabei gewesen? Dein Maul ist zwar so groß wie dasjenige dieses Ungeheuers, aber dein Gehirn ist so gering und klein, daß keine Nimli - Ameise sich daran zu sättigen vermöchte. Hast du denn nicht meine Flinte krachen hören?"

„Wir vernahmen zwei Schüsse und erwachten davon. Da Sihdi Aswad und der Vater der Storchs fehlten, so wußten wir sofort, daß diese beiden geschossen hatten. Nun willst du mir weismachen, daß du es gewesen bist. Das kannst du zwar bei einem anderen versuchen, aber nicht bei einem, der alle Dörfer und Völker, alle Städte und Menschen der Erde kennt!"

„Sprich ja nicht von deinen Menschen und Dörfern! Ich glaube nicht einmal, daß du den Ort kennst, an welchem die Menschen vor Schreck davonliefen, als sie dein neugeborenes Gesicht erblickten. Ich aber kenne alle Sprachen der Welt und die lateinischen Wissenschaften. Mein Kopf kann aufgeschlagen werden wie ein Buch, in welchem alles steht, und wenn ich will, geht mein Verstand auf über die Unwissenden wie die Sonne, welcher nichts in der weiten Schöpfung gleicht."

„Schuh halalk, uskut - welch ein Geschwätz! Verstumme!" schrie der Vater des Gelächters wütend, wobei er ein Gesicht zog, als ob er vor lauter Wonne überströme. „Als mein Gesicht zum ersten Mal auf Erden erschien, da jubelte nicht nur die Sonne, sondern das ganze Firmament. Kennst du meinen Namen und weißt du, wer ich bin? Ich heiße Ali Ben Hadschi Ishak al Faresi Ibu Hadschi Otaiba l'Oscher Ben Hadschi Marwan Omar el Gandesi Hafid Jacub Abd' Allah el Sandschaki. Dein Name aber lautet nur Uszkar Istvan. Kann er sich neben dem meinigen sehen und hören lassen?"

„Jawohl! Dein langer Name ist nichts als ein Bandwurm, von dem man froh ist, wenn er glücklich mit Kopf und Schwanz entfernt worden. Der meinige aber ist voller Kraft, Klang und Wohllaut, und jeder, der ihn vernimmt, freut sich der Musik desselben. Und wie der Name, so der Mann. Während du noch schliefst und durch dein Schnarchen das Weltall erzürntest, war ich bereits wach, um mit dem Riesen der Tierwelt zu kämpfen. Schau her an den Unterkiefer! Siehst du das Loch in der Haut? Meine Kugel ist da so stark aufgetroffen, daß das Tier die Maulsperre bekommen hat und weder ein Glied zu rühren noch ein vernünftiges Wort zu reden vermochte. Nur durch diese meine Kugel ist es zu seinen Vätern und Ahnen versammelt worden, und nun sage mir, ob jemals du so etwas fertig gebracht hast oder fertig bringen wirst!"

„Mit größter Leichtigkeit!" antwortete der Vater des Gelächters. „Rufe nur ein Flußpferd herbei, und du sollst sofort sehen, welchen Schreck ich demselben einjagen werde."

„Das glaube ich freilich, denn es braucht nur dein Gesicht zu sehen, so rennt es augenblicklich davon."

„Sprich nicht von meinem Gesicht!" rief der Hadschi wütend. „Wer ist denn schuld daran, als nur du allein?"

„Ich?“

„Ja, nur du! Mein Gesicht war eine Perle der männlichen Schönheit. Meine Züge glänzten wie die Anfangsworte des Koran, meine Augen strahlten in Kraft und Milde, und meine Wangen leuchteten wie die Morgenröte, bevor ich dich erblickte. Da kamst du, und als ich dich sah, ging mir das Entsetzen wie ein Erdbeben durch alle meine Glieder, und so oft mein Auge auf dir ruht, ergreift mich dieselbe Herzensangst, die mich so plötzlich um den Inbegriff aller meiner Vorzüge gebracht hat. Ich kann erst dann auf Heilung dieses meines Leidens rechnen, wenn ich dich nicht mehr erblicke und für immer von dir geschieden bin.“

„So mache dich von dannen und wage es nicht, mir jemals wieder unter die Augen zu kommen!“ schrie nun seinerseits der Kleine im höchsten Zorn. „Du bist Mismahri et tabuht, der Nagel zu meinem Sarg, und es Sabab kabri, die Ursache meines Grabes. Seit ich dich kenne, gehe ich langsam ein, und der Ärger über dich frißt an den Knochen meines Lebens. Du hast meine Jugend gemordet und die Tage meines Alters im voraus verschlungen. Möge dir der Engel des Gerichts dafür die Haut mit Nadeln bestecken, so dicht wie das Fell eines Pudelhunds!“

„Und dich möge er an den elf Haaren deines Schnurrbarts aufhängen, gerade über demjenigen Schornstein der Hölle, aus welchem...“

Er kam nicht weiter, denn der Slowake war in einem so hohen Grade zornig geworden, daß er sich bei der Erwähnung der elf Haare nicht länger zu beherrschen vermochte.

„Uskat, dschidd ed dija w'esch schu' ub - halte den Mund, du Großvater der Dörfer und Völker!“ stieß er hervor. „Du sollst mich und meinen Schnurrbart sofort kennenlernen!“

Indem er diese Drohung aussprach, warf er sich auf den Hadschi, um ihn bei der Gurgel zu fassen. In der Hitze des Wortgefechts hatten die beiden ihre ursprünglichen Standorte gewechselt. Der Kleine war avanciert und der Vater des Gelächters zurückgewichen, so daß er jetzt hart am Wasser stand, den Rükken demselben zugekehrt. Er wollte dem Angriff entgehen, tat einen Sprung nach rückwärts und verlor den Boden unter den Füßen.

„Ja mußabi, rah nirrak - o Unglück, wir werden ertrinken!“ kreischte er auf und verschwand dann in der gerade hier sehr tiefen Flut.

Es war ganz richtig, daß er nicht von sich allein, sondern in der Mehrzahl gesprochen hatte, denn der Kleine befand sich in derselben Gefahr. Er hatte zu kräftig ausgeholt und flog nun, da der andere ihm ausgewichen war, über das Ufer hinaus und gleichfalls in das Wasser hinein, welches über den beiden hoch aufspritzte.

Die Soldaten schrien vor Schreck, als ob sie selbst hineingefallen seien. Es handelte sich weniger um den Tod des Ertrinkens als vielmehr um die Gefahr, welche seitens der Krokodile drohte, von denen der Maijeh wimmelte. Die anwohnenden Völkerschaften des Nils sind meist gewandte Schwimmer, die Soldaten ebenso, das Wasser an sich bringt ihnen also keine Gefahr, aber vor den in demselben lebenden Ungetümen haben sie sich zu hüten.

Darum schauten die Asaker zunächst nicht nach der Stelle, an welcher die beiden im Wasser verschwunden waren, sondern über die ganze sichtbare Fläche desselben, ob da sich vielleicht ein Krokodil sehen lasse. Und wirklich lagen abwärts auf einer kleinen Landzunge mehrere dieser Tiere, welche die Köpfe erhoben. Das Geschrei der Soldaten schüchterte sie so ein, daß sie nicht ins Wasser gingen. Es kommt häufig vor, daß ein Saurier, selbst wenn er hungrig ist, sich von den Stimmen vieler Menschen einschüchtern läßt.

Jetzt tauchte der Kleine auf, er war mit dem Wasser gut vertraut und blickte sich ängstlich um, zunächst nach Krokodilen und dann nach dem Vater des Gelächters. Als er diesen nicht sah, rief er erschrocken aus: „Ma hai hu, wain fi jah - er ist nicht da, wo befindet er sich?"

„Ba'd taht el moi - noch unter Wasser", wurde ihm geantwortet.

„O Allah, so geht ihm die Luft aus, und er muß elendiglich ertrinken."

Der Streit war vergessen, und er tauchte unter, um seinen Freund zu suchen. Einen Augenblick später erschien der Vater des Gelächters auf der Oberfläche und rief: „Wo ist der Vater der elf Haare? Ich sehe ihn nicht!"

„Er ist wieder hinunter, um dich zu suchen", lautete die Antwort.

„Der Gute, der Freundliche, der Vortreffliche! Er wird sich mir zuliebe den Tod holen. Ich muß zu ihm hinab!"

Er tauchte wieder nieder, und im nächsten Augenblick erschien der Slowake. Als er den anderen auch jetzt noch nicht erblickte, schrie er auf: „Er ist tot! So lange hält es kein Mensch unter Wasser aus. Er ist erstickt, aber ich muß wenigstens seinen Leichnam retten!"

„Bleib oben!" wurde ihm gesagt. „Er war soeben da und ging wieder hinab, um nach dir zu suchen."

„Der Brave, der Liebe, der Herrliche! Aber ich darf ihn nicht verziehen lassen, sonst bekommen ihn die Krokodile."

Er verschwand aufs Neue, dann später erschienen zwei triefende Köpfe in ziemlicher Entfernung voneinander. Sie sprudelten das Wasser von sich und sahen sich um. Der eine erblickte den anderen und rief erfreut: „Bist du es denn wirklich, du Freund meiner Seele, du Trost und Ruhe meines Herzens?"

„Ja, ich bin es, du Lust meiner Augen. Voller Wonne sehe ich dich gerettet, du Licht und Wärme meines Lebens!"

„So eile ich, um dich zu umarmen, o Glück meines Daseins!"

„Und ich schwimme an dein Herz, du Spender der seligsten Freude!"

Laut aufjauchzend schossen sie aufeinander zu, um sich im Wasser zu umarmen, und kamen dann miteinander Hand in Hand auf das Ufer geschwommen. Eben als sie dasselbe erreichten und aus dem Wasser stiegen, rief einer der Soldaten, mit der Hand nach der Landzunge deutend: „Sie sind fort, die Krokodile, sie haben euch gesehen und kommen nun, euch zu fressen. Macht euch schnell vom Ufer fort!"

Mehrere sich rasch nähernde Furchen im Wasser bewiesen, daß er recht hatte. Nur einige Augenblicke später waren die Tiere da, deren dunkle, stumpfe Schnauzen man erscheinen sah.

„Hamdulillah, sie kommen zu spät. Du hast mich gerettet!" rief der Slowake, indem er den Arm um seinen Freund schlang.

„Scharafalillah, ja sie haben sich verrechnet!" antwortete dieser. „Aber nicht ich habe dich, sondern du hast mich gerettet. Ohne dich wäre ich jetzt eine Speise dieser Eidechsen und eine Mahlzeit dieser Ungeheuer, welche Allah verdammen möge!"

„Ja, ihr Leben mag kurz sein und ihr Tod fürchterlich. Ihre Ahnen seien vergessen und ihre Enkel und Nachkommen zu ewigem Hunger verurteilt. Die Krankheit mag ihren Leib verzehren und der Kummer ihre Seele, bis sie aufrichtig Buße tun und es erkennen, daß es eine Sünde gegen Allahs Gebote ist, das Fleisch lebendiger Menschen zu verzehren!"

„Sie werden niemals Buße tun, denn ihre Herzen sind verhärtet, und ihre Ohren hören nicht auf die Stimme des Warners. Sie leben in ihren Sünden weiter und werden im ewigen Feuer brennen, ohne verzehrt zu werden. Wir aber wollen uns freuen, ihren Zähnen entgangen zu sein, und ihnen sagen, daß wir sie verachten jetzt und immerdar!"

Sie riefen nun in echt orientalischer Weise den Krokodilen die beleidigendsten Schimpfnamen zu und verwünschten sie in den tiefsten Abgrund der Hölle hinab. Dann bedankten sie sich gegenseitig. Jeder wollte von dem anderen gerettet worden sein und so sehr sie sich vorhin gezankt hatten, so überschwenglich waren die Freundschaftsversicherungen, mit denen sie sich jetzt gegenseitig erfreuten. Als das zu Ende war, rangen sie ihre Kleider aus und machten sich an die Arbeit, indem sie den Soldaten halfen, das Fleisch und den dicken Speck des Nilpferds in lange Streifen zu zerlegen. Diese wurden dann auf Lanzen gespießt und nach dem Lager getragen, wo mittlerweile mehrere Feuer angesteckt worden waren, an welchen der leckere Braten bereitet werden sollte.

Indessen hatten die Fahrzeuge sich dem Ufer genähert und die Anker ausgeworfen. Als die Insassen derselben den Geruch des Bratens verspürten, begehrten sie, aussteigen zu dürfen, was Schwarz nicht gern erlaubte, der wenigstens der Nuehr nicht ganz sicher zu sein glaubte. Der Vater der Hälfte aber gab ihm den Rat, sich ihre Anhänglichkeit dadurch zu erwerben, daß er ihnen Vertrauen zeige, und so durften sie die Schiffe verlassen. Doch erhielten die Soldaten heimlich den Befehl, auf sie zu achten, damit keiner von ihnen unbemerkt den Platz verlasse.

SIEBZEHNTES KAPITEL

Elefantenabenteuer

Das Nilpferd hatte eine ungeheuere Menge Fleisch geliefert, so daß von den anwesenden Hunderten jedes ein tüchtiges Stück bekam, welches er auf beliebige Weise zubereiten und verzehren konnte. Die Art und Weise, wie das geschah, hätte einem Maler Stoff zu einer ganzen Mappe von Genrebildern gegeben.

Die sich dabei entwickelnden heiteren Szenen sollten auf eine unerwartete und, wenigstens anfänglich, unliebsame Weise unterbrochen werden. Schwarz saß mit Pfotenhauer, dem Vater der Hälfte und Hasab Murat zusammen. Sie aßen gebratenen Hippopotamusspeck, welchen der erstere ganz vortrefflich fand.

„Nit wahr, er ist ausgezeichnet?" fragte der Vater des Storchs. „Kaan Fleischer oder Selcher in Deutschland kann was Besseres aufweisen, und ich kenn' hier am Nil nur aan einziges, was dem nit nur gleichkommt, sondern vielleichten gar noch delikater ist."

„Was ist das?" erkundigte sich Schwarz.

„Das ist aan Elefantenbraten, aber von der richtigen Stell' muß er halt sein. Haben Sie es kennen g'lernt?"

„Elefantenfleisch habe ich gegessen, doch weiß ich nicht, von welchem Körperteil es am besten ist."

„So muß ich es Ihnen sagen. Es ist hier herum in dieser Gegend gar nit ausgeschlossen, daß uns mal so a Herr Elephas oder gar eine ganze Herd' davon begegnet, kommen wir da gut zum Schuß, so werd' ich Ihnen den praktischen Beweis liefern. Wissen S', wo die Kugel den Elefanten treffen muß, wann er sogleich fallen soll?"

„Ja, dort, wo der Rüssel in den Kopf übergeht."

„Das ist schon richtig, obgleich man ihn mit der Explosionskugel auch anderswo tödlich verwunden kann. G'rad unter dieser Stell' muß man sich ein Stück aus dem Rüssel schneiden. Das gibt den besten Braten, den ich jemals 'gessen hab'."

Pfotenhauer verdrehte die Augen und schnalzte mit der Zunge, um den großen Wohlgeschmack des betreffenden Gerichts möglichst anzudeuten. Dabei nickte seine Nase höchst energisch von oben nach unten, als ob sie die Absicht habe, seine Behauptung auf das Kräftigste zu bejahen.

„Elefantenrüssel?“ fragte Schwarz ungläubig. „Ich habe geglaubt, der müsse ziemlich zäh sein.“

„O nein. Er ist so zart wie Rentierzunge. Aberst das Rüsselstück tut's nicht allein, sondern es muß im richtigen Fett gebraten werden, welches dazu g'hört. Das ist nämlich das Fett im Zellgeweb' der Nieren, a Fett, sag' ich Ihnen, was mit gar nix zu vergleichen ist. Ich wollt', es käm' gleich jetzt so aan Elefant g'laufen, damit ich Ihnen zeigen könnt', was ich leider nit zu beschrieben mag!“

„Sie Gourmand!“ lächelte Schwarz. „Ich glaube wirklich, Sie wünschen wegen dieses kleinen Rüsselstücks eine ganze Elefantenherde herbei. Ein nicht ungefährliches Verlangen!“

„Fürchten's sich etwa?“

„Nein. Aber denken Sie an die Verwirrung, welche diese Tiere hier anrichten würden!“

„Wann's ruhig kämen, hätt's gar nix zu sagen, aber freilich wenn's g'reizt werden, dann könnt's uns schlimm dergehen. Wissen's vielleicht, was man so einen Herumläufer nennt?“

„Ja. So nennt man alte männliche Elefanten, welche wegen ihrer Bösartigkeit von den Herden nicht gelitten werden und infolgedessen allein umherirren müssen. Das sind höchst gefährliche Tiere. Wehe demjenigen, der einem solchen unvorbereitet oder gar auf offenem Plan begegnet!“

„Ja, wann so a Herumtreiber käm', der könnt uns all unsere Tiere hier zu schanden machen, er tät sie wohl alle nach'nander aufspießen. Am allerschlimmsten ist's, wann so a Kerl sich auf der Flucht vor denen, die ihn ausg'stoßen haben, befindet. Da reißt er alles nieder, da ist er vor Wut geradezu von Sinnen, und dann tut selbst der kühnste Schütz' klug, wenn er ihm schnell aus dem Weg geht und sich lieber gar nit vor ihm derblicken läßt.“

„Haben Sie die Erfahrung vielleicht selbst gemacht?“

„Ja freilich, droben am Bahr Dschur. Da saß ich mit zwei Niam-niam zusammen und balgte die g'schossenen Vögel ab. Plötzlich wackelte die Erde unter uns, und es gab aan Gedröhn, als ob aan Erdbeben... horch! Was ist das? Hören's nix?“

Schwarz lauschte und antwortete dann: „Das klingt wie ein ferner kleiner Wasserfall. Aber hier gibt es doch keinen!“

„Nein. Das ist was ganz anderes. Vielleicht hab' ich gar den Teufel an die Wand g'malt, und nun kommt er herbei. Wann's nur noch Zeit ist, die Herd' in Sicherheit zu bringen!“

Er war aufgesprungen, legte die Hände wie ein Sprachrohr an den Mund und rief denjenigen Leuten, welche die Aufsicht über die Rinder zu führen hatten, mit weithin schallender Stimme zu: „Harisihn, ruh el bakar, b'id b'id ruh, el 'ifjal, el ifjal - Wächter, fort mit den Rindern, weit, weit fort, die Elefanten, die Elefanten!"

Dieser Ruf wurde im ganzen Lager vernommen. Wer saß, der sprang auf und griff zu den Waffen. Die Wächter eilten zu ihren Tieren und trieben sie mit den Lanzen unter lautem Geschrei hinaus in die Ebene, nach der Richtung, welche Pfotenhauer ihnen andeutete, indem er mit beiden Armen winkte, so daß dieselben wie die Flügel einer Windmühle auf und nieder gingen.

Das starke Geräusch, welches er gehört hatte, war nämlich von links her gekommen, aus dem Wald, welcher jenseits der Spitze des Maijeh lag. Es war jetzt nicht mehr zu vernehmen, da die Hirten schrien und die Soldaten einander Mut zubrüllten. Aber die Lunge Pfotenhauers war kräftiger als die aller anderen.

„Raha, hudu, ja nas, willa nihma maijit - Ruhe, Stille, ihr Leute, sonst sind wir verloren!" donnerte er über die weite Fläche dahin, und sein Befehl fand augenblicklich Gehorsam, wenn auch nicht infolge guter Disziplin, es war vielmehr die Angst, welche die Sudanesen zum Schweigen brachte.

Und nun war das Geräusch wieder zu hören, und zwar mit verdoppelter Stärke. Es glich einem Erdbeben, der Boden schien zu zittern.

„Aiwa, ifjal, ja Allah - das sind Elefanten, o Gott!" rief der Vater der Hälfte.

„Kull kati - eine ganze Herde!" stimmte Hasab Murat bei. „Was tun wir? Bringen wir uns in Sicherheit!"

Er wollte davonlaufen, aber der Vater der elf Haare, welcher mit dem Vater des Gelächters herbeigekommen war, ergriff ihn beim Arm, hielt ihn zurück und sagte: „Hast du keine Angst vor der Sklavenjagd, so brauchst du dich auch jetzt nicht zu fürchten. Ein Elefant ist ein Engel gegen einen Sklavenjäger."

Und zu Schwarz gewendet, fuhr er in deutscher Sprache fort: „Herr Doktor, jetzt werd' Sie gesehent, daß ich nicht hatt gefürchte Elefant, großmächtigen. Ich werd' gebte ihm Kugel aus Gewehr meinigem, grad in die Nase, gerüsselförmigte!"

Schwarz hatte keine Zeit, auf diese Versicherung zu achten. In solchen Verhältnissen drängen sich die Augenblicke zusammen. Seit Pfotenhauer das Geräusch vernommen hatte, waren bis jetzt noch keine zwei Minuten vergangen, und nun dröhnte die Erde, wie wenn die schwache Mauer eines Häuschens von einem vorüber rollenden schweren Lastwagen zittert. Jetzt durchfuhr ein Ton die Luft, so stark, so schneidend, als ob er aus hundert Trompeten zugleich erschalle, dann kam der Goliath der vierfüßigen Tiere um die Ecke des Gebüschs gerannt, den Rüssel hoch erhoben und das kleine lächerliche Schwänzchen wie einen abwehrenden Stachel geradeaus gestreckt.

Es fehlte ihm der eine Stoßzahn, der vorhandene war von außerordentlicher Größe und deutete das hohe Alter des Tieres an, welches im Widerrist sicher eine Höhe von vier Meter besaß, die Länge betrug wohl einen ganzen Meter mehr.

Der Elefant bot mit dem erhobenen Rüssel, den klatschenden Riesenohren und der durchdringenden Trompetenstimme eine so gewaltige Erscheinung, daß ein unwiderstehliches Entsetzen die Sudanesen packte. Sie warfen ihre Waffen weg und rannten davon, um sich hinter den Büschen und Bäumen zu verbergen, und ließen dabei ein Angstgeheul hören, welches den Elefanten aufmerksam machte.

Durch irgend etwas, das man noch nicht sehen konnte, in Wut versetzt, war er bis jetzt wie blind gewesen, jetzt aber blieb er stehen, um den vor ihm liegenden Platz zu beäugen. Er sah die fliehenden Menschen und das kleine Häuflein der Stehengebliebenen, welche den Mut besaßen, ihm Widerstand leisten zu wollen, er schlug mit dem Rüssel ein Rad, hob ihn dann zum Schlag hoch empor und stürzte auf die wenigen Männer los.

Diese letzteren waren die Europäer, der Sohn der Treue und der wackere Vater des Gelächters. Die anderen alle, auch der Vater der Hälfte und Hasab Murat, waren verschwunden. Die gefangenen und gebundenen Leute des Feldwebels lagen mit diesem ganz bewegungslos, um ja die Aufmerksamkeit des Tieres nicht auf sich zu lenken.

Doch noch einen gab es, welcher nicht geflohen war - Abd es Sirr, der Sohn des Geheimnisses. Dieser hatte sich, sobald der Elefant in Sicht kam, zu Boden geworfen und kroch, anstatt zu fliehen, ihm vielmehr rasch entgegen.

„Fliehe, um Allahs willen!“ rief ihm der Sohn der Treue zu. „Er zerstampft dich ja. Es ist ein Hahdschil.“

Dieses letztere Wort bedeutet einen Vagabunden, einen Herumtreiber. Das Tier war also so ein ausgestoßenes, wegen seiner Wildheit und Tücke selbst von seinesgleichen gemiedenes Ungeheuer.

„Ja, ein Hahdschil“, stimmte Pfotenhauer bei. „Eure Kugeln

tun ihm nichts. Trifft die meinige nicht die richtige Stelle, so Gnade uns Gott!"

Die Männer standen dicht beisammen, die Gewehre gegen das Tier erhoben sich. Aber die bereits erwähnte Stelle, auf welche gezielt werden mußte, war nicht zu sehen, da der Elefant den Rüssel gerade aufwärts trug. Es war, als ob er die Verletzlichkeit derselben kenne und sie durch den Rüssel schützen wolle.

Das alles geschah selbstverständlich viel schneller, als es erzählt werden kann. Das Tier war bis auf höchstens vierzig Ellen herangekommen.

„Zerstreut euch und schießt von der Seite!" rief der Vater des Storchs, „da haben wir besseres Zielen."

Er sprang zur Seite, und die anderen folgten seinem Beispiel, den kleinen Slowaken ausgenommen, welcher niedergekniet war und den Lauf seines schweren Katil elfil auf den offenen Rachen des Tieres gerichtet hielt.

„Allah, hilf der Kugel ins Gehirn", rief er aus, „sonst schlägt mir das Vieh den Schädel ein!"

Er drückte ab, und der Schuß hatte einen doppelten Erfolg. Der Vater der elf Haare erhielt nämlich von dem Gewehr einen solchen Rückschlag gegen den Kopf, daß er zu Boden stürzte.

„Lisir'rack - prosit Mahlzeit, mit mir ist's aus!" schrie er, indem er die Augen starr auf den Elefanten gerichtet hielt.

Aber dieser senkte den Rüssel nicht, um den kleinen Schützen mit demselben zu ergreifen oder zu zerschmettern. Er bewegte ihn gar nicht, ja, er bewegte sich selbst nicht mehr. Und das war der andere Erfolg des Schusses. Die große, schwere Kugel hatte ihn mitten im schnellsten Lauf zum Stehen gebracht, er hielt da, wie gelähmt und ohne einen Zollbreit seines Körpers zu bewegen, freilich nur für wenige Augenblicke, aber dies genügte zur Rettung des Slowaken.

Der treue Freund dieses letzteren, nämlich der Vater des Gelächters, sah die Gefahr, in welcher er schwebte, und rief ihm zu: „Lauf davon! Ich halte ihn auf!"

Er sprang vor und gab dem Tier eine Kugel in den unteren, starken Teil des Rüssels, freilich ohne den beabsichtigten Erfolg. Er wäre mitsamt dem Slowaken verloren gewesen, wenn nicht der Sohn des Geheimnisses während dieser kurzen Pause Zeit gefunden hätte, seine Absicht auszuführen.

Abd es Sirr hatte sich ein wenig seitwärts gehalten, und der Elefant war, ohne ihn zu sehen oder zu beachten, an ihm vorüber gerannt und dann, von des Kleinen Kugel getroffen, stehen geblieben. Gerade als der Vater des Gelächters dann seinen Schuß abgab, sprang der Sohn des Geheimnisses vom Boden auf, schnellte sich an das eine hintere Bein des Tieres, holte mit seinem langen Messer aus und versetzte ihm einen Hieb, um die Flechse zu durchschneiden. Hatte er nicht die richtige Stelle getroffen, oder war sein Messer nicht scharf genug, kurz, die Absicht mißlang, und der Elefant drehte sich schnell um, um den neuen Feind zu sehen.

Aber er sah nicht nur diesen einen, sondern mehrere, viele.

Man hatte bisher nur auf diesen einen Elefanten geachtet, nicht aber darauf, was aus dem früheren Getöse, welches doch auf eine ganze Herde schließen ließ, geworden war. Der alte Einsiedler hatte sich in die Nähe eines Trupps gewagt und war von demselben fort gejagt und verfolgt worden. Als er um die Ecke des Maijeh bog, war er seinen Verfolgern aus den Augen gekommen, und diese hatten eine kurze Zeit nach ihm gesucht. Jetzt kamen auch sie um die Ecke. Ihn sehen und mit entsetzlichem Getrompete auf ihn eindringend, war eins. Diese Feinde erschienen ihm jedenfalls fürchterlicher als die Menschen, er wendete sich schnell wieder um und rannte entsetzt weiter, ohne sich für die Verwundungen gerächt zu haben.

Die Zahl seiner vierfüßigen Gegner betrug zwölf, eine Schar, welcher er freilich nicht gewachsen war, sie gehörten jedenfalls einer Familie an, deren Oberhaupt, ein alter Bulle, voran rannte, ihm folgten vier Männchen, vier Weibchen und drei Junge. In ihrem Zorn über den Herumläufer nahmen sie nicht die geringste Notiz von den anwesenden Menschen und stampften mit kaum glaublicher Schnelligkeit vorüber und hinter ihm drein... freilich nicht alle von ihnen.

Der Slowake und sein Freund waren dem Vagabunden ausgewichen und also von seinen Füßen nicht getroffen worden. Als die Herde heran stürmte, hatte der Vater des Storchs gerufen: „Laßt die Männchen vorbei und zielt nur auf die Jungen! Die Weibchen sind uns dann sicher."

Zugleich zielte er nach dem Rüssel des ersten Elefantenjünglings. Schwarz sah das und nahm den zweiten aufs Korn. Die beiden Schüsse krachten und nur wenige Sekunden später der dritte, denn Pfotenhauer hatte sofort auch dem dritten Jungen die Kugel des anderen Laufs gegeben. Seine Explosionsgeschosse wirkten bei der Jugend der Tiere augenblicklich, die zwei Elefanten brachen mit zerschmetterten Stirnen zusammen.

Auch Schwarz hatte genau die beabsichtigte Stelle getroffen, aber sein Schuß konnte keine so plötzlich zerstörende Wirkung hervorbringen. Der Getroffene blieb stehen, schwenkte den Rüssel wie einen Pendel hin und her, stieß ein markerschütterndes Schmerzensgeschrei aus und begann dann, wie betrunken zu wanken.

„Auch der hat genug", rief Pfotenhauer. „Jetzt schnell hinter starke Bäume. Rasch, rasch!"

Er rannte, noch während er diese Worte ausstieß, fort, dem Waldrand zu, und die anderen folgten ihm augenblicklich, nur Abd es Sirr und Ben Wafa ausgenommen, welche sich niederlegten und im Gras zu verstecken suchten.

„Warum fliehen?" fragte der Vater des Gelächters, als er nun in der Nähe Pfotenhauers hinter einem Baum stand. „Wir haben doch gesiegt."

„Seht da nach rechts hinüber, sie kommen schon", antwortete der Gefragte. „Ladet schnell die abgeschossenen Läufe wieder! Die Weibchen werden ihre Jungen rächen wollen."

Er hatte recht. Die Mütter hatten das Geschrei des von Schwarz getroffenen Jungen gehört, die Verfolgung aufgegeben und waren schnell umgekehrt. Sie rannten trompetend der betreffenden Stelle zu. Dort angekommen, fand eine jede gleich ihr Kind heraus. Die Mütter der Gefallenen untersuchten ihre Jungen mit den Rüsseln. Die Mutter des tödlich getroffenen betastete die Wunde ihres Lieblings, streichelte denselben zärtlich und stellte sich eng neben ihn, Seite an Seite, um ihn zu halten und vor dem Umfallen zu bewahren. Ihre Liebkosungen und Anstrengungen waren vergeblich, das Junge neigte sich mehr und mehr zur Seite und fiel dann tot nieder. Nun ging eine Mutter zur anderen, um deren Kind auch zu betrachten und zu untersuchen. Sie erkannten, daß die Jungen tot seien, erhoben die Rüssel und stießen klagende Trompetentöne aus.

„Nun kommt die Rache", sagte Pfotenhauer. „Sie werden uns wahrscheinlich aufsuchen."

„Mir ist es ganz so, als ob wir Strafe verdient hätten", antwortete Schwarz. „Sehen Sie den Schmerz dieser Mütter! Er ist ergreifend, und wer ein Herz hat, dem muß es wirklich leid um sie tun."

„Ja, da kommt halt das deutsche G'müt zum Vorschein. Der Mensch ist das schlimmste Raubtier, was es geben kann. Aberst schaun S'! Haben S' g'sehen?"

Er deutete nach der Elefantengruppe.

„Ja. Die eine Mutter ist hinten niedergesunken und trompetet noch kläglicher."

„Und jetzt bricht die andere auch zusammen. Ah, ich weiß, was es ist. Wissen Sie's auch?"

„Sollte der Sohn des Geheimnisses etwa...?"

„Ja, der ist's, und Ben Wafa mit ihm. Das sind mutige Jungen. Sie haben sich an die Tiere g'schlichen und ihre Messer in G'brauch genommen. Jetzund müssen wir hinaus, sonst kommen s' noch gar in G'fahr. Auch dürfen wir die armen Tiere nit allzulang leiden lassen."

Die beiden Jünglinge hatten sich so gut im Gras versteckt gehabt, daß sie von den zurückkehrenden weiblichen Elefanten nicht gesehen worden waren. Sie schlichen, als diese bei den Jungen angekommen waren, sich von hinten an sie heran, was mit keiner großen Gefahr für sie verbunden war, da die Aufmerksamkeit der Mütter sich ausschließlich auf ihre Jungen richtete. Ungefähr bis auf zehn Schritte herangekommen, zog Ben Wafa seine Kulbedah, ein stark gekrümmtes sichelförmiges und schweres Messer, welches eine sehr gefährliche Waffe ist und sowohl zum Schlagen als auch zum Werfen in Anwendung kommt, sprang auf den ersten Elefanten ein und zerhieb ihm mit zwei schnellen Hieben die Flechsen der Hinterfüße. Dann schlich er sich an das dritte Tier und brachte demselben seine lähmenden Streiche gerade dann bei, als das zweite unter denen seines Freundes auch zusammenbrach.

Die vor Schmerz und Wut brüllenden Elefanten drehten sich zwar nach ihren Peinigern um, versuchten auch, rutschend zum Angriff gegen sie vorzugehen, konnten sie aber nicht erreichen.

Es war ein Anblick wirklich zum Erbarmen. Glücklicherweise kamen jetzt die Weißen herbei und machten den Leiden der Tiere durch einige wohlgezielte Kugeln ein Ende.

„So jetzt fühlen s' nix mehr", sagte Pfotenhauer, indem er sein abgeschossenes Gewehr wieder lud. „Ist das a Jagd und aan Erfolg! Sechs Elefanten in kaum fünfzehn Minuten!"

„Eigentlich ein ganz unnützes Morden!" bemerkte Schwarz.

„Warum?"

„Weil wir diese Massen von Fleisch gar nicht brauchen können. Und Stoßzähne haben weder die Weibchen noch die Jungen."

„Ich bin halt anderer Meinung. Es kann sogar kommen, daß wir das Fleisch sehr gut gebrauchen können. Wir wissen ja nit, ob wir auf unserem Zug für alle ausreichend Essen finden."

„Pah! Ich schätze jedes Weibchen zu achttausend und jedes Junge zu zweitausend Pfund, ein ausgewachsener Bulle kann zwölftausend und sogar noch mehr wiegen. Das sind dreißigtausend Pfund Fleisch. Wie wollen wir dieses Quantum in höchstens zwei Tagen verzehren? Länger hält es sich ja nicht."

„Da kennen S' halt unsere Sudanesen schlecht. Sie sollen mal schauen, wie die nit etwa essen, sondern fressen werden. Übrigens besteht doch nit der ganze Elefant aus Fleisch. Es sind Abfall und Knochen auch dabei, und was für Knochen. Und wann's sich um die Menschlichkeit handelt, so ist's besser, es sterben einige Elefanten mehr, als daß Hunderte von Menschen, wenn auch nur kurze Zeit, Hunger leiden. Übrigens werden diese hier wohl nit die einzigen sein, welche dran glauben mußten. Laden S' nur Ihr G'wehr immer wieder! Wir sind noch lang nit fertig."

„Sie meinen, daß noch andere Elefanten kommen?"

„Andere nit, sondern diejenigen, welche bereits dag'wesen sind. Wann die Bullen bemerken, daß die Madamen fehlen, so lassen sie den Vagabunden laufen und kehren um, sie zu suchen. Elefanten wissen der Fährte der Ihrigen ebensogut zu folgen wie die Menschen."

„Aber töten werden wir wohl keinen mehr?"

„Nein. Schad' freilich um die schönen Zähne der Männchen. Diejenigen des Bullen, welcher voran lief, konnten gegen hundertunzwanzig Pfund wiegen pro Stück. Na, schauen S' sich mal um! Nun die Arbeit g'macht ist, wagen sich unsere Sudanesen wieder hervor."

Die Leute kamen vorsichtig aus den Büschen getreten, und als sie sahen, daß keine Gefahr mehr vorhanden sei, riefen sie das den weiter zurück Befindlichen zu, und bald waren alle um die erlegten Elefanten versammelt. Sogar die Nuehrs hatten sich ohne Ausnahme eingestellt, ein Beweis, daß sie keine Absicht hatten, Abu el Mot oder seine Sklavenjäger aufzusuchen.

Nun wurden Gruppen mit Obmännern, welche man besser als Verschneider bezeichnen konnte, um die Tiere zu zerlegen, bestimmt. Es herrschte in Erwartung der mehr als reichlichen Fleischportionen eine ungeheuere Lustigkeit unter diesen Menschen, die aber leider nicht von langer Dauer war, denn kaum war mit der Arbeit begonnen worden, so hörte man von Westen her, wohin die Wächter die Rinder getrieben hatten, ein vielstimmiges Geschrei, in welches sich die Stimmen brüllender Ochsen und Kühe mischten.

„Was mag das sein?“ fragte Schwarz. „Ob die Herde scheu geworden ist?“

„Möglich. Wollen abwarten, ob sich was sehen läßt“, antwortete Pfotenhauer.

Er brauchte nicht lange zu warten. Da er sich inmitten der vielen Menschen befand, verhüllten sie ihm die Aussicht nach der betreffenden Richtung, doch nur für kurze Zeit, denn plötzlich flogen sie alle unter lautem Geschrei nach rechts und links auseinander und davon.

„El Hahschil, el Hahschil“, so klang es voller Angst von allen Lippen, und in der Zeit von wenigen Sekunden war kein einziger Sudanese mehr zu sehen, sie alle hatten wieder Schutz hinter den Büschen gesucht, die schon vorhin von ihnen als Zuflucht benutzt worden waren.

Nun hatten die wenigen Standhaften einen freien Blick nach Westen. Von dorther kam ein Stier gerannt, brüllend vor Angst und aus allen Kräften laufend. Hinter ihm drein lief der alte Elefantenbulle, welcher vorhin von der Herde gehetzt worden war. Es war keine Täuschung möglich, da man ihn am Fehlen des abgebrochenen Stoßzahns erkannte.

„Alle Texel, das schaut g'fährlich aus!“ rief Pfotenhauer. „Es kommt alles darauf an, wohin der Stier sich wendet.“

„Er ist verloren“, meinte Schwarz. „Der Elefant läuft doppelt so schnell.“

„Ja. Der Ochs kommt grad richtig auf uns zu, doch sieht man, daß er sogleich eingeholt sein wird. Verhalten wir uns ruhig, damit der Herumläufer uns dann nit bemerkt.“

Jetzt hatte der Elefant den Stier erreicht. Anstatt ihn von hinten anzugreifen, machte er sich an dessen Flanke, stieß ihm den Zahn in die Seite und warf ihn mitten im Lauf empor.

Man hörte den Krach, als der Stier die Erde wieder berührte. Er wollte sich trotz der gräßlichen Verwundung aufraffen, aber der Elefant war stehen geblieben und schleuderte ihn abermals empor, viel höher noch als vorher, dann trat er ihn mit Füßen und versetzte ihm mit dem Rüssel so gewaltige Streiche, daß der Besiegte bald eine weiche, formlose Masse bildete.

Die Wut des Vagabunden war durch die feindlichen Elefanten erregt und durch den Anblick der Rinderherde erhöht worden, der Tod des Stiers schien ihn nicht zu befriedigen, er sah sich nach neuen Opfern um. Da erblickte er die kleine, bewegungslose Männergruppe und setzte sich gegen sie in Bewegung, nicht etwa langsam laufend, sondern mit einer Schnelligkeit, welche selbst dem besten Rennpferd Trotz geboten hätte.

„Rettet euch in den Wald und auf die Bäume!“ schrie Pfotenhauer. „Bei diesen Sprüngen ist vom sicheren Zielen und Schießen keine Rede.“

Jetzt kamen die Beine der sonst so furchtlosen Männer in ungewöhnliche Bewegung. Der Vater der elf Haare, der kleinste von ihnen, brachte die größten und weitesten Sätze fertig. Er rannte nicht, o nein, sondern er schnellte sich förmlich vorwärts. Dabei rief er in deutscher Sprache: „Herr Doktor, schießte auf Elefant, schießte doch, schießte! Wenn Elefant uns auffangte mit Zahn seinigem, so fliegte wir in Luft atmosphärige, und seinte zerschmetterte Knochen, unsrige und ganze! Schießte schnell, schießte schnell!“

Der nächste hinter ihm war sein Freund, der Vater des Gelächters. Er machte Sprünge wie ein Panther und brüllte dabei in einem Atem: „O Allah! O Vorsehung! O Ewigkeit! Er wird mich packen, der Elefant, der Verfluchte, der Ungläubige! Möge er vorher in die Hölle stürzen, da, wo sie am tiefsten ist und immer noch ein weiteres, separates Loch nach unten hat!“

Der Sudanese kann absolut nicht schweigen, er muß sprechen und er muß schreien, selbst wenn dies zu seinem größten Schaden ist.

Auch Abd es Sirr und Ben Wafa ließen ihre Stimme hören, vielleicht in der Absicht, den Elefanten von sich abzuschrecken. Sie rannten mehr nach rechts, während das Tier der geraden Linie folgte, welche von dem Slowaken und seinem Freund eingeschlagen worden war. Die anderen hatten eine Schwenkung nach links gemacht. Sie bemerkten, daß sie das Tier nicht mehr hinter sich hatten, und hielten an.

„Meiner Six, so bin ich im Leben noch nit g'rannt!“ sagte Pfotenhauer aufatmend. „Wann wir stehen geblieben wären, so hätten unsere Kugeln der Bestie nix g'schadet, wir aber wären von ihr alle mit'nander zerstampft und zertreten worden. Dort rennt sie auf das Dickicht los. Sie hat es auf den Kleinen und auf den Großvater der Städte und Völker abgesehen. Machen wir schnell, daß wir nachkommen, um denen beiden beizuspringen!“

„Halt!“ hielt Schwarz ihn zurück. „Nur nicht unvorsichtig! Sehen Sie, daß die Kerle soeben das Gebüsch erreicht haben? Sie finden sichere Deckung in demselben und sind also gerettet. Wir aber würden uns in die Gefahr begeben, dem umkehrenden Tier zu begegnen. Wenn wir folgen wollen, so müssen wir es von der

Seite her tun und dürfen uns nicht von dem Elefanten sehen lassen. Kommen Sie!"

Jetzt hatte auch der Herumtreiber das Gebüsch erreicht. Er brach in dasselbe ein, als ob er nur Gras unter den Füßen habe. Dabei bog er Stämme von der Stärke eines Mannesschenkels auseinander oder brach sie ab. Der Vater der elf Haare hörte das gewaltige Knacken und Prasseln hinter sich. Er glaubte, der Elefant sei ihm ganz nahe, wagte sich nicht umzusehen und rannte nur immer geradeaus. Da blieb er mit dem Fuß an einem Schlinggewächs hängen und stürzte nieder. Der Vater des Gelächters flog an ihm vorüber. Er raffte sich schnell wieder auf und schoß vorwärts - fast in das tiefe Wasser des Maijeh hinein, an dessen Ufer er sich befand. Neben sich sah er den gewaltigen Stamm eines Baumes. Emporblickend, bemerkte er die Füße seines Freundes. Er tat einen Sprung nach oben, erfaßte den Ast und schwang sich hinauf. Von da zum nächsten Ast war es nicht weit, er erreichte auch diesen und wollte noch weiter empor, denn er befand sich nur so hoch, daß der Elefant ihn sehr leicht erreichen konnte, mußte aber darauf verzichten. Der Baum hatte nämlich durch Blitzschlag seine Krone verloren, es gab nur drei Äste, und der dritte war abgebrochen und bestand nur aus einem Stumpf, auf welchem nur eine Person Platz finden konnte. Da saß der Hadschi und zog ein Gesicht, als ob er sich im siebenten Himmel Mohammeds, nicht aber in Lebensgefahr befinde.

„O Allah, was soll ich tun?" rief der Kleine. „Konntest du nicht einen anderen Baum wählen! Alle übrigen sind höher und haben mehr Äste. Das Tier wird mich hier abpflücken wie eine reife Traube!"

„Wer hat dir geheißen, mir nach zu klettern?" grinste der andere von oben herab. „Ich bin sicher. Bis herauf zu mir reicht der Rüssel nicht."

„Aber bis zu mir! Oh Allah, Allah, was soll ich tun? Er kommt, er ist da, er ist da!"

Seine Angst war groß und auch gar wohl begründet, denn es krachte und prasselte schon in nächster Nähe.

„Kriech doch auf dem Ast weiter!" riet ihm der Hadschi. „Er ist so dick wie du und reicht über das Ufer hinaus. Da kann das Untier dich nicht erreichen. Mach aber schnell, denn ich sehe ihn schon!"

Er erblickte von seinem höheren Sitz aus den Kopf des Elefanten, der ein ihm im Weg stehendes Bäumchen mit dem Rüssel faßte, samt den Wurzeln aus der Erde zog und dann zur Seite schleuderte.

„Ja, ich krieche, ich krieche", rief der Kleine entsetzt. „Es ist der einzige Rettungsweg, den es gibt."

Er turnte sich auf Händen und Füßen und mit außerordentlicher Schnelligkeit auf dem Ast fort, bis dieser sich unter der Last fast bis zum Wasser niederbog. Dort konnte er von dem Elefanten nicht erreicht werden und atmete erleichtert auf, aber nur für einen kurzen Augenblick, denn unter ihm regte sich etwas, und als er niedersah, fiel sein Auge auf ein Nilpferd, welches im Wasser stand, so daß nur die Nüstern, Augen und Ohren aus demselben ragten.

„Allah kerihm", rief er erschrocken aus, „ana fohk l'ischsch el Husan el bahr - Gott sei mir gnädig, ich hänge über dem Nest eines Nilpferds!"

In diesem Augenblick hatte der Elefant den Baum erreicht und wurde durch das Geschrei des Kleinen auf diesen aufmerksam gemacht. Doch beobachtete er zunächst nicht diesen, sondern den Hadschi, welcher seinem Freund von oben herab antwortete: „Halte dich fest, sehr fest, sonst gilt's dein Leben! Wenn dieses Husan dich erwischt, so zermalmt es dich!"

Der Elefant blinzelte den Sprecher mit seinen kleinen Augen an, stieß einen drohenden Trompetenton aus und richtete dann den Rüssel auf, um den Freund zu ergreifen. Glücklicherweise konnte er ihn nicht ganz erreichen, denn der Vater des Gelächters saß zwei Ellen zu hoch und zog außerdem die Beine an den Leib, wobei er halb ängstlich und halb schadenfroh ausrief: „Versuche es nur, du Sohn eines ehrlosen Vaters, du Neffe eines Oheims, welcher durch dich zum Gelächter geworden ist! Ich spotte deiner Stärke und verachte deine Klugheit. Komm doch herauf, wenn du mich haben willst!"

Der Elefant sah das Nutzlose seiner Bemühung ein und richtete seine Augen auf den Vater der elf Haare. Er avancierte bis an das Wasser und streckte den Rüssel aus, um den Genannten zu ergreifen, konnte aber auch diesen nicht erreichen. Der Kleine bemerkte das mit hoher Befriedigung und schrie ihm spottend zu: „Hast du Appetit nach mir, du Urahn des Rüssels und der großen Ohren? Klettere doch herauf, damit wir uns liebkosen können! Ich möchte dich gern..."

Er kam nicht dazu, auszusprechen, was er so gern tun wollte, denn der Elefant hatte einen schnellen und für den Kleinen sehr verhängnisvollen Entschluß gefaßt. Er war zu der Einsicht gekommen, daß er seinen Zweck auf eine andere als die bisherige Weise zu erreichen suchen müsse. Darum schlang er den Rüssel um den Ast und schüttelte denselben mit solcher Kraft, daß der Vater der elf Haare sich nicht festzuhalten vermochte und weit hinaus in die Luft und dann in das Wasser geschleudert wurde.

Die Anstrengung des Elefanten war so groß gewesen, daß er das Gleichgewicht verlor. Er rutschte mit den Vorderbeinen vom schlüpfrigen Ufer ab. Zwar versuchte er, sich mit dem Rüssel an dem Ast festzuhalten, doch vergeblich, denn das Gewicht seines Körpers war zu schwer, der Ast brach ab, und das Tier stürzte ins Wasser, welches hoch aufspritzte und sich dann über ihm schloß.

Aber schon im nächsten Augenblick tauchte er wieder auf, das heißt, zunächst war nur der kerzengerade emporgestreckte Rüssel zu sehen, welcher im Nu von seinem Schicksal ereilt wurde. Der Elefant war nämlich nicht weit von dem Nilpferd ins Wasser gestürzt, dieses schoß herbei, öffnete den breiten Rachen, klappte ihn um den Rüssel wieder zu und tauchte unter. Einige Sekunden lang schlug das Wasser in hohen, blutigen Wellen und Kämmen auf, dann erschien der Elefant ohne Rüssel, denn dieser war ihm abgebissen worden. Er stieß vor Wut und Schmerz Töne aus, welche jeder Beschreibung spotten, und sah sich nach dem Gegner um. Jetzt erschien derselbe an der Oberfläche, nur wenige Ellen entfernt von ihm, der Elefant holte zum gewaltigen Stoß aus und rannte dem Nilpferd den Zahn, so lang dieser war, in den Leib, dann verschwanden beide abermals.

Im weiteren, doch nur kurzen Verlauf des Kampfes erschien bald das Hinterteil des Elefanten, bald die eine Seite des Hippopotamus über dem Wasser. Der erstere konnte nicht von dem letzteren loskommen, und das Nilpferd strengte alle seine Kräfte an, den Feind unten zu halten und zu ersticken. Die Wogen stiegen zu kleinen Bergen auf, zwischen denen hohe Fontänen empor gespritzt wurden, so daß man die einzelnen Bewegungen der Tiere nicht zu unterscheiden vermochte.

Während dieses Kampfes der Riesen der Tierwelt hielten sich die anderen Bewohner des Maijeh wohlweislich fern, und das war ein Glück für den Vater der elf Haare, welcher so weit hinaus geflogen war, daß die Krokodile bei ihm gewesen wären, bevor er das Ufer hätte erreichen können. Er hatte sich schnell an die Oberfläche gearbeitet und gab sich alle Mühe, so rasch wie möglich an Land zu kommen. Als er es erreichte und triefend aus dem Wasser stieg, wendete er sich um, streckte die Fäuste aus und rief: „Hamdulillah, ich bin gerettet! Ich sollte gefressen werden, nun aber wird euch der Schejtan verschlingen mitsamt eurer ganzen Nachkommenschaft! Kommt schnell herbei und seht, wie ich des Elefanten und des Nilpferds Herr geworden bin!“

Dieser letztere Ruf galt Schwarz und dem Vater des Storchs, welche soeben von seitwärts herbei kamen.

„Ja, kommt, kommt rasch!“ rief auch der Hadschi vom Baum herab. „Wir brauchen sie gar nicht zu töten, denn sie bringen sich gegenseitig selber um. Seht den Vater des Rüssels! Er bringt das Nilpferd an Land, kann aber nicht von ihm los und muß elendiglich aus dem Leben scheiden.“

Das Nilpferd war tot, der Elefant hatte mit den Füßen Grund bekommen und schleppte es, indem er rückwärts ging, an seinem Zahn dem Ufer zu. Er konnte sich trotz aller Anstrengung nicht befreien und schrie vor Grimm in einem Atem fort, wobei ihm das Blut armesstark aus der tödlichen Wunde strömte.

„Da ist die G'fahr also für uns vorüber“, meinte Pfotenhauer. „Bringen wir die G'schicht nun vollends zu End'!“

Er legte sein Gewehr auf den Elefanten an und drückte los. Beim ersten Schuß wankte das Tier, beim zweiten schlug es hinten aus und brach dann nieder, indem es im Wasser verschwand. Dies sehen und vom Baum herab rutschen, war für den Hadschi das Werk nur eines Augenblicks.

„Fachrulillah, Ruhm sei Gott!“ rief er triumphierend. „Wir haben die Schrecklichen bezwungen und die Entsetzlichen erlegt, sie liegen mit ihrer Schande im Wasser und müssen sich schämen, an ihren ehrlosen Tod zu denken. Sie sind durch meine List gefällt und durch meine Kühnheit überwunden worden. Alle Gefährten werden mich preisen und loben, wenn sie das Fleisch der Riesen verzehren.“

„Schweig!“ antwortete der Vater der elf Haare. „Was hast du denn eigentlich getan? Du bist auf den Baum geklettert und hast gewartet, bis die Tiere tot waren, erst dann kamst du wieder herunter. Halte meinen Heldenmut dagegen, so wird dein Ruhmgeschrei augenblicklich verstummen müssen!“

„So?“ fuhr der Hadschi, indem er vor Ärger ein Gesicht zog, als ob er vor lauter Wonne vergehen wolle. „Zähle doch einmal deine Heldentaten auf! Auch du bist auf den Baum geflohen, sogar fast bis an die äußerste Spitze des Astes. Dann hat der Elefant dich ins Wasser geschüttelt, und nun stehst du pudelnaß vor mir, daß es mich erbarmen könnte!“

„Sprich nicht solche Albernheiten. Habe ich denn nicht durch meinen Sprung in den Maijeh den Elefanten listigerweise verführt, auch ins Wasser zu gehen, worinnen er den Tod gefunden hat? Bin nicht also ich es, dem der Sieg zugeschrieben werden muß?“

Die beiden wären wahrscheinlich noch heftiger aneinander geraten, doch wurde ihrem Wortwechsel durch ein rundum sich erhebendes Freudengeheul ein Ende gemacht. Die vor dem Elefanten geflüchteten Leute hatten die Schüsse gehört und Mut gefaßt, sie waren vorsichtig herbei gekommen und sahen, daß nichts mehr zu befürchten sei. Nun erhoben sie, von denen das Ufer wimmelte, ein Triumphgeschrei, vor welchem, wenn sie ihre Kehlen vorhin in derselben Weise angestrengt hätten, der Elefant samt sämtlichen in der Umgegend sich aufhaltenden Nilpferden auf- und davongelaufen wäre. Sie tanzten und sprangen vor Entzücken, und es dauerte eine geraume Zeit, ehe es Schwarz und Pfotenhauer gelang, Ruhe und Ordnung in die Gesellschaft zu bringen.

Nun wurden Seile von den Schiffen geholt, mit deren Hilfe man die beiden Tiere, allerdings unter großer Anstrengung, an Land zog, um sie auszuschlachten und zu zerlegen. Während ein Teil der Leute mit dieser Arbeit beschäftigt war, kehrten die zwei Deutschen mit den anderen zum Lagerplatz zurück, weil zu befürchten stand, daß die Elefanten wiederkommen und ihre Weibchen suchen würden.

Achtzehntes Kapitel

Der Entscheidung entgegen

Die Erwartung der beiden Deutschen, daß die männlichen Elefanten wiederkehren würden, erfüllte sich glücklicherweise nicht. Kaum aber waren die beiden beim Lagerplatz angelangt, als einer der am Ufer beschäftigten Männer herbei eilte und meldete, daß man soeben draußen auf dem Fluß ein Boot gesehen habe, welches nach dem Maijeh einlenke. Schwarz und Pfotenhauer eilten sofort nach dem Wasser, gefolgt von den ihnen näherstehenden Gefährten. Man konnte über den Maijeh hinweg und durch den schmalen Eingang desselben blicken. Auf dem schmalen Streifen des Nils, welches dahinter sichtbar war, kam das Boot, von mehreren Rudern getrieben, herbei geflogen. Schwarz nahm, um es zu betrachten, das Fernrohr zur Hand und reichte es dann dem Vater des Storchs. Kaum hatte dieser letztere einen Blick durch die Gläser geworfen, so rief er, zum Sohn der Treue gewendet, aus: „Das ist ein Fahrzeug der Niam-niam. Was hat das zu bedeuten? Nimm das Rohr und sieh hindurch!"

Ben Wafa folgte dieser Aufforderung und antwortete dann: „Ein Kriegsboot unseres Stammes! Wie und warum kommt dies hierher? Am Steuer sitzt Wahafi, der listigste Krieger meines Volkes, welcher die Ufer des Flusses kennt bis hinab zum See Ombaj. Sobald mein Vater diesen Mann aussendet, handelt es sich um ein wichtiges Unternehmen. Ich bin überrascht und bestürzt über das Erscheinen dieses Bootes."

„Zu erschrecken brauchen wir nicht", meinte Pfotenhauer, „da das Fahrzeug keine feindlichen Menschen bringt. Diese Leute wissen nicht, daß wir uns hier befinden. Sie werden, sobald sie unsere Schiffe erblicken, sofort umkehren wollen. Wir müssen sie also benachrichtigen, daß sie hier nur Freunde finden. Das werde ich tun."

Er rannte fort, entlang am linken Ufer des Maijeh bis zum Eingang desselben, und kam gerade in dem Augenblick dort an, als das Boot dieselbe Stelle passierte. Man hörte, daß er den Insassen etwas zurief, worauf sie ein Freudengeschrei erhoben und sich dem Land näherten. Er sprang zu ihnen in das Fahrzeug, und dann kamen sie über den Maijeh herbei gerudert. Wahafi, der Steuerer, erkannte den Vater des Storchs von weitem.

„Herr, wie freue ich mich, dich zu sehen!“ rief er ihm zu. „Wir kommen nicht allein, sondern es folgen uns viele Krieger nach.“

„Warum?“ fragte Pfotenhauer, indem das Boot anlegte und die Leute ausstiegen.

„Es kam ein Händler aus Metambo zu uns. Er war vorher auf der Seribah Abu el Mots gewesen und hatte da gehört, daß dieser nicht anwesend sei und uns gleich nach seiner Rückkehr überfallen werde. Da beschloß der König, ihm zuvor zu kommen. Er rief alle seine Krieger zusammen und sendete mich voraus, um zu erfahren, wie es auf der Seribah stehe.“

„Das kannst du hier bei uns ganz genau und schneller erfahren. Wohin sollst du dem König die Botschaft bringen?“

„Nach dem kleinen Flüßchen, welches oberhalb Nirrheh in den Nil mündet. Dort will er sich mit seiner Flotte verstecken, bis ich komme.“

„Wie stark ist die Macht, welche er bei sich hat?“

„Es sind über fünfmalhundert tapfere Männer, auf viele Boote verteilt.“

„Das ist gut. Wir sind zwar stark genug, aber wenn ihr euch zu uns gesellt, wird uns nicht ein einziger Feind entgehen können. Wie lange rudert ihr von hier aus, um den König zu erreichen?“

„Nicht länger als einen Tag.“

„So kommt mit uns zum Lager. Wir haben dir sehr viel zu erzählen.“

Die Neuangekommenen freuten sich außerordentlich, den Sohn ihres Königs und auch den Sohn des Geheimnisses so unerwartet getroffen zu haben. Noch größer als diese Freude war ihr Staunen, als sie vernahmen, was sich ereignet hatte. Es wurde eine Beratung abgehalten, deren Ergebnis war, daß Wahafi sofort mit seinen Leuten zurückfahren solle, um dem König vom Stand der Dinge Nachricht zu bringen. Die Niamah-niam sollten von ihrem Aufenthaltsort direkt nach Ombula marschieren und dort mit Pfotenhauer, Schwarz und ihren Leuten zusammentreffen.

Eben wollte Wahafi aufbrechen, als man einen Reiter bemerkte, welcher von Süden her langsam heran geritten kam. Er war eine so wichtige Erscheinung, daß Pfotenhauer das Fernrohr auf ihn richtete.

„Ein Weißer“, sagte er, „und bis an die Zähne bewaffnet. Wer mag das sein? Jedenfalls nicht wieder ein Bote von Abd el Mot, da dieser schon gestern einen geschickt hat."

Wahafi nahm das Fernrohr und sah auch hindurch. Er mochte von Pfotenhauer während dessen Aufenthalt bei den Niam-niam gelernt haben, mit diesem Instrument umzugehen. Als er das Gesicht des Reiters erblickt hatte, sagte er: „Das ist ja Dauwari, der Sucher! Wo der hinkommt, da folgt ihm Mord und Elend nach."

„Du kennst ihn?" fragte Schwarz.

„Nur zu gut. Ich bin der einzige meines Stammes, der ihn kennt. Ich habe ihn bei den Moro gesehen. Kaum war er von ihnen fort, so kam die Sklavenkarawane und überfiel das Volk. Er verkehrt auf den Seriben und kennt alle Menschenjäger, mit denen er Geschäfte macht."

„Kennt er dich?"

„Nein."

„So bleibe noch da. Daß er zu uns kommt, scheint nicht ohne Absicht zu sein. Ein einzelner Mann hütet sich, ein Lager wie das unsrige zu betreten."

Der Mann ließ nicht die geringste Unsicherheit bemerken. Er kam stracks herbei, stieg vom Pferd, grüßte und sagte dann zu Schwarz: „Ich bin zu euch gesandt. Ihr seid doch die Leute, welche zu Abd el Mot gehören?"

„Wer bist du?" erkundigte sich Schwarz, ohne die Frage zu beantworten.

„Ich bin Soldat und traf auf die Sklavenkarawane, welche Abd el Mot befehligt. Er nahm mich in seinen Dienst und sandte mich ab, um euch aufzusuchen."

„Was hast du uns mitzuteilen?"

„Ihr sollt sofort nach den Gutabergen ziehen, wo ihr ihn in der Schlucht es Suwar finden werdet."

„Warum zieht er dorthin?"

„Weil er dort einige Dörfer der Mundo überfallen will."

„Und wann wird er dort eintreffen?"

„Übermorgen. Wenn ihr euch sputet, könnt ihr einen Tag später auch dort sein."

„Wie lautet dein Name?"

„Amar Ben Suba."

Schwarz sah ihm scharf ins Gesicht. Der Mann hielt diesen forschenden Blick lächelnd aus. Seine Züge waren die eines kühnen Mannes, aber nicht vertrauenerweckend.

„Sagst du die Wahrheit?" fragte Schwarz.

„Ja. Warum sollte ich lügen?"

„Und doch lügst du!"

Da zog der Mann eine Pistole aus seinem Gürtel und antwortete drohend: „Sage das ja nicht zum zweitenmal, sonst schieße ich dich nieder! Ich lasse mich nicht beleidigen!"

Wenn er der Meinung gewesen war, dem Deutschen zu imponieren, so hatte er sich geirrt. Dieser schlug ihm die Waffe aus der Rechten, riß ihm die Flinte aus der Linken, holte mit derselben aus und versetzte ihm einen Kolbenhieb gegen den Kopf, daß der Getroffene zu Boden stürzte. Einige Augenblicke später war derselbe entwaffnet und gebunden. Der Hieb hatte ihm für kurze Zeit die Besinnung geraubt. Als er wieder zu sich kam und sich gefesselt sah, rief er aus: „So behandelt ihr den Boten und Vertrauten eures Vorgesetzten? Abd el Mot wird das zu bestrafen wissen!"

„Schweig! Wir lachen deiner Drohung", antwortete Schwarz. „Du bist ein Lügner und als solcher behandelt worden. Du kommst nicht von Abd el Mot."

„So hast du mich gar nicht verstanden?"

„Ich verstehe dich besser, als du ahnst und denkst. Du nennst dich Amar Ben Suba und heißt doch anders. Wir kennen dich, du bist Dauwari, der Agent der Sklavenjäger."

„Du irrst dich. Ich bin kein anderer als derjenige, für den ich mich ausgegeben habe."

„Herr, glaube ihm nicht!" bemerkte Wahafi. „Er ist Dauwari, ich kenne ihn genau."

Der Gefesselte warf einen zornigen Blick auf den Sprecher und antwortete: „Wer bist du, daß du mich kennen willst und es wagst, mich Lügen zu strafen? Sobald ich frei bin, werde ich dir diese Beleidigung mit dem Messer heimgeben!"

Er sah ganz so aus, als ob er der Mann sei, diese Drohung wahr zu machen. Schwarz fuhr ihn zornig an: „Wahre deine Zunge! Ich weiß, wer du bist und was du willst, und habe keine Lust, deine Grobheiten anzuhören."

„Nichts weißt du! Es ist alles genauso, wie ich gesagt habe, und wenn ihr dem Befehl, welchen ich euch überbracht habe, nicht Gehorsam leistet, so habt ihr es mit Abd el Mot zu tun."

„Du meinst mit Abu el Mot."

„Nein, mich sendet Abd el Mot."

„So? Wann hat er denn den vorigen Boten geschickt?"

„Das weiß ich nicht; er hat nicht davon gesprochen. Hat er euch schon einen Mann gesandt?"

„Ja.. Kämst du wirklich von ihm, so würde er dir gesagt haben, daß er tags vorher eine ganz andere Weisung abgehen ließ. Wo hast du ihn denn getroffen?"

„In Ombula."

„Dort ist er gar nicht mehr."

„Er ist noch dort!"

„Nein. Du selbst wirst es noch eingestehen."

„Ich kann nichts eingestehen, sondern nur bestätigen, was ich bereits gesagt habe."

„Nun, ich werde dir beweisen, daß ich meiner Sache sicher bin. Du wirst jetzt die Bastonnade bekommen, so viele Schläge auf die Fußsohlen, bis du die Wahrheit bekennst."

„Das wage nicht! Meine Rache würde schrecklich sein!"

„Wurm, du wagst es, mir zu drohen? Das ist eine Frechheit, auf welche die sofortige Strafe zu folgen hat. Wer von euch versteht es, die Bastonnade zu geben?"

Auf diese Frage meldeten sich gleich mehr als zwanzig der umstehenden Männer. Es wurde ein starker Ast aus dem Gesträuch geschnitten. Dauwari lag auf dem Rücken, einer setzte sich ihm auf den Leib, dann richtete man seine Füße aufwärts und band sie an den Ast, den zwei Männer hielten, ein anderer holte einige fingerstarke Ruten aus den Büschen und hieb auf die entblößten Fußsohlen los.

Der Gezüchtigte biß die Zähne zusammen, er wollte den Schmerz beherrschen und keinen Laut von sich geben, brachte das aber nicht fertig. Schon beim dritten oder vierten Schlag schrie er laut auf, aus dem Schreien wurde ein tierisches Gebrüll, und dann bat er: „Haltet auf, laßt mich los! Ich will alles gestehen, ich will die Wahrheit sagen."

Schwarz winkte, einzuhalten und antwortete: „Du erkennst, daß es mir nicht einfällt, mich von dir täuschen und mir dazu gar noch Grobheiten sagen zu lassen. Beantworte also meine Fragen aufrichtig, sonst wirst du geschlagen, bis man die Knochen sieht! Du warst nicht in Ombula bei Abd el Mot?"

„Nein", stöhnte der Gefragte.

„Sondern du trafst Abu el Mot und seine Homr-Araber unterwegs?"

„Ja."

„Er sandte dich mit dem Auftrag, welchen du ausgerichtet hast, hierher?"

„So ist es."

„Zu welchem Zweck? Was beabsichtigt er?"

Dauwari zögerte mit der Antwort, darum fuhr Schwarz fort: „Besinne dich nicht und antworte schnell, sonst fahren wir mit der Bastonnade fort! Ich weiß auch, ohne daß du es mir sagst, um was es sich handelt. Abu el Mot will uns in eine Falle locken. Ist es so oder nicht?“

Der Gefragte schwieg noch immer und hielt die Augen mit grimmigem Ausdruck auf den Deutschen gerichtet. Wie gern hätte er diesen und diejenigen, welche ihn jetzt züchtigten, in das Verderben geführt, aber der Sudanese, welcher die Streiche gab, versetzte ihm zwei so kräftige Hiebe, daß er, vor Schmerz brüllend, gestand: „Haltet sein, haltet ein! Ja, es ist so. Ihr sollt nach der Schlucht es Suwar gelockt und dort vernichtet werden.“

„Von wem? Abu el Mot hat doch nur wenige Männer bei sich. Will er zu Abd el Mot, um diesen und die Sklavenjäger nach der Schlucht zu führen?“

„Ja.“

„Aber er weiß, daß er selbst dann zu schwach gegen uns ist. Er muß sich also um noch andere Hilfe kümmern. Ich vermute also, daß er einen seiner Homr ausgesandt hat, um Verbündete zu holen, da er aber unter den Negern keine solchen findet, so hat er nach irgendeiner Seribah geschickt. Gestehe es!“

Dauwari zögerte abermals, als er aber sah, daß der Sudanese zum Hieb ausholte, rief er: „Halt! Ich antworte ja! Herr, du hast richtig geraten. Allah hat dich mit großem Scharfsinn begabt. Abu el Mot hat zwei Homr nach der Seribah Ulambo gesandt, deren Besitzer sein Freund ist.“

„Gut! Ich rate dir, klug zu sein. Du befindest dich in meiner Gewalt und wirst erkennen, daß ich nicht scherze. Du kamst als Verräter zu uns und hast also den Tod verdient. Dieser ist dir gewiß, wenn du bei deinem feindseligen Verhalten verharrst. Gibst du aber alle Hintergedanken auf, so wird dir nichts weiter geschehen, und ich lasse dich später laufen.“

„Ist das wahr?“ fragte Dauwari schnell.

„Ja, ich lüge nicht wie du.“

„Schwöre es mir!“

„Ich bin ein Christ und schwöre nie. Mein Wort ist so gut wie zehn Schwüre. Hat Abu el Mot sich etwa auf die Nuehrs verlassen, welche in unsere Hände gefallen sind?“

„Ja. Da du mir die Freiheit versprichst, will ich dir die volle Wahrheit gestehen. Abu el Mot vermutet, daß du die Nuehrs überredet hast, es mit dir zu halten. Ich soll unterwegs heimlich mit ihnen reden und ihnen alles versprechen, was sie nur wünschen können, damit sie von dir abfallen und sich mit gegen dich wenden."

„Das ist nicht übel ausgedacht, nur hat er und hast auch du vergessen, bei eurer Berechnung zu berücksichtigen, daß ihr es mit Abendländern und nicht mit dummen Negern zu tun habt. Wir hätten dir nur scheinbar vertraut und wären sehr bald hinter deine Schliche gekommen. Den Beweis dazu habe ich dir bereits geliefert und du hast ihn gefühlt. Also unterwegs solltest du mit den Nuehrs sprechen? Was verstehst du unter unterwegs? Wie hat Abu el Mot sich diesen Weg gedacht?"

„Ich sollte euch überreden, die Schiffe einstweilen zurückzulassen und zu Lande nach der Schlucht zu marschieren."

„Das wäre ein Marsch von zwei Tagen, während welcher Zeit allerdings sehr viel gegen uns geschehen könnte. Ich weiß genug und will nicht weiter in dich dringen. Du wirst gefesselt bleiben, bis die Zeit gekommen ist, daß du mir nicht mehr schaden kannst, und dann gebe ich dir die Freiheit. Die Streiche, welche du erhalten hast, sind mehr als wohlverdient. Mein ferneres Verhalten gegen dich werde ich nach dem deinigen richten. Das merke dir!"

Dauwari wurde zur Seite geschafft, wo er allein lag und mit niemandem sprechen konnte. Dann traten die beiden Deutschen mit dem Vater der Hälfte, Wahafi, Hasab Murat und den anderen, ihnen treu Ergebenen zu einer kurzen Beratung zusammen.

Es stellte sich heraus, daß sowohl Wahafi als auch der Sohn der Treue und Abd es Sirr die Gutaberge und die Schlucht es Suwar sehr gut kannten. Suwar ist der Plural von Sure, das Wörtchen es ist der Artikel. Die Schlucht es Suwar heißt also zu deutsch die Schlucht der Suren, der Korankapitel. Wahafi erklärte diesen Namen folgendermaßen: „In dieser Schlucht wohnte einst ein frommer Prediger des Islam, welcher die Schwarzen zu Allah bekehren wollte, diese aber wollten ihn nicht hören und erschlugen ihn. Noch sterbend verfluchte er den Ort seines Todes, und darauf gingen alle Bäume ein, welche in der Schlucht standen. Das Wasser versiegte, kein Tropfen Tau fiel vom Himmel, und die Tiere flohen die traurige Stätte, bis ein anderer Imam kam, welcher den Fluch von dem Ort nahm. Er pflanzte so viel Talebpalmen, wie der Koran Suren hat, also einhundertundvierzehn, und sprach bei einer jeden das Hamdulillah issai' jid eddinji - den Anfang des Koran: Preis sei Gott dem Weltherrn, und siehe da, sie wuchsen und gediehen. Nun ist der Ort ein heiliger, und wenn Abu el Mot uns dort vernichten will, so ist sein Beginnen eine doppelt sträfliche Sünde. Allah wird ihn dafür in unsere Hände liefern."

„Bist du hiervon so sehr überzeugt?" fragte Schwarz.

„Ja. Er kann uns nicht entgehen. Wir werden, was er gar nicht ahnt, eher dort sein als er. Wir werden nicht den Landweg einschlagen, sondern zu Schiff hingelangen."

„Meinst du, daß dies schneller geht? Zu Land können wir die gerade Richtung einschlagen, zu Wasser aber müssen wir jeder Krümmung des Nils folgen. Und bedenke, daß wir aufwärts, also gegen den Strom zu fahren haben."

„Das ist wahr, aber habt ihr nicht bisher auch schon Ruderer vorgespannt? Ihr habt mehr als genug Leute, um abwechseln zu können. Ihr könnt Tag und Nacht fahren, schlagt ihr aber den Landweg ein, so müßt ihr ruhen und schlafen und die kostbare Zeit verlieren. Außerdem erwartet Abu el Mot, daß sein Plan gelingt, er vermutet nicht, daß ihr auf dem Nil kommt, und wird seine Aufmerksamkeit also in eine falsche Richtung lenken. Ich rate euch, sofort aufzubrechen. Abd es Sirr und Ben Wafa kennen den Strom genau und werden euch als Piloten dienen. Ich aber kehre sofort zurück, um den König zu benachrichtigen. Der Ort, an welchem er mit seinen Kähnen und Leuten liegt, beherrscht die Seribah Ulambo, von welcher Abu el Mot Hilfe erwartet. Sollten die dortigen Menschenjäger sein Begehren erfüllen und ihm zu Hilfe eilen, so werden wir uns ihnen in den Weg stellen."

„Wir können nicht sofort aufbrechen, da wir die Krieger unseres Vaters der Hälfte erwarten müssen."

„Die werden hier sein, bevor eine Stunde vergangen ist", antwortete der genannte Häuptling.

„Aber sie sind beritten und müßten doch mit uns in die Schiffe?"

„So lassen sie ihre Tiere hier. Ihr könnt ja eure Herde auch nicht mitnehmen und müßt sie einer Anzahl von Leuten anvertrauen, welche hier warten müssen, bis wir zurückkehren. Da, blicke hinaus gegen die Ebene! Siehst du den langen Reiterzug? Das sind meine Männer, du brauchst also nicht einmal die angegebene Stunde auf sie zu warten."

„So ist ja alles recht, und ich werde also nach meinem Boot gehen, damit ich keine Zeit verliere", meinte Wahafi. „Morgen Abend werdet ihr uns erreichen, und übermorgen früh können wir uns in der Schlucht es Suwar befinden. Wir kamen hierher, um uns im Maijeh ein Wild zu schießen und dann weiter zu fahren. Beides ist unnötig geworden, da wir vom Fleisch des Elefanten nehmen und die Rückkehr antreten können. Allah begleite euch und halte jeden Unfall von euch fern!"

Er ging so schnell davon, als ob er einen Einspruch gegen seine Vorschläge für höchst überflüssig halte, und die anderen sahen auch wirklich ein, daß er das beste geraten hatte.

Die jetzt herbei kommenden Krieger waren durch die ihnen entgegengesandten Boten schon von allem benachrichtigt, sie wunderten sich also nicht, anstatt des Feldwebels und seiner wenigen Leute ein Lager zu finden, in welchem es von Menschen wimmelte. Es waren lauter kräftige, wilde, wohlbewaffnete Gestalten, die als Kampfgenossen gern willkommen geheißen wurden...

Am anderen Nachmittag, als die Sonne fast den Horizont berührte, erreichte das kleine Geschwader eine Stelle, an welcher sich der Fluß scharf ostwärts bog und von Süden her ein kleinerer, aber hier doch ziemlich breiter Wasserlauf in denselben mündete.

„Das ist der Arm, in den wir uns rudern lassen müssen", sagte Abd es Sirr, welcher neben Schwarz und Pfotenhauer auf dem vordersten Schiff stand. „Ich kenne ihn und weiß auch die Stelle, an welcher uns der König der Niam-niam erwartet."

Noch bevor er eine Antwort erhielt, hörte man von vornher einen lauten, durchdringenden Schrei, und zugleich sah man ein Boot, welches aus der Mündung des Nebenflusses herbei geschossen kam. Diesem ersten folgten mehrere, viele, eine ganze, große Flottille von Kriegskähnen. Im vorderen stand Wahafi am Steuer, welcher den anderen durch den erwähnten Schrei das Zeichen gegeben hatte, ihm zu folgen.

Die Schiffe hatten guten Wind gehabt und sich also ihrer Segel bedient, waren aber außerdem auch noch durch Ruderboote gezogen worden. Zu diesen letzteren spannten sich jetzt die Kähne der Niam-niam vor, mit deren Hilfe die Schnelligkeit eine verdoppelte wurde. Das Geschwader fuhr in den Nebenfluß ein und dann noch eine Strecke in demselben aufwärts, bis auch hier ein noch kleineres Flüßchen von seitwärts kam, dessen Tiefe und Breite gerade für die Dahabieh genügte. In diesen Wasserlauf bugsierte man die Schiffe, welche dann hintereinander Anker warfen.

Dies geschah gerade noch zur rechten Zeit, als die Sonne verschwand und die nur wenige Minuten lange Dämmerung hereinbrach. Das Flüßchen wurde zu beiden Seiten von Büschen eingerahmt, hinter welchen sich ein hoher Sunutwald ausdehnte. Da, wo die Schiffe lagen, waren am linken Ufer die Sträucher mit derben, scharfen Messern niedergeschlagen worden, um Raum für einen Lagerplatz zu gewinnen. Die Äste und Zweige hatte man zum Bau von Hütten verwendet, welche ein gegen den Fluß offenes Viereck bildeten. In der Mitte desselben brannte, obgleich es noch nicht vollständig dunkel war, ein großes Feuer. Zwischen diesem und dem Wasser stand ein Kreis von Kriegern, welche unter freudigen Willkommensrufen ihre Waffen schwangen. Sie hatten sich um eine Art Podium, eine aus Erde und Zweigen errichtete Erhöhung gruppiert, auf welcher ein Mann saß, der in jeder Hand etwas hielt. Welche zwei Gegenstände das waren, konnte man nicht erkennen.

„Das ist der König der Niam-niam“, erklärte Pfotenhauer, zu Schwarz gewendet. „Er liebt es, Fremde wir auf einem Thron sitzend zu empfangen.“

„Und was hat er in der Hand?“

„Das Zepter und den Reichsapfel.“

„Alle Wetter! Also ganz wie der König auf einer deutschen Skatkarte.“

„Ja. Er hat von irgend wem erfahren, daß europäische Herrscher diese Gegenstände als Insignien ihrer Macht und Würde besitzen, und sich infolgedessen auch Zepter und Reichsapfel anfertigen lassen. Bei Audienzen hält er beides in den Händen. Lassen Sie uns aussteigen, er erwartet uns.“

„Wie habe ich ihn zu grüßen, ohne mich zu erniedrigen und ihn zu beleidigen?“

„Wie einen biederen Deutschen. Tun Sie ganz so, wie ich es mache, und haben Sie keine Sorge. Er spricht leidlich arabisch, so daß die Unterhaltung Ihnen keine Schwierigkeiten bereiten wird.“

Sie gingen über das vom Bord nach dem Ufer gelegte Brett an Land, und ihre gewöhnlichen Begleiter folgten ihnen. Sie schritten voran, hinter ihnen kam Hasab Murat mit dem Vater der Hälfte, dann der Vater der elf Haare mit dem Hadschi und nachher der Sohn der Treue neben dem Sohn des Geheimnisses. Die anderen mußten noch an Bord bleiben, nur die Niam-niam hatten ihre Boote an Land gelegt und waren ausgestiegen, sie bildeten eine ebenso zahlreiche wie malerische Ehrengarde, welche von Wahafi angeführt wurde.

Als der Zug den Thron erreicht hatte, schlossen die Niam-niam einen Kreis um denselben, und die anderen erstiegen die vier Stufen, welche hinauf führten. Oben angekommen, trat Pfotenhauer ohne alle Umstände auf den König zu, streckte ihm die Rechte entgegen und sagte: „Massik bilchair ja malik, kif chatrak - guten Abend, o König, wie geht es dir?"

Der König legte das Zepter zur Seite, ergriff und schüttelte die ihm dargereichte Hand und antwortete in gemütlichem Ton: „Ilhamd'illa bchair, w'int kif halak - Gott sei Dank, gut, und du, wie geht es dir?"

„B'anzahrak fi chair kamahn: bischkir afdalak - unter deinen Blicken auch gut, ich danke!" antwortete Pfotenhauer und fügte dann hinzu, indem er auf Schwarz deutete: „Hier bringe ich dir meinen Freund, den ich deiner Liebe empfehle. Er ist der Bruder Aswads, mit welchem ich dich verließ."

„Wahafi hat mir schon von ihm erzählt. Er sieht seinem Bruder ähnlich und wird, wie ich hörte, Abu 'l arba ijun, Vater der vier Augen genannt. Er ist mir herzlich willkommen."

Nun legte er, indem er die Hand Pfotenhauers noch immer fest hielt, auch den Reichsapfel weg und reichte Schwarz die jetzt frei gewordene linke Hand. Das Schütteln begann von neuem, und dabei sagte der gemütliche Herrscher, indem er dem Slowaken und dessen Freund zunickte: „Jedenfalls ist das der Vater der elf Haare mit dem Vater des Gelächters. Wahafi hat auch diese zwei erwähnt und..."

Er kam nicht weiter, denn der Vater des Gelächters trat rasch vor und sagte: „Verzeihe, o König! Man nennt mich zwar so, wie du gesagt hast, aber ich gestatte das nur meinen intimen Freunden. Ich bin nämlich Hadschi Ali Ben Hadschi Ishak a Faresi Ibn Hadschi Otaiba Abu l'Oscher Ben Hadschi Marwan Omar el Gandesi Hafid Jacub Abd'allah el Sandschaki!"

„Schon gut, schon gut!" lächelte der König. „Dieser Name ist für meine Zunge zu lang, und da ich mich auch als deinen intimen Freund betrachte, so werde ich dich so nennen wie vorher."

Der Vater der Hälfte und Hasab Murat wurden ihm auch vorgestellt und in derselben freundlichen Weise bewillkommnet. Als nun der nächstliegenden Höflichkeit Genüge geschehen war, hielt er es für erlaubt, Ben Wafa, seinen Sohn, zu begrüßen. Er umarmte und küßte ihn herzlich und zog dann auch den Sohn des Geheimnisses an seine Brust. Das geschah ganz so, wie ein deutscher Vater es mit seinem Kind und dessen Freund getan hätte. Die Liebe zu dem Sohn und das aufrichtige Wohlwollen für die Fremden lagen so deutlich in seinen Zügen, daß der Eindruck seines Verhaltens ein außerordentlich gewinnender war.

Sein Gesicht war rund und voll, die Farbe desselben dunkelbraun. Seine breite, nicht zu hohe Gestalt steckte in einem einfachen, schlafrockähnlichen Gewand, um welches ein Säbel gegürtet war, eine andere Waffe trug er jetzt nicht. Den einzigen Schmuck bildete sein Haar, welches in viele dünne Zöpfchen geflochten war, welche, nach oben gerichtet, eine Art Trichter bildeten, auf dessen Spitze ein ausgestopfter Prachtfinke befestigt war.

Der Sitz des Thrones nahm drei Seiten desselben ein und hatte Platz für mehrere Personen. Schwarz und Pfotenhauer mußten sich zu beiden Seiten des Königs setzen, und die anderen ließen sich rechts und links von ihnen nieder. Nun mußten die beiden ersteren erzählen. Der König hörte ihnen aufmerksam und schweigend zu und sagte, als er alles erfahren hatte, zu Schwarz: „Hoffentlich lebt dein Bruder noch und der Elefantenjäger auch. Sollten sie ermordet worden sein, so werden Abu el Mot und Abd el Mot es mit tausend Schmerzen zu bezahlen haben, das verspreche ich dir. Morgen um diese Zeit werden wir wissen, woran wir sind, denn wir erreichen noch vor Anbruch des Tages die Schlucht es Suwar."

„So meinst du, daß wir noch während der Nacht marschieren werden?"

„Wir gehen nicht, sondern wir fahren. Dieses Flüßchen führt so nahe an die Schlucht, daß wir nur eine halbe Stunde lang durch den Wald zu gehen haben, um sie zu erreichen."

„Und wie steht es mit der Seribah Ulambo? Abu el Mot hat zwei Boten um Hilfe dorthin gesandt."

„Die Boten sind zurück. Sie haben sich dort gar nicht verweilt."

„Und welchen Erfolg haben sie gehabt?"

„Das weiß ich nicht, sie haben es mir nicht sagen wollen."

„So hast du mit ihnen gesprochen?"

„Ja. Wir haben sie ergriffen. Ich wollte sie nicht zur Rede zwingen, sondern lieber euere Ankunft erwarten. Ich habe sie dort hinten an die Bäume binden lassen und zwei Wächter zu ihnen gestellt. Wenn ihr es wünscht, werde ich sie holen lassen."

„Tue das, und zwar sofort!"

Es waren noch mehrere Feuer angebrannt worden, um welche sich die Niam-niam jetzt gelagert hatten. Diese Leute waren mit langen, sichelartigen Messern, Bogen und Pfeilen, Lanzen und

Tarambisch - Wurfeisen bewaffnet. Auf den Befehl des Königs entfernte sich einer von ihnen, um die beiden Homr und deren Wächter herbei zu holen.

Als sie gebracht wurden, erkannte Schwarz sie sofort. Er sah deutlich, wie sie erschraken, als sie ihn erblickten. Der Vater der elf Haare geriet in zornige Aufregung, drohte ihnen mit den Fäusten, verschmähte aber, sie anzureden, und rief vielmehr Schwarz und Pfotenhauer zu: „Das seinte Homr, verfluchtige und gemörderigte. Laßte wir sie nicht wieder entflohente und ausgereißte. Sie muß treffte Strafe, gerechte und exemplarigte!"

„Habe keine Sorge, sie entkommen uns gewiß nicht wieder", antwortete ihm Schwarz. Und sich zu den Homr wendend, fuhr er fort: „Ich sehe, daß ihr mich erkennt. Euer Schicksal hängt von eurem Verhalten ab. Wenn ihr ein aufrichtiges Geständnis ablegt, entgeht ihr dem martervollen Tod. Was habt ihr auf der Seribah Ulambo erreicht?"

Sie sahen ihn finster an, flüsterten sich einige Worte zu, und dann antwortete der eine von ihnen: „Wir sind nicht in Ulambo gewesen."

„Lüge nicht! Ich weiß genau, daß Abu el Mot euch hin gesandt hat."

„Das ist nicht wahr!"

„Ich rate dir, nicht etwa mich für einen Lügner zu erklären! Es könnte dir sonst ergehen, wie es Dauwari ergangen ist."

„Dauwari?" rief der Mann aus.

„Ja. Ihr habt gemeint, daß wir ihm Glauben schenken und in die Falle gehen würden. Die Sonne muß euch das Gehirn verbrannt haben, da ihr uns für so albern halten konntet. Ich habe ihm die Bastonnade geben lassen, und er hat alles gestanden."

„Dieser Hund!"

„Pah! Jetzt schimpfst du auf ihn, aber wenn auch ihr die Hiebe auf euren Füßen fühlt, werdet ihr ebenso offenherzig werden."

„Wage es! Wir sind wahre Gläubige und Anhänger des Propheten, du aber bist nur ein Christ!"

„Ich behandle euch nicht nach eurem Glauben, sondern nach euren Taten. Und wollt ihr meinen Glauben schmähen, welcher besser ist als der eurige, nun, so mögt ihr es tun, wenn es euch Vergnügen macht, doppelte Streiche dafür zu erhalten."

„Zeige uns Dauwari, damit wir dir glauben können!"

„Ich habe nicht nötig, dieses Verlangen zu erfüllen, da ich euch durch die Bastonnade zur Antwort zwingen kann, werde es aber dennoch tun, weil ich als Christ Gewalttätigkeit nicht liebe."

Er schickte den Slowaken und den Hadschi fort, um Dauwari bringen zu lassen. Dieser konnte infolge der empfangenen Hiebe nicht gehen, er mußte getragen werden. Einige Nuehrs brachten ihn und setzten ihn neben den Homr nieder. Diese warfen ihm einen verächtlichen und zornigen Blick zu und wendeten sich dann von ihm ab.

„Ah, ihr seid hochmütig gegen ihn?" meinte Schwarz. „Nun, ihr sollt schnell demütig werden. Wollt ihr gestehen, was auf der Seribah ausgemacht worden ist?"

„Wir gestehen nichts."

„Wollen sehen, ob ihr Wort haltet."

Sie wurden ebenso behandelt wie Dauwari gestern. Man band ihre Füße an eine Lanze und hielt die nackten Sohlen nach oben. Schon die ersten Hiebe brachten die gewünschte Wirkung hervor: Sie gestanden, daß sie auf der Seribah abgewiesen worden seien. Das konnte freilich eine hinterlistige Ausrede sein, aber Schwarz glaubte ihren Worten. Hätten sie Hilfe erlangt und Mannschaften bekommen, so wären sie jedenfalls nicht allein zu Abu el Mot aufgebrochen. Sie wurden mit Dauwari zur Seite geschafft.

Der König hatte mehrere Leute bei sich, welche den Weg nach der Schlucht es Suwar genau kannten. Eine genügende Anzahl der Niam-niam, um die Schiffe zu bewachen, sollte bei diesen zurückbleiben. Für die übrigen waren Boote genug vorhanden, wenn man sich etwas enger als gewöhnlich setzte. Es wurde beschlossen, zu essen und dann aufzubrechen.

Nahrung gab es genug. Die Niam-niam hatten sich mit Vorrat versehen, und die anderen besaßen noch mehr als genug Nilpferd- und Elefantenfleisch, welches nicht verdorben war. Was davon übrig blieb, wollte man mitnehmen, da als gewiß anzunehmen war, daß die geraubten Schwarzen, welche Abu el Mot mitbringen werde, ebenso der Speise wie des Tranks bedürftig seien.

Das noch vorhandene Fleisch wurde an den Feuern gebraten, da es sich dann länger hielt als in rohem Zustand. Dann bestimmte der König die Leute, welche bei den Fahrzeugen zu bleiben hatten. Als dies geschehen war, wurden die Boote beladen und bemannt. Die Niam-niam hatten in sicherer Erwartung der nächtlichen Fahrt Fackeln angefertigt, welche den Fluß beleuchten sollten. Der König bestieg mit den namhaftesten Teilnehmern das vorderste Boot, welches fast vierzig Personen faßte und in dessen Schnabel auf zusammengefügten Steinen ein

Feuer brannte. Es stieß vom Ufer, und die anderen folgten. Den alten Feldwebel und seine Leute hatte man auf den Schiffen zurückgelassen. Dauwari aber und die beiden Homr hatte man mitgenommen, da man ihrer zu bedürfen glaubte. Die beiden letzteren waren höchst kleinlaut geworden, seit sie gesehen hatten, welch eine mächtige Überzahl gegen Abu el Mot vorhanden war.

Es war eine eigentümliche Fahrt durch den nächtlichen Urwald. Das Tierleben, wenigstens das höhere, schlief, aber Tausende von Leuchtkäfern schossen durch die Finsternis, und Hunderttausende, ja Millionen von Stechfliegen und Mücken flogen in das Feuer und die Flammen der brennenden Fackeln, so daß es schien, als ob es diese Insekten förmlich regne.

Der König saß am Feuer und achtete der Quälgeister nicht, Schwarz und Pfotenhauer hatten ihre Moskitonetze über die Köpfe gezogen. Hinter ihnen saß der Slowake, welcher mit dem Hadschi leise flüsterte. Das Feuer beleuchtete die nahen Ufer und warf flimmernde Lichter auf die tropischen Pflanzenformen, welche aus dem Wasser ihr Leben sogen.

„Wissen S'", sagte der Vater des Storchs, „es kommt mir halt vor, als ob ich im Theater sei, wo die Malerei einen Wald vorstellt, in welchem Feen und Elfen wohnen. Schaun's nur, wie das Licht da an der Palme empor klettert und rund um die Krone läuft! Diese südlichen Gewächs' haben einen anderen Charakter als unsere nördliche Vegetation. Und doch ist mir heimischer Tannen- oder Buchenwald tausendmal lieber als so a Palmenwald. Oder nit?"

„Ich gebe Ihnen recht."

„Versteht sich! Der Unterschied ist groß, das weiß ich, obgleich ich ka' Botaniker bin. Lieber beschäftige ich mich mit dera Tierwelt und aber am allerliebsten mit denen Vögeln. Was hab' ich hier für Vögel g'funden und auch präpariert! Es ist halt die reine Pracht und Herrlichkeit und doch nit zu vergleichen mit dem, was man daheim im Wald zu sehen und gar zu hören bekommt. Finden S' hier etwa das, was man Vogelg'sang nennt? Nix davon, ganz und gar nix. Ich kann daheim stundenlang im Gras liegen und den Finken zuhören... hurrjeh! Was war das? Haben S' den Kerl gesehen?"

Es war ein großer, dunkler Vogel mit fast unhörbarem Flügelschlag vom rechten Ufer gerade über dem brennenden Feuer hinweg nach dem linken geflogen. Der Vater des Storchs war überrascht aufgesprungen und wiederholte seine Frage, indem er mit der Hand nach der Gegend deutete, in welcher der Vogel verschwunden war. Sein Gesicht war hell beleuchtet, und so sah man deutlich, daß seine Nase sich nach der linken Wange neigte, als ob sie auch ohne den Impuls ihres Besitzers die ganz selbständige Absicht habe, dem Vogel nachzublicken.

„Freilich habe ich ihn gesehen", antwortete Schwarz.

„Kennen S' ihn aber auch?"

„Natürlich. Es war ein Uhu, hier ein außerordentlich seltenes Tier."

„Ja, er kommt nit allzu häufig vor, wenigstens habe ich ihn hier noch nicht gesehen. Wissen S', wie er hier g'nannt wird?"

„Der Zeuge."

„Weshalb?"

„Seiner Stimme wegen. Er schreit schuhud, das ist der Plural von schahid, der Zeuge."

„Richtig! Und wie ist sein lateinischer Name?"

Der Vater der elf Haare hatte das Gespräch gehört, das Wort lateinisch elektrisierte ihn, er richtete seinen Oberkörper auf und antwortete schnell, damit ihm Schwarz nicht zuvorkommen könne: „Uhu heißt im Lateinischen Bubalus. Hatt ich gewüßte schon seit Zeit, vieler und langer."

Pfotenhauer drehte sich zu ihm um, besann sich und fragte: „So? Also Uhu heißt Bubalus! Und was hat denn da das lateinische Bubo maximus auf deutsch zu bedeuten?"

„Bubo hat gehießte Büffel, gehörnterigter."

„Was Sie da wissen! Sehen Sie doch mal an! Schade nur, daß es gerade umgekehrt ist. Bubo heißt Uhu, und Bubalus ist der Büffel."

„Das konnte nicht geglaubte ich. Sie mußte sich habte geirrt."

„Nein, ich irre mich nicht. Ich muß es doch wohl wissen!"

„Könnte nicht haben vergeßte es Sie?"

„Nein. Erkundigen Sie sich da bei Herrn Doktor Schwarz, wer recht hat!"

Schwarz mußte natürlich dem Vater des Storchs recht geben, und so meinte der Slowake in unzufriedenem Ton: „So hatte es geweste von mir Verwechstelung, kleinigkeitlichte. Kopf, gelehrter hatt zuweilen Augenblicklichkeit, wo er seinte nicht zu Haus. Doch kommt er heim wieder sofort und gefindet zurecht sich wieder schnell. Ich hatte lernte dennoch mein Latein, gymnasialiges, und kennte Branche, wissenschaftliche, in allen Sorten. Ich hatt habte stets ein offenes Kapuz."

„Kapuz?" fragte Pfotenhauer erstaunt. „Was soll das heißen?"

„Das wißte Sie nicht?"

„Was es bedeutet, weiß ich wohl, aber was Sie damit meinen, das ist mir unbekannt."

„*Capuz*, lateinischer, heißte doch Kopf, deutscher!"

„Ah - so, so! Und was heißt denn das Wort *Caput*?"

„*Caput* heißte Kappe, Kragenhaube. Das muß Sie doch hatt gewüßte."

„So, das muß ich gewußt haben! Nun, lieber Freund, das ist wieder verkehrt. Kopf heißt *Caput*, und unter Ihrem Kapuz kann ich nur eine Haube oder Kappe verstehen."

„Wie hatt Sie genannte mich? Lieber Freund? Behalte Sie das für sich! Wenn Sie blamierte Latein, meiniges, so seinte ich nicht Freund, Ihriger. Freund erkennte an Kenntnis, gegenseitige. Sie hatt verweigerte mir Zustimmung, verdiente, folglich muß ich Sie betrachten als Feind, gegnerischen. Stets hatt soll seinte ich derjenigte, welcher sich verirrtumte in Verwechstelung. Ich bitt', sprechte Sie doch nicht wieder Latein, denn jedes Kind kann es hörte und begreifte, daß Sie es in Ihrem Leben, ganzes, nicht haben studiumtierte richtig!"

Pfotenhauer brach bei diesem Rat in ein herzliches Lachen aus, das steigerte den Grimm des Kleinen so, daß er mit dem Fuß stampfte und dabei ausrief: „Was lachte und was feixte Sie? Lachte Sie mich über oder lachte Sie über sich selbst? Hat einer gehöhnte auf mich, so nehme ich Gewehr, meiniges, und werd' machte aus ihm eine Leiche, totmausigte!"

Er griff in der Aufregung wirklich nach seinem Gewehr und spannte den Hahn.

„Was?" fragte Pfotenhauer, dem in solchen Augenblicken sein heimischer Dialekt abhanden zu kommen pflegte. „Sie wollen mich erschießen?"

„Ja, ich erschießte Sie mit Haut und mit Haar. Ich hatt auch gehabte Ehre in Leib, meinigem!"

„Das gebe ich zu. Aber die Sache ist doch gar nicht zum Erschießen. Wollen Sie denjenigen ermorden, der das Nilpferd erschoß, als Sie sich in Gefahr befanden?"

Da ließ der Kleine die Flinte fallen, schlug sich vor die Stirn und antwortete: „Ich selbst seinte Nilpferd! Zorn, jetziger, ist geweste größer als Nilpferd, gestriges. Sie habte mir gerettet Leben, meiniges, und ich hatt wollen erschießte Sie dafür aus Ärger, undankbarkeitlichem. Hier strecke ich aus Hand, meinige, und bitt' um Vergebung, leicht verzeihliche!"

Er hielt dem Vater des Storchs die Hand entgegen, und dieser schlug ein und schüttelte sie herzlich. Der Kleine hatte sich ernstlich beleidigt gefühlt, daß er dennoch um Verzeihung bat, zeigte, welch ein gutes Herz er besaß.

Die beiden Deutschen setzten ihre unterbrochene Unterhaltung nun leiser fort, um dem Vater der elf Haare keine Gelegenheit zu geben, sich abermals an derselben zu beteiligen und in Zorn zu geraten. Gegen Mitternacht schlossen alle, welche nicht zu arbeiten hatten, die Augen, und die Ruderer plätscherten im Takt ihr monotones und ununterbrochenes Schlummerlied dazu.

Als Schwarz und Pfotenhauer geweckt wurden, war es noch finstere Nacht, die Ruder lagen still, denn die Fahrt war zu Ende, und man hatte die Boote am Ufer befestigt, es wurde ausgestiegen.

Auch hier mußte man Leute zurücklassen, welche die Fahrzeuge zu bewachen hatten, es wurden noch mehr Fackeln angebrannt, jeder griff nach seinen Waffen und nach dem Proviant, den er zu tragen hatte, und dann wurde die Wanderung angetreten.

Der Weg führte durch einen weiten Aradebahwald, dessen Stämme in solcher Entfernung voneinander standen, daß sie dem Marsch keine besondere Schwierigkeit entgegensetzten. Fackeln brannten genug, so daß die Führer sich nicht irren konnten. Es war doch möglich, daß sich jemand von der Schar Abd el Mots schon in der Nähe befand, darum wurde alles Geräusch vermieden.

So ging es still und langsam vorwärts, nicht ganz eine Stunde lang, dann blieben die voranschreitenden ortskundigen Männer halten und machten dem König eine leise Meldung. Dieser teilte den Deutschen mit, daß man in der Nähe der Schlucht angekommen sei, und fragte, ob sie rieten, daß man hinabsteigen solle.

„Nein, auf keinen Fall", antwortete Schwarz.

„Warum nicht?"

„Weil es töricht wäre. Entweder sind die Feinde schon unten, was freilich nicht zu erwarten ist, dann würden wir ihnen geradezu in die Hände laufen. Oder sie kommen erst noch, und dann können wir recht gut warten, bis der Tag angebrochen ist. Laß die Fackeln auslöschen! Wir setzen oder legen uns hier nieder. Das ist das klügste, was wir tun können."

Dieser Rat wurde befolgt, die Leuchten verloschen, und nun hätte niemand, der zufällig vorüber gekommen wäre, vermuten können, daß hier so viele hundert Menschen in Erwartung baldiger kriegerischer Ereignisse lagerten

Wie die Abenddämmerung, so ist in jenen Gegenden auch die Morgendämmerung eine sehr kurze. Es erhob sich eine laute Vogelstimme unten im Grund, und als ob dieselbe den Morgen wachgerufen habe, so wich die Finsternis plötzlich einer grauen Helle, welche schnell lichter und lichter wurde. Man konnte zuerst die Stämme der Bäume unterscheiden, dann auch die Äste, bald die kleineren Zweige, die einzelnen Blätter und Blüten, und während noch vor kaum drei Minuten das tiefste Dunkel geherrscht hatte, war es nun heller, lichter Tag geworden, und anstatt der einen, ersten Vogelstimme erklangen hunderte, ja tausende durch den morgenfrischen Wald.

Schwarz hatte sich erhoben und trat mit Pfotenhauer weiter vor. Die Führer waren ihrer Sache außerordentlich sicher gewesen. Nur noch hundert Schritte weiter, so wäre man über eine fast lotrechte Felswand aus Granitgestein gefallen, aus welcher Gesteinsart die Guta-Berge alle bestehen.

Noch immer befand man sich unter Aradebahbäumen, deren Kronen sich so vereinigten, daß man den Himmel durch dieselben kaum erblicken konnte. Aber geradeaus, vor den beiden Deutschen, gab es kein Laub- oder Nadeldach, denn da lag die Schlucht, welche man überblicken konnte.

Sie war an ihrem Anfang und Ende vielleicht achtzig Schritte breit, in der Mitte etwas mehr, und ihre Länge konnte das Zehnfache betragen. Die Wände stiegen an den Längsseiten so steil empor, daß es unmöglich schien, sie zu erklimmen. Hier, wo sich die Lagernden befanden, war es jedenfalls auch schwierig, hinab zu kommen, aber gegenüber befand sich der Eingang, welcher zwar nur sehr schmal war, aber mit der Sohle des Tales in derselben Höhe lag, so daß der Zutritt zu der Schlucht von dort aus ohne die allermindeste Schwierigkeit zu bewerkstelligen war. Die Bäume des Waldes traten bis an den Rand der Schlucht heran, dort hörte die Vegetation vollständig auf, und an den Wänden und Abhängen des Felsens war nicht ein Grashalm zu sehen. Aber unten im Grund wehten die Wipfel zahlreicher und sehr hoher Palmen im leisen Morgenwind, es mußte also dort Wasser vorhanden sein.

Jetzt traten der König und Wahafi auch herbei. Dieser letztere deutete hinab und sagte: „Dort seht ihr die hundertundvierzehn Nachl es Suwar - Palmen der Koranabschnitte, welcher der Imam pflanzte, um den Fluch von der Schlucht zu nehmen.

Sonst gibt es keine einzige Palme in der Nähe, woraus ihr ersehen könnt, daß seine Gebete mächtig gewesen sind und ein Wunder bewirkt haben."

„Es scheint sich noch kein Mensch unten zu befinden", antwortete Schwarz. „Wir sind Abu el Mot also wirklich zuvor gekommen und haben vielleicht genügend Zeit, die Schlucht in Augenschein zu nehmen. Wo führt ein Weg hinab?"

„Es gibt nur einen einzigen, er führt hinein und auch hinaus, kein anderer. Das ist da vorn, uns gegenüber."

„Weißt du das genau?"

„Ja, denn ich bin mehr als einmal hier gewesen und habe vergeblich versucht, an den Felsen empor zu steigen. Ich werde jetzt vorangehen und euch nach dem Eingang hinab führen. Gebt also Befehl, daß aufgebrochen werde!"

„Halt, nicht so schnell! Du meinst, daß wir alle, die wir hier sind, in die Schlucht gehen?"

„Natürlich."

„Und dort die Ankunft Abu el Mots erwarten?"

„Ja."

„Dann wären wir ja verloren!"

„Wieso?"

„Abu el Mot käme durch den Eingang, würde uns bemerken und dort halten bleiben, wir wären von ihm und den Felsen eingeschlossen, könnten nicht herauf und müßten uns nach seinem Belieben abschlachten lassen."

„Herr, welche Gedanken hast du da! Hast du denn nicht gezählt, wie viele Köpfe und Arme wir sind?"

„Was helfen uns noch so viele Arme, wenn die Köpfe, zu denen dieselben gehören, nicht gelernt haben, nachzudenken! Siehst du nicht, wie schmal der Eingang ist? Zwanzig Mann genügen vollständig, ihn zu verschließen."

„So stürmen wir ihn!"

„Das würde uns teuer zu stehen kommen, denn es liegen dort große Felsbrocken, hinter denen sich die Krieger Abu el Mots verstecken können, sie würden uns töten, während wir sie nicht treffen könnten."

„Was tut es, wenn wir dreißig, vierzig oder auch fünfzig Mann verlieren? Haben wir nicht viele hundert?"

„Wahafi, ich bin ein Christ, und als solcher ist mir das Leben auch nur eines einzigen Menschen heilig. Ich werde es also zu ermöglichen suchen, daß keiner von uns getötet wird."

„Herr, das ist unmöglich!"

„Streiten wir uns darüber jetzt lieber nicht. Was zu tun ist, werde ich erst dann wissen, wenn ich die Schlucht gesehen habe. Ich werde also mit einigen, hörst du, nur mit einigen hinabgehen, um sie zu untersuchen, die übrigen haben hier auf meine Rückkehr zu warten. Auf keinen Fall aber werde ich zugeben, daß wir alle hinabsteigen und uns dort lagern, denn wenn wir das täten, so wäre geschehen, was Abu el Mot wünscht: wir wären in eine Falle geraten."

„Aber auf welche Weise willst du ihn denn besiegen?"

„Das muß sich erst noch zeigen. Ich glaube nicht, daß es geschieht, denn ich halte ihn dazu für viel zu klug, aber es ist wenigstens nicht ganz unmöglich, daß er selbst die Schlucht betritt, um in derselben zu lagern. Dann würden wir den Eingang besetzen, und er steckte in seiner eigenen Falle."

„Warum sollte das so undenkbar sein?" fragte Pfotenhauer.

„Weil er, wenn er es täte, geradezu Prügel verdiente."

„Ja, wenn er es täte, trotzdem er uns erwartet. Aber er glaubt, daß wir frühestens erst morgen kommen können. Ist es da nicht denkbar, daß er den Platz heute für sich in Anspruch nimmt?"

„Hm, das ist richtig, daran dachte ich nicht."

„Sonst aber bin ich ganz genau Ihrer Ansicht. Auch stimme ich bei, jetzt hinab zu gehen und zu rekognoszieren. Wir wollen das sofort tun, denn wir dürfen keine Zeit verlieren, da wir nicht wissen können, ob Abu el Mot nicht vielleicht schon morgen kommt."

Die Truppen mußten noch halten bleiben, die Anführer gingen weiter, hart am linken Rand der Schlucht hin. Sie konnten hinab sehen. Zu beiden Seiten der Talsohle und auch vorn und hinten standen Palmen, in der Mitte lag eine grüne Grasfläche, doch erblickte man keinen Bach, noch sonst ein Gewässer. Als Schwarz seine Verwunderung darüber aussprach, antwortete Wahafi: „Komm nur erst hinab, dann wirst du sehen, daß es Wasser gibt."

Als man sich oberhalb des Eingangs befand, brach der Felsen senkrecht ab und man mußte also ein Stück in den Wald hinein, um da nach links auf einem Umweg hinab zu kommen. Das war übrigens gar nicht schwer, und nach Verlauf von beiläufig zehn Minuten senkte sich das Terrain als nicht allzu steile Böschung abwärts. Der Wald hörte auf, man kam durch einiges Buschwerk, und dann sah Schwarz zu seinem Erstaunen eine ebene, grasbedeckte Flur vor sich liegen, aus welcher sich der hufeisenförmige Berg, welcher in seinem Inneren die Schlucht bildete, erhob.

Der Eingang in die letztere war, wie Schwarz abmaß, zwölf Schritte breit. Als sie ihn passiert hatten, konnten sie den langen Kessel bis an die hintere Wand überblicken. Er bot einen eigenartigen, überraschenden Anblick dar.

Von hoch oben winkten die Wipfel der Aradebahbäume herab, dann kamen die Felsen in einer Höhe von vielleicht hundert Fuß, sie waren vollständig nackt. Am Fuß derselben lief eine dammartige Erhöhung rund um das Tal, sie trug eine Rinne, in welcher sich das von der Höhe sickernde Wasser sammelte und ein Bächlein bildete, welches in der Nähe des Eingangs in einem Steinloch einen unterirdischen Abfluß nahm. Dieses Wasser speiste die Talebpalmen, welche auf dem Damm in genau abgemessenen Entfernungen voneinander standen.

„Zähle sie!" sagte Wahafi zu Schwarz. „Rechts fünfzig, links fünfzig, im Hintergrund sieben und hier vorn am Eingang auch sieben. Das gibt hundertundvierzehn. Und nun tritt näher, um nachzusehen, wie eine jede heißt!"

Er zog ihn zu der nächsten Palme. Nicht ganz mannshoch zeigte der Stamm derselben ein Wort in arabischer Schrift, welches früher eingeschnitten worden war. Die Züge waren zu mehr als fingerdicken Wülsten aufgequollen, und so fiel es nicht schwer, das Wort zu lesen.

„El Fathcha" stand da geschrieben, auf dem nächsten Stamm las Schwarz das Wort „el Bakara", am dritten stand „'l Ajli el Amran", am vierten „en Niswan" und am fünften „et Tauli". Das heißt zu deutsch „die Einleitung", „die Kuh", „die Familie Amrans", „die Weiber" und „der Tisch". Das sind die Überschriften der ersten fünf Kapitel des Korans. Der Imam hatte sie nicht genau nach dem Buch des Propheten, sondern nach seinem eigenen Dialekt eingeschnitten, und es verstand sich ganz von selbst, daß ein so abgeschlossener Ort, dessen hundertundvierzehn Bäume die Kapitelüberschriften des Korans trugen, jedem Mohammedaner als Heiligtum gelten muß. Die Niam-niam waren keine Anhänger des Propheten, hatten sich aber doch im Verkehr mit solchen so viel vom Islam angeeignet, daß auch sie eine Art heiliger Scheu vor der Schlucht empfanden. Die Führer blieben stehen und begnügten sich, dieselbe zu überblicken, die beiden Deutschen schritten weiter. Als auch der König mit den übrigen folgen wollte, bat Schwarz: „Bleibt zurück! Hier am Eingang gibt es so viel Felsgeröll und Schutt, daß die Eindrücke euerer Füße nicht gesehen werden können; weiterhin im Gras aber würdet ihr eine Fährte machen, welche uns an Abu el Mot verriete. Er soll nicht ahnen, daß sich heute schon jemand hier befunden hat. Wir beide aber verstehen es, einen nur geringen Fußeindruck zu machen und auch dieses Wenige zu verwischen."

Sie gingen nur bis ungefähr in die Mitte der Schlucht. Das genügte, um ihnen die Überzeugung zu geben, daß es selbst dem geübtesten und kühnsten Tiroler Gemsjäger nicht gelungen wäre, an irgendeiner Stelle der Granitwand empor zu klimmen. Das hatten sie wissen wollen und nun kehrten sie zurück, wobei sie nicht unterließen, die im Gras eingedrückten Spuren sorgfältig zu verwischen.

Neunzehntes Kapitel

In der Falle

Wie klug Schwarz und Genossen mit ihren Maßregeln gehandelt hatten, sollten sie sofort erkennen, denn eben als sie nun die Schlucht wieder verließen, deutete der Vater der elf Haare nach der Ebene hinaus und rief in seinem wunderbaren Deutsch: „Achtung gebte, aufgepaßte! Dort seinte erscheinte Punkte, schwarz und sich bewegte. Was mag da kommte für Leute, nicht freundliche, sondern feindliche? Wir wollt uns versteckte, damit sie nicht kann sehente auch Punkte, unsrige!"

Die Männer zogen sich schnell in das Gebüsch und dann unter die Bäume zurück. Da, am Rand des Waldes und von den Sträuchern verdeckt, konnten sie sehen, ohne selbst gesehen zu werden.

Es waren erst nur vier oder fünf Punkte gewesen, ihnen folgten aber mehr und immer mehrere, und nach kurzer Zeit sah man eine sehr lange und schmale Linie, welche sich schnurgerade, wie mit dem Lineal gezogen, auf die Schlucht zu bewegte. Die Punkte wurden größer. Schon nach zehn Minuten konnte man erkennen, daß voran fünf Reiter waren, denen mehrere Fußgänger folgten. Nach abermals fünf Minuten überblickte man bereits den ganzen Zug, welcher sich in der Ordnung fortbewegte, daß hinter zehn oder noch mehr einzeln einander folgenden Fußgängern immer einige Reiter kamen.

„Daß ist Abu el Mot mit seinen Menschenjägern und den geraubten Negern", sagte Pfotenhauer. „Sie kommen, wie gut, daß wir nicht lange auf sie zu warten brauchen! Nun wird der Tanz ja bald beginnen!"

„Ein trauriger Tanz, wenn auch nicht für uns, so doch für unsere Gegner", antwortete Schwarz. Und sich zu dem König wendend, fügte er hinzu: „Ich bleibe mit meinem Freund hier, um die Karawane zu beobachten, ihr aber kehrt zu unseren Leuten zurück, um sie von der Ankunft der Erwarteten zu benachrichtigen. Sie sollen bleiben, wo sie sind, und den Platz ja nicht eher verlassen, als bis wir kommen. Den beiden Homr und Dauwari steckt ihr Knebel in den Mund, damit sie nicht etwa durch ihr Geschrei ihre und unsere Anwesenheit vorzeitig verraten können."

Der König folgte mit den anderen dieser Aufforderung und entfernte sich, und die beiden Zurückbleibenden richteten ihre Aufmerksamkeit wieder auf den nahenden Zug. Sie sahen einen Reiter, welcher vom Ende desselben nach der Spitze galoppierte, jedenfalls um den dort Befindlichen einen Befehl zu erteilen.

„Das ist Abu oder Abd el Mot", sagte Pfotenhauer. „Er wird halt jemand voraus senden, um nachschauen zu lassen, ob hier in dera Schlucht alles in Ordnung ist."

Er hatte sich nicht geirrt, denn zwei von den fünf Reitern trennten sich von dem Zug und kamen im Galopp herbei, es waren bärtige Kerle mit sonnenverbrannten Gesichtern. Sie schienen die Anwesenheit eines Menschen für unwahrscheinlich zu halten, denn sie beobachteten nicht die geringste Vorsicht, sondern sprengten ganz offen heran und in die Schlucht hinein. Nach kurzer Zeit kamen sie wieder heraus und ritten zurück, um ihrem Anführer Meldung zu machen.

Der Zug war inzwischen so nahe herangekommen, daß man jede einzelne Gestalt, wenn auch nicht die Gesichtszüge, erkennen konnte. Schwarz atmete tief und hörbar, er ballte die Hände und sagte: „In zehn Minuten werde ich wissen, ob mein Bruder dabei ist, also ob er noch lebt oder nicht. Wehe diesem Gesindel, wenn ich ihn nicht erblicke! In diesem Fall gibt es keine Gnade und Barmherzigkeit!"

Nun bot sich den beiden ein Anblick, welcher ihre Herzen erzittern machte. Sie hatten eine Ghasuah, eine Sklavenkarawane vor sich.

Vom Pferd eines der vorderen Reiter ging ein Seil aus, welches um die Hälse von fünfzehn hintereinander schreitenden männlichen Negern, deren Hände man auf den Rücken gebunden hatte, geschlungen war. Die Schwarzen waren vollständig unbekleidet und ihre Körper mit aufgesprungenen Schwielen bedeckt. Sie hatten wohl nicht die verlangte Fügsamkeit gezeigt und infolgedessen die Peitsche bekommen.

Nun folgten drei Reiter und hinter denselben zwölf Neger, welche ebenso gefesselt waren. Außerdem trug oder vielmehr schleppte jeder einen schweren Holzklotz je an einem Fuß. Auch sie waren mit Schwielen bedeckt und konnten sich kaum mehr fortbewegen.

Hinter diesen und wieder anderen Reitern kam eine Reihe

von Sklaven, welche die gefürchtete Schebah trugen, eine schwere Holzgabel, in welcher der Hals des Gefangenen steckt.

Dann kamen schwache Frauen und Mädchen, welche Lasten schleppten, unter denen sie fast zusammenbrachen. Dabei waren ihnen kurze Stricke an die Fußknöchel gebunden, so daß sie nur kleine Schritte machen und an Flucht nicht denken konnten. Ihnen folgten eng gefesselte Knaben, deren Gesichter zum Erschrecken unförmlich geschwollen waren. Man hatte ihnen die Guluf geschnitten, das heißt drei Messerschnitte in jede Wange gemacht, als ewiges sichtbares Zeichen der Sklaverei. Die Wunden eiterten und wurden von Insekten durchwühlt.

Ein weiteres Glied des Zuges bildete eine Anzahl von Negern, denen die Hände an die Knie festgebunden waren, so daß sie in gebückter Stellung, mit waagerechtem Oberkörper gehen mußten. Kurz, die Feder sträubt sich, die Qualen zu schildern, welche man angewendet hatte, um die Gefangenen gefügig zu machen und sie an der Flucht zu hindern. Einer Mutter war sogar der verwesende Leichnam eines wohl achtjährigen Knaben, jedenfalls ihres Kindes, auf den Rücken gebunden worden. Sie hatte unter stetem Weinen nach ihm verlangt und da war er erschossen und in dieser schrecklichen Weise mit ihr vereinigt worden.

Man sah es allen an, daß sie ermüdet waren und vor Hunger und Durst fast verschmachteten. Sie hatten während der ganzen Nacht marschieren müssen.

Das alles bemerkte Schwarz zunächst noch nicht, er suchte nach seinem Bruder und hatte kein Auge für etwas anderes. Der Zug verschwand mehr und mehr im Eingang der Schlucht, und noch hatte er ihn nicht entdeckt. Sein Puls begann zu fiebern und sein Atem zu fliegen. Er knirschte mit den Zähnen, das Pfotenhauer es hörte. Dieser versuchte ihn zu beruhigen: „Verlieren S' nur die Hoffnung nit. Noch sind die Anführer nit vorüber, und grad bei diesen, denk' ich, müssen sich solche Gefangene befinden, wie Ihr Bruder und der Elefantenjäger sind."

Jetzt näherten sich zwei Reiter, welche weiße Haiks trugen und nebeneinander ritten. Kaum hatte Schwarz das Gesicht des einen, wenn auch nur erst von weitem, erblickt, so stieß er hervor: „Abu el Mot! Da ist er endlich!"

„Ja, das ist er", nickte Pfotenhauer, „und der andre ist Abd el Mot. Und schauen S', wer kommt gleich hinter ihnen! Er lebt, er lebt! Sehen S' ihn neben dem Sejad ifjal?"

Sie waren es, Joseph Schwarz und der Elefantenjäger. Sie sahen verhältnismäßig wohl aus, trugen ihre Anzüge noch und schauten ziemlich trotzig drein. Von Ergebung in ihr Schicksal fand sich in ihren Zügen keine Spur.

„Gott sei Dank!" hauchte Schwarz. „Ich möchte hin springen und ihn herausreißen!"

„Da verderben S' alles!"

„Das weiß ich wohl. Ich muß mich beherrschen. Aber sagen will ich es ihm, daß ich da bin."

„Um des Himmels willen, verraten Sie uns nit!" raunte ihm der Gefährte ängstlich zu.

„Haben Sie keine Sorge! Ich gebe ein Zeichen, welches Joseph genau kennt."

Der Elefantenjäger und sein Leidensgenosse waren Seite an Seite so aneinander gefesselt, daß sie nicht auseinander und auch die Arme und Hände nicht bewegen konnten. Außerdem hatte man jedem einen Strick um den Leib geschlungen und an die Steigbügel Abd el Mots befestigt. Schon waren sie der Schlucht nahe, da ließ sich das eigentümliche Gekrächze eines Geiers hören. Niemand achtete auf dasselbe, denn Geier gibt's im Sudan massenhaft; Joseph Schwarz aber warf sofort den Kopf empor, seine Wangen röteten sich und seine Augen leuchteten auf. Er sah rechts über die Büsche hinüber, woher der Laut gekommen war, und erblickte zwischen den vordersten Bäumen einen Arm, welcher ein Gewehr schwang. Er hatte seinen Schritt nicht für einen Augenblick inne gehalten und senkte nun den Kopf wieder nieder. Er besaß Selbstbeherrschung genug, sein Entzücken zu bemeistern. Ganz, ganz leise aber flüsterte er seinem Gefährten, mit dem er eben durch den Eingang schritt, zu: „Welch ein Glück, daß Abu el Mot nicht auf den Schrei dieses Geiers achtete!"

„Warum?" fragte der andere ebenso leise.

„Es war kein Vogel, sondern mein Bruder."

„Allah ja Allah! Wer soll..."

„Still, nicht so laut! Man hört es ja! Ich kenne dieses Krächzen ganz genau, es hat uns auf unseren Reisen in fernen, gefährlichen Ländern oft als Mittel gedient, uns zusammenzufinden, ohne uns rufen zu müssen, wenn wir uns für kurze Zeit getrennt hatten. Ist er allein, oder hat er noch andere mit, das ist ganz gleich: er holt uns heraus, mitten aus dem Lager, und zwar ganz gewiß noch heute Abend oder spätestens in der Nacht. Lassen wir aber nichts von unserer Hoffnung merken!"

Emil Schwarz hatte gesehen, daß sein Zeichen gehört und erkannt worden war; damit gab er sich zunächst zufrieden. Er wußte nun, daß sein Bruder morgen frei sein werde. Er wartete, bis die letzten Sklaven und ihre Peiniger in der Schlucht verschwunden waren, und kehrte dann mit Pfotenhauer nach der Höhe zurück.

„Was tun wir nun zunächst?" fragte dieser, als sie nebeneinander eiligst emporstiegen. „Fallen wir gleich über sie her?"

„Nein, denn da würden sie meinen Bruder sofort töten. Ich werde, wenn wir oben angekommen sind, sagen, wie wir uns meiner Ansicht nach zu verhalten haben. Ich begreife wirklich nicht, wie dieser sonst so kluge Abu el Mot es wagen kann, in der Schlucht zu lagern, in welcher wir ihn so prächtig einzusperren vermögen. Es genügen wenige Leute, den Eingang zu verschließen, so daß er nicht heraus kann. Überdies sind wir ihm beziehentlich der Anzahl weit überlegen und können seine Leute von oben herab mit unseren Kugeln gemütlich wegputzen, ohne selbst in die geringste Gefahr zu kommen. Es ist gar kein Zweifel daran, daß er verloren ist, aber wir dürfen dennoch nicht mit Gewalt vorgehen, da wir sonst meinen Bruder und den Elefantenjäger, vielleicht auch die geraubten Sklaven in die Gefahr bringen, getötet zu werden. Ein Mensch, welcher seinen sicheren Untergang vor Augen sieht, ist bei den Gesinnungen dieses Abu el Mot zu allen Schandtaten fähig."

Der König hatte die ihm erteilte Weisung gut ausgeführt. Als die beiden oben ankamen, waren alle Leute zur Stelle, und keiner hatte den Platz verlassen. Der Sohn des Geheimnisses trat auf Schwarz zu und fragte: „Herr, ich habe mich über meinen Vater sehr geängstigt. Die Sklavenkarawane ist angekommen. Ist der Elefantenjäger dabei?"

„Ja; wir haben ihn gesehen."

„Und wie ging es ihm? Wie sah er aus?"

„Sehr gut unter den gegebenen Verhältnissen."

„Allah sei Dank! Wehe den Sklavenjägern, wenn es uns nicht gelingt, ihn unverletzt zu befreien!"

„Es wird uns gelingen, du darfst dich darauf verlassen. Übrigens weiß er schon, daß die Rettung nahe ist. Mein Bruder war bei ihm, und diesem gab ich ein Zeichen, aus welchem er ersehen hat, daß ich mich hier befinde."

„So wollen wir ja nicht säumen, sondern sofort angreifen!"

„Nein, wir werden vorher in Unterhandlung mit Abu el Mot treten."

„Warum das? Sie haben keine Ahnung von unserer Anwesenheit. Wenn wir plötzlich über sie herfallen, so wird der Schreck sie so lähmen, daß wir Sieger sind, ehe sie an Widerstand gedacht haben."

„Selbst wenn diese deine Voraussetzung sich bewahrheitete, würde Menschenblut fließen, und das möchte ich vermeiden. Ich denke aber, daß die beiden Anführer der Karawane zwar überrascht sein, aber ihre Besinnung keineswegs verlieren würden. Das erste, was sie tun würden, wäre, daß sie deinen Vater und meinen Bruder töteten. Sollen wir diese beiden einer solchen Gefahr aussetzen?"

„Nein, Herr, nein", antwortete der Jüngling schnell. „Aber wie willst du es denn anfangen, sie zu retten?"

„Das werdet ihr jetzt hören."

Er teilte seinen Plan mit, und nach kurzer Beratung wurde derselbe angenommen, denn man sah ein, daß man nichts besseres tun könne.

Nun setzten sich die Krieger in Bewegung, um die Schlucht zu umzingeln. Das geschah so leise und vorsichtig, daß die in derselben Befindlichen nichts davon bemerkten. Nach zehn Minuten war der Rand der Felsen rundum mit Leuten besetzt, welche für alles, was geschehen konnte, ihre bestimmten Weisungen erhalten hatten.

Von allen Untergebenen waren die Soldaten aus Faschodah jedenfalls die zuverlässigsten, und darum hatte Schwarz die Bestimmung getroffen, daß diese den Eingang der Schlucht besetzen sollten. Der König, Hasab Murat und der Vater der Hälfte erhielten den Befehl über die Truppen, welche hier oben standen. Schwarz marschierte mit den Soldaten hinunter. Bei ihm befanden sich Pfotenhauer, der Slowake, der Hadschi und der Sohn des Geheimnisses. Der Sohn der Treue hatte bei seinem Vater oben bleiben wollen.

Dauwari und die beiden Homr wurden mitgenommen. Sie konnten infolge der Bastonnade den Berg nicht hinuntersteigen und mußten getragen werden. Sie hatten die getroffenen Vorbereitungen beobachtet und wußten also, daß es für Abu el Mot keine Hoffnung auf Entkommen gab.

Die Sorglosigkeit, mit welcher dieser Mann heute verfuhr, war wirklich erstaunlich. Als Schwarz mit seinen Leuten unten ankam, sah er, daß nicht einmal der Eingang besetzt worden war. Er näherte sich demselben noch nicht, sondern blieb zunächst unter den Bäumen halten, um den genannten drei Gefangenen die notwendigen Weisungen zu erteilen.

„Ich gebe euch Gelegenheit, eure Sünden wenigstens so weit gut zu machen, daß ich euch später eure Freiheit zurückgeben kann", sagte er zu ihnen. „Ich werde jetzt eure Fesseln lösen lassen, damit ihr zu Abu el Mot in die Schlucht gehen könnt. Eure Füße werden euch wohl für diese kurze Strecke tragen. Sagt ihm, daß er vollständig eingeschlossen ist, sagt ihm auch, welche Waffen wir tragen und wieviel Köpfe wir zählen. Das wird ihn veranlassen, klug und nachgiebig zu sein. Ich stelle ihm folgende Bedingungen: Er hat den Elefantenjäger und meinen Bruder sofort auszuliefern, und zwar nebst allem ihrem Eigentum, welches er ihnen abgenommen hat, ferner soll er sich selbst und Abd el Mot gefangen geben, tut er das, so soll beider Leben von uns geschont werden. Geht er auf diese Bedingungen ein, so werden wir alle seine Leute entlassen, ohne daß ihnen etwas Übles geschieht. Weist er aber meine Forderungen von sich, so werden wir keine Gnade walten lassen. Ihr selbst wißt sehr genau, daß die ganze Karawane sich in unserer Gewalt befindet. Es ist zu eurem eigenen Vorteil, ihn zur Annahme meiner Bedingungen zu bewegen, da sein Schicksal auch das eurige sein wird. Fügt er sich, so werdet ihr frei, zwingt er uns aber zum Kampf, so werdet ihr mit erschossen."

Die drei blickten finster vor sich hin, sie waren überzeugt, daß Abu el Mot nicht auf diese Bedingungen eingehen werde. Darum meinte der eine Homr: „Kannst du nicht andere Forderungen stellen, welche milder sind?"

„Welche denn? Es gibt keine milderen. Ich schenke euch allen das Leben, welches ihr alle verwirkt habt. Was wollt ihr mehr verlangen!"

„Ich bin überzeugt, daß er sich weigern wird."

„So rennt er ins Verderben."

„Dürfen seine Krieger erfahren, was du von ihm verlangst?"

„Ja. Es ist mir sogar sehr lieb, wenn ihr es ihnen mitteilt. Vielleicht besitzen einige von ihnen so viel Verstand, ihm zuzureden und zur Ergebung zu bewegen. Besonders von euch erwarte ich das ganz bestimmt. Euer Leben ist in eure eigene Hand gegeben."

„Und auf welche Weise soll dir mitgeteilt werden, was er beschlossen hat?"

„Er mag mir einen Mann senden, welcher Vollmacht zur Unterhandlung hat."

„Werdet ihr diesen nicht zurückbehalten?"

„Nein. Ich gebe dir die Versicherung, daß er, sobald es ihm beliebt, zurückkehren kann."

„Er mag sein, wer er will?"

„Ja."

„Wie aber, wenn Abu el Mot sich entschließt, selbst zu kommen?"

„Ich würde selbst in diesem Fall mein Wort halten. Wir würden ihn als Parlamentär betrachten, dessen Person, Freiheit und Eigentum unverletzlich sind. Wir würden also seiner Rückkehr nicht das Geringste in den Weg legen. Ja, ich wäre sogar bereit, ihn umher zu führen, um ihm unsere Stellung zu zeigen, damit er erkenne, daß Hartköpfigkeit ihn ins Verderben führen muß. Nun wißt ihr alles und könnt gehen."

Er nahm ihnen die Fesseln ab und sie hinkten auf ihren verletzten Füßen davon. Sobald sie im Eingang verschwunden waren, wurde derselbe von den Soldaten besetzt. Eine Anzahl derselben mußten schleunigst Büsche fällen, mit denen er verbarrikadiert werden sollte. Auf diese Weise erhielt man Deckung gegen die feindlichen Kugeln, falls, was allerdings kaum zu erwarten war, Abu el Mot auf den Gedanken kommen sollte, einen sofortigen Angriff vorzunehmen.

Schwarz stellte sich mit Pfotenhauer so auf, daß er einen freien Blick in die Schlucht hatte. Er sah, daß die geraubten Neger nach dem hinteren Teil derselben geschafft worden waren. Vorn waren die Sklavenjäger fleißig beschäftigt, diejenigen Vorkehrungen zu treffen, welche bei der Errichtung eines Lagers gebräuchlich sind. Rechts oben auf dem Damm spannte man ein Zelt auf, welches jedenfalls für die beiden Anführer bestimmt war. Die Leute schwärmten wirr durcheinander, und jeder war so sehr mit sich selbst beschäftigt, daß man zunächst das Nahen der drei Abgesandten gar nicht bemerkte und ebensowenig es beachtete, daß fremde Krieger sich vorn am Eingang festgesetzt hatten.

Nun aber waren die drei nahe hinzugekommen und sprachen einen der Jäger an. Schwarz sah, daß sie nach rückwärts zeigten. Der Blick des Mannes folgte dieser Richtung... ein lauter Ruf des Schrecks und der Warnung, und aller Augen richteten sich nach dem Eingang, wo Schwarz seinen Soldaten befahl, die Gewehre anzulegen, als ob sie zu schießen beabsichtigten.

Jetzt gab es einen unbeschreiblichen Wirrwarr in der Schlucht. Man schrie, man eilte zu den Waffen, man rannte ratlos hin und her, jeder wollte etwas zu seiner Verteidigung, zu seinem Schutz tun, und wußte doch nicht, was. Die drei Boten waren nicht mehr zu sehen, sie waren in dem Menschenknäuel verschwunden.

Da ertönte eine laute Stimme, sie klang dumpf und hohl, war aber durch die ganze Schlucht zu hören.

„Das ist Abu el Mot", sagte Schwarz. „Er gebietet Ruhe."

Das angstvolle Rufen und Laufen hörte auf, jeder blieb da stehen, wo er sich gerade befand. Schwarz gebot seinen Leuten, die Gewehre in Ruhe zu setzen. In der Schlucht herrschte jetzt die tiefste Stille, wohl eine ganze Viertelstunde lang, aber es schien das die Stille vor dem Sturm zu sein, denn jeder hatte seine Waffen ergriffen, und alle warfen den am Eingang Stehenden drohende Blicke zu.

Da gab sich eine kleine Bewegung zu erkennen. Die Leute wichen an einer Stelle zurück, und es trat ein Mann hervor, welcher sich langsam und zögernd den Belagerern näherte. Er hatte keine Waffen bei sich und trug als Zeichen des Friedens einen Palmenwedel in der Hand. Als er bis auf ungefähr zwanzig Schritte herangekommen war, blieb er stehen, schwenkte den Wedel und grüßte: „Sallam! Darf ich zu euch kommen und frei wieder gehen?"

„Ja, denn ich habe es versprochen", antwortete Schwarz. „Komm also getrost!"

Der Mann trat vollends herbei. Er war ein gewöhnlicher Askari, den Abu el Mot jedenfalls nur zur Probe abgesandt hatte, um zu erfahren, ob seine Gegner nicht vielleicht hinterlistig handeln würden.

„Mich sendet Abu el Mot", sagte er. „Er möchte selbst mit euch sprechen und läßt fragen, ob er wirklich ohne Hindernis zurückkehren darf, falls er nicht einig mit euch wird."

„Sage ihm, daß ich es versprochen habe und mein Wort halten werde."

„Er soll also kommen?"

„Ja. Aber er darf keine Waffe bei sich haben, wie sich das ja ganz von selbst versteht."

„So kehre ich zu ihm zurück, um ihm diese Botschaft auszurichten. Sallam!"

Er drehte sich um und schritt von dannen, zögernd und langsam; dann drehte er sich um, warf einen froherstaunten Blick zurück und rannte nun fort, als ob er einer ganz entsetzlichen Gefahr entgangen sei. Er hatte also doch nicht getraut, sondern vielmehr geglaubt, daß man ihn festhalten und nicht wieder fortlassen werde.

„Lieber Himmel, wirft dieser Kerl seine Beine, als ob er's extra bezahlt bekäm'!" lachte Pfotenhauer. „Der ist höllisch froh, daß wir ihn nit aufg'fressen haben."

„Wer freßte Schlingel, solchen, der seinte nicht bei Sinnen, gesundheitlichen“, antwortete der Vater der elf Haare. „Da seinte viel besser ein Stück Braten, schweiniger, oder ein Schnitzel mit Paprika, kalbfleischiges. Schaunte Sie, schaunte! Da kommte Abu el Mot in Person, eigener.“

Er hatte recht. Die Schar der Sklavenjäger öffnete sich wieder, und der Genannte trat hervor. Seine lange, schmale Gestalt stolz und aufrecht haltend, kam er langsam und würdevoll näher. Er trug keine Waffe in seinen Händen und hielt den Blick zu Boden gerichtet. Erst als er fast unmittelbar vor Schwarz stand, blickte er auf.

„Sallam!“ grüßte er ebenso kurz wie vorhin sein Bote. „Ich hoffe, daß du dein Wort wahr machen und mich nicht zurückhalten wirst!“

„Wenn du meine Bedingungen erfüllt hast, ja.“

„Welche?“

„Unbewaffnet zu kommen.“

„Schau her! Oder laß mich untersuchen, ob auch nur eine Nadel zu finden ist!“

Er schlug seinen Haik auseinander. Schwarz winkte ab und antwortete: „Ich glaube dir. Du kannst also, sobald unser Gespräch zu Ende ist, zu den Deinen zurückkehren.“

„Auch wenn ich nicht auf deine Wünsche eingehe?“

„Auch dann.“

„So wollen wir hinausgehen und draußen beraten!“

Er wollte sich zwischen dem Felsen und dem Buschwerk, mit welchem der Eingang schon hoch angefüllt war, vorüber drängen. Schwarz aber wies ihn zurück und sagte: „Halt! So schnell geht das nicht. Wenn du heraus willst, so sind besondere Vorsichtsmaßregeln nötig.“

„Welche denn?“ fragte Abu el Mot im Ton beleidigten Erstaunens.

„Ich müßte dir die Hände auf den Rücken binden.“

„Warum?“

„Damit du nicht entfliehen kannst.“

Der Sklavenjäger lachte höhnisch auf. „Entfliehen? Was fällt dir ein! Ich werde fliehen, wo ich überzeugt bin, daß ihr in meine Hände gegeben seid und ich endlich Rache nehmen kann! Du hast ja gehört, daß ich die Bedingung gestellt habe, zurückkehren zu können!“

„Das überzeugt mich noch nicht.“

„Aber, wie könnte ich euch denn entkommen? Selbst wenn es

mir dadurch gelänge, daß ich schnell in die Büsche spränge, so hätte ich damit allem meinem Eigentum entsagt und müßte, da ich weder Waffen noch sonstiges bei mir trage, in dieser Wildnis elend umkommen."

„Pah! Du würdest dich einige Tage lang von Früchten nähren und irgendeine Seribah aufsuchen. Übrigens aber bist du nicht so arm und so waffenlos, wie du es scheinen lassen willst."

„Wieso?"

„Du hast nur die Sklaven bei dir. Wo aber sind die geraubten Herden?"

Über das todeshagere Gesicht des Alten ging ein ärgerliches Zucken, dann antwortete er abermals lachend: „Herden? Ich begreife dich nicht!"

„Könnte einer von uns beiden den anderen nicht begreifen, so müßte ich es sein. Ich verstehe nämlich nicht, mich nach allem, was du erlebt und erfahren hast, noch immer für einen dummen Menschen zu halten. Wenn ihr euch auf der Sklavenjagd befindet, so nehmt ihr nicht nur die Menschen, sondern auch die Tiere und alles, was irgendeinen Wert für euch hat. Ich bin überzeugt, daß ihr euch die Herden von Ombula angeeignet habt. Abd el Mot ist von dort aus sogar noch weitergezogen und wird auch dort noch reiche Beute gemacht haben."

„Du irrst. Wir haben nur Sklaven gemacht. Hätten wir auch Pferde, Rinder, Schafe und Kamele, so würdest du dieselben doch bei uns sehen."

„Glaube nicht, mich irre machen zu können. Du wolltest uns hierher locken, um uns zu vernichten. Dabei wären dir die Herden im Weg gewesen. Darum und weil sie dich außerdem am schnellen Fortkommen hinderten, hast du sie zurückgelassen."

„Welche Klugheit, welche großartige Klugheit du da entwikkelst!" höhnte Abu el Mot. Aber es war ihm anzusehen, daß dieser Hohn ihm nur als Maske diente, seinen Ärger und seine Enttäuschung zu verbergen.

„Wenn es dir also gelänge, uns jetzt zu entkommen", fuhr Schwarz fort, „so würdest du zu diesen Herden eilen. Die Leute, welche du zur Bewachung derselben zurückgelassen hast, könnten dich mit Waffen versehen. Es würde dir dann leicht sein, den heutigen Verlust zu verschmerzen und dein altes, verbrecherisches Leben von neuem zu beginnen."

„Und das willst du wohl nicht dulden?"

„Allerdings nicht."

„So! Wer hat dich zum Richter über mich gesetzt?"

„Das Gesetz, welches in diesen Gegenden das herrschende ist."

„Ich lache deiner! Mir wurde gesagt, du hast so viele Krieger bei dir, daß es dir leicht ist, uns hier in der Schlucht zu erdrükken. Kannst du das beweisen?"

„Sehr leicht."

„Womit?"

„Dadurch, daß ich dich rund um die Schlucht führe, um dir zu zeigen, daß du vollständig eingeschlossen bist."

„So tue es!"

„Gern, doch nur unter der Bedingung, daß du dir die Hände binden läßt!"

„Was fällt dir ein! Ich, Abu el Mot, soll mir die Hände binden lassen! Bist du toll!" brauste der Alte auf.

„Mäßige dich!" warnte Schwarz. „Wenn du grob wirst, so schlage ich dir die Peitsche über das Gesicht, obgleich ich die Güte gehabt habe, dich als Parlamentär betrachten zu wollen! Wer ist denn Abu el Mot? Etwa ein Ehrenmann, ein Heiliger, dem man Verehrung schuldet? Ein Dieb und Räuber ist er, den man vertilgen muß wie das schädlichste und giftigste der Ungeziefer. Tue ich dir den Willen, dich herumzuführen, so ist das eine Gefälligkeit, welche kein anderer dir erweisen würde, und dafür hast du dich meiner Anordnung zu fügen. Willst du das nicht, so habe ich nichts dagegen, aber du mußt auch darauf verzichten, dir meine Veranstaltungen anzusehen."

Der Ton, in welchem Schwarz dies sprach, blieb nicht ohne Wirkung. Außerdem mußte Abu el Mot natürlich sehr viel daran liegen, genau erfahren zu können, in welcher Lage er sich befand. Darum sagte er: „Nun, ich will zugeben, daß es keine Schande ist, wenn ich mir freiwillig Fesseln anlegen lasse. Aber ich hoffe, daß sie mir dann wieder abgenommen werden!"

„Selbstverständlich!"

„Gut, so bindet mich! Ich will mich darein ergeben."

Jetzt wurde ihm erlaubt, den Verhau zu passieren, er hielt die Hände hin, die ihm auf dem Rücken festgebunden wurden. Vier Soldaten nahmen ihn in ihre Mitte, und dann begann der Rundgang, an welchem sich nur Schwarz mit beteiligte. Pfotenhauer blieb bei den Soldaten zurück, da er glaubte, sich mehr auf sich selbst, als auf den Anführer derselben verlassen zu können. Es war ja immerhin möglich, daß Abu el Mot eine Heimtücke plante und den Befehl gegeben hatte, während seiner und des Deutschen Abwesenheit den Ausgang zu erzwingen.

War der Alte vielleicht der Ansicht gewesen, daß ihm von den drei Boten seine Lage zu schwarz geschildert worden sei, so sah er jetzt ein, daß er sich geirrt habe. Während er oben am Rand der Schlucht folgte und die dort stehenden Leute zählte, wurde seine Miene immer nachdenklicher. Er betrachtete ihre Waffen, er sah die finster drohenden Blicke, welche auf ihn geworfen wurden und gewann die Überzeugung, daß er mit Gewalt nichts ausrichten könne und sich nur auf seine List und Verschlagenheit verlassen müsse.

Als Abu el Mot an den Nuehrs vorüber kam, welche er doch für sich angeworben hatte, spuckte er vor dem Häuptling derselben aus und rief: „Haif alaik - Schande über dich!"

Aber die Strafe folgte dieser Beleidigung sofort. Der Häuptling trat herbei, schlug ihm die Faust ins Gesicht, daß ihm das Blut sofort aus Mund und Nase lief, und antwortete: „Die Schande ruht auf dir, du Hund und Verräter! Denke an die Waka'a en nahr, an die Schlacht im Fluß! Bist du da nicht feige entflohen? Hast du uns da nicht hinterlistig verlassen? Wenn dieser Vater der vier Augen, welchen Allah dafür segnen wolle, nicht ein so wohlwollendes und freundliches Herz besäße, so wären wir verloren gewesen. Nun willst du mich beschimpfen, weil wir ihm dankbar sind? Dein Weg führt ins Verderben und in die Hölle. Mögest du braten da, wo ihre Glut am größten ist!"

„Herr, duldest du, daß ich von deinen Leuten geschlagen werde!" fuhr Abu el Mot Schwarz an. „Hast du mir nicht versprochen, daß mir nichts geschehen solle!"

„Jedem das, was er verdient", antwortete Schwarz ruhig. „Ich habe natürlich angenommen, daß du nicht den Zorn meiner Leute herausforderst. Beleidigst du sie, so magst du die Folgen tragen, denn nur du allein bist schuld daran. In deiner Lage würde es dir besser stehen, vorsichtig und bescheiden zu sein."

„Du hast mich aber zu beschützen!"

„Und du hast dich ruhig und höflich zu verhalten. Tust du das nicht, so mögen diejenigen, welche du beleidigst, dich meinetwegen erschlagen oder erwürgen, ich rühre keinen Finger für dich. Es ist dir ganz recht geschehen."

Man ging weiter und kehrte, als der Rundgang beendet war, nach unten zurück, wo Pfotenhauer die indessen verflossene Zeit vortrefflich benutzt hatte, den Eingang mit Hindernissen vollständig auszufüllen. Es war nur eine einzige kleine Lücke gelassen worden, gerade groß genug, daß ein Mann hindurch schlüpfen konnte. Die Soldaten flochten aus Zweigen Wände, um dieselben aufzustellen und mit Erde auszufüllen, damit keine Kugel hindurch dringen könne. Abu el Mot sah das, sein Gesicht wurde finsterer und er meinte, grimmig lachend: „Ihr müßt euch doch entsetzlich vor uns fürchten, da ihr mit solchem Eifer arbeitet, als gelte es eine Kal'a - Festung zu errichten."

„Von Furcht ist keine Rede, sie wäre ja völlig grundlos, wie du gesehen haben wirst. Aber wenn es gilt, die Verwundung oder gar den Tod auch nur eines einzigen Menschen zu verhindern, so ist keine Arbeit, mit welcher dieser Zweck erreicht wird, überflüssig oder lächerlich zu nennen."

„Nimm mir die Fesseln ab! Ich sehe es dir an, daß du die Beratung beginnen willst, welche freilich ganz erfolglos sein wird."

„Erfolg wird sie jedenfalls haben, wenn nicht für dich, so doch ohne allen Zweifel für mich. Setzen wir uns also nieder!"

Man band dem Alten die Hände los und setzte sich, einen Kreis bildend, ins Gras. Abu el Mot machte dabei ein Gesicht, als sei es eine Gnade für die anderen, sich in seiner Nähe zu befinden, als sei er es, von welchem das Schicksal der beiden Deutschen und ihrer Leute abhänge.

„Der Kerl g'fallt mir gar nit", meinte Pfotenhauer in deutscher Sprache. „Er macht a so zuversichtliches, eigentlich unverschämtes G'sicht, daß ich glauben muß, er hat irgendwas Böses, woran wir gar nit denken, im Rückhalt."

„Wüßte nicht, was es sein könnte", antwortete Schwarz.

„Ich eben auch nit; aber irgendwas hat er, das ist so g'wiß wie der Boden im Bierseidel. Wir müssen halt vorsichtig sein."

„Warum redet ihr in einer Sprache, welche ich nicht verstehe?" fragte Abu el Mot. „Wißt ihr nicht, daß dies unhöflich ist? Oder fürchtet ihr euch vor mir?"

„Hat einer von uns Furcht, so scheinst du es zu sein", antwortete Schwarz. „Nur der Furchtsame ist mißtrauisch. Und wenn du Höflichkeit von uns forderst, so verlangst du zu viel. Nach allem, was wir dir vorzuwerfen haben, gibt es für uns gar keinen Grund, dir Komplimente zu machen. Ich rate dir überhaupt, den Ton, in welchem du mit uns sprichst, etwas herab zu stimmen, da wir sonst die Rücksichten, welche wir jetzt noch nehmen, fallen lassen würden!"

„Rücksichten?" lachte der Alte. „Das ist unnötig, denn ihr habt gar keinen Grund dazu. Vielmehr bin ich es, welcher Nachsicht hegt, denn nicht ich befinde mich in eurer Gewalt, sondern ihr seid in der meinigen."

„Das kann eigentlich nur ein Wahnsinniger sagen!"

„Schweig! Wenn der Wahnsinn einen von uns beiden ergriffen hat, so bist nur du es, das kann ich beweisen."

„So beweise es", antwortete Schwarz.

„Sind die Forderungen, welche du an mich gestellt hast, nicht diejenigen eines Wahnsinnigen?"

„Schwerlich!"

„O doch! Ich soll nicht bloß deinen Bruder und den Elefantenjäger ausliefern, sondern auch mich und Abd el Mot. Hast du das nicht verlangt?"

„Allerdings, ja."

„Und du gibst nicht zu, daß dies unsinnig ist?"

„Nein. Wir sitzen wohl auch nicht hier, um zu beraten, welcher Natur meine Forderungen sind. Ich habe dir erlaubt, zu uns zu kommen, nur aus dem einzigen Grund, um zu erfahren, ob du auf meine Bedingungen eingehst oder nicht."

„Das kannst du gleich erfahren, ja, das konnte ich dir sofort, als ich kam, schon sagen."

„Nun?"

„Ich belache dein Verlangen."

„So! Hast du mir sonst noch etwas zu sagen?"

„Nein."

„So ist unsere Unterredung kürzer geworden, als ich dachte, und wir sind also fertig." Er stand auf.

„Ja, wir sind fertig", stimmte Abu el Mot bei, indem er sich auch erhob. „Ich kann also gehen?"

„Ja."

„M'assalahmi; fat wakhti - lebe wohl; meine Zeit ist um!"

Er wendete sich, ohne daß ihn jemand hinderte, nach der Öffnung, welche im Verhau gelassen worden war. An derselben angekommen, drehte er sich um und fragte: „Was werdet ihr nun tun?"

„Das wirst du sehr bald erfahren."

„Etwa auf uns schießen?"

„Allerdings."

„Nein, das werdet ihr nicht."

„Wer soll uns hindern?"

„Eure Klugheit, denn sobald von euch der erste Schuß fällt, werde ich deinen Bruder töten lassen!"

„Und beim zweiten Schuß wird wohl der Elefantenjäger ermordet?" fragte Schwarz lachend, obgleich ihm nicht sehr lustig zumute war.

„Allerdings. Und dann kommt es noch anders."

„Wie denn?"
„Bei jedem nächsten Schuß wird einer der Sklaven erstochen, welche ihr doch befreien wollt. Ihr werdet also ganz das Gegenteil von dem erreichen, was ihr beabsichtigt." Er machte eine höhnische Gebärde und fügte dann hinzu: „Seht ihr nun, wer sich in der Hand des anderen befindet, ich in der eurigen oder ihr in der meinigen?"
„Das erstere jedenfalls."
„Was? Du bist wirklich wahnsinnig!"
„Und du befindest dich in einer großen Täuschung, denn der erste, den meine Kugel trifft, wirst du sein, und der zweite ist Abd el Mot. Mir scheint, du weißt bereits, wie gut ich schieße!"
„Schieße meinetwegen wie der Schejtan, ich kehre mich nicht daran! Oder meinst du, daß ich mich so hinstelle, daß du nur auf mich zu zielen brauchst? Ich lache über deine Drohung!"
„So verstecke dich und morde, so viele Personen du morden willst! Wir werden es also anders machen. Wir werden deine Leute erschießen, einen nach dem anderen. Du und Abd el Mot werdet übrig bleiben. Welchen Todes ihr dann aber sterben werdet, danach frage nicht!"
„Drohe nur immerzu, ich weiß doch, was ich davon zu halten habe. Du wirst deinen Bruder nicht töten lassen!"
„Ich kann ihn nicht retten, also mag er sterben!"
„Versuche nicht, mich zu täuschen! Ich bin meiner Sache so gewiß, daß ich mich herbeilasse, dir einen Vorschlag zu machen."
„Ich mag ihn nicht hören. Du hast dich gar nicht herbei zu lassen."
„So verstopfe deine Ohren, und die anderen mögen ihn hören. Ich will deinen Bruder freigeben und den Elefantenjäger auch. Sie sollen auch ihr Eigentum zurückerhalten."
„Und was forderst du dafür?"
„Zieht fort, und laßt mich in Ruhe!"
„Das werden wir nicht."
„So möge euch der Schejtan fressen. Ich sage euch mein letztes Wort, indem ich wiederhole, daß dein Bruder beim ersten Schuß sterben wird!"
„Und ich sage euch mein letztes, indem ich dir mitteile, daß ich dir jedes Glied einzeln vom Körper reißen lasse, wenn du ihm nur ein Haar seines Hauptes krümmst. Nun kannst du gehen."
„Ja, ich gehe. Hüte dich vor meiner Rache, ich scherze nicht!"

Er drängte sich durch die schmale Öffnung des Verhaus und schritt hocherhobenen Hauptes in die Schlucht hinein. Der Slowake nahm sein Gewehr auf und fragte: „Soll ich erschießte Kerl, frechen und unverschämigten? Seinte dann sofort aus Geschichte, ganze und alle!"

„Nein", wehrte Schwarz ab. „Ich habe ihm mein Wort gegeben, und das gilt. Meineidig werde ich nicht."

„G'wiß!" stimmte Pfotenhauer bei. „Das gegebene Wort müssen wir leider halten, doch auch ich möcht ihm am liebsten gleich einige Kugeln auf den Pelz brennen. Den Kerl so hier in denen Händen haben und ihn doch wieder laufen lassen zu müssen, das geht mir halt stracks gegen den Strich. War das a frecher und unverschämter Patron! Anstatt klein beizugeben, hat er halt grad so getan, als ob er nur lauter Bittschriften zu unterzeichnen hätt'. Was soll denn nun g'schehen? Meinen S', daß er wirklich tut, was er g'sagt hat?"

„Nein."

„Oho! Ich trau's ihm zu."

„Ich nicht."

„So halten S' ihn für besser, als er wirklich ist."

„Das nicht; aber ich halte ihn für zu klug, seine Drohung auszuführen."

„Wieso wäre das unklug?"

„Weil er dann auch unsererseits auf keine Gnade zu rechnen hätte."

„Ja, das ist schon wahr. Aberst was nützt uns die Rach', wann wir mit derselben die Toten nicht wieder lebendig machen können?"

„Er weiß, daß er uns nicht entkommen kann. Ich habe ihn scharf beobachtet und es ihm angesehen, daß er diese Überzeugung hegt. In seinen Händen liegt nur ein einziger Trumpf, er hat ihn uns gezeigt, doch zweifle ich sehr daran, daß er ihn auch wirklich ausspielen wird. Es wäre sein sicherer Untergang."

„Möglich, daß er es unterläßt, doch ist ihm alles zuzutrauen und... was ist das? Da kommt er ja schon wieder!"

Es war so; Abu el Mot kam zurück, aber nicht ganz heran. Er blieb vielmehr in Rufweite stehen und fragte: „Darf ich wieder frei zurück, wenn ich noch einmal hinkomme?"

„Ja", antwortete Schwarz.

„Dummheit!" raunte Pfotenhauer ihm zu. „Jetzt hatte er unser Wort nicht, und so konnten wir ihn wegputzen!"

„Dazu ist es nun zu spät. Ich habe mein Versprechen erneuert.

Übrigens ist seine Rückkehr ein Beweis, daß ich ganz richtig geurteilt habe."

Der Alte kam bis an die Lücke heran, durch welche er aber nicht kroch, und fragte: „Was würdet ihr mit mir tun, wenn ich mich euch gefangen gäbe?"

„Wir würden dein Leben schonen", antwortete Schwarz.

„Und mir die Freiheit geben?"

„Nein. Ich würde dich nach Faschodah abliefern."

„Ah! Zum Vater der Fünfhundert?"

„Ja. Ich habe es ihm versprochen."

„Du bist sehr aufrichtig. Ich danke dir. Tue, was du willst, du wirst mich nicht lebendig in deine Hand bekommen!"

Er ging wieder fort, ohne ein einziges Mal den Kopf zu wenden. Er mußte sehr fest überzeugt sein, daß man ihm keine Kugel nachsenden werde.

„Das ist die Frechheit doch allzu weit getrieben!" zürnte Pfotenhauer. „Die Sicherheit dieses Halunken könnt' mir die ganze Gall' in den Magen treiben. Hätten S' nur nit so gar schnell ja g'sagt, so läg' er jetzund dort im Gras, mit meiner Kugel im Leib!"

„Lassen Sie es gut sein!" bat Schwarz. „Daß er mit dieser Frage zurückkehrte, stellt mich für jetzt vollständig zufrieden."

„Aber wir sind nit weiter 'kommen, als wir vorher waren!"

„Das mag sein, aber wir werden nicht auf dem jetzigen Punkt stehen bleiben."

„So laufen S' also schnell weiter, und nehmen S' und auch mit! Denken S' vielleicht, daß wir schießen können, ohne Ihren Bruder in G'fahr zu bringen?"

„Ich denke es, so wie ich es schon vorhin dachte, aber ich will Abu el Mot doch lieber nicht versuchen. Warum Gewalt anwenden, wenn man mit ein wenig List ebenso zum Ziel gelangen kann?"

„Welche List ist's denn da, von der S' sprechen?"

„Die, von der wir schon gesprochen haben. Wir holen meinen Bruder und den Elefantenjäger heraus. Gelingt uns das, so brauchen wir dann keine Rücksicht mehr zu nehmen, da sich der einzige Trumpf des Alten in unseren Händen befindet."

„Alle Teuxel! Ist das Ihr Ernst?"

„Ja."

„Wir wollen uns verkleiden und Theater spielen?"

„Ich wenigstens bin fest entschlossen dazu. Ich will Sie keineswegs bereden, denn die Sache ist, wie ich gern zugebe, sehr gefährlich, aber ich..."

„Lassen S' die Faxerei, und reden S' vernünftig!" unterbrach ihn der Vater des Storchs. „Was Sie könnn, das kann ich auch, und Ihr Bruder ist mir so a lieber Freund, daß ich um seinetwillen ganz gern so a bißchen Fastnachtsscherz mitmachen tu'."

„Nun, es ist nichts weniger als scherzhaft. Wenn wir erwischt werden, so ist es nicht nur aus mit uns, sondern auch mit denen, welche wir retten wollen."

„Das weiß ich selber auch, und ich denk', grad eben darum werden wir uns nicht derwischen lassen. Es handelt sich nur darum, wann und wie es g'macht werden soll. Wann? Doch also erst heute Abend?"

„Ja. Dieser Plan kann nur in der Dunkelheit ausgeführt werden."

„Aber bis dahin kann gar viel g'schehen!"

„Ich bin überzeugt, daß wenig oder gar nichts geschehen wird. Abu el Mot wird nichts unternehmen, sondern ganz froh sein, wenn wir ihn in Ruhe lassen."

„So handelt es sich nur um das Wie. Verkleiden wir uns als Neger?"

„Ja."

„Dazu möcht' ich aberst nit raten."

„Warum?"

„Aus mehreren Gründen. Erstens wird es mir bei meinem langen und großen Bart, selbst wenn ich ihn und das G'sicht schwarz mach, nit gelingen, denen Leuten weis zu machen, daß ich ein Neger bin, denn a Schwarzer hat keinen solchen Bart. Und zweitens dürften wir uns nur da bewegen, wo die geraubten Sklaven sind, während die beiden, welche wir holen wollen, sich ganz g'wiß bei Abu el Mot befinden. Besser wird's sein, wir färben die G'sichter nur braun und kleiden uns so, daß wir für Sklavenjäger g'halten werden."

„Auch da wird man Sie an Ihrem und ebenso mich an meinem Vollbart erkennen. Nein. Unter die geraubten Sklaven brauchen wir uns nicht zu machen, denn es gibt auch unter den Leuten Abu el Mots Schwarze genug. Es fragt sich überhaupt, ob wir uns sehen lassen müssen. Vielleicht haben wir uns nur in der Weise anzuschleichen, wie sich Indianer an ihre Feinde schleichen. Und da ist es von großem Vorteil, wenn wir uns schwarz gefärbt haben, weil man uns da nicht von der Umgebung zu unterscheiden vermag."

„Ganz wie Sie denken. Ich tu' halt alles mit, und Sie sind weit erfahrener und gewandter als ich. Aber wo nehmen wir die schwarze Farb' her? Wollen wir Holz zu Kohlen brennen?"

„Kohle haftet nicht. Es könnten durch irgendeine Berührung weiße Flecken entstehen, welche uns verraten würden. Wir haben ja fettes Fleisch von den Elefanten und Speck vom Nilpferd. Da können wir Ruß mehr als genug gewinnen."

Der Slowake war Zeuge dieses in deutscher Sprache geführten Gesprächs gewesen und hatte alles gehört. Jetzt sagte er: „Auch ich wollt schmierte Ruß in Gesicht meiniges, daß ich wernte Neger, schwarzigter, und gedürfte mitgehen, zu holen die beiden Freunde, gefangschaftliche."

„Du?" lachte Schwarz. „Du wärst der Kerl dazu!"

„Ja, ich wernte sein der Kerl, dazu gehörigter! Ich hatt gefürchte mich vor niemand!"

„Das glaube ich. Aber zu dem, was wir vorhaben, gehört mehr. Man muß einen Menschen, der dazwischen kommt, mit einem einzigen Hieb besinnungslos machen können, ohne daß er einen Laut von sich gibt. Und das ist noch nicht alles. Man muß noch viel, viel mehr können, was du nicht kannst."

„O, ich hatt gekönnte alles und jedwedigtes. Ich bitt, zu dürften mitmachte die Schleicherei, interessantigte!"

„Nein, ich muß dir diese Bitte abschlagen. Du würdest nicht nur dein Leben, sondern auch das unsrige aufs Spiel setzen."

„Ich wernte setzte nichts auf Spiel, gewonnenes. Ich hatt wollte..."

„Nein, nein, und damit gut!" unterbrach ihn Schwarz.

Der Kleine wandte sich enttäuscht ab. Die anderen sahen sein betrübtes Gesicht und fragten, da sie das deutsche Gespräch nicht verstanden hatten, was es gegeben habe. Er sagte es ihnen. Als der Sohn des Geheimnisses hörte, was die beiden Deutschen vorhatten, wollte er sich ihnen anschließen, da es sich um seinen Vater handelte. Auch er wurde abgewiesen.

Nach einiger Zeit sollte Fleisch für die Soldaten geholt werden und zugleich der Speck zur Rußfabrikation. Der Slowake erhielt den Auftrag, mit einigen Asakern auf die Höhe zu steigen, um das Verlangte zu bringen. Der Sohn des Geheimnisses und der Hadschi erhielten von ihm einen Wink und gingen infolgedessen mit.

Sie ließen die Asaker etwas voransteigen, um nicht von ihnen gehört zu werden, und der Kleine sagte: „Warum sollen nicht auch wir uns als Neger verkleiden? Ist nicht der Elefantenjäger dein Vater? Und hast du nicht zu allererst die Verpflichtung, ihn zu befreien?"

Es war bei ihm die reine Abenteuerlust, welche ihn veranlaßte, sich gegen das erhaltene Verbot aufzulehnen. Abd es Sirr hingegen wurde von der kindlichen Liebe getrieben, ihm beizustimmen. Der Hadschi seinerseits war stets bereit, das zu tun, was sein Freund tat. Als dieser letztere sich dieses Einverständnisses versichert hatte, fuhr er fort: „Was hindert uns also, auch Ruß aus Speck zu machen und uns in Schwarze zu verwandeln. Wir warten, bis der Vater des Storchs mit dem Vater der vier Augen verschwunden ist, schwärzen uns auch an und folgen ihnen nach."

„Aber wo wollen wir für uns Ruß machen, ohne daß es entdeckt wird?" fragte der stets bedächtige Sohn des Geheimnisses.

„Da, wo der andere gemacht wird. Die beiden Herren machen ihn gewiß nicht selbst, sondern ich werde dafür sorgen, daß sie mich damit beauftragen. Dann mache ich so viel, daß für uns genug übrig bleibt. Auch wir sind Helden und wollen nicht tatenlos in der Nähe unserer Feinde liegen."

„Nein, Helden sind wir nicht", antwortete Abd es Sirr. „Wir können uns nicht mit unseren beiden Anführern vergleichen, aber mein Vater ist gefangen, er befindet sich in Todesgefahr, und so ist es meine Pflicht, ihm beizustehen. Ihr werdet mir helfen, aber keinem Menschen etwas davon verraten."

Und nun besprachen sie sich weiter, bis eine regelrechte Verschwörung gegen ihre Vorgesetzten zustande kam.

Droben lagen die in Palmenfasermatten gewickelten Fleischvorräte, von denen so viel aufgepackt wurde, wie man zu brauchen gedachte.

Eine hohle Kürbisschale wurde mitgenommen, in welcher der Speck gebrannt werden sollte. Als das Fleisch unten angekommen war, wurde zunächst ein großes Feuer angebrannt, an welchem der Braten hergestellt werden sollte. Dann erbot der Vater der elf Haare sich, den Ruß herzustellen, und er war so glücklich, die Erlaubnis dazu zu erhalten. Er machte sich auf die Seite und errichtete ein kleineres Feuer, über welchem er den Speck an eingesteckte Zweige hing, um das Fett in den Kürbis tropfen zu lassen. Als dies geschehen war, setzte er denselben auf die Erde, brannte das Fett an, steckte mehrere Äste senkrecht in die Erde und breitete eine der Matten darüber aus. Die Matte fing den schwarzen Qualm auf, welcher sich als Ruß ansetzte. Nach Verlauf einer Stunde war so viel Schwärzstoff vorhanden, daß man mit Hilfe desselben zehn Weiße in Neger hätte verwandeln können.

Indessen war Schwarz auf die Höhe gestiegen, um den dort Kommandierenden zu erzählen, welchen Erfolg seine Unterredung mit Abu el Mot gehabt hatte, und ihnen neue Weisungen zu geben. Die hauptsächlichste derselben war, nicht zu schießen, möge unten geschehen, was da wolle, außer wenn er ihnen den Befehl dazu durch einen Boten erteile.

Als er dann wieder herunterkam, machte er sich auf, um Wasser zu suchen, welches ihm und seinen Soldaten nötig war. Es gelang ihm, nicht weit vom Standort derselben, den Abfluß des Grabens zu finden, dessen Wasser innerhalb der Schlucht in dem schon erwähnten Loch verschwand. Nun war man für die nächste Zeit mit allem Nötigen versorgt.

Zwanzigstes Kapitel

Rettung und Vergeltung

Der Vormittag verging und ebenso auch der Nachmittag, ohne daß sich etwas Besonderes ereignete. Die Leute Abu el Mots verhielten sich sehr ruhig. Sie hatten sich weiter als vorher nach hinten gezogen und schienen sich um die Belagerer nicht zu bekümmern. Die Anführer der Sklavenkarawane sannen auf Rettung und konnten doch auf keinen Plan kommen, welcher Hoffnung auf Erfolg erregt hätte.

So wurde es Abend. In der Schlucht, ungefähr in der Mitte derselben, brannte man ein Feuer an, welches von dürren Palmenwedeln, deren es eine ganze Menge gab, genährt wurde. Da kamen Lobo und Tolo, die beiden Belandaneger, von oben herabgestiegen. Als Schwarz sie fragte, in welcher Absicht sie die Höhe verlassen hätten, antwortete der erstere: „Lobo und Tolo sein Belanda, arm Neger aus Ombula sein auch Belanda. Lobo und Tolo wollen gehen, um Belandafreunde zu trösten und ihnen helfen, wenn in Gefahr."

„Wie? Ihr wollt hinein in die Schlucht?"

„Ja, gehen in Schlucht."

„Man wird euch erwischen!"

„Nicht erwischen. Abend sein schwarz, Schlucht sein schwarz und Lobo und Tolo auch schwarz, man sie gar nicht sehen. Wenn nicht erhalten Erlaubnis, dann sie beide sehr weinen."

„Aber ihr seid verloren, wenn man euch sieht! Bedenkt, daß ihr Abd el Mot entflohen seid! Und man muß euch ja sehen."

„Wir uns schleichen zu Gefangenen, und man uns gar nicht beachten. Wir mithaben scharf Messer und losschneiden Strick von Gefangenen."

Als Schwarz dieses letztere hörte, kam ihm der Plan dieser beiden, welche ihr Leben für ihre Landsleute wagen wollten, gar nicht mehr so zwecklos vor wie vorher. Er überlegte, besprach sich kurze Zeit mit Pfotenhauer und gab den Bittstellern dann den Bescheid: „Gut, ich habe nichts dagegen; aber ihr müßt euch genauso verhalten, wie ich es euch vorschreibe."

„Lobo und Tolo alles tun, was guter, weißer Herr befehlen!"

„Ihr schleicht euch also zu euern Landsleuten und befreit sie von ihren Banden, sie müssen aber diese Fesseln scheinbar weiter tragen, damit die Wächter nichts bemerken. Sobald ihr nun von hier aus einen Schuß hört, haben alle ihre Stricke und Gabeln abzuwerfen und nach dem Ausgang zu fliehen. Verstanden?"

„Haben verstanden."

„Jetzt will ich aber erst einmal durch das Loch kriechen, um mich zu überzeugen, wie weit der Weg für euch frei ist."

„Nein! Nicht Herr, sondern Lobo kriechen durch Loch. Lobo sein schwarz und können gut kriechen, sein auch schon auf Seribah krochen bis an Haus von Abd el Mot."

Schwarz wußte das und traute dem Neger zu, seine Sache gut zu machen. Darum gab er ihm die Erlaubnis, und Lobo verschwand in der Lücke des Verhaus. Drinnen konnte er nicht leicht gesehen werden, da Schwarz bei Anbruch des Abends das Feuer hatte verlöschen lassen und der Eingang also in tiefem Dunkel lag. Nach ungefähr einer Viertelstunde kehrte er zurück und meldete: „Sein alles gut. Arm Belanda ganz hinten. Dann die Jäger. In der Mitte Feuer. Rechts oben auf dann Zelt von Abu el Mot. Dann nur sechs Jäger, nicht weit von hier, sollen aufpassen auf uns. Sitzen aber nebeneinander auf Erde und erzählen. Lobo zweimal an ihnen vorüber, ohne ihn sehen. Dürfen Lobo mit Tolo nun fort?"

„Ja, geht in Gottes Namen, aber seid vorsichtig, macht keine Dummheiten und tut genauso, wie ich euch gesagt habe!"

Sie krochen durch das Loch, und nun lauschten die Zurückgebliebenen mit Spannung, ob vielleicht irgendein Lärm verraten werde, daß die kühnen Neger erwischt worden seien, aber es herrschte nach wie vor die tiefste Stille in der Schlucht.

„Das sind nun zwei lebendige Beispiele von den verachteten Menschen, denen man in Europa nachsagt, daß sie fast auf der Stufe der Tiere stehen", sagte Schwarz. „Unter tausend Weißen würde sich wohl kaum einer finden, der für seine Landsleute das wagte, was diese beiden wackeren Kerle riskieren. Doch ich denke, daß es nun auch Zeit für uns geworden ist. Wollen wir unsere Umwandlung vornehmen?"

„Ja", antwortete Pfotenhauer. „Jetzt sind wir wohl noch ziemlich sicher. Wann die da drin ja vermuten, daß wir etwas vornehmen, so meinen sie g'wiß, daß es zu späterer Zeit g'schehen wird. Gehen wir also ans Werk."

Sie ließen sich von dem Slowaken die schwarze Matte kommen, zogen sich aus und legten jeder nur einen Schurz um die

Lenden. Der ganze übrige Körper wurde mit Ruß geschwärzt. Der Vater des Storchs sah schrecklich aus. Ganz abgesehen von seinem langen, grauen Vollbart, welcher natürlich auch eingerußt worden war, hatte sicher, so lange die Erde steht, noch kein Neger eine solche Nase gehabt wie dieser imitierte Mohr. Nun steckten die beiden ihre Messer und Revolver in die Schürze und verschwanden durch das Loch.

Kaum waren sie fort, so brachte der Slowake eine zweite Rußmatte herbei, welche er gefertigt und versteckt hatte, als Schwarz oben auf dem Berg gewesen war. Er, der Hadschi Ali und der Sohn des Geheimnisses zogen sich auch aus und rieben sich ein. Der Hauptmann der Asaker, welcher sich nun hier für den Kommandierenden hielt, fragte, was sie vor hätten. Der Vater der elf Haare beruhigte ihn mit der Versicherung, daß sie im Auftrag der beiden Deutschen handelten, denen sie schnell nachfolgen sollten. Dann krochen auch sie durch das Loch.

Als Schwarz und Pfotenhauer sich jenseits des Verhaus befanden, legten sie sich auf die Erde nieder und schoben sich leise und langsam auf derselben hin. Sie waren noch nicht weit gekommen, so erblickten sie vor sich die sechs Wächter, von denen Lobo gesprochen hatte. Sie wendeten sich also mehr nach rechts und kamen glücklich vorüber. Die schwarze Farbe war ein vortrefflicher Schutz für sie.

Sie krochen den Damm hinauf, auf welchem das Zelt Abu el Mots stand. Dieses wollten sie erreichen, da sie glaubten, daß sich in der Nähe desselben die beiden befänden, die sie retten wollten.

Unten zur linken Hand, aber weiter vorwärts, brannte das Feuer. Zwischen diesem und dem Eingang lagerten nur die erwähnten Wächter. Am Feuer aber und weiter rückwärts hatten es sich die Sklavenjäger bequem gemacht. Noch weiter hinten, wo sich die Sklaven befanden, war es dunkel.

Über den beiden Deutschen rauschten leise die Wipfel der Palmen. Vor sich erblickten sie etwas Helles, was vom düsteren Felsen abstach. Es war das gesuchte Zelt. Sie erreichten es, ohne durch einen Menschen oder etwas anderes gestört worden zu sein. Das Gerüst des Zeltes bestand aus einer langen Mittel- und zwölf Seitenstangen, welche unten rund im Kreis in die Erde gesteckt und oben mit der ersteren verbunden waren. Darüber hatte man die helle Leinwand gezogen. Vorn, am Feuer zu, befand sich der Eingang. Hinten war die Leinwand nicht wie vorn gerade an den Stangen mit Pflöcken in die Erde befestigt worden, sondern man hatte mehrere vielleicht drei Fuß hohe Hölzer ein- und Latten darüber geschlagen und den unteren Saum des Zelttuchs darauf gelegt. Dadurch war ein an die Felswand stoßender, niedriger und bedeckter Raum entstanden, in dem man allerlei Gegenstände aufbewahren konnte, welche in der Mitte des Zeltes im Weg gewesen wären.

Im Inneren des letzteren erklang eine Stimme, eine andere antwortete darauf.

„Das ist Abu el Mot mit Abd el Mot", flüsterte Schwarz, welcher hart am Zelt lag.

„Hab' sie auch an der Stimm' erkannt", antwortete Pfotenhauer. „Diese Kerls müssen doch ganz sicher sein, daß wir nix zu unternehmen wagen, da sie nicht mal Wache vor der Tür haben."

„Sie verlassen sich darauf, daß sie zwei Geiseln besitzen. Horch!"

Wieder hörte man die Grabesstimme Abu el Mots. Darauf erklang eine andere, welche aber nicht Abd el Mot angehörte.

„Gott, das war mein Bruder!" hauchte Schwarz. „Die Gefangenen befinden sich also bei ihm!"

„Welch ein Glück! Schnell, holen wir sie heraus!"

„Nur langsam! Erst rekognoszieren, sehen, hören und dann handeln. Folgen Sie mir, und tun Sie nur das, was ich vorher tue. Vermeiden Sie aber vor allem selbst das geringste Geräusch, sonst sind wir verloren, und zwar nicht nur wir allein!"

Er hob das Zelttuch da, wo es nach hinten waagerecht auf den Latten lag, ein wenig empor und sah hinein. Vor sich hatte er einen dunklen, niedrigen Raum, aber weiter nach vorn war es hell. Einige Pakete lagen seitwärts unter dem Tuch. Im Zelt saßen vier Menschen, von denen er aber jetzt nur die Beine und den Unterleib erblickte.

„Kommen Sie!" raunte er dem Gefährten zu, „aber, um Gottes willen, leise, ganz leise!"

Er schob sich vorwärts, unter das Tuch und die Latten hinein. Pfotenhauer tat an seiner Seite dasselbe. Nun erreichten ihre Gesichter fast die Stelle, an welcher das Tuch auf den Zeltstangen lag und also nun nach oben gerichtet war. Schwarz lugte vorsichtig hervor. Sein geschwärztes Gesicht blieb noch im Schatten und war also nicht zu sehen. Er erblickte die vier anwesenden Personen genau.

Sein Bruder und der Elefantenjäger saßen an der Mittelstange, an welche sie angehängt waren. Man hatte ihnen die Füße zusammen und die Hände auf den Rücken gebunden. Zu ihrer Rechten saß Abd el Mot, zu ihrer Linken, mit dem Rücken nach Schwarz gewendet, Abu el Mot. Eben sagte dieser letztere: „Allah soll mich strafen, wenn ich euch täusche. Wir befinden uns ganz allein hier und werden morgen aufbrechen, um nach meiner Seribah zu ziehen."

„Lüge nicht!" antwortete Joseph Schwarz. „Wenn du nach deiner Seribah willst, warum hast du da den Umweg nach dieser Schlucht eingeschlagen?"

„Bin ich euch etwa Rechenschaft von meinem Tun und Lassen schuldig?"

„Vielleicht kommt die Zeit, in welcher wir diese Rechenschaft fordern. Ich meine sogar, daß diese Zeit sehr nahe ist."

„Meine, was du willst! Ich lache darüber."

„Dein sorgenvolles Gesicht sieht nicht wie Lachen aus. Heute früh befandest du dich in besserer Stimmung. Warum warst du heute so viel strenger gegen uns? Warum sollen wir hier in dem erbeuteten Zelt schlafen, was noch nie geschehen ist? Du willst uns ganz sicher haben, und so vermute ich mit Recht, daß jemand hier ist, der uns befreien will."

„Ah! Wer sollte das sein?"

„Mein Bruder."

„Hund! Wer hat dir das verraten?" fuhr der Alte auf.

„Verraten! Du selbst hast dich jetzt verraten! Also ist meine Vermutung richtig. Du kannst meinen Bruder vorher nicht gesehen haben. Du hast nichts von ihm gewußt. Nun plötzlich kennst du ihn. Er ist also da und hat uns von dir gefordert. Und er ist nicht allein da, sonst hättest du auch ihn ergriffen, als er mit dir sprach. Er hat Leute bei sich, mehr Leute als du hast. Ich bin also gerettet!"

„Jubele nicht! Ich töte euch lieber, als daß ich euch freigebe!"

„Pah! Da kennst du meinen Bruder nicht. Er wiegt hundert Kerle deiner Art auf."

„Gib ihm doch das Messer in den Leib!" forderte Abd el Mot seinen Vorgesetzten auf. „Wie kannst du dich von einem Giaur verhöhnen lassen?"

„Schweig!" antwortete der Alte. „Ich weiß selbst, was ich zu tun habe. Was sitzt du da und gibst mir gute Lehren! Gehe lieber hinaus und siehe nach, ob die Wachen ihre Schuldigkeit tun. Schlafen sie etwa, so laß sie peitschen!"

Abd el Mot stand auf und entfernte sich brummend. Man

hörte ihn die Richtung auf den Damm einschlagen, aus welcher Schwarz und Pfotenhauer gekommen waren.

Abu el Mot hielt seine Augen drohend auf seine Gefangenen gerichtet und fragte: „Wer hat euch verraten, daß dein Bruder da ist? Einer meiner Leute muß es gewesen sein."

„Ich nenne ihn dir nicht."

„Du wirst es mir sagen, sonst lasse ich dir die Bastonnade geben!"

„Wage es! Ich lasse dich dafür zu Tode peitschen."

„Wann? Wenn dich der Schejtan in die Hölle entführt hat? Das wird vielleicht noch in dieser Nacht geschehen."

„Im Gegenteil! Wie ich meinen Bruder kenne, werden wir in dieser Nacht unsere Freiheit erhalten."

„Von wem?"

„Von mir", ertönte es hinter ihm.

Emil Schwarz hatte sich weiter vorgeschoben, so daß er sich hinter Abu el Mot aufrichten konnte. Dieser erschrak, als er die Stimme hinter sich hörte, und wollte sich hastig umdrehen, wurde aber von zwei Händen so fest an der Kehle gepackt, daß ihm der Atem verging und er vor Todesangst mit den Beinen um sich schlug.

Pfotenhauer kroch auch schnell hervor. Die beiden Gefangenen erblickten zwei schwarze, fast unbekleidete Gestalten, auf welche der Schein der Fettlampe fiel, die von einer der Zeltstangen hernieder hing. Zwei Neger, aber mit langen Bärten! Der eine mit einer Riesennase, welche Joseph Schwarz trotz ihrer dunklen Farbe sofort erkannte. Auch die Stimme des anderen hatte er erkannt, obgleich derselbe nur zwei einsilbige Worte gesprochen hatte.

„Emil, du! Pfotenhauer! Ist es möglich! So schnell!" rief er aus.

„Leise, leise!" warnte sein Bruder. „Pfotenhauer, schneiden Sie die beiden los! Ich habe hier mit dem Alten zu tun."

Er hielt Abu el Mot mit der einen Hand noch immer beim Hals und versetzte ihm mit der anderen Faust mehrere Schläge gegen den Kopf, bis er sich nicht mehr rührte.

„So, das nenne ich ein Glück!" sagte er dann. „Ich habe nicht nur euch, sondern auch diesen Halunken. Das bedeutet einen unblutigen Sieg, denn nun muß sich die Karawane ergeben. Kriecht hier hinter mir hinaus. Vorn dürfen wir uns nicht sehen lassen, sonst haben wir die Verfolger sofort auf den Fersen!"

Er kroch an derselben Stelle, an welcher er in das Zelt gekommen war, wieder hinaus und zog Abu el Mot hinter sich her. Die anderen folgten ihm, denn Pfotenhauer hatte die Gefangenen losgeschnitten. Diese holten laut und tief Atem und reckten und dehnten die malträtierten Glieder.

„Gott sei Dank, endlich, endlich frei! Emil, Pfotenhauer, das vergesse ich euch nie!"

„Still jetzt!" mahnte sein Bruder. „Noch sind wir nicht in Sicherheit. Der Schein des Feuers dringt bis hier herauf. Legt euch zur Erde! Wir müssen kriechen, zumal da ihr beide helle Kleider habt. Helft mit, den Alten schieben!"

Sie krochen nach dem Eingang hin. Dabei zog Emil Schwarz, welcher voran war, den besinnungslosen Abu el Mot hinter sich her, und die anderen schoben. Sie waren noch nicht weit gekommen, da ertönte von der Stelle her, an welcher die sechs Wächter saßen, eine laute Stimme: „Wakkif, la lakuddam, imfik - halt, nicht weiter, haltet ihn fest!"

Mehrere Stimmen fielen ein, und ein Schuß krachte. Zugleich sahen sie eine Strecke vor sich mehrere Gestalten, welche etwas Schweres, Helles trugen und dem Ausgang zustrebten.

„Was ist das?" fragte Emil Schwarz. „Da unten kommen die Wächter. Sie wollen herauf. Wer sind die da vorn? Ah, mir ahnt es. Der Slowake wollte sich auch färben. Joseph, Sejad Ifjal, nehmt den Alten und rennt nach dem Eingang. Dort ist ein Loch, durch welches ihr kriechen könnt. Draußen sind unsere Soldaten. Pfotenhauer, heraus mit dem Messer und den Revolvern, mir schnell nach auf die Wächter!"

Er rannte vom Damm hinab, und der Vater des Storchs folgte ihm auf dem Fuß. Vorn krachten zwei Pistolenschüsse. Die Wächter, welche sich bereits in der Nähe des Verhaus befanden, wichen zurück. Sie sahen zwei Schwarze auf sich zukommen und hielten sie für Freunde.

„Helft!" rief einer der Wächter ihnen zu. „Die Feinde sind eingebrochen. Dort fliehen sie wieder hinaus. Sie haben einen von uns gefangen. Und - oh Allah, dort, da oben laufen auch zwei, welche einen tragen."

„Lauft auch ihr, ihr Halunken!" antwortete Schwarz, indem er den Sprecher niederschlug, einem zweiten Wächter einen Hieb gegen den Kopf versetzte, daß er zur Seite taumelte und sich dann auf den dritten warf.

Da er nicht schoß, so schoß auch Pfotenhauer nicht. Es sollte möglichst kein Blut vergossen werden. Er faßte also nach der Flinte des vierten, dem einzigen Gewehr, welches die Wächter bei sich zu haben schienen, entriß es ihm und stieß ihn mit dem

Kolben nieder. Er wollte sich gegen den fünften wenden, aber dieser und der sechste rannten bereits dem Feuer zu. Nummer eins bis vier rafften sich auch auf und schossen eiligst davon. Aber jetzt erhob sich im Hintergrund der Schlucht ein wahrhaft entsetzliches Geheul, als ob alle möglichen wilden Tiere sich zu einem Satanskonzert zusammengefunden hätten.

„Herrgott, die Sklaven sind los!" rief Schwarz. „Die Schüsse, die Schüsse! Ich hatte zu Lobo gesagt, daß ein Schuß das Zeichen sein werde, daß die Gefangenen nach dem Ausgang fliehen sollten. Ich befürchte, es kommt anders. Sie fliehen nicht, sondern fallen über ihre Peiniger her. Welch ein fürchterliches Massaker wird das geben! Kommen Sie hinaus zu unseren Leuten, welche nicht wissen werden, wie sie sich zu verhalten haben. Dort werden wir wohl auch weitere Erklärung finden."

Diese Erklärung war nun folgende: Als der unternehmende Vater der elf Haare, ganz erpicht darauf, einmal auf eigene Rechnung den Helden zu spielen, das Loch passiert hatte, wendete er sich, gerade wie vor ihm Schwarz und Pfotenhauer, nach rechts, dem Damm zu. Sie krochen denselben hinauf und kamen gerade oben an, als Abd el Mot vom Zelt her an derselben Stelle anlangte. Der kleine Slowake richtete sich auf und fragte ihn: „Wer bist du?"

„Ich bin Abd el Mot. Und ihr, was treibt ihr schwarzen Hunde euch hier umher! Ich werde..."

Er konnte seine Drohung nicht vollenden, denn der Kleine sprang ihm an die Kehle, krallte ihm beide Hände um den Hals, drückte denselben aus Leibeskräften zusammen, riß den Gegner zu Boden und sagte zu seinen zwei Gefährten: „Haltet ihn, ich hämmere ihm den Kopf."

Das hatte natürlich nicht geschehen können, ohne daß die Wächter darauf aufmerksam wurden. Sie erhoben sich von der Erde und schauten nach der betreffenden Stelle. Abd el Mot hatte wirklich die Besinnung verloren.

„Das ist ein Fang!" meinte der Kleine. „Schleifen wir ihn nach dem Loch. Dann kehren wir zurück."

Sie faßten den Ohnmächtigen an und zogen ihn fort. Als die Wächter das sahen, rief einer von ihnen die Gruppe an, und da dies keinen Erfolg hatte, so schoß er sein Gewehr ab, glücklicherweise ohne daß die Kugel traf. Nun rannten die sechs Sklavenjäger den dreien nach. Diese letzteren aber waren trotz ihrer Last so behende, daß sie eher am Verhau ankamen. Die Verfolger kehrten also um und rannten gegen Schwarz und Pfotenhauer, um von diesen noch viel energischer in die Flucht getrieben zu werden.

Als die beiden letztgenannten dann auch die Lücke passiert hatten, gebot Schwarz, schnell das Feuer anzuzünden. Der Slowake erkannte ihn an der Stimme und rief triumphierend: „Seinte Sie auch schonte da? Hatt wohl nichts gefangte? Ich hatt gefangte einen Feind, berühmten und geklopfte ohnmächtigen."

„Wen denn?" fragte Schwarz.

„Abd el Mot. Wernte gehen wieder und fangte auch Abu el Mot, miserabligten."

„Sind Sie bei Trost?"

„Ich hatt viel Getroste und viel Verwegtenheit. Ich hatt ihn packte bei Gurgel, atemholigter, und ihn würgte bis ohne Besinnigtung und ihn schaffte dann hierher."

„Ist das möglich! Du hättest wirklich Abd el Mot?"

„Sie kann glaubte es. Es seinte Abd el Mot, wirklichter und wahrhaftigkeitlichter."

„Teufelskerl! Das konnte dir und uns auch schlecht bekommen. Hörst du das Brüllen und Heulen da hinten in der Schlucht? Daran bist du allein schuld! Macht schnell Feuer!"

Die Flamme leuchtete auf. Ihr Schein fiel auf das Gesicht Abd el Mots. Die drei, welche ihn gefangen hatten, standen neben ihm. Der Sohn des Geheimnisses sah das Gesicht mit den jetzt geschlossenen Augen, das einzige Gesicht, welches sein Gedächtnis aus früher Jugendzeit festgehalten hatte.

„Ebrid Ben Lafsa el Bagirmi!" schrie er auf. „Ich erkenne ihn, er ist es, er ist Ebrid Ben Lafsa, der von meinem Vater gefunden und gerettet wurde!"

Da rief eine Stimme in der Nähe: „Wer ruft diesen verfluchten Namen? Wer von euch kann ihn kennen?"

Es war der Elefantenjäger, welcher diese Frage aussprach. Der Sohn des Geheimnisses blickte starr in das Gesicht und antwortete: „Ich bin's gewesen. Wer aber bist du? Bist du etwa der Mann, den sie Sejad ifjal, den Elefantenjäger nennen? Bist du Barak el Kasi, der Emir von Kenadem?"

„Ich bin es."

„O Allah, Allah, Allah! Er ist's, mein Vater, mein Vater!"

Die frühere Furcht vor seinem Vater, die Abneigung gegen denselben, welche er zuweilen geäußert hatte, war plötzlich verschwunden. Er flog auf ihn zu und warf sich an seine Brust.

„Du... du mein Sohn? Wäre es möglich? Täte Allah mir zuliebe solch ein Wunder?" fragte der Emir ganz fassungslos.

„Ich bin es, ich bin es. Glaube es doch nur gleich! Später werde ich es dir erklären."

„Ich glaube es, ich glaube es gern! Hamdulillah! Nun bin ich nicht mehr Bala Ibn, der Vater ohne Sohn. Nun ist mir die Heimat nicht mehr verschlossen, mein Schwur ist erfüllt, und ich darf zurückkehren in das Land meiner Väter und nach Kenadem, der Heimat meiner Familie."

„Ja, nach Kenadem, nach Kenadem! Nimm mich mit! Warst du Bala Ibn, so war ich Bala Abu, der Sohn ohne Vater. Nun haben wir uns gefunden, nun haben wir uns wieder, und nichts, nichts soll uns mehr trennen!"

Die beiden hielten sich umschlungen und hatten weder Auge noch Ohr für die übrigen. Diese Szene hätte zu einer anderen Stunde gewiß das Mitgefühl aller auf das lebhafteste in Anspruch genommen, jetzt aber war man zu sehr mit anderem beschäftigt.

Sobald die Flamme hell genug aufloderte, daß man sich gegenseitig erkennen konnte, eilte Emil Schwarz auf seinen Bruder zu, um ihn zu umarmen, wozu bis jetzt keine Zeit gewesen war. Er drückte ihn an sich, küßte ihn wiederholt herzlich, drückte ihn abermals an sich, schob ihn dann von sich ab, um das liebe Gesicht recht deutlich vor sich zu haben, rief aber erschrocken aus: „Alle Wetter, Joseph, was ist mit dir? Wie siehst du aus?"

„Wie soll ich denn aussehen? Doch wohl wie sonst, wie gewöhnlich!" antwortete Joseph, der vor den Zärtlichkeiten Emils noch gar nicht zu Wort hatte kommen können.

„Nein, ganz und gar nicht wie sonst. Diese Faulflecke hast du früher nicht in deinem Gesicht gehabt. Du scheinst bei diesem Abd el Mot eine ganz verwahrloste Behandlung..."

„Ist es das?" unterbrach ihn der Bruder lachend. „Hat dieser Mensch sich das Gesicht und den ganzen Körper mit Ruß bestrichen, umarmt und küßt mich ein Dutzendmal und wundert sich dann noch, daß ich schwarzfleckig geworden bin! Kerl, das ist stark!"

„Ah, ja! Ich hab' vor Entzücken über das Wiedersehen und deine Rettung den ganzen Ruß vergessen. Da steht unser Pfotenhauer. Sehe ich etwa auch so schrecklich aus wie er?"

Da drängte sich der Vater der elf Haare herbei und rief: „Schaunte an auch Gesicht, meinigtes. Seinte ich nicht auch Neger, schwarzer und wirklicher?"

Schwarz und Pfotenhauer brachen in ein wirklich erschütterndes Gelächter aus, was bei dem Aussehen des Kleinen auch gar kein Wunder war. Und nun schob sich der Vater des Gelächters heran, zog sein geschwärztes Gesicht in die lächerlichsten Falten und sagte: „Auch ich war dabei, Hadschi Ali, ich habe diesen Abd el Mot mit gefangen genommen."

„Ihr beide also. Aber ich habe ja drei Personen gesehen. Wer war denn der dritte?"

„Abd es Sirr, welcher dort steht."

Er deutete nach der Stelle, auf welcher der Genannte sich befand. Sein Vater hatte ihn bei den Schultern gefaßt, hielt ihn weit von sich ab und rief eben jetzt im Ton schmerzlichster Enttäuschung aus: „Ich habe von Aswad, meinem Freund erfahren, daß ich meinen Sohn finden werde. Du gabst dich für denselben aus und da das Feuer noch nicht hell brannte, so erkannte ich dein Gesicht nicht deutlich und glaubte dir. Nun aber sehe ich, daß du dich täuschst. Du bist ein Neger, mein Sohn aber trägt das reinste arabische Blut in seinen Adern. Seine Farbe muß heller als die meinige sein."

„Das ist sie auch", erklärte Emil Schwarz. „Er hat sich mit Ruß bestrichen, um als Neger zu dir zu schleichen und dich zu retten."

„Wie?" fragte der Emir. „Das tatest du? In solche Gefahr begabst du dich, um deinen Vater zu befreien? Nun gibt es keinen Zweifel mehr, du bist mein Sohn. Allah hat dich mit der Kühnheit deines Vaters ausgezeichnet. Komm nochmals an mein Herz!"

Er wollte ihn abermals umarmen, ließ ihn aber los, tat einen Sprung zur Seite und rief: „Halt, da will einer fliehen, gerade der Sohn der Hölle, dem wir alles Leid verdanken! Bleib bei uns, Hund, daß ich dich unter meinen Füßen zertreten kann wie einen Akrab, dessen Gift den Getroffenen tötet!"

Abd el Mot war wieder zu sich gekommen, hatte bemerkt, daß er gerade jetzt nicht beobachtet wurde, und diese Gelegenheit benutzt, sich davonschleichen zu wollen. Der Emir ergriff ihn und warf ihn mit solcher Gewalt zu Boden, daß man hätte meinen mögen, es seien ihm alle Knochen zerbrochen.

„Ja, wollen nicht nachlässig sein", meinte Emil Schwarz. „Diese beiden Kerle sind zu kostbar für uns, als daß es uns einfallen sollte, ihnen Gelegenheit zum Entkommen zu geben. Bindet sie fest, daß ihnen das Blut aus den Gliedern spritzt! Aber horcht doch nach dort hinten! Dort geht es schrecklich her. Ich glaube, da hält die Vergeltung eine entsetzliche Ernte."

Das Brüllen und Heulen war jetzt so stark geworden, daß

man gar nicht vermochte, einzelne Stimmen und Töne zu unterscheiden. Wenn man durch die Lücke des Verhaus blickte, so sah man nichts als dunkle, gespenstige Schatten, welche einander am hellodernden Feuer vorüberjagten.

Man hatte bis jetzt zu sehr mit sich selbst zu tun gehabt, nun aber richtete man die Aufmerksamkeit auf das, was in der Schlucht vorging. Deutlich freilich konnte man nichts erkennen, doch außer jenen zahlreichen, bewegten heulenden Schatten sah man zuweilen zwei Gestalten näher kommen, von denen die eine die andere jagte. Das Resultat war stets, daß die eine zu Boden geschlagen wurde und die andere dann in eiligem Lauf nach dem Kampfplatz zurückkehrte.

„Was sollen wir tun? Müssen wir nicht eingreifen?" fragte Pfotenhauer.

„Das würde vergeblich sein", antwortete Joseph Schwarz. „Ist der Neger einmal losgelassen, so läßt er sich nicht eher wieder anketten, bis seine Kraft aufgerieben ist. Übrigens würden wir das Übel ärger machen, da es für uns ganz unmöglich ist, den Freund vom Feind zu unterscheiden."

Er hatte völlig recht, das mußte man einsehen, und darum lagerte man sich um das Feuer, um den Ausgang des Kampfes abzuwarten.

Nach und nach wurde das Heulen schwächer. Nur vereinzelt noch ertönte ein schriller Todesschrei und der darauf folgende Jubelruf des Siegers. Endlich wurde es still, und man sah eine Masse schwarzer Gestalten, welche zusammengedrängt standen und wohl eine Beratung hielten. Eine derselben trennte sich vom Haufen, kam näher und kroch durch das Loch. Es war Lobo.

„Nun", fragte Pfotenhauer, „was hast du zu berichten?"

„Tot", antwortete der Schwarze einfach.

„Wer?"

„Alle."

„Wen meinst du denn?"

„Alle Sklavenjäger. Lebt keiner mehr."

„Entsetzlich! Das hatten wir freilich nicht beabsichtigt. Wie ist das denn gekommen?"

„Lobo schleichen mit Tolo hinein und werden nicht gesehen. Kommen zu arm, gut Belandaneger, alle gebunden, schneiden aber alle ab und warten. Da fallen ein Schuß und fallen noch zwei Schuß, nun also Zeit. Neger werfen weg Fesseln und stürzen sich auf Jäger, würden sie mit Hand tot, erschlagen sie mit

Sklavengabel, erstechen sie mit eigen Messer, bis tot sind, alle tot!“

„Das ist ja ein reines Abschlachten gewesen! Ein wahres Wunder, daß die Angegriffenen nicht Zuflucht bei uns gesucht haben.“

„Können nicht; Neger sich stellen in Weg, lassen nicht vorüber.“

„Aber euch muß es doch auch viele Opfer gekostet haben!“

„Viele tot auch und verwundet, sehr viele, aber Sklavenraub gerächt. Werden nicht wieder fangen arm Belandaneger.“

„Hat man dich zu uns geschickt?“

„Ja. Soll hergehen und sagen, daß Kampf zu Ende. Freund soll kommen und Hand drücken tapfer und dankbar Neger.“

„Wir werden kommen. Habt ihr jetzt sonst dringende Wünsche? Habt ihr Hunger?“

„Kein Hunger. Abu el Mot bei sich viel Fleisch und Mehl. Neger es tragen müssen, nun es essen werden.“

Er kehrte zu seinen Landsleuten zurück. Die Deutschen und ihre Freunde folgten ihm. Sie wurden von den Negern mit brausendem Jubel empfangen. Lobo hatte erzählt, was man diesen fremden Männern zu verdanken hatte. Die Beschreibung des Kampfplatzes ist geradezu unmöglich, er war eine Stätte des vollendeten Grauens und ganz unmöglich ein weiterer Aufenthalt für die Überlebenden. Auf den Rat der Weißen zogen die Neger, nachdem das Verhau beseitigt worden war, aus der Schlucht heraus aufs freie Feld, um dort zu kampieren. Man mußte Abu und Abd el Mot einstweilen vor ihnen verstecken, sonst wären beide zerrissen worden.

Natürlich bekümmerten sich die Weißen um das, was die befreiten Schwarzen nun zu tun beabsichtigten. Diese wollten früh aufbrechen und in die Heimat zurückkehren. Sie hatten schon jetzt alles, was die Karawane bei sich führte, auch die Tiere, mit sich aus der Schlucht genommen. Ganz so, wie Schwarz vermutet hatte, waren die geraubten Herden und alle anderen, nicht leicht beweglichen Gegenstände unter der Bedeckung von fünfzig Mann zurückgeblieben. Die Neger kannten den Ort und waren natürlich entschlossen, sich während des Rückmarschs wieder in den Besitz dieses ihres Eigentums zu setzen. Wehe den fünfzig Sklavenjägern! Sie waren verloren, besonders da die Schwarzen sich die Waffen der Jäger angeeignet hatten.

„Es ist wirklich grauenhaft“, sagte Emil Schwarz, als sie wieder am Feuer saßen. „Gegen fünfhundert Menschen tot! Aber die

Sklavenjagden werden für lange Zeit eine Unterbrechung erleiden. Das ist die glückliche Folge dieser entsetzlichen Nacht."

„Ich bedauere die Kerle nicht, denn ich bin ihr Gefangener gewesen", antwortete sein Bruder. „Ich weiß, was für Teufel sie waren. Und wer hat sie dazu gemacht? Wer allein trägt die Schuld an dem heutigen Massenmord? Die beiden Halunken, welche da bei uns liegen und gar noch die Frechheit haben, einander durch Blicke Zeichen zu geben, welche wir nicht verstehen."

„Sie sind nicht wert, von uns angesehen zu werden. Bindet sie dort an den Baum, damit sie uns aus den Augen kommen!"

Sein Bruder wollte einen Einspruch erheben, Emil aber sagte ihm in deutscher Sprache, während sie sich jetzt der arabischen bedient hatten, so daß sie von den Gefangenen verstanden worden waren: „Laß mich nur machen! Ich habe meine Absicht dabei. Ich bemerkte wohl, daß sie sich Winke geben, die wir nicht verstehen. Ich will aber wissen, was sie einander mitzuteilen haben. Schaffe sie also nach dem Baum und binde sie so an, daß sie sich nicht bewegen, wohl aber miteinander sprechen können. Ein Soldat soll sie bewachen, sich aber so entfernt von ihnen niedersetzen, daß sie wissen, er könne sie nicht hören. Indessen schleiche ich mich in ihre unmittelbare Nähe und belausche sie."

„Dieser Plan ist nicht übel. Also fort mit ihnen!"

Man hatte die Gefangenen erst vor den Negern versteckt, dann wieder an das Feuer bringen lassen. Jetzt wurden sie nach dem von Schwarz bezeichneten Baum geschafft, neben welchem ein Busch stand. Während man sie dort festband, kroch Schwarz hinzu und legte sich unter diesen Strauch. Er war ihnen so nahe, daß er sie mit dem Kopf hätte stoßen können, mußte sie also verstehen, selbst wenn sie nur im Flüsterton sprachen. Übrigens durften sie, da sie an den einander entgegengesetzten Seiten des Baumes angebunden wurden, nicht allzu leise sprechen, wenn sie einander verstehen wollten. Bis hin zum Feuer konnten sie nicht blicken und also auch nicht sehen, daß Schwarz sich nicht mehr bei demselben befand. Der Wächter saß in der geeigneten Entfernung. Als sie nun glaubten, allein zu sein, sagte Abd el Mot leise: „Welch ein Tag! Der unglücklichste meines Lebens. Heute ist die Hölle los, und diese Deutschen sind die Obersten des Teufels. Wie konntest du dich ergreifen lassen?"

„Und wie du dich?" antwortete Abu el Mot zornig.

„Es fielen auf dem Damm drei über mich her."

„Und mich ergriffen sie gar im Zelt, in welches sie sich geschlichen hatten. Die Wächter müssen geschlafen haben. Nun sind sie tot und haben ihren Lohn. Allah lasse sie in der Ewigkeit auf einer rollenden Kugel sitzen, daß sie nie mehr die Süßigkeiten des Schlafes schmecken!"

Sie erzählten nun einander, wie es bei ihrer Ergreifung zugegangen war und dann zischte Abu el Mot ingrimmig: „Verflucht sei der Tag, an welchem ich mich entschloß, mit diesem Vater der vier Augen anzubinden! Er ist ein Gelehrter, und da diese Leute ihren Verstand stets nur in den Büchern und nirgends sonst anders haben, so glaubte ich, leicht mit ihm fertig zu werden. Bei Allah, es ist ganz anders gekommen! Wäre er mir nur damals entgangen, so wollte ich nicht mehr daran denken, aber er ist mir gefolgt und hat mich vollständig zu Schanden gemacht."

„Vollständig?"

„Ja."

„Das nicht."

„Gewiß! Ich bin verloren. Was bleibt mir noch?"

„Das Geld."

„Habe ich es denn? Kann ich es mir holen? Und wenn ich es hätte, was könnte ich damit tun? Ich müßte diese ganze Gegend für immer meiden und mich nach einem so fernen Ort wenden, daß kein Mensch mich kennt und auch kein Bekannter hinkommen kann. Aber nicht einmal dies bleibt mir übrig."

„Hältst du unsere Lage wirklich für so hoffnungslos?"

„Nein."

„Dieser deutsche Hund will mich dem Ali Effendi von Faschodah ausliefern."

„Dem Vater der Fünfhundert? Oh Allah! Tut er es wirklich, so bist du verloren."

„Ja, ich werde einfach zu Tode gepeitscht wie meine Homr, welche der Vater der vier Augen gefangen genommen und nach dort abgeliefert hatte."

„Vielleicht ist's nur eine Drohung?"

„Nein, es ist sein völliger Ernst."

„So ist noch immer Hoffnung vorhanden. Bis hinab nach Faschodah braucht man eine lange Zeit, und da wird sich wohl eine Gelegenheit zur Flucht ergeben."

„Das glaube ich nicht! Man wird mich so gut verwahren und so unausgesetzt bewachen, daß an ein Entkommen nicht zu denken ist. Es gibt nur eine einzige Möglichkeit, die Freiheit wieder zu erlangen."

„Welche?"

„Nicht unterwegs, sondern erst in Faschodah, wenn ich an den Vater der Fünfhundert ausgeliefert worden bin. Er liebt die Gerechtigkeit, noch mehr aber das Geld. Verstehst du mich?"

„Ja. Du willst dich loskaufen. Dann aber mußt du ihm den Ort mitteilen, wo du es aufbewahrst!"

„Fällt mir nicht ein! Er würde es holen und mich dennoch totpeitschen lassen. Nein, ich bedarf eines Vertrauten, welcher ihn bezahlt, erst die Hälfte und dann, wenn ich frei bin, das übrige."

„Dieser Vertraute fehlt dir aber."

„Nein, ich habe ihn."

„Wer ist es?"

„Du bist es."

„Aber ich habe kein Geld und bin selbst gefangen."

„O, dich wird man ein wenig prügeln und dann freilassen, denn du bist nur mein Untergebener gewesen und hast also nicht meine Verantwortung."

„Denke an den Elefantenjäger! Es ist mehr als Blutrache, was er gegen mich hat."

„Er hat seinen Sohn wieder, und im Entzücken darüber wird er dir verzeihen. Bitte ihn nur demütig, weine und heuchel Reue! Dann stehen diese deutschen Christen dir sicher bei und legen ein gewichtiges Fürwort ein."

„Ach, wenn sie das täten, wäre ich allerdings gerettet! Dieser Rat ist gut."

„Sie tun es gewiß, wenn du dich recht reumütig zeigst. Sage ihnen meinetwegen, daß du Christ werden willst. Glauben sie das, so bist du sicher frei. Dann gehst du nach der Seribah und holst das Geld."

„Ich weiß nicht, wo es liegt."

„Ich werde es dir sagen. Ich weiß, daß du mir treu bist, mich nicht betrügen und alles tun wirst, mich zu retten. Willst du mir das zuschwören?"

„Ich schwöre es bei mir und meinen Vätern, beim Bart des Propheten und aller Kalifen!"

„Das genügt. Ich habe dir vorhin, als wir am Feuer lagen, Zeichen gegeben. Hast du sie verstanden?"

„Nicht alle. Es war Geld gemeint, das übrige begriff ich nicht."

„Jetzt kann ich es deutlich sagen und will es schnell tun, denn wir wissen nicht, wie bald man uns auseinander reißt. Als ich nach dem Brand die Seribah erreichte, hatte der Schech mit seinen Leuten schon sämtliche Trümmer durchsucht. Er ahnt, daß ich Geld vergraben habe. Wo sollte der Gewinn der vielen Jahre sonst stecken! An den richtigen Ort sind sie aber nicht gekommen und werden ihn auch nicht entdecken. Südwärts von der Umzäunung lagen des Nachts die Herden, dort brannte ein Feuer. Grabe unter der Feuerstätte nach, so wirst du auf vermeintlichen Felsen stoßen, es ist aber keiner, sondern Sand, Kalk und Lehm, gut gemischt und festgerammt. Unter dieser Schicht liegen sechs Daruf - große Wasserschläuche, wohlgefüllt mit lauter glänzenden Abu Noktah. Das ist mein Vermögen. Einer dieser Schläuche soll dein sein, wenn es dir gelingt, mich zu retten, doch darfst du..."

„Und wenn er dich nicht retten will, so nimmt er wohl alle?" ertönte es neben ihm. „Aber weder du noch er selbst soll einen einzigen Abu Noktah haben, sondern ich werde sie holen und unter meine Leute verteilen, welche auch die Herden erhalten, die dein Feldwebel von der Seribah entführt hat."

Schwarz war der Sprecher. Er richtete sich auf und ging zum Feuer, um nach einem zweiten Wächter zu senden, da die Gefangenen nun nicht mehr miteinander sprechen sollten.

Abu el Mot stieß einen Schrei des Entsetzens aus, dann senkte er den Kopf. Es war ihm genauso zumute, als ob er am Rand seines offenen Grabes sitze...

Am anderen Morgen, kurz nachdem die Sonne aufgegangen war, traten die befreiten Belandaneger ihren Heimmarsch an. Glücklich, der Sklaverei entgangen zu sein, dachten sie doch mit Trauer der Ankunft in ihrer verwüsteten Heimat. Sie nahmen die Leichen ihrer Gefallenen mit, um sie bei und mit den Ermordeten in Ombula zu begraben. Ihr Abschied von ihren Rettern war ein außerordentlich bewegter.

Später zogen die Sieger ab, denselben Weg, den sie gekommen waren, da sie zu ihren Kähnen und Schiffen mußten. Die Leichen der Sklavenjäger ließ man liegen, ein Fraß für das Raubzeug der Lüfte und des Waldes. Abu und Abd el Mot wurden so gut bewacht, daß ihnen jede Hoffnung auf Entkommen schwand.

Auf den Schiffen hatte sich nichts ereignet. Man ging sofort an Bord, um zunächst nach der Maijeh Husan el bahr zu fahren. Der König von Niam-niam fuhr mit seinen Booten und Leuten mit. Dort angekommen, wurden mehrere Stücke der dort zurückgelassenen Tiere geschlachtet. Die übrigen erhielt der Schech Abu en Nuhß, der Vater der Hälfte, als Belohnung für sich und seine Leute. Er nahm herzlich Abschied von seinen Verbündeten und kehrte befriedigt in die Heimat zurück.

Das Geschwader fuhr dann flußabwärts nach der berüchtigten Seribah Abu el Mots. Dieser mußte dabei stehen, als man die Schläuche ausgrub und ihren Inhalt so verteilte, daß jeder mit seinem Betrag neidlos zufrieden war.

Nun ging es an das eigentliche Scheiden. Die Gebrüder Schwarz und ihr Freund Pfotenhauer mußten mit den Niam-niam wieder südwärts. Sie wollten weiter forschen und sammeln, Emin Paschas Gebiet aufsuchen und dann über Sansibar in die Heimat gehen. Die anderen fuhren nach Norden.

Abu und Abd el Mot wurden dem Elefantenjäger als dem sichersten und strengsten Hüter übergeben. Er wollte mit der Dahabieh bis Faschodah fahren und dort Abu el Mot nebst dem Feldwebel und dessen Leuten an den Vater der Fünfhundert ausliefern. Von Abd el Mot aber erklärte er: „Den nehme ich mit nach Kenadem. Dort hat er meinen Sohn geraubt, und dort soll ihn auch die Strafe Allahs treffen. Seit ich mein Kind wiedergefunden habe, ist mein Herz weich geworden, dieser Satan aber soll erkennen, daß ich gegen ihn noch derjenige sein kann, der ich früher war, nämlich Barak der Strenge, vor welchem jeder Ungehorsame erzittert."

Emil Schwarz schrieb ihm seine Adresse auf und bat ihn, ihm einmal zu schreiben, wenn die Gelegenheit eine passende Verbindung biete. So war nun alles geordnet, und der Wadscha al wida, der Schmerz des Abschieds mußte getrunken werden. Der Slowake und der Vater des Gelächters hatten gebeten, bei den Deutschen bleiben zu dürfen und die Erlaubnis gern erhalten. Am schmerzlichsten war das Scheiden für den Sohn des Geheimnisses und den Sohn der Treue, doch ging auch das vorüber, dann segelten die Schiffe nach Norden, während die Ruderer der Niam-niam ihre Boote gen Süden trieben. Die Sklavenkarawane war vernichtet, die Sieger gingen nach verschiedenen Richtungen auseinander, und jeder nahm die Überzeugung mit, seine Pflicht getan und dem Sklavenhandel, wenigstens in dieser Gegend, eine schwere Wunde beigebracht zu haben. Nur Hasab Murat dachte im stillen anders. Er hatte in Abu el Mot einen ihm gefährlichen Konkurrenten vernichten helfen und nahm sich vor, zwar bei dem einträglichen Geschäft zu bleiben, es aber schlauer zu betreiben als bisher und dabei mehr Menschlichkeit walten zu lassen. Die erlebten Szenen waren nicht ohne Eindruck selbst auf ihn geblieben...

Wer in einer der bekannten süddeutschen Universitätsstädte das Adressbuch in die Hand nimmt und die erste Rubrik, also A aufschlägt, dem fällt sofort ein ungewöhnlich langer Name auf. Dieser lautet: Hadschi Ali Ben Hadschi Ishak al Faresi Ibn Hadschi Otaiba Abu l'Oscher Ben Hadschi Marwan Omar el Gandesi Hafid Jacub Abdallah el Sandschaki. Hinter diesem Namen steht die Auskunft: Händler in Orientalien, Gartenstraße 6, parterre.

Wer durch die Adresse veranlaßt wird, ein Fläschchen Rosenöl, einen türkischen Tschibuk oder sonst dergleichen zu kaufen, und sich nach dem betreffenden Haus begibt, der sieht in dieser Nummer 6 ein großes palastähnliches Gebäude, dessen linke Parterrehälfte der erwähnte Laden mit den daran stoßenden Wohnräumen einnimmt. Das über demselben angebrachte Schild trägt in goldener Schrift die etwas falsche Bezeichnung „Hadschi Ali, Orientalist".

Ferner kann man im hohen, schön gemalten Hausflur auf einer Tafel lesen: Uszkar Istvan, Hausmann, Sprachlehrer und ornithologischer Autor, parterre rechts - Professor Dr. Emil Schwarz, I. Etage - Professor Dr. Joseph Schwarz, II. Etage - Professor Dr. Ignatius Pfotenhauer, III. Etage. Und wer zur richtigen Zeit vorübergeht und nach der dritten Etage emporblickt, kann da ein Fenster offen sehen, aus welchem unter einem roten Fes eine riesige Nase schaut, die sich über dem vorgestreckten Rohr einer Masu'ra, einer sudanesischen Tabakspfeife lebhaft hin und her bewegt, um sich ja von dem, was unten auf der Straße geschieht, nichts entgehen zu lassen.

Unten aber, am Fenster rechts neben der Tür, sitzt in allen seinen Mußestunden ein kleines dünnbärtiges Kerlchen, emsig beschäftigt mit der so und so vielten Umarbeitung eines dicken Manuskripts, welches den vielversprechenden Titel führt „Warum die Vögel Federn haben". Dieser der Ornithologie Beflissene ist natürlich kein anderer als der Vater der elf Haare. Seit er mit seinen drei Herrn und dem Vater des Gelächters, zu welchem die Kunden mehr seines Gesichts als seiner Waren wegen gehen, aus dem Sudan zurückgekehrt und als Hausmann des gemeinschaftlich bewohnten Gebäudes installiert worden ist, tituliert er sich Sprachlehrer, ohne aber einen Schüler zu bekommen, und hat es sich in den Kopf gesetzt, dem Vater des Storchs durch die Herausgabe eines gelehrten Werkes zu beweisen, daß er auch Vögel gesehen und über dieselben nachgedacht habe. Darum nennt er sich ornithologischer Autor und hat sich als Thema seiner Arbeit gerade die berühmte Frage aus der ebenso berühmten Erzählung Pfotenhauers, welche auch heute noch nicht zu Ende gelangt ist, vorgenommen.

Eben sitzt er wieder beim Manuskript, welches er schon an etliche zwanzig Verlagsbuchhändler gesandt und stets mit der Bemerkung zurückerhalten hat, daß sein Deutsch der Gelehrsamkeit des Inhalts nicht entspreche, da klappt neben ihm das kleine Hausfensterchen auf und der Briefträger legt einen Brief herein. Der Hausmann und Autor nimmt ihn weg und liest neben mehreren fremden Briefmarken, die wie von Kinderhand geschriebene Adresse Emil Schwarzens. Auf der Rückseite aber ist in arabischer Schrift der Name Barak el Kasi zu sehen.

Da springt der Kleine auf, rennt hinüber in den Laden und schreit den Hadschi an: „Seinte drei Professoren noch im Garten, hintendraußigem?"

„Ja, ich hab' ßie ßoeben noch ßehen", antwortete der Kenner aller Völker und Dörfer in leidlichem Deutsch, welches er sich im Lauf von zwei Jahren angeeignet hat.

„Kommt mit hinaus, schnellte, schnellte! Sein ankommte Brief, afrikanigter, von Elefantenjäger, schreibendem!"

Er rennt nach dem Garten, der Hadschi hinter ihm her, mit seinem wonnevollsten Gesicht. Die drei genannten Herren sitzen rauchend in der großen Laube. Als sie die ihnen laut entgegen gebrüllte Botschaft hören, springen sie auf. Der Brief wird von allen Seiten betrachtet und dann geöffnet. Der Inhalt ist natürlich arabisch und lautet in deutscher Übersetzung:

„Kenadem, am 12. Rewi ul achir.

Meinem Freunde, dem berühmten M'allim, Vater der vier Augen!

Allah ist groß und gibt der Nacht Tau. Ich versprach Dir, darum schreibe ich. Der Menschen sind viele, und mir geht es wohl. O Sohn meiner Wonne, daß ich dich fand in der Schlucht der Gebete! Trost meiner Augen, Liebling meiner Seele, die Datteln tragen reichlich dieses Jahr, und er ist gut, groß und stark geworden. Mein Lieblingskamel ward auf einem Auge blind, und wie geht es Dir, Deinem Bruder und dem Vater des Storchs? Der Prophet fastete in der Wüste, so auch ihr für mich und ich für euch. Wohl dem, der einen Sohn hat! Er ward zu Tode gepeitscht. Du weißt, daß er es verdient hat, dieser Abu el Mot. Ich fluche ihm nicht. Mögen auch Deine Kamele gedeihen und die Palmen Deines Feldes! Denn der Wein ist verboten und kein Gläubiger riecht in das Faß. Dennoch hat den Feldwebel und seine Leute das Schicksal ereilt. Nur die Kinder des Gehorsams tragen gute Früchte. Sie wurden nämlich gepeitscht und dann ins Gefängnis geworfen, wo sie noch stecken, denn mein Reichtum mehrt sich, Allah sei gepriesen von Tag zu Tag. Auch Abd el Mot ist tot. Frage nicht, wozu und wohin! Hier sende ich ihn Dir. Nun schreibe auch Du! Von nächstem Freitag an blicke ich nach Süd und Ost, ob Deine Antwort kommen wird. Schreibe deutlich, denn das Auge erblickt vieles, was der Verstand nicht sieht. Auch sind zwei Zelte zerrissen und mehrere Schafe verirrt. Ziehe die Schuhe aus, wenn Du die Moschee betrittst, und gib fleißig Almosen, denn ich bin Dein Freund

Barak el Kasi,
Emir von Kenadem."